4,50 Zi'
W26 (1)

FVA

Marie Madeleine Marguerite de Montalte

Pressestimmen zu *Marie Madeleine Marguerite de Montalte*

»Schwerelos erzählt Jean-Philippe Toussaint eine Liebesgeschichte, die sich als eine der schönsten in der französischsprachigen Gegenwartsliteratur entpuppt.« DEUTSCHLANDFUNK

»Wie Toussaint die Fieberkurve der fast stummen Liebeskatastrophe mit der knapp-suggestiven Beschreibung der Schauplätze zu einem feinen Gewebe aus Emotionen und Impressionen zusammenfügt, das ist schlicht meisterhaft.« BASLER ZEITUNG

»Eine der schönsten Liebesgeschichten der neuen französischsprachigen Literatur.« FRANKFURTER ALLGEMEINE ZEITUNG

»Wer mit einer derart kühlen Eleganz über das Wesen der Leidenschaft schreiben kann wie Toussaint; wer das Flüchtige des Moments so nachhaltig zu bannen vermag, muss ein Zauberer sein.« KULTURSPIEGEL

»Alle Romane lassen sich getrennt voneinander verstehen, aber erst zusammen entfalten sie die wahre Wucht des erzählerischen Kosmos des Belgiers Jean-Philippe Toussaint.« WELT KOMPAKT

»Jean-Philippe Toussaints Marie-Romane sind Nocturnes. Melancholisch durchwehte Nachtstücke, dramatisch, mit rasanten Läufen und übermütigen Trillern, voller Schmerz und Bitterkeit, verspielt, amüsant, todtraurig.« STUTTGARTER NACHRICHTEN

»Toussaint erzählt eine grandiose Eifersuchtsgeschichte, die einem die Blätter zwischen den Fingern verbrennen lässt. So dicht geballte Sinnlichkeit, so elektrische Abgründe, so fein zitternde Zärtlichkeit – eine herrlich explosive Mischung.«
FRANKFURTER ALLGEMEINE ZEITUNG

»So nah am Schmelzpunkt von Logik und Erotik war er bisher nie. Jenseits fast von Glück und Schmerz kommt auch die Liebesgeschichte in diesem Roman nicht zu Ende. Und keiner hätte diese Endlosschleife der Liebe bauschiger, straffer, knisternder, schärfer umzuschnüren vermocht als Joachim Unseld, Toussaints Übersetzer, Verleger und verlässlichster Zeuge in Deutschland.«
Süddeutsche Zeitung

»Toussaints Erzählungen sind ein wunderbares raffiniertes Spiel um Lug und Trug in Liebe und Leben, so wunderbar und anrührend, dass eine erfüllte Sehnsucht auf den Leser überspringt.« WDR3

»Der Belgier Jean-Philippe Toussaint hat seine grandiose Tetralogie rund um die undurchschaubare Schönheit Marie abgeschlossen. Toussaint ist ein funkelnder Autor. Die Verzauberung der Gegenwart durch Literatur: Toussaint hat sie erreicht.« Journal Frankfurt

»Jean-Philippe Toussaint, ein moderner Romantiker, hat mit seiner Marie-Tetralogie eine brillante Liebesgeschichte geschrieben.« TAZ

»Toussaint ist der beste, erfindungsreichste, beobachtungsschärfste französischsprachige Erzähler der Gegenwart; seine Bücher sind Tiefenbohrungen ins Heute.« Niklas Maak, Frankfurter Allgemeine Sonntagszeitung

»Unerhörte Spannung … Wir haben es mit einem hocherotischen Roman zu tun! Und mit einem Meisterwerk voller Anmut, Melancholie und Schönheit.« Neue Zürcher Zeitung

»Sie lieben und weinen: Jean-Philippe Toussaint schaut zwei Menschen bei der atemlosen und ziellosen Jagd nach den Köstlichkeiten des erwachsenen Lebens zu.« Welt am Sonntag

Jean-Philippe Toussaint in der Frankfurter Verlagsanstalt

DAS BADEZIMMER. Roman
DER PHOTOAPPARAT. Roman
FERNSEHEN. Roman
SELBSTPORTRÄT (IN DER FREMDE)
ZIDANES MELANCHOLIE
SICH LIEBEN. Roman
FLIEHEN. Roman
DIE WAHRHEIT ÜBER MARIE. Roman
DIE DRINGLICHKEIT UND DIE GEDULD. Essays
NACKT. Roman
FUSSBALL
M.M.M.M. Eine Romantetralogie

Jean-Philippe Toussaint

M.M.M.M.

Eine Romantetralogie

Aus dem Französischen von Joachim Unseld
und Bernd Schwibs (*Sich lieben*)

FRANKFURTER VERLAGSANSTALT

Von ihr in einer Weise sprechen,
wie noch von keiner je gesprochen.

Dante

Sich lieben

Roman

Aus dem Französischen von Bernd Schwibs

Winter

I

Ich hatte eine kleine Flasche mit Salzsäure füllen lassen und trug sie jetzt immer bei mir, mit der Idee, sie eines Tages jemandem mitten in die Visage zu schütten. Ich brauchte nur die Flasche zu öffnen, eine Flasche aus buntem Glas, die zuvor Wasserstoffperoxyd enthalten hatte, auf die Augen zu zielen und wegzurennen. Ich fühlte mich seltsam ruhig, seitdem ich mir diese Flasche mit bernsteinfarbener und ätzender Flüssigkeit beschafft hatte, die meine Stunden würzte und meine Gedanken schärfte. Marie aber fragte sich, mit einer vielleicht nicht unbegründeten Sorge, ob diese Säure nicht eines Tages in meinen Augen, meinem eigenen Blick landen würde. Oder in ihrer Visage, in ihrem seit so vielen Wochen verweinten Gesicht. Nein, sagte ich ihr mit einem freundlichen verneinenden Lächeln. Nein, ich glaube nicht, Marie, und ohne sie aus den Augen zu lassen, strich ich zärtlich über die anmutigen Rundungen der kleinen Flasche in meiner Jackentasche.

Noch bevor wir uns zum ersten Mal küssten, hatte Marie zu weinen angefangen. Es war in einem Taxi, vor sieben Jahren und mehr, sie saß neben mir im Halbdunkel des

Taxis, das Gesicht in Tränen, gezeichnet von den fliehenden Schatten der Seine-Quais und dem gelbweißen Widerschein der Scheinwerfer uns entgegenkommender Autos. Wir hatten uns bis zu diesem Augenblick noch nicht geküsst, ich hatte noch nicht ihre Hand ergriffen, hatte ihr noch nicht die geringste Liebeserklärung gemacht – aber habe ich ihr je eine Liebeserklärung gemacht? –, und ich betrachtete sie, ergriffen, hilflos, sie so weinend an meiner Seite sitzen zu sehen.
Die gleiche Szene hat sich vor einigen Wochen in Tokio wiederholt, aber da trennten wir uns für immer. Wir sprachen nichts in diesem Taxi, das uns ins Grandhotel von Shinjuku zurückfuhr, wo wir am selben Morgen angekommen waren, und Marie weinte still an meiner Seite, sie schniefte und schluchzte leise an meine Schulter gelehnt, wischte sich in weit ausholenden wirren Gesten mit dem Handrücken die Tränen ab, schwere Tränen der Trauer, die sie entstellten und die Wimperntusche verlaufen ließen, während es vor sieben Jahren, als wir uns kennenlernten, reine Tränen der Freude waren, leicht und duftig wie Schaum, die schwerelos ihre Wangen hinunterrannen. Das Taxi war überheizt, und Marie war es jetzt zu warm, sie fühlte sich schlecht, sie zog schließlich unter Schwierigkeiten, neben mir auf dem Rücksitz sich windend und drehend, ihren langen schwarzen Ledermantel aus, schnitt dabei, offenbar wütend auf mich, Grimassen, obwohl ich doch nichts dafür konnte, verdammt noch mal, wenn es so heiß im Taxi war, brauchte sie sich bloß beim Fahrer zu beschweren, am Armaturenbrett hing gut sichtbar sein Name und Passfoto. Sie stieß mich weg, um

den Mantel zwischen uns auf den Sitz zu legen, zog ihren Pullover aus und knüllte ihn neben sich. Sie hatte nur noch eine verrutschte und zerknitterte weiße Hemdbluse an, die, oben offen, den Blick auf ihren schwarzen Büstenhalter freigab und über dem Gürtel ihrer Hose ein wenig heraushing. Wir sprachen nichts im Taxi, und aus dem Autoradio schallten pausenlos rätselhafte und beschwingte japanische Schlager ins Halbdunkel.

Das Taxi setzte uns vor dem Hoteleingang ab. In Paris, sieben Jahre zuvor, hatte ich Marie vorgeschlagen, irgendwo in der Nähe der Bastille, wo noch was offen hatte, ein Glas trinken zu gehen, in der Rue de Lappe oder der Rue de la Roquette oder der Rue Amelot, der Rue du Pas-de-la-Mule, ich weiß nicht mehr. Wir waren lange in der Nacht umhergelaufen, waren von einem Café zum anderen, von einer Straße zur anderen im Viertel geirrt, um schließlich an der Île Saint-Louis auf die Seine zu stoßen. Wir hatten uns nicht sofort in dieser Nacht geküsst. Nein, nicht sofort. Aber wer möchte ihn nicht hinauszögern, diesen köstlichen Augenblick, der dem ersten Kuss vorausgeht, da zwei Wesen, die sich zueinander hingezogen fühlen, bereits stumm beschlossen haben, sich zu küssen, ihre Augen es wissen, ihr Lächeln es ahnt, ihre Lippen und Hände es spüren, aber die den Augenblick noch hinauszögern, da ihre Münder sich zum ersten Mal zärtlich berühren?

In Tokio waren wir sofort auf unser Zimmer gegangen, wir hatten wortlos die große menschenleere Hotelhalle mit den erleuchteten Kristalllüstern durchquert, ein Trio gleißender Leuchter, die vor unseren Augen genau in dem

Moment, als wir ins Hotel zurückkamen, sachte zu schaukeln anfingen, die Leuchter begannen zu schwingen wie Kirchenglocken, sie schüttelten sich über uns langsam in einem Klirren von Glas und Kristall, das mit einem unwiderstehlichen verzweifelten Grollen der Materie einherging, ein Grollen, das den Boden erzittern und die Wände wackeln ließ, dann, als die Welle vorüber war, als das Licht an der Decke geflackert und das Hotel für Sekundenbruchteile in Finsternis getaucht hatte, waren die Leuchter, noch immer in Bewegung, in verschiedenen Phasen in der Halle wieder angegangen und hatten sich im gegenläufigen Beben Tausender durchsichtiger Glaspailletten, die nach und nach zum Stillstand kamen, wieder in ihre Ausgangsstellung begeben. Die Hotelrezeption war leer, leer auch der Aufzug, der langsam im Hauptschiff des Atriums nach oben schwebte, und schweigend standen wir Seite an Seite in der durchsichtigen Kabine, Marie in Tränen, ihren schwarzen Ledermantel und ihren Pullover über dem Arm, und schauten auf die Leuchter, die immer noch nicht zur Ruhe gekommen waren nach diesem Erdbeben von so schwacher Stärke, dass ich mich frage, ob es sich nicht vielleicht nur in unseren Herzen ereignet hatte. Der Etagenflur war still, endlos, beiger Teppichboden, vor einer Tür stand verlassen ein Wagen des Zimmerservices mit einzelnen Speiseresten, einer zerknüllten Serviette quer über einem schmutzigen Teller. Marie marschierte vor mir, mit hängenden Schultern, kraftlosen Armen, nachlässig eine Hand an der Wand des Flurs entlangschleifend. Vor der Tür holte ich sie ein und schob die Magnetkarte ins Schloss, um ins Zimmer zu treten. Und

jedes Mal, an beiden Abenden, in Paris wie in Tokio, haben wir uns geliebt, das erste Mal zum ersten Mal – und das letzte Mal zum letzten Mal.
Aber wie oft haben wir uns nicht schon zum letzten Mal geliebt? Ich weiß es nicht, häufig. Häufig ... Ich hatte hinter mir die Tür geschlossen und betrachtete Marie, wie sie vor Müdigkeit schwankend ins Zimmer trat, auf dem Arm ihren schwarzen Ledermantel und ihren Pullover, in ihrer weißen Bluse, die aus der Hose gerutscht war – an diesem verstörenden Detail würde mein Blick haften bleiben, bis sie ihre Bluse auszieht, und dann wären nur noch ihr fest in meine Hände gedrücktes Gesicht, ihre warmen Wangen in meinen gewölbten Handflächen –, Marie, die vor Müdigkeit im Zimmer fast umfiel und wie in Zeitlupe ihre unversieglichen Tränen weinte, und ich dachte bei mir, dass wir uns diese Nacht am Ende trotzdem noch lieben würden und dass es herzzerreißend wäre. Keiner von uns hatte bisher im Zimmer Licht angemacht, weder Deckenleuchte noch Nachttischlampe, und durch das große Glasfenster des Hotelzimmers sah man in der Ferne das in der Nacht erleuchtete Verwaltungsviertel von Shinjuku und, ganz nahe bei uns, fast nicht erkennbar durch die Nähe, die die Proportionen verzerrte, die linke Seite des monumentalen Rathauses von Kenzo Tange. Weiter unten, einige Meter vom Fenster entfernt, war der Schatten eines terrassenförmigen flachen Daches zu sehen, bedeckt mit hohen senkrechten Türmen aus Neonröhren, die pausenlos durch die Nacht blinkten wie Positionslichter, mit periodisch unterbrochenen und sich ausweitenden Reflexen, rötlich, schwarz und blasslila, die ins Zimmer

drangen und auf die Wände einen diffusen roten Helligkeitsschein warfen, der die reinen Tränen auf Maries Gesicht erglänzen ließ, infrarot, durchsichtig und abstrakt. Sie ging an der Fensterfront entlang, mit feuchten Augen, die ich im Zwielicht erahnte, das unbefleckte Weiß ihrer Bluse, die sie halb geöffnet hatte, wie bestrahlt in regelmäßigen Abständen von einer Schicht jener unsagbaren rötlichen Helligkeit, die überdeckt wurde von den regelmäßigen Lichtstößen der auf den Dächern blinkenden Neonröhren. Ich trat zu ihr ans Fenster, betrachtete mit ihr einen Augenblick den dichten Strauß von Türmen und Bürogebäuden, die sich in der Dunkelheit vor uns erhoben, verstreut und majestätisch standen sie da, wobei jedes, von seinen obersten Stockwerken aus, persönlich über seinen Verwaltungsbereich von Stille und Nacht zu wachen schien, während mein Blick langsam von einem zum anderen wanderte, Shinjuku Sumitomo Building, Shinjuku Mitsui Building, Shinjuku Center Building, Keio Plaza Hotel. Warum willst du mich nicht küssen? fragte mich plötzlich Marie mit leiser Stimme, den Blick in die Ferne gerichtet, im Gesicht etwas Eigensinniges. Ohne zu antworten, schaute ich weiter nach draußen. Nach einer Weile antwortete ich, mit neutraler Stimme, erstaunlich ruhig, dass ich niemals gesagt hätte, sie nicht küssen zu wollen. Und warum küsst du mich dann nicht? sagte sie und wandte sich mir zu, um mich an die Schulter zu fassen. Ich versteifte mich, stieß ihre Hand so sanft wie möglich weg und begann erneut, das nächtliche Viertel zu betrachten. Mit derselben ruhigen, fast ausdruckslosen Stimme, einer Feststellung gleich, antwortete ich: Ich habe auch nie gesagt, dass ich dich küssen will. (Es war zu spät, Marie, es war zu spät jetzt.) Sie schaute mich lange vor dem Fenster an. Lass uns schlafen gehen, Marie, sagte ich, lass uns schlafen gehen, es ist spät, und ich sah, wie ein lang gezogener Schauer über ihre Schultern glitt, ein Schauer der Niedergeschlagenheit und des Ärgers. Fast hätte ich noch etwas hinzugefügt, aber ich sagte nichts, ich hielt mich zurück, legte sachte die Hand auf ihren Unterarm, und sie zog mit einer heftigen Bewegung ihren Arm weg. Du liebst mich nicht mehr, sagte sie.

Sieben Jahre zuvor hatte sie mir erklärt, dass sie bisher bei keinem ein solches Gefühl empfunden hätte, eine solche Gemütsbewegung, eine solche Woge von süßer warmer Melancholie war über sie gekommen, als sie mich diese so schlichte, so scheinbar nichtssagende Geste habe machen sehen, wie ich während des Essens ganz behutsam mein Stielglas dem ihren näherte, ganz vorsichtig und gleichzeitig so unpassend für zwei Personen, die sich noch nicht richtig kennen, die sich erst das zweite Mal treffen, mein Stielglas dem ihren näherte, um die Rundung ihres Glases zu liebkosen, es neigte, um es sachte an ihres zu stoßen in einem simulierten, ansatzweise ausgeführten wie sofort auch unterbrochenen Akt des Anstoßens, noch draufgängerischer und gleichzeitig taktvoller und eindeutiger zu sein, wäre nicht möglich, hatte sie mir erklärt, ein Konzentrat aus Intelligenz, Sanftheit und Stil. Sie hatte mir zugelächelt, in der Folge gebeichtet, dass sie in diesem Moment sich in mich verliebt hätte. Nicht durch Worte also war es mir gelungen, ihr dieses Gefühl von Schönheit des Lebens und Gleichklang mit der Welt zu vermitteln,

das sie so intensiv in meiner Gegenwart empfand, auch nicht durch meine Blicke oder meine Handlungen, vielmehr durch die Eleganz dieser einfachen Geste meiner Hand, die sich langsam zu ihr hinbewegt hatte mit einer solch metaphorischen Feinfühligkeit, dass sie plötzlich innigste Übereinstimmung mit der Welt empfunden hatte, dass sie mir einige Stunden später mit derselben Kühnheit, derselben naiven und frechen Spontaneität sagen musste, das Leben ist schön, mein Liebling.
Marie zog ihre Bluse aus, ließ sie vor dem Fenster des Hotelzimmers zu ihren Füßen fallen und ging mit nackten Schultern, nur noch diesen zarten schwarzen Büstenhalter mit Spitzen tragend, den ich so sehr liebte, zum Bett und schaltete dort eine Lampe an. Erst jetzt bemerkte ich das Chaos, in dem wir das Zimmer hinterlassen hatten, um zu Abend essen zu gehen, Dutzende von geöffneten Koffern standen da im schwachen, durch den Schirm gedämpften Licht der Nachttischlampe auf dem Teppichboden herum, annähernd hundertvierzig Kilo Gepäck, die Marie am Abend zuvor in Roissy aufgegeben hatte, achtzig Kilo Übergewicht, das sie ohne mit der Wimper zu zucken akzeptiert und sofort auf Heller und Pfennig am Schalter der Fluglinie bezahlt hatte, verstreut standen sie da im Zimmer, acht gepolsterte Metallkoffer und vier identische Überseekoffer, mit einem Teil der Kleider ihrer letzten Kollektion, dazu eine Reihe von spitz zulaufenden Reisekoffern, halb aus Korbweide, halb aus Metall, extra für den Transport von Kunstwerken entwickelt, in denen die Experimentalkleider aus Kevlar-Titan waren, von ihr für eine Ausstellung zeitgenössischer Kunst entworfen,

die sie nächstes Wochenende im *Contemporary Art Space* von Shinagawa eröffnen sollte. Marie war Modedesignerin und bildende Künstlerin in einem, sie hatte in Tokio vor einigen Jahren eine eigene Marke kreiert, *Allons-y Allons-o*. Ich betrachtete sie, sie hatte sich flach aufs Bett fallen lassen, mitten auf ihre Kleider, die unter dem Gewicht ihres Körpers die Form verloren hatten und nun in trägen Kaskaden zusammenfallenden Stoffs zu Boden rutschten, und sie weinte, mein Liebling, das Gesicht vergraben in einem Kleiderbesatz, der sich mit ihren Haaren vermengte. Vor einigen Monaten war ihr Vater gestorben, und jetzt mischten sich in ihrem Herzen so viele Tränen, die seit Wochen im stürmisch-bewegten Lauf unseres Lebens flossen, Tränen der Traurigkeit und der Liebe, der Trauer und der Befremdung. Um sie herum schienen diese Kleider wie zu einer Vorführung angetreten, steif und bewegungslos in ihren durchsichtigen Hüllen, herausgeputzt, stolz, mit tiefem Ausschnitt, verführerisch und bunt, amarantrot, fleischrot hingen sie an Schranktüren oder auf Behelfsbügeln, waren aufgereiht an den zwei Reiseständern, die sie im Hotelzimmer wie in einer improvisierten Theaterloge aufgestellt hatte, oder lagen einfach nur säuberlich auf Stühlen und Sessellehnen. Ich betrachtete im Halbdunkel des Zimmers alle diese körperlosen, in allen Farben des Feuers und der Finsternis schimmernden Kleider, die um ihren halb nackten Körper einen Kreis zu bilden schienen, und müde, wie ich war, ja, auch ich – sehr müde jetzt, wie zerschlagen von der Zeitverschiebung –, dachte ich erneut an meine kleine Flasche mit Salzsäure, die in meinem Kulturbeutel lag.

Als ich packte, hatte ich mich gefragt, wie ich diese Flasche Salzsäure mit nach Japan nehmen sollte. Es war natürlich ein Ding der Unmöglichkeit, sie während der Reise bei mir zu tragen, beim Anbordgehen oder beim Zoll wäre sie entdeckt worden und ich außerstande gewesen, ihre Herkunft, ihren Sinn und Zweck zu erklären. Andererseits hatte ich auch Angst, sie im Koffer zu lassen, da sie dort zerbrechen könnte und die Säure sich dann über meine ganzen Sachen ergießen würde. Schließlich hatte ich es ohne weitere Vorsichtsmaßnahmen – ihr unauffälliges Aussehen eines Fläschchens Wasserstoffperoxyd war wohl doch die beste Tarnung – in einem der drei flexiblen Seitenfächer meines Kulturbeutels untergebracht, die jeweils durch einen abknöpfbaren Lederriemen abgetrennt waren, zwischen einer Parfumflasche und einem Päckchen Rasierklingen. Mein Kulturbeutel hatte des Öfteren schon derart bunt zusammengewürfeltes Zeug beherbergt, Zahnpasta und Nagelzange, Honig und Gewürze, Bargeld in Umschlägen aus Packpapier, ganz zu schweigen von etlichen noch nicht entwickelten Filmen, kleinen schwarzblauen Kompaktrollen Ilford FP4 und schwarzgrünen Ilford FP5, die mehr oder minder heimlich aus diesem und jenem Land herausgebracht werden mussten. Doch ohne irgendjemandes Aufmerksamkeit zu erregen, reiste die kleine Flasche von Paris nach Tokio.
An jenem Tag, da Marie mir vorschlug, sie nach Japan zu begleiten, begriff ich, dass sie bereit war, auf dieser großen Tour unsere letzten Liebesreserven zu verheizen. War es nicht einfacher, wenn wir uns schon trennen wollten, die-

se seit langem geplante Reise dafür zu nutzen, wechselseitig ein wenig Distanz zu gewinnen? Zusammen zu verreisen, war das wirklich die beste Möglichkeit, um Schluss zu machen? In bestimmter Hinsicht wohl schon, denn so wie die Nähe uns zerriss, so hätte uns die Ferne wieder nähergebracht. Tatsächlich waren wir in unseren Gefühlen dermaßen zerbrechlich und orientierungslos, dass die Abwesenheit des anderen sicher das Einzige war, was uns noch nahebringen konnte, während unser beider Gegenwart Seite an Seite die innere Zerrissenheit nur noch vertiefen und unsere Trennung besiegeln konnte. War ihr das bewusst, als sie mir vorschlug, sie nach Tokio zu begleiten, und hatte sie mich ganz vorsätzlich eingeladen, um Schluss zu machen – ich weiß es nicht, ich glaube es auch nicht. Andererseits argwöhnte ich, dass sie zumindest zwei leicht perverse Hintergedanken hegen mochte, als sie mir vorschlug, sie nach Japan zu begleiten, zum einen, dass sie annahm, ich könnte ihre Einladung ausschlagen (mehrerer Gründe wegen, vor allem aber einem, über den ich jedoch nicht reden möchte), vor allem aber, dass ihr unser jeweiliger Status während dieser Reise nur allzu klar war, sie überhäuft mit Ehrungen, eingedeckt mit Terminen und Arbeit, umgeben von einem Hofstaat von Mitarbeitern, Hostessen und Assistenten, ich ohne Status, in ihrem Schatten, letztlich ihr Begleiter, ihr Gefolge und Geleit.

Ganz leicht den Kopf hebend, drehte sich Marie in der beweglichen Masse ihrer Kleider, die sich unter dem Gewicht ihres nackten Körpers kräuselten und in Falten legten, träge-laszív um und bat mich mit sanfter und leicht

schläfriger Stimme, ihr etwas zu trinken zu geben, Wasser oder Champagner. Nur das, Wasser oder Champagner, sie hatte schon immer diesen einen Geschmack von exquisiter Schlichtheit, mein Liebling, als wir zum ersten Mal die Nacht miteinander verbracht hatten und ich aufstand, um das Frühstück zu machen, und sie fragte, ob sie Tee oder Kaffee wolle, hatte sie nach längerem Zögern mit einem Schmollmündchen eben genau beides genannt. Marie hatte die Schuhe ausgezogen und trug nur noch ihre schwarze, recht weite Hose, deren oberen Knopf sie aufgemacht hatte, sodass ihr durchsichtiger schwarzer Slip zu sehen war. Ihre Augen waren geschlossen, aber offensichtlich nicht völlig, nicht ausreichend versiegelt und abgetrennt von der Welt, das Licht störte sie wohl noch immer, denn sie langte mit dem Arm nach dem Nachttisch und griff sich tastend die lilaseidene Schlafbrille der Japan Airlines, die wir im Flugzeug zum Schutz gegen die Helligkeit erhalten hatten. Ohne die Augen zu öffnen, rückte sie die Brille auf dem Gesicht zurecht und ließ sich dann wieder rücklings aufs Bett fallen, was ihrer Gestalt nun das Aussehen eines geheimnisvollen Filmstars verlieh, einer gebrochenen, ophelianischen Gestalt inmitten ihres aschefarbenen Totenbetts aus trägem Stoff, die Schultern vergraben in der erweichenden aquatischen Weichheit eines ihrer zerknautschten Kleider, in schwarzem Büstenhalter, dessen einer Träger in die Armbeuge gerutscht war, und der über ihrem durchsichtigen Slip weit offenen Hose, der lilaseidenen Schlafbrille der Japan Airlines, die lässig ihr Gesicht umrahmte.
Hinter dem Zimmerfenster wurde die Dunkelheit noch

immer von den Neonlichtern in wiederkehrenden langen rötlichen Blitzen durchschnitten, die in das Zimmer drangen und sich mit dem fahlgelben Licht der Nachttischlampe vermischten. Ich griff ein Champagnerglas, füllte es randvoll mit Wasser und ging zu Marie aufs Bett, wobei ich mir in dem chaotischen Haufen von Morgenmänteln und Kleidern, die auf den Decken lagerten, einen Platz suchte. Als ich mich neben sie setzte, glitt mein Blick zu der Einbuchtung ihrer Hose, wo jetzt fast ihr ganzer durchsichtiger Slip sichtbar war, unter dem sich die dichte dunkle Masse ihrer Schamhaare erahnen ließ. Da sie mich neben sich spürte, hob Marie träge den Arm, griff sich das Glas, führte es zum Mund und trank einen Schluck Wasser, ohne dabei die Seidenbrille abzunehmen, bevor sie sich wieder langsam nach hinten gleiten ließ, das Glas noch immer in der Hand, Wasser sammelte sich in ihren Mundwinkeln in einem Reif von kleinen spritzigen Perlen, um dann, da sie noch immer trank, in einer Fontäne längs ihrer Wangen hinabzutröpfeln, auf das Kinn, in ihren Nacken und auf ihre Schlüsselbeine. Nachdem sie ausgetrunken hatte, streckte sie die Hand aus dem Bett, um das Glas abzustellen, das auf dem Teppichboden umkippte, und übergangslos, mit einer sicheren und präzisen herrischen Geste, griff sie sich meine Hand und steckte sie in den Slip, kniff die Schenkel um ihre Beute zusammen. Und nachdem die erste Überraschung, der erste Schauer vorüber war, spürte ich plötzlich unter meiner Fingerkuppe den leicht elektrisierenden, ungemein lebendigen, lockeren und feuchten Kontakt mit dem Inneren ihres Geschlechts.

Es war ein uraltes, instinktives Verlangen, das ich durch die bloße Abfolge von Gesten der Liebe, die wir vollzogen, in mir wachsen und sich entfalten spürte. Marie hatte ihr Becken gehoben, um mir beim Ausziehen ihrer Hose zu helfen, und ich hatte lange ihren nackten Bauch um den Nabel geküsst, genau über der unsichtbaren Naht des Slips, die eine Stoffgrenze zwischen ihrer blendend weißen Haut und der durchsichtigen und leichten Unterwäsche aus schwarzem Lycra bildete. Dann hatte sie selbst Hand angelegt, um mir beim seitlichen Runterziehen des Slips zu helfen, hatte nochmals ihr Becken gehoben, um ihn ganz auszuziehen, und dann hatte sie mehr und mehr aufgehört, sich zu winden und zu bewegen, war ihre Ungeduld zur Ruhe gekommen. Sie blieb rücklings auf dem Bett liegen, den Nacken in ein Kissen vergraben, die lilaseidene Schlafbrille der Japan Airlines über den Augen, mit einer Art Besänftigung in den Gesichtszügen, seitdem meine Zunge in ihr Geschlecht eingedrungen war, und leise und befriedigt stöhnte sie, nur die Bewegungen meiner Zunge begleitend, indem sie unmerklich den Rhythmus des Beckens erhöhte.
Langsam war ich mit der Zunge ihren ganzen Körper hinaufgewandert, hatte auf ihrem Bauch und ihren Brüsten haltgemacht, die feine, dünne Grenzlinie aus Spitze ihres schwarzen Büstenhalters überquert, der auf dem Rücken noch zugeknöpft war, aber dessen Körbchen ich vorsichtig nach unten geschoben hatte, sodass ihre Brüste, vom Korsett befreit, in meine Hände fielen und sich zart und weich zwischen meinen Fingern hin und her bewegten. Nach und nach robbte ich mich hoch zu ihrem Gesicht, meine

Handflächen glitten über ihre nackten Brüste und Schultern. Instinktiv hatte sich mein Mund von ihrem Mund und der Verheißung von Küssen magnetisch angezogen gefühlt, doch genau in dem Augenblick, da ich meine Lippen auf die ihren drücken wollte, sah ich, dass ihr Mund geschlossen war, verschlossen und vernagelt in stummer Verzweiflung, ihre Lippen zusammengekniffen und mitnichten auf meinen Mund wartend, verkrampft in der Suche nach rein sexueller Lust. Und als ich innehielt und den Kopf über ihrem Gesicht hob, dessen Ausdruck mir die verbundenen Augen verbargen, da sah ich, wie ganz langsam unter dem schmalen schwarzen Rand der lilaseidenen Schlafbrille der Japan Airlines eine fast regungslose, kaum ausgebildete Träne hervortrat, die traurig auf der Stelle zitterte, unentschlossen, unfähig, weiter die Wange hinabzugleiten, eine Träne, die, da sie an der Stoffgrenze erzittern musste, schließlich auf der Haut ihrer Wange in einer Stille zerplatzte, die in meinem Geist wie eine Explosion widerhallte.

Ich hätte diese Träne von ihrer Wange schlürfen, mich auf ihr Gesicht fallen lassen und sie mit der Zunge auflecken können. Ich hätte mich auf sie stürzen und ihre Wangen, ihr Gesicht und ihre Schläfen küssen, ihr die Stoffbrille wegreißen und ihr in die Augen sehen können, und sei es für einen winzigen Moment, einen Blick wechseln und sich verstehen, mit ihr eins werden in dieser Verzweiflung, die durch den geschärften Zustand unserer Sinne noch verstärkt wurde, ich hätte ihre Lippen mit meiner Zunge gewaltsam auseinanderpressen können, um ihr zu beweisen, welch ungebrochener Schwung mich zu ihr hintrug, und wir hätten uns sicher, schweißgebadet, nicht mehr Herr unserer Sinne, in einer feuchten salzigen cremigen Umarmung aus Küssen, Schweiß, Speichel und Tränen verloren. Aber ich habe nichts getan, ich habe sie nicht geküsst, habe sie diese Nacht nicht ein einziges Mal geküsst, ich habe noch nie meine Gefühle ausdrücken können. Ich habe zugesehen, wie die Träne sich auf ihrer Wange auflöste, und habe die Augen geschlossen – im Gedanken, dass ich sie vielleicht, tatsächlich, nicht mehr liebte.

Es war spät, vielleicht drei Uhr morgens, und wir liebten uns, liebten uns langsam in der Dunkelheit des Zimmers, das noch immer lange Streifen aus rotem Licht und dunklen Schatten durchmaßen, an den Wänden flüchtige Spuren ihres Vorbeigleitens hinterlassend. Maries Gesicht, ins Zwielicht geneigt, die Haare aufgelöst im Aufruhr der durcheinandergeratenen Laken, ihrer Morgenmäntel und wirr um uns herumliegenden Kleider, blieb wie am Rande unserer Umarmung, verlassen an der Ecke eines Kissens, die Lippen zusammengekniffen und sich nicht lösend von jenem schrecklichen Ausdruck schwerer und stummer Verzweiflung, den ich an ihr gekannt hatte. Nackt in meinen Armen, warm und zerbrechlich im Bett dieses Hotelzimmers, an dessen Decke flüchtige Fäden roten Neonlichts vorüberzogen, hörte ich sie im Dunkeln stöhnen, wenn ich mich in ihr bewegte, aber ich spürte kaum, dass sich ihre Hände gegen meinen Körper drückten, ihre Arme sich um meine Schultern schlangen. Nein, es war, als vermiede sie sorgsam jeden überflüssigen Kontakt mit meiner Haut, jede unnütze Berührung, jede andere denn sexuelle Beziehung zwischen unseren Körpern. Denn

lediglich ihr Geschlecht schien an unserer Umarmung teilzunehmen, ihr warmes Geschlecht, in das ich eingedrungen war und das auf fast autonome Weise sich regte, hitzig und bissig, gierig, während sie die Beine zusammenpresste, um mein Glied in den Schraubstock ihrer Oberschenkel zu zwängen, und verzweifelt an meinem Schambein rieb auf der Suche nach einem Genuss, den auf immer aggressivere Weise sich zu holen sie spürbar bereit war. Ich hatte das Gefühl, dass sie sich meines Körpers bediente, um an mir, gegen mich zu masturbieren, dass sie ihre Verzweiflung an meinem Körper rieb, um sich in der Suche nach einem gefährlichen, glühenden und einsamen Genuss zu verlieren, schmerzhaft wie eine lang schwelende Brandwunde und tragisch wie das Feuer des Bruchs, den wir im Begriff waren zu vollziehen, und genau dasselbe Gefühl dürfte sie auch in Bezug auf mich empfunden haben, denn seitdem unsere Umklammerung zu jenem Kampf zweier paralleler Gelüste geworden war, nicht mehr zueinander-, sondern auseinanderstrebend, antagonistisch, als würden wir uns gegenseitig die Lust streitig machen, statt sie zu teilen, hatte auch ich mich schließlich wie sie auf die Suche nach einer rein onanistischen Lust konzentriert. Und je länger diese Umarmung dauerte, je mehr die sexuelle Lust in uns anstieg wie Säure, umso stärker spürte ich die schreckliche unterschwellige Gewalt dieser Umarmung anwachsen.
Wären wir jetzt beide zum Höhepunkt gekommen, hätten sich sehr wahrscheinlich unsere Sinne, durch die nervöse Anspannung und die seit Beginn der Reise angestaute Übermüdung erregt, besänftigen und wir eng umschlun-

gen in diesem großen zerwühlten Bett in Tiefschlaf versinken können. Doch das Begehren wuchs noch immer, die Wollust überwältigte uns, und, mit zusammengepressten Lippen und in den Armen des anderen stöhnend, liebten wir uns weiter in der Dunkelheit dieses Hotelzimmers, als ich plötzlich hinter mir ein winziges Klicken hörte, und im selben Augenblick war das Halbdunkel des Zimmers von einem marineblauen, schweigenden und beunruhigenden Lichtschein erhellt. Ohne äußere Einwirkung und in einer umso überraschenderen Stille, als nichts ihr vorausgegangen war noch ihr folgte, hatte sich der Fernseher im Zimmer von selbst eingeschaltet. Kein Programm war aktiviert worden, keine Musik und kein Ton drangen aus dem Empfänger, lediglich ein feststehendes, verschneites Bild, das auf dem Schirm in einem steten unmerklichen elektronischen Rauschen vor blauem Hintergrund eine Nachricht anzeigte. *You have a fax. Please contact the central desk*. Marie, die Augen noch immer verbunden mit der Seidenbrille, hatte von dieser Unterbrechung nichts bemerkt und fuhr fort, sich in meinen Armen im bläulichen Halbdunkel des Zimmers zu bewegen. Ich aber war, ungeachtet der brennenden Intensität meines Begehrens, durch den Vorfall wie vor den Kopf geschlagen, ich fixierte stumpfsinnig die stumme Nachricht auf dem Bildschirm und war auf einmal unfähig, unsere Umarmung auch nur einen Augenblick länger fortzusetzen. Außer Atem und schweißgebadet hielt ich inne, und nachdem ich eine kurze Weile regungslos auf ihrem Körper liegen geblieben war, zog ich mich aus ihr zurück, wobei ich ihr, etwas Absurderes gibt es wohl nicht, zuflüsterte, wir hätten ein Fax erhalten. Ein Fax? Ich glaube, sie hörte nicht mal meinen Satz oder verstand ihn nicht, versuchte jedenfalls gar nicht, ihn zu verstehen, so unzweideutig nahm sie mein Innehalten als eine Aggression, als willentlichen Akt, sie ihrer Lust zu berauben, sie um den Genuss, den Höhepunkt zu bringen. Auf dem Rücken im Bett liegend, brach sie schließlich stumm in Tränen aus, aus allen Ecken und Ritzen ihrer Seidenbrille drangen Tränen hervor, nicht nur unten, wo sie zwangsläufig über ihre Backenknochen und Wangen rannen, sondern auch oben, wo sie sich mit den Schweißperlen längs des Haaransatzes vermischten. Ich wollte etwas sagen, mich erklären, ihren Arm nehmen und sie beruhigen, doch meine Bemühungen, sie zu trösten, ließen sie nur noch zorniger, aggressiver werden, die geringste Berührung meiner Hände auf ihrer Haut ließ sie erschauern. Gepackt von Weinkrämpfen auf dem Bett, stieß sie mich mit den Füßen und Händen weg und schrie mich an abzuhauen. Du kotzt mich an, wiederholte sie, du kotzt mich an.

Ich stand im Bad und betrachtete meine nackte Gestalt im halbdunklen Spiegel. Beim Eintreten hatte ich kein Licht angemacht, und so konkurrierten zwei gegensätzliche Lichtquellen um die relative Dunkelheit des Raums, der bläuliche Schimmer vom Bildschirm des Fernsehgeräts, der noch immer im angrenzenden Zimmer glänzte, wo ich Marie leise in die Decken schluchzen hörte, und der schmale goldene Streifen der Nachtbeleuchtung unten am Kleiderschrank, die bei meinem Gehen über den Flur automatisch angegangen war. Ich konnte kaum Züge und Konturen meines Gesichts im großen Wandspiegel oberhalb des Waschbeckens erkennen. Die Badewanne hinter mir spiegelte sich im Halbdämmer, auf dem Wannenrand ein zerknüllter Bademantel, auf dem Boden mehrere Handtücher, andere, noch unbenutzte, gefaltet in ihren metallenen Wandregalen. Auf der Ablageplatte des Waschbeckens stand deutlich sichtbar neben Maries zahllosen Schönheitsprodukten, kleinen Flaschen und Tuben, Puderdose, Lippenstift, Lidstrich, Rouge, Wimperntusche, auch mein Kulturbeutel, den ich kurz zuvor geöffnet hatte. Von meinem Gesicht im Dunklen tauchte nur mein Blick auf, meine fixen intensiven Augen, die mich anstarrten. Ich schaute mich im Spiegel an und dachte an das Selbstporträt von Robert Mapplethorpe, wo aus der finsteren Schwärze der thanateischen Abgründe der Tiefe des Fotos im Vordergrund nur ein Stock aus kostbarem Holz aufscheint, mit einem winzigen ziselierten Elfenbeinknauf in Form eines Totenkopfs, dem, noch immer im Vordergrund, mit derselben perfekten Tiefenschärfe wie ein Echo das Gesicht des Fotografen antwortet, bedeckt bereits mit dem Schleier des Todes. Und doch lag in seinem Blick ein Ausdruck von Ruhe und gelassenem Trotz. In der Dunkelheit des Badezimmers stand ich nackt mir selbst gegenüber, in der Hand ein Fläschchen mit Salzsäure.

Und nach und nach hatte sich die Gefahr konkretisiert. Hinter mir war die Tür des Badezimmers offen geblieben, und im Schatten waren die Schiebetüren des Wandschranks und der ins Zimmer führende Teil des Flurs zu erahnen. Marie musste eingeschlafen sein, mit dem nackten Körper quer über dem Bett, die Augen umgürtet mit der tränenfeuchten Augenbinde im fahlen bläulichen Licht des immer noch angeschalteten Bildschirms im Zimmer. Ich konnte die Strecke, die mich vom Zimmer trennte, sehr gut in Bilder umsetzen, die wenigen Schritte, die ich längs des Wandschranks im Flur gehen musste, dann die Ecke und der Ausblick aufs Zimmer, Holzkisten kreuz und quer auf dem Boden, die offenen Koffer und das erstarrte Gefolge der trübselig-schlaffen schwarzen Kollektionskleider, die im Dämmerlicht menschliche Formen angenommen hatten und nun, ineinanderverknäult, gemartert, auf Behelfsbügeln der Reiseständer hingen, dazu, in der Ferne, perspektivisch, das große Glasfenster und dahinter Tokio. Im Zimmer war kein Laut zu hören, weder Atmen noch Schluchzen, nicht das leiseste Knistern. Ich hörte keinen Ton, und ich hatte Angst ... So viele Stunden hatte keiner von uns beiden geschlafen, so viele Stunden, dass unsere raumzeitlichen Koordinaten sich aus Mangel an Schlaf, Verwirrung der Gefühle und Ausrasten der Sinne verflüchtigt hatten. Es musste jetzt nach drei Uhr morgens in Tokio sein, und wir waren am selben Morgen angekommen, gegen acht Uhr japanischer Zeit, nach einem kurzen morgendlichen Aufenthalt in Paris vor dem Abflug und einer langen Nacht im Flugzeug, wo wir allenfalls ein oder zwei Stunden gedöst hatten, das machte alles in allem fast achtundvierzig Stunden, die wir nicht geschlafen hatten, oder nur sechsunddreißig Stunden, was soll's, ich stürzte mich in komplizierte und müßige Berechnungen, um meine Gedanken auf irgendetwas Objektives zu lenken und mich von der Woge an Gewalt, die ich in mir hochsteigen spürte, nicht übermannen zu lassen. Ich hätte gern Marie umarmt, um sie zu trösten, sie sanft in meine Arme genommen und ihr, mit der zwingenden Kraft der Geständnisse, die man nicht macht, oder lediglich in Gedanken, in seinem Innersten, gesagt, dass ich sie liebte, dass ich sie immer geliebt hätte, aber dass nun geschlafen werden müsse, dass wir schlafen müssten, dass allein der Schlaf uns jetzt beruhigen könne. Es ist so spät, Marie, schlaf, es ist so spät, sagte ich zu ihr und nahm sanft ihre Hand. Da fuhr sie jäh zusammen, als würde sie aus dem Schlaf auffahren. Hau ab, wiederholte sie leise und befreite ihre Hand, wobei sie mich mit dem Arm zurückstieß, hau ab, lass mich schlafen, wiederholte sie. Und urplötzlich hatte ich nur noch 3en vor meinen Augen, drei 3en, die in meinem Blickfeld auftauchten, 3.33 a.m. sah ich unvermittelt vor mir auf dem Display des Radioweckers blinken, drei 3en in roten Ziffern aus fein gepunkteten flüssigen Kristallen, die mich aus dem Halbdunkel des Nachttischs fixierten. Wo war ich denn eigentlich? Und was war dieses trübe blasslila Halbdunkel, das die langen Strahlen dieses Unglücksscheinwerfers mit schwarzen und roten Reflexen durchmaßen? War ich ins Zimmer zurückgekommen? Ich saß neben ihr, die kleine Flasche mit Salzsäure in der Hand, offen. Und das war's, was roch, der beißende Geruch der Säure.

Ich schloss die Zimmertür hinter mir, fand mich allein auf dem verlassenen Flur der 16. Etage. Auf dem Stockwerk war kein Laut zu hören, lediglich das Brummen der Klimaanlage und, vielleicht, weiter weg, das Gebläse eines Heizkessels hinter einer Tür für das Dienstpersonal. Bevor ich das Zimmer verließ, hatte ich eilig eine Hose und ein

T-Shirt übergestreift, keine Strümpfe, lediglich ein Paar Hotelpantoffeln aus Nylonkrepp. Leicht verwirrt, wie ich war, musste ich in die falsche Richtung gegangen sein, schien es mir doch, als hätte ich mehrfach auf dem Stockwerk eine Runde gedreht, bevor ich endlich auf den Treppenabsatz stieß. Dort drückte ich alle Knöpfe auf einmal, um den Aufzug heranzurufen, und nach einer Weile sah ich, wie ein orangefarbenes Kontrolllämpchen aufleuchtete, verbunden mit einem Tonsignal, das kurz und durchdringend auf dem menschenleeren Treppenabsatz ertönte, um das Nahen eines Lifts anzukündigen. Die Aufzugtüren öffneten sich vor mir. Mechanisch trat ich in die Kabine, drückte auf gut Glück den Knopf vom letzten Stockwerk. Der Lift stieg lautlos nach oben, und ich rührte mich nicht, ich hörte mein Herz schlagen, an der Wange spürte ich ein Kribbeln.

Mehrere Albtraumbilder verfolgten mich, fragmentarische Szenen aus letzter Zeit, die in flüchtigen Blitzen meines Bewusstseins aufschienen, gleißende Halluzinationen, die in rotem Leuchten und schwarzem Schatten zerstoben: ich, nackt in der Dunkelheit des Badezimmers, wie ich mit all meinen Kräften die Salzsäure in die Visage im Spiegel schüttete, um meinen Blick nicht mehr zu sehen, oder ich, noch immer, ruhiger und weitaus beängstigender, die Flasche Salzsäure in der Hand, den nackten Körper Maries betrachtend, wie sie ausgestreckt im Bett liegt, ihre nackten Beine und ihr Geschlecht vor mir, ihr Gesicht zugebunden mit der Seidenbrille, das sanfte Atmen ihrer schlafenden Brust, ich, wie ich innerlich mit mir rang und in einer weit ausholenden Bewegung, schreiend, mich von ihr abwandte und das große Fenster des Zimmers mit einem Säurespritzer besprengte, der auf dem Glas zu brodeln, um den Krater zu knirschen und zu dampfen begann in einer klebrigen Masse aus geschmolzenem und aufschwellendem Glas, das in langen sirupartigen und schwärzlichen Schlieren die Scheibe hinuntertröpfelte.

Im 27. Stock angekommen, stieß ich auf mehrere geschlossene Türen, versperrte Ausgänge. Die Beleuchtung war über Nacht auf dem Stockwerk ausgeschaltet worden, sodass in der Dunkelheit nur noch die fluoreszierenden grünen Sigel der Notausgänge blieben, die in ihren transparenten Masken leuchteten: EXIT, EXIT, EXIT. Ich hörte, wie die Aufzugstüren sich hinter mir schlossen. Ich folgte zu meiner Rechten einem sehr dunklen Gang, in dem da und dort vereinzelt Nachtbeleuchtungen hingen, die ein weißliches Licht ausstrahlten und dem Ort etwas Mond- und Gespensterhaftes verliehen. Am Ende des Gangs stieß ich auf eine doppelte Glastür mit goldenen Türrahmen, über der ein nautisches Wappen und ein bläuliches Schild prangten, auf dem in verwaschenen Neonbuchstaben *Health Club* zu lesen war. Die Tür gab nicht nach, als ich sie zu öffnen versuchte, doch als ich die Türrahmen näher in Augenschein nahm, bemerkte ich, dass die beiden Riegel mit Bajonettfassung, die die Tür verschlossen hielten, einer oben mit der halbrunden Falle, die nach oben in eine Schließkappe führte, und der andere unten, außen angebracht waren und nicht innen. Ich brauchte also nur die beiden Stifte aus ihrer Schließkappe zu lösen, um die Tür halb zu öffnen und mich ins Innere zu zwängen.

Nachdem ich mich umgedreht hatte, aus Furcht, von jemandem ertappt worden zu sein, der auf dem Flur etwas Ungewöhnliches bemerkt hatte, durchquerte ich hastig eine leere Empfangshalle und trat geräuschlos in einen menschenleeren Gymnastikraum, in dem sich meine Augen allmählich an die Dunkelheit gewöhnten, machte ein paar Schritte zwischen den Hanteln und diversen Geräten zur Stärkung von Herz und Kreislauf, Ruder- und Laufvorrichtungen, einer Reihe von radlosen medizinischen Laufrädern, lediglich nackte Rahmen, schlichte vertikale Gerüste, die wie zerbrochene oder amputierte Metallvögel aussahen. Überall an den Wänden hingen große Spiegel in der Dunkelheit, vertikale Triptychen, die meine nicht erkennbare Silhouette ins Unendliche widerspiegelten. Ich zögerte zunächst, welchen Weg ich weitergehen sollte, kehrte um und nahm eine gekachelte Innentreppe, auf der es nach Seife und Chlor roch. Ich hatte keine Ahnung, wo sie hinführte, und stieg langsam die Stufen nach oben, mich dabei am Geländer festhaltend, als plötzlich vor mir Tokio in der Nacht auftauchte, wie ein künstliches Theaterdekor aus Schatten und zitternden Lichtpunkten hinter der Glasfensterfront des Schwimmbads.

Das Wasser des Schwimmbads stand bewegungslos in der Dunkelheit, durchzogen von flüchtigen Lichtschimmern und wechselnden Reflexen. So im Halbdämmer erstarrt, sah es aus wie geschmolzenes Blei, Quecksilber oder Lava, schien wie seit Ewigkeiten da zu ruhen, zweihundert Meter über dem Meeresspiegel, hin und wieder gingen winzig kleine spontane Kräusel darüber hinweg, wie fröstelnde

Haut. Um mich kein Lufthauch, nicht das geringste Geräusch von am Beckenrand anschlagendem Wasser. Längs der Fensterfront standen Liegestühle aus durchbrochenem weißen Plastik, nicht alle aufgeklappt, einige noch zusammengelegt, in einer Ecke abgestellt mit anderen zusammengeklappten Strandstühlen, Sonnenschirmen, Rettungsringen, Schaumgummibrettern. Im Umkreis des Beckens war es sehr warm, fast schwül, und in den umherwabernden Dämpfen hing der Geruch von parfümiertem Reinigungsmittel, ein übler Duft nach Andropogon, Ammoniak und Amber. An den Ecken des Beckens standen Holzkästen für Grünpflanzen, Inseln tropischer Vegetation im Dunkeln, hochaufgerichteter Bambus, dessen Halme an den Fenstern hochwuchsen, riesige Farnblätter, die aus den Pflanzenkästen hingen und sich sanft auf die Fliesen bogen. Kein Laut war im Schwimmbad zu hören. Ich ging langsam am Becken entlang, den Blick nach oben gerichtet zum großen beweglichen Glasdach, wo zwischen dem Metallgerüst der gestirnte Himmel zu sehen war. Auf der anderen Seite des Beckens angekommen, ging ich geräuschlos bis zur Glaswand und begann, stumm die vor meinen Augen schlafende Stadt zu betrachten.

Nachts von oben betrachtet, scheint die Erde zuweilen etwas von ihrer ursprünglichen Natur wiederzufinden, stärker in Einklang zu stehen mit dem wilden Zustand des uranfänglichen Weltalls, ähnlich den unbewohnten Planeten, den in der Grenzenlosigkeit der kosmischen Räume verlorenen Kometen und Sternen, und dieses Bild vermittelte jetzt Tokio hinter der Glasfront des Schwimmbads, das einer im Herzen des Weltalls eingeschlafenen

Stadt, übersät mit rätselhaften Lichtern, Neonröhren und Straßenlaternen, Schildern, Beleuchtungen der Straßen und Hauptverkehrswege, der Brücken, Bahnlinien, Stadtautobahnen und netzförmig ineinander verwobenen Hochstraßen, ein Glitzern von Juwelen und Armbändern aus Lichterketten, Girlanden und gebrochenen Linien aus goldglänzenden Punkten, die häufig nur winzig waren, ununterbrochen leuchtend oder flimmernd, nah wie fern, rote Signale der Funkfeuer, die auf den Spitzen der Antennen und an den Dachecken in der Nacht blinkten. Ich betrachtete hinter der Glasfront die riesige Ausdehnung der Stadt, und mir war, als hätte ich die Erde selbst vor meinen Augen, in ihrer konvexen Krümmung und zeitlosen Nacktheit, als entdeckte ich vom Weltraum aus dieses in Nebel getauchte Relief, und flüchtig wurde mir da mein Dasein auf der Erdoberfläche bewusst, ein flüchtiger und intuitiver Eindruck, der in dem süßlich-faden metaphysischen Schwindel, in dem ich taumelte, mir konkret zur Darstellung brachte, dass ich mich in diesem Augenblick irgendwo im Weltall befand.

Jenseits der ersten erhellten Fassaden dehnte das gesamte Viertel von Shinjuku sein Schattenprofil in der Nacht vor mir aus. Auf der Linken waren die waagerecht verlaufenden weitläufigen Zonen, fast vollständig in Finsternis getaucht, zu sehen, dann die riesige Lücke aus dunklem Grün des Kaiserpalasts mitten in der Stadt, undeutbar und undurchdringlich, und zum Meer hin, am Horizont, über Shimbashi und Ginza hinaus, die offene See und die Gischt, die Bucht von Tokio und der Pazifik, dessen dunkle Gewässer sich an der Grenze von visueller Schärfe und

Einbildungskraft verloren. Ich stand da im Dämmerlicht vor der Glasfront des Schwimmbads im 27. Stockwerk des Hotels, und hoch oben von dieser Senkrechten von nahezu zweihundert Metern, die die Stadt überragte, aufrecht stehend auf dieser privilegierten Landspitze, die direkt ins Leere führte, betrachtete ich Tokio, das sich endlos vor mir ausdehnte und vor meinen Augen die riesige Fläche seines grenzenlosen Ballungsraums entfaltete. Ich spürte auf einmal, wie die Erde erneut zu erzittern begann, wie einige Stunden zuvor, als wir ins Hotel zurückgekehrt waren, und ich dachte bei mir, dass der Stoß, den wir vorhin gespürt hatten, wie alle durch unsere Sinne wahrgenommenen Erdstöße berechtigterweise als Vorzeichen eines viel stärkeren Stoßes gedeutet werden konnte, der seinerseits ein starkes, und warum nicht, ein sehr starkes, das stärkste Erdbeben ankündigen könnte, das berühmt-berüchtigte *Big one*, das von allen Experten in Tokio erwartet wurde, vergleichbar dem von 1923 oder von 1995 im Kansai und vielleicht sogar noch stärker, mit einer bislang noch unbekannten Zerstörungskraft, unvorstellbar angesichts der gegenwärtigen Urbanisierung Tokios, jenseits jeder Katastrophenfantasie. Und so diese unverbaubare Perspektive auf die Stadt genießend, begann ich, dieses so gefürchtete große Erdbeben herbeizusehnen, in einer Art grandioser Euphorie stieg in mir der Wunsch auf, dass es in diesem Augenblick vor mir sich vollziehe, in dieser Sekunde, und alles vor meinen Augen verschwinden ließe, Tokio in Asche und Ruinen lege und in tiefe Trauer stürze, die Stadt und meine Müdigkeit, die Zeit und meine toten Lieben vernichte.

Das Wasser des Schwimmbads lag bewegungslos da im Halbdämmer, lediglich die geschwungenen Chromgriffe der Treppen zum Becken schimmerten. Ich ging einige Schritte am Beckenrand entlang, zog mein T-Shirt aus und legte es gedankenverloren auf den Arm einer Liege. Ich knöpfte meine Hose auf und streifte sie längs meiner Oberschenkel ab, hob ein Bein, um sie an der Wade hinunterzuziehen, dann das andere, vorsichtig, um mich von dem Kleidungsstück zu befreien. Ich schlüpfte aus den Schlappen und ging, nun völlig nackt, zum Becken, unter meinen Fußsohlen spürte ich das Warme, Feuchte der kautschukartigen Runzeln des Fußbodenbelags. Ich setzte mich auf den Beckenrand, nackt im Halbdunkel, und nach einer Weile ließ ich mich ganz langsam senkrecht ins Becken gleiten – und der Wirbel aus Anspannung und Müdigkeit, der sich seit dem Abflug in Paris in mir angestaut hatte, schien sich beim Kontakt mit dem weichen Wasser im Nu auf meiner Haut zu lösen.
Langsam schwamm ich in der Dunkelheit des Schwimmbads, ruhigen Geistes, wechselte den Blick von der Oberfläche des Wassers, die durch meine langsamen stillen Schwimmzüge kaum verändert wurde, zum riesigen nächtlichen Himmel, der durch die vielen Öffnungen in der Glasfront, die dem Blick unbegrenzte Perspektiven boten, überall sichtbar war. Ich hatte das Gefühl, inmitten des Weltalls zu schwimmen, zwischen fast greifbaren Galaxien. Nackt in der Nacht des Weltalls, streckte ich sachte die Arme vor mir aus und glitt lautlos mit der Welle dahin, ohne Wirbel, wie in einem himmlischen Wasserlauf, inmitten jener Milchstraße, die in Asien Fluss des

Himmels genannt wird. Von allen Seiten umspülte das Wasser, warm und schwer, ölig und sinnlich, meinen Körper. Ich ließ den Gedanken freien Lauf in meinem Kopf, schob sanft das Wasser vor mir beiseite, teilte die Woge in zwei einzelne Wellen und schaute ihnen nach, wie sie sich, silbernen Pailletten gleich, in wiegenden Bewegungen bis an den Beckenrand verlängerten. Schwerelos gleichsam schwamm ich im Himmel, atmete ruhig und ließ meine Gedanken in der Harmonie des Weltalls aufgehen. Ich hatte mich endlich von mir gelöst, meine Gedanken stiegen aus dem Wasser auf, das mich umgab, sie waren seine Emanation, hatten seine Evidenz und Flüssigkeit, sie flossen dahin wie die vergehende Zeit und strömten gegenstandslos in der Trunkenheit ihres bloßen Verströmens, der Grandiosität ihres Dahinfließens, wie bewusstloses Pulsieren des Blutes, rhythmisch, weich und regelmäßig, und ich dachte, aber das wäre schon zu viel gesagt, nein, ich dachte nicht, ich wurde jetzt eins mit der Unendlichkeit der Gedanken, ich selbst war die Bewegung des Denkens, ich war der Lauf der Zeit.

Ich verließ das Schwimmbad und ging in mein Zimmer zurück. Ich durchmaß den langen Flur des 16. Stockwerks, beiger Teppichboden, die Türen der Zimmer, eine neben der anderen, geschlossen, lediglich die Nummern aus vergoldetem Metall als Orientierungspunkte, alle fast gleich, 1614, 1615, 1616, 1617, 1618, 1619. Vor der Tür meines Zimmers angelangt und gerade im Begriff, einzutreten und zu Marie zurückzukehren, besann ich mich anders und machte kehrt, um zur Rezeption hinunterzufahren und dort das Fax abzuholen, das wir bekommen hatten. Ich trat aus dem Lift und durchquerte die Halle, ein wenig beschämt wegen meines Aufzugs, der sich vom Luxus des Hotels doch etwas abhob (ich trug ein schlichtes schwarzes zerknittertes und feuchtes T-Shirt, an den nackten Füßen Plastiksandalen). Es musste etwas später als vier Uhr morgens sein, und das Hotel war wie ausgestorben, in der schweigenden und vor sich hin schlummernden riesigen Marmorhalle war keine Menschenseele. An der Rezeption stand lediglich ein Angestellter, der Nachtdienst hatte, schwarz gekleidet, mit dem Rücken zu mir, in die Lektüre eines Schriftstücks vertieft. Die anderen Tresen waren leer, das Pult, das als Sammelpunkt für die einschlägigen Dienste der *Airport-Limousine* diente, war verlassen, kein Portier in Sicht, kein Mensch auf der überdachten Außentreppe, die hinter der doppelten Reihe von gläsernen Schiebetüren in der Dunkelheit zu erahnen war. Ich ging zum Empfangstresen, und mit fester Stimme, die ein wenig mit der Lässigkeit meines Aufzugs kontrastierte, erklärte ich dem Angestellten auf Englisch, dass ich in meinem Zimmer vom Eintreffen eines Faxes benachrich-

tigt worden sei. Room 1619, sagte ich ziemlich trocken, de Montalte, ergänzte ich.
Marie hieß de Montalte, Marie de Montalte, Marie Madeleine Marguerite de Montalte (sie hätte ihre Kollektionen so signieren können, M.M.M.M., in sibyllinischer Huldigung an das Haus des Doktor Angus Killiecrankie). Marie war ihr Vorname, Marguerite der ihrer Großmutter, de Montalte der Name ihres Vaters (und Madeleine, weiß nicht, sie hatte ihn sich redlich verdient, kein Mensch sonst hatte ein solches lacrimales Talent, diese angeborene Begabung für Tränen). Als ich sie kennenlernte, ließ sie sich Marie de Montalte nennen, manchmal nur Montalte, ohne das Adelsprädikat, ihre Freunde und Mitarbeiter nannten sie Mamo, was ich zum Zeitpunkt ihrer ersten Ausstellung zeitgenössischer Kunst in MoMA umgewandelt hatte. Dann hatte ich MoMA fallen lassen, zugunsten von Marie, ganz einfach Marie (eben so mal).
Der Angestellte an der Rezeption ließ auf sich warten (*just a moment, please*, hatte er mir gesagt, bevor er in den Tiefen eines kleinen Nebenraums verschwand), und ich wartete nun an der Rezeption darauf, dass er wiederkam, mit nackten Füßen in feuchten Schlappen. Was war denn nun eigentlich los? Warum kam er nicht wieder? Fand er das Fax nicht mehr? Oder lag da ein Irrtum vor? Sollte uns gar keiner diese Nacht ein Fax geschickt haben? Aber warum hatte ich dann Hals über Kopf mitten in der Nacht das Zimmer verlassen? Und die Säure, fragte ich mich, wo befand sich in diesem Augenblick die kleine Flasche mit Salzsäure? Eine Menge Angst machender Gedanken bestürmten meinen Kopf und ließen mein Herz schneller

schlagen. Der Angestellte kam zu mir zurück, unerschütterlich, und nach rascher Prüfung in einem in schwarzes Leder gebundenen Register wies er mit einer stilisierten Geste in die Halle, um mir zu sagen, dass bereits jemand vor mir das Fax geholt habe. Jemand? Ich drehte mich abrupt zur Halle hin um und bemerkte Marie nur wenige Meter entfernt. Marie war da. Zunächst sah ich nur ihre Beine, denn ihr Körper blieb durch eine Säule verdeckt, ihre übereinandergeschlagenen Beine, die ich sofort erkannte, an den Füßen trug sie Pantoffeln aus blassrosa Leder, die zum Hotel gehören mussten und die sie mit einer distanzierten, raffinierten und ironischen Eleganz trug (der eine hing in prekärem Gleichgewicht gerade noch auf ihren Zehen, der andere war bereits zu Boden gefallen). Ich tat einen vorsichtigen Schritt auf sie zu, ich wusste ja nicht, wie sie mich empfangen würde. Sie saß reglos auf einem der eleganten Ledersofas in der Halle, Kopf und Haare nach hinten geworfen, einen Arm über dem Boden schlenkernd, und trug – was mich sofort am meisten überraschte – eins ihrer Kleider aus eigener Kollektion, aus mit Sternen besetzter nachtblauer Seide, Strass und Satin, chinierter Wolle und Organza, das sie irgendwie übergestreift hatte, bevor sie das Zimmer verließ, ohne es an der Schulter zuzuhaken oder in der Taille zu schließen (ich hatte sie noch nie eins ihrer Kleider tragen sehen, das verhieß nichts Gutes). Ungeschminkt, die Haut sehr weiß unter den Kristallleuchtern, über den Augen eine Sonnenbrille, rauchte sie bedächtig eine Zigarette. Du bist da? sagte ich, mich ihr nähernd. Sie betrachtete mich mit einem Anflug von Amüsiertheit, und in ihrem Blick las

ich eine Spur von verächtlicher Überheblichkeit, die mir zu sagen schien, dass man mir echt nichts verbergen könne (ja, in der Tat, sie war da), aber die auch sagen wollte, oder deutete ich dieses Lächeln falsch, wenn ich darin Gehässigkeit ausmachte, während es vielleicht nur ein klein wenig zärtlicher Spott war, dass sie mit meinem Durchblick nichts am Hut hatte, dass er ihr sogar herzlich schnuppe war, dieser mein Scheißdurchblick. Was sie jetzt von mir erwartete, das waren keine Intelligenzbeweise, noch weniger irgendwelche Erklärungen hinsichtlich dessen, was wir gerade so Brennendes, Heißes, Heikles oben im Zimmer erlebt hatten, keine Spitzfindigkeiten, Rechtfertigungen oder Räsonnements, das war, dass ich sie umarmte und küsste, mehr nicht – und dafür war Intelligenz keine Hilfe.
Marie schaute mich weiter an, das Gesicht intensiv und reglos, der Körper geschmückt mit dem sternenübersäten nachtblauen Seidenkleid, Strass und Satin, chinierte Wolle und Organza, aus ihrer Kollektion, ihren schwarzen Ledermantel wie einen Schal nachlässig über die Schultern drapiert. Sie rauchte schweigend, in einer verhangenen Aura aus träumerischer Melancholie, die lässig zwischen ihren Lippen hervorzukommen schien, um als Rauch an der Decke zu verschwinden. Hast du dir Sorgen gemacht? fragte ich. Sie antwortete nicht sofort, nickte schließlich, widerwillig, indem sie nur ganz leicht den Nacken bewegte, mit sacht zitterndem Haar. Wo warst du? sagte sie, und als ich erklärte, ich sei ins letzte Stockwerk des Hotels gefahren und habe im Schwimmbad gebadet, sah ich sie gedankenvoll lächeln. Ja, ich weiß, ich hab dich gesehen,

sagte sie nach einer Weile zu mir. Du hast mich gesehen? sagte ich. Und da erzählte sie mir, dass sie ebenfalls das Fax an der Rezeption holen wollte und, als sie mich dort nicht antraf, das Hotel verlassen hatte, um mich zu suchen. Ich hörte ihr schweigend zu, mir war nicht klar, worauf sie hinauswollte. Draußen hatte sie den Kopf gehoben, um das Hotel von außen zu betrachten, sie hatte mit den Augen unser Zimmer im 16. Stock gesucht, alle Lichter des Hotels waren ausgeschaltet, alle schliefen. Sie hatte sich in ihrem Kleid aus der eigenen Kollektion in der Nacht entfernt, sie wusste nicht genau, wohin sie ging, aufs Geratewohl irrte sie in der Mitte der Fahrbahn umher, hob von Zeit zu Zeit nochmals den Kopf zur fernen Fassade des Hotels, als ihr Blick schließlich von der Glaskuppel des Schwimmbads im letzten Stockwerk angezogen wurde, wo sie den Eindruck hatte, als sehe sie jemanden flüchtig sich bewegen. Sie hatte dem nicht sonderlich Aufmerksamkeit geschenkt, doch als sie wieder zum Hotel zurückkam, hatte sie nochmals den Kopf gehoben, und da hatte sie mich gesehen, sie hatte mich deutlich hinter der Glasfront gesehen, sie war sicher, dass ich das war, diese reglose Gestalt in der Nacht zwischen den erleuchteten Wolkenkratzern. Du denkst dir da was aus, sagte ich. Nein, ich denk mir nichts aus. Du denkst dir was aus, sagte sie. Sie lächelte mir zu. Sie hatte ein zweideutiges Lächeln, das ich an ihr nicht kannte, etwas beunruhigend, leicht wahnsinnig. Komm, lass uns gehen, sagte sie und stand auch schon abrupt auf, ich halt das Hotel nicht mehr aus. Komm, wiederholte sie, nahm mich am Arm und zog mich zum Ausgang. Ich schlurfte hinter ihr her, versuchte

ihr beizubringen, dass wir fürs Ausgehen nicht angezogen waren, wir könnten wenigstens noch mal ins Zimmer zurückgehen und einen Mantel holen, aber sie wollte nichts davon wissen, sie zog mich zum Ausgang und warf mir dabei ihren großen schwarzen Ledermantel über die Schultern. Da, nimm den, du frierst ja, Weichling, sagte sie, und sie hielt in der Halle inne, um mich zu mustern und mir ein schönes bezirzendes Lächeln zuzuwerfen, in dem zugleich Arglosigkeit und Provokation steckten. Und da, im heftigen Aufblitzen der lustvollen Freude in ihren Augen, war mir, als würde ich sie plötzlich wiederfinden, sie ganz sie selbst, unberechenbar und kapriziös, anstrengend, unvergleichlich.
Wir traten aus den Schiebetüren, die sich automatisch vor uns geöffnet hatten, und fanden uns wieder in der frischen Nachtluft auf der menschenleeren Außentreppe. Ein Dutzend Meter entfernt stand ein Taxi, und wir erwarteten vage sein Kommen, als wir in die Runde schauten, aber es rollte uns nicht entgegen (schlicht deshalb, weil der Fahrer schlief, wie uns einige Augenblicke später klar wurde, als wir seinen liegenden Körper im Halbdämmer sahen, den Sitz nach hinten gekippt). Wir liefen etwas schneller, um die wenigen Meter auf dem Privatweg des Hotels hinter uns zu bringen, überquerten rennend und Händchen haltend die Straße, hüpften über eine winzige Brüstung, um zur anderen Straßenseite zu gelangen, zwängten uns zwischen den Ästen eines Zwergengebüschs hindurch und schürften uns dabei die Knöchel auf. Noch im Laufen hatte ich Maries Mantel übergezogen, der viel zu klein für mich war, und Marie um die Schultern ge-

fasst, um sie zu wärmen (dabei war der Ärmel des Ledermantels bis zum Oberarm hochgerutscht und strangulierte meine Achsel). Marie schmiegte sich an mich, den Kopf an meiner Brust, sodass wir nur noch einen eng ineinandergeschlungenen bizephalen Körper bildeten. In leichtem Trott stiegen wir die Treppen einer großen Metallüberführung hinunter, die gewissermaßen als städtische Schleuse fungierte, die die verschiedenen Stufen der Stadt abtrennte, und fanden uns auf einer tiefer liegenden Ebene, in einer nicht weniger gespensterhaften, menschenleeren Avenue wieder, erhellt von einer Reihe Straßenlaternen, die in der Nacht eine gestrichelte Linie weißen Lichts zeichneten. In Sichtweite des Keio Plaza Hotels angekommen, dessen Eingang weiß und golden illuminiert war, bogen wir in eine düstere Straße ab, und nachdem wir allmählich das Shinjuku der großen Hotels und Bürohochhäuser hinter uns gelassen hatten, gelangten wir in ein belebteres Viertel, mit mehr Läden und kleinen Gaststätten, kleinen Höfen im Dunkeln, Lampions und Ideogrammen auf den Schildern, beleuchteten Kästen im Halbschatten. Manchmal kamen wir an den rosa und weißen Neonlampen eines Nachtlokals oder einer Animierbar vorbei, vor deren Eingang eine Traube von Menschen diskutierte, eine groß gewachsene Rothaarige, bekleidet mit einer überweiten rosafarbenen Seglerjacke und Minirock, die Lippen bleich geschminkt, an ihrer Seite zwei ausgemergelte und miteinander tuschelnde Männer in Dreiteilern, und etwas weiter entfernt, im Schatten, untätig nahe der Mülltonne herumstehend, die magere Gestalt eines in Gedanken versunkenen kahlköpfigen alten

Sandwich-Manns mit einem Stapel Prospekte in der Hand. Je weiter wir vordrangen, umso reger wurde das Viertel und umso stärker veränderte es sich, es gab immer mehr Bars und Neonlampen, Autos, die im Schneckentempo längs der menschenleeren Bürgersteige fuhren, Gerüche nach Suppe und Tako-yaki, Sex-Shops, Kellergeschosse, über die Anwerber und Rausschmeißer wachten, Kleinwüchsige in Zweireihern oder breitschultrige Typen mit Zopf, Holzschnittgesichtern und schwarzen wattierten Jacken. Niemand achtete sonderlich auf unser Aussehen, wir gingen auf in der Nacht und den Absonderlichkeiten eines jeden, waren nicht ausgefallener als andere. Marie mit ihrem Kleid aus eigener Kollektion für zwanzigtausend Dollar, ganz schlicht, nackter Rücken, zwei Bleistiftstriche, Rumpf aus schwarzer Seide und einem Bauchpropeller, das sie mit verblüffender Schlichtheit trug, Sonnenbrille auf der Nase und ihre rosa Schlappen vom Hotel an den Füßen, und ich selbst eingezwängt in einen Ledermantel, der mir viermal zu klein war und dessen Ärmel mir bis zur Armmitte reichten, die nackten Füße in feuchten und bereits verbogenen Schaumstoffsandalen, die Sohlen durchgeweicht, abgewetzt, braun geworden. Es wurde immer kälter auf der Straße, wenige Grade über null, unsere Hände waren eisig, und aus unseren Mündern drang dampfender Atem, ich spürte Maries Körper an meiner Brust zittern, ihre Unterarme bedeckte sinnliche Gänsehaut. Ich hab Hunger, sagte sie. Ist dir kalt oder hast du Hunger? sagte ich. Hunger, sagte sie, mir ist kalt und ich hab Hunger (lass uns was essen gehen, sagte sie).

Angezogen von seinen ins Rötliche spielenden Lampions und der Wärme, die im Innern zu herrschen schien, waren wir in ein kleines anspruchsloses Restaurant getreten, das Suppen zu jeder Tages- und Nachtzeit anbot, ein winziger übervoller Raum, eher schmuddelig, mit langen Holztischen, die fast alle besetzt waren. Eine Reihe schlichter Hocker stand längs des Tresens, auf denen vier Gestalten mit nach vorn gekrümmten Rücken, Schale und Stäbchen in den Händen, saßen und laut schmatzend ihre Nudeln in sich reinzogen, Udon oder Ramen, ich weiß nicht, ich habe sie nicht gefragt, was sie aßen (auch wenn sich Marie das gewünscht hätte, die mich unbefangen auf ihre Schalen hingewiesen hatte und dasselbe wie sie haben wollte). In einem angrenzenden Kabuff, geschützt durch einen kleinen Vorhang, war eine ältere Frau am Kochen, konzentriert und in ihre Aufgabe versunken briet sie irgendetwas in einem Wok, den sie schüttelte und dann mit einer jähen Bewegung über Töpfe auskippte, die auf Gaskochern brutzelten und im Speiseraum einen durchdringenden Geruch nach Soja und karamelisiertem Schwein verströmten. Wir hatten Suppen bestellt, die ich auf gut Glück auf der Karte ausgewählt hatte, indem ich für den älteren Mann in Holzpantinen, der gekommen war und die Bestellung aufgenommen hatte, zugleich höflich, wortkarg und gleichgültig, mit dem Zeigefinger auf die appetitanregendsten Ideogramme tippte. Er hatte eine winzige lauwarme Serviette in zerknautschtem Plastik vor uns auf den Tisch gelegt und jedem von uns, bevor er wieder ging, aus einer Karaffe ein Glas Wasser eingegossen. Marie, die ihre dunkle Brille abgenommen und auf den

Tisch gelegt hatte, schaute mich an, die Augen gerötet vom Schlafmangel, bleich und müde, wie durch die Nacht geschwächte erloschene Sterne, sie lächelte mich freundlich an, offenbar glücklicher im Rauch und Dunst dieser miesen Kneipe als in allem Goldflitter und Luxus der Paläste dieser Welt, deren nutzloser Pomp nichts weiter war als die fahle Redundanz ihrer eigenen Pracht.

Im hinteren Teil des Restaurants mir gegenüber sitzend, aß Marie ihre Suppe, auf westliche Art und nicht wie die Japaner, die die Schüssel in die Hand nehmen und die Nudeln schubweise mit den Stäbchen heben, um sie dann mit einem überstürzten Mundaufreißen schmatzend zu verschlingen. Nein, sie machte sich eher daran, die Udon zu angeln, was beim Zuschauen etwas Pein (oder auch Vergnügen, je nachdem) bereitete, wie sie da mit einem Stäbchen in jeder Hand träge in ihrer Suppe rumrührte gleich einem todmüden, legasthenischen und beidhändigen Dirigenten. Entmutigt gab sie die Partitur in der Mitte des Essens schließlich auf und schob die Schüssel auf dem Tisch von sich weg. Ich glaub, du hast meine Zigaretten, sagte sie, sie sind in meinem Mantel, und ohne auf Antwort zu warten, beugte sie sich über den Tisch zu mir, dabei meinen Körper mit ihren Armen umschlingend, kramte in den Taschen ihres eigenen Mantels, den ich noch immer anhatte, und fischte dann diverse Gegenstände heraus, die sie einen nach dem anderen vor uns hinlegte, einen großen gefalteten weißen Umschlag, der wohl das Fax enthielt, zu kleinen Bällchen zerknüllte Papiertaschentücher, noch feucht von ihren Tränen, einen Lippenstift in seinem vergoldeten Zylinder, zwei oder drei

eingerollte Zehntausend-Yen-Scheine und ein nicht mehr ganz heiles Päckchen Camel, dem sie eine Zigarette entnahm, verbogen, schwankend, zur Hälfte abgebrochen, mit ihrer Concorde-Nase. Ist das das Fax? fragte ich und wies mit dem Blick auf den gefalteten großen Umschlag, den sie auf den Tisch gelegt hatte. Darf ich? Sie nickte und zündete sich die Zigarette an. Ich öffnete nachdenklich den Umschlag, ließ die zwei Fax-Seiten durch die Finger gleiten, bemerkte dabei sofort den Briefkopf des Modehauses *Allons-y Allons-o* und dessen stilisiertes Logo, der Schattenriss eines weglaufenden Paares. Ich nahm die Seiten aus dem Umschlag und überflog sie, Zahlen, die neuesten Umsatzergebnisse, eine letzte aktualisierte Fassung ihres Programms in Tokio, Daten der Ausstellung und der Modenschau, alles ganz alltäglich, das Fax war neunzehn Uhr zwanzig in Paris abgeschickt worden, ein normaler Zeitpunkt für das Abschicken eines Faxes (auch wenn es für uns, die wir es bekommen hatten, ein verheerender Zeitpunkt gewesen war).
Marie, mir gegenüber, die vor Müdigkeit fast umfiel, hatte sich am glimmenden Stummel der vorhergehenden eine neue Zigarette angezündet, spielte mit der Sojaflasche zwischen ihren Fingern und teilte mir dabei ihre Sorgen wegen der Ausstellung zeitgenössischer Kunst mit, die sie nächstes Wochenende in Shinagawa eröffnen sollte. Als wir heute morgen in Tokio gelandet waren, hatte uns aufgrund eines bedauerlichen Durcheinanders, das entstanden war, weil Marie mehrfach den Flug in allerletzter Minute umgebucht hatte, keiner am Flughafen empfangen. So standen wir in der riesigen Halle der Gepäckausgabe

von Narita allein da, mit unseren hundertvierzig Kilo, verteilt auf diverse Kabinen- und Leichtmetallkoffer, Fotozylinder und Hutschachteln, die auf dem Gepäcklaufband ihre Runden zogen, bis wir sie uns schnappten und auf drei oder vier Karren stapelten, dabei unablässig nach möglichen Helfern Ausschau haltend, die allerdings nie eintrafen. Schließlich mussten wir das Hotel aus eigener Kraft erreichen, in zwei verschiedenen Taxen, jeder saß in einem, Sinnbild unserer Ankunft in Japan, die beiden Wagen folgten einander im Schneckentempo in der bleichen trüben Sonne über den morgendlichen Staus auf den städtischen Hochstraßen der Bucht von Tokio. Im Hotel angekommen, hatte Marie, erschöpft und außer sich, ein Bündel Faxe und E-Mails in der Hand, die diversen Verantwortlichen ihrer Reise ans Telefon geholt, jeder hatte sich in Entschuldigungen überschlagen, aber die Verantwortung für das Missverständnis jeweils an den Nächsten weitergegeben, tatsächlich lag die Organisation der Reise auf japanischer Seite in drei Händen, *Allons-y Allons-o* und *Contemporary Art Space* für die Ausstellung und *Spiral* für die Modenschau (nicht gerechnet eine junge Angestellte der französischen Botschaft, die ebenfalls ihr Gran Schönheit zur groben Nachlässigkeit des Triumvirats beisteuern wollte). Schließlich hatte Marie sich brüsk verabschiedet und verkündet, dass sie jetzt schlafen gehen werde und nicht vor morgen früh gestört zu werden wünsche (aber morgen früh, das war jetzt, das war genau jetzt, mein Liebling).

Und trotz meiner ungeheuren Müdigkeit ließ ich die Hoffnung in mir keimen, dass der Tag an diesem Morgen in

Tokio nicht anbrechen, dass er nie mehr anbrechen und dass die Zeit genau in diesem Augenblick da stehen bleiben würde, in dieser Gaststube von Shinjuku, in der wir uns wohlfühlten, warm eingehüllt im illusorischen Schutz der Nacht, denn ich wusste, dass der anbrechende Tag den Beweis erbringen würde, dass die Zeit verging, unabwendbar und zerstörerisch, und auch über unsere Liebe hinweggegangen war. Nicht mehr lange, und der Tag würde anbrechen, und als ich mich zur Straße hinwandte, wurde mir klar, dass es schneite, kaum wahrnehmbare Schneeflocken schwebten seitlich an der Scheibe vorüber und verschwanden in der Nacht, vom Wind davongetragen. Von der Stelle im Restaurant, wo wir saßen, sah man im Holzrahmen des Fensters nur ein kleines Stück Straße, ausschnitthaft, der Blick traf auf ein Gebäude im Dämmerlicht, mit rätselhaften Elektroleitungen und einer an der Fassade nach oben verlaufenden Lichterkolonne, bestehend aus sieben oder acht erhellten Schaukästen übereinander, die das Vorhandensein von Bars auf jedem Stockwerk des Gebäudes anzeigten. Ich betrachtete, wie der Schnee schweigend auf die Straße fiel, leicht und ungreifbar, sich auf die Neonlampen und außen an die Papierlampions setzte, auf die Autodächer, die Glasösen, an denen die Drähte der Telegrafenmasten befestigt waren. Dieser Schnee schien mir ein Abbild für den Lauf der Zeit zu sein – wenn er den Schein einer Straßenlaterne durchquerte, wirbelten die Flocken einen Moment lang im Licht wie eine Wolke aus Puderzucker, verweht von einem unsichtbaren, göttlichen Wind – und da, in der riesigen Ohnmacht, die mich befiel, das Vergehen der Zeit nicht verhin-

dern zu können, überkam mich die Ahnung, dass mit dem Ende der Nacht unsere Liebe enden würde.
Als wir aus dem Lokal traten, waren die Bürgersteige dunkel und glänzend, überzogen mit verharschtem und matschigem Schnee. Die Schaumstoffsandalen, die ich an den Füßen trug, boten kaum Schutz vor der Nässe, und wenn ich eine Straße überquerte, spürte ich nicht selten kleine eisige Spritzer aus Schneematsch an Knöchel oder bloßem Fuß. Marie in ihrem Seidenkleid, Schultern und Arme nackt, ging vor mir in eine kleine düstere Straße. Ihr schien es nicht sonderlich kalt zu sein, aber ich wollte doch lieber rasch zu ihr eilen und ihr den Mantel zurückgeben, ich zog das Kleidungsstück aus und legte es ihr behutsam über die Schultern, um sie so gut wie möglich zu bedecken. Es hatte kurz aufgehört zu schneien, dann wieder von Neuem eingesetzt, zunächst fielen ein paar einzelne Flocken, zögerlich gleichsam, ein schlichter unangenehmer eisiger Niesel, dann gingen aufs Neue regelrechte Schneefälle nieder, die in wenigen Augenblicken die Bürgersteige mit einem feinen Film aus Kristallpuder bedeckten. Wir hatten uns unter das Holzvordach eines Handwerkerladens geflüchtet und schauten zu, wie der Schnee in dicken Flocken vor uns in der Nacht niederfiel. Bisweilen, dem Schauer trotzend, wagte ich mich bis zur Straßenmitte und hob den Kopf, blieb dort reglos stehen inmitten des stummen Vorhangs aus Schneeflocken, die träge auf die kleine Straße fielen, und suchte lange den Himmel ab, der sich von der Dunkelheit der Nacht abzusetzen und in ein Tagesgrau zu verwandeln begann, dem dicke Schneewolken da und dort einen gelblichen Wider-

schein verliehen. Ich war derart erschöpft, dass ich weder Kälte noch Müdigkeit mehr spürte. Ich lief ein paar Schritte im Schneematsch bis zur nächsten Kreuzung, das Gesicht schneebedeckt und die Füße in den leichten Sandalen vor Kälte rot angelaufen, und machte vor einem klobigen Getränkeautomaten halt, der sich im Halbdämmer vor mir aufbaute. Ich prüfte eine Weile zerstreut das Angebot, kalte und warme Getränke, verschiedene Sorten Kaffee und Tee, und nahm dann ein paar Münzen aus der Tasche, fragte Marie, ob sie etwas trinken wolle. Ja, gern, sagte sie. Marie war im Schutz des Vordachs geblieben, und ich betrachtete sie von ferne, sehr schön war sie in ihrem sternenbedruckten nachtblauen Seidenkleid in dieser verschneiten Nacht, das Gesicht getaucht in den fahlgelben Lichtschein einer ganz nahen Laterne. Sie stand da, die Augen im Vagen, unter dem Vorbau dieses verlassenen Ladens aus Holz, dessen Fensterläden geschlossen waren, und schaute traurig vor sich hin, die Haare nass und das Gesicht über und über mit Resten geschmolzenen Schnees bedeckt. Ich ließ die Münzen in den Schlitz des Automaten gleiten und ging vorsichtig auf dem Bürgersteig mit zwei Bechern brühwarmem Cappuccino zu ihr zurück.
Es war kurz nach fünf Uhr morgens, wir tranken unter dem Holzvordach eines Handwerkerladens unsere Cappuccinos und betrachteten dabei den auf die Straße fallenden Schnee. Trotz der starken Kälte fühlte ich mich seltsam gut, und Marie, die ihren Cappuccino in kleinen vorsichtigen Schlucken trank, um sich nicht die Lippen zu verbrennen, hob die Augen zu mir auf und lächelte mir zu. Ich antwortete auf ihr Lächeln und näherte behutsam

meinen Becher dem ihren, um sie zum Anstoßen zu animieren, und nach einer ersten Überraschung – sie war einen Augenblick verdutzt, wie vor einer unerklärlichen Geste, einer Unschicklichkeit, einem unerwarteten Angebot an Sanftheit und Grazie – schaute sie mir ernst ins Gesicht, musterte mich mit einem intensiven Blick, bevor sie den Kopf auf meine Schulter sinken ließ und mit viel Weiblichkeit und Hingabe mit mir anstieß, wobei sie meinen Becher ganz sachte und fein, dankbar antippte, gravitätischer, als es sein musste, zärtlich, voller Liebe.
Wir hatten uns wieder auf den Weg gemacht, marschierten munter drauflos, ohne uns sonderlich um den Schnee zu kümmern, der sich weiter still auf unsere Schultern und Arme legte. Wir versuchten, zum Hotel zurückzukommen, aber überquerten Kreuzung um Kreuzung, ohne den Weg zu finden. So drangen wir auf düsteren kleinen Straßen immer weiter ins Unbekannte vor, als wir auf der anderen Straßenseite den erleuchteten Glaskasten eines kleinen Supermarkts sahen, der rund um die Uhr geöffnet hatte, mit dem blau-weißen Schild von Lawson, das in der Dunkelheit strahlte. Wir gingen hinüber, um uns einen Augenblick drinnen unterzustellen, und wechselten dabei übergangslos vom bläulichen Zwielicht der Nacht zur zeitlos-brutalen Helligkeit einer weißen Neonbeleuchtung. Ich warf einen zerstreuten Blick auf die zwei einzigen Kunden, die sich im Laden befanden, ein junger Mann mit orangefarbenem Rollpulli und Rasta-Mütze, der vor dem Zeitungsstand in einem Magazin blätterte, und ein altersloser Angestellter mit nassen Schuhen und feuchter Stirn, der skeptisch die fast leeren Regale der Ab-

teilung für Tiefkühlkost betrachtete, dann hin und wieder eine in Cellophan geschweißte Schale mit schwarzen Algenfäden oder in Scheiben geschnittenen Pilzen herausnahm, das Plastikschälchen seinen Augen näherte, seine Brille nach oben schob, um etwas auf dem Etikett zu lesen, das Verpackungsdatum oder die Herkunft des Produkts, bevor er die Schale wieder dorthin legte, woher er sie genommen hatte. Marie war am Stand für Süßwaren stehen geblieben und betrachtete die Kuchenpakete mit einer gewissen Apathie, ging dann übergangslos zu einem anderen Regal, blieb eine Weile vor dem mit den Fertigsuppen stehen, Beuteln mit Nudeln in bunter Aufmachung. Ihren nassen Mantel hielt sie über dem Arm, und nachdem sie zum Schutz gegen das allzu grelle Licht des Ladens ihre Sonnenbrille wieder aufgesetzt hatte, wandelte sie gähnend zwischen den Regalreihen umher, unter den gleichgültigen Blicken der Kassiererinnen, die mit trübsinniger Miene das lässige Dahinschreiten ihrer prächtig herausgeputzten, bestirnten nachtblauen Gestalt in den menschenleeren Gängen dieses Supermarkts verfolgten.
Noch war kein Schimmer des Morgengrauens zu sehen, als wir den Laden verließen, das Viertel wachte zwar auf, aber doch ganz gemächlich, in fast unmerklichen Pinselstrichen, eine Birne, die da und dort hinter den Holzrollos eines Souterrains anging, ein älterer Mann in traditionellen Getas, der an einer Türschwelle auftauchte und die Fensterläden eines Verkaufsstandes abnahm. In der Mitte der Straße fuhr langsam im Schneetreiben ein Wagen der Straßenreinigung, sein orangefarbenes Signallicht warf einen länglichen Schein oben an die Hausfassaden.

Wir hatten uns im Supermarkt einen durchsichtigen Regenschirm und weiße wollene Tennissocken gekauft (im Dreierpack, mit identischen Doppelstreifen in rot und blau, und beide hatten wir uns zum Schutz vor der Kälte sofort ein Paar angezogen) und schritten nun, die Füße wieder im Warmen, auf gut Glück in den kleinen Straßen voran, aneinandergedrückt unter dem zierlichen durchsichtigen Regenschirm.
Schließlich stießen wir auf eine bereits sehr lebendige Hauptverkehrsstraße, auf der in einem durch das Schneegestöber ins Märchenhafte spielenden nächtlichen Licht die Autos im Nebel in einem Ballet aus Scheinwerfern und Rücklichtern auf der Stelle schlitterten. Vereinzelte Taxis mit bonbonfarbenen Karosserien, in Tiefgrün und Orangemetallic, bewegten sich in Zeitlupe in einer Suppe aus Dreck und Matsch, die unter den Reifenspritzern plätscherte, vorwärts. Bei jeder Bremsung flammten die Rücklichter der Autos auf und warfen einen dramatischen roten Lichtschein in die Dämmerung. Überall auf den noch von Dunkelheit überzogenen grauen Fassaden funkelte und glänzte übereinander und ineinander Neonreklame, ein Gewirr von Schildern, auf denen Inschriften in Katakanas liefen, unentzifferbare Kolonnen von Ideogrammen, in die sich zuweilen einige vertraute Buchstaben mischten, so die eines riesigen Reklameschilds, das seitlich an einer metallenen Fußgängerbrücke über der Avenue angebracht war und das Auge durch die packende Aufforderung anzog: VIVRE. Zahlreiche Läden und Cafés entlang der Avenue hatten bereits geöffnet, auf dem Bürgersteig strömte eine eilige Menge, die sich wie

ein reißender Sturzbach dahinwälzte, der in seinem Lauf in einem Wogen von dunklen und durchsichtigen Anoraks, Parkas, Überziehern und Regenschirmen einen ununterbrochenen Strom an Fußgängern mit sich davontrug. Wir hatten uns der Bewegung der Menge angeschmiegt und folgten der Strömung unter unserem schmalen durchsichtigen Regenschirm, das Extravagante unserer Aufmachung lediglich von einigen Blicken wahrgenommen, die sich verstohlen auf uns richteten, ich in bloßem T-Shirt im Schneegestöber und Marie in ihrem Kleid aus eigener Kollektion, die Schultern nackt, ihre Pantoffeln aus blaßrosa Leder seit Kurzem verziert mit einem Paar dicker Tennissocken.

Da ereignete sich ein kleiner Vorfall, der folgenlos hätte bleiben können, aufgrund unseres Zustands äußerster Müdigkeit jedoch zum Auslöser einer ebenso kurzen wie heftigen Krise wurde. Ich hatte mich an den Straßenrand gestellt, um im Verkehrsgetümmel ein Taxi heranzurufen (auch wenn wir vermutlich nur wenige Minuten zu Fuß vom Hotel entfernt waren, zog ich es doch vor, dem Ganzen so schnell wie möglich ein Ende zu bereiten), und, meiner Aufforderung Folge leistend, war ein Taxi auch sofort aus der Autoschlange in der Mitte ausgeschert und hatte vor uns am Bürgersteig gehalten, wobei in derselben Bewegung auch schon die Hintertür automatisch aufgegangen war. Während ich den geöffneten Regenschirm außerhalb des Wagens hielt, hatte ich meinen Kopf ins Innere des Gefährts gesteckt – zweifellos ein Fehler, ich hätte mich besser gleich ganz ins Taxi gesetzt –, um dem Fahrer den Namen des Hotels anzugeben, ihn zwei- oder dreimal wiederholend, wobei ich die Adresse präzisierte, so wie sie auf der Visitenkarte, die ich bei mir hatte, verzeichnet war, 2-7-2, Nishi-Shinjuku, Shinjukuku. Der Fahrer, sanftmütig hinter seiner durchsichtigen Trennscheibe sitzend, hatte mich mit einem flüchtigen Blick gemustert – Aussprache, Mienenspiel, Kleidung – und mich dann, mit einem ohnmächtigen Lächeln, ohne lange zu fackeln, abgewiesen, die Tür hatte sich von allein vor meiner Nase wieder geschlossen, der Wagen war im selben Moment auch schon wieder in den Nebel gestartet, um mich hilflos am Bürgersteig stehen zu lassen, über mein Missgeschick nachsinnend.

Wütend und ohnmächtig hatte ich daraufhin ein weiteres Taxi heranrufen wollen, irgendwie, ohne große Überzeugungskraft, indem ich kaum merklich den Arm hob, unmöglich, dass ein Fahrer mich bemerkte, und als Marie hinter mir auf dem Bürgersteig, die Hände über die Arme verschränkt, steif vor Kälte, müde des Wartens und ob meiner Wirkungslosigkeit sehr gereizt, mit bissiger Stimme zu mir bemerkte, dass, würde ich nicht nur besetzte Taxis heranrufen, wir schon längst im Hotel wären, hatte ich mich zu ihr umgedreht und gesagt, sie möge die Schnauze halten. Sie hatte nichts darauf geantwortet. Regungslos, die Hände über die Arme verschränkt, ein verschreckter Raubvogel, hatte sie mir mit intensiven Augen einen vernichtenden Blick zugeworfen. Ich war zu ihr zurückgegangen, in meinen Schaumgummisandalen patschend, in die von allen Seiten Wasser eindrang, die Socken waren so dick, dass ich die Füße nicht ganz in die Sandalen bekam, sodass die Fersen überstanden und bei

jedem Schritt tiefer in den Schnee sackten, verdammte Scheiße. Wir waren so minutenlang wortlos gelaufen, und beim ersten Wort von Marie – ein erneuter Vorwurf oder ein neuerliches Beklagen, ich weiß nicht, egal auch, der bloße Ton ihrer Stimme war mir unerträglich geworden – hatte ich meine Schritte beschleunigt und sie da auf der Straße stehen lassen. Lass mir wenigstens den Schirm, hatte sie mir nachgeschrieen, während ich in der Menge untertauchte. Ich war zu ihr zurückgegangen und hatte ihr den Schirm hingehalten, etwas zu heftig, vielleicht, oder sie hatte ihn nicht richtig gegriffen, ich weiß nicht, jedenfalls war er zu Boden gefallen, zwischen uns beide, kopfüber auf die Schirmstreben gestützt, in den Schnee.
Heb ihn auf, sagte sie. Ich sagte nichts. Heb ihn auf, wiederholte sie. Ich blickte ihr in die Augen, stach ihr mit meinem bösesten Blick in die Augen. Ich rührte mich nicht. Wir waren auf dem Bürgersteig stehen geblieben, jeder auf einer Seite des im Schnee kopfüber liegenden Regenschirms, Leute liefen an uns vorbei und fragten sich, was da wohl sei, schauten uns einen Augenblick an und gingen dann weiter, drehten sich zuweilen nochmals um, um uns einen letzten Blick zuzuwerfen. Ich rührte mich nicht. Ich spürte, wie es auf meinen Wangen prickelte, ich hatte Lust, sie zu schlagen. Bewegungslos standen wir da, wenige Meter vom Eingang eines Cafés entfernt, von dessen Baumwollvorhang langsam geschmolzener Schnee tropfte. An den Tischen des kleinen Lokals saßen Leute und blickten durchs Fenster zu uns, ich spürte ihre Blicke, ich spürte ihre Blicke auf uns gerichtet. Weder Marie noch ich rührten uns. Es war auf jeden Fall undenkbar, dass einer von

uns beiden jetzt diesen Regenschirm aufheben würde. Ich bekam wieder einen klaren Kopf, drehte mich um und ging wortlos weiter. Marie folgte mir, und wir setzten unseren Weg fort auf der Avenue, ließen diesen kopfüber liegenden offenen Regenschirm verlassen im Schnee auf dem Bürgersteig hinter uns zurück.

Wir bewegten uns weiter in der Menge, gleichen Schritts, dem Anschein nach gemeinsam, die zusammenpassenden weißen Wollsocken in unseren Sandalen mit ihren lächerlichen identischen rot-blauen Randstreifen in Höhe der Knöchel, aber jeder versunken in seine bitterbösen Gedanken und damit beschäftigt, den Vorfall zu verdauen. Wir sagten nichts - sprachen nicht mehr miteinander. Von Zeit zu Zeit schaute ich sie flüchtig an. Egal, wer Schuld hatte, vermutlich keiner. Wir liebten uns noch, aber ertrugen uns nicht mehr. In unserer Liebe war genau dies eingetreten: Taten wir uns insgesamt gesehen immer noch mehr Gutes als Böses an, so war doch das wenige Böse, das wir uns antaten, jetzt unerträglich geworden.

Auf einer Brücke hatten wir angehalten, und ich betrachtete vor mir den anbrechenden Tag. Der Tag brach an, und ich dachte bei mir, dass es mit unserer Liebe zu Ende war, es war, als löste sich unsere Liebe vor meinen Augen auf, als würde sie mit der Nacht verschwinden, im gleichsam bewegungslosen Rhythmus der Zeit, die vergeht, wenn man sie misst. Am verblüffendsten war, als ich so die unmerklichen Variationen von Farbe und Licht an den bläulichen Glastürmen von Shinjuku beobachtete, dass das Tagwerden mir eher eine Frage der Farbe als des Lichts zu sein schien. Die Dunkelheit hatte kaum ihre Intensität verloren, war lediglich im Begriff, aus dem Tiefblau der Nacht ins trübe Grau eines verschneiten Morgens überzugehen, und alle Lichter, die ich noch in der Ferne sah, beleuchtete Wolkenkratzer in der Umgebung des Bahnhofs, Lichtstreifen der Autoscheinwerfer auf den Hauptverkehrsstraßen und den Betonabrundungen der städtischen Autobahnen, Kugeln der Lichtmasten und bunte Neonbeleuchtungen der Läden und Geschäfte, Striche weißen Lichts in den Fenstern der Gebäude, sie alle leuchteten weiter in der Stadt wie inmitten einer jetzt zum Tag gewordenen Nacht.

Schweigend stand Marie neben mir, wir verharrten reglos, wie versteinert, auf dieser Fußgängern vorbehaltenen metallenen Überführung, die wie eine Steilwand die zum Bahnhof von Shinjuku führenden Eisenbahngleise überragte. Unter uns verlief längs der gesamten Gleisbettung ein Wust von Elektroleitungen und Hochspannungskabeln, Oberleitungen, die Gleise überspannenden Metallvorrichtungen. In regelmäßigen Abständen, nach einem dumpfen Dröhnen, das die Brücke vibrieren ließ, tauchte eine erleuchtete U-Bahn voller Fahrgäste auf, zuweilen ein Güterzug, und dann wieder eine weiße Einschienenbahn, die wie ein Strich im fahlen Licht des anbrechenden Tags dahinraste. Am Bahnhof von Shinjuku, den wir in der Ferne wahrnahmen, drängelten sich Tausende von Menschen im Schnee um den Haupteingang des Gebäudes in einer riesigen Woge von Regenschirmen, die durch entgegengesetzte langsame Strömungen bewegt zu werden schien, der eine Teil wälzte sich in den Bahnhof, der andere aus ihm heraus, während sich zugleich vielfache Unterströmungen zu bilden schienen, vereinzelte Personen, die sich einen Weg gegen den Hauptstrom bahnten, um an die Schalter oder aus den U-Bahn-Schächten zu kommen. Weiter weg erhob sich eine Insel aus hohen Metallkonstruktionen, Hotels und große Warenhäuser, deren terrassenförmige Dächer überladen waren mit Neonlampen und Antennen, die oberen Fassaden gespickt mit Riesenbildschirmen, die in verblichenen Farben stumme Reklamesprüche in die vergehende Nacht ausstrahlten. Wir hatten uns wieder auf den Weg gemacht, immer noch wortlos, und waren noch nicht über der Brücke, als in dem Moment, da ich mich Marie zuwandte, die stumm an meiner Seite im Eisniesel aus geschmolzenem Schnee, der immer weiter auf die Stadt fiel, dahinstapfte, und im Begriff, ihr gegenüber eine Geste zu zeigen, ihren Arm zu berühren oder ihre Hand zu nehmen, mich das Gefühl überkam, als wackle mein Kopf, und in der Verlängerung dieses Taumels ließ das Dröhnen eines unsichtbaren Zugs alles auf seiner Bahn erzittern, rüttelte lauthals an den Metallgittern der Brückenbrüstung, die neben mir von oben nach unten zu scheppern begannen in bläulichen Funkengarben und Feuersblitzen, die ich plötzlich aus einem Generatorenkasten unter mir hervorstieben sah, der an Ort und Stelle implodierte, in einem dichten schwarzen Rauch, der sich über den Gleisen erhob, wo ein mit Vollgas dahinrasender Zug überstürzt bremste und anzuhalten versuchte, während ich bei einem raschen Rundblick, den ich hinter mich auf die Brücke inmitten des Lichts der schaukelnden Beleuchtung warf, die Passanten sah, die wie auf Deck eines von einer kurzen, heftigen Rie-

senwelle emporgehobenen Dampfers hin und her geworfen wurden, wobei einige das Gleichgewicht verloren, dagegen ankämpften und, um nicht ihre Laufrichtung zu verlieren, immer schneller wurden, als wollten sie ihrem davonfliegenden Regenschirm hinterherstürzen, während andere in die Knie gegangen waren, die meisten in ihrem Lauf innehielten, wie versteinert stehen blieben, gelähmt, den Kopf mit einem Arm, ihrer Aktentasche, ihrem Büroköfferchen schützend. Und das war's, das war alles. Nichts mehr kam. Kaum dreißig Sekunden, eine Minute später, nach einem Augenblick der Panik und des Wartens, einem ganz dichten Augenblick, in dem nichts mehr passierte und keiner sich rührte, schauten alle sich an, da und dort lag eine Schulmappe, noch hockten sie, aschgrau, nass vom Schnee, noch immer darauf gefasst, Schutz zu suchen und noch mehr sich einzuigeln, das Schlimmste erwartend, einen neuerlichen Stoß, vielleicht noch stärker – zum zweiten Mal in wenigen Stunden erbebte die Erde, und es konnte jeden Augenblick wieder von Neuem anfangen, die Drohung war jetzt allgegenwärtig –, langsam erhoben sich die Menschen wieder und entfernten sich, zerstreuten sich auf der Brücke, während in der Ferne ein unsichtbarer Hund in den trübgrauen Morgen bellte.
Und mit einem erstickten Schrei warf sich Marie in meine Arme und begann an allen Gliedern zu zittern.
Wir taten einige Schritte, verstört, mit nassen Kleidern und unseren verbogenen Pantoffeln und den zueinanderpassenden weißen Wollsocken, und suchten Schutz in einer Vertiefung der Brücke, einer Art runden Nische, die zu einer zu den Gleisen steil abfallenden metallenen Nottreppe

führte. Marie weinte. Sie weinte, an mich gelehnt, sie wurde von Schluchzern geschüttelt, sie schmiegte sich mit all ihrer Kraft in meine Arme, die Glieder zitternd, nass von Tränen und Schnee. Die extreme Angst, die sie empfunden hatte, die Müdigkeit, die Erschöpfung, die Aufgeputschtheit all ihrer Sinne seit Beginn der Nacht übertrugen sich nun in ein nicht zu unterdrückendes Bedürfnis nach Zuspruch und Trost, in ein verzehrendes Verlangen nach Vereinigung der Körper und Hingabe. Marie, in meinen Armen, tränenaufgelöst, das Kleid nass, die Haare nass, näherte ihre Lippen ganz nah meinem Mund und fragte mich zitternd, warum ich sie nicht küssen wolle, und sie in meinen Armen haltend, antwortete ich mit leiser Stimme, ihr dabei die Schultern und die Haare streichelnd, um sie zu besänftigen, dass ich niemals gesagt hätte, ich wolle sie nicht küssen, dass ich das niemals gesagt hätte. Aber ich küsste sie nicht, ich beugte mich nicht zu ihr, um sie zu küssen, sie zu liebkosen, sie zu beruhigen und sie daran zu hindern zu weinen, und es war immer wieder dieselbe Frage und dieselbe Antwort, ganz genau derselbe Dialog wie einige Stunden zuvor im Hotel, und mit derselben Heftigkeit, derselben Verzweiflung in der Stimme schrie sie von Neuem auf, den Kopf zu mir hochreckend: Und warum küsst du mich dann nicht? Und ich antwortete nicht, ich wusste nicht, was ich antworten sollte, ich erinnerte mich noch sehr genau an die Antwort, die ich ihr da gegeben hatte, aber ich konnte ihr jetzt nicht sagen, dass ich sie weder küssen noch *nicht* küssen wollte nach den dramatischen Augenblicken, die wir soeben erlebt hatten, sie wäre in die Höhe gefahren, wäre außer sich geraten, sie hätte mich geschlagen, mir das Gesicht zerkratzt. Was sie in der Verzweiflung, die sie in meine Arme hatte flüchten lassen, suchte, war die Wärme meines Körpers, nicht die Geschmeidigkeit meiner Dialektik, sie hatte nichts am Hut mit meinen Worten und meinen Reflexionen, was sie wollte, war die Aufwallung des Herzens, war der Schwung meiner Hände und meiner Zunge, meiner Arme um ihre Schultern, meines Körpers gegen ihren Körper. Hatte ich das nicht kapiert? Und dabei hatte ich in diesem Augenblick weiß Gott wie viel Lust, sie zu küssen – und wie viel mehr jetzt, da wir uns für immer trennten, als damals, als ich sie zum ersten Mal geküsst hatte. Und da, während sie sich immer stärker an mich schmiegte, begriff ich, dass das körperliche Begehren, das nach unserem Liebesakt von dieser Nacht, nach unserem unvollkommenen, unterbrochenen, nicht zu Ende geführten Liebesakt von dieser Nacht ungestillt geblieben war, ein Ventil brauchte, damit sie die Spannungen, die sich in ihr aufgestaut hatten, freisetzen konnte. Sie musste, damit ihre Erschöpfung ein Ende finden konnte, damit ihre Glieder sich entspannen und ihre Nerven sich beruhigen konnten, zu einem Orgasmus kommen, auf der Stelle, und plötzlich hatte ich das Gefühl, dass es eine fremde Frau war, die ich in den Armen hielt, die sich gegen mich presste, feucht von Wollust und Tränen, ihre Hüften rieben sich an meinem Unterkörper mit übler Entschlossenheit auf der Suche nach Lustgewinn, das Gewaltsame ihres Begehrens machte mir Angst, ich spürte, wie sie meinen Mund suchte und dabei gegen mein Ohr keuchte, kurz, stoßweise atmend, stöhnend, als würden wir uns inmitten der Menge, die noch immer auf der Brücke an uns vorüberzog, ekstatisch lieben. Die Erde hatte soeben gebebt, und Marie, der die Passanten egal waren, drückte sich an mich und rieb lasziv ihr Geschlecht an meinem Schenkel, hob fiebrig mein T-Shirt, um meinen Bauch zu massieren, dabei mich an das Geländer drückend, ergriff dann meine Hand und führte sie unter ihr Kleid, ließ sie die Schenkel hochgleiten, und da spürte ich den glühenden Kontakt mit ihrem nackten Fleisch, ich spürte an diesem kalten und schneenassen Körper, der sich zitternd an mich presste, den unglaublich warmen Kontakt mit dem Fleisch ihres Schenkels und die inbrünstige Nähe ihres von Wollust feuchten Geschlechts, ich hatte die Hand in ihren Slip vergraben, und ich fühlte nun unter meinen Fingern die feuchte elektrisierende Weichheit des Inneren ihres Geschlechts, das sich unter meiner Hand zusammenzog, der Tag brach an, und ich begehrte sie in diesem Augenblick ebenfalls ganz stark, ich presste mich an sie in der Helle des anbrechenden Tags, ich streichelte ihr Geschlecht, knetete ihre Schenkel. Der Tag ging auf über Tokio, und ich stieß ihr einen Finger ins Arschloch.

II

Zurück im Hotel – ich sehe uns am frühen Morgen auf dem Weg zum Aufzug geschwind die von Geschäftsleuten bereits leise rauschende Hotelhalle durchqueren, die Haut gerötet von der Kälte, Maries Kleid zerknittert und am Oberschenkel halb durchgescheuert, an den Knöcheln die zueinanderpassenden weißen Tennissocken –, ließen wir uns, in dem Zustand von Müdigkeit und physischer Zerrüttung, den wir erreicht hatten, sofort voll bekleidet aufs Bett fallen. Es war Tag, und im Zimmer herrschte die fürchterliche Ödnis des Morgens nach einer durchwachten Nacht. Marie ließ ein warmes Bad einlaufen und wartete, auf dem Bett ausgestreckt, mit offenen Augen, erschöpft, regungslos, wortlos, dass die Wanne sich füllte. Fast wären wir beide gleichzeitig in die volle Wanne gestiegen, doch nach einer kurzen Auseinandersetzung, eher spaßhaft und komisch, ein Ballett von zärtlichen und nachtwandlerischen Gesten auf dem Fliesenbelag, teilten wir uns die Örtlichkeiten, Marie nahm die Badewanne, und ich wählte die Dusche. Den Kopf nach oben und die Augen geschlossen, ließ ich lauwarmes Wasser über meinen gemarterten, vor Kälte schmerzenden Körper fließen, meinen Körper eines Schiffbrüchigen, der nach und nach zu normaler Temperatur zurückfand. Ich stand nackt, den Kopf dem Wasserstrahl entgegenreckend, in der Duschkabine mit den beschlagenen Seitenwänden, und in der Badewanne sah ich Marie ausgestreckt liegen, nackt und bewegungslos, auf dem Gesicht einen Waschlappen, weiß und erschlafft, von dem verschwimmende Dampfschwaden aufstiegen. Auf dem Kopf trug sie eine durchsichtige Badehaube, wie ein aufgeweichter Blumenkohl, und ihre Hände schlugen, wie in Zeitlupe, fast unbewusst, sanft auf die Wasseroberfläche.

Um neun Uhr – exakt um 8.57, wie der Radiowecker des Zimmers mit den fein gepunkteten flüssigen roten Kristallziffern anzeigte – läutete das Telefon in der Dunkelheit.

Die schweren Vorhänge im Zimmer waren zugezogen, und beide schliefen wir je auf einer Seite des Betts tief und fest. Die seidene Schlafbrille der Japan Airlines über den Augen, drehte sich Marie nur unter der Decke um, die Stirn in Schweiß, warm eingemummt in einem dicken Marinepullover, den sie über ihr Nachthemd gezogen hatte, um so viel Wärme wie möglich zu speichern. Es läutete wiederholt und aggressiv. Ich nahm schließlich den Hörer ab, und nach einer längeren Weile, während der ich zu verstehen versuchte, wo ich war, sagte ich mit leiser Stimme »Ja«. Eine japanische Stimme, durch die Erregung etwas destabilisiert und entstellt, stürzte sich in einen mit Höflichkeitsbezeigungen verbrämten längeren Satz, aus dem hervorging, dass dies Yamada Kenji sei und dass er uns, wie abgemacht, um neun Uhr an der Rezeption in

Begleitung der Herren Maruyama, Tanaka, Kawabata und Morita erwarte. Was war darauf zu antworten? Ich sagte nichts, ich warf einen Blick auf Maries Kleider um uns herum, die im Schatten der Ständer in der tiefen Finsternis des Zimmers hingen, in dem die Vorhänge zugezogen waren. Ich spürte am anderen Ende der Leitung einen Moment des Zögerns, den Ansatz eines Getuschels, Räuspern. Einen Augenblick bitte, sagte mein Gesprächspartner. Ich sagte noch immer nichts. Ich hatte noch nichts gesagt (außer dem »Ja«), und übrigens auch mehr nicht sagend, hängte ich mit erschöpfter Hand wieder ein.
Ich hatte kaum Zeit, wieder einzuschlafen, und ich hatte auch nicht den kleinsten Versuch gemacht, Marie zu wecken und sie vom Telefonanruf in Kenntnis zu setzen, als das Telefon – 9.04 a.m. – erneut läutete. Der Apparat, der abgehackt in der Dunkelheit des Zimmers ertönte, befand sich auf meiner Seite des Betts, und nach einer Weile, mit einem Stöhnen, das um Gnade zu winseln schien, näherte sich Marie mir unter der Decke, presste sich gegen meinen Körper und streckte einen Arm ins Leere zum Nachttisch hin. Ich vollendete ihre Bewegung, nahm für sie den Hörer ab und reichte ihn ihr. Sie war noch minimalistischer als ich, denn mit dem Hörer in der Hand sagte sie weder »Hallo« noch »Ja«, sie sagte nichts, verriet ihre Anwesenheit lediglich durch ein leicht verändertes Atmen. Dann, noch immer ohne etwas zu sagen – sie klappte träge ihre Seidenbrille der Japan Airlines auf die Stirn, und ich sah im Halbdunkel ihr verschlafenes Gesicht zuhören, ich betrachtete ihre Augen, die sich in dem Maße zu beleben schienen, wie ihr klar wurde, was man

ihr sagte, wir tauschten sogar einen raschen Blick des Einverständnisses aus –, bejahte sie schließlich ein- oder zweimal, sagte dann mit müder Stimme, einverstanden, sie käme. Sie legte auf. Einen längeren Augenblick blieb sie im Bett liegen, unentschlossen (vielleicht sogar fast im Begriff, wieder einzuschlafen), dann erhob sie sich, ging, mit nackten Füßen, unter ihrem dicken Marinepullover lugte ein Stück ihres Nachthemds heraus, zu den Vorhängen und öffnete sie ein wenig, kam zurück zu mir, gähnend, um im dicken ledergebundenen Ordner nachzuschlagen, der die Liste der Dienstleistungen und Telefonnummern des Hotels enthielt. Nachdenklich setzte sie sich auf den Bettrand, drückte zwei Tasten des Telefons und sagte mit präziser Stimme auf Englisch, sie habe Gepäck, das zur Rezeption gebracht werden müsse. Danach irrte sie so im Zimmer herum, die Brille der Japan Airlines auf der Stirn, inspizierte ihre Kisten, verifizierte die Aufschriften, schloss jene, die offen standen. Eins nach dem anderen nahm sie die Kleider, die auf den Reiseständern hingen, und legte sie eine Weile aufs Bett, wie im Transitverkehr, öffnete einen Überseekoffer und begann, die Kleider zusammenzufalten, sie einzuräumen. Auf einer Sessellehne sah ich ihr bestirntes nachtblaues Kleid, aufgelöst und schlaff, ausgebleicht, an der Hüfte aufgerissen, das jetzt im Grau-in-Grau des Tages glanzlos erschien.

Vierundzwanzig Stunden war es nun her, fast auf die Stunde genau, dass wir in Japan angekommen waren, und als ich alle diese Kisten sah, die Marie für den Abtransport zur Rezeption vorbereitete und schloss, kam mir wieder die Unruhe in den Sinn, die ich am Vorabend am Zoll empfunden hatte, als die Zöllner uns zur Kontrolle unseres Gepäcks angehalten hatten – und an die lebhafte Angst, die mich bei dem Gedanken überkam, sie könnten die Salzsäure finden, die ich bei mir trug. Mein Herz schlug ganz heftig, wann immer der Zöllner auf ein weiteres Gepäckstück auf unseren Wagen zeigte und uns bat, es zu öffnen. Und in der Kiste da, was ist da drin? fragte er mit einer einfachen Geste, ohne Worte. *A dress*, sagte Marie. *Please open*, sagte der Zöllner. *It is a dress*, wiederholte sie, leicht gereizt. *Please open*, wiederholte der Zöllner, ohne seine Höflichkeit zu verlieren, mit einem Hauch von zusätzlicher Bestimmtheit. Nachdem die vier seitlichen Haken gelöst waren, öffnete Marie den Korbdeckel der Kiste auf dem Zolltisch, mit derselben Begeisterung, als hätte sie da den Sarg eines toten Freundes aufbrechen müssen, dessen Leiche nach einem Autounfall in der Fremde in die Heimat zurückgebracht wurde. Übrigens wirkte das Innere der Kiste wie ein Leichentuch, in dem ein durchsichtiger, röhrenförmiger Körper ruhte, ohne Kopf und Beine, in einem Bett aus Kapok voller Schaumgummi, Stoßdämpfern und Keilen. Ein rein virtueller Körper, ohne Eingeweide und Geschlecht, der da schlaff auf seinem Schaumgummikissen lag, bekleidet mit der neuesten Kreation aus einer spiralförmig aufsteigenden rosafarbenen Neonröhre, an der Taille schmäler, an der Brust breiter verlaufend, eine Röhre, die sich um den nicht existierenden Körper wand, bis zu einem Riesendekolleté, aus dem, schön eingewickelt in diverse kleine Plastiksäckchen, Elektrokabel und Steckdosen ragten. *A dress?* sagte der Zöllner. *A dress*, sagte Marie leise. *A sort of dress*, räumte sie

ein, jetzt, unter dem Blick dieses Zöllners, nicht mehr sehr überzeugt von der Universalität der Worte, Werte und Dinge, eher sehr skeptisch.
Die Hoteldiener waren an unserer Zimmertür erschienen, und Marie hatte sie eintreten lassen, zwei junge Hotelangestellte in schwarzer Livree mit Goldknöpfen, eine kleine schwarze Mütze auf dem Kopf, wie Marineinfanteristen sahen sie aus. Marie, ebenfalls in Marinepullover, als ob wir uns in der Kabine eines Luxusdampfers auf Kreuzfahrt befinden würden (ich war im Bett liegen geblieben und schaute dieser irrealen Szene zu, die sich da vor meinen Augen abspielte), hatte sie ins Zimmer geführt und ihnen die Koffer gezeigt, die nach unten zu bringen waren, und die wenigen anderen, die oben bleiben konnten. Die Hoteldiener hatten sich an die Arbeit gemacht, und von meinem Bett aus sah ich, wie sie sich verstohlen im Zimmer zu schaffen machten, mit zur Schau gestellter Diskretion, indem sie stehen blieben und Marie vorbeiließen, die noch immer herumwirbelte und Kisten packte, mit den Augen ihren Weg vorwegnahmen, lautlos die großen und kleinen Koffer hochhoben und auf den Flur trugen, wo sie nach und nach mehrere große goldglänzende Karren damit beluden. Ich stand schließlich auf, kreuzte sie bei meinem etwas unsicheren Gang durchs Zimmer und begab mich ins Bad. Mein Gesicht im Spiegel war nicht wiederzuerkennen, Lider und Backen aufgedunsen, blaurot, die Augen winzig, Schlitze förmlich, die einen erstaunten und abwesenden, nicht sehr sympathischen, nicht einmal rührenden, fast bösen Blick warfen, die Lippen waren trocken und aufgeraut, rissig, meine Zunge weiß und trocken, die

Wangen unrasiert, der Hals mit wirren dichten grauen und schwarzen Haaren gespickt. Ich betrachtete dieses Gesicht im Spiegel, betrachtete dieses bereits alte und doch mein Gesicht, und das gehört zum Sonderbarsten, es mit sich selbst zu verbinden, das Alter oder – denn ich war noch nicht wirklich alt, in einigen Monaten wäre ich vierzig – jedenfalls doch das unbestreitbare Verschwinden der Merkmale der Jugend, ablesbar an den eigenen Gesichtszügen.

Nachdem die letzten Koffer nach draußen gebracht worden waren, schloss Marie die Tür hinter den Gepäckträgern und zog ihren Marinepullover und ihr Nachthemd aus, das sie beim Vorübergehen aufs Bett legte, und ging nackt weiter zum Fenster, wo sie eine Weile durch die Glasscheibe die graue dunstverhangene Stadt betrachtete. Über Tokio regnete es, soweit man sehen konnte, war der Himmel von dichtem Nebel bedeckt, in der Ferne waren einige Flachdächer und Antennen zu erkennen, einsam glitten ein paar Regentropfen die Fensterscheibe hinunter. In Unterhose bereitete ich Tee im Zimmer zu, während Marie sich im Bad herrichtete. Mit nackten Füßen und versonnen goss ich behutsam kochendes Wasser auf einen bleichen Teebeutel in eine der Tassen von dem Tablett auf der Minibar. Mit leicht zitternden Fingern trank ich einen kleinen Schluck kochend heißen Tee, sicherlich das Einzige, was ich um diese Zeit hinunterbrachte. Zehn Minuten später – das Telefon hatte inzwischen nur ein einziges Mal geläutet, und ich selbst hatte geantwortet, dass wir kommen würden – tauchte Marie wieder im Zimmer auf. Sie war angekleidet und geschminkt. Sie sah angespannt aus, hatte sich aber verwandelt, sie trug eine einwandfreie graue Hose und einen schwarzen Rollkragenpullover, Halbstiefel zum Schnüren aus Ziegenleder. Unter den Arm hatte sie ihren langen Ledermantel geklemmt, in der Hand hielt sie einen voluminösen Terminkalender, ihre Lippen waren leicht geschminkt, sie hatte eine Sonnenbrille auf, eine andere als letzte Nacht, nüchterner, schmaler. Ich saß noch immer in Unterhose auf dem Bettrand und blätterte in einer in blaues Leder gebundenen englischsprachigen Bibel, die ich in der Schublade des Nachttischs gefunden hatte. Ich las nicht wirklich, blätterte nur die Seiten um, schaute mir die Kapitelüberschriften, die Titel der Episteln an. Zerstreut klappte ich den Band wieder zu (ich hatte keinen sehr klaren Kopf), ließ ihn hinter mir auf dem ungemachten Bett liegen und ging mich ankleiden, nahm dann die Flasche mit Salzsäure aus dem Kulturbeutel und zog meinen langen schwarzgrauen Mantel über. Wir verließen das Zimmer und nahmen den Aufzug, wir standen Seite an Seite in der engen durchsichtigen Glaskabine, die ins Zentrum des Atriums des Hotels hinabschwebte, und ich betrachtete die reglosen Lüster in der Halle, drei Lüster von spektakulärer Größe, drei bis vier Meter breit und fast acht bis zehn Meter hoch, ihre Form erinnerte an Likör- oder Schnapsflaschen, Salzfässer aus Kristallglas, in allen Regenbogenfarben schillernde ätherische Weinkaraffen, schmal an der Spitze und immer breiter werdend, je weiter man ihren Körper hinunterglitt, um dann unten fast rund zu werden, vollschlank, feminin, und ungeachtet der Strenge ihrer Linien hatte ihr Glanz doch etwas Fluides, Aquatisches, und letztlich gemahnten sie

vielleicht am meisten an riesige Wassertropfen, oder an Tränen, mein Liebling, drei gigantische Tränen aus funkelndem Licht, die da in der Hotelhalle hingen in einem Glitzern von Pailletten und Perlmutt.
Mitten in der großen Marmorhalle des Hotels, neben unseren auf mehreren goldglänzenden Wägelchen aufgetürmten Gepäckstücken, wartete eine Gruppe von fünf Männern in tadellosen Anzügen, mit Seh- oder Sonnenbrillen, Regenschirmen und Aktenkoffern. Einer von ihnen (Yamada Kenji, der Einzige, den Marie kannte, er leitete die Tokioer Boutique *Allons-y Allons-o*) kam uns mit großen Schritten entgegen, ein umso heitereres Lächeln auf den Lippen, als unsere Verspätung sich auf fast vierzig Minuten belief, in Japan eine Ewigkeit. Er ging auf Marie zu, hieß sie willkommen und fragte sie sogleich, ob sie sich von den Strapazen der Reise habe erholen können, ob sie die Zeitverschiebung gut überstanden habe, und da nahm Marie, mit jenem Gespür für Showeffekte, jener Exaltiertheit, die ihr ureigenes Geheimnis war, mitten in der großen Marmorhalle theatralisch ihre Sonnenbrille ab und präsentierte ihr bloßes Gesicht im Licht der Lüster, ohne jede Scham, sie hatte nichts zu verbergen, sie schien förmlich in den Raum zu rufen: »Ihr wolltet es sehen, nun, schaut her!«, so, als enthüllte sie ihnen eine grässliche Narbe, eine ausblühende Wunde, einen Gesichtsherpes. Die vier Herren, die Yamada Kenji begleiteten, betrachteten ebenfalls das im Licht der Halle bleiche und müde Gesicht Maries und wussten weder, was sie sagen, noch, was sie tun sollten. Yamada Kenji schien peinlich berührt, gleich zu Beginn eine so ätzende Frage gestellt zu haben,

und zerknirscht stand er nun in der Halle, mit gesenktem Kopf, während die anderen, unbeweglich im Halbkreis um Marie versammelt, bedachtsam lächelten und dabei mechanisch mit verblüffter und mitleidiger Miene den Kopf wiegten. Marie, majestätisch, rührte sich nicht und bot das Gesicht noch immer den beißenden Blicken. Aber auch ich schaute sie an, Marie, ich betrachtete ihr Gesicht im Licht der Lüster, und es ist wahr, dass sie ausnehmend schön war diesen Morgen in der schweigenden Darbietung ihrer Blässe und Mitgenommenheit.

Sobald Marie ihre Brille wieder aufgesetzt hatte, nahm die Zusammenkunft erneut den ruhig-langweiligen Lauf der professionellen Verabredungen, und Yamada Kenji stellte uns die Personen in seiner Begleitung vor, jeder dieser Herren verbeugte sich und zog aus der Hosentasche, der Brieftasche oder einem Etui eine Visitenkarte hervor, die Marie mit einer Mischung aus Höflichkeit und Lässigkeit entgegennahm, wobei sie ihre Sonnenbrille nochmals nach oben schob, um da und dort den Namen auf einer Visitenkarte zu lesen. Lediglich der Name Kawabata, verbunden mit dem Äußeren der Person, glattes, rosafarbenes Haar à la Andy Warhol und hautenge schwarze Lederhose, schien sie einen Augenblick zu interessieren. An der Seite dieses Kawabata, einer einflussreichen Persönlichkeit, wenn nicht sogar Direktor oder stellvertretender Direktor des *Contemporary Art Space* von Shinagawa, der ruhig an einem Zigarillo nuckelte und in der Hand einen mysteriösen kleinen Leinenkoffer mit glänzendem farbigen Monogramm *gun metal sky metallic* hielt, befand sich eine Person aus demselben Museum, Herr Morita, ein

Finanzmann, eine eher farblose Figur mit abfallenden Schultern, kleiner runder Brille und einem Goldzahn, der während seiner knappen Einwürfe hinten in seinem Mund flüchtig aufblitzte. Es gab außerdem zwei junge Leute von *Spiral*, augenscheinlich subalterne Gestalten, niedere Angestellte oder Praktikanten, beide sehr jung und sehr ernst, sogar zeremoniell, in Anzügen mit Weste gezwängt, die nicht zu groß, eher gleichsam zu alt für sie waren. Ich für meinen Teil war im Schatten von Marie geblieben und hatte einfach die Augen gesenkt, um alle Welt mit Zurückhaltung zu grüßen.

Yamada Kenji schlug vor, da er uns das Tagesprogramm mitteilen wollte, sich in eine stille Ecke des Hotels zurückzuziehen, wo man uns Kaffee bringen könne. Unsere Gruppe hatte sich in der Halle in Gang gesetzt, langsam, wie von selbst hatten sich Untergruppen gebildet, Yamada Kenji als Anstandsdame von Marie, die an der Seite dieses Kawabata in Leder marschierte, mit seinem extraflachen Köfferchen, das mehr Dollars gekostet haben dürfte als reinpassten, ihm immer wieder Fragen stellend, die eine nach der anderen gewissenhaft übersetzt wurden. Ich lief am Ende, zusammen mit den zwei piekfeinen jungen Leuten von *Spiral*, die mir wortlos zulächelten (sozusagen in Englisch, die friedfertigste Art der Konversation). Auch die junge Angestellte der französischen Botschaft, eine *chargée de mission*, war schließlich zu uns gestoßen (sie hatte sich offensichtlich in genau dem Augenblick für eine Weile auf die Toiletten verdrückt, als wir in der Halle erschienen waren) und lief neben mir her, überließ Marie ihren Mitarbeitern und den Verantwortlichen des Museums von

Shinagawa. Es war eine elegante junge Frau mit einem weiten Mantel aus reiner Schurwolle, die mich mit humorigen Belanglosigkeiten und harmlosen Kleinigkeiten unterhielt, als habe man sie beauftragt, während eines Staatsbesuchs Herrn Thatcher zu begleiten. Mit ihrer schwarzen Hose und cremefarbenen Bluse, Seidenschal, dunklen feurigen Augen (außer ihren Haaren war nichts an ihr blond) schäkerte sie leicht frivol und folgenlos mit mir, während wir wieder die Halle durchquerten, streifte lachend meinen Arm und erging sich auch noch in einen langen Satz, wobei sie eine ihrer unschuldigen dunklen Augenbrauen hob, um ihre Überraschung, ja ihre Verblüffung zu dokumentieren angesichts irgendeines Einwands, den ich gar nicht gemacht, den sie einfach nur vorweggenommen hatte. Sie mochte siebenundzwanzig, achtundzwanzig sein, schien aber die Wandelgänge der Diplomatie schon doppelt so lange durchwandert zu haben, ihre unbestreitbare Selbstsicherheit und ihr einnehmendes Lächeln waren entmutigend. Ich betrachtete sie erschöpft, legte meine Hand unter mein raues stoppeliges Kinn, war gereizt durch ihre heitere Stimme, die ein Hauch von Lispeln charmant umgarnte (*sarzée de miction*). Und wo, sagte ich, waren Sie denn eigentlich, als wir in die Halle kamen?

Wir hatten auf schwarzledernen Kanapees und Sesseln Platz genommen, auf einem Zwischengeschoss, von dem aus die Hotelhalle zu überblicken war, und uns Kaffee servieren lassen, keine Ahnung, wie viele Tees und Kaffees wir seit unserer Ankunft in Japan schon getrunken hatten. Auf unserem Couchtisch lagen diverse Dokumente, große farbige Aluminiumordner, Klarsichthüllen, ein eingerollter Plan des Museums von Shinagawa, Fotos, Dossiers, ganz zu schweigen von den kleinen Willkommensgeschenken, die Marie freundlich und verdrossen ausgepackt hatte, ohne darüber sonderlich glücklich zu sein, sie bekommen, noch überrascht, überhaupt welche erhalten zu haben, sie einfach zur Seite legte, unter das zerknitterte Geschenkpapier, einen Schal, perlmuttverzierte Essstäbchen, Räucherstäbchen. Yamada Kenji hatte uns das Tagesprogramm überreicht, und ich überflog es in einer Art komatösem Dunst, der mir den Geist vernebelte. Wir waren jetzt beim Programmpunkt Begrüßung (9 Uhr – 10 Uhr, Begrüßung im Hotel). Dem folgte, laut Programm, ein Besuch der Säle des Museums von Shinagawa, um die Hängung der Ausstellung vorzubereiten, danach ein Treffen mit Journalisten des Magazins *Cut*, Mittagessen in einem traditionellen Speiselokal, eine Fotosession für das Titelblatt eines Modemagazins, ein Besuch des Gebäudes von *Spiral*, gefolgt von einem Empfang und einem Abendessen. Ich nahm von all dem mit einem gewissen Überdruss und Schrecken Kenntnis, als Herr Morita, an meiner Seite, der sein Programm auf den Tisch gelegt hatte, anfing, über das Erdbeben an diesem Morgen zu sprechen. Kaum war das Erdbeben erwähnt (zweifellos konnte kein Thema jeden von uns tiefer berühren), nahmen sofort alle an der Unterhaltung teil, sowohl der schweigsame Kawabata, der einen keinen Widerspruch duldenden Satz auf Japanisch losließ, den niemand uns übersetzte, als auch die zwei geschniegelten jungen Männer, die ihre Schüchternheit überwanden und ebenfalls ihr Scherflein zur Debatte beitrugen. Der jüngste (wenn es denn möglich war, jünger als der andere zu sein), der ebenso zurückhaltend wie wohlinformiert war, hob an, uns in einem esoterischen Englisch zu erklären, dass nach Radioinformationen an diesem Morgen in einem Dorf der Halbinsel Izu, wo das Epizentrum des Bebens lag, eine Person durch Herzschlag gestorben war. Worauf der unberechenbare Kawabata sich urplötzlich in seinem Sessel aufrichtete – er hatte sich mit unter der Nase verschränkten Händen nach hinten gebeugt, um Schwung zu holen und nach vorn zu schnellen – und mit einem neuerlichen keinen Widerspruch duldenden Satz auf Japanisch antwortete, und während man sich bis dahin, aus Höflichkeit uns gegenüber, bemüht hatte, eher Französisch oder Englisch zu sprechen, wurde die Unterhaltung nun ausschließlich auf Japanisch fortgesetzt, jeder ergänzte ein Detail oder führte ein weiteres an, ahmte den Fall von Gegenständen, panische Angst, Taumel nach. Den Aussagen von Yamada Kenji zufolge, dem Einzigen, der uns weiterhin von Zeit zu Zeit noch ein paar Informationen übersetzte, hatte es zwei Beben gegeben, ein kleineres, horizontal, kaum wahrnehmbar, gegen ein Uhr nachts, und ein sehr viel stärkeres bei Tagesanbruch, das in Tokio Schäden angerichtet hatte, Stromausfälle, Zugverspätungen, Erdrutsche, Fensterscheiben waren zu Bruch gegangen, Dächer und Teile von Klimaanlagen herabgestürzt. In beiden Fällen lag das Epizentrum in der Gegend der Halbinsel von Izu. Obwohl es natürlich unmöglich war, in dieser Sache irgendetwas vorherzusagen, bestand doch nach Aussage der Experten kein besonderes Risiko eines neuerlichen Hauptbebens in den kommenden Tagen. Während er sein Köfferchen öffnete, um die wenigen nicht verteilten Programme wieder zu verstauen, äußerte Yamada Kenji zum einen die Vermutung, dass wir das erste, ziemlich schwache Beben nicht gespürt haben dürften, das gegen ein Uhr diesen Morgen aufgetreten war, da wir bereits schliefen, und zum zweiten die Hoffnung, dass das zweite, bei Tagesanbruch, sehr viel heftiger, und das uns, wie er befürchtete, aufgeweckt haben dürfte, uns nicht gleich bei unserer Ankunft ein allzu schlechtes Bild seines Landes vermittelt habe. Nein? Er schaute Marie an. Daraufhin, unmerklich, schwiegen alle und wandten sich Marie zu. Etwas war im Schwange, keiner wusste, was genau, aber allen war es klar, und alle hatten sich Marie zugewandt. Marie saß reglos auf dem Kanapee, den Kopf gerade, das Tagesprogramm in der Hand, und langsam quollen Tränen unter ihrer Sonnenbrille hervor.

Die Tränen flossen unaufhaltsam über Maries Wangen, mit der Notwendigkeit eines Naturphänomens, wie Flut kommt oder leichter Regen einsetzt, und sie unternahm nichts, um sie zurückzuhalten, sie ließ sie über ihre Wangen kullern, zeigte sie, ohne Prahlerei oder Scham. Und während ich sie, beklommen, mir gegenüber in ihrem Sessel weinen sah, wusste ich, dass es die Erwähnung des Erdbebens gewesen war, die sie ausgelöst hatten, denn das Erdbeben war nunmehr für uns untrennbar mit dem Ende unserer Liebe verbunden.

Marie stand auf, bat Yamada Kenji, sie zu entschuldigen, trat zu mir unter den Augen aller, die versuchten, zu begreifen, was da vor sich ging, bereit einzugreifen, um ihr zu helfen oder sie zu stützen, übte einen raschen, aber festen und zugleich flehenden Druck auf meine Schulter aus und bat mich, sie doch bitte zu begleiten. Ich erhob mich und folgte ihr, wir gingen wieder hinunter in die Hotelhalle, ich weiß nicht, wohin, ich folgte ihr, sie schien einen ruhigen Platz zum Reden zu suchen. Schließlich verließ sie das Hotel, trat durch die Schiebetür, und sofort grüßte sie ein Portier in graugrünem Umhang und mit Zylinder und fragte, ob sie ein Taxi wünsche. Wortlos ging sie weiter, ein paar Schritte entfernt, aber immer noch auf dem Vorplatz unter dem Schutz des Vordachs, wartete sie auf mich. Draußen nieselte es, der Himmel war grau, vor uns eine große menschenleere Straße, unterhalb der Privatauffahrt zum Hotel. Autos fuhren vorüber, die Scheinwerfer wegen des leichten Nebels eingeschaltet, einige Taxis, hin und wieder ein Fußgänger. Marie hatte ihren langen Ledermantel noch an, den Kragen hochgeschlagen, und rauchte eine Zigarette auf der Außentreppe, schweigend, gravitätisch. Ich war neben ihr stehen geblieben, den Blick in die Ferne gerichtet, in meinem Kopf schwirrte es, und die Nasennebenhöhlen schmerzten. Sie rauchte weiter, überlegte. Nach einer langen Weile drehte sie sich zu mir um und sagte mühsam, mit leicht erstickter Stimme, dass sie einverstanden sei, dass wir uns trennen. Ich erwiderte nichts. Ich schaute sie an, ich steckte die Hände in die Taschen meines Mantels und spürte an meinen zitternden Fingern das Fläschchen mit Salzsäure. Aber jetzt kann ich nicht, sagte sie, jetzt ist es zu hart. Nicht jetzt, sagte sie, nicht jetzt, und sie packte mich am Arm, ließ die Hand darüber gleiten und in den Stoff meines Mantels zwicken, drückte heftig meinen Arm, um mich zu überzeugen. Ihre Stimme war entschlossen, fast hart. Nicht jetzt, sagte sie, nicht in diesen Tagen hier. In diesen Tagen brauch ich dich.

Wir sahen Yamada Kenji zögernd aus der Hoteltür treten und uns mit den Augen suchen. Als er uns bemerkte, kam er vorsichtig und mit einem gequälten Lächeln auf uns zu. Wir unterbrachen sofort unser Gespräch, ein Augenblick der Peinlichkeit trat ein, währenddessen er reglos vor uns stehen blieb und an seinem Programm herumfingerte. Dann fragte er Marie ziemlich unbeholfen, ob etwas am Programm ihr nicht gefalle, sie verärgert habe. Verblüfft schaute sie ihn an, wandte sich in einer flüchtigen Bewegung zu mir und lächelte mich unter Tränen an. Nein, nein, geht schon, es ist sehr gut, das Programm, sagte sie, halb lächelnd, halb sich schneuzend.

In dem Taxi, das uns zum *Contemporary Art Space* von Shinagawa fuhr, hatte ich die Hand Maries ergriffen, drückte sie zärtlich in meiner, ich spürte die Wärme ihrer Finger an meiner Haut. Die Stimmung im Wagen war gedrückt, der Regen schlug gegen die Fenster, an der Windschutzscheibe schwang ein Scheibenwischer regelmäßig hin und her. Niemand sagte etwas. Yamada Kenji saß vorne, neben dem Fahrer, er hatte die Adresse des Museums genannt und konsultierte schweigend kleine rosafarbene quadratische Zettel auf seinen Knien. Die junge Angestellte der französischen Botschaft schaute nachdenklich aus dem Fenster, und auch sie schwieg, eingeschüchtert durch die Tränen Maries.

Um zum Eingang des Museums zu gelangen, mussten wir

einige Hundert Meter längs einer Umfassungsmauer aus großen Steinen gehen. Das Taxi hatte uns oben am Weg aussteigen lassen, auf dem weiträumigen menschenleeren Parkplatz eines Hotels. Nachdem unsere Gruppe wieder zusammen war (die anderen waren uns in einem zweiten Taxi gefolgt), hatten wir uns bei Nieselregen in Marsch gesetzt, wir folgten einem Weg aus rutschigen und unebenen Steinen abwärts, der sich zwischen Bäumen zu einem Teich hinschlängelte. Wir kamen langsam voran im Schutze zweier riesiger Regenschirme, einer königsblau, der andere tiefgrün, die sich im Dunst abhoben und mit linkischem Eifer von den zwei jungen Leuten von *Spiral* gehalten wurden, die, auf jeder Seite einer, neben uns mit ausgestreckten Armen tippelten, um uns Schutz zu bieten. Hinter der Pforte des Museums, einer breiten Metallpforte, die elektronisch bedient wurde (roter Laserpunkt, Überwachungskamera), das *Contemporary Art Space*, das in dem ländlichen Dekor, in dem wir uns befanden – Bäume und Teich, Mooswege und Unterholz, in der Ferne waren sogar das Zwitschern von Vögeln und das Quaken von Fröschen zu hören –, stark aus dem Rahmen fiel. Der weiße lang gestreckte Umriss des Gebäudes tauchte im Hintergrund eines Parks auf, stromlinienförmige Mauern und gewellte Aluminiumplatten, die dem Bau das Aussehen einer Flugzeughalle oder eines hochtechnischen Labors gaben. Die Tür aus Milchglas führte zu einer großen Eingangshalle aus schwarzem Marmor, in der wir einige Minuten warteten, bevor wir vom Direktor des Museums empfangen wurden, mit grau meliertem Bart und dazu passendem Pepitajackett, der zudem erstaunliche weiß glänzende Pumas trug, mit einem stilisierten Raubtier an jedem Fuß, die bereit schienen, beim geringsten Erlahmen der Wachsamkeit von seinen Absätzen zu springen. Durch eine versteckte Tür führte er uns in die Büros des Museums und weiter in einen Privatsalon neben einem Kontrollraum, dessen Tür halb offen stand, im Dämmerlicht sah man eine Reihe von Videobildschirmen. Wir nahmen auf Sofas um einen schwarzen lackierten Couchtisch Platz, und sogleich tauchte in unserem Rücken eine junge Angestellte mit einem Tablett auf, um uns grünen Tee zu servieren. Sie stellte vor jeden eine Schale hin und zog sich wieder schweigend zurück. Wir redeten nicht, lächelten nicht. Die Tränen Maries hatten alle abgekühlt, nur der Direktor des Museums hatte sich noch nicht die Finger verbrannt und schien entspannt und fast jovial, mit gekreuzten Beinen hatte er es sich auf seinem Sofa bequem gemacht. *First time in Japan?* fragte er Marie mit mächtiger Stimme. Keine Antwort. Reglos, ihre Sonnenbrille mit sehr dunklen Gläsern vor den Augen, stierte Marie geradeaus, mit verstockter Miene, die Frage schien sie überhaupt nichts anzugehen, wer weiß, ob sie sie überhaupt gehört hatte. Nein, sagte sie endlich, auf Französisch, ohne sich die geringste Mühe zu geben. Das wirkte wie eine kalte Dusche, alle rutschten auf ihren Sitzen hin und her, aber es gab keine weitere Frage, das Gespräch war beendet. Ich möchte die Räume sehen, sagte sie.

Marie schritt einige Meter vor uns in einen riesigen leeren Ausstellungssaal, allein, in ihrem langen schwarzen Ledermantel, ihre Sonnenbrille auf die Stirn geschoben, den Terminkalender in der Hand. In gewisser Weise hatte sie bekommen, was sie wollte, sie hatte die Stille und den

Respekt erzwungen, die sie für ihre Konzentration brauchte, mit den Tränen und der Schroffheit des Tons weit mehr als mit der lächelnden Überlegenheit, die sie in der Regel gegen ihre Gesprächspartner in Anschlag brachte (wirksamer, aber die anzuwenden sie heute entweder nicht die Kraft oder nicht die Flexibilität hatte), und das Ergebnis war da, man hielt sich zurück, wagte nicht, sie etwas zu fragen oder das Wort an sie zu richten, und sie konnte sich ihren Gedanken überlassen, als wäre sie allein im Museum. Wir folgten ihr in einiger Entfernung, sprachen mit leiser Stimme, eingeschüchtert sowohl durch die Weite der leeren Säle, die wir durchquerten und in denen unsere Schritte auf dem Parkett hallten, als auch durch die starke, entschlossene und schweigende Gegenwart Maries vor uns. Nahezu dreihundert Quadratmeter Ausstellungsfläche, verteilt auf vier Säle (A.B.C.D.), jeweils unterschiedlich, zwei rechteckig, einer fünfeckig und einer achteckig, der kleinste sechzig Quadratmeter groß, der umfänglichste hundertzehn Quadratmeter. Alle weiß und leer, beeindruckend in ihrer Nacktheit, in ein schummriges Licht getaucht, das von feinen Öffnungen im Dach herkam, durch die ein von schweren Regenwolken verhangener grauer und stürmischer Himmel zu sehen war. Zur Geltung gebracht wurde die Einrichtung durch eine raffinierte Anlage aus künstlichem Licht, oben an den Wandleisten angebrachte schwenkbare und durchscheinende Zylinder, deren Glühlampen das warme bernsteinfarbene Licht der traditionellen japanischen Laterne ausstrahlten.

Marie war in der Mitte des großen Saals stehen geblieben.

Sie hatte ein Blatt aus ihrem Kalender gerissen und, sich des Deckels als Schreibunterlage bedienend, allein im Raum stehend (ich als Einziger machte einige Schritte in ihre Richtung, die anderen blieben an der Schwelle stehen und drehten sich um, machten unauffällig eine halbe Kehrtwendung, um sie allein zu lassen), fertigte sie Skizzen an, einen groben Plan der Räumlichkeiten, Rechtecke zur Darstellung der Räume, Vierecke, Pfeile, die ich nicht entziffern konnte. Von Zeit zu Zeit hob sie den Kopf und dachte nach, prüfte die Wände, wie um sich davon inspirieren zu lassen, und vervollständigte ihre Skizze, verband einen Pfeil mit einem Wort in Großbuchstaben, das sie ein- oder zweimal unterstrich. Ich verließ den Raum und gesellte mich zu den anderen in der Halle. Der Direktor bat uns in den ersten Stock, wir überquerten einen Glassteg über der Halle und traten in einen unbestimmten Raum ein, der eine riesige unsichtbare Bibliothek beherbergte aus Ausstellungskatalogen und Kunstzeitschriften, die in langen japanischen Schubladen aus hellem Holz untergebracht waren, die der Direktor nacheinander lässig vor uns öffnete, um uns das Ordnungsprinzip zu demonstrieren. Ich sah ihn diese Schubladen nach Art eines trägen Zauberers öffnen und schließen und dachte an anderes (ich war müde, ich fühlte mich fiebrig).
Wir waren in den Salon neben dem Eingang zurückgegangen, einige hatten Platz genommen, um Tee zu trinken oder zu plaudern, andere waren stehen geblieben und blätterten nachdenklich in Katalogen. Ich ging im Zimmer umher und betrachtete die Plakate der Ausstellungen des Museums, dann steckte ich rasch den Kopf in den

Kontrollraum, in dem ein junger Mann, mit dem Rücken zu mir, an einem Computer arbeitete. Der Raum war kaum erleuchtet, voller Kontrolllämpchen und Schalthebel, er erinnerte an ein Mischpult oder einen Bildschnitttisch in einem Multimediastudio, mit seinen Kontrollbildschirmen von über einem Dutzend Überwachungskameras, die stehende Aufnahmen in Schwarz und Grauweiß wiedergaben. Beim prüfenden Blick über das Ganze begriff ich, dass die Bildschirme der oberen Reihe den Kontrollkameras entsprachen, die die unmittelbare Umgebung des Museums filmten, zwei waren an der Außenpforte angebracht, sie übertrugen verschneite Bilder des menschenleeren Wegs zum Teich, und zwei am Eingang, wobei die eine zum Park im Regen hin gedreht war, die andere zur Eingangshalle in schwarzem Marmor, mit jenem feststehenden Bild, das charakteristisch ist für jene Art Draufsicht, bei der die im Bild erscheinenden Personen häufig wie spätere Opfer oder potenzielle Tote erscheinen.
Die andere Reihe von Bildschirmen verblüffte durch ihre extreme Strenge, die acht Monitore zeigten sehr helle weiße Bilder, die auf den ersten Blick für perfekte hypnotische monochrome Bilder durchgehen konnten, doch dann ließen sich, sobald das Auge auf Einzelheiten verweilte, Ecken, Kanten und Sockelleisten unterscheiden, und man erkannte, dass es sich um unterschiedliche Ansichten der menschenleeren Ausstellungsräume des Museums handelte. Starr blickte ich auf diese Reihe weißer und leicht flimmernder Bildschirme, als ich plötzlich Marie im Bild auftauchen sah, eine einsame Silhouette, die sich vor mir auf dem Schirm langsam bewegte. Wie

schwerelos glitt sie von einem Schirm zum anderen, ein schwarzer Mantel auf weißem Grund, verschwand von dem einen und tauchte im anderen auf. Manchmal war sie auch, für den Bruchteil einer Sekunde, auf zwei Bildschirmen gleichzeitig, dann, ebenso flüchtig, auf keinem mehr, sie war verschwunden, und sofort war das seltsam und sogar ein wenig schmerzlich, sie fehlte mir, Marie fehlte mir, ich hatte das Verlangen, sie wiederzusehen. Dann tauchte sie wieder auf, sie war erneut im Bild, sie war in der Mitte eines Saals stehen geblieben. Ich war in den Raum und näher zum Bildschirm getreten, ganz nahe, die Augen nur wenige Zentimeter von seinem elektronischen Schimmer entfernt, und ich sah, wie sie die Augen zu mir hob, um einen neutralen Blick in Richtung der Überwachungskamera zu werfen, einen Moment kreuzten sich unsere Blicke, sie wusste es nicht, sie hatte mich nicht gesehen – und das war, als ob mir damit visuell bewusst geworden wäre, dass es mit uns zu Ende war.
Taumelnd verließ ich den Kontrollraum, in meinem Kopf drehte es sich. Meine Augen brannten vom starren Sehen auf die Bildschirme, mir flimmerte es vor den Augen, ich ging zur jungen Angestellten der französischen Botschaft und bat sie, mir ein Taxi zu rufen. Ich musste blass im Gesicht gewesen sein, denn sie fragte, ob alles in Ordnung sei. Ich verneinte, sagte, dass es mir nicht gut gehen würde, dass ich müde sei, sicher der Jetlag, und ich lieber zurückkehren und mich im Hotel ausruhen wolle. Ich hatte mich in einen Sessel fallen lassen und rührte mich nicht mehr, ich schwitzte stark in meinem dicken schwarzgrauen Mantel, ich sah, dass man mir verstohlen Blicke zuwarf.

Die junge Frau kam zurück und sagte mir, man habe das Taxi gerufen, es käme gleich, fragte mich, ob ich begleitet werden wolle. Ich nickte leicht mit dem Kopf, sagte, ja, das wäre nett. Wir verließen zusammen das Museum, gingen unter prasselndem Regen die kleine Allee hoch, die zum Parkplatz führte. Der Parkplatz des Hotels war verlassen, übersät mit großen Pfützen, über die ein stürmischer Regen und Windböen fegten. Das Taxi drehte etwas entfernt im Regen seine Runden, unschlüssig, ohne auf den Parkplatz zu fahren. Die junge Frau schritt entschlossen und mit dem Arm winkend auf es zu in ihrem weiten nassen Mantel. Das Taxi hielt unter einem Baum, sie sagte einige Worte auf Japanisch zum Fahrer, während ich im Wagen Platz nahm. Das Taxi fuhr los, und ich drehte mich um, ich sah ihre einsame Gestalt im Regen durch das beschlagene Rückfenster des Taxis. Ich wusste es noch nicht, aber es war das letzte Mal, dass ich sie sah.

Aus dem Taxi gestiegen, fuhr ich sofort hinauf in mein Zimmer im 16. Stockwerk des Hotels. Das Zimmer war während unserer Abwesenheit aufgeräumt worden und hatte, nachdem unsere hundertvierzig Kilo Gepäck verschwunden waren, wieder das Aussehen eines normalen Hotelzimmers bekommen. Die Betten waren gemacht, die Vorhänge aufgezogen, und ein graues, farbloses Dämmerlicht drang in den Raum. Die Kleidung, die wir auf dem Boden hatten herumliegen lassen, war zusammengelegt, die weißen Socken mit rot-blauen Streifen, als kleine Häufchen irgendwo auf dem Teppichboden liegen gelassen, waren zusammengesucht und liebevoll auf den Frisiertisch gelegt worden. Das Zimmer war überheizt, und ich drehte die Heizung herunter, ich wollte das Fenster weit aufmachen, doch der Fensterflügel war verriegelt. Wenn man an einer vertikalen Glasplatte zog, ließ es sich allenfalls zwei oder drei Zentimeter öffnen, ich mühte mich mit aller Kraft an einem Sicherheitshebel mit Gelenk, um das große Glasfenster noch weiter zu öffnen, aber es war vergebens. Ich legte mich aufs Bett, ich konnte nicht mehr. Ich hatte meinen Mantel nicht ausgezogen und badete nun in meinem Schweiß, ich fühlte mich fiebrig, meine Nase war zu, ich schniefte, ich stand regelmäßig auf, um mir im Bad die Nase zu putzen. Irgendwann des Hin-und-Hergehens leid, nahm ich die Rolle Toilettenpapier mit ins Zimmer und legte sie auf den Nachttisch. Unablässig schneuzte ich mich, auf dem Bett liegend, um mich herum türmte sich eine Kollektion von zusammengeknüllten Toilettenpapierschnipseln, ein Wust zerknüllter Kügelchen, die sich auf dem Teppich anhäuften. Dort verbrachte ich den ganzen Vormittag. Ich versuchte die Augen zu schließen und zu schlafen, aber ich konnte nicht schlafen, ich war viel zu aufgewühlt. Im Bett auf dem Rücken liegend, betrachtete ich die Decke, reglos, die Beine übereinandergeschlagen, die Hände in den Manteltaschen. Ich wusste nicht, was ich machen sollte. Was hatte ich in diesen Tagen in Tokio zu suchen? Nichts. Mit ihr brechen. Aber mit ihr brechen, ich begann, mir das klarzumachen, war eher ein Zustand als ein Tun, eher Trauer als Agonie.

Ich verließ das Zimmer am frühen Nachmittag mit einer Reisetasche, die das Nötigste enthielt, zwei Hemden, einige T-Shirts, meinen Kulturbeutel. In der Halle wechselte ich Geld an der Rezeption. Ich hatte ein Formular ausgefüllt und meine Kreditkarte am Wechselschalter vorgelegt, und ein Angestellter händigte mir zweihunderttausend Yen in bar aus, ein Bündel von zwanzig Banknoten zu je zehntausend neuen Yen, glatt und weich, in einem festen Umschlag, dessen Größe genau dem der Scheine entsprach. Ich nahm die Scheine aus dem Umschlag, zählte sie durch, indem ich die Finger über die sinnliche Oberfläche der Scheine gleiten ließ, und teilte dann das eine Bündel in drei auf, zwei Scheine nahm ich an mich, die anderen acht legte ich zwischen die Seiten meines Passes, und die letzten zehn blieben im Umschlag. Ich ging in der Halle in die Hocke, um meine Reisetasche zu öffnen, und steckte dann den Umschlag, zweifach gefaltet, in ein Seitenfach meines Kulturbeutels. Ich verließ das Hotel im Regen, marschierte etwa zehn Minuten durch graue Straßen, bevor ich die wenigen Stufen eines Seiteneingangs der U-Bahn-Station Shinjuku hinunterstieg. Ich folgte kilometerlangen Rollbändern in unterirdischen Gängen. Je näher man dem Bahnhof kam, umso dichter wurde die

Menge, und ich setzte meinen Marsch in endlosen feuchten Gängen fort. Die U-Bahn-Gänge waren von zahlreichen Clochards belegt, die sich längs der Wände niedergelassen hatten, auf Decken oder in schlichten Kartons, in Behelfszelten, auf mit Fettflecken oder Pissspuren verzierten alten Matratzen, auf dem Boden stehen gelassene Kochtöpfe, eine zum Trocknen hingelegte Hose, Schnüre, leere Becher, aufeinandergeschichtete Platten mit Bentos, reglos daliegende Hunde mit zugebundener Schnauze und nach Feuchtigkeit stinkendem Fell, ein ekelhafter Gestank nach U-Bahn-Schacht und nassem Tier, der unerwartete Erinnerungen an Paris in die Nase steigen ließ. Bevor ich das Hotel verließ, hatte ich mir den Plan der U-Bahn angesehen, mir boten sich mehrere Möglichkeiten, ich konnte entweder die Linie Yamanote des J. R. nehmen, die runter nach Süden fuhr, wieder hochkam und dann die Stadt in einem großen Bogen umrundete, oder aber die U-Bahn, die Linie Marunouchi, mit einem feinen karminroten Streifen gekennzeichnet. Mir war alles gleich, und so ließ ich mich auf gut Glück von den Abzweigungen der Gänge und der Bewegung der Menge und mit wachsamem Blick auf die Inschriften der Schilder leiten. Der rote Faden der Linie Marunouchi fiel mir als Erstes ins Auge, und so spulte ich ihn gewissermaßen von Schild zu Schild ab, folgte den Gängen und Rolltreppen bis zu den Gleisen. Nach einer kurzen Viertelstunde Fahrt, stehend in einem überheizten Wagen (es war dermaßen heiß, dass ich den Mantel ausgezogen und unter den Arm geklemmt hatte), stieg ich an der Station Tokio aus. Ich fuhr die Rolltreppe hoch und fand mich erneut wie verloren in einem riesigen Bahnhof, der in seinen Ausmaßen dem von Shinjuku glich, mit Ladengalerien auf mehreren Stockwerken, die durch Aufzüge aus Glas verbunden waren. Mit Kopfschmerzen und fiebriger Stirn begab ich mich weiter hinein in das Labyrinth einer unterirdischen Galerie, die gesäumt war von Geschäften aller Art, da waren Reiseagenturen und Eingänge von Kaufhäusern, nach außen hin offene weiträumige Buchhandlungen und winzige Friseursalons, mit ihrem spiralförmigen blau-roten Glassiphon, Cafés, Bars, Dutzende von Restaurants mit ihren Tageskarten und ihren Speiseangeboten in der Vitrine, dargestellt durch mehrfarbige kleine Wachsfiguren, die an Puppengeschirr und Operettensushis gemahnten. Ich stieg mehrere Rolltreppenläufe aufwärts und bewegte mich weiter in der Menge, auf der Suche nach der Abfahrtshalle der Shinkansen. Alles war erstaunlich gut beschildert, und nach weniger als fünf Minuten hatte ich meine Fahrkarte.

Der Shinkansen, ein langer schlanker weißer Vogel, hatte den Bahnhof von Tokio verlassen und rollte nun langsam über ein Viadukt mitten in der Stadt, ich hatte in einem nicht reservierten Wagen einen Platz nahe dem Fenster gefunden, ich sah die erleuchteten Scheiben der Bürogebäude, die auf gleicher Höhe wie der Zug im regnerischen Grau des Tages vorüberzogen, in gemächlichem Tempo fuhren wir am Internationalen Forum vorbei, dessen konkave Krümmung sich genau der Schienenführung anschmiegte. Eine knisternde Stimme aus den Lautsprechern hieß auf Japanisch und Englisch die Fahrgäste willkommen, nannte die Bahnhöfe, an denen der Zug haltmachen würde, Nagoya, Kioto, Shin-Osaka, Shin-Kobe. Ich hatte keinen Nachbarn und neben mich Reisetasche und Mantel gelegt. In der mir nächsten Reihe mit drei Sitzen saß ein Mann allein in weißem Hemd und Krawatte und las in Socken die Zeitung. Allmählich hatte der Zug an Fahrt gewonnen, wir hatten das Zentrum Tokios verlassen und fuhren nun durch die Vororte, die sich im Dunst dahinzogen, an den Fensterscheiben schlängelten sich Regenrinnsale. Wir fuhren an Industriegebieten und Ansammlungen grauer Häuser vorbei, deren Dächer mit Antennen übersät waren. Ich schaute aus dem Wagenfenster, ohne an etwas zu denken, ein passiver Zeuge dieser Verdichtung von Raum und Zeit, die das Gefühl vermittelt, man wohne vom Zugfenster aus beim Vorbeigleiten der Landschaft dem Vergehen der Zeit bei.

Ich hatte nicht zu Mittag gegessen, und nachdem ich zerstreut den jungen Frauen in hellgrüner Bluse zugeschaut hatte, die durch den Zug gingen und mit mechanischer und inhumaner Stimme Platten mit Speisen, Getränke oder Eis anboten, auf diese ganz besondere Art und Weise, das Produkt mit vorgestreckten Armen so anzubieten, als handele es sich um ein Programm, winzige Becher Vanilleeis oder Eis mit grünem Teegeschmack oder wie Geschenkpäckchen eingepackte Bentos, hielt ich eine junge Frau im Gang an und kaufte ihr eine Speiseplatte ab. Ich hatte aufs Geratewohl gewählt und war ein wenig enttäuscht, als ich das Geschenkpaket aufmachte und neben Essstäbchen und Sojasoße in einem kleinen Plastikfisch mit lilliputanerhafter roter Verschlusskappe acht gleiche in Kirschbaumblättern eingewickelte Rechtecke Reis fand.

Ich knabberte an einer der Rollen, ließ dann die Platte auf dem Tablett unangetastet stehen. Ich verschränkte die Arme über der Brust, schloß die Augen und versuchte zu schlafen. Ich döste regungslos auf meinem Sitz und fragte mich unschlüssig, was ich in Kioto machen würde.

Sehr früh, gegen fünf Uhr nachmittags, brach die Nacht herein, mit einem Schlag, fast übergangslos. Aus dem erleuchteten Zug ließen sich die Landschaften nur noch undeutlich durch die Scheiben erkennen, riesige Reisfelder in der Dunkelheit, Bergprofile, manchmal in der Ferne die weißen Punkte einer Ortschaft. Als der Zug für den Halt in Nagoya die Geschwindigkeit drosselte, sah man unterhalb der Talbrücke, deren geradem Lauf er folgte, die Stadt, die erleuchteten Geschäfte und das marktschreierische Blinken der Neonschilder der Pachinkos, der Hotelfassaden und der Werbeplakate in der Dunkelheit. Der Zug war in den Bahnhof von Nagoya eingefahren. Hunderte von Mittelschülern in bis zum Kragen zugeknöpften schwarzen Uniformen warteten an den Bahnsteigen, Gymnasiastinnen in grauem Rock und blauer Bluse, mit roter Krawatte, dicken Schenkeln, langen Schals und weißen Kniestrümpfen, die in Gruppen zu dritt oder viert dem Ausgang zustrebten. Ich schaute aus dem Fenster, das Gesicht an der Scheibe, und plötzlich winkte mir eines der Mädchen beim Vorbeigehen mit der Hand zu. Ich wurde, völlig überrascht, jäh aus meiner Benommenheit gerissen und wollte schon die Hand heben und ihr antworten, doch sie war schon nicht mehr da, sie war verschwunden, und auf meinen Lippen blieb der Anflug eines Lächelns stehen, bereit, aufzublühen und so ihr meine

Dankbarkeit zu erweisen, doch auf dem Bahnsteig war niemand mehr, und mein Gesicht wurde wieder hart und undurchdringlich, abweisend, müde.
Nach der Ankunft des Zugs in Kioto stieg ich auf dem Bahnsteig aus, schaute mich um, zögerte. Meine Reisetasche in der Hand, nahm ich die Rolltreppe und verließ den Bahnhof. Es war Nacht. Keine Ahnung, wo ich hingehen sollte. Ich zauderte vor dem Gang zum Tourismusbüro und marschierte weiter auf gut Glück den Grünstreifen entlang. Ich holte mein Adressbuch aus der Manteltasche und vergewisserte mich, dass ich die Telefonnummer von Bernard hatte. Ich suchte ein Münztelefon und fand eins in einer Kabine mit wenig durchdachten Türen, sie gingen nach innen auf, ich zwängte mich durch die Flügeltüren, die ich hinter meinem Rücken wieder zusammenklappen ließ, legte mein Adressbuch auf die Metallplatte der Telefonbücher und wählte Bernards Nummer. Ich hörte im Hörer, wie es in der Ferne rollend läutete, und nach einer Weile merkte ich, dass abgenommen wurde. Ich erkannte sofort die Stimme Bernards, der immer leise, gesetzt sprach, wie ein ständiges gedämpftes Flüstern, was seinen Äußerungen eine große Verführungskraft verlieh, so man sie hörte. Ich sagte ihm, dass ich in Kioto sei, und er schien nicht übermäßig überrascht. Ich dachte, er würde mich fragen, ob ich mit Marie da sei, aber nein, er sprach nicht von Marie, vielleicht aus Scheu oder aus Gleichgültigkeit, er fragte mich nur, in welchem Hotel ich abgestiegen sei. Ich sagte, dass ich gerade angekommen sei und noch nicht wisse, wo, und er bot mir an, zu ihm nach Hause zum Essen zu kommen und sogar

da zu schlafen, wenn ich wollte, er sagte, er könne mich einige Tage beherbergen. Ich dankte ihm, ich war verwirrt (bist du sicher, dass es dich nicht stört, sagte ich ihm, und er fragte mich lediglich, mit einer Stimme, aus der ein Lächeln hervorbrach, ob ich erkältet sei).
Ich nahm ein Taxi und nannte dem Fahrer mit meiner nasalen Stimme (die mir vielleicht endlich den japanischen Akzent verlieh) nicht die Adresse von Bernard, sondern den Namen der nächstgelegenen U-Bahn-Station. Nachdem das Taxi mich vor der U-Bahn-Station abgesetzt hatte, blieb ich am Straßenrand stehen, meine Reisetasche in der Hand. Es war stockdunkel, es nieselte. Es gab mehrere U-Bahn-Ausgänge, und Bernard hatte mir nicht näher erklärt, an welchem wir uns treffen sollten, aber da ich vor einigen Jahren schon einmal dort gewesen war, erkannte ich die Örtlichkeit vage wieder, meinem Gefühl nach war es eine kleine Straße, die rechts neben dem blau-weiß erleuchteten Senkkasten der Station zu sehen war, aus der heraus ich ihn würde auftauchen sehen. Tatsächlich erschien er gleichsam in Verlängerung meines Gedankens, kam unter einem Regenschirm aus der kleinen Straße und schaute bedächtig um sich, suchte mit den Augen den Horizont ab. Er sah mich, überquerte die Straße und begrüßte mich mit seiner sanften gleichförmigen Stimme. Wir machten uns auf den Weg, und er schlug mir vor, in einem Kaufhaus in der Nähe einiges fürs Abendessen einzukaufen. Im Untergeschoss des Kaufhauses, während wir vor der Tiefkühlabteilung minimalste Informationen austauschten (das war jetzt drei Jahre her, dass wir uns nicht gesehen hatten), wählte er Koteletts und fragte mich,

was ich trinken wolle. Zu den Koteletts vielleicht Rotwein, fügte er leise hinzu. Ja, vielleicht, sagte ich. Vielleicht. Ich ließ ihn eine Flasche Rotwein wählen, einen Médoc, er füllte seinen Einkaufskorb weiter mit diversen Artikeln, ebenfalls für das Frühstück am nächsten Morgen, Kaffee, geschnittenes Toastbrot, Orangenmarmelade. Der einzige Wunsch, den ich äußerte, bevor wir das Kaufhaus verließen, war, Pilze zu kaufen, verschiedene Sorten von Pilzen in eingeschweißten Körbchen, als Sträuße von winzigen Köpfen oder mit großen Lamellen wie Pfifferlinge. Mir war nach Pilzen. Einfach so.

Bernard bewohnte ein traditionelles japanisches Haus, aus Holz, einstöckig. Nachdem man einen kleinen Außenhof durchquert hatte, wo im Halbschatten eines Mauersturzes ein Fahrrad lehnte, gelangte man in die Küche, einen großen Raum mit Betonboden, der an das Hauptzimmer grenzte. Nachdem wir die Schuhe ausgezogen hatten, stiegen wir zwei Stufen hoch, immer noch im Mantel, wobei wir, um durch die Schiebetür, die zum Salon führte, zu kommen, den Kopf senkten, und so, den Körper leicht gebeugt, gingen wir weiter in Socken auf den Tatamismatten. Bernard zeigte mir mein Zimmer, groß, völlig leer, ich stellte meine Reisetasche an die Wand, und wir gingen zurück in die Küche zum Aperitif, wobei wir uns an dem kleinen symbolischen Grenzposten, der den Salon von der Küche trennte, jeweils die Schuhe aus- und anzogen. Die Küche war im Winter eiskalt, von allen Seiten zog es, es war unmöglich zu heizen, ich hatte meinen Mantel anbehalten und auf einem Klappstuhl an der Tischecke Platz genommen, und ich setzte meine Handflächen dem rot glühenden Strahler des an einer Gasflasche befestigten Zusatzheizkörpers aus, den Bernard angezündet hatte. Sich selbst hatte Bernard einen Pastis eingeschenkt, mir ein Aspirin zubereitet, wir knabberten Pistazien und schlürften Austern, die er aus dem durchsichtigen Plastikbeutel, in dem sie lose lagen, direkt in eine rot und schwarz lackierte Schale geschüttet hatte. Die Austern, ohne Schale, grau und glibberig, wie Jade und Perlmutt glitzernd, lagen zusammengesackt übereinander auf dem Schalenboden und ließen sich widerstandslos mit meinen unerfahrenen und glitschigen Stäbchen pflücken, um dann in meinem Mund zu landen, frisch, salzig, köstlich. Von Zeit zu Zeit legte ich die Stäbchen zur Seite und würzte meine Austern mit einem kleinen Schluck Aspirin. Bernard, mit dem Rücken zu mir, in einem Pulli mit Reißverschluss, bereitete auf einem alten Gaskocher die Koteletts zu, neben einer Spüle, über der eine Ablageplatte voller Toilettenartikel angebracht war, Zahnbürsten und Lotions, Spraydosen, Rasierschaum. Nachdem er die Koteletts gewendet hatte und die Pilze auf schwacher Flamme köcheln ließ, kam er zu mir zurück, um den Tisch zu decken, brachte Teller und Brot, und ich half ihm, sie auf dem Tisch zu verteilen, räumte eine angebrochene Flasche Oolong-Tee und alte Zeitungen weg, die ich neben mir auf die Stufen legte. Wir hatten uns an den Tisch gesetzt. Bernard hatte die Pfanne und die zwei Schalen mit Pilzen auf den Tisch gestellt und mit der Spitze seiner Gabel die Koteletts auf die Teller verteilt (für mich nur eins, ich hatte keinen großen Hunger). Er entkorkte die Flasche Médoc, goss jedem von uns maßvoll ein halbes Glas voll ein und fragte mich mit seiner weichen und flüsternden Stimme, ob ich das Erdbeben heute Morgen gespürt hätte, scheint ja in Tokio ganz schön gebebt zu haben, sagte er und stellte die Flasche zurück auf den Tisch. Ich hörte auf zu essen, legte meine Gabel auf den Tisch. Ich fühlte mich nicht wohl. Die Erwähnung des Erdbebens hatte urplötzlich einen Schwall an wirren Gefühlen in mir hochschießen lassen, und obwohl in der Frage Bernards nichts Indiskretes lag – das war kaum eine Frage und nicht einmal persönlich gemeint –, spürte ich, wie sich meine Augen verschleierten, und ich entschuldigte mich für einen Augenblick, ich stand auf und ging in den Garten, Luft zu schnappen.

Vielleicht, hätte Bernard mich gleich zu Anfang nach Neuigkeiten über Marie gefragt, auf der Straße, beim Wiedersehen oder jetzt, während des Abendessens, hätte ich ihm einfach gesagt, dass sie in Tokio zurückgehalten worden sei, und dabei wäre es wohl bei uns beiden geblieben, wir hätten nicht weiter drüber gesprochen (ich hätte sogar gezögert, mehr drüber zu sagen, wenn er mich zu dem Thema befragt hätte). Aber da er mich nach nichts fragte und Marie das einzige Thema war, das mir seit heute Morgen im Kopf herumspukte, musste ich unwillkürlich selbst davon anfangen, als ich wieder in die Küche trat. Und als ich Maries Namen mit jener heimlichen Wollust aussprach, die einen überfällt, wenn man jene erwähnt, die man öffentlich liebt (ich sprach von ihr auf die normalste Weise der Welt, in gleichgültigstem Ton, um einfach so zu sagen, dass sie in Tokio geblieben sei, weil sie eine Ausstellung vorbereite), spürte ich jenen leichten

Schwindel, den man empfindet, wenn man sich freiwillig einer Gefahrensituation nähert, dabei wusste ich doch ganz genau, dass ich nichts riskierte, denn ich allein kannte das herzzerreißende Ende unserer Beziehung.
Ich fragte Bernard, ob ich ein Fax wegschicken dürfe, und Bernard legte sein Besteck auf den Tisch und verschwand im Salon, um mir ein Blatt Papier und etwas zu schreiben zu holen (in einer natürlichen, fließenden Bewegung zog er die Schuhe aus und an, mit einer Art unbewusster Gewandtheit der Bewegungen und Gesten). Er kam in die Küche zurück und hielt mir einen Block Papier hin, und einen Pinsel (aus Spaß, mit einem vorsichtigen Lächeln, falls ich mein Fax kalligrafisch gestalten wollte). Ich lächelte und nahm den Pinsel. Ja, warum nicht, sagte ich. Ich schob meinen Teller weg, griff zum Pinsel und begann, linkisch meine Botschaft in dicken Buchstaben aus schwarzer Tinte zu zeichnen. Nachdem ich fertig war, führte mich Bernard in den ersten Stock des Hauses, wo ich das Fax wegschicken konnte, wieder zogen wir unsere Schuhe aus, mir ging seine Geschmeidigkeit völlig ab, schwerfällig saß ich im Mantel auf den Stufen und band einen Schuh nach dem anderen auf, bevor ich dann eine Drehung machte, um mich aufzurichten und ihm in Socken auf den engen und rutschigen Stufen der Treppe zu folgen. Im ersten Stock ließ er mich in sein Arbeitszimmer treten, in dem ein warmes kupferfarbenes Licht herrschte. Das Telefon- und Faxgerät stand auf dem Fußboden, in einer Ecke des Zimmers, und er zeigte mir rasch, wie es funktionierte, bevor er wieder hinunterstieg. Ich las zum letzten Mal die Nachricht, die mit ihren mit dem

Pinsel gezogenen großen Buchstaben wie ein anonymer Brief eines vorgeblichen Zeugen eines Mords wirkte: *Marie. Ich bin in Kioto. Warte nicht auf mich.*

Ich nahm einen Füller von seinem Schreibtisch und unterzeichnete die Nachricht, oben auf die Seite setzte ich quer ihre Zimmernummer: Room 1619. Ich legte das Blatt in das Gerät, wählte die Nummer des Hotels und schickte das Fax ab. Als ich so traurig das Blatt im Gerät verschwinden sah, dachte ich bei mir, dass Marie, wenn sie jetzt nicht im Hotel war, bei ihrer Rückkehr die unheilvolle Ankündigung *You have a fax. Please contact the central desk* vorfinden würde, die auf dem blauen Bildschirm des Fernsehers im leeren Zimmer blinken würde.

Vorsichtig stieg ich die Treppe hinunter, um zu Bernard zurückzukehren, der im Salon Kaffee trank, sachte schob ich den Fusuma auseinander, um einzutreten, machte ihn hinter mir wieder zu. Das Zimmer war warm, abgedichtet, die Schiebewände an allen Seiten geschlossen. Wir saßen auf dem Boden, auf einer Heizdecke, neben einem niedrigen Tisch voller Zeitungen und diverser Kleinigkeiten, ich hatte meinen Mantel ausgezogen und, zu einem Haufen zusammengeknüllt, neben mich auf die Matte gelegt. Bernard hatte sich niedergekniet, um einen Wandschrank zu öffnen, und eine Flasche uralten Whiskys rausgeholt, hatte sich ein Glas eingegossen und mir auch eins angeboten, ich hatte einen Fingerhut voll akzeptiert, wegen der Erkältung. Er hatte die Flasche zurückgestellt, eine CD ausgewählt und sie, bevor er sie in den CD-Player schob, abgepustet. Von Zeit zu Zeit nahmen wir einen Schluck Whisky, in Socken auf der Matte, Bernard im

Schneidersitz und ich mit gestreckten Beinen, mein Glas in der Hand. Ich hatte die *Japan Times* vom Tag aufgeschlagen und blätterte still darin herum, die aufgeschlagenen Seiten neben mir auf dem Tatami (auf der letzten Seite war ein Photo eines Sumotori in einer sauschlechten Stellung). Bernard, der von Zeit zu Zeit einen Schluck trank, erklärte mir, dass er am nächsten Morgen sehr früh weg müsse (er hielt Lehrveranstaltungen an einer entfernten Universität und hatte seine erste um neun Uhr) und sicherlich erst spätabends heimkomme. Er gab mir einige Anleitungen hinsichtlich des Hauses, wir erhoben uns und durchquerten den Raum im Dunklen, um das Bad zu besichtigen, wo er für mich ein Handtuch und einen Waschlappen auf einen Hocker legte, dann die Toiletten hinten im Flur, traditionell, die ich als türkische bezeichnet hätte, wären sie nicht doch sehr viel wahrscheinlicher japanische gewesen. Er wolle mir gern die Hausschlüssel überlassen, aber das wäre völlig nutzlos für mich, niemand schließt die Türen ab, sagte er (das einzige Risiko, wenn ich es doch machte, wäre, dass ich nicht mehr reinkäme), das Telefon hatte ich ja gesehen, es stand in seinem Arbeitszimmer im ersten Stock, er vertraute mir sein Fahrrad an, ich könne es benutzen, erklärte er mir, während wir im Halbschatten des Gangs, der auf einen Innengarten ging, umkehrten (hinsichtlich des Fahrrads keine besonderen Erläuterungen, du kennst das Prinzip des Zweirads, nicht wahr, sagte er maliziös – man sah, dass er Pädagoge war –, in Japan fährt man links, fügte er in seinem trockenen Humor hinzu, ohne sich umzudrehen).

Am nächsten Morgen wachte ich in einem stillen Haus auf. Ich lag auf einem Futon-Bett in der Mitte eines leeren unbekannten Zimmers in verblichenen Naturfarben, Stroh und Reis, und atmete mit Schwierigkeiten, meine Erkältung schien die Stirn erobert und sich in der Stirnhöhle ausgebreitet zu haben. Im Zimmer war es eisig kalt und feucht, und ich stand nicht sofort auf. Ich blieb auf dem Rücken liegen und hörte dem fallenden Regen zu, ein leichter und dennoch erstaunlich lauter Regen, wie verstärkt durch die Resonanzen der Hohlräume, auf die er fiel, in einem ständigen Gemurmel spritzte er auf die Ziegel, tropfte von den Dachrinnen und Ästen herab. Hin und wieder hörte ich sogar, wie ein einzelner Regentropfen auf der Rundung eines Steins zerplatzte. Das Zimmer ging auf einen Innengang mit Glaswänden, der um das Haus herumführte, und von meinem Bett aus, in der Mitte des Zimmers liegend, sah ich einen kleinen Garten mit Moos und ein paar Sträuchern und über einem pagodeförmigen blauen Ziegeldach einen schmalen Streifen grauen Himmels. Der Garten badete in einem schweren tief hängenden Dunst, der in der grauen feuchten Luft gleichsam stand. Ich lehnte mich aus dem Bett, um zu meiner Uhr zu greifen, und las elf Uhr fünfzehn auf dem Uhrenblatt, eine Uhrzeit, die mir nichts sagte, die nichts Besonderes in mir hervorrief, es hätte genauso gut acht Uhr wie drei Uhr sein können, das wäre alles dasselbe gewesen, ich erwartete im übrigen von keiner Uhrzeit irgendetwas Bestimmtes.

An diesem Tag verließ ich das Haus nicht. Nach einer vorsichtigen Erkundungstour im ersten Stock in Boxershorts und T-Shirt, ohne dabei auf den Treppen irgendeinen Lärm zu veranstalten (ein rascher Blick in Bernards Zimmer, um mich zu vergewissern, dass da niemand war, eine längere Pause in seinem Arbeitszimmer, wo ich zerstreut mit einem Finger über die auf dem Schreibtisch liegenden Papiere gestrichen hatte), war ich wieder hinuntergestiegen, um mir einen Kaffee zuzubereiten, hatte im Salon rumgehangen und alte Zeitschriften gelesen, auf der Matte sitzend, eine Decke über der Schulter. Manchmal musste ich niesen und riss dann ein Stück Papier von einer Sopalin-Rolle, um mich zu schneuzen. Ich fühlte mich elend, hatte Schüttelfrost. Schließlich hatte ich mich wieder ins Bett gelegt, mit Fieber, die Glieder wie zerschlagen.

Die Stunden vergingen. Der Regen hörte auf, ich schlief wieder ein, wachte wieder auf, ich wusste nicht mehr, was genau war. Ich tat nichts Besonderes, verließ nicht das Zimmer, schwitzte, heiße Stirn, leerer Kopf. Ich fühlte mich wohl in diesem Zustand der Schwäche und des Fiebers. Ich blieb stundenlang im Bett, schön eingemummt in die feste Decke des Futons, ich genoss die Empfindlichkeit meiner Brust, die Apathie meiner Glieder, ich kuschelte mich tief in die Daunendecke, um mich von ihrer Weichheit und Wärme durchdringen zu lassen, bisweilen stand ich auf, wankte in die Küche, um mir Tee zu machen, den ich brühend heiß in meinem Bett trank, um den Schüttelfrost zu bannen. Ich aß winzige Apfelstücke, die ich kraftlos schälte, um dann die Schalen neben mir im Zimmer in eine Untertasse zu legen, ich stand auf, um Pipi zu machen, mit geschrumpeltem, schmerzendem, empfindlichem Schwanz, wie fiebrig auch er, mit bloßen Füßen schlotterte

ich den Gang entlang, kehrte schleunigst ins Bett zurück und kuschelte mich wieder in die Decken, um mich zu wärmen. Ich nahm diese Erkältung wie einen Schicksalsschlag, einen Luxus, eine Erfahrung. Ich zog mich an diesem Tag nicht an, rasierte mich nicht, ich blieb träumend im Bett liegen, die Augen zur Decke gewandt, ich rollte mich unter dem Federbett zusammen, döste einige Minuten vor mich hin, bereitete mir einige sprudelnde Medikamente, die ich Grimassen schneidend hinunterschluckte, versuchte, meinem geschwächten und leidenden Körper unbekannte Lüste zu entlocken, fremde Empfindungen, auch wenn ich, was Sinnesreize anbelangt, weiterhin das zärtlich Streichelnde des Wassers und das sanft Milde, Angenehme der Frauen den raffinierten Feinheiten des Schnupfens und Fiebers vorzog, auf die ich meinen schmerzenden Körper vergebens einzuschwören versuchte.
Die Stunden waren leer, langsam und schwer, die Zeit schien angehalten zu sein, in meinem Leben ereignete sich nichts mehr. Nicht mehr mit Marie zusammen zu sein war, wie wenn nach neun Tagen Sturm der Wind sich gelegt hätte. Jeder Augenblick mit ihr war übersteigert, beängstigend, spannungsgeladen, dramatisch. Ich fühlte unablässig ihre magnetische Kraft, ihre Aura, das Elektrisierende ihrer Gegenwart in der Luft, fühlte, wie der Raum sich füllte, wenn sie eintrat. Und jetzt nichts mehr, die Ruhe des Nachmittags, Müdigkeit und Überdruss, die Aufeinanderfolge der Stunden.
Von Zeit zu Zeit klingelte das Telefon im Haus, und ich ließ es klingeln. Die ersten Male hatte es mich beunruhigt, die Klingelzeichen auf dem Stockwerk zu hören, ich hatte

es als eine Anspannung empfunden, nicht hinzugehen und zu antworten, der Druck wuchs in dem Maße, wie die Klingelzeichen in der Leere weiter widerhallten, dann hatte ich mich daran gewöhnt und ließ das Telefon so lange es wollte klingeln, in völliger Gleichgültigkeit.

Das ging nahezu achtundvierzig Stunden so, am ersten Tag sah ich Bernard überhaupt nicht, am zweiten nur kurz am frühen Nachtmittag. Ich tauchte aus einem fast sechsunddreißigstündigen Schlaf auf, unterbrochen von kurzem Hin- und Hergehen vom Bett zur Küche, und da ich wähnte, allein im Haus zu sein, hatte ich zum Frühstücken das Zimmer verlassen, mir dabei nachlässig die Eier in der ausgebleichten Boxershorts zurechtrückend (wahrlich, welch ein Mann der Tat). Ein breiter Sonnenstrahl drang in die Küche, überflutete den Fußboden und ließ mich zum Schutz der Augen instinktiv die Hand zur Stirn heben, als ich, noch auf der Schwelle stehend, Bernard mit nacktem Oberkörper vor dem Waschbecken sah, in beiger Hose und mit einem weißen Badetuch um den Hals, an den Füßen Sandalen, die Wangen voll Schaum, er rasierte sich sorgfältig am Waschbecken und schaute dabei in einen auf einer Ablage stehenden winzigen Spiegel, neben der Waschmaschine. Er begrüßte mich leise auf Japanisch, ohne sich umzudrehen, rasierte sich nur weiter penibel über der Oberlippe und sagte dann, nachdem ich schweigend auf der Stufe stehen blieb, auf Französisch, dass er diesen Abend nicht zu Hause essen würde, dass er nochmals ausginge. Es ist schön draußen, hast du gesehen, sagte er. Schon lange? sagte ich. Er hielt inne. Er drehte sich um und betrachtete mich, eingehend, den Rasierer in der Hand, das Handtuch um den Hals, das Gesicht schaumweiß, eine Wange ja, eine Wange nein. Ich hatte mich auf die Küchenstufen gesetzt, mit bloßen Füßen, in Unterhose, und ließ die Fingerspitzen über die Wadenhaare streichen. Seit diesem Morgen, sagte er und fing wieder an, sich nachdenklich zu rasieren (ich weiß nicht, ob er begriffen hatte, dass ich das Haus seit dem vorgestrigen Abend nicht verlassen hatte).

Als ich das Haus das erste Mal verließ, drehte ich mich fortwährend auf der Straße um, aus Angst, es nicht wiederzufinden, ich versuchte, visuelle Anhaltspunkte zu setzen, ich sondierte Telegrafenmasten, ein in Bau befindliches Haus, den Ausschnitt einer Straße, die in der Ferne an einer von einem Geländer gesäumten Kreuzung eine Biegung machte, das Schild eines Toshiba-Ladens. Nachdem ich hinter mir die Eingangstür ins Schloss hatte gleiten lassen, war ich lange auf der Straße vor dem Haus stehen geblieben und hatte es angeschaut, nichts unterschied es von den anderen Häusern, nichts an seinem Äußeren zeichnete es besonders aus, weder Name noch Nummer noch Klingel noch Briefkasten. Für meinen mit dieser Art von Nuancen recht unvertrauten Geist war überall die gleiche Fassade aus dunklen vertikalen Holzlatten, die gleichen Schiebetüren, die gleichen mit Bambusvorhängen verhangenen Fenster, die gleichen Dächer aus blauen Ziegeln. Das einzige unterscheidende Merkmal, das ich endlich fand, war der Wagen des Nachbarn, ein kleiner weißer Toyota, der vor seinem Haus parkte, halb mit den Reifen auf dem Bürgersteig, allerdings verkannte ich nicht, als ich mich in der Straße entfernte, nachdem ich das

Auto sorgfältig in Bezug auf Bernards Haus lokalisiert hatte, dass es sich da um einen vergänglichen und beweglichen, prekären, unsteten Anhaltspunkt handelte.
Ich war in den Gassen weitergegangen und hatte die U-Bahn genommen, war einige Stationen später ausgestiegen. Keine Ahnung, wo ich hinging, Bernard hatte mir einen Stadtplan überlassen, den ich kaum zurate zog, mir schwebte vage vor, auf den Spuren meiner Vergangenheit zu wandeln und den Weg zu dem Gasthaus einzuschlagen, in dem ich einige Jahre zuvor mit Marie abgestiegen war, aber ich zögerte nicht, kleine Querstraßen zu nehmen, und verirrte mich schließlich, machte kehrt, hielt an und ging Umwege, verloren in meinen Träumereien. Die Hände in den Taschen meines Mantels vergraben, ging ich in einem prächtigen Winterlicht eine breite Straße Richtung Fluss hinauf. Die Luft war rein und eiskalt, ich hatte kein Fieber mehr, fühlte mich erholt. Ich marschierte auf gut Glück, ziellos, verlor mich in Fußgängerstaus an der großen Kreuzung von Kawaramachi, flanierte in Ladengalerien, trat in Kalligrafie-Läden und blieb eine Weile vor den Tinten in Form fester Stäbe stehen, schwarz mit einer senkrechten goldenen Inschrift, schaute mir die kostbaren Pinsel an, aus Haaren von wer weiß was, die ein Saugeld kosteten. Ich trödelte in den Markthallen, blieb hier und da vor den großen Fässern mit Eingemachtem in der Auslage eines Kramladens stehen und fasste träge den Wunsch ins Auge, Riesenscheiben Thunfisch zu kaufen, Shiso, in Essig eingelegtes und bunt schillerndes Gemüse, grellrosa Ingwer, gelbes Daikon, bläulich rote Aubergine.
Ich hatte kein genaues Ziel. Manchmal hielt ich an einer

Kreuzung an, um den Plan zurate zu ziehen, und folgte weiter meiner Strecke dem entlang, was mir Higashioji schien, ein langer grauer gewundener Boulevard, benzinverpestet und laut, verstopft mit Lastwagen und Bussen, die in Schritttempo fuhren, eingekeilt im Verkehr, mit einem orangefarbenen Strich auf der Windschutzscheibe neben einer Nummer, einem rätselhaften Ideogramm und einem Bestimmungsort, Kioto Station, Ginkakuji. Ich war in die Nähe des alten Kanals gekommen und ihm gefolgt, als ich ergriffen die orangerote Silhouette des Heiligtums Heian erkannte, dessen Säulenhalle sich in der Ferne zwischen Bäumen erhob. In meinem ganzen Leben hatte ich noch nie eine derartige Rotnuance gesehen, diese undefinierbare Farbe, weder rosa noch wirklich orange, dieses aufgelöste, sämige, entkräftete Rot – das Zinnoberrot der untergehenden Sonne an gewissen Sommerabenden, wenn der runde Stern am Horizont, bleich und seine letzten orangefarbenen Strahlen werfend, über einem fast milchigen hellblauen Himmel langsam im Meer versinkt. Das Gasthaus, in dem wir mit Marie abgestiegen waren, lag nur wenige Schritte davon entfernt, damals kamen wir hier jeden Tag vorbei, jeden Morgen überquerten wir die orangerote kleine Holzbrücke, die sich über den Kanal spannte. Ich überquerte die Brücke im bereits untergehenden Tageslicht, und ich fühlte, wie ich mich den Schatten der Vergangenheit näherte, die Örtlichkeiten wurden mir vertraut, ich erkannte das Museum für moderne Kunst wieder und eine Bank, auf der wir uns fotografiert hatten. Es gab irgendwo in Paris ein Foto von Marie und mir auf dieser Bank, das Bernard geschossen hatte, und sogar ein

Foto von uns dreien auf der orangeroten kleinen Brücke, aufgenommen von einer jungen Unbekannten, der Bernard den Apparat anvertraut hatte, bevor er zu uns gerannt war, und ich sehe uns drei aneinandergedrängt auf dem Foto, Bernard kerzengerade, ich unschlüssig, mit dieser etwas verlegenen und steifen Miene (jenem Lächeln eines Gerichtsmediziners, das ich häufig auf Fotos trage), und Marie in der Mitte, verschmitzt lächelnd, im Ausdruck etwas zutiefst Selbstsicheres und Glückliches, den Blick verschleiert von einem Hauch von Gedanken, Marie an mich gedrückt, den Kopf leicht an meine Schulter gelehnt.

Die Dunkelheit brach herein, als ich mich dem Gasthaus näherte. Die Straße war von einem Park gesäumt, hinter dem sich Schatten erahnen und unbestimmte Schreie vernehmen ließen, als plötzlich die grelle Flutlichtanlage eines Stadions anging und einen Baseball-Platz in der Abenddämmerung erleuchtete, der in wenigen Sekunden von Dutzenden von jungen Leuten überschwemmt war, die sich in verschiedene Gruppen aufteilten, einige wärmten sich auf dem Kunstrasen auf, dessen artifizielles Grün durch die Scheinwerfer hervorgehoben wurde, andere begannen bereits, sich lässig Bälle zuzuwerfen, sich in den Hüften zu wiegen, um den Ball zu schlagen, auf den Köpfen Baseball-Mützen und bekleidet mit den weiß-blauen Trikots der Yankees oder Dodgers. Ich war stehen geblieben, um ihnen hinter dem Zaun zuzuschauen, setzte dann meinen Weg fort im Dämmerlicht, die Straßenlaternen waren noch nicht angezündet, und die letzten Meter ging ich im Licht der Abenddämmerung, am Himmel über der

Avenue, die in einiger Entfernung vorbeiführte, waren dramatische rosafarbene und schwarze Streifen zu sehen. Ein Weg aus flachen Steinen, auseinanderliegenden Steinplatten, schlängelte sich in einem Moosgarten hoch bis zum Eingang des Gasthauses, das von einer einzigen Steinlampe erleuchtet war. Ich war in der Mitte des Wegs stehen geblieben, im Schatten des Gebüschs, die Hände in den Manteltaschen. Ich betrachtete die stumme Fassade des Gasthauses, spähte nach einem Zeichen der Vergangenheit, einem Laut, einem Geruch, einem besonderen Detail, ich blieb so einige Minuten stehen, die Sinne geschärft, schließlich machte ich kehrt, ich hatte da nichts verloren.

Auf dem Weg zurück zum Kanal kam ich noch einmal nahe an dem in Dunkelheit getauchten Heiligtum Heian vorbei, das Orangerot der Säulenhalle war jetzt wie nachtgedämpft. Ich verweilte auf dem großen freien Platz, ging dann zu den Pforten des Museums für moderne Kunst. Das Museum war geschlossen. Ich drückte mein Gesicht gegen die Scheibe und schaute eine Weile ins Innere, in den Räumen des Erdgeschosses war wenig zu sehen, eine Ausstellung wurde gerade aufgebaut, längs der Karniese standen Gerüste, auf dem Boden Plastikplanen, riesige Holzkisten waren gegen die Wände gestellt, und weitere, kleiner, aus Metall, lagen verstreut überall auf dem Boden. Ich überquerte die Straße und ging auf das große Steingebäude zu, das nach einer Bibliothek oder Universität aussah, das Städtische Kunstmuseum von Kioto, doch die Türen waren verschlossen, mit Gittern versperrt, und ich ließ es sein, ich trat in eine Telefonzelle und rief Marie in

Tokio an. Es war nicht das erste Mal, dass ich sie im Hotel zu erreichen versuchte, ich hatte es bereits mehrfach von Bernard aus versucht, aber sie war nie da, ich landete immer bei einem Empfangschef des Hotels, der mich auf ihr Zimmer weiterleitete, wo das Läuten endlos in der Leere widerhallte.

Auch dieses Mal hörte ich nach einem kurzen Wortwechsel mit dem Angestellten der Rezeption die aufeinanderfolgenden Klingelzeichen in der Leere, und ich war schon wieder drauf und dran aufzuhängen, als ich hörte, wie der Hörer abgenommen wurde. Darauf folgte kein Laut, keine Stimme, aber ich spürte, dass da in der Ferne jemand war, ich hörte ein Atmen. Marie, sagte ich leise. Sie antwortete nicht sofort. Dann gab sie mir schließlich in einem Murmeln zu verstehen, dass sie schlafe, es war kaum ein artikulierter Satz, eher ein mattes, noch schläfriges Klagen. Von der Kabine aus sah ich eine menschenleere Bushaltestelle. Es war Nacht, auf dem Bürgersteig strebten einige Fußgänger in Richtung Heiligtum Heian. Marie, die meine Stimme erkannt hatte, fragte mich mit sanfter Stimme, wie spät es sei, und ich hob meinen Arm im Zwielicht der Kabine, um auf die Uhr zu schauen, und ich sagte, zwanzig vor sechs. Zwanzig vor sechs, wiederholte sie. Diese Uhrzeit schien ihr nichts zu sagen, sie sogar zu verstören, die leichte Verwirrung, die wohl in ihrem Kopf herrschte, noch zu verstärken, so als sei sie außerstande herauszufinden, ob es sechs Uhr abends oder sechs Uhr morgens war, schließlich rückte doch wieder alles ins rechte Lot, und sie erklärte mir, dass Yamada Kenji um sieben ins Hotel kommen sollte, um sie zum Abendessen abzuholen.

Ich habe Siesta gehalten, sagte sie, und da erkannte ich ihre Stimme, ihr Timbre, ihre Intonation, jenes Zipfelchen an Sinnlichkeit und Schalk, das sie charakterisierte. Marie, das war Marie, sie war nahe bei mir, ich hörte ihren Atem. Ich rührte mich nicht in der Kabine, ich sagte nichts, ich hörte ihr schweigend zu, sie hatte angefangen, leise zu sprechen. Es gehe ihr gut, sagte sie, sie war hochkonzentriert, von der Arbeit absorbiert, ihre Tage waren ermüdend, kräfteraubend, aber der Aufbau der Ausstellung war beendet, ich fehlte ihr nicht so übermäßig, es war für ihre Arbeit vielleicht sogar günstiger, dass ich nicht da war. Ja, ich glaube, dass es mir im Augenblick allein besser geht, sagte sie. All das sagte sie mit gleichförmiger leiser Stimme, leicht schläfrig, und ich dachte, dass ich dasselbe empfand wie sie, letztlich, dass auch mir es in diesem Augenblick allein besser ging, dass ich ruhiger und besänftigter war, ich konnte mich vor der Klarsicht ihres Urteils nur beugen, auch wenn es mir lieber gewesen wäre, ich hätte es selber festgestellt, denn man lindert die Grausamkeit einer Feststellung immer noch mit der Befriedigung, ihre Richtigkeit selbst herausgefunden zu haben.
In der Regel rede ich nicht gern am Telefon, aber an diesem Abend, kurioserweise, wollte ich nicht aufhängen, ich wollte die Unterhaltung weiterführen, sie endlos fortsetzen, ihren Höhen und Tiefen folgen, nicht, um etwas Besonderes zu sagen, nur aus Vergnügen, um mich von Maries Stimme wiegen zu lassen, und wir wechselten weiter leise in der Nacht einige Worte, ich in der Telefonzelle stehend und zuweilen die Augen auf den menschenleeren freien großen Platz vor dem Museum für moderne Kunst

richtend, und Marie in ihrem Bett, die sicher kein Licht angemacht hatte, vielleicht nicht einmal die Nachttischlampe, vermutlicht leuchtete nur der dünne weiße Strahl der für Erdbeben vorgesehenen Notleuchte in der Dunkelheit des Zimmers. Sie war allein im Bett und sprach weiter leise mit mir. Ich hatte die Augen geschlossen, um ihr zuzuhören, und ich hörte aus der Tiefe des Hörers ihre verschlafene Stimme mir sagen, dass sie nackt sei. Weißt du, ich liege ganz nackt im Bett, hauchte sie.
Ich erwiderte nichts, blieb reglos in der Kabine stehen, aber ich konnte mir sehr gut Marie nackt unter den Decken in diesem überheizten Hotelzimmer vorstellen, das nach den verwelkten Blumensträußen stinken musste, mit denen man sie seit ihrer Ankunft eindeckte, einige noch in der Verpackung, irgendwo abgestellt, auf Stühlen oder auf dem Boden, und der prächtige Orchideenstrauß, den sie bei unserem Eintreffen bereits im Zimmer vorgefunden hatte, sofort las sie die beigefügte Visitenkarte mit dem Namen von Yamada Kenji (den sie auf der Stelle verflucht und die Karte zwischen ihren Fingern zerknickt hatte in einem Anflug von Sadismus als Strafe dafür, dass er uns nicht am Flughafen abgeholt hatte). Das Wasser dürfte mittlerweile in der Vase faulig geworden sein, die Orchideen eingegangen und verwelkt, der Teppich übersät mit Tausenden purpurfarbener und violetter Körnchen, die ein feines Sieb aus winzigen Teilchen bildeten, das Marie wohl immer dann, wenn sie mit den Füßen darauf trat, zu einer vergänglichen Staubwolke auffliegen ließ.
Ich schwieg noch immer in der Kabine, und Marie erklärte mir, dass ihr Hotelzimmer entweder überheizt oder eis-

kalt war, seit Langem schon hatte sie es aufgegeben, den eigenwilligen Thermostat begreifen zu wollen, der die Temperatur im Zimmer regulierte, sie zog sich an und aus je nach Lust und Laune des funktionierenden oder aussetzenden Instruments, fügte hinzu, dass sie manchmal nachts schlotternd im Zimmer aufwachte, die Heizung war ausgeschaltet und sie außerstande, sie wieder in Gang zu setzen, dass sie dann alle Schränke öffnete und Woll- und Daunendecken herausholte, die sie wahllos aufs Bett schmiss, denn sie erfror förmlich um drei Uhr nachts im Zimmer, sie musste Pullover, Schal und Socken anziehen, bevor sie sich wieder hinlegte, und dass zu anderen Zeiten das Zimmer ein Dampfbad war und sie gezwungen, sich sofort nach dem Eintreten zu entkleiden, ihre Bluse halb aufzuknöpfen, bevor sie ihre Sachen auf den Tisch legte, sich duschte und mit bloßen Füßen auf dem Teppich herumlief in ihrem großen weißen Bademantel aus Frottee mit den Insignien des Hotels, die Brust bald schon wieder schweißglänzend, die Schenkel und Achselhöhlen feucht in der mit Feuchtigkeit geladenen Luft, und immer ein Ding der Unmöglichkeit, die Fenster zu öffnen, bis sie am Ende die Hitze einfach nicht mehr aushielt und sogar den Bademantel auszog und sich völlig nackt im Zimmer vorfand, in der vom schweren Geruch der Blumen und abgestorbenen Orchideen geschwängerten Luft wie eine Verrückte Kreise drehend. Sie ging zum Fenster, zog dabei an der Zigarette, deren Ende rötlich glühte im Halbdämmer, sie blieb dort reglos stehen und betrachtete die vor ihr in der Dunkelheit blinkenden Neonlichter der Stadt. Nackt vor der Fensterfront im 16. Stockwerk des Hotels stehend,

während über ihren Körper in abgehacktem Rhythmus rote Lichtblitze und dramatische elektrische Reflexe huschten, die ihrer nackten Haut zebrahafte Streifen verliehen, las sie das Fax nochmals durch, das ich ihr geschickt hatte, und setzte sich dann an den Tisch, um einen Brief anzufangen, sie begann vor der großen Fensterfront zu schreiben, die den Blick auf die Stadt freigab, sie schrieb mir einige Worte auf einem weißen Blatt Papier mit dem Briefkopf des Hotels, sie schrieb mir einen Liebesbrief. Ich habe dir einen Brief geschrieben, Liebster, sagte sie.
Ich trat aus der Kabine, aufgewühlt, beklommen, unendlich glücklich und unglücklich. Fünf Minuten mir ihr, und ich wusste nicht mehr, wer ich war, sie verdrehte mir völlig den Kopf, sie nahm mich an der Hand und ließ mich um mich selbst Pirouetten drehen, bis meine Weltsicht zusammengebrochen und meine Instrumente durcheinandergeraten und unbrauchbar geworden waren, alle meine Anhaltspunkte waren ein einziges wirres Knäuel, ich marschierte in der eisigen Luft der Nacht und wusste nicht, wohin, ich sah das schwarze Wasser auf der Oberfläche des Kanals glänzen und fühlte mich mitgerissen von widersprüchlichen, ins Maßlose gesteigerten irrationalen Regungen. Ich hatte mich auf eine Bank am Uferweg gesetzt und die Salzsäure aus der Manteltasche geholt, nachdenklich betrachtete ich die kleine Flasche in meinen Händen. Ich versuchte, der Gewalt der Gefühle, die mich zu Marie trugen, zu widerstehen, aber natürlich war es bereits zu spät, ihr Charme war erneut in Aktion getreten, und ich fühlte, dass ich mich wieder einmal in

die Spirale hineinziehen lassen würde, diese Spirale, wenn nicht der inneren Zerrissenheit und der Dramen, so doch der Leidenschaft.
Noch am selben Abend fuhr ich zurück nach Tokio (ich holte meine Sachen bei Bernard und hinterließ gut sichtbar einige erläuternde Worte auf dem Küchentisch).
Die Luft war rein, die Nacht klar. Das Taxi raste Richtung Bahnhof, auf einer tristen langen Geraden ohne irgendein Geschäft, die im Dunkeln an den Mauern des kaiserlichen Palasts entlanglief. Ich saß hinten im Taxi, neben mir auf dem Sitz meine Reisetasche, und dachte an nichts. Das Taxi setzte mich am Bahnhof vor dem Eingang zu den Shinkansen ab, und ich kaufte rasch eine Fahrkarte nach Tokio. Nachdem ich die Bahnsteigsperre passiert hatte, blickte ich hoch zur Tafel mit den Abfahrtszeiten, die abwechselnd Angaben auf Japanisch und Englisch anzeigten, die elektronischen Buchstaben und Ziffern kamen in sich überblendender Abfolge und kündigten die Nummern der Züge und Abfahrtszeiten an, und mir wurde klar, dass ich in vier Minuten einen Zug auf Bahnsteig 3 nehmen konnte. Hastig eilte ich durch die Bahnhofshalle, rannte auf den Rolltreppen und war etwa zur selben Zeit auf dem Bahnsteig wie der Zug, der von Hakata kommend gerade in den Bahnhof einfuhr. Der Zug war brechend voll, ich marschierte die Wagen entlang und konnte, als ich mein Gesicht gegen die Scheiben der winzigen Fenster presste, die den weißen bauchigen Rumpf des Shinkansen durchschnitten, drinnen keinen einzigen freien Platz entdecken. Ich lief weiter vor bis fast zum Kopf des Zuges, und als ich merkte, dass der Bahnsteig

immer leerer wurde, spürte ich, dass die Abfahrt kurz bevorstand, und sprang rasch in einen Wagen. Der Zug fuhr los, verließ langsam den Bahnhof – und noch an der Tür stehend, gegen die Scheibe gelehnt, schaute ich, wie die Hügel Kiotos hinter mir in der Nacht verschwanden.
Ich hatte nur in einem Raucherabteil einen Platz gefunden, und nach einigen Minuten überkam mich ein Unwohlsein, ich schwitzte auf meinem Sitz, mir war schlecht, ich fühlte mich wie gerädert und kotzübel. Ich stand auf und ging zur Toilette, die ich hinter mir abschloss, und bevor ich mich auch nur über die Schüssel gebeugt hatte, spürte ich auch schon, wie meine Brust sich hob und von einem heftigen Brechreiz gepackt wurde. Mir war, als müsste ich mich übergeben, aber nichts drang aus meinem Rachen außer einem dünnen Faden Speichel, der an der Zunge hängen blieb. Die Stirn in Schweiß und in den Gliedern kraftlos, ging ich mühsam in die Hocke, behindert durch meinen langen schwarzgrauen Mantel, und blieb so, am Rand einer Bewusstlosigkeit, die Augen ins Leere stierend, dabei unwillentlich weinend, Tränen bildeten sich seitlich an den Lidern. Ich versuchte mich zu übergeben, aber nichts kam, und schließlich steckte ich einen Finger in den Hals, um es zu provozieren. Da erbrach ich langsam, mühsam, schwer einige Tropfen Gallenflüssigkeit. Es war äußerst schmerzhaft, und ich fühlte mich sterben, ich fühlte die körperliche konkrete Nähe des Todes beim Berühren des kalten Metalls der Kloschüssel, ich fühlte, wie mich die Kräfte verließen, doch wenn auch mein Körper schlapp machte und bereit war, vor der Kloschüssel zu Boden zu sinken, mein Geist

trotzte dem körperlichen Verfall, und wie ein Orchester, das noch beim Sinken des Schiffs unerschütterlich weiterspielt, hatte ich begonnen, ganz sachte, langsam und abgehackt, repetitiv und absurd einen alten Song der Beatles im Geiste zu summen, seine Melodie in einem abgerissenen und herzzerreißenden inneren Murmeln abzuspielen: *»All you need is love – love – love is all you need«*, und außerstande, den Song fortzusetzen, hob sich meine Brust in einem neuen Krampfanfall, und sehr bitter schmeckendes Erbrochenes landete in der Kloschüssel. Doch ich gab nicht auf, beharrlich sang ich, kniend und innerlich triumphierend, im Klo weiter, mit trockenem Mund, die entkräfteten Lippen öffneten sich, und ich murmelte mit jammernder und siegreicher Stimme über der Kloschüssel: *»All you need is love — love — love is all you need«*, in diesem seltsam stillen Zug, der mit dreihundert Stundenkilometern Tokio entgegenraste.
Ich kam spätabends in Tokio an, kurz vor halb elf. Der Shinkansen verringerte beim Nahen des Bahnhofs seine Geschwindigkeit, und langsam tauchten die Viertel von Shimbashi und Ginza in den Fenstern auf, illuminiert von Tausenden von Hotellichtern und Werbeplakaten, die in der Dunkelheit blinkten. Kaum aus dem Zug, begab ich mich auch sofort auf die Suche nach einem Telefon. Ich fand einen öffentlichen Fernsprecher auf dem Bahnsteig und rief Marie im Hotel an. Durch das laute Treiben im Bahnhof hörte ich schlecht, Leute gingen an mir vorbei, aus den Lautsprechern der Bahnsteige schallten Durchsagen, ich schloss die Augen, um mich besser konzentrieren und Maries Stimme vernehmen zu können,

wenn sie abhob, doch die schwachen Klingelzeichen in der Ferne, sie schallten eins nach dem anderen vergebens in dem Hörer, Marie war nicht im Hotel. Ich legte nachdenklich auf, stieg die Stufen hinunter und trat aus dem Bahnhof. Ich lief aufs Geratewohl durch die Straßen von Tokio, bis ich schließlich ein Taxi heranwinkte. Es hielt wenige Meter entfernt am Bordstein, ich sah, wie sich die Tür automatisch für mich öffnete. Ich beschleunigte meine Schritte und stieg in den Wagen, nahm auf dem Hintersitz Platz. Shinagawa, sagte ich, *Contemporary Art Space* von Shinagawa.

Das Taxi hatte mich auf dem Parkplatz des Hotels unweit des Museums abgesetzt, weiter konnte man nicht fahren. Es war eine klare Nacht, am Himmel stand eine dünne Mondsichel, und ich folgte der Allee, die zum Teich führte, in Richtung des Haupteingangs des Museums. Am Eingangsportal klingelte ich. Alles lag im Dunklen, weder war auf der Allee Licht noch am Portal ein erleuchtetes Schild, aus der Dunkelheit stachen lediglich die beiden roten Punkte der Überwachungskameras hervor, deren schattenhafte Umrisse auf den Gelenkarmen zu sehen waren. Ich hörte ein Knistern in der Sprechanlage, dann eine etwas entstellte japanische Stimme, die eine Frage zu stellen schien. Ich antwortete nichts, trat nur etwas aus dem Halbschatten hervor, um mein Gesicht gut sichtbar in den Bereich einer der Kameras zu halten. Nach einigen Minuten ging ganz langsam das Portal auf, und ein junger Mann erschien, die Hand am Türgriff. Ich ließ ihm keine Zeit, Fragen zu stellen, zu zögern oder irgendwelche Ausflüchte zu machen, ich überwand die Tür, erzwang mir

Einlass und trat in den Innenbereich des Museums, ich hatte eindrucksvolle breite Schultern in meinem schwarzgrauen Mantel, und es sah höchst energisch und entschieden aus, wie ich da schnellen Schritts über den Rasen zum Museum stapfte, ich hörte, wie der junge Mann überstürzt das Tor wieder zumachte und mir auf dem Weg folgte, mir dabei erklärend, dass das Museum geschlossen sei (*it is closed, it is closed*, wiederholte er mit verstörter Stimme).

Ich ging geradewegs in den Kontrollraum, wo ich Marie vor einigen Tagen zum letzten Mal gesehen hatte. Die Bildschirme waren jetzt einheitlich schwarz, mit derselben hypnotischen Wirkung zitternder Monochrome, die nach und nach und, je länger man sie betrachtete, Einzelheiten, Formen und Konturen in den Ausstellungsräumen des Museums erkennen ließen. Wo beim letzten Mal nur das Leere der weißen Wände und der menschenleeren Ausstellungssäle zu sehen war, zeichneten sich jetzt die Umrisse von Maries Ausstellung ab, man sah Fotos an den Wänden, Umrisse von Werken in den Räumen. Ich stand vor den Bildschirmen und versuchte die ausgestellten Stücke auszumachen und zu erkennen, als plötzlich mein Blick von einer Form gefesselt wurde, die sich auf einem der Bildschirme der oberen Reihe bewegte, einer Form, die über den getrübten und verschneiten Bereich des Monitors lief und sich schnellen Schritts auf mich zu bewegte. Und im Nu hatte sich die Form aus ihrer elektronischen Virtualität geschält und erschien auch schon real in Fleisch und Blut an der Türschwelle des Kontrollraums, es war der junge Mann, der mir das Museumsportal geöffnet hatte. Er schaute mich einen Augenblick aus der Entfernung reglos an, mit einer zugleich eingeschüchterten, bösen und argwöhnischen Miene, und ich spürte, dass etwas passieren würde, ich spürte, dass seine Ruhe nur gespielt war, dass er in den Raum treten, mich packen und mich zwingen würde, die Örtlichkeiten zu verlassen, und in dem Moment, als ich sah, wie er sich bewegte, als ich ihn den ersten Schritt tun sah, zog ich auch schon die kleine Flasche mit Salzsäure aus der Manteltasche und schwenkte sie vor ihm hin und her, um ihn auf Distanz zu halten. Ich war innerlich ruhig, fixierte ihn mit einem harten Blick. Er blieb stehen, schien nicht recht zu wissen, was ich mit ihm vorhatte und was ich in meiner Hand hielt. Mit zitternden Fingern machte ich den Verschluss der Flasche auf, und verursacht durch die Attacke der gefährlichen Dämpfe, die aus der Flasche drangen, begannen sofort meine Augen zu brennen und meine Schleimhäute zu kratzen. Ich hielt die Flasche in der Hand, weg von mir, weg von ihrem beißenden Geruch und ihren ätzenden Dämpfen, und der Bursche war bleich geworden und hatte zu husten angefangen, Kehle und Zunge durch die Säure gereizt, und ging in kleinen Schritten rückwärts, ohne mich dabei aus den Augen zu lassen, die Arme wie ein Schutzschild vor seinen Körper haltend, und jetzt lächelte er mir zu, seltsamerweise, so, als wollte er mir sagen, dass alles in Ordnung sei, dass ich bleiben könne, dass er es sei, der ginge.

Ich verließ den Kontrollraum und trat in die Ausstellungssäle, die kleine Flasche noch immer in der Hand. Ich drang in der Schwärze des Museums weiter vor, verwirr-

ten Blicks, ich spazierte durch die Ausstellung von Marie, die offene Flasche Salzsäure vor mir wie eine Kerze haltend, so weit wie möglich weg von Mund und Nase, um mir nicht die Atemwege zu verbrennen, ich schritt langsam in der Finsternis der Säle zwischen den an den Wänden aufgehängten Werken Maries, trug die weiße Glut meiner Kerze an ihren schweigenden Flächen vorbei, wie um sie zu erhellen und ihren Sinn aufzuklären, großformatige Fotos, vier auf sechs Meter, Gesichter in Großaufnahme, manchmal das Gesicht Maries, vergrößerte Details des Gesichts von Marie. Ich wandelte zwischen Gliederpuppen, die mit ausgeschalteten Neonlichtern und elektrischen Drähten umwickelt waren und im Dunkeln wie Menschen wirkten, ich sah Schatten und reglose Profile mit dem Ausdruck von Misstrauen, auf Metallsockeln stehend, manchmal einen Arm erhoben, wie versteinerte Statuen. In meinen Augen lag ein lebhafter Glanz, weit riss ich sie auf, um die Dunkelheit zu durchdringen, ich ging von Ausstellungssaal zu Ausstellungssaal, meine ärmliche ohnmächtige Kerze in der Hand, und ich fühlte, wie Maries Seele mich im Museum begleitete, ich spürte sie ganz nah bei mir, ich spürte ihre Gegenwart. Da hörte ich Schritte im Nebenraum. Ich konnte nichts sehen, meine ärmliche Kerze erhellte absolut nichts, ich war tief im Innern des Museums, und nur ein sehr schwacher Strahl des Mondes drang durch das Dach und warf einen weißlichen Schimmer auf den Boden des Nebenraums. Ich hatte Angst. Ich hörte, wie die Schritte sich näherten.
Marie, sagte ich.

Marie war da. Es war keine eigentliche Halluzination,

denn die Szene fand jenseits jeder Visualisierung statt, in einer rein geistigen Sphäre, in einem flüchtigen Aufblitzen des Bewusstseins, so als erfasste ich die Szene auf einen Schlag, als Ganzes, ohne eine ihrer potenziellen Komponenten zu entwickeln, die rasende Bewegung der Hand und die fliehende und zu Boden stürzende Gestalt, widerliche Gerüche von Dämpfen und verbranntem Fleisch, Schreie und der Lärm einer überstürzten Flucht auf dem Parkett des Museums, eine Szene, die gewissermaßen eingeschlossen blieb in der Schale der Unentscheidbarkeit der unendlichen Möglichkeiten von Kunst und Leben, aber die, als bloße Eventualität – und sei es des Schlimmsten – von einem Augenblick zum anderen Realität werden konnte. Marie, sagte ich leise, Marie. Ich zitterte leicht. Ich hatte Angst. Ich trat einen Schritt vor. Da war niemand. Ich wollte die Flasche mit Salzsäure wieder verschließen, aber fand den Verschluss nicht, meine Finger zitterten weiter, ich machte eine Kehrtwendung, ging zurück zum Licht. Das Licht war in der Eingangshalle des Museums angemacht worden, ein weißes helles Deckenlicht. Ich sah die Umrisse des jungen Mannes vorbeihuschen, der hinter einer Stellwand Schutz suchte, wo er reglos stehen blieb und mich belauerte. Ohne ihn eines Blickes zu würdigen, ging ich an ihm vorbei und verließ das Museum, entfernte mich mit großen Schritten in der Nacht. Rennend folgte ich dem Weg zum Teich in der eisigen nächtlichen Luft, die mir die Wangen peitschte. In der Ferne, zwischen den Windungen des Pfades, sah ich die leicht gekräuselte Oberfläche der schwach vom Mond erhellten reglosen Wasserstelle. Ich hielt noch immer die

Flasche mit der Salzsäure in der Hand, und ich hatte keine Ahnung, wo ich hingehen sollte. Ich schaute mich um, suchte mit den Augen eine Stelle, wo ich hinflüchten könnte. Ich verließ den Weg und drang ins vom Mondlicht gesprenkelte Unterholz, duckte mich, um dem Geäst auszuweichen, ging vorsichtig zwischen den großen gräulichen Baumwurzeln, um nicht zu stolpern. Ich drehte mich noch einmal um zum Eingang des Museums, dessen Metallportal offen geblieben war, und ich sah den jungen Mann in Begleitung zweier Uniformierter heraustreten. Ich presste mich an einen Baum und hielt den Atem an. Ich rührte mich nicht mehr. Auf dem Boden nahe bei mir stand, im Schatten, winzig, eine einzelne ganz kleine Blume. Ich betrachtete sie, das Licht des Mondes beleuchtete sie sanft und ließ auf ihren weißen und malvenfarbenen Blütenblättern fahle zarte Reflexe erstrahlen. Ich wusste nicht, was für eine Blume es war, eine wild wachsende Blume, ein Veilchen, ein Stiefmütterchen, und ohne einen Schritt weiter zu tun, müde, gebrochen, erschöpft, leerte ich, um endlich Schluss zu machen, die Flasche Salzsäure über der Blume aus, die sich mit einem Schlag in einer Wolke aus Dampf und fürchterlichem Gestank zusammenzog, in sich kräuselte, zusammenschrumpfte. Nichts blieb übrig außer einem Krater, der im matten Licht des Mondscheins dampfte, und dem Gefühl, diese unendlich kleine Katastrophe ausgelöst zu haben.

Fliehen

Roman

Aus dem Französischen von Joachim Unseld

Sommer

I

Hört das denn nie auf mit Marie? Im Sommer vor unserer Trennung hatte ich ein paar Wochen in Shanghai verbracht, es gab dafür nicht wirklich berufliche Gründe, ich unternahm die Reise eher zu meinem eigenen Vergnügen, auch wenn Marie mich mit einem bestimmten Auftrag betraut hatte (aber ich habe keine Lust, auf Einzelheiten einzugehen). Am Tag meiner Ankunft in Shanghai empfing mich Zhang Xiangzhi, der sich vor Ort um die Geschäfte Maries kümmerte, am Flughafen. Ich hatte ihn zuvor erst einmal gesehen, in Paris, in Maries Büro, doch ich erkannte ihn sofort wieder, er unterhielt sich hinter den Schaltern der Passkontrolle mit einem uniformierten Polizeibeamten. Er musste um die vierzig sein, hatte rundliche Wangen, aufgedunsene Gesichtszüge, eine glatte, rötlich braune Haut und trug eine sehr dunkle Sonnenbrille, die den oberen Teil seines Gesichts verdeckte. Beide warteten wir am Gepäckband auf meinen Koffer und hatten seit meiner Ankunft vielleicht gerade ein oder zwei Worte in schlechtem Englisch gewechselt, als er mir ein Handy überreichte. *Present for you*, sagte er zu mir, was mich in eine fürchterliche Verlegenheit brachte. Ich verstand nicht, warum es notwendig sein sollte, mich mit einem Handy auszustatten, einem gebrauchten Gerät, ziemlich hässlich, in einem stumpfen Grau, ohne Verpackung und ohne Bedienungsanleitung. Wollten sie mich ständig überwachen, wissen, wohin ich ging, mich nicht aus den Augen lassen? Ich weiß es nicht. Schweigend folgte ich ihm durch die Gänge des Flughafens und verspürte eine schwer fassbare Unruhe, die meine Müdigkeit nach der langen Reise und die Aufregung, in einer unbekannten Stadt anzukommen, noch verstärkten.

Als wir die Glastüren des Flughafengebäudes hinter uns gelassen hatten, machte Zhang Xiangzhi ein lautloses, knappes Zeichen mit der Hand, und sofort fuhr ein nagelneuer, silbergrauer Mercedes vor und parkte in Zeitlupe vor uns ein. Während er den Chauffeur, einen jungen Kerl mit einer an Nichtdasein grenzenden Gegenwart, mein Gepäck verstauen und hinten einsteigen ließ, setzte er sich ans Steuer. Vom Fahrersitz aus winkte mir Zhang Xiangzhi zu, ihm Gesellschaft zu leisten, ich nahm also neben ihm auf dem bequemen, mit Armstützen versehenen Sitz aus cremefarbenem, nach neuem Auto riechendem Leder Platz, während er auf einem Touchscreen herumspielte und die Klimaanlage einschaltete, die sich langsam und vibrierend in Gang setzte. Ich reichte ihm den kartonierten Briefumschlag, den mir Marie für ihn mitgegeben hatte (er enthielt fünfundzwanzigtausend Dollar in bar). Er öffnete ihn, blätterte mit dem Daumen über die Scheine, zählte das Geld schnell nach, verschloss dann den Umschlag wieder und ließ ihn in der hinteren Hosentasche verschwinden. Er schnallte sich an, und in langsamer

Fahrt verließen wir das Flughafengelände, nahmen die Autobahn Richtung Shanghai. Wir sprachen kein Wort, er konnte kein Französisch, und sein Englisch war miserabel. Er trug ein gräuliches, kurzärmeliges Sporthemd, um den Hals ein Goldkettchen mit einem Anhänger in Form einer stilisierten Drachenklaue oder Drachenkralle. Auf meinen Knien lag immer noch das Handy, das er mir geschenkt hatte, ich wusste nicht, was ich damit anfangen sollte, und fragte mich, warum man es mir gegeben hatte (ein schlichtes chinesisches Willkommensgeschenk?). Zhang Xiangzhi, so viel war mir bekannt, machte seit einigen Jahren im Auftrag von Marie in China Immobiliengeschäfte, möglicherweise dubiose oder gar illegale Geschäfte, Vermietung und Verkauf gewerblicher Räume, Weiterverkauf von Grundstücken in zu Bauland umgewidmeten Gebieten, das Ganze war aller Wahrscheinlichkeit nach ein Sumpf von Korruption und Schmiergeldern. Marie hatte nach ihren ersten Erfolgen in Asien, in Korea und Japan, auch in Hongkong und Peking Niederlassungen gegründet und plante nun, neue Läden in Shanghai und weiter im Süden des Landes, in Shenzen und Canton, zu eröffnen, Projekte, die schon weit gediehen waren. Aber bis zum gegenwärtigen Zeitpunkt war mir nicht zu Ohren gekommen, dass Zhang Xiangzhi Verbindungen zum organisierten Verbrechen unterhielt.

Am Hotel Hansen angekommen, wo ein Zimmer für mich reserviert war, parkte Zhang Xiangzhi den Mercedes im Innenhof, holte meinen Koffer aus dem Kofferraum und begleitete mich zur Rezeption. Er hatte mit der Reservierung des Zimmers nichts zu tun gehabt, das war von einem Pariser Reisebüro aus geschehen (eine einwöchige Pauschalreise, Flug und Hotel inbegriffen, an die ich zu meinem Vergnügen noch eine Woche drangehängt hatte), aber hier nahm er alles in die Hand und unterband jede Initiative von meiner Seite. Er wies mich an, mich in ein Sofa etwas abseits zu setzen, und ging allein zur Rezeption, um an meiner Stelle die Formalitäten zu erledigen. Neben einer trübseligen Reihe verstaubter Grünpflanzen, die in Kübeln vermoderten, wartete ich nahe dem Eingang auf ihn und sah mit müden Augen zu, wie er mein Anmeldeformular ausfüllte. Nach einer Weile kam er eilig, mit sorgenvollem Gesicht und ausgestreckter Hand zu mir herüber und bat mich um meinen Pass. Er kehrte an die Rezeption zurück, und ich verfolgte beunruhigt, wie mein Pass dort von Hand zu Hand ging, ich befürchtete schon, dass er wie beim Hütchenspiel plötzlich unter der Hand eines der Hotelangestellten verschwand, die hinter dem Tresen geschäftig hin und her huschten. Nach weiteren Minuten des Wartens kam Zhang Xiangzhi mit dem Zimmerschlüssel zurück, einer Karte mit Magnetstreifen, die in einem kleinen Etui aus rotem und weißem, mit fein gezeichneter Schrift verziertem Karton steckte, aber er gab sie mir nicht, behielt sie in seiner Hand. Er nahm meinen Koffer, forderte mich auf, ihm zu folgen, und wandte sich zu den Aufzügen, um mich auf mein Zimmer zu begleiten.

Es war ein sauberes und ruhiges Dreisternehotel, auf der Etage trafen wir niemanden, ich folgte Zhang Xiangzhi über einen langen, menschenleeren Flur, ein zurückgelassener Servierwagen versperrte den Weg. Zhang Xiangzhi steckte die Magnetkarte in das Schloss, und wir betraten das Zimmer, es war sehr dunkel, die Vorhänge waren zugezogen. Ich versuchte, im Vorraum Licht zu machen, doch der Schalter drehte ins Leere. Ich wollte die Nachttischlampe anknipsen, aber es gab keinen Strom im Zimmer. Zhang Xiangzhi zeigte mir eine kleine Vorrichtung neben der Eingangstür, in die man die Karte stecken musste, damit man Elektrizität bekam. Zur Demonstration schob er langsam die Karte hinein, und gleichzeitig leuchteten alle Lichter auf, das im eingebauten Kleiderschrank wie in der Toilette, im Badezimmer erwachte ein Ventilator, und im Zimmer setzte sich laut brummend die Klimaanlage in Gang. Zhang Xiangzhi zog die Vorhänge auf und blieb für einen Moment vor dem Fenster stehen, schaute nachdenklich auf den neuen Mercedes hinunter, der im Hof parkte. Dann drehte er sich zu mir um. Ich glaubte schon, dass er nun endlich gehen würde, aber nein. Er ließ sich in einen Sessel fallen, schlug die Beine übereinander, zog sein Handy aus der Tasche und begann, ohne sich offenbar an meiner Gegenwart zu stören (ich stand wartend im Zimmer, war müde von der Reise und hatte nur noch Lust zu duschen und mich aufs Bett zu legen), eine Nummer in die Tastatur zu tippen, folgte dabei umständlich den Anleitungen auf einer blauen Telefonkarte, die auf seinem Oberschenkel balancierte, auf der man IP lesen konnte, gefolgt von Schriftzeichen und Codezahlen. Er wiederholte den Vorgang ein- oder zweimal, bevor die Verbindung zustande kam und er mir mit heftigen Handbewegungen bedeutete, schnell zu ihm herüberzukommen, mir dann hastig das Telefon reichte. Ich wusste weder, was ich sagen sollte, noch, wohinein ich sprechen sollte, auch nicht, wer überhaupt mit mir sprach und in welcher Sprache, als ich eine Frauenstimme Hallo sagen hörte, wie es sich anhörte, auf Französisch, Hallo, wiederholte sie. Hallo, sagte schließlich auch ich. Hallo, sagte sie. Die Verwirrung war komplett (ich fing an, mich unwohl zu fühlen). Marie? Zhang Xiangzhi, der seinen stechenden und hellwachen Blick auf mich gerichtet hielt, forderte mich auf, mit dem Gespräch zu beginnen, es sei Marie – Marie, Marie, wiederholte er und deutete auf das Telefon –, bis ich endlich begriff, dass er die Nummer von Marie in Paris gewählt hatte (die Nummer ihres Büros, die einzige, die er besaß) und ich mit einer Sekretärin des Modehauses *Allons-y Allons-o* verbunden war. Nur hatte ich überhaupt keine Lust, jetzt mit Marie zu sprechen, vor allem nicht in Gegenwart Zhang Xiangzhis. Ich fühlte mich immer unwohler, wollte auflegen, hatte aber keine Ahnung, welche Taste man drücken musste, um die Verbindung zu unterbrechen, gab ihm stattdessen überhastet den Apparat zurück, wie eine heiße Kartoffel, die mir die Finger versengte.

Mit einem trockenen Klacken schloss er die Klappe des Telefons, dachte nach. Dann nahm er wieder die Telefonkarte von seinem Oberschenkel, klopfte damit auf seinen Handrücken, als wollte er sie vom Staub befreien, und ohne aus seinem Sessel aufzustehen, hielt er sie mir von Weitem hin. *For you*, sagte er und erklärte auf Englisch, dass ich ausschließlich mit dieser Karte telefonieren dürfe, ich müsse zuerst die 17910 wählen, dann die 2 für die Anweisungen in Englisch (die 1 für Mandarin, wenn mir das lieber wäre), dann die Nummer auf der Karte, gefolgt von dem PIN-Code 4447, dann die Nummer des Teilnehmers, zweimal die Null für die Verbindung ins Ausland, 33 für Frankreich und so weiter. *Understand?* sagte er. Ja, sagte ich, mehr oder weniger (vom Prinzip her schon, vielleicht nicht alle Details). Sollte ich telefonieren wollen, müsse ich dies immer mit dieser Karte machen – immer, sagte er –, deutete dann auf den alten Telefonapparat auf dem Nachttisch und machte mir mit der Hand ein deutliches Nein, nachdrücklich wie ein Befehl, ein Gebot. *No*, sagte er. *Understand? No. Never. Very expensive*, sagte er, *very very expensive.*

In den folgenden Tagen begnügte sich Zhang Xiangzhi damit, mich ein- oder zweimal auf dem Handy anzurufen, das er mir geschenkt hatte, um Neuigkeiten von mir zu erfahren oder mich zum Mittagessen einzuladen. Seit meiner Ankunft verbrachte ich die meiste Zeit allein in Shanghai, unternahm nicht viel, ich kannte niemanden. Ich bummelte durch die Stadt, aß hier und da eine Kleinigkeit, gewürzte Nierenspieße an Straßenecken, Schüsseln mit kochend heißen Nudeln in rammelvollen Garküchen, gelegentlich auch etwas anspruchsvollere Kost in den Restaurants großer Hotels, wo ich in menschenleeren, kitschigen Speisesälen geduldig die Speisekarte studierte. Nachmittags legte ich mich in meinem Zimmer hin und verließ das Hotel nicht vor Einbruch der Dunkelheit, wenn die Luft sich etwas abgekühlt hatte. Gedankenverloren lief ich durch die laue Nacht, spazierte die Nanjing Road hinauf, ohne mich von dem Lärm und dem Getriebe in den bunt verzierten und neonbeleuchteten Läden ablenken zu lassen. Wie von einem Magnet angezogen, führten mich meine Schritte immer wieder auf den Bund, der mich mit Seeluft und Gischt empfing. Ich durchquerte die Unterführung, um langsam am Fluss entlangzuschlendern, ließ meinen Blick über die Reihe der alten europäischen Gebäude schweifen, deren angestrahlte Dächer die Nacht mit einem grünlichen Lichthof erhellten, dessen blass smaragdene Spiegelung auf dem Wasser des Huangpu zitterte. Auf der anderen Seite des Ufers, jenseits des verschmutzten Flusses, auf dessen Oberfläche aufgeschwemmte Gemüseabfälle, Algen und anderer Unrat in majestätischer Ruhe hin- und herschwappten, ragte wie die Linien einer Hand der futuristische Zug der Pudong-Hochhäuser empor, mit der berühmten Kugel der Oriental Pearl, und, etwas weiter auf der rechten Seite, zurückgesetzt, bescheiden und kaum angeleuchtet, die diskrete Hoheit des Jinmao-Turms. Ich betrachtete, auf die Brüstung gestützt, nachdenklich die schwarze, gewellte Oberfläche des Flusses in der Dunkelheit und hing meinen Gedanken an Marie nach, mit jener träumerischen Melancholie, die entsteht, wenn der Gedanke an die Liebe

sich mit dem Schauspiel schwarzer Gewässer in der Nacht verbindet.
War es von Anfang an verloren mit Marie? Und wie hätte ich es zu dem Zeitpunkt auch wissen können?
Dass ich auf dieser Reise nach Peking kommen würde, war nicht vorgesehen, die Entscheidung, dort einige Tage zu verbringen, kam wie aus heiterem Himmel. Eines Abends hatte mich Zhang Xiangzhi unvermutet angerufen und mir vorgeschlagen, ihn auf eine Vernissage zu begleiten. Die Ausstellung fand in einem der Außenbezirke der Stadt statt. In einem großen Hangar, der als Ausstellungsraum für zeitgenössische Kunst hergerichtet war, präsentierten Künstler mobile Videoinstallationen, von der Decke hingen Projektoren an Metallgestängen, die sachte durch die dunkle Halle schwebten, die projizierten Bilder verschmolzen an den Wänden, trennten sich, fielen auseinander, vereinigten sich, um sich aufs Neue wieder zu verlieren. Hier machte ich die Bekanntschaft von Li Qi. Sie saß auf dem Betonboden, allein im Raum, mit dem Rücken an die Wand gelehnt, langes schwarzes Haar und eine cremefarbene Lederjacke. Sie war mir sofort aufgefallen, angesprochen hatte ich sie erst später, am Buffet, einer aufgebockten Tischplatte, auf der durcheinander australische Weine, chinesisches Flaschenbier und stapelweise Prospekte und Ausstellungskataloge angeboten wurden. Sie hatte bemerkt, dass ich kein Chinese war (ihr Scharfblick hatte mich amüsiert, und woran haben Sie das bemerkt? hatte ich gesagt). An Ihrem Lächeln, hatte sie gesagt, Ihrem feinen Lächeln (all das auf Englisch und ohne von diesem feinen Lächeln zu lassen, das sich seit Beginn un-

seres Gesprächs unwiderstehlich auf unseren Lippen festgesetzt hatte, ausgelöst durch ein Nichts und anscheinend auf Dauer genährt durch ein noch so Geringes). Wir hatten uns draußen, auf dem neben der Galerie liegenden, leeren Grundstück, auf eine Bank gesetzt, erst waren es zwei Flaschen Tsingtao, dann vier, dann sechs, und dann war sachte die Nacht hereingebrochen, und wir beide saßen noch immer zusammen, zwei Silhouetten in einem wahrhaft chinesischen Schattenspiel, in Abständen angestrahlt in verfließendem Rot und Grün von den mobilen Videoinstallationen aus dem Inneren der Galerie. In der Halle veranstaltete man eine Tonprobe, dann erfüllten heftige Wellen chinesischen *metal rock* die Stille dieses Sommerabends, sodass die Fenster in der lauen Nacht erzitterten und die Heuschrecken aufsprangen. Wir konnten uns auf der Bank kaum noch verständigen, also rückte ich näher an sie heran, aber anstatt lauter zu reden, um die Musik zu übertönen, behielt ich meine leise Stimme bei, berührte dabei ihre Haare sanft mit meinen Lippen, ganz nah an ihrem Ohr, ich nahm den Geruch ihrer Haut wahr, streifte fast ihre Wange, aber sie ließ es geschehen, bewegte sich nicht, hatte nichts unternommen, um sich meiner Gegenwart zu entziehen – ich sah ihre Augen in der Dunkelheit, sie blickten in die Ferne, während sie mir zuhörte –, und ich begriff auf einmal, dass etwas Zärtliches im Entstehen war. Sie hatte mir erklärt, dass sie wegen ihrer Arbeit am nächsten Tag nach Peking fahren müsse, und mir vorgeschlagen, sie zu begleiten, bloß ein oder zwei Nächte, nichts hindere mich daran, am übernächsten Tag bereits wieder nach Shanghai zurückzukehren, der Nachtzug sei bequem und koste nicht viel – und außerdem, was hatte ich schon Besonderes in Shanghai zu tun. Also? Ich hatte gezögert, nicht sehr lange, sie angelächelt, ihr länger in die Augen geschaut und mir dabei die Frage gestellt, was dieser Vorschlag genau bedeutete und was da an wunderbar Ungesagtem mitschwang, wie ein verliebtes Einverständnis.

Am Tag der Abreise hatte ich am frühen Abend das Hotel verlassen. Gepäck hatte ich keines mitgenommen, nur einen Rucksack, der ein paar Gegenstände des täglichen Gebrauchs enthielt, dazu das Handy, das mir geschenkt worden war und das nie klingelte (allerdings kannte außer Zhang Xiangzhi und Marie auch niemand die Nummer). Da mir noch Zeit blieb, hatte ich statt eines Taxis den Bus zum Bahnhof genommen, sah aus dem Fenster, wie die Straßen von Shanghai im orangenen Dämmerlicht der untergehenden Sonne verschwanden.

Ich hatte mich mit Li Qi vor dem Bahnhof von Shanghai verabredet, also in China. Abertausende von Menschen strömten über den großen Vorplatz, eilten in Richtung der Metrostationen und Bushaltestellen, betraten oder verließen die hell erleuchtete Glaskonstruktion des Bahnhofs, vor der draußen in der Dämmerung Hunderte von Reisenden längs der durchsichtigen Seitenwände auf dem Boden gedrängt saßen, untätig, im Gesicht etwas Beschränktes, Dunkles, Bauern und Tagelöhner, gerade angekommen oder im Begriff abzureisen, die auf einen Nachtzug warteten, mit Unmengen von abgenutzten, schlecht geschlossenen, behelfsmäßig geschnürten Koffern und Taschen zu ihren Füßen, mit halb offenen Kisten und Kartons, schlaffen Jutesäcken, Kleiderbündeln, Lederzeugs, manchmal auch nur mit zusammengebundenen Planen, aus denen Gaskocher und Pfannen ragten. Während ich nach Li Qi Ausschau hielt, in dieser stickigen Luft, die nach muffigen Kleidern roch, fühlte ich mich bereits als Gegenstand verstohlenen Geflüsters und schräger Blicke. Eine alte Bettlerin blieb reglos neben mir stehen, eine große Krücke aus Holz unter der Achsel, mit verstocktem Blick und krummem Rücken, die Hand ausgestreckt, die Augen unendlich traurig. Ich war inzwischen so weit zu glauben, dass Li Qi nicht mehr kommen würde – es war ja auch alles so schnell gegangen: am Abend zuvor kannten wir uns beide noch nicht –, als ich sie plötzlich von Weitem auf mich zukommen sah, wo sie sich einen Weg durch die Menge bahnte, auf den letzten Metern den Schritt beschleunigte. Außer Atem und lächelnd nahm sie meinen Arm, sie trug eine dünne, weite Baumwolljacke, keine Jacke, eher ein offenes Hemd, darunter ein eng anliegendes schwarzes Shirt, an ihrem Hals bemerkte ich einen winzigen, auf ihrer Haut glänzenden Jadesplitter. Aber fast gleichzeitig erblickte ich wenige Meter hinter ihr, sozusagen in ihrem Kielwasser, Zhang Xiangzhi mit seiner schwarzen Brille, der sich langsam im Dunkel auf uns zubewegte. Ich verstand nichts von dem, was hier passierte, schlagartig ergriff mich eine Welle der Unruhe, des Missfallens und Zweifels. Nachdem er mich mit einem Lächeln begrüßt hatte, das mir ironisch, wenn nicht sogar leicht spöttisch erschien, als wollte er mir demonstrativ zeigen, welche krumme Tour er mir hier spielte (oder ich ihm hatte spielen wollen, was er aber durchschaut hätte), entfernte sich Zhang Xiangzhi ein paar Schritte von uns, rief jemanden auf seinem Handy an. Was hatte er hier zu suchen? Begleitete er Li Qi bloß zum Bahnhof? Dass sich Li Qi und Zhang Xiangzhi kannten, war keine Überraschung (ich hatte sie schließlich durch ihn kennengelernt), aber mir war unklar, wie er von unserer Reise erfahren haben konnte – und meine Verunsicherung wuchs, als Li Qi mir mitteilte, dass er mit uns nach Peking kommen würde.

Wir ließen den Bahnhof hinter uns und fingen an zu laufen (ich versuchte nicht mehr zu verstehen, was hier vor sich ging, zu viele Dinge erschienen mir seit meiner Ankunft in China rätselhaft), wir überquerten rennend zwischen grellen und blendenden Schweinwerfern eine breite Straße, um ein altes Backsteingebäude zu betreten, in dem in einem gelblichen Halbdunkel der giftige Geruch nach ranzigem Kohl und Pisse hing. Zwei uniformierte Polizeibeamte mit Gummiknüppel hielten gleichgültig und schweigend am Eingang Wache. Kaum hatten wir die Halle betreten, da heftete sich ein Pulk von Männern an unsere Fersen, verfolgte uns wie ein Schwarm Insekten, ungestüm und wortreich bot man uns Zugfahrkarten zu Schwarzmarktpreisen an. Es war eine weitläufige Halle, in der es herging wie in einem illegalen Wettbüro, mit einem altmodischen Geldautomaten und menschenleeren Schaltern, auf dem Boden Zigarettenstummel neben stehen gelassenen Esskörbchen aus gezacktem Karton, die Fliesen bedeckt mit perlmuttern schimmernden Spuckresten in sternenförmigen Konstellationen. Zhang Xiangzhi begann die Fahrscheine zu prüfen, die die Händler ihm anboten,

folgte dann einer kleinen Gruppe in den Schatten eines Pfeilers. Umringt von einem Dutzend Typen, die sich eng an ihn drängten, ragte aus dem wogenden Durcheinander von Armen und Schultern nur noch sein Kopf hervor, er zog ein Bündel verwaschener, rosaroter Hundert-Yuan-Scheine aus seiner Tasche, zählte betont langsam mit dem Daumen sechs Scheine ab, entnahm sie dem Bündel und reichte sie dem Verkäufer. Mit empörtem Gesichtsausdruck wies der sie zurück, gestikulierte mit den Armen, als wolle er sagen, dass er ein solches Angebot niemals annehmen könne, und deutete mit dem Daumen an, dass man ihm den Hals abschneiden würde, versuchte dann mit Gewalt, das ganze Bündel an sich zu reißen, um mehr für sich herauszuschlagen in dieser Verhandlung, die jetzt aus dem Ruder zu laufen drohte, sich zu einem Streit, einer Rauferei, einem Faustkampf entwickelte. Mit einem kräftigen Stoß seiner Schulter entledigte sich Zhang Xiangzhi schließlich der aufdringlichen Meute, zog noch drei alte zerknitterte Zwanzig-Yuan-Scheine aus seiner Brusttasche und tat sie zu den sechs Hundert-Yuan-Scheinen hinzu, und ehe man sich versah, war der Handel perfekt, schnell, plump und brutal, drei Zugfahrkarten Shanghai-Peking gegen sechshundertsechzig Yuan in bar.
Bevor wir den Bahnhof betraten, mussten wir durch eine Sicherheitskontrolle. Ich legte meinen Rucksack auf das Förderband, ein Polizist, der seitlich in einem verglasten Häuschen saß, musterte auf seinem Kontrollschirm aufmerksam dessen Inhalt, die schwarzen und klaren Umrisse meines Waschbeutels und des Handys, wohingegen meine Unterwäsche, eher ätherisch, von gräulicher Farbe

und fast unstofflich, auf einer unsichtbaren Wäscheleine auf der Oberfläche des Bildschirms zu hängen schien, bestrahlte Socken und gestaltlose Boxershorts. Nachdem wir die Sicherheitskontrolle hinter uns gelassen hatten, gingen wir zum Wartesaal für den Zug Shanghai-Peking, der bereits überfüllt war, nur unter Schwierigkeiten vermochten wir uns einen Weg durch die Menge zu bahnen, hin zu einer Reihe von Drehkreuzen, die mit Ketten verschlossen waren und von einer Armee von Kontrolleuren bewacht wurden. Zhang Xianghzi machte sofort wieder kehrt und durchquerte erneut mit Mühe die Menschenmenge, um Zeitungen und Zigaretten für die Reise zu besorgen, musste dabei Taschen und Koffern ausweichen, die überall auf dem Boden herumstanden. Zum ersten Mal seit dem Abend zuvor war ich allein mit Li Qi. Ich betrachtete ihr nachdenkliches und regungsloses Gesicht in der Menge und fragte mich, warum sie mir vorgeschlagen hatte, diese Reise mit ihr zu unternehmen, wenn sie gleichzeitig auch Zhang Xiangzhi vorgeschlagen hatte, uns zu begleiten. Denn sie musste es ihm ja erzählt haben – wie sonst wäre er auf dem Laufenden gewesen? Meine Verwirrung wuchs weiter, als Li Qi, die sich seit unserem Wiedersehen mir gegenüber sehr reserviert verhalten hatte, offensichtlich die Abwesenheit von Zhang Xiangzhi nutzte, um ihren Rollkoffer zu öffnen und ein kleines Geschenk für mich herauszuholen. Mit gesenktem Blick und sichtbar bewegt hielt sie es mir hin. Ich lächelte sie an, wusste nicht, was ich sagen sollte. Ich behielt ihr Geschenk in der Hand, ungeöffnet, und um unserer gegenseitigen Verwirrung ein Ende zu bereiten, näherte ich mich ihr und küsste sie mitten in der Menschenmenge unbeholfen, mit einer linkischen Schüchternheit auf die Wange, und da sich unsere Blicke für einen Augenblick trafen und unsere Lippen sich keineswegs so zufällig berührten, wuchs meine Verwirrung noch mehr.

Der Nachtzug stand am Bahnsteig des Shanghaier Bahnhofs, und wir liefen die gewölbten, von innen beleuchteten Waggons entlang, in deren Abteilen sich die Reihen mit den Liegeplätzen erahnen ließen. Zhang Xiangzhi war uns vorausgegangen und zeigte nun an der Wagentür der Schaffnerin, einer blau uniformierten, jungen Frau mit Käppi und Goldtressen, die Fahrscheine. Lange überprüfte sie unsere Personalien, blätterte in den Pässen und kontrollierte aufmerksam mein Besuchervisum, lochte dann die Fahrscheine und hakte, bevor sie uns in den Zug einsteigen ließ, die Nummern der Fahrscheine auf ihrem Kontrollzettel ab. Im Gang kamen wir auf der Suche nach unseren Plätzen nur langsam voran, wir sahen Leute, die auf ihren Liegen Tee tranken, den Kopf gebeugt unter der mittleren Liege oder ganz oben auf dem fellartigen Schutzbezug thronend, mit einer Zeitung in den Händen, die Füße in Socken. Eine fahrbare Minibar voll mit Getränken und Fertigsuppen war mitten im Gang stecken geblieben, die junge Serviererin, ohne Käppi, aber mit angestecktem Ausweis, schimpfte, um sich einen Weg zu bahnen, drehte sich um, in der Hoffnung, die Aufmerksamkeit eines Schaffners auf sich zu lenken. Junge Männer standen in Hemdsärmeln auf Leitern und hievten schwere Taschen und Koffer ins Gepäcknetz, vor den Augen älterer Paare in blauer Baumwollkleidung, die ihnen dabei zuschauten. Nachdem wir unsere Liegeplätze in Beschlag genommen hatten, ging ich auf den Gang hinaus und wartete am Fenster auf die Abfahrt des Zuges, sah zu, wie sich der Zug im grünlichen Halbdunkel eines düsteren Bahnsteigs, auf dem die Lichthöfe der Laternen ihr weißes, fahles Licht in die Nacht warfen, langsam in Bewegung setzte.

Als wir einige Minuten nach der Abfahrt den Zug in Richtung des Speisewagens durchschritten, fiel mir auf, dass eine der Verbindungstüren zwischen den Waggons zerstört worden war, vermutlich erst vor Kurzem, Glassplitter bedeckten den Boden des Gangs, die Tür war übersät mit Spuren getrockneten Bluts, ein größerer Fleck in der Mitte, Tausende kleiner Tropfen darum herum, winzig, wie Flitter aus rotbrauner Farbe. Ein einfaches Stück Plastik war anstelle der Glasscheibe eingesetzt und mit Klebebändern minderer Qualität an den Griffen der Tür befestigt worden, im Fahrtwind schlug es träge hin und her. Es gab keinen Hinweis auf einen möglichen Kampf oder Unfall, nichts, das darauf schließen ließ, was hier vorgefallen sein mochte. Einen Augenblick war ich vor dem rätselhaften Blutfleck stehen geblieben, Li Qi ebenfalls. Dann, in jenem kurzen Moment des beiderseitigen Zögerns, das unserem Weitergehen voranging, gerieten unsere Schultern flüchtig aneinander, berührten sich fast mit Absicht, die eine gab sich der anderen hin, unmöglich, dass dies zufällig geschah, unsere Blicke kreuzten sich erneut, und da wusste ich mit Gewissheit, dass auch sie sich dieser neuerlichen, heimlichen Berührung zwischen uns bewusst war, es war wie eine Andeutung, der Anflug einer erneut aufgeschobenen innigen Umarmung, einer Umarmung, die nicht mehr lange auf sich warten lassen würde.

Wir hatten im Speisewagen Platz genommen und etwas zu essen bestellt, Bratspieße, Schweinefleisch mit Ingwer und gebratene Nudeln. Das Tischtuch war übersät mit bräunlichen Tee- oder Saucenflecken einer vorangegangenen Mahlzeit, eine Untertasse voller Zigarettenstummel quoll über von Asche. Li Qi aß schweigend, hob von Zeit zu Zeit den Kopf, um mir einen schnellen, komplizenhaften Blick zuzuwerfen, den Zhang Xiangzhi nicht bemerkte. Am anderen Ende des Waggons, nahe der Küche, hatte sich eine kleine Gruppe um einen Chinesen mit nacktem Oberkörper versammelt, der apathisch auf einer Bank saß, ein zu einer blutigen Kugel geknäultes Taschentuch an der Augenbraue. Er schien ohne jede Kraft, sein weißes, mit getrocknetem Blut getränktes Hemd lag zerknittert und zerknautscht zwischen Essensresten vor ihm auf dem Tisch, ein Ärmel badete in der Sauce. Ihm gegenüber saßen zwei Polizisten in Uniform und vorschriftsmäßigen Mützen, stellten ihm schonungslos Frage auf Frage, rissen ihn immer wieder am Arm, damit er eine Antwort gab. Aber der junge Kerl schien am Ende seiner Kräfte, am Rande der Ohnmacht zu sein, er schwitzte heftig, Speichel floss ihm in einem Rinnsal aus dem Mundwinkel, Stirn und Hals waren feucht, der Schweiß vermischte sich auf seinen Wangen und seiner Brust mit dem feinen Netz der geronnenen Blutspuren und blieb auf seinen Brustwarzen kleben. Ein Schaffner zog ihn schließlich an einem Arm hoch, und die Polizisten schafften ihn gemeinsam auf den Gang, inmitten eines spärlichen, aufgeregt tuschelnden Gefolges, darunter eine junge Frau mit zerwühlten Haaren, die völlig außer Fassung zu sein schien, in der Hand einen schiefen roten Pumps, den sie immer wieder über dem Getümmel schwang, um ihre Sätze zu interpunktieren, dem jungen Kerl dabei drohte, ihm den Absatz ins Gesicht zu schlagen.

Wir hatten das Abendessen beendet, vor uns auf dem dreckigen Tischtuch aus rauer Baumwolle lag ein Haufen leerer Bierdosen. Durch das Fenster sah ich hinaus, versuchte in der Dunkelheit, die wir durchquerten, etwas zu erkennen, Äcker oder Reisfelder, eine Landschaft voller undeutlicher Schatten, von der ich nur wusste, dass sie chinesisch war. Ich hatte keine Ahnung, wo wir sein mochten, auf welcher Höhe des chinesischen Festlands, in der Nähe welcher Stadt, und hätte ich es gewusst, hätte es mir auch nicht weitergeholfen, Nantong, Lianyungang, Qingdao, ich war mir nicht einmal sicher, ob wir entlang der Küste fuhren, am nächtlichen Horizont konnte ich keinen Hinweis auf das Meer erkennen, weder Dünen noch Hafenanlagen, keine Lagerhallen oder Docks. Eine Serviererin in weißer Schürze und mit einem Stoffhäubchen auf dem Kopf lief durch den Wagen und räumte mit müden Gesten die Tische ab, einen nach dem anderen, nahm die schmutzigen Schüsseln und Teller und stapelte sie auf einen Wagen, bemächtigte sich dann mit einem schnellen Handgriff – ein Kniff in die Mitte des Tisches – der Tischdecke und warf sie in einen großen Wäschekorb, den sie in ihrem Rhythmus mit den Füßen voranschob. Zhang Xiangzhi hatte nach der Rechnung verlangt. Er

sagte nichts, schwitzte schweigend in sein graues Hemd und wischte sich gelegentlich mit einem großen weißen Taschentuch über Stirn und Hals. Er trug noch immer die sehr dunkle Sonnenbrille, seine Backenknochen glänzten vor Schweiß. Seit Beginn der Reise hatten wir kaum ein Wort miteinander gewechselt (von Zeit zu Zeit machte er mich in seiner autoritären und unwirschen Art auf irgendetwas aufmerksam, auf meine leere Bierdose beispielsweise, wollte wissen, ob er mir noch ein Bier bestellen solle, oder wies mir die Richtung zur Toilette, als ich mich einmal erhoben hatte und unschlüssig umherschaute). Manchmal richtete er einen bemühten Satz in seinem unpolierten Englisch an mich, auf den ich zustimmend, mit einem vorsichtigen, vagen, höflichen Lächeln antwortete, das zu nichts verpflichtete. Ich verstand nur das Wenigste von dem, was er mir erzählte, sein Englisch war dürftig, zumal es inspiriert war von der einsilbigen Struktur des Chinesischen, mit seinem schwer verstehbaren Akzent sprach er *forget* aus wie *fuck* (*don't fuck it*, hatte er mir zum Beispiel in puncto Zugfahrschein mit Nachdruck empfohlen – *no, no, don't worry*, hatte ich geantwortet).
Seit Ende des Essens schien er schlecht gelaunt, unser Freund Zhang Xiangzhi, eingekeilt saß er in der Ecke seiner Bank, die Schulter ans Fenster gepresst, einen abenteuerlich gebogenen Zahnstocher im Mund. Gedankenverloren zog er sein Handy aus der Tasche und tippte eine Nummer in die Tastatur. Er wartete, dass jemand abhob, sah dabei durchs Fenster auf die Landschaft und setzte seine Zahnpflege fort, sein Gesicht war leer und ausdruckslos, er sagte einige Worte auf Chinesisch, in aller

Ruhe, als würde er einen knappen Lagebericht abgeben (und auch wenn es nicht sehr wahrscheinlich war, wurde ich das Gefühl nicht los, dass er über mich sprach, überhaupt hatte ich, seit ich in China war, den Eindruck, permanent überwacht zu werden). Da das Gespräch sich hinzog, stand er schließlich auf, die Hand auf die Rückenlehne meines Sitzes gestützt, und machte, von mir dabei beobachtet, einige Schritte im Mittelgang des Speisewagens, lief dann im Wagen mit dem Handy am Ohr auf und ab, als befände er sich im eigenen Wohnzimmer, machte dabei verärgerte, weit ausholende Armbewegungen Richtung Decke. Er erregte sich ganz von allein, seine Stimme nahm auf einmal einen grimmigen, ungestümen Ton an, er begann, in den Apparat schnelle Salven chinesischer Wörter zu schreien, und stieß im Takt einer Maschinenpistole kurz skandiert knatternde Silbenfolgen hervor. Das Erstaunlichste war, dass er, nachdem er das Gespräch beendet und sich wieder zu uns gesetzt hatte, von der Heftigkeit, mit der er seine Unterhaltung geführt hatte, nicht im Geringsten berührt schien. Er sagte einige Worte in scherzhaftem Ton zu Li Qi (von der Art: was für ein Arsch, dieser Wei Fujing) und ließ dann sein kleines türkisfarbenes Telefon in die Brusttasche seines Hemds gleiten.

Wir waren zu unseren Schlafplätzen zurückgekehrt, in der drückenden Hitze des nur von einem schwachen Notlicht erleuchteten Abteils lag ich bewegungslos auf dem Rücken. Zhang Xiangzhi hatte sich mir gegenüber in die Nachbarkoje gelegt, barfuß, den Körper gegen die Wand gedreht (ich vernahm sein regelmäßiges Atmen, nach unserer Rückkehr war er auf der Stelle eingeschlafen). Sonst herrschte absolute Stille in unserem Abteil, wenn man vom regelmäßigen Rattern des Zugs absah, der in Richtung Peking dahinraste. Li Qi hatte sich über mir auf der mittleren Liege eingerichtet, ich konnte sie nicht sehen, aber ich spürte, dass sie nicht schlief, manchmal hörte ich, wie sie sich vorsichtig auf ihrer Liege bewegte. Mit offenen Augen ins Halbdunkel starrend, dachte ich an sie, an ihren sanften Blick und ihren Namen, der den Geschmack einer Frucht in sich barg. Seit Beginn der Reise hatte es bereits so viele Anzeichen gegenseitiger Zuneigung gegeben, leichte Berührungen und Blicke, kleinste verborgene und geheime Liebeserklärungen. Nur weil es die Umstände nicht erlaubten, hatten wir uns noch nicht geküsst, und es war sogar denkbar, dass wir uns nie küssen würden. Was machte das schon aus, ich liebte ihre Zurückhaltung, weil ich meine eigene Schüchternheit liebte. Uns war bewusst, dass wir uns gefielen, wir wussten es beide, wussten auch, dass der andere es wusste. Aber was noch fehlte, was möglicherweise immer fehlen würde, war die Gelegenheit, der richtige Zeitpunkt, die Gunst der Stunde oder des Augenblicks.

Weitere zehn Minuten vergingen, es war sehr heiß im Abteil, ich hatte mein Hemd aufgeknöpft, lag schwitzend und, ohne mich zu bewegen, auf meiner Liege, die Hände eng am Körper. Ich dachte weiter an Li Qi, die auf der Liege über mir lag, als plötzlich einer ihrer Füße in meinem Blickfeld erschien, allein und zögerlich tauchte er im bläulichen Zwielicht des Abteils auf, bekleidet mit einer weißen Socke hing er da im Leeren über meinem Kopf, dann

der andere Fuß, ebenfalls in einer Socke, und beiden Füßen folgte wie in Zeitlupe ihr ganzer Körper, der sich drehte und geschmeidig nach unten glitt, einer der Füße machte kurz halt auf dem Rand meiner Liege, bevor er mit einem kleinen gelenkigen Satz ebenfalls den Boden des Abteils erreichte. Ein lautloses, schwereloses, geräuschloses Schattenbild, das sich verstohlen bewegte, mit Sandalen in den Händen, die sie, das Gleichgewicht auf einem Bein suchend, im Gang eine nach der anderen anzog. Dann erschien ihr Kopf wieder im Abteil und beugte sich ganz sanft über mich. Sie lächelte mich an, einen Finger an den Lippen, und unsere Blicke begegneten sich und vereinten sich für den Bruchteil einer Sekunde im geheimen Einverständnis dieses Augenblicks.
Ich hatte meinen Rucksack genommen und war Li Qi geräuschlos auf den Gang gefolgt, wir liefen einer hinter dem anderen durch den schlafenden Zug, taumelten Wagen um Wagen die Fenster entlang. Als wir den Speisewagen erreichten, fanden wir die Tür verschlossen. Am anderen Ende des Waggons brannte noch Licht, die Küche stand offen, ein junges Mädchen erledigte barfuß in dem engen Verschlag den Abwasch vor einem Spülbecken aus Metall voller schmutziger Schüsseln und Teller. Li Qi klopfte gegen die Scheibe, versuchte jemandes Aufmerksamkeit auf sich zu lenken. Nach einer Weile kam schlurfend ein alter Koch mit weißer Schürze und dreckiger Kochmütze und öffnete, ohne die Kippe aus dem Mund zu nehmen, die Tür einen Spalt, wechselte einige Worte mit Li Qi auf Chinesisch. Er erklärte ihr, dass geschlossen sei, dass er uns nichts mehr verkaufen könne. Li Qi ließ

nicht locker, und schließlich verschwand er und brachte uns ein paar Bier, die er in eine verknautschte weiße Plastiktüte gesteckt hatte. Dann verschloss er die Tür wieder mit einem Schlüssel, und wir machten kehrt, folgten dem Gang in entgegengesetzter Richtung, von Zeit zu Zeit aus dem Gleichgewicht gebracht durch plötzliche Schwankungen des Zugs. Wir durchquerten stille Gänge, wo Dutzende Schlafende reglos auf ihren Liegen ruhten, in einem andauernden Gemurmel aus Schnarchen und kurzen Hustenanfällen. Hier und da versperrte uns jemand auf einem der Klappsitze im Gang den Weg, dösend den Kopf auf das Tischchen davor gebettet. Als wir wieder zu der zerstörten Verbindungstür kamen, die mir gleich zu Beginn der Reise aufgefallen war, spürte ich, wie mir ein angenehmer frischer Wind ins Gesicht blies, durch das zerbrochene, nur provisorisch reparierte Fenster, wo das Plastikstück an dem ausgefransten Klebeband flatterte, kam ein Luftzug, ein Strom feuchtwarmer Luft drang in den Wagen. Hier ließen wir uns nieder, um unser Bier zu trinken, in diesem Zwischenraum, diesem schmalen Vorraum des Waggons, vor der Toilette und dem Abteil des Schaffners. Wir hatten uns auf den Boden gesetzt und unterhielten uns in dem schlafenden Zug mit gedämpfter Stimme.

Und dort, auf dem nackten Boden sitzend, haben wir uns geküsst, mitten im Lärm des Zugs, der durch die Nacht raste.

Hinter dem schmutzigen Fenster der Zugtür flogen Elektrokabel und Oberleitungen am Himmel vorbei. Ohne Licht raste der Zug durch die chinesische Landschaft. Wir durchquerten Felder und Wälder, fuhren an Gewässern und Bahnübergängen vorbei, und dort im Zug, auf dem Boden sitzend, Arme und Beine ineinander verschlungen, küssten wir uns, unbeholfen. Ich streichelte die Hände und nackten Arme von Li Qi, berührte ihre Schulter, ließ meine Finger über ihre warme Haut gleiten, und als ich begann, unter ihr Shirt zu fassen und ihren Bauch zu streicheln, zu ihren Brüsten hochzuwandern, hörte ich sie schwer in mein Ohr atmen, und im selben Augenblick richtete sie sich auf, stellte sich auf ihre Hacken und schob sich langsam mit dem Rücken an der Wand hinauf, zog mich mit sich, ohne dabei meine Hand aus ihrem Oberteil zu ziehen. Wir können nicht hierbleiben, flüsterte sie mir zu und, unruhig um sich blickend, nahm sie mich an die Hand, und wir machten einige Schritte, stolperten dabei über die leeren Bierdosen, die zwischen unseren Füßen herumrollten, sie ließ mich in die Toilette eintreten, wo sie mich gegen das Waschbecken presste und ihre Lippen auf meinen Mund drückte.

Es war ein erbärmliches Refugium, grell beleuchtet, der Spiegel an der Wand über dem dürftigen, mit einem winzigen Wasserhahn versehenen Waschbecken war mit Flecken besprenkelt und mit Schlieren und Streifen übersät. Durch ein weit offen stehendes Milchglasfenster oben im Raum sah man auf den schwarzen Himmel, der feuchtwarme Fahrtwind, vermischt mit dem Donnern des Zugs, drang mit unbändiger Kraft zu uns herein. Die schlecht geschlossene Tür schlug mit den Erschütterungen des Zugs im Schloss hin und her. Ich hatte Li Qi das eng an ihrem Körper anliegende schwarze Oberteil über den Kopf gezogen, es von den langen Haaren befreit, die durch die elektrostatische Aufladung an ihm kleben geblieben waren, die sich prompt an meinen Fingern entlud, als hätte ich in Stacheldraht gegriffen. Ich legte das immer noch vor Statik knisternde Kleidungsstück auf den Rand des Waschbeckens, wo es sofort in sich zusammenfiel, nahm dabei im Spiegel flüchtig unsere beiden Körper wahr, ich hatte sie kaum gesehen, mich sofort wieder abgewandt, aber das Gesehene hatte sich als Bild in meinem Kopf festgesetzt, unsere beiden umschlungenen Körper in dem grellweißen, grünlich schimmernden Licht in diesem engen Verschlag, Li Qi, die in meinen Armen keuchte, mit einer einfachen schwarzen Hose und ihrem cremefarbenen Büstenhalter bekleidet, ihr schlanker Oberkörper an meinem Körper. Als ich ihren Büstenhalter aufhaken wollte, spürte ich, wie sie sich mit einer grazilen, geschmeidig gleitenden Bewegung entwand, sich aus meiner Umarmung befreite, zur Tür ging, um sie richtig zu verschließen, zu verriegeln. Dann blieb sie mit dem Rücken zur Tür bewegungslos stehen. Sie wartete auf mich. Ich ging langsam zu ihr hin, legte meine Hände um ihren Rücken und öffnete ihren Büstenhalter, die Träger fielen, sie hatte nur noch ihren Jadeanhänger um den Hals, ihre Brüste standen nackt vor mir. Ich hob die Hand, streichelte ihr zart die Brust, langsam, und spürte, wie sich ihr Körper gegen die Tür wölbte, wie sie mit einem Seufzer ihr Becken gegen meinen Körper schob. Auf einmal hielten wir inne. Jemand rüttelte draußen an der Toilettentür.

Wir rührten uns nicht mehr, hatten uns vorsichtshalber aus der Umarmung gelöst, unsere Arme hingen untätig herunter, wir standen uns reglos gegenüber. Li Qi legte einen Finger auf meine Lippen, beschwor mich, nichts zu sagen. Mit unbewegtem Gesicht, sehr nahe einer dem anderen, sahen wir uns mit fiebrigem, komplizenhaftem Schimmer im Blick in die Augen. Ganz vorsichtig hob ich die Hand und strich mit einem Finger seitlich über ihren Arm, streichelte ihre Schulter, zog sie dann ohne jedes Geräusch wieder an mich und umarmte sie stumm. Die Person, die die Tür hatte öffnen wollen, gab auf und entfernte sich, man hörte von der anderen Seite der Tür keinen Laut mehr, abgesehen vom gleichmäßigen Dröhnen des Zugs in der Nacht. Aber nur Sekunden später hörte ich außerhalb der Toilette ein Telefon klingeln und begriff sofort, dass es das Handy war, das man mir geschenkt hatte und das jetzt draußen in meinem Rucksack klingelte, und ich spürte, wie mein Herz heftig zu schlagen begann und sich Entsetzen in mir breitmachte, eine Mischung aus Panik, Schuldgefühl und Scham. Ich hatte schon immer ein schwieriges Verhältnis zum Telefon gehabt, eine Kombination aus Widerwillen, Lampenfieber und urtümlicher Angst, eine ununterdrückbare Aversion, gegen die ich nicht einmal mehr anzukämpfen suchte, mit der ich mich schließlich arrangiert hatte, der ich mich angepasst hatte, indem ich so wenig wie möglich telefonierte. Ich hatte immer schon die irgendwie unbewusste Ahnung, dass meine Angst vor dem Telefon mit dem Tod zusammenhing – vielleicht mit Sex und Tod –, aber niemals vor dieser Nacht sollte ich eine derart unerbittliche Bestätigung dafür bekommen, dass es tatsächlich eine geheime Alchimie gibt, die das Telefon mit dem Tod verbindet.

Zhang Xiangzhi stand da draußen vor der Tür. Es war ihm nicht gelungen, mich aus freien Stücken zum Öffnen der Tür zu bewegen, und so hatte er sich diese List einfallen lassen, um mich zum Verlassen der Toilette zu zwingen. Zweifellos hatte er nicht geschlafen, als wir das Abteil verließen, zweifellos hatte er nur so getan, als würde er schlafen, ausgestreckt auf seiner Liege, das Gesicht zur Wand gedreht, aber mit den Ohren hatte er gelauert, hatte alles mitbekommen und wusste, was hier vor sich ging. Sobald wir das Abteil verlassen hatten, war er aufgestanden und uns geräuschlos durch den Gang gefolgt, hatte uns die ganze Zeit belauert und wartete jetzt versteckt hinter der Tür. Im Schatten eines Winkels im Gang verborgen, überwachte er die Toilettentür, ließ sie nicht aus den Augen, wartete darauf, dass ich herauskam und ungesichertes Gelände betrat. Ich lauschte auf das geringste Geräusch, das von draußen kam. Draußen vor der Toilettentür klingelte immer noch das Telefon, das Geklingel hallte in meinem Kopf wider, brannte in meinen Schläfen, kratzte an den Enden meiner Nerven, ließ meine Gliedmaßen erstarren, und gleichzeitig trieb es mich zum Handeln, ich musste etwas unternehmen, es war ein eingeübter Reflex, ein Akt, zu dem keine Überlegung gehörte, es war das unbewusste Gebot zu reagieren, wenn man das Telefon klingeln hört. Ich entriegelte die Tür und stürzte mich mitten hinein in den Lärm, niemand war zu sehen, ich griff eilig nach meinem Rucksack, holte das Telefon heraus, riss mit einem Ruck die Verbindungstür auf und sprang weiter in die geschützte Schleuse zwischen den Waggons, ein heftiger Luftstrom, ein warmer Schwall kam mir entgegen, ein Aufheulen in diesem verdunkelten Raum, vermischt mit dem Grollen des Zuges, der sich mit vollem Tempo durch die Nacht bohrte. Rennend überquerte ich den schmalen Steg, der unter meinen Schritten erzitterte, darunter nur Leere, gelangte in den anderen Wagen, konnte die Taste nicht finden, um den Anruf entgegenzunehmen, sagte ins Leere hinein schon seit einer Weile »Hallo«, »Hallo«, als mein Blick auf den großen getrockneten Blutfleck mitten auf der zerstörten Verbindungstür fiel, und ich, nachdem es mir endlich gelungen war, die Verbindung herzustellen, dabei auf die schlecht befestigte Plastikscheibe starrend, die wie verrückt in der Nacht hin und her wirbelte, ganz schwach aus der Ferne die Stimme von Marie hörte.

Es war Marie, die aus Paris anrief, ihr Vater war gestorben, sie hatte es wenige Augenblicke zuvor erfahren.

Was mich sofort am meisten überraschte, war, dass sie nicht weinte, es gab keine Tränen, kein Aufschreien, kein verzweifeltes Stöhnen, ihre Stimme klang allem Anschein nach ruhig, ein leichtes Zittern, ein beschleunigter Atem, die überstürzte Art, in der sie mir wirr vom Telefonanruf Maurizios berichtete, dem Hüter des Hauses auf Elba, in dem ihr Vater den Sommer verbrachte. Maurizio hatte angerufen und sie vom Tode ihres Vaters unterrichtet, unerwartet, ein Badeunfall, er war ertrunken oder ein Herzinfarkt oder beides, er hatte sich nicht deutlich ausgedrückt, und sie tat es noch weniger, sie befand sich in diesem Augenblick im Louvre, im Museum des Louvre, saß niedergeschlagen auf einer Bank, bis zu der sie es gerade noch geschafft hatte, als sie die Nachricht erhalten

hatte, der Unfall sei am frühen Nachmittag passiert, und jetzt sei es fünf Uhr in Paris, fünf Uhr dreißig, sie wusste nicht, ich weiß nicht, ich weiß gar nichts, sagte sie, es ist heller Tag, sagte sie, es ist so schrecklich hell.
Aus dem schwachen Rumpeln, das aus dem Telefon drang, schloss ich, dass Marie aufgestanden war und den Louvre verließ, dass sie die Säle Richtung Ausgang durchschritt, eine schwankende, taumelnde Gestalt, ihre Finger zitterten, das helle Sonnenlicht brannte in ihren Augen, sie wollte so schnell wie möglich die zweihundert Meter der Grande Galerie hinter sich bringen, wie um vor der Nachricht zu fliehen, die sie gerade erfahren hatte, war kaum von ihrem Weg abzubringen, scherte sich nicht darum, ob sie einen der Besucher anrempelte, bahnte sich ihren Weg, trieb sich zur Eile an, einen Arm nach vorne gestreckt, ließ sie bei ihrem Durchmarsch eine Welle von Köpfen hinter sich, die sich mit ungläubigem Staunen und einem Gemurmel aus Missbilligung nach ihr umdrehten. Sie schaute nicht zurück, redete weiter mit mir am Telefon, näherte sich gleichzeitig mit nervösen Schritten den Stühlen der Wärter, um in einem verstörten, flehenden Tonfall nach dem Ausgang zu fragen, wollte nur den Louvre verlassen, nicht auf die Antworten hören, musste umkehren, stolperte über eine winzige Unebenheit des Marmors, ging blindlings weiter, durchquerte eine ganze Reihe noch düsterer Säle, den Salon Carré, die Salle Duchâtel, die Salle Percier und Fontaine, floh vor der grell in die Grande Galerie leuchtenden Sonne, suchte Schutz in der schattigen Rotonde d'Apollon, wo es keine Öffnungen oder Fenster gab, und fand doch auch hier die Sonne wieder, es war wie

ein Fluch, die Sonne schien sie zu verfolgen, an dieser Stelle eine unechte, falsche, hingemalte, künstliche, eine, die an der Decke der Rotunde erstrahlte wie Feuersbrunst, und in den verschatteten Giebelfeldern der Bögen verstärkten gemeißelte Reliefs weiterer Sonnenmotive diesen Fluch, Sonnenköpfe aus der Zeit von Louis XIV., des Sonnenkönigs, goldene Strahlenkränze umrandet mit Blütenblättern von Sonnenblumen, Heliotropen und Helianthen, die sie schwindelig machten. Marie schwankte, Marie verlor das Gleichgewicht, taumelnd stieg sie die lichtüberflutete Marmortreppe der Nike von Samothrake hinunter. Unten angekommen, verzweifelt, ein Fuß war aus der Sandale gerutscht, verirrte sie sich in einem Labyrinth von gewölbten Sälen, fing an, längs der seit Jahrtausenden steif stehenden griechischen Statuen zu rennen, vorbei an ihren glatten, stillen, weißen, unvollständigen und verstümmelten Körpern, Marmorfragmente, die die Zeiten überlebt hatten, aufgespießt auf Metallstangen in zylindrischen Sockeln aus hellem Holz, Torsi und vereinzelte Schenkel, abgebrochene Hände, ausgehöhlte Köpfe, Becken ohne Glieder mit winzigen, verwaisten Hoden, ohne ihnen Beachtung zu schenken, bahnte sie sich ihren Weg durch die Kunstwerke, wie trunken, verloren zwischen antiken Relikten und Bruchstücken eines alten Fries. Sie stieg eine schmale Wendeltreppe ins Zwischengeschoss hinunter, dann wieder hoch ins Erdgeschoss. Sie wusste nicht mehr, was sie tat, sie kehrte um, mit gesenktem Kopf, sie hatte aufgehört, mit mir zu reden, das Telefon in ihrer Hand schlug weich gegen ihre Hüfte, sie hatte sich auf eine Bank gesetzt, einen Arm wie ein Schutzschild vor

die Stirn haltend, um sich vor dem gleißenden Licht der auf sie prallenden Sonne zu schützen, sie lag halb auf der Bank, nun bewegungslos, ihr Nacken ruhte auf dem Marmor, sie schaute, ohne an irgendetwas mehr zu denken, zum Gewölbe hinauf, sie schaute auf ein Detail der bemalten Decke, wo mehrere schwerelose Figuren in einem nebligen Gemenge von Wolken schwebten, sie hob langsam den Arm, brachte das Telefon wieder an ihren Mund und begann mit einer sanften und erschütternden Stimme, mit einer unendlichen Präzision, mir das Deckengemälde zu beschreiben, flüsterte mir über die Tausende von Kilometern, die uns trennten, die genaue Anordnung der Figuren und die Konstellation der kleinen Wolken im blauen Himmel zu.
Ich hörte Marie schweigend zu, ich hatte die Augen geschlossen, und ich nahm wahr, wie ihre Stimme durch mein Ohr in mein Gehirn drang, spürte, wie sie sich dort ausbreitete und in meinem Geist zu leben begann. Ich konzentrierte mich nicht wirklich auf das, was sie mir erzählte, ich war zu bestürzt über die Nachricht, deren Tragweite ich noch nicht zu ermessen wusste, ich hörte einfach nur ihrer Stimme zu, der zerbrechlichen, sinnlichen Stimme Maries. Ich spürte, wie die Lust zu weinen mich überkam, und ich klammerte mich an diese sanfte Stimme, gab mich ihr ganz hin, ich presste mit aller Kraft den Apparat an mein Ohr, um Maries Stimme in mein Gehirn, in meinen ganzen Körper dringen zu lassen, drückte das warme, feuchte und klamme Plastik so fest gegen meine Schläfe, bis es wehtat und meine Ohrmuschel rot anlief. Mit geschlossenen Augen und ohne mich zu be-

wegen, lauschte ich der Stimme von Marie, die Tausende von Kilometern entfernt zu mir sprach, mich über endlose Gebiete, Landschaften und Steppen hinweg erreichte, über die Weite der in ihren Farben abgestuften Nacht auf der Oberfläche der Erde hinweg, durch das Blasslila der sibirischen Dämmerung, durch die ersten orangefarbenen Schimmer des Abendhimmels osteuropäischer Städte, ich lauschte der leisen Stimme Maries, die mitten in der Sonne eines Pariser Spätnachmittags sprach und mich in der Nacht, hier in diesem Zug, kaum entstellt erreichte, die leise Stimme Maries, die mich buchstäblich hinwegtrug, so wie es Gedanken, Träume oder die Literatur vermögen, wenn Körper und Geist sich voneinander lösen, der Körper bleibt, wo er ist, und der Geist sich auf die Reise begibt, sich weitet und dehnt, und so, langsam, hinter unseren geschlossenen Augen Bilder entstehen, und Erinnerungen, Gefühle und unruhige Zustände wieder erwachen, vergessene Schmerzen wieder aufleben, verschüttete Emotionen, Ängste, Freuden, Empfindungen, von Kälte und Wärme, davon, geliebt zu werden, nicht zu wissen. Das alles im regelmäßigen Zustrom von Blut in die Schläfen, in einem gleichmäßigen Anstieg des Herzschlags und in einer Erschütterung, die die Axt ist für das gefrorene Meer der getrockneten Tränen in uns.
Ich weinte. Ich stand im Zug und weinte, ich weinte in aller Stille und ohne Tränen, meine Stirn war schweißbedeckt, mein Hemd hing aus der Hose. Ich bewegte mich nicht. Immer noch starrte ich auf jenes verrückte Plastikteil, das wie ein zerrissenes Segel im Wind schlug, und meine Gedanken wurden überflutet mit den widersprüch-

lichsten Bildern, ich sah Sonne und Nacht, sah Helligkeit und Schatten. Ich hätte nicht mehr sagen können, wo ich mich befand, alles wurde vom gleichmäßigen Dröhnen des Zugs in der Nacht übertönt, als plötzlich Li Qi vor mir auftauchte, die vorsichtig die Verbindungstür zwischen den Waggons geschlossen hatte und im bläulich schimmernden Halbdunkel des Ganges auf mich zukam. Vor den Fenstern flogen in hellen, blitzenden Streifen die Lichter eines chinesischen Bahnhofs oder Bahnübergangs vorbei. Li Qi blieb stehen, als sie im Dunkeln mein regloses Gesicht wahrnahm, meine brennenden Augen, die durch das Zugfenster in die Tiefe der Nacht starrten, sie blieb einige Momente so im Finstern an meiner Seite stehen, sprachlos, wusste nicht, was tun, machte den Ansatz einer Handbewegung, um mich an der Schulter zu berühren. Reglos standen wir im Gang, bis ich behutsam auf sie zutrat und sie in meine Arme nahm, sie schweigend umfasste, sie sanft, aber bestimmt in einer vollkommenen Hingabe meiner Seele an mich drückte. Ich hatte die Augen wieder geschlossen, und alles verschwamm in meinen Gedanken, Leben und Tod, Sonne und Nacht, Sanftheit und Tränen, und ich hörte noch immer die Stimme Maries an meiner Schläfe und hielt den Körper Li Qis sanft mit den Armen umschlossen, eine Umarmung voll Trauer und Mitgefühl, die nicht für sie bestimmt war. Ich legte meine Hand auf ihre Schultern, strich über ihr Haar, um sie zu trösten. Li Qi hob den Kopf und suchte im Dunkeln nach meinen Lippen, doch instinktiv entzog sich mein Mund, und als sich unsere Blicke trafen, lag in ihren Augen die Frage, was passiert sei, und ohne zu antworten, ich konnte nicht antworten, mich nicht bewegen, ihr nicht was auch immer erklären, beschränkte ich mich darauf, sie still anzuschauen, mein verzweifelter Gesichtsausdruck musste eindeutig genug sein, um den Ernst dessen, was ich erfahren hatte, auszudrücken, und sie ließ mich allein, ich schaute ihr nach, wie sie wieder zurücktrat ins bläuliche Dunkel des Gangs, die Verbindungstür wieder öffnete und verschwand.

Längere Zeit hörte ich die Stimme Maries nicht mehr, nur ein Knistern, Gemurmel, ein dumpfes Geräusch und den Widerhall ihrer Schritte, und ich – oder sie –, ich weiß nicht mehr, wurde plötzlich von einem Schwindel erfasst, die Schritte in der unterirdischen Galerie des Carrousel du Louvre beschleunigten sich, oben an der Rolltreppe beim Ausgang lag die Rue de Rivoli wie verwaist da, die Bürgersteige glühten in der brütenden, flirrenden Hitze des Pariser Nachmittags, ein Krankenwagen stand quer über der Straße, die Rue de Rivoli war für den Verkehr gesperrt worden, eine Polizeikette hielt Schaulustige zurück, die sich unter den Arkaden in Höhe der Veranda eines Cafés zwischen Sonnenschirmen und Korbstühlen versammelt hatten, am Fußgängerüberweg hatte sich ein Menschenauflauf gebildet, Feuerwehrmänner eilten hin und her, trugen Decken und Sauerstoffflaschen, ein Bus stand direkt vor der engen Durchfahrt des Bogens des Pavillon de Rohan in Richtung der Place du Carrousel, der Bus war von den Fahrgästen geräumt worden, die Türen standen weit offen, mehrere Feuerwehrmänner knieten auf dem Pflaster vor der Bordsteinkante und machten sich am Vorderrad des Busses zu schaffen, der mit einem

Wagenheber und Holzplanken angehoben worden war, auf dem Boden lag Material zum Bergen eingeklemmter Unfallopfer herum, Metallsägen, Gurte, Feuerlöscher und Schweißgeräte, Notärzte in weißen Kitteln beugten sich über eine unsichtbare Gestalt, von der man nur die Beine sah, sollte dort ein Mensch unter den Busrädern eingequetscht liegen, man konnte nichts erkennen, die Sonne brannte in den Augen, Marie fühlte sich schwindelig, einer Ohnmacht nahe, ihre Brust drückte sich zusammen, fieberhaft suchte sie in ihrer Handtasche nach der Sonnenbrille, durchwühlte den Inhalt, leerte ihn auf die Straße, Schlüssel, Briefe, Ausweis, Kreditkarten fielen nacheinander auf den Boden, und sie hockte sich auf das Trottoir und sammelte zerstreut die Sachen wieder ein, warf sie eins nach dem anderen wieder achtlos in die Handtasche zurück, bis sie endlich die Sonnenbrille fand, sie zitternd aufsetzte und sich unter den Arkaden entfernte, eine Straße überquerte und mir dabei sagte, dass sie jetzt nach Hause fahren und ein paar Sachen packen würde, als plötzlich mitten im Satz die Verbindung unterbrochen wurde, ihre letzten abgerissenen Worte erreichten mich nicht mehr, blieben für immer zwischen den Kontinenten verschollen, irgendwo zwischen Tag und Nacht.
Maries Stimme war verstummt. Nicht ein Laut drang mehr aus dem Apparat. Ich hatte mich nicht gerührt. Ich hatte die Stirn gegen die Scheibe gelehnt, und alle meine Sinne standen still, ich trug nur den einen, gleichsam sinnleeren Satz in meinen Gedanken: *Henri de Montalte ist tot*, und starrte weiter durch das Fenster in die Nacht. Mir war heiß, ich schwitzte, ich fühlte, wie sich der Schweiß

auf meiner Stirn bewegte, mir langsam die Schläfen hinunterlief, ich machte mir nicht die Mühe, ihn abzuwischen. Schließlich brach ich auf, kehrte zurück zu der Stelle, an der ich nur wenige Augenblicke zuvor mit Li Qi gesessen hatte. Es war niemand mehr da, nur Bierdosen lagen umgekippt auf dem Boden, leer, daneben eine kleine Bierlache, ein gelbes, leicht sprudelndes, mattes Schäumen, Zeugnis unserer nun vergangenen Anwesenheit. Ich wusste nicht, wohin ich ging, mir war heiß, vergeblich versuchte ich im Gang ein Fenster zu öffnen, aber ich fand keine Vorrichtung dafür, hielt mich nicht weiter damit auf, verzichtete und setzte meinen Weg fort. Endlich fand ich in der Mitte eines Gangs ein halb geöffnetes Fenster und blieb stehen, um es weiter zu öffnen, drückte, da es keinen Griff gab, mit beiden Händen kräftig gegen die dünne Scheibe. Mit einiger Anstrengung gelang es mir schließlich, das Fenster Millimeter um Millimeter herunterzuwuchten, als müsse man die Seitenwand des Zugs vierteilen, um an die Nacht draußen zu gelangen. Als es mir gelungen war, das Fenster vollständig zu öffnen – es klaffte jetzt so weit in der Wagenmitte auf, dass es aussah wie die geöffnete Schiebetür eines Güterwagens –, überwand ich meine Angst, trotzte dem Getöse der warmen Luft, die in den Gang hereinschoss, und beugte mich nach draußen ins Leere. Ein warmer, brennender Luftstrom peitschte mir ins Gesicht, ich sah, wie lange, schwarze Gräser entlang der Böschungen und Bahndämme sich unter der Wucht des vorbeifahrenden Zugs bogen. Aus dem Fenster gelehnt, konnte ich spüren, wie der Horizont an mir vorbeiglitt, wie die Krümmung der Erde um mich kreiste, sah

Hochspannungsleitungen in einem schiefen Winkel zum Himmel fliegen, Strommasten tauchten blitzartig in meinem Blickfeld auf, einer nach dem anderen, und verschwanden ebenso schnell, sofort verschluckt von der Geschwindigkeit des Zugs, der sie an ihrem Ort zurückließ. Mein Hemd klebte an meinem Oberkörper, im Fahrtwind, der auf mich einstürmte, hielt ich meine Augen weit geöffnet, Sand und Staubkörner flogen mir in die Augen, feine Splitter von Tonziegeln, winzige Teilchen Schotter, mein Blick begann sich zu verschleiern, und in einem wäßrigen Schleier, flüssig, zittrig und schwach glänzend, flossen aus meinen entzündeten Augen in der schwarzen Nacht blind machende Tränen.

II

Der Zug fuhr kurz vor neun Uhr morgens in Peking ein. Ich erinnere mich an nichts mehr, ich folgte mit geschultertem Rucksack Zhang Xiangzhi und Li Qi aus dem Bahnhof, wir sagten nichts, kamen inmitten einer dicht gedrängten Menge mit Taschen und Ballen bepackter Reisender kaum voran. Die Ausgänge, die zum Vorplatz des Hauptbahnhofs führten, waren wegen Bau- oder Renovierungsarbeiten gesperrt, und so mussten wir einen engen, von Holzzäunen gesäumten Korridor ins Freie nehmen. Das war mein erster Eindruck von der Stadt (ich war zum ersten Mal in Peking), diese kleine Reihe zickzackförmig gelegter Holzbretter auf blanker Erde, der wir im Gänsemarsch den ockerfarbenen, staubigen Weg entlang folgten. Im weißen Himmel über unseren Köpfen schwebten langsam dünne Metallarme riesiger Kräne, die Luft war schwül, beißend, heiß, voller Sand und nicht atembarem Staub, sie flimmerte vor unseren Augen im allgegenwärtigen Getöse von Bohrmaschinen und Presslufthämmern, das die Atmosphäre an diesem glühend heißen Morgen vibrieren ließ.

Auf dem Vorplatz legte ich eine Pause ein, überwältigt von

der Sonne und vom Lärm, von der Stadt, von der Hitze, vom Staub und vom Verkehr. Zhang Xiangzhi hatte ein Taxi herbeigewunken, wir waren eingestiegen, während er dem Fahrer die Adresse eines Hotels nannte. Ich wusste weder, wohin es ging, noch, was eigentlich passieren sollte. Ich hatte auf der Hinterbank des Taxis Platz genommen, vorne gab Zhang Xiangzhi dem Fahrer Anweisungen, maßregelte ihn, pöbelte ihn regelrecht an (er hatte jedenfalls eine sehr vehemente Art, Chinesisch zu sprechen). Li Qi neben mir blieb ruhig, verstohlen betrachtete sie mich von Zeit zu Zeit voller Sanftmut und Wohlwollen, augenscheinlich versuchte sie nicht, die Gründe meiner plötzlichen Zurückhaltung ihr gegenüber zu erforschen, diese Distanz oder unsichtbare Barriere, die ich seit dem Anruf von Marie zwischen uns errichtet hatte. Die Küsse, die wir uns in dieser Nacht gegeben hatten, erschienen mir so fremd und fern, mir war nur noch die Erinnerung an eine unwirkliche, nebelhaft-entrückte Süße geblieben. Ich hatte ihr nichts vom Tod von Maries Vater erzählt, ich hatte keinem davon erzählt, unser Verhältnis war jetzt noch undurchsichtiger geworden, als es zu Beginn der Reise schon war. Der Schweiß stand mir auf der Stirn, starren Blicks sah ich zu, wie vor dem Fenster die Straßen vorbeiflogen, wie wir Autos und Motorräder überholten, eine Flut von Zweirädern mit den abenteuerlichsten Anhängern, die Wunder was durch diesen Verkehr kutschierten, da wurden Kohlköpfe, Maiskolben, getrocknete Chilischoten, ein Haufen ausrangierter Computer durch die Straßen gefahren, in Käfigen zusammengepferchte Hühner, die gackernd hinter sich Strohhalme flattern ließen.

Im Hotel verlangte Zhang Xiangzhi sofort nach dem Direktor und verschwand mit ihm in dessen Privatbüro. Wir warteten in der großen, verglasten und unpersönlichen Hotelhalle neben einer menschenleeren Bar, in der zwischen den Tischen ein Angestellter staubsaugte. Das Hotel schien gerade renoviert zu werden, überall lagen Holzbretter, Balken, Gerüststangen herum. Eine winzige Boutique war geöffnet, in der es aber nichts zu kaufen gab, die Schränke waren leer, die Regale mit Planen bedeckt. Etwas weiter, in einer Ecke, führte eine Tür aus Rauchglas in ein leer stehendes *Business center*, wo voluminöse Tapetenrollen an den Wänden lagerten. Zerstreut studierte ich am Eingang angebrachte Touristenplakate, Tagesreisen zur Chinesischen Mauer wurden angeboten, nach Badaling oder nach Mutianyu, die Fotografien waren nicht sonderlich professionell, allem Anschein nach legte man weniger Wert auf die Schönheit des Reiseziels als auf den klimatisierten Komfort des Reisezugs. Zurück in der Halle, erklärte uns Zhang Xiangzhi, es sei ihm gelungen, beim Direktor einen guten Preis für die Zimmer auszuhandeln (ich antwortete nicht, ich ließ alles geschehen, schloss mich schweigend der Allgemeinheit an).
Der einzige Aufzug des Hotels war gerade außer Betrieb, die Kabine war im Erdgeschoss blockiert, die Tür stand weit offen, drinnen kniete ein Techniker in Shorts und mit einer Maske vor dem Gesicht und schweißte in einer knatternden Garbe blauer und weißer Funken eine Naht. Zhang Xiangzhi lief an dem blockierten Aufzug vorbei, öffnete eine schwere Brandschutztür, die zur Personaltreppe führte, und ging uns voran ins Treppenhaus, zün-

dete sein Feuerzeug an, um uns im Dunkeln zu leuchten. Im dritten Stock kamen wir in einen lang gezogenen Flur, der mit Malerutensilien vollgestellt war, Farbtöpfe, Eimer, Kanister, Kannen. Über eine Länge von zehn Metern war der Boden mit Plastikfolie bedeckt, um zu unseren Zimmern zu gelangen, mussten wir uns auf diesen lockeren, sanft wogenden Parcours begeben, unsere Füße versanken tief im Polyäthylen der Folie, die unter jedem Schritt knisterte. Wir liefen durch den menschenleeren Flur, Zimmer an Zimmer reihten sich aneinander, Türen waren ausgehängt oder es hatte nie welche gegeben, im Vorbeigehen warfen wir einen Blick durch die leeren Türrahmen in die Räume, sahen Gestalten junger Handwerker mit nacktem Oberkörper und Piratentuch auf dem Kopf, die mit Malerrollen Wände strichen und in den völlig kahlen Räumen, wo Gipspartikelchen in der schräg einfallenden Sonne tanzten, in voller Lautstärke Radio hörten. Auch die folgenden Zimmer waren noch nicht fertig, ein schönes Holzparkett musste noch geschliffen werden, Wände waren gerade erst frisch verputzt, die Fenster zur Straße standen weit offen, es gab kein einziges Bett, kein Möbel, manchmal lag ein neues Waschbecken aus weißem Emaille mitten in einem Zimmer auf dem Boden und wartete darauf, montiert zu werden. Ich begann mich zu fragen, ob dieses Hotel nicht nur modernisiert, sondern ganz einfach neu gebaut wurde und man über uns oben auf dem Gerüst gerade an der Errichtung des Daches arbeitete (in diesem Fall wäre es nur zu verständlich gewesen, dass Zhang Xiangzhi beim Direktor einen guten Preis für unsere Zimmer herausschlagen konnte). Dann aber kamen

wir zu einem vollständig renovierten Abschnitt des Flurs, neuer Teppichboden, an den Wänden blassgelbe Tapeten, Zhang Xiangzhi hielt vor einer Tür, öffnete und ließ mich eintreten, teilte mir mit, dass dies mein Zimmer sei. Ich war kurz davor, endlich etwas zu sagen – dass ich zurück nach Europa müsse –, aber ich sagte nichts, blieb auf der Türschwelle stehen und schaute den beiden auf dem Flur nach, Li Qi drehte sich noch einmal um und schenkte mir einen flüchtigen Blick, nach einigen Metern hielten sie vor einer Tür auf der anderen Seite des Flurs. Zhang Xiangzhi steckte die Magnetkarte ins Schloss, und ich sah, wie beide das Zimmer betraten – und erst in diesem Augenblick kam mir zum ersten Mal der Gedanke, der mich gleichgültig ließ, dass die beiden einmal ein Liebespaar gewesen sein könnten, dass sie es vielleicht sogar noch waren.
In meinem Zimmer erledigte ich sofort einige Telefonate, um meine Heimreise zu organisieren. Zuerst geriet ich an eine Telefonistin, die mich mit einem breiten, freudlosen »Ouais« begrüßte (in Wahrheit sagte sie »Wei«, »Hallo« auf Chinesisch, was sich genauso lässig anhörte wie das abgegriffene, umgangssprachliche »Ouais« für das hochfranzösische »Oui«, ja). Nachdem ich mehrmals erfolglos versucht hatte, das Reisebüro, über das ich die Reise gebucht hatte, zu erreichen, rief ich die Air France-Niederlassung in Peking an, und es gelang mir, gegen Zahlung eines Aufpreises mein Ticket umzubuchen (ab jetzt war ich auf dem Flug AF 129 am nächsten Morgen gebucht). Erschöpft und mit leerem Kopf legte ich mich auf mein Bett und schlief auf der Stelle ein. Ich weiß nicht, wie lange ich so gelegen habe. Als ich erwachte, fiel breit die Sonne

in mein Zimmer, es war schwül, ich schwitzte in meinen Kleidern, das Hemd klebte mir am Körper, ich hatte mich seit dem Vortag nicht mehr gewaschen, nicht einmal die Schuhe ausgezogen. Ich tastete mich ins Badezimmer, prüfte mein ausdrucksloses Gesicht im Spiegel, die Augenringe, die aufgequollenen Lider, meinen glanzlosen, verhangenen, noch ganz verschlafenen Blick, die Pupillen hatten eine dunkelgraue Farbe mit einem stumpfen, metallischen Schimmer, sie schwammen im fast milchigen, von einigen geplatzten Blutäderchen durchzogenen Weiß des Auges. Von Draußen drang undeutliches, von der Doppelverglasung des Fensters gedämpftes Stadtgemurmel herein, Motorengeräusche und diffuses Gehupe. Ich ging zum Fenster, die Scheiben waren schmutzig, voller Staub und Dreck, die sichtbaren Folgen der Umweltverschmutzung, die sich hier geradezu ins Glas gefressen hatte. Ich schaute auf die Straße hinunter, betrachtete den Pekinger Morgenverkehr, Autobusse im Stau, fremde und ferne Passanten, die sich eher im Wattenebel meiner Fantasie fortzubewegen schienen als tatsächlich auf den Straßen von Peking, wo sie sich befanden. Seit dieser Nacht, seit dem Anruf von Marie nahm ich die Welt wie unter einem permanenten Jetlag wahr, in einer leichten Verzerrung der Realität, einer Distanz, einer Verschiebung, einer winzigen, jedoch fundamentalen Unstimmigkeit zwischen der gleichwohl vertrauten Welt, die man vor Augen hat, und der entfernten, nebelhaften und abgehobenen Art, in der man sie wahrnimmt.

Ich hatte mich geduscht (und ein frisches Hemd angezogen, ich fühlte mich etwas besser), dann verließ ich mein Zimmer und klopfte an die Zimmertür auf der gegenüberliegenden Seite des Flurs. Es dauerte eine Weile, bis Zhang Xiangzhi mit misstrauischem Blick, sein Telefon am Ohr, öffnete. Er ließ mich ohne ein Wort zu sagen eintreten, grüßte nur mit den Augen und machte mir Zeichen, auf dem Bett Platz zu nehmen. Das Zimmer glich im Wesentlichen meinem, die gleichen Doppelbetten, die gleiche Tapete, die gleichen Wandleuchten und Tischlampen, nur herrschte hier bereits eine ziemliche Unordnung, überall lagen Kleidungsstücke herum, auf den Stuhllehnen, auf dem Fernsehapparat, eine Hose lag auf dem Boden, ein Stapel sauberer T-Shirts auf dem Schreibtisch neben einem Tablett mit benutzten Tassen und gebrauchten, schlaffen Teebeuteln, die in kleinen bräunlichen Teepfützen badeten. Aus dem Badezimmer drang das Geräusch fließenden Wassers (Li Qi musste am Duschen sein, ich erkannte ihre Kleider wieder, die unordentlich neben ihrem geöffneten Koffer lagen). Ich hatte mich kaum aufs Bett gesetzt, als die Tür zum Badezimmer aufging und Li Qi in einem dampfenden Lichthof erschien, sie hatte ein kleines Handtuch um den Körper geschlungen, ein anderes, größeres, weites und flauschiges um den Kopf gewickelt. Lächelnd kam sie auf mich zu, der Duft von Shampoo umgab sie, sie zupfte das winzige Handtuch an ihrer Taille zurecht, um besser ihre Nacktheit zu bedecken (doch als sie es sich auf die Hüften schob, entblößten sich dafür ihre Brüste). Sie umschiffte einen Stuhl, auf dem Socken zum Trocknen lagen, und nahm einen kleinen Slip aus ihrem Koffer, ein paar Gramm blassen Stoffs, den sie in ihrer Hand zusammenknüllte, bevor sie wie der Wind wieder im Badezimmer verschwand.

Li Qi zog sich weiter an, kam noch ein paarmal nachdenklich zurück ins Zimmer, um sich eine Bürste aus ihrem Koffer zu holen oder sich vor dem Fenster die Haare zu föhnen. Zhang Xiangzhi hatte vorgeschlagen, in einem kleinen Restaurant unweit vom Hotel, das er kannte, etwas essen zu gehen, und wir wollten gerade das Zimmer verlassen, als ich im Spiegel mir gegenüber Zeuge einer irritierenden Szene wurde. Li Qi, die so gut wie fertig war, frisiert und mit geschminkten Augen, packte gerade einige Papiere in ihre Handtasche, als Zhang Xiangzhi sich ihr, wie ich sehen konnte, unauffällig längs des Bettes näherte, dem nassen und zerknautschten Haufen von Handtüchern auf dem Teppichboden ausweichend, um ihr den kartonierten Umschlag mit den fünfundzwanzigtausend Dollar zuzustecken, den ich ihm im Auftrag von Marie bei meiner Ankunft in Shanghai überreicht hatte. Ganz offensichtlich geschah es hinter meinem Rücken, nachdem er sich vergewissert hatte, dass ich nicht hinschaute, mit anderem beschäftigt war, und mich überkam ein merkwürdiges Unbehagen. Natürlich konnte es auch ein anderer Umschlag sein – aber daran zweifelte ich, hatte ich den Umschlag doch eindeutig wiedererkannt, die gleiche Farbe, das gleiche Format, die gleiche leichte Ausbuchtung des Kartons über den Scheinen –, und nichts bewies, dass sich die fünfundzwanzigtausend Dollar noch darin befanden. Er hätte ja das Geld bereits herausnehmen und irgendwelche anderen für Li Qi bestimmten Dokumente hineintun können. Aber wenn nicht, warum hatte er das Geld Li Qi gegeben, und wofür war es bestimmt?
Das Restaurant, in das uns Zhang Xiangzhi führte, nur

wenige Straßen vom Hotel entfernt, im Herzen einer verkehrsreichen Durchgangsstraße, hatte nichts Chinesisches (es war chinesisch und mitnichten bemüht, das plakativ hervorzukehren). Die Wände weiß und schmucklos, keine Sachen, die herumhingen, keine Lackarbeiten oder Sänften, in dem weiträumigen Esssaal, der sich über zwei Stockwerke erstreckte, standen einfach nur runde Tische. Am Eingang wurde Zhang Xiangzhi von einem jungen Typ in schwarzer Hose und weißem Hemd mit hochgekrempelten Ärmeln begrüßt, der uns zu einem der großen runden Tische auf der oberen Etage führte und dort Platz nehmen ließ. Ich hatte mich neben Li Qi gesetzt, mein Blick fiel auf ein großes Aquarium, das gerade entleert worden war. Die Fische, vorübergehend in eine Reihe von Plastikeimern umgesetzt, die auf einem der Nebentische standen, drehten in den gelben Behältnissen ihre Kreise und schlugen dabei mit leisen Flossenschlägen kleine Wellen. Durch die cremefarbenen Wände der Eimer hindurch konnte man sehen, wie sie ihre Bahnen zogen. Das Aquarium selbst war trockengelegt, innen lagen eingerollte Bewässerungsschläuche, es stand auf einer Art Truhe, die weit geöffnet war und den Blick auf eine Gasflasche und ein Gewirr verrosteter Rohre freigab, zwischen den Verschlingungen und Bögen der Rohre hockte in einer ziemlich verrenkten Haltung ein Mann, den Kopf zwischen den Schultern und die Arme tief in diesem Gewirr, quälte er sich damit, mit einem Schraubenzieher irgend etwas zu befestigen oder herauszureißen. Zhang Xiangzhi studierte die Karte und gab die Bestellung auf, während ich weiterhin zerstreut dem Typen unter dem Aquarium zu-

schaute, wie er ein paar Schrauben über seinem Kopf abschraubte, sicherheitshalber noch einen letzten Dreh ansetzte, schließlich die Klappe zum Aquarium vorsichtig mit beiden Händen hob, und schon tauchte sein Haupt im Aquarium auf, sorgenvoll und verdrossen (er schlug die Augen nieder, um mich zu grüßen, als sich unsere Blicke kreuzten).
Ich aß fast nichts, ich hatte keinen Hunger. Unschlüssig, lustlos pickte ich mit den Stäbchen winzige Stücke aus dem weißen Fleisch des Fisches und garnierte sie mit winzigen Portionen Reis, die ich nur mit Mühe hinunterbrachte. Ich beobachtete Li Qi, die mit gesundem Appetit aß und sich entspannt und unbefangen mit Zhang Xiangzhi auf Chinesisch unterhielt, sie lächelte, hantierte sicher und geübt mit ihren Stäbchen. Die beiden waren derart in ihr Gespräch vertieft, dass sie mir so gut wie nichts mehr übersetzten. Li Qi hatte mich nur wissen lassen, dass sie heute den ganzen Tag beschäftigt sei, Zhang Xiangzhi mir Peking zeigen würde. Von Zeit zu Zeit, während sie sich weiter Tee nachschenkten, den Deckel umgekehrt auf die Teekanne legten als Zeichen, dass die Kanne leer sei und man nochmals heißes Wasser nachschenken möge, und ohne ihre Unterhaltung zu unterbrechen, drehten sie leicht das große runde Tablett in der Mitte des Tisches, um das eine oder andere Gericht in Reichweite ihrer Stäbchen zu bringen, um sich hier ein Häppchen Fisch und da ein Stück vom gewürzten Schweinefleisch zu nehmen, die sie kurz in ihre Schüsseln legten, bevor sie sie zum Munde führten. Ich betrachtete das runde Tablett, das sich vor meinen Augen hin- und herdrehte, und plötzlich ging mir

auf, dass genau so, wie sich jedesmal meine Wahrnehmung des Tisches veränderte, wenn sie das Tablett drehten – wobei die Schalen unbeweglich auf ihrem Fundament blieben und ihr Verhältnis zueinander sich nicht veränderte –, sich auch gerade eine Veränderung darin abzeichnete, wie ich die seit dem Vortag eingetretene Beziehung zwischen uns drei sah, und dass zahlreiche Fragen, die mir bis dahin rätselhaft erschienen waren – insbesondere die Frage, warum uns Zhang Xiangzhi nach Peking begleitet hatte –, sich jetzt in einem neuen Licht beantworten, ja sich sogar auf die denkbar einfachste Weise vernünftig erklären ließen, je besser ich die Situation verstand – oder zu verstehen glaubte, denn vieles blieb mir doch weiter im Dunkeln. So verstand ich in diesem Augenblick, dass Zhang Xiangzhi uns nicht aus irgendeinem mutmaßlich boshaften oder machiavellistischen Grund nach Peking begleitet hatte, sondern einfach deswegen, weil ihn Li Qi gebeten hatte, mir Gesellschaft zu leisten und die Stadt zu zeigen, während sie selbst beschäftigt war (was ich als eine gewisse Unverfrorenheit, ja Inkonsequenz Li Qis verstanden hatte, war in Wahrheit freundliche Aufmerksamkeit). Und dass Zhang Xiangzhi ständig um mich war, seit wir Shanghai verlassen hatten, was mich zunächst misstrauisch, um nicht zu sagen eifersüchtig gemacht hatte, in einer Art kleinlicher Beschränktheit, die mich in ihm lediglich einen Störenfried hatte sehen lassen, der meine Pläne durchkreuzte, musste wohl ebenfalls Zeichen seiner Großzügigkeit und Zuvorkommenheit mir gegenüber sein. Und wie ich sie da mir gegenüber essen sah, ging mir plötzlich auf, dass jedes Mal, wenn sie oder er das Tablett in der Mitte des Tisches drehte, um ein Gericht in die Nähe der eigenen Stäbchen zu bugsieren, tatsächlich eine neue Konfiguration im Raum geschaffen wurde, die in Wahrheit keine tatsächliche Veränderung der Realität mit sich brachte, sondern nur eine andere Facette ein und derselben Realität war. Und so streckte ich den Arm aus, um mich ebenfalls an diesem Spiel zu beteiligen, griff den Rand des Tabletts und drehte es langsam zwischen uns in der Tischmitte und fragte mich, welche neue Anordnung der Realität uns dadurch wohl geboten würde – denn vielleicht sollte ich ja noch weitere Überraschungen erleben. Das Tablett hatte angehalten, und als ich vor mir auf dem Tisch die Gerichte in ihren verschiedenen Schalen betrachtete, die Schweinefleischbällchen mit Peperoni, die Nieren, den abgenagten Fisch, von dem nur noch die Gräten dalagen, die Entenzungen, in einem Rest bräunlicher Soße schwimmend, die als ganze aus der Tiefe der Entenkehle gerissen worden sein mussten und die vom Kehlkopf aus zunächst breiter und am Ende spitzer wurden, und sofort stieg Übelkeit in mir auf beim flüchtigen Gedanken, dass eine dieser kleinen, toten Entenzungen die Zunge Li Qis sein könnte – und dieses schreckliche Bild, das ich, kaum war es aufgetaucht, auch schon zu verjagen suchte, trübte und vergiftete mir die süße und zärtliche Erinnerung, die ich von der wirklichen Berührung mit Li Qis Zunge in meinem Mund von dieser Nacht im Zug bewahrt hatte, und diese immer noch so wundervolle Erinnerung wurde nun von einer anderen Empfindung überlagert, von Ekel, Abscheu und körperlichem Widerwillen, ein derart konkretes Gefühl, dass ich fast schmecken konnte, wie ich in dieser Nacht, gelenkig und lustvoll sich um meine eigene Zunge windend, eine dieser kleinen, spitz zulaufenden, rosabraunen, mit weißen rauhen Geschmackspapillen besetzten Entenzungen im Mund gehabt hatte.

Am Nachmittag zeigte mir Zhang Xiangzhi wie verabredet Peking. Er hatte ein Programm vorbereitet, auf dem der Besuch zweier Tempel stand, die er, meiner Meinung nach, weniger wegen ihrer historischen oder religiösen Bedeutung als vielmehr wegen ihrer praktischen geografischen Lage im Nordosten der Stadt ausgesucht hatte, denn sie befanden sich beide in auffallender Nähe zur Metrostation *Yonghegong*, an der er, wie ich erst später begriff, um siebzehn Uhr eine Verabredung hatte. Den ganzen Nachmittag führte er mich also in der Gluthitze durch malerische Straßen, deren hervorstechende Eigenschaft es war, dass sie in unmittelbarer Nachbarschaft der Metrostation *Yonghegong* lagen, in einem extrem eingeschränkten Radius von vielleicht vier Straßenblöcken, im Süden bis zur *Dongzhimennei Dajie*, im Norden bis zur *Andingmen-*

dong Dajie (am weitesten entfernt bis zur Metrostation *Anding Men*, unserem nördlichsten Markierungspunkt, bevor wir kehrtmachten und wieder dieselbe Strecke in denselben schattigen Straßen zurückliefen). So durchstreiften wir diesen kleinen Quadratkilometer der Stadt, der durchaus seinen Reiz, wenn nicht sogar seine interessanten Seiten hatte. Schlecht gelaunt und mit den Händen in den Hosentaschen schlurfte er an meiner Seite durch die von hundertjährigen Zypressen gesäumten Straßen, ohne von seinem mürrischen Missmut abzulassen. Im Grunde sagte er nichts, machte keine Kommentare, nur manchmal, wenn er sich gleichsam widerwillig seiner Rolle des schweigenden Cicerone entledigte, hob er den Arm in Richtung eines alten Holzportals, von dem die Farbe abblätterte, ließ es mich im Vorbeigehen bestaunen und murmelte dabei in seinem armseligen Englisch, dass die Straße, auf der wir gerade gingen, eine der letzten Pekings sei, an der es noch vier solcher Portale gebe (ich nickte mit dem Kopf, und damit hatte es sich auch schon wieder mit seinen touristischen Erläuterungen). Neben dieser grundsätzlichen Bedrücktheit, die die Hitze dieses Nachmittags noch verzehnfachte, legte er eine ununterbrochene Freundlichkeit an den Tag und bedachte mich mit tausend kleinen stummen Aufmerksamkeiten. Seit dem Vortag hatte er sämtliche Kosten für Hotel und Restaurant übernommen und zeigte sich auch sonst in jeder Hinsicht äußerst zuvorkommend, spülte, bevor ich trank, alle Gläser und Schalen, die ich benutzte, mit kochend heißem Tee aus, und wenn ich mich anschickte, meinen Rucksack auf die Erde zu stellen, sprang er herbei, um sich des Ge-

genstands zu bemächtigen, als sei er zu kostbar, um mit dem schmutzigen Boden Chinas in Berührung zu geraten, und stellte ihn sorgfältig auf den Samtbezug eines Stuhls. Er schützte mich das eine und andere Mal vor aufdringlichen Personen, die mich ansprechen und mir irgendeinen Reiseführer verkaufen wollten, verjagte Bettler, die sich mir näherten (mit einer gelangweilten Handbewegung, er verscheuchte selbst die Mücken vor meinem Gesicht). Auf menschenleeren, von der Hitze förmlich erdrückten Bürgersteigen ging er mir voraus, ließ mich manchmal in einen der unzähligen Läden der *Yonghegong Dajie* eintreten, in denen Souvenirs oder buddhistische Kultgegenstände verkauft wurden, jede Sorte Kerzen gab es und ein vielfältiges Sortiment an Räucherstäbchen, rosafarben, purpur, violett oder amarant, kegelförmig, länglich oder gebogen wie eine Schlange. Er überließ es mir, in den Auslagen meine Auswahl zu treffen, er selbst zog es vor, an der Kasse auf mich zu warten, wo er, wie ich sehen konnte, auf den Ladentisch gestützt, mit einem Taschentuch in der Hand, einige Worte mit den Verkäuferinnen wechselte, während er seinen Kopf in dem wohltuenden Luftstrom eines Ventilators baden ließ, der auf dem alten Holzkontor stand und lauwarme, stickige Luft in das Geschäft drückte. Ich spürte, dass er mich nur deshalb auf dieser Touristenrundreise begleitete, um mir einen Gefallen zu tun, und er sich keinen Deut für das interessierte, was er mir zeigte. Sein Desinteresse entsprach, in einem Wort gesagt, meiner Gleichgültigkeit.
Nachdem wir den Laden verlassen hatten (ich hatte nichts gekauft, aber auch das schien ihn nicht zu kümmern),

trotteten wir weiter durch die lang gezogenen schattigen Straßen, die mir inzwischen vertraut waren. Ich lief hinter ihm auf der ausgetrockneten und staubigen Erde des Gehwegs, ließ meinen Blick über eine alte Häuserfassade und deren graue, körnige Wand streifen, wo man Überreste von der Zeit verblasster Parolen lesen konnte, was natürlich nicht für mich galt. Das Tor zum Gebäude stand offen, eine Schule oder eine Postfiliale, im Schatten unter einem kleinen, vergitterten Fenster saß ein alter Mann in einer Zwillichjacke und mit einem Strohhut auf dem Kopf. Wir liefen eine mächtige Mauer entlang, hinter der die glasierten Dachziegel eines friedvoll-abgeschiedenen, wie von der Welt abgeschlossenen Heiligtums aufragten. Zhang Xiangzhi war vorausgegangen, um an der Kasse Eintrittskarten zu kaufen, und wir hatten den Tempel betreten, spazierten durch ein stilles Ensemble von menschenleeren Höfen und Gärten, in denen eine andächtige Atmosphäre herrschte. Ich hatte mich auf den abgerundeten Rand eines Steinbeckens gesetzt, in dem es einmal Wasser und darauf treibende Lotusblüten gegeben haben musste, das aber leer stand, kalter, nackter, von der brennenden Sonne trockengelegter Stein. Wir waren die Einzigen in diesem verlassenen Hof, etwa zwanzig Meter voneinander entfernt. Es gab kein Fleckchen Schatten, nicht den kleinsten Windhauch, nur die drückende, senkrecht stehende, bleischwere Sonne, unsichtbar hinter dem allgegenwärtigen Strahlen des weißen Himmels. Die riesigen Steinschildkröten lagen gleichgültig im Hof, steinerne Formationen mit Reptilienköpfen, die in diesem Glutofen gleißten. Die Zeit schien angehalten, schien nicht mehr

weiterzugehen, bewegungslos, wie erstarrt in den fast sichtbaren Emanationen der Hitze.
Die Hitze umschloss meinen Körper und betäubte meinen Kopf, der Schweiß lief mir die Schläfen und den Hals hinab. Ich öffnete meinen Rucksack und suchte nach einem Taschentuch, stieß dabei auf das kleine Geschenk, das mir Li Qi am Abend zuvor am Bahnhof überreicht und das ich noch nicht ausgepackt hatte. Auf dem Beckenrand sitzend, machte ich es auf, wickelte die verschiedenen übereinandergelegten Lagen der Verpackung aus und entdeckte ein quadratisches Parfumfläschchen aus dickem Glas, das eine leuchtende und transparente, marineblaue Flüssigkeit enthielt und auf dem drei Buchstaben in apokrypher römischer Schriftweise standen: BLV. Ich schaute mir das Fläschchen genauer an und las: *Eau de parfum Vaporisateur Natural Spray 0,86 fl.oz.* Es war lächerlich und auch etwas grausam, jetzt auf dieses Parfum zu stoßen, aber ich konnte nicht umhin, etwas gerührt zu sein bei dem Gedanken, dass Li Qi am Vorabend in Shanghai, bevor wir uns trafen, noch in einen Laden gegangen war, mit dem Wunsch, mir ein Geschenk zu machen (und da überkam mich diese so besondere Freude zu wissen, dass man im Geist eines anderen lebt, sich darin bewegt und ein ungeahntes Dasein führt).
Ich kippte das Fläschchen, sprühte mir etwas Parfum auf die Hand und führte sie an die Nase. Sofort erkannte ich den Duft von Li Qi wieder, es versetzte mir einen Stich ins Herz, es war der Geruch ihrer Haut, ihres gebogenen Nackens, ihres Halses – und ich empfand ein sehr schmerzhaftes Glücksgefühl. Ich schaute mich nach

Zhang Xiangzhi um, aber der schien nichts bemerkt zu haben, er lehnte am anderen Ende des Hofs an einer Brüstung aus weißem Stein und telefonierte. Ich hatte mich nicht bewegt, aber wie in einem Reflex das Fläschchen im Hohlraum meiner Hand verborgen. Ich drehte den Kopf, es war niemand in meiner Nähe. Weiter weg, vor einer eingerüsteten Pagode, verlegten Arbeiter Steinplatten auf einem mit Holzpflöcken und Schnüren markierten Rechteck brauner Erde. Ich blickte mich weiter um, verbarg das Fläschchen in meiner Hand, es passte genau hinein. Ich tat so, als interessierte ich mich für die Gestaltung der Gärten oder die Architektur des Tempels, und in einer fast nicht wahrnehmbaren Bewegung ließ ich, immer noch auf dem Beckenrand sitzend, meinen Arm nach hinten gleiten und stellte das Fläschchen vorsichtig auf den Boden des leeren Beckens, schob es unter den Rand und ließ es dort stehen. Sofort danach erhob ich mich und entfernte mich mit geschultertem Rucksack zum anderen Ende des Hofs, als sei nichts gewesen. Ich umrundete den Hof, betrat dann einen kleinen, zurückgezogenen Pavillon, wo ich ein paar Augenblicke zwischen Stelen aus schwarzem Marmor herumirrte, die aussahen wie Grabsteine, auf denen in feinen Linien kaiserliche Schriftzeichen eingraviert waren, bis ich von der drückenden Hitze, die sich unter der Glasdachkonstruktion staute, floh und diesen Ort wieder verließ. Draußen lag der Hof verlassen da, auch Zhang Xiangzhi war verschwunden, an der Brüstung, an der er vorher gestanden und telefoniert hatte, war niemand mehr. Ich wandte mich zum Ausgang, verweilte einige Zeit in einem winzigen Souvenirladen, in

dem man verstaubte Ansichtskarten verkaufte. Als ich wieder herauskam, schaute ich mich nach Zhang Xiangzhi um und fand ihn schließlich in einiger Entfernung, auf einem mit Zypressen gesäumten Weg kam er auf mich zu. Wir trafen uns in der Säulenhalle, und erst da – im Aufblitzen des flüssigen, in der Sonne gleißenden Blaus – sah ich es, er hielt das Parfumfläschchen in der Hand. *Dont't fuck that*, sagte er, als er es mir zurückgab, mit einem zweideutig-befriedigten Lächeln.
Draußen beschleunigte er seinen Schritt (plötzlich schien er es eilig zu haben), wir überquerten eine sehr verkehrsreiche Straße, blieben für einen Moment mitten im Verkehrsgewühl stecken, wurden aufgehalten, in unserem Schwung gebremst, kamen durch mehrere Straßen mit Lebensmittelgeschäften, wo wir uns nur mit Mühe einen Weg durch das Gedränge bahnen konnten, bogen dann in eine enge Gasse ein, die nicht breiter als unsere Schultern war. Ich folgte ihm zwischen den hohen grauen Mauern, entlang einer Wasserrinne, wir drangen immer tiefer in ein Viertel mit Hutongs und gewundenen Gässchen, mit niedrigen Häusern, Innenhöfen und heruntergekommenen Patios, wo zwischen Schutt und Trümmern etwas Grünzeug wucherte. Wir erreichten einen leeren Hof, in dem es kein bisschen Schatten gab, ein einzelner, mit verrottetem Segeltuch bespannter Liegestuhl stand in der prallen Sonne, an der Wand lehnten abmontierte Autotüren, daneben ein paar Stoßdämpfer und ein Stapel Lastwagenreifen. Hinten im Hof befand sich eine Autowerkstatt, Zhang Xiangzhi ging hin und steckte seinen Kopf durch die Tür, ich hörte, wie er mehrmals laut nach

jemandem rief. Nach einiger Zeit erschien in aller Ruhe der Chef in einem orangefarbenen Overall, dessen Reißverschluss bis zum Bauchnabel offen stand, mit ölverschmiertem Gesicht, einem etwas kahlen Kopf und faltiger Stirn, zwischen den Lippen einen Zigarettenstummel, er wirkte misstrauisch und wenig umgänglich. Wortlos musterte er mich, als Zhang Xiangzhi mich ihm vorstellte, ließ uns dann in die Werkstatt eintreten. Am anderen Ende, im feuchten Schatten der nach warmem Öl stinkenden Halle, spielten zwei Mechaniker in Badeschlappen Tischfußball, die Füße in Metallspänen, andere Kerle in blumengemusterten Bermudashorts machten sich unter einem aufgebockten Wagen zu schaffen (ein neues Auto aus dem Westen, ein großer schwarzer BMW mit getönten Scheiben, der hier etwas aus dem Rahmen fiel). Der Inhaber der Garage ging zu einer Werkbank aus Holz, die beladen war mit Werkzeug aller Art, schraubte den Deckel einer Thermoskanne auf, um uns allen zur Begrüßung Tee einzuschenken, einen ziemlich flauen, fast farblosen Tee (ich ließ ihn in meinem Becher kreisen, trank dann einen Schluck, um festzustellen, dass es Wasser war, nicht mehr und nicht weniger als warmes Wasser). Er unterhielt sich weiter auf Chinesisch mit Zhang Xiangzhi, der seinen Äußerungen mit Kopfnicken beipflichtete, dabei von Zeit zu Zeit den Grund seines Bechers musterte. Der Inhaber der Garage rief einen seiner Lehrlinge zu uns, einen vielleicht fünfzehn- oder sechzehnjährigen Jungen, der uns zu einem benachbarten Gebäude zwei Straßen weiter führte, dort ein beeindruckendes neues Vorhängeschloss aus funkelndem Messing von einer wurmzerfressenen

alten Holztür entfernte und uns in einen dunklen Verschlag mit gewölbter Decke eintreten ließ, die Hitze stand in dem Raum, kein Lüftchen regte sich, es gab nicht einmal eine Dachluke, dafür eine ganze Sammlung Motorräder. Zhang Xiangzhi schlenderte zwischen den Motorrädern umher, es gab alles, alte Modelle chinesischer oder russischer Herkunft, alte englische Maschinen, auch neue glänzende, japanische Motorräder, oder gebrauchte, in allen Zylindergrößen, Wracks ohne Räder und ausgeschlachtete Fahrgestelle (ja, es gab sogar eine alte schwarze Nähmaschine von Singer, die wohl auch den Berg hinunter keine zwanzig Sachen mehr schaffen würde). Immer wieder fasste Zhang Xiangzhi eine der Maschinen an, drehte an einem Lenker, strich mit der Hand über das abgewetzte Leder eines Sattels. Beugte sich hinunter, um einen Motor näher in Augenschein zu nehmen, oder kratzte mit einem Fingernagel an der Lackoberfläche. Schließlich entschied er sich für eine alte Norton, mit rundem Scheinwerfer und einem chinesischen Nummernschild, das auf dem breiten gebogenen Schutzblech befestigt war. Das Motorrad, mit bauchigem Tank und von einem Bordeauxrot, das ins Mahagonibraun ging, schien erst kürzlich überholt worden zu sein, einige Teile waren ausgetauscht worden, die Gabel war nicht original, ebenso wenig der lang gezogene, pralle Sitz aus schwarzem Kunstleder. Wir verließen den Verschlag, Zhang Xiangzhi schob das Motorrad an seiner Seite hinaus auf dic Straßc.
Vor dem Hofeingang vertraute er dem Lehrling das Motorrad an, wir gingen wieder in die Werkstatt, wo uns der

Garagenbesitzer in sein Büro bat, ein heruntergekommener, verglaster Raum mit zerbrochenen Scheiben und ein paar alten, mit Mückenschiss übersäten Bürostühlen, der Boden ölverschmiert und glitschig, auf einem Metalltisch ein heilloses Durcheinander von alten Zeitungen, Zangen, Schraubenziehern und Lappen. Er schaffte sich mit dem Armrücken etwas Platz und stellte dann einen extraflachen, silbergrauen Laptop darauf. Während Zhang Xiangzhi auf seinen Knien einen Vertrag unterzeichnete, beugte sich der Garagenbesitzer mit konzentriertem, angespanntem Blick über seinen im Halbdunkel flimmernden Computer, klickte auf das Trackpad, um auf dem Bildschirm ein Kästchen anzukreuzen. In dieser allgemeinen Lethargie setzte sich plötzlich ein bis dahin unsichtbarer, in einer Ecke versteckt zwischen einem Haufen verrosteter Werkzeuge und einer rot-schwarzen Kiste Zündkerzen Marke Champion schlummernder Drucker schnurrend in Betrieb, so als wenn eine Katze aus ihrem Mittagsschlaf geweckt worden wäre, und druckte langsam, Strich um Strich, nach allen Regeln der Kunst eine ganze Seite voller Schriftzeichen aus. Um die bedruckte Seite nicht mit seinen öligen Fingern anzufassen, nahm er einen Schraubenzieher, hob damit das Blatt vorsichtig an und zeigte es Zhang Xiangzhi, der es lässig an sich nahm, einen Blick darauf warf und es dann zweimal faltete und in seine Tasche steckte. Ob es sich um die Fahrzeugpapiere, den Kaufvertrag, eine Quittung, einen Mietvertrag oder eine Versicherung handelte, keine Ahnung. Jedenfalls war Zhang Xiangzhi jetzt im Besitz eines Motorrads. Bevor wir aufbrachen, überreichte der Garagenbesitzer

ihm noch einen alten weißen Helm, schmutzig, dickwandig, mit einem winzigen Visier, dann verließen wir die Werkstatt und gingen zurück zum Lehrling, der vor dem Hofeingang gerade den Tank mit einem Lederlappen auf Hochglanz polierte. Zhang Xiangzhi wechselte mit ihm einige Worte, stieg dann auf und startete die Maschine. Mit beiden Händen am Lenker ließ er im Stand den Motor aufheulen, sofort waren wir eingehüllt von schwarzen, Übelkeit erregenden Auspuffgasen. Er reichte mir den Helm und bedeutete mir, hinter ihm Platz zu nehmen. Ich hatte mich kaum auf die Maschine gesetzt, als er sich umdrehte und mir den Helm wieder aus den Händen nahm, mit der Erklärung, es sei klüger, wenn er den Helm aufsetzen würde, falls wir von der Polizei angehalten würden (ja, und auch im Falle eines Unfalls). Dann setzte er ihn sich auf den Kopf und schloss sorgfältig den Kinnriemen.
Wir waren im Staub der engen Gasse nur sehr langsam vorangekommen, mussten Schutt und Wagenspuren ausweichen, um einzelne große Steinbrocken oder Backsteinhaufen fahren, die unsere Durchfahrt blockierten. Ich saß hinter ihm, spürte das permanente Ungleichgewicht des Motorrads, das wegen der vielen Fußgänger, die uns entgegenkamen, eine niedrige Geschwindigkeit einhalten musste, ständig korrigierte Zhang Xiangzhi die Richtung, musste manchmal den Lenker herumreißen, um einen Zusammenstoß mit einem unerwartet über die Straße rennenden Kind oder mit irgendeinem dahinschleichenden Greis zu vermeiden, den wir um ein Haar überfuhren. Hin und wieder geriet ein Huhn unter unsere Räder, das

sich mit gesträubtem Gefieder und laut gackernd zwischen die Beine von Mahjong-Spielern flüchtete, die an flachen Tischen am Straßenrand vor dem Laden eines Vogelhändlers saßen, wo aus Käfigen aller Größen und Weidenkörben, die in Trauben vor der Tür und den Fenstern hingen, lautes Piepsen und Gurren kam. Die Schlaglöcher auf der Fahrbahn bestimmten unser Tempo, wir fuhren auf lang gezogenen Alleen aus einfacher, gestampfter Erde, die gesäumt waren von kleinen Verkaufsständen, wir kamen durch enge Gassen, die verstopft waren von Straßenhändlern, die uns mit ihren fast unter den Haufen von Früchten und Gemüse zusammenbrechenden Handkarren den Weg versperrten, bis wir auf eine sehr breite Straße einbogen, dort erst einen Moment anhielten – wir blickten auf den dichten, stürmisch wogenden Verkehr Pekings, so als hätten wir nach einer langen Schiffsreise auf kleinen Kanälen plötzlich das offene Meer erreicht –, bevor auch wir uns mit einem mächtigen Zug am Gashebel in diesen Strom warfen, Geschwindigkeit aufnahmen, uns zwischen den Taxis und Bussen von dem beständigen Fluss der Autos mitreißen ließen, die die großen Verkehrsadern Pekings Richtung Süden hinunterfuhren.

Wir schlängelten uns um Fahrzeuge an verstopften Kreuzungen, beschleunigten wieder, fuhren mit hoher Geschwindigkeit weiter, der Wind peitschte uns ins Gesicht, wir folgten nicht enden wollenden, schnurgeraden Straßenzügen, an deren Seiten sich Wohnblocks erhoben, unansehnliche weiße Plattenbauten, manchmal auch schlichte Betonklötze, sandfarben oder verblichen grau,

Verwaltungszentren und öffentliche Gebäude, vor denen Militär Wache stand, als plötzlich auf meiner Linken das monumentale Porträt Maos über dem Eingang der Verbotenen Stadt auftauchte und ich flüchtig, in derselben fliehenden Bewegung des Motorrads, das uns davontrug, ein Stück der berühmten rosafarbenen Mauern des Kaiserpalasts erkannte, an dem wir gerade vorbeifuhren, und Zhang Xiangzhi gleichzeitig vor mir, ohne die Geschwindigkeit zu drosseln, für einen Moment eine Hand vom Lenker nahm und mit dem Arm auf den Bau zeigte und schrie: *Gugong, Gugong!*, dabei den Daumen im Wind nach oben streckte, zweifellos um mir zu beweisen, welch hohe Wertschätzung er dieser Sehenswürdigkeit zumaß (und mir damit gleichzeitig, sozusagen implizit, einen Besuch zu empfehlen), während ich, an seinen Rücken geklammert, wegen eines alten grün-gelben Autobusses, der gerade an uns vorbeifuhr, nichts sehen konnte, mich umdrehen musste, um ein letztes Mal die lange gerade Reihe der Pagodendächer der Verbotenen Stadt zu erhaschen, die bereits in der Ferne verschwand (so war es an diesem Tag, als ich die Verbotene Stadt besuchte: Kaum hatte ich sie erkannt, waren wir auch schon dran vorbei).
Die zarte rosafarbene Dunsthaube über der Stadt ging am Horizont über in schwärzlichen Smog. Ich saß hinten auf dem Motorrad, der heiße Fahrtwind trieb mir den beißenden Geruch der Stadt in die Nase. Die Luft hatte sich noch nicht abgekühlt, war noch mit der Hitze des Tages aufgeladen, die sich in Mauern und Asphalt, den Straßen und den Steinen der Gebäude hielt. Es war, als habe die Atmosphäre sich ein thermisches Gedächtnis von diesem

überheißen Tag bewahrt und in der sauerstoffarmen, verpesteten Luft Sedimente der Auspuffgase und des Staubs abgelagert. Ich weiß nicht, wann mir bewusst wurde – oder vielmehr, wann ich eine Ahnung davon bekam, da ja meine geografischen Kenntnisse von Peking mehr als mangelhaft waren –, dass wir nicht im Begriff waren, zu unserem Hotel zurückzukehren, dass es, so wie wir fuhren, sogar völlig unmöglich war, das Hotel zu erreichen. Wir reihten uns auf einem Autobahnzubringer ein, es wurde immer dunkler, immer nächtlicher, wir rasten einem geröteten Himmel am Horizont entgegen, dessen Rosa sich zum Rot und dessen Grau sich zum Schwarz wandelte, begegneten nun den ersten Autoscheinwerfern im Halbschatten dieser Autobahn, auf der die Fahrzeuge im Zwielicht in dem zu verschwinden schienen, was noch nicht Nacht war, sondern das letzte matte Erglühen des Tages. Zhang Xiangzhi hatte mir nichts gesagt und nichts erklärt, und ich ließ mich erneut ohne Widerspruch von den Ereignissen tragen. Ich weiß nicht, ob wir Peking bereits verlassen hatten, die Landschaft um uns hatte etwas von jenen nicht näher bestimmbaren Gegenden, die man in der Umgebung von Flughäfen antrifft, Gewerbegebiete mit weitläufigen Lagerhallen, die sich an der Peripherie der Städte ausbreiten, mit Tausenden von Lichtern, die ich in der Ferne im Helldunkel des hereinbrechenden Abends auftauchen sah, weißes Scheinwerferlicht im Stau stehender Autos oder die roten Positionsleuchten von Flugzeugen im Anflug auf unsichtbare Landebahnen. Wir hatten die Autobahn verlassen und folgten mit verringerter Geschwindigkeit einer breiten und belebten Hauptverkehrsstraße mit Wohnblocks und Wohnhochhäusern, fuhren an mit Schranken abgesperrten Innenhöfen und verglasten Schilderhäusern des uniformierten Wachpersonals vorbei. Zhang Xiangzhi fuhr jetzt langsamer, bog nach rechts auf einen riesigen Parkplatz ein, wo im Dunkeln protzige Reklameschilder wie Warnblinkanlagen aufleuchteten, viele davon mit chinesischen Schriftzügen, in weiß und grün, aber auch mit englischen, rosa, blaue, rote Schilder, die auf Karaokebars und Diskotheken hinwiesen, auf eine Bowlingbahn und Restaurants auf mehreren Etagen. Über allem prangte, oben auf dem Dach, ein unübersehbar großes Schild, das dem Komplex in rosafarbener Neonschrift seinen märchenhaften Namen zu geben schien, LAS VEGAS, unterstrichen von einem doppelten Blitz aus blauen Leuchtstoffröhren, der die Nacht wie mit einem stillen und harten Peitschenschlag zerschnitt.

Zhang Xiangzhi stellte das Motorrad auf dem Parkplatz ab. Vor dem von einer Lichtarkade gelber Glühbirnen beleuchteten Eingang der Bowlingbahn im Untergeschoss plauderte eine Gruppe junger Leute, Mädchen in Miniröcken aus Leder, geschminkt und mit kastanienbraunen Haaren, Jungens in hautengen weißen T-Shirts und superdünnen Wildlederwesten, Daumen in den Hosentaschen, die uns beobachteten und mit prüfendem Blick verfolgten, wie wir vom Motorrad stiegen und an ihnen vorbeigingen. Zhang Xiangzhi erklärte mir, dass wir hier Li Qi treffen und dann zusammen zu Abend essen gehen würden. Wir gingen zur Treppe und stiegen hinab. Weitere Grüppchen standen verstreut an jeder Ecke herum, junge Leute im

Gespräch an die Mauer gelehnt oder im Halbkreis auf den Treppenstufen sitzend. Die Bowlingbahnen befanden sich im zweiten Untergeschoss, an die vierzig Bahnen reihten sich in der niedrigen Halle aneinander, das ununterbrochene Getöse der umfallenden Kegel vermengte sich mit dem Geschrei und dem lauten Stimmengewirr der Spieler, wurde übertönt von der dröhnenden Discomusik, in deren Takt sich Lichter drehten und silberne Kugeln blitzten, Spiegel und farbige Spots leuchteten auf. Über den Bahnen aufgereiht hingen Monitore und zeigten den jeweiligen Stand des darunter stattfindenden Spiels. Zhang Xiangzhi ging zur Bar und setzte sich mit Blick auf die Bahnen auf einen Barhocker. Über sein Gesicht zogen rote und grüne Lichtreflexe, überquerten wie kurzlebige Wellen seine Stirn. *Play bowling?*, sagte er zu mir nach einem Moment. Nachdenklich nickte ich mit dem Kopf. *Play?*, sagte er. *Yes*, sagte ich. Ich war mir nicht ganz sicher, verstanden zu haben, was er wollte, aber egal, ich sagte Ja: Ich hatte schon einmal gespielt und wollte schon spielen.

Zhang Xiangzhi hatte mich stehen lassen, um eine Bahn zu reservieren. Das Publikum in der Halle war sehr gemischt, die meisten waren jung, man rauchte, wiegte sich vor riesigen Bildschirmen in den Hüften, auf denen in Endlosschleifen Videos asiatischer Bowlingwettkämpfe gezeigt wurden, unterbrochen von Musikclips. An der Bar drängten sich über die ganze Breite der Theke junge Menschen, um ihre Bestellung aufzugeben und dann zu den Bowlingbahnen zurückzukehren, beladen mit einem kippligen Satz Pappbecher, die sie schützend zwischen ihren Händen hielten. Hier und dort am Anfang der Bahn standen junge Mädchen und bejubelten lautstark einen erfolgreichen Wurf einer von ihnen oder stießen mit einhelliger Freude drollige Schreie der Verzweiflung aus, sobald eine schwach geworfene Kugel, die sie gebannt und mit schrillem Gelächter aus Schrecken und Entzücken verfolgten, ihr Ziel verfehlte und in der Rinne landete (und ein Mädchen auf der Bahn in der Hocke zurückließ, beide Hände vor den Mund gepresst). Einige Bahnen im hinteren Teil der Halle waren den besseren Spielern vorbehalten, Jungen und Mädchen, die in Bowlingtaschen, die halb geöffnet hinter ihnen lagen, ihr eigenes Material mitgebracht hatten, eigene Schuhe und Kugeln, schwarze Hose, pflaumenblaues Polohemd mit aufgedrucktem Markennamen, mit gelöcherten Handschuhen aus hellem Leder, fingerfrei, oder einer Manschette, einem kleinen Armband aus festem schwarzem Leder, das das Handgelenk im Moment des Wurfs stabilisieren sollte. Man sah, wie sie mit einem Tuch lange ihre Kugel abwischten, dann zum Bahnanfang gingen, sich konzentrierten, bevor sie Anlauf nahmen, sich tief bückten und die Kugel mit viel Effet warfen, die zuerst ganz nach links abdriftete, um urplötzlich wieder zur Mitte zu drehen und alle Kegel auf einen Streich umzuschlagen.

Nach einigen Minuten kam Zhang Xiangzhi zurück, um mich zu holen, er sagte, dass eine Bahn für uns frei würde, und so gingen wir unsere Schuhe wechseln. In der Garderobe hing ein altes englisches Werbeplakat mit dem absurden (oder metaphysischen) Spruch: BORN TO BOWL. Ich stellte meine Schuhe auf den Ablagetisch und erhielt im Tausch ein altes Paar Bowlingschuhe aus weichem, rissigem, cremebeigefarbenem Leder, der Absatz schwarz, auf der Seite bordeauxrote Streifen, die Sohle zart wie eine Wange. Zhang Xiangzhi hatte sich mit aller Sorgfalt eine Kugel ausgesucht, mit der er spielen wollte, hatte alle zur Verfügung stehenden Kugeln auf den verschiedenen Ablagen inspiziert, hatte gezögert, war wieder zurückgegangen zu einer anderen, bevor er sich für eine Kugel im Fantasielook aus schwarz-grüner Plastikmasse entschied, die aussah, als bestünde sie aus länger gekautem und gut durchmischtem Kaugummi, während ich einfach nur zwei oder drei Kugeln aus dem Ständer an unserer Bahn nachdenklich in meiner Hand gewogen hatte, bevor ich mich für eine entschied, die mir passend erschien. Aber als ich zum ersten Wurf antrat, überfiel mich plötzlich ein Gefühl der Müdigkeit und der Mutlosigkeit. Ich stand reglos auf der Bahn, hielt die Kugel in Höhe des Kinns und starrte auf die Kegel vor mir, nur wollte es mir nicht gelingen, den richtigen Schwung zu finden, ich war außerstande, meinen Blick in irgendeinen Zusammenhang mit meiner beabsichtigten Armbewegung zu bekommen, beides miteinander zu verbinden, und so verharrte ich unentschlossen und wie gelähmt, mit kraftlosen Beinen, die schwächer wurden und unter mir zu zittern begannen, stand bewegungslos da, und die Kugel in meiner Hand wurde immer schwerer, und ich wusste mir keinen Ausweg mehr, und ich wäre wohl noch länger so stehen geblieben oder hätte schließlich aufgegeben, hätte mich umgedreht und mich ohne zu spielen wieder hingesetzt, wäre nicht von hinter meinem Rücken, erst mit einem verärgerten Unterton, dann als grobes Kommando, die ernste und

zugleich gereizte Stimme Zhang Xiangzhis gekommen, der mich anschrie: *Play!*
Mein erster Wurf war völlig danebengegangen (und auch die folgenden waren mir nicht sehr viel besser gelungen). Zhang Xiangzhi dagegen sammelte in stiller und mürrischer Regelmäßigkeit Punkt um Punkt, ein unauffälliger, aber umso wirkungsvollerer Stil, schnörkellos und ohne viel Aufhebens warf er gerade und kraftvoll, und regelmäßig fielen Kegel. Es war kein bisschen Konzentration bei ihm im Spiel, nur pure Kraft und Instinkt. Wir redeten nicht, wir hatten seit Beginn der Partie kein einziges Wort miteinander gewechselt. Ich spielte und setzte mich wieder hin, wartete, sah ihm beim Spielen zu. Ich dachte an nichts anderes als an unsere Partie, den nächsten Wurf, die nächste Kugel in den Kegeln. Seit ich spielte, war ich in eine andere Welt versetzt, eine abstrakte, nach innen gewandte und geistige Welt, in der die harten Kanten der wirklichen Welt sich verloren und alles Unglück vergessen schien. Um mich herum waren nach und nach der ausgelassene Lärm, der Trubel der Musik und die leere Aufgeregtheit der Spieler verstummt. Ich stand allein im Anlauf mit meiner Kugel in der Hand, meinen Blick auf das einzige Ziel fixiert, das es in diesem Augenblick gab, diesen einzigen Ort der Welt und diesen einzigen Moment, der ab jetzt für mich zählte, alles andere, Vergangenes wie Zukünftiges, war verbannt, fixiert auf diese künstliche Zielscheibe, die mir vor Augen stand, geometrisch und somit frei von Schmerz – weil die Geometrie an sich frei von Schmerz ist, körperlos und ohne jede Vorstellung vom Tod –, eine rein geistige Konstruktion, eine beruhigende

Abstraktion, ein Dreieck und ein Rechteck, das Dreieck aus zehn weiß-roten, bauchigen Kegeln, das ich vor Augen hatte, und das Rechteck, die lange Lauffläche aus fast weißem Naturholz, die sich vor mir erstreckte, glatt und kaum geölt, wie eine Einladung an mich, die Kugel zu werfen, zu beobachten, wie sie in aller Ruhe, im Zeitlupentempo dahinrollt, ihr mit dem Blick zu folgen, sie zu begleiten, sie in Gedanken bis ans Ende der Bahn zu tragen und dabei an nichts mehr zu denken, nicht einmal mehr an den Tod von Maries Vater – schon mehr als zwanzig Stunden wartete ich darauf, nicht mehr an den Tod von Maries Vater denken zu müssen – und die Kugel hört nicht auf zu rollen, schlägt ein in die Kegel und wirft sie alle zu Boden und verschafft mir eine kurze, heftige Empfindung von Lust.

Als ich mich umdrehte, war Li Qi da. Ich hatte die Augen gehoben und bemerkt, wie sie an der Bar entlanglief. Sie hatte uns bereits gesehen und kam direkt auf uns zu, in der Hand trug sie eine elegante, rosa-graue Papiertüte, sie musste Einkäufe gemacht haben, eine quadratische Tragetasche von einer berühmten Modemarke, die weißen Handgriffe aus verstärktem Papier. Der Name der Marke war unleserlich auf der Längsseite aufgedruckt, winzige chinesische Schriftzeichen verzierten die Vorderseite. Zhang Xiangzhi hatte sich erhoben und war ihr entgegengegangen, sie hatte ihm die Tasche gereicht, und er hatte sie geöffnet – nur ein wenig, flüchtig, als wolle er lediglich deren Inhalt überprüfen und ihn gleichzeitig vor den Blicken anderer schützen –, und auf einmal konnte ich auf seinem Gesicht den Ausdruck von Dankbarkeit wahrnehmen, den Ausdruck einer grenzenlosen Anerkennung und fast auch der Erleichterung. Er sagte etwas zu ihr, und beide lachten, und dann sah ich sie langsam und plaudernd auf mich zukommen. Sie hielten vor der Bowlingbahn an. Ich schaute zu ihnen hin, und für einen kurzen, raschen Augenblick fragte ich mich, was wohl in der Papiertüte sei. Zhang Xiangzhi stellte sie auf einem der Sitze ab, stülpte seinen Motorradhelm darüber, und erst nach einer Weile gelang es mir, die Aufschrift auf der Längsseite der Tasche zu entziffern, weiße ineinander verwobene Lettern mit latinisierten As in Form eines griechischen Delta: SAKURAYA (also keine Modemarke, wie ich anfangs vermutet hatte, sondern der Name einer bekannten Kaufhauskette für Elektronikartikel). Ich hatte Li Qi von Weitem gegrüßt, und wir hatten unser Spiel fortgesetzt. Li Qi hatte sich mit uns in das kleine Rund aus orangefarbenen Plastiksitzen gesetzt, das den Spielern dieser Bahn vorbehalten war, und sah uns schweigend zu. Wir hatten die erste Partie beendet und wollten gerade mit der zweiten beginnen, als Li Qi aufstand und in Richtung Bar ging, sich nochmals umdrehte, um mich zu fragen, ob ich nicht mitkommen wolle. Sie fragte es, ohne dazu Worte zu verwenden. Ein einfacher, nachdrücklicher Blick genügte, ein wenig zu lang, aber auch nicht zu offenkundig, dennoch deutlich, voller Ernst und geheimnisvoller Verheißung.

Überall in China liegen in der Nacht grünliche Schatten auf Gesichtern und Schultern, meist grell und hart konturiert, aber auch sanft und umhüllend. Runde Buchstaben aus weißen und lila Neonröhren machten Werbung für Biermarken und andere Alkoholika, sie strahlten im

Halbdunkel der Bar über den Regalen, in denen sich Hunderte der verschiedensten Flaschen und Gläser aneinanderreihten. Li Qi hatte auf einem der hohen Barhocker Platz genommen, ich war ihr nachgegangen und hinter ihr im Halbdunkel stehen geblieben. Sie bestellte gerade einen Cocktail beim Barkeeper (es musste sich um einen sehr speziellen Cocktail handeln, denn es bedurfte einiger Erklärungen hinsichtlich Dosierung, der Farbe und der zu verwendenden Alkoholsorten, eine Spur von dem und ein paar Tropfen davon, grün, weiß, gelb). Sie saß mit dem Rücken zu mir gewandt, legte ihre Zigarette in einen großen Werbeaschenbecher auf der Theke und streckte dann ihre Hand hinter dem Rücken nach mir aus. Es war eine völlig selbstverständliche und natürliche Geste, und ich hätte mit derselben Natürlichkeit und Selbstverständlichkeit darauf reagieren können, hätte ihre Hand nehmen, mich neben sie setzen, ebenfalls einen Cocktail bestellen können. Aber ich rührte mich nicht von der Stelle, starrte nur auf diese unbewegliche Hand, die sie mir im Halbdunkel darbot, die schmalgliedrigen Finger, das graziös angewinkelte Handgelenk.

Es war nur diese ausgestreckte Hand, und doch begann mein Herz wie wild zu schlagen. Ich stand hinter ihr, konnte nicht ihren Gesichtsausdruck erkennen, ich sah nur ihr Profil im grünen Schein einer Billardlampe, die helle Haut ihres Halses, an dem ein winziger runder Jadesplitter glänzte. Sie hatte mich nicht angeschaut, hatte sich, als sie mir die Hand hinstreckte, nicht zu mir umgedreht (auch nicht danach, nie), sie unterhielt sich weiter mit dem Barkeeper, kümmerte sich nicht um mich, es gab da eine völlige Zweiteilung in ihrem Verhalten, ihr Körper und ihr Gesicht, dem Barkeeper zugewandt (mit dem sie sich weiter auf Chinesisch unterhielt), ihre rechte Hand dagegen immer noch hinter ihrem Rücken ins Leere gestreckt, sich anbietend, bewegungslos, hartnäckig, darauf wartend, dass ich sie ergriff, dass ich mich ihrer bemächtigte, aber ich rührte mich nicht, sie wusste genau, dass ich direkt hinter ihr stand, wenige Zentimeter von ihrer Schulter entfernt, sie spürte hinter ihrem Rücken die unsichtbare Präsenz meines Körpers, und sie musste erwarten, dass ich ihre Hand ergreifen würde, aber ich war unfähig, mich zu bewegen, ich starrte auf ihre Hand, ohne mich zu rühren, zwei Fingerbreit nur davon entfernt, sie zu ergreifen und die Anspannung zu lösen, die mir Beklemmungen bereitete, ihre Haut in meiner Handfläche zu spüren und mich ihrer Zartheit hinzugeben – als ob Hingabe die letzte Haltung sei, zu der ich noch fähig wäre –, aber ich rührte mich nicht, war letztlich genauso eigensinnig wie sie, genauso stur in meiner Verweigerung wie sie in ihrer Beharrlichkeit, ich, reglos, erstarrt und verblüfft hinter ihr im grünlich schimmernden Licht der Bar stehend, und sie, auf ihrem Barhocker sitzend, unnachgiebig, königlich, hochmütig und fast gleichgültig – Marie, das kam mir urplötzlich in den Sinn, es war eine Attitüde von Marie –, die Hand hinter sich nach mir ausgestreckt, und jeder in der Bowlinghalle konnte es sehen. Aber vielleicht auch nicht, vielleicht war allen hier außer mir diese kleine Szene entgangen – selbst Li Qi, die sie sofort zu vergessen schien und, wie man einen Film zurückspult, um ihn zu löschen, wieder zum Verschwinden brachte. Sie griff wieder zu ihrer Zigarette im Aschenbecher, und alles war, als sei nichts gewesen. Gemeinsam gingen wir zurück zur Bowlingbahn (wechselten sogar einige Worte, kommentierten lächelnd die lagunenblaue Farbe ihres Cocktails), und ich hatte das Gefühl – aber möglicherweise lag ich darin falsch –, dass Zhang Xiangzhi irgendetwas gewittert hatte. Er stand an der Bahn, wartete auf mich, und ich beeilte mich, den nächsten Wurf zu machen. Hatte ich bis zu diesem Zeitpunkt gespielt, als ginge es um nichts, mit hoher Konzentration, in der ich mich von der Welt um mich herum gelöst hatte, um mir stattdessen eine ureigene Welt zu schaffen, in der ich Trost fand in den Geraden und Ruhe in den Winkeln, war es jetzt damit vorbei, ich spielte, um zu gewinnen, ich spielte, um Zhang Xiangzhi zu schlagen – und ich würde ihn schlagen, ich spürte es am Pochen meines Herzens. Er war übrigens nervöser, seit ich mit Li Qi von der Bar zurückgekehrt war. Zwischen seinen Würfen fingerte er unruhig an der Drachenklaue herum, die er um den Hals trug, und biss sich, wenn er den Kopf hob, um auf dem Monitor den Spielstand zu betrachten, auf die Lippe, er war auch nicht mehr so zuversichtlich, mehrmals ertappte ich ihn dabei, wie er mich kalt und zugleich ratlos musterte, als wolle er hinter meinen undurchdringlichen Gesichtszügen irgendein verstecktes Geheimnis ergründen. Seit einiger Zeit spielte er auch immer schlechter, hatte einige Male Fehlwürfe. Es war kein Zufall, dass er genau ab dem Moment schlechter spielte, da ich ihm Paroli bot, ihm etwas entgegensetzte, denn unser Spiel war inzwischen zu einem Duell geworden. Die Anwesenheit Li Qis schuf eine

Rivalität, der wir uns nicht entziehen konnten, einen teuflischen Wetteifer, eine Atmosphäre kalter und schweigsamer Gewalt, der wir nicht entkamen, Li Qi war, ob wir es wollten oder nicht, zum symbolischen Einsatz unseres Spiels geworden. Ich richtete meinen Blick mit aller Kraft auf das Ziel – mit aller Intensität meiner Augen, geradeaus gerichtet, bohrte ich meinen Blick in die Kegel – und führte eine lang gezogene, lockere Armbewegung aus, ohne Gewissheit ihres Gelingens. Die wiedergefundene Einheit von Blick und Hand, das Geheimnis der perfekten Bewegung. Kurz: Die Präzision, alles andere ist nur Geschwätz. Ich war aufgestanden, es war an mir zu spielen, Zhang Xiangzhi hielt noch einen knappen Vorsprung in unserer Partie. Reglos stand ich auf der Bahn, hielt die Kugel in Kopfhöhe, konnte sie mit meinen Lippen berühren, roch den leichten Geruch des Kunststoffs, den die lauwarme Kugel absonderte. Den Arm nach hinten schwingend, stürmte ich vor und ließ dann die Kugel auf die Bahn schießen, sie war gut unterwegs, pfeilgerade und stark, ich folgte ihr mit meinem Blick, mit aller Kraft traf sie auf den vordersten Kegel, und alle Kegel schlugen gegeneinander, so als würde sie ein unsichtbarer Energiestoß durchfahren, nur ein einziger Kegel ganz außen blieb stehen, zitterte unter meinem Blick, wankte, fiel aber nicht um. Der schwarze Gelenkarm des Automaten senkte sich langsam und fegte die liegen gebliebenen Kegel weg.
Ich hatte mich nicht umgedreht, keinen einzigen Blick mit Zhang Xiangzhi gewechselt. Aber ich spürte, wie er mich beobachtete, spürte seinen Blick in meinem Rücken. Ich hatte noch einen Wurf, musste diesen letzten Kegel

unter allen Umständen zu Fall bringen, wusste, dass der Ausgang der Partie davon abhing, und Zhang Xiangzhi wusste es genauso gut wie ich. Ich stand auf der Bahn, regungslos, fixierte mit angestrengten Augen diesen einzigen Kegel ganz rechts außen, hielt ihn mit aller Kraft meines Blicks fest und atmete sachte, ruhig, versuchte den Kopf frei zu bekommen, die Hand zu entspannen, meine Atmung abzustimmen auf den Moment, der bevorstand, als ich plötzlich hinter mir ein Geräusch vernahm – ein fast unhörbares Geräusch, ein Vibrieren, das sich wiederholte, wie erstickt unter dickem Stoff –, das Klingeln eines Handys aus der Hemdtasche von Zhang Xiangzhi. Mit klopfendem Herzen drehte ich mich um, mir war bereits klar, dass dieses neuerliche Klingeln der Vorbote von Dramen und Katastrophen war, und wie durch den Schleier eines Traums oder Albtraums hindurch sah ich, wie Zhang Xiangzhi das Telefon aus seiner Tasche zog und dann – ohne dass sich dabei sein Gesicht verzerrte hätte oder unter dem Eindruck von Schmerz, Überraschung oder Angst aschfahl geworden wäre – auch schon aufgesprungen war und auf mich zugerannt kam, um mir ins Gesicht zu schlagen – keine Ahnung, ich verstand nicht, was er von mir wollte –, seine Augen waren wie irre, er riss mich am Arm und zog mich von der Bahn herunter. In dem Durcheinander ließ ich meine Kugel los, sie entglitt meinen Händen und polterte vor meinen Füßen auf die Bahn, fiel wie ein Klotz, mit dem unerlaubtesten Krach, den man sich auf einer Bowlingbahn erlauben durfte, gerade so, als sei die Kugel auf den Marmorboden einer Kathedrale gefallen, so hallte das Geräusch des Aufpralls in unseren Köpfen nach, ein nicht enden wollender Nachhall, der alle Luftpartikel bis hoch unter die Hallendecke erzittern ließ. Auf der Stelle waren alle Partien um uns herum unterbrochen, die Spieler hatten sich zu uns umgedreht, wie erstarrt schauten sie zu uns herüber, hielten verblüfft ihre Kugeln in der Hand. Aber wir waren schon auf und davon, hatten bereits die Bahn verlassen, wir hatten gerade noch unsere Sachen schnappen können, ich meinen Rucksack, er seine Papiertüte mit dem Aufdruck SAKURAYA und seinen Motorradhelm, und rannten an der Bar entlang, Li Qi vor uns, die uns zurief, wir sollten uns beeilen, und so schnell wir konnten, rannten wir durch die Halle, durch Gruppen junger Leute hindurch, die auseinanderwichen, um uns Platz zu machen, hinter uns nur noch Ungläubigkeit und Sprachlosigkeit, wir flohen Richtung Ausgang, rauschten in vollem Tempo an der Garderobe vorbei, keine Zeit, die Schuhe zu wechseln, rannten in unseren Bowlingschuhen weiter, die Treppe hoch, nahmen vier Stufen auf einmal, immer wieder aufgehalten von Leuten, die uns entgegenkamen und die wir im Vorbeirennen anrempelten, eingekeilt in einen Pulk von Essensgästen, die auf einem Treppenabsatz vor einem Restaurant warteten, das gerade öffnete, den wir rabiat aufbrachen, mit ausgebreiteten Armen die Leute beiseite stoßend, schubsend, um uns mit rasendem Herzklopfen einen Weg zu bahnen. Zhang Xiangzhi war der Schnellste von uns, er drehte sich immer wieder um und brüllte Li Qi Sachen auf Chinesisch zu, Anweisungen oder Verwünschungen, presste dabei seine rosa-graue SAKURAYA-Tüte gegen die Brust, er hatte sie mit den Händen plattgedrückt, auf die Größe einer ganz kleinen Tüte von kaum einem Liter Volumen, so konnte er sie besser beschützen, und plötzlich wusste ich mit aller Gewissheit, als ich sah, wie er diese Tüte schützend an seine Brust drückte wie ein kleines Kind, da wusste ich mit absoluter Sicherheit, dass sich darin für fünfundzwanzigtausend Dollar in bar reines Heroin oder Kokain befand, Rauschgift oder ein anderer toxischer Stoff, etwas Weißes, Hochkonzentriertes, ich könnte nicht sagen, ob pulverförmig, klebrig oder sogar flüssig – ich sah es erst später mit eigenen Augen und dann auch nur für einen kurzen Moment. Was ich da sah – später, was ich mit eigenen Augen, flüchtig sah –, war ein kleines, kompaktes Paket, nicht viel größer als eine Tüte Mehl, mit einer weißen oder gräulichen Substanz darin, eingeschweißt in eine durchsichtige Plastikhülle.

Ich weiß nicht, wie es Zhang Xiangzhi gelungen war, noch auf der Treppe seinen Helm aufzusetzen, aber als wir oben ankamen, da hatte er den Helm auf seinem Kopf, der offene Kinnriemen schlug ihm gegen den Hals, die Tüte hielt er immer noch gegen die Brust gepresst, alle drei kamen wir voller Panik und völlig außer Atem oben an, in der heißen, schwülen Nacht, unter den verdutzten Blicken von etwa zwanzig jungen Leuten, die unter dem Bogen mit den vergoldeten Glühbirnen herumstanden. Ohne zu verschnaufen, rannten wir weiter über den dunklen Parkplatz, liefen zu dem in der Dunkelheit geparkten Motorrad mit dem gewölbten bordeauxfarbenen Tank, das von dem Licht einer Straßenlaterne wie von einer weißlichen Dusche überflutet wurde, und als hätten wir schon seit einer Ewigkeit gewusst, was jetzt zu tun sei, wussten wir es instinktiv, wortlos, ohne etwas zu sagen und uns abzusprechen, wie sonst wäre es uns gelungen, unsere Körper zusammenzuführen, auf so magische Weise ineinanderzufügen, Zhang Xiangzhi, der bereits neben dem Motorrad herlief, es anschob und aufsprang, während Li Qi gerade noch hinter ihm aufgesprungen war, ich ihr nach, und alle drei verschwanden wir auf dem Motorrad in der Nacht, rasten in voller Geschwindigkeit über den Parkplatz, Zhang Xiangzhi, der sich auf seinem Sitz aufgerichtet hatte, nur mit einer Hand lenkte, damit beschäftigt war, sein rosagraues SAKURAYA-Päckchen, das er irgendwie zwischen Hals und Schulter eingeklemmt hielt und das ihn behinderte, zu verstauen, sein Hemd öffnete, es aufknöpfen wollte, schließlich die Geduld verlor, die oberen Knöpfe abriss und das Päckchen in die so geschaffene breite Öffnung gleiten ließ, bis zum Bauch hinunter, wo es an seinem Unterleib zu liegen kam, im Warmen, wo es sich anfühlte wie ein lebendiges Wesen, das gegen seinen Körper pocht, während er weiter sein Motorrad steuerte. Er richtete sich nochmals auf seinem Sitz auf, warf einen Blick zurück, und auch ich drehte mich um, vor den Türen der Bowlingbahn war ein Menschenauflauf, man sah Leute, die unter dem vergoldeten Lichtbogen des Eingangs hin und her rannten, sah die Silhouetten von jungen Leuten und Sicherheitsbeamten, deren Gesichter vom kräftigen hellblauen Schein des LAS VEGAS-Schildes angeleuchtet waren, und ich spürte mein Herz heftig in meiner Brust schlagen, es war das Gefühl schierer Angst und Entsetzen, von Panik, die umso unheimlicher

und irrationaler war, als ich nicht die geringste Ahnung hatte, wovor wir eigentlich so kopflos flohen.
Wir hatten die Autobahn erreicht und rasten durch die schwarze Nacht, ohne einen anderen Anhaltspunkt als die Scheinwerfer, die planlos von allen Seiten auftauchten, von hinten, von vorne, die uns blendeten und uns wie hypnotisierte Karnickel für einen kurzen Moment in ihrem Strahlenbündel festhielten. Ich hatte den Eindruck, als kämen wir gar nicht von der Stelle, wären wie erstarrt, zu Statuen versteinert, in geduckter Haltung auf der Suche nach schwindelerregender Geschwindigkeit, unsere drei über dem Motorrad nach vorn gebogenen Körper, Zhang Xiangzhi als behelmte Galionsfigur, mit angewinkelten Armen über den Lenker gebeugt, platte Brust und aufgeblähter Bauch, die SAKURAYA-Tüte, die das Hemd aufbauschte, Li Qi an seinen Rücken geklammert und ich an ihre Hüften, unsere drei geduckten Körper schienen nur zu einem einzigen dreiköpfigen Geschöpf zu gehören, das blindlings floh, plattgedrückt auf diesem dröhnenden Stahlgehäuse, das mit ununterbrochenem Motorengeheul durch die Nacht raste, sich aber nicht wirklich von dem Ort, den wir gerade verlassen hatten, zu entfernen noch sich wirklich dem Ort, den wir ansteuern wollten, zu nähern schien, es war, als blieben wir unter dem gewaltigen Himmelsgewölbe, dieser weiten gebogenen Kuppel eines zeitlosen Sommerhimmels, auf der Stelle stehen, als würden wir nicht mehr vorankommen, als ob nur die Lichter der Scheinwerfer um uns herum sich bewegten, uns kreuzten und blendeten, schwindelerregende Streifen von Weiß und kräftigem Hellblau, die durch das Dunkel

huschten und bis zum Himmel stiegen und den Horizont zum Flimmern brachten.
Wir bewegten uns in der Substanz der Nacht selbst, in ihrem Stoff, in ihrer Farbe, ihre Luft peitschte uns gegen die Wangen, schien uns methodisch, heiß und ununterbrochen ins Gesicht zu schlagen. Ich drückte mich gegen die Hüften Li Qis, presste mich an ihren Körper, meine Brust an ihren Rücken, atmete den Duft ihrer Haut, der sich mit dem der warmen Nacht vermischte, und je heftiger ich mich an sie drückte, desto deutlicher spürte ich, wie auch sie sich an unserer stummen, heimlichen, ja kosmischen Umarmung beteiligte, zunächst so, als würde sie, abgelenkt von der Furie des Windes und der Dringlichkeit unserer Flucht, von der offenkundigen Promiskuität unserer Körper auf dem Motorrad nichts mitbekommen. Zwischen Himmel und Erde glitten ununterbrochen weiße Lichtstreifen an uns vorbei, der weite Sommerhimmel erschien mir wie das Weltall oder wie eine geistige Landschaft von Lichterscheinungen, das Glitzern, Blinken winzig kleiner elektrischer roter und blauer Flecken, gepunktete und gestreifte Linien, und irgendwann schaute ich nicht mehr auf die Straße, die Bäume oder auf die durchgezogenen weißen Linien auf dem Asphalt, schaute nicht mehr auf zu Himmel und Sternen, ich hatte die Hand von Li Qi genommen und drückte sie fest in meiner, Hand in Hand flohen wir durch die Nacht in diesem unendlichen, stillstehenden Augenblick.
Wir hatten Peking erreicht, oder war es nicht vielmehr so, dass wir Peking nie verlassen hatten, mit seinen unzähligen Stadtautobahnen, seinem unendlichen Labyrinth

von Straßennetzen, wir fuhren auf einer erhöhten engen Schnellstraße, die gesäumt war von hohen Leitplanken, hinter denen man in der Finsternis die Umrisse lichterloser Gebäude, von Brücken und Parks wahrnehmen konnte. Wir fuhren geradeaus, aber das Motorrad war wegen unseres gemeinsamen Gewichts nicht richtig im Gleichgewicht, Zhang Xiangzhi musste es immer wieder mit brachialer Gewalt in letzter Sekunde auffangen, beide Hände an den Lenker gekrallt, um den Angriffen des Windes zu trotzen, der uns mit plötzlichen Breitseiten bestürmte, uns auf der Fahrbahn hin und her warf. Dann wieder wurden wir vom Sog eines vorbeifahrenden Lastwagens erfasst, dessen Plane, mangelhaft befestigt, in der Nacht knatterte wie ein wild gewordenes graues Segel, wurden angesogen von dem Luftwirbel, gegen die Leitplanke gedrückt, fuhren Schlangenlinien, bevor wir wieder mühsam in die richtige Spur kamen. Manchmal beugte sich Li Qi nach vorn und schrie Zhang Xiangzhi kurze Empfehlungen auf Chinesisch zu, der sie nicht hören konnte, und ihre Rufe verloren sich hinter uns in der Nacht, kurzlebige Stoßgebete, vom Winde verweht.
Da war auf einmal von Ferne und immer deutlicher der Ton einer Polizeisirene zu vernehmen, erst noch weit entfernt, fast abstrakt, näherte sie sich uns unerbittlich, immer besser konnten wir sie hören, sie wuchs geradezu in der Luft, ja, es mussten mehrere Polizeisirenen sein, möglicherweise eine Wagenkolonne, und wir versuchten, noch zu beschleunigen – aber das Motorrad war mit dem, was ihm abverlangt wurde, überfordert, es wollte nicht von der Stelle kommen, gab nur den abgewürgten Ton einer fri-

sierten Maschine von sich, der wütend in den Nachthimmel aufstieg, im Gedröhn des Motors und dem Gejaule des Auspuffs –, und der Lärm der Polizeisirenen brach über uns herein und fing uns ein, und ich erwartete jeden Moment, hinter uns den harten Strahl eines Blaulichts auftauchen zu sehen, der unsere vor Schrecken erstarrten Gesichter in der Nacht blendete. Um unsere Verfolger abzuschütteln, verließen wir die Stadtautobahn, bremsten ab, um die Ausfahrt eines Autobahnkreuzes hinunterzufahren, aber die Sirenen verfolgten uns noch immer, schienen sich jetzt um uns herum noch zu vervielfältigen, von allen Seiten zu kommen, so, als würde eine ganze Schar von Polizeiautos in vollem Karacho sternförmig zum Ort eines Unfalls rasen, und während ich darauf wartete, dass sich der Himmel von blitzenden Blaulichtern erhellt, erschien plötzlich vor uns am Ende der Autobahn eine lange Kette roter Lichter. Wir waren in eine belebte Straße voller Krabben- und Krebsrestaurants geraten, wo Hunderte runder, knittrig gefalteter, roter Papierlampions an der Schaufensterfront der Restaurants leuchteten, lebendige Lichterpunkte, einzeln oder aneinandergebunden, die an den Hauswänden wie Irrlichter flackerten, all diese einzelnen Lichter verschmolzen ineinander, schienen unsere wilde Flucht mit einer ununterbrochenen roten Spur zu begleiten. Mit vollem Tempo rasten wir auf dieser verstopften Straße, versuchten, im Verkehr unterzutauchen. Die Straße war voller Menschen und doch irgendwie gespenstisch, wie bevölkert von Schatten und Schimären, die zerlumpt im rötlichen Halbdunkel der Bürgersteige herumirrten. Da tauchte vor uns ein Polizeiwagen auf –

der erste, den ich tatsächlich zu Gesicht bekam –, allerdings ohne Blaulicht, alle Scheinwerfer ausgeschaltet, auch das gespenstisch, Kühlerhaube und Scheiben voll dunkler Spiegelungen, sodass die Insassen unsichtbar blieben. Zhang Xiangzhi musste vom Gas gehen, um den Polizeiwagen vorbeizulassen, abrupt gebremst durch einen zum Skelett abgemagerten weißen Hund ohne Fell, der vor uns über die Straße schlich, und während wir langsam am Polizeiwagen vorbeiglitten, drückte ich die Hand von Li Qi etwas stärker, und in dem Gewirbel lauwarmen Windes, der mir ins Gesicht fuhr, spürte ich auf dem Motorrad fast physisch, wie sich unser eigenes Körperfluidum in der Luft ausbreitete gleich einer immateriellen Ausdünstung von Angst, das Durchsickern unseres kalten Entsetzens, das sich von uns absonderte und zum Himmel aufstieg oder sich in der Erde verlor, wo es sich zu jenen Dämonen der volkstümlichen chinesischen Religion verwandelte, die von Tod und bösem Zauber künden.

Unsere in gemeinsamer Angst auf dem Motorrad eins gewordenen Körper, zusammengeschweißt in derselben Fluchtbewegung und vereint in derselben Richtung, schreckten bei jeder Nichtigkeit auf und blickten stets zur Unzeit nach hinten, um nach unsichtbaren Verfolgern Ausschau zu halten. Wir hatten erneut Tempo aufgenommen und rasten durch eine Straße, als Zhang Xiangzhi unversehens abbremste, einen Fuß auf den Boden setzte, der Bowlingschuh schliff über den Asphalt, dass der Rollsplitt aufspritzte, er bremste abrupt, ließ das Motorrad hinten ausbrechen, wobei das Hinterrad in einem kontrollierten Schwung kreischend wegrutschte, sodass es um uns herum sofort nach verbrannten Reifen, nach verschmortem Gummi stank, er holperte den Bordstein hinauf, rollte auf dem Gehweg auf wackligen Bohlen einige Meter gegen den Strom und schlängelte sich dann zwischen zwei Holzzäunen hindurch auf eine riesige Baustelle, die in der Nacht mit Batterien von Scheinwerfern beleuchtet war, eingebettet in ein ständiges Surren von Stromaggregaten. Wir rutschten einen gräulichen Sandhaufen hinunter, versanken dann langsam in einer Furche aus Sand und Kies, die unter unserem Gewicht nachgab. Auf der Baustelle war kaum Betrieb, einige verlassene Kräne standen neben Tümpeln mit fauligem Wasser, in denen sich der Mond spiegelte. Weiter hinten, neben stillstehenden Baggern, erhoben sich die Umrisse von Wohnbaracken aus dem Halbdunkel, offene Türen, einige gelbe Lichter in Fensterrechtecken. Langsam fuhren wir an in Baugruben abgestellten Planierraupen vorbei, nahmen dann auf einer langen Betonrampe wieder Fahrt auf. Niemand schien auf uns zu achten, eine kleine Gruppe Arbeiter hatte sich am Fuße eines Sandhaufens um ein Kohlebecken versammelt, sie standen oder saßen im Sand, barfuß oder in Stiefeln, aber alle mit Helm, grillten in dicken weißen Rauchschwaden ihre Spieße, schauten teilnahmslos, als wir an ihnen vorbeifuhren. Man kümmerte sich nicht um uns, keiner schien uns anhalten oder verfolgen zu wollen. Nach Verlassen des Baugeländes empfing uns wieder die grelle Welt, Straßen voller Menschen und voller Verkehr, Geschrei und Gehupe, die ganze Aufregung einer heißen und einladenden Sommernacht, man saß auf Terrassen an Tischen, die aus den weit geöffneten Türen der Restaurants herausquollen, man holte sich Bier am Tresen, trank es draußen auf der Straße, im Kreis unter einem Baum sitzend oder in kleinen Gruppen auf dem Bürgersteig, wir hätten an jedem beliebigen Ort der Welt sein können, wenn die noch von den hohen Temperaturen dampfende Stadt sich schrittweise von der Gluthitze des Tages erholt und die Ruhepause des lauen Abends genießt, wenn Sommer und Stadt, Hitze und Nacht zueinander finden.

Übergangslos und mit vollem Schwung, noch aufgewühlt und in heller Aufregung, mitten auf der Flucht, mit zitterndem Leib und der Notwendigkeit zu entkommen, rasten wir dort hinein, außerstande anzuhalten, zu bremsen, wir fuhren zu schnell, zu brutal, prallten mit voller Wucht gegen eine Bordsteinkante, stürzten alle drei mitten auf die Terrasse eines Cafés, zwischen die Beine einer Gruppe von Gästen, die mit einem Satz aufsprangen und zurückwichen, um uns Platz zu machen, nein, wir stürzten nicht eigentlich, wir waren zur Seite gekippt, hatten den Sturz mit dem Fuß abgefangen, unsere drei Füße gemeinsam hatten die Bewegung antizipiert und so den Sturz gemildert, wir mussten die Maschine wieder hochwuchten, eine Schwerstarbeit, saßen noch immer rittlings darauf, die Beine darunter eingeklemmt, waren aber nicht mehr in Fahrt, im Stillstand jetzt und Mittelpunkt des allgemeinen Interesses, wir sagten nichts, entschuldigten uns mit keinem Wort, schufteten weiter, bis wir das Hinterrad hochgehebelt und aus dem Rinnstein befreit hatten, fuhren weiter auf dem Bürgersteig gegen den Strom, saßen wieder zu dritt auf dem Motorrad in der lauen Nacht vereint, zu dritt wie Italiener auf einer Vespa, fuhren in Zeitlupe an der lachenden und schreienden Menschenmenge vorbei, landeten wieder auf der Straße, beschleunigten einige Meter, bremsten vor einem uns entgegenkommenden Auto brutal ab, wichen wieder aufs Trottoir aus und fuhren, nachdem wir uns alle drei mit unseren Füßen abgestoßen hatten, um wieder in Fahrt zu kommen, im Slalom um die Tische der Restaurants herum die ganze Avenue entlang, bis zum Ende der Straße, wo es nichts mehr gab, keine Cafés, keine Menschen, wir rasten eine kurze Strecke in vollem Tempo durch die Dunkelheit, wurden wieder aufgehalten, erneut in einer belebten Straße von einer Flut von Fußgängern gebremst, die dort unterwegs waren, eine kleine Straße voller Bars und Garküchen, dunkel, ohne Beleuchtung, nur mit einigen weißlich grünen Neonschildern, hinter Holztüren und Bambusrollos erahnte man das fahlgelbe, gedämpfte Licht zwielichtiger Spelunken, aus einigen Fenstern drang grünlicher Schimmer nach draußen. Vor einer dieser Bars hielt Zhang Xiangzhi nun an, er stellte das Motorrad nicht auf den Ständer, bremste nur an der Hauswand und stieg bei laufendem Motor ab, wir drei stiegen bei laufendem Motor ab, gleichzeitig hoben wir unsere Beine, stiegen im Gleichklang der Bewegung ab und ließen das Motorrad einfach auf den Bürgersteig fallen, Zhang Xiangzhi lief uns in seinem weißen Helm voraus, er betrat als Erster die Bar, konnte nur mühsam die Tür öffnen, musste dagegen pressen, innen blockierten Männer und Frauen mit ihren Rücken den Zugang, erst mit einem festen Ruck konnte er sie beiseiteschieben, zu dritt glitten wir ins Innere des Lokals, bahnten uns einen Weg zwischen den Holztischen zur Bühne, auf der in einem Nebel aus Zigarettenrauch und angestrahlt von grünen Lichtbündeln eine Gruppe chinesischer Musiker zu sehen war, die auf dem kleinen Podium ein Konzert gab, der Sänger saß auf einem Hocker, lange Haare, ein an einem Ständer rechtwinklig angebrachtes Mikrofon vor sich, davor das Publikum mit Tsingtao-Flaschen in der Hand, wir steuerten noch immer auf die Theke zu, Zhang Xiangzhi vorneweg, der männlich entschlossen rempelnd und unter Zuhilfenahme seines Arms uns einen Weg bahnte, zugleich aber auch die eine Hand schützend vor die Ausbuchtung seines grauen Hemds hielt, Li Qi vor mir, die sich immer wieder zu mir umdrehte, mich an der Hand mit sich zog, damit ich in dieser dicht gedrängten Menschenmenge vorankam. An der Bar angekommen, gingen wir sofort und ohne die jungen Leute, die dort bedienten, auch nur zu grüßen, ohne irgendjemanden zu fragen, hinter den Tresen und steuerten direkt auf einen kleinen Verschlag zu, einen winzigen, von einer einzigen nackten Glühbirne beleuchteten Raum, in dem inmitten eines heillosen Durcheinanders vollgestopfter Regale und aufgestapelter Bierkästen eine alte Frau kochte. Die Alte keines Blickes würdigend, streckte Zhang Xiangzhi einen Arm in den Raum und griff sich an der Lehne einen alten Stuhl, einen alten wackligen Küchenstuhl aus Plastik, den er vor die Theke stellte und dann bestieg, ich fürchtete schon, der Stuhl würde unter seiner Last zusammenbrechen. Da stand er nun, hinter der Bar, mitten im Konzert, auf seinem Plastikstuhl, den Li Qi mit beiden Händen

festhielt, und öffnete oben an der Decke eine Falltür, ließ sie hart nach unten aufklappen, und ohne sich um irgendetwas zu scheren, weder um die Blicke, die er auf sich zog, noch um das Konzert, das ohne Unterbrechung weitergegangen war, nicht um Li Qi und nicht um mich, die wir ihn von beiden Seiten des Stuhls beobachteten, langte er mit einer Hand unter sein graues Hemd, wühlte dort herum und entriss dann in einem kurzen, brutalen Akt seinem Schoß die grau-rosa Papiertüte von SAKURAYA, riss sie auf, um zum kostbaren Paket zu gelangen, entledigte sich der nun überflüssig gewordenen Schutzhülle und warf sie achtlos zu Boden – und zum Vorschein kam im grünlichen Schummerlicht der Bar – für den Bruchteil eines Augenblicks, eines einzigen Augenblicks, der Zeit, die er brauchte, es hinter der Falltür verschwinden zu lassen –, fahl, leblos, zusammengedrückt, das kleine kompakte Paket mit toter Substanz, grauem oder weißem Stoff, in der Größe eines Fötus, eingeschweißt in durchsichtiges Plastik.
Dann verschloss er die Falltür wieder, stieg vom Stuhl herunter, packte ihn an der Lehne und stellte ihn in die Küche zurück, und wir brachen in umgekehrter Richtung wieder auf, verließen die Bar, ohne mit jemandem ein Wort gewechselt zu haben, durchquerten erneut den Raum, bahnten uns den Weg durch die Menschenmenge zurück zum Ausgang. Auf der Straße angekommen, sagte er mir, immer noch sehr erregt, eines seiner Augenlider zuckte, ich solle jetzt zum Hotel zurückkehren, ein Taxi nehmen und zum Hotel zurückkehren. *Understand?* sagte er, und sein Lid zuckte. Er hob das Motorrad vom Boden auf,

richtete es gerade und stieg mit Li Qi auf. *Money?* sagte er, bevor sie losfuhren. *Need money?* sagte er. Ich verneinte mit dem Kopf und schaute ihnen nach, wie sie sich entfernten, Li Qi drehte sich um, sah zu mir zurück, das Motorrad hatte sich schon entfernt, war im Verkehrsgewühl zwischen Fußgängern und Fahrzeugen untergegangen, ich verfolgte es mit den Augen vor der Tür der Bar stehend, sah, wie es das Ende der Straße erreichte – Li Qi, die sich noch immer nach mir umdrehte, immer noch zu mir schaute, sie schaute immer noch – und wie es dort verschwand.

III

Das Mittelmeer lag still wie ein See. Winzige Kräuselungen, wie Fältchen einer jungen Haut, liefen in einem steten Wogen regloser flacher Wellen über seine Oberfläche. Ich lauschte dem regelmäßigen Schlagen des Wassers gegen den Rumpf des Schiffes, dem Versmaß des Meeres, dem unmerklichen Plätschern der Wellen. Ich hatte das Gefühl, außerhalb der Zeit zu sein, ich war von Stille umhüllt – einer Stille, von der ich keine Vorstellung mehr hatte.

Ich war am späten Nachmittag in Paris angekommen, etwa zwanzig Stunden zuvor, hatte mich zwei Tage nicht mehr rasiert, das am Vortag noch saubere weiße Hemd klebte an meinem Oberkörper, vollgesogen mit Schmutz und Angst, es hatte alles mitgemacht, den gräulichen Staub von Peking, die mikroskopisch kleinen Ablagerungen von Sand, Gips und Asphalt, die sich in seinen Stoff festgesetzt hatten, den Rollsplitt, der es aufgeraut, die Hitze, die es aufgeweicht, gedehnt und ausgeleiert hatte, den feuchtwarmen Schweiß des Tages wie den trockenen Schweiß der Nacht, den Angstschweiß, die Winde des Entsetzens und den Zug aus den Klimaanlagen, diesen plötzlichen Schwall eiskalter Luft, den brutalen Wechsel von heiß und kalt, dem es beim Rückflug von Peking nach Paris ausgesetzt war, hatten es unansehnlich und gleichsam durchsichtig wie Listralglas werden lassen. Nach meiner Ankunft am Flughafen Roissy war ich in Bowlingschuhen durch die Gänge geirrt, in diesem zerknitterten Hemd, diesem heruntergekommenen Erinnerungsstück, das sauer nach Schweiß stinkend an mir herunterhing und mir an der Brust klebte, war zwischen den Terminals hin- und hergewandert, von Schalter zu Schalter gelaufen, vom unfreundlichen Bodenpersonal weiterverwiesen und weggkomplimentiert worden, Hostessen, die mir mit falscher Freundlichkeit Auskünfte erteilten, bestenfalls in völliger Ahnungslosigkeit, schlimmstenfalls waren sie unverschämt (eine lächelnde Unverschämtheit, die nur noch kränkender war), bevor ich es dann auf einer anderen Etage versuchte, an anderen Schaltern nachfragte, wo ich endlich an eine hilfreiche Hostess geriet, die Mitleid mit meinem Notfall zeigte und mit mir gemeinsam die verschiedenen Möglichkeiten sondierte, auf die Insel Elba zu gelangen.Von Paris aus bestanden keine direkten Flugverbindungen, auch gab es keinen richtigen Flughafen auf der Insel, nur einen kleinen in La Pila für Privatmaschinen. Der normale Weg, wenn nicht gar die einzige Möglichkeit, nach Elba zu kommen, war die reguläre Fährverbindung über Piombino. Auch andere Städte boten zu gewissen Jahreszeiten Überfahrten an, Civitaveccia, Savino, Livorno, Genua vielleicht, aber es war nicht möglich, sich Fahrpläne oder Angaben über die Verfügbarkeit von Plätzen zu beschaffen.Am aussichtsreichsten war es, nach

Piombino zu fliegen, via Rom oder Florenz (mit dem Zug hätte es zu lange gedauert, und für eine Fahrt mit dem Auto hatte ich keine Kraft mehr), und wir versuchten, mich gleich an diesem Abend noch auf einen dieser Flüge zu buchen – wenn ich diesen Abend noch fliegen würde, könnte ich Elba vielleicht noch rechtzeitig für die Beerdigung von Maries Vater erreichen.

Als ich wenig später Marie aus einer öffentlichen Telefonzelle anrief, erfuhr ich, dass die Beerdigung um elf Uhr morgens stattfinden würde, oder gegen Mittag, sie wusste es nicht genau, sie hatte keine Lust, mit mir zu reden, ich sollte sie nur anrufen, wenn ich angekommen sei.

Und jetzt war ich kurz davor anzukommen. Wir waren sehr früh, in der trockenen und kristallklaren Luft eines sonnigen Morgens, in Piombino ausgelaufen. Kaum hatte das Schiff abgelegt, war ich sofort in einen der geschützten Salons auf dem Zwischendeck geflüchtet, wo sich außer mir kein anderer Passagier befand, hatte den kleinen blauen Vorhang neben mir vor das Bullauge gezogen und war auf einem der soliden Sessel mit Armlehnen aus Metall eingenickt. Seit achtundvierzig Stunden hatte ich nicht mehr geschlafen, oder anders gesagt, ich hatte während dieser endlosen, nebulösen Dauer meiner ununterbrochenen Reise, auf der sich in immergleichen Stunden die Tage nicht von den Nächten unterschieden, die ganze Zeit geschlummert. Ich hatte in Taxis gedöst, in Kleinbussen, in Transitzonen und Wartesälen, war mehrmals im Flugzeug eingenickt, hatte, ohne je Schlaf finden zu können, zwei unruhige und kurze Nächte in Hotelzimmern verbracht, aber immer war ich an der Oberfläche

des Schlafs, an jener unsichtbaren Grenze oder Wasserscheide geblieben, die den Schlaf vom Wachsein trennt. Auch in Peking, nach meiner Rückkehr ins Hotel, war es mir nicht gelungen einzuschlafen, ich hatte mit offenen Augen im Dunkel gelegen und zur Decke gestarrt, auf die Geräusche draußen auf dem Flur gelauscht, um zu hören, wann Zhang Xiangzhi und Li Qi wieder zu ihrem Zimmer zurückkämen, aber ich hatte nichts gehört, und als ich am nächsten Tag früh am Morgen aufgestanden war, um rechtzeitig am Flughafen zu sein, hatte ich, bevor ich runter zur Rezeption ging, lange vor ihrem Zimmer gestanden und gehorcht, ein Ohr an ihre Zimmertür gepresst, doch ich hatte nichts gehört, nicht das geringste Geräusch war in ihrem Zimmer zu hören gewesen, sodass ich bis heute nicht weiß, ob sie je zurückgekommen sind.
Ich war und blieb lange in jenem Zustand der Schwebe, in dem man während einer Reise ist, in jenem Zustand des Übergangs, wenn der Körper selbst zwar ständig in Bewegung zu sein scheint, von einem geografischen Punkt zum anderen – wie jener Pfeil auf dem Videobildschirm im Flugzeug, das mich von Peking zurückbrachte, der Pfeil, der auf einer stilisierten grün-blauen und bergigen Weltkarte ruckweise die Flugbewegungen des Flugzeugs anzeigt –, der Geist aber, da außerstande, sich einem so einfachen und regelmäßigen Bewegungsmodell anzupassen, alles in einem und gleichzeitig ist, in Gedanken noch an dem Ort, den er gerade verlassen hat, und doch auch schon an dem Ort, den er im Begriff ist zu erreichen. Die ganze Reise über war ich somit noch in Peking und doch schon auf Elba, meinem Denken gelang es nicht, fließend

von einem Ort zum anderen überzugehen, den einen zu verlassen, um sich dem anderen zuzuwenden, blieb vielmehr in diesem permanenten Provisorium zwischen zwei Orten, als wäre dieser Moment des Übergangs nicht nur dehnbar und elastisch, sondern könnte auch bis ins Unendliche hinausgezogen werden, bis ich schließlich in Gedanken nirgendwo mehr war, weder in Peking noch auf Elba, sondern nur immer auf der Oberfläche dieser transitorischen Orte, die ich durchquerte, mich nicht vom Fleck rührend und doch in Bewegung, in meinem Sitz dösend und alle meine Empfindungen zurückhaltend, die ich zu einem späteren Zeitpunkt würde wiederaufleben lassen können, nicht nur auf der Fähre, die mich nach Elba brachte, sondern auch und gleichzeitig in jedem der Transportmittel, die ich seit Beginn meiner Rückreise benutzt hatte. Diese Reise war wie die Quintessenz aller bisherigen Reisen meines Lebens, der Aberhunderten von Stunden, die ich in Flugzeugen und Zügen verbracht hatte oder in Autos und auf Schiffen, um von einem Ort zum anderen zu gelangen, von einem Land ins andere, von einem Kontinent zum anderen, Reisen, in denen mein regloser Körper sich im Raum fortbewegte und doch auch, ohne dass man es so empfand, auf eine so unsichtbare und heimtückische, auf so hinterhältige, andauernde, verändernde und zerstörerische Weise, in der Zeit. Denn ich spürte mit einer ganz besonderen Schärfe, wie seit Beginn meiner Reise die Zeit verstrich, die gleichförmigen Stunden, deren eine der anderen glich und die im anhaltenden Gedröhn der Motoren verrannen, die Zeit, weit und fließend, die mich trotz meiner Reglosigkeit mit sich fortriss

und in der der Tod – und die gewaltsamen Schrammen, die er beifügte – den schwarzen Takt angab.
Schon seit Beginn der Überfahrt hatte ich das Gefühl, dass ich auf Elba nicht Marie, sondern ihren Vater treffen würde, dass ich für ihn diese Reise angetreten hatte und dass auch er es wäre, der mich am Kai von Portoferraio erwartete, so wie er es immer tat, wenn Marie und ich mit dem Schiff ankamen, um uns mit dem Wagen nach Rivercina zu bringen. Wir verließen dann das Schiff durch den Laderaum, Marie in Sandalen zwischen den Autos und Touristenbussen, mit schwarzer Brille und der großen Umhängetasche (manchmal mit irgendeiner zierlichen und wertvollen Fracht in den Händen, wie jener köstlichen Marzipantorte mit Pinienkernen von *Sampierdarenese di Sabatini & Pilato*), und wir eilten über die Ladeklappe auf ihren Vater zu, um in einem kleinen Freudentanz mit Umarmungen unser Wiedersehen zu feiern, worauf prompt ein Hupkonzert einsetzte, der unseren Gefühlsausbrüchen ein Ende setzte, weil wir den Autos die Ausfahrt versperrten. In aller Ruhe gingen wir weiter und luden unsere Koffer und Taschen auf die offene Ladefläche aus Wellblech des klapprigen und staubigen alten Lieferwagens ihres Vaters mit seinem vorsintflutlichen Nummernschild (das orangefarbene LI von Livorno, die anderen Buchstaben waren kaum noch zu entziffern), verstauten das Gepäck zwischen Strohballen und alten Decken, neben Kanistern und Werkzeug, Sätteln, Pferdegeschirr und Steigbügeln, bevor wir zu dritt vorne Platz nahmen, uns auf die alten Sitze mit den Stahlfedern zwängten – Marie zwischen mir und ihrem Vater sitzend und unerschütter-

lich ihre Torte von *Sampierdarenese di Sabatini & Pilato* am Knoten des Geschenkbandes in der Hand haltend, als handele es sich um eine wertvolle Hutschachtel von Dolce & Gabbana – und so den Hafen Richtung Rivercina verließen.

Rivercina war der Besitz ihres Vaters, er befand sich an einer einsamen, verwilderten Ecke im Nordosten der Insel, unweit der Strände von Nisporto und Nisportino (zwischen Rio Marina und Cavo), das Haupthaus war umgeben von Bäumen, es gab Kastanien und Olivenbäume, auch ein paar Orangen- und Zitronenbäume, ansonsten nur die Macchia und eine große Pferdekoppel. Seit gut zehn Jahren verbrachte ihr Vater hier das ganze Jahr. Er hatte noch ein kleines Appartement in Paris, das er aber immer seltener aufsuchte, er war zum Einzelgänger geworden und menschenscheu, eigentlich verließ er die Insel nur noch im Hochsommer, um den Touristen zu entfliehen. Er lebte allein und zurückgezogen mit seinen Pferden und seinem Garten und verbrachte seine Zeit mit etwas Harpunenfischen und einsamen Spaziergängen und einer bemerkenswerten kunstgeschichtlichen und philosophischen Bibliothek, seine Beziehung zur Außenwelt wurde immer angespannter, er pflegte, ohne es offen zur Schau zu stellen, eine gemäßigte Form der Misanthropie und war schließlich zu der Überzeugung gelangt, dass die Beziehungen zu den Menschen nur besser werden konnten, je weniger man sich auf sie einließ. Für Marie hatte er in einem verwilderten Teil seines Besitzes ein altes Steinhaus hergerichtet, ursprünglich das Gärtnerhäuschen, er hatte es eigenhändig renoviert, hatte in der Tat

alle größeren Arbeiten selbst verrichtet, die Maurer- und Holzarbeiten, schließlich auch noch die Malerarbeiten. Vermutlich hielt sich Marie in diesem Moment dort auf, in dem alten Steinhaus, das ihr Vater für sie renoviert hatte, oder sie war im Erdgeschoss des großen stillen Hauses mit den schönen Möbeln aus dunklem Holz, dem nach Politur und parfümiertem Wachs riechenden, gebohnerten Parkett, allein in diesem großen, leeren Haus mit den geschlossenen Fensterläden, den zugezogenen Vorhängen, der tote Vater lag oben im ersten Stock, die Totenwäsche war beendet, ausgestreckt lag er auf dem Bett, gekämmt und mit gefalteten Händen, im Anzug und mit Krawatte, und sie saß in der Bibliothek, schweigend, in einem jener großen, quadratischen Lehnsessel, den Blick starr auf die Bücher in den Regalen der Bibliothek gerichtet, oder sie war im Garten, über die Terracottatöpfe mit den aromatischen Kräutern gebeugt, Thymian, Salbei, Rosmarin, oder auf frischer, lockerer Erde vor einer kleinen Mauer kniend, nachdenklich mit einem Stück alter Kordel, das ihr Vater benutzt haben musste, den flaumigen Stengel einer Tomatenpflanze wieder an ein Spalier festbindend, und mit einem Mal überkam mich eine plötzliche Anwandlung von Zärtlichkeit für Marie, nicht allein von Mitgefühl, sondern schlicht von Liebe.
Die Küste von Elba war bereits in Sichtweite. Ich war wieder an Deck gestiegen und beobachtete, wie in der Ferne Portoferraio noch als undeutliche Spiegelung orangefarbener Dächer in der feuchten Morgenluft auftauchte. Langsam löste sich die Stadt von den sie umgebenden Bergen und Hügeln, die Umrisse der Kirchtürme und Häuser

zeichneten sich immer deutlicher ab, gewannen, je mehr wir uns der Küste näherten, an Klarheit. Die Schiffsmotoren waren gedrosselt worden, wir fuhren jetzt längs der Landzunge der Altstadt, die langsam an unseren Augen vorüberglitt, so nah, dass man sie mit der Hand hätte greifen können, mit der Abstufung ihrer Häuser mit den grünen Fensterläden und den erdfarbenen, blassgelben oder rosafarbenen Häuserwänden, ihren abschüssigen kleinen Gassen, die hinter der Stadtmauer verschwanden. Mit leisem Motorengeräusch umfuhren wir den Schattenriss des Fort Stella und erreichten in langsamer Fahrt den Anlegeplatz. Einen Augenblick lang schien es, als wolle das Schiff, noch in Bewegung, noch getragen vom Schwung des Fahrens, alle Proportionen sprengend, weitaus größer und mächtiger als die umliegenden Neubauten und die paar Cafés im Hafen, auf die wir immer noch zutrieben, sich beim Anlegen in die Gebäude bohren. Ich spürte den leichten, matten Aufprall des Schiffrumpfs gegen die Ausleger, der mich oben auf Deck aus dem Gleichgewicht brachte und das Schiff längs des Kais kurz erzittern ließ. Unten machte man sich schon zu schaffen, Matrosen schleppten dicke Taue an die Anlegepontons, Landebrücken wurden näher geschoben. Ich stand an der Reling und beobachtete die wenigen, auf dem großen leeren Kai verstreuten Personen, hielt, ob ich wollte oder nicht, Ausschau nach Marie, suchte sie mit den Augen, suchte neben dem kleinen Gebäude der Hafenverwaltung, wo er so oft gestanden hatte, wenn er uns abholen kam, auch nach ihrem Vater, aber da war niemand zu sehen, Marie war nicht da, und ihr Vater war tot.

Nachdem ich von Bord gegangen war, fand ich kein Taxi, ging zu Fuß weiter zwischen den Autos, die vom Schiff fuhren und sich auf dem großen Kai verloren. Da ich dieses Mal nicht die Absicht hatte, in Rivercina zu übernachten, wollte ich mir ein Zimmer in Portoferraio nehmen und Marie erst anrufen, wenn ich ein Hotel gefunden hätte. Ich hatte das Hafengelände hinter mir gelassen und marschierte in der Sonne auf der Suche nach einem Hotel auf verlassenen Boulevards entlang des Meerufers, ging über stille, kleine Plätze mit trockengelegten Springbrunnen, brachliegende Grundstücke, leere Parkplätze. Die Stadt schien wie ausgestorben an diesem späten Vormittag, die Leute mussten an den Strand gegangen sein, auf den Straßen und Parkbänken war niemand zu sehen, hin und wieder knatterte eine einsame Vespa durch die Stille, entfernte sich und verschwand auf der verlassenen Avenue. In der Altstadt angekommen, stieg ich die ruhigen und blühenden Gässchen hinauf, die in Stufen zum Fort Falcone führten. Bougainvilleen fielen wie kleine Wasserfälle über die Geländer der Balkons, hier und dort sah man am Ende eines Seitengässchens die gezackte Linie der Festungsmauer und steil darunter das sonnenbeschienene Meer.

Ich fand im Zentrum schließlich ein Hotel, ein schönes altes Bauwerk mit einer bewachsenen Terrasse und grünen Fensterläden. Ich stieg die Vortreppe empor und durchquerte die Laube, wo bereits die Tische für das Mittagessen weiß eingedeckt waren. Die Schankstube war menschenleer, der hintere Teil verlor sich im Dunkel, ich ging die Theke entlang bis zu einer Glastür, die zu einer

Art Rezeption führte, einem kleinen hölzernen Ladentisch, hinter dem eine Korktafel angebracht war, an der mehrere Schlüssel hingen. Ich rief, erhielt aber keine Antwort. Ich ging zur Treppe, stieg ein paar Stufen hinauf, um einen Blick in die obere Etage zu werfen. Da öffnete sich unter mir eine Tür, und eine Dame mit umgebundener Küchenschürze erschien auf dem Flur, die mir auf sehr liebenswürdige und zungenfertige Weise, dabei erstaunlich lächelnd und freundlichst erklärte, dass das Hotel komplett ausgebucht sei (*mi dispiace ma siamo al completo*). Sie schien wirklich untröstlich (*ma in agosto, se non c'è gente in agosto*), und als ich schon wieder gehen wollte, hielt sie mich zurück (*è piena stagione, capisce*) und sagte, ich möge doch noch einen Augenblick warten, begann dann, demonstrativ nachzudenken (auch wenn sie nicht redete, schien sie jedes ihrer nicht ausgesprochenen Worte mit einer Geste darzustellen), hob vielsagend die Hand, ließ sie dort in der Schwebe und bedeutete mir auf diese Weise, mich zu gedulden. Dann sagte sie mir, ich möge ihr folgen, ging zur Küche, kam mit einem Schlüssel zurück und führte mich in einen Flur mit bunten Steinfliesen. Durch den Hinterausgang verließen wir das Hotel, durchquerten ein Gärtchen, wo eine Schaukel stand und ein winziges blaues Plastikplanschbecken, darum herum ein Durcheinander gelber und roter Schäufelchen und Rechen, kamen in einen Innenhof, in dem Wäsche zum Trocknen hing, und erreichten einen kleinen frei stehenden Pavillon, dessen Tür sie mit ihrem Schlüssel öffnete. Hinter der Tür war ein großes kühles und schattiges Zimmer mit einem Eisenbett und einer beigefarbenen Tagesdecke aus Baumwolle, die halb geöffnete Terrassentür führte auf einen kleinen Gemüsegarten. Sie fragte mich, ob mir das zusagen würde, Dusche und Toiletten würden sich draußen befinden. Ich bejahte, dies sei sehr gut. Ich wartete nicht, bis sie gegangen war, sondern ging sofort zum Telefon, das auf dem Nachttisch stand, und hob ab, um Rivercina anzurufen.

Ich ließ das Telefon lange klingeln, doch niemand meldete sich. Dann wollte ich Marie auf ihrem Mobiltelefon anrufen, aber um ihr Handy zu erreichen, musste man zuerst im Ausland anrufen, und als ich dauernd auf ein Besetztzeichen stieß, wurde mir klar, dass sich von diesem Zimmer aus nicht ins Ausland telefonieren ließ. Ich sagte nun der Dame, dass ich ins Ausland telefonieren müsse und dass es absolut dringend sei. Sie sah mich etwas überrascht an, so, als wolle sie mich prüfen, aber immer noch gutwillig, und gemeinsam gingen wir zurück zur Rezeption. Sie bedeutete mir, in den großen Speisesaal des Restaurants zu gehen, gleich neben der Terrasse, und holte mir vom Empfangstisch das alte, graue Telefon mit Wählscheibe. Ich wählte die Nummer von Marie. Ich hörte das Klingeln im Hörer und hielt den Atem an, schließlich hörte ich, wie jemand abhob, Marie, sagte ich leise. Sie antwortete nicht sofort, dann mit einer zögerlichen Stimme, einer sehr schwachen und zerbrechlichen, kaum vernehmbaren, fast unkenntlichen Stimme – als würde sie frieren, frösteln – sagte sie mir, dass sie jetzt nicht reden könne, dass es nicht möglich sei. Sie fragte mich, wo ich sei, und ich antwortete ihr, in einem Hotel in Portoferraio. Dann war Stille, sie sagte nichts, antwortete nicht, sie musste mit etwas anderem befasst sein, und dann vernahm ich den leisen Glockenklang im Telefonhörer, und im selben Moment, wie ich es im Telefon hörte, hörte ich es auch auf der Straße läuten, ein bedächtiges, regelmäßiges, schauererregendes Glockengeläut, ganz in meiner Nähe, draußen auf der Straße, ich wandte den Kopf zur Terrasse und versuchte, irgendetwas auf der sonnenhellen Straße zu erkennen, die Kirche konnte keine hundert Meter von hier entfernt liegen – aber es gelang mir nicht, sie von der Stelle, an der ich mich befand, zu sehen – und auf einmal begriff ich, dass diese ernsten, in der Stille widerhallenden Töne nichts anderes waren als die Totenglocken für den Vater von Marie.

Als ich endlich auf die Terrasse hinauskonnte (die Dame hatte mich noch eine Weile mit dem Ausfüllen des Anmeldeformulars aufgehalten), wurde mir klar, dass die Kirche von Portoferraio in der Tat keine hundert Meter vom Hotel entfernt lag. Das Kirchenportal war wieder geschlossen worden, der Vorplatz lag erneut menschenleer da, die von gleißendem Licht gesättigten Steine glänzten in der Sonne und erhellten die Fassade der Kirche, aber von außen deutete nichts darauf hin, dass hier eine Beerdigung stattfand, kein schwarzer Krepp, keine Trauerschleier, keine Kränze, nicht einmal Blumen gab es, nur ein paar große Tonkrüge mit Oleander, die wohl immer zur Dekoration auf dem Kirchenvorplatz standen. Die Glocken waren verstummt, niemand mehr war auf dem Platz, nichts kündete davon, dass im Inneren der Kirche gerade eine Totenmesse abgehalten wurde. Ich hatte das Hotel verlassen und ging zum Platz hinüber, da bemerkte ich den Lei-

chenwagen, der etwas abseits unter einer Platane geparkt stand, nicht vor der Kirche, sondern auf dem Parkplatz, zwischen Touristenautos und Wohnmobilen.
Als ich das knarrende Kirchenportal öffnete, schlug mir der Geruch von brennenden Kerzen und kühlem Marmor entgegen. Auf der Schwelle hielt ich inne, beeindruckt von der Stille und der besinnlichen Atmosphäre, die im Inneren herrschten. Ich blieb einen Augenblick stehen, rührte mich nicht, in einiger Entfernung war die raunende Stimme eines unsichtbaren Priesters zu hören, die im Kirchenschiff widerhallte. Meine Augen gewöhnten sich schnell an das Dunkel, etwa zwanzig Personen saßen auf den alten, hölzernen Gebetsbänken verteilt. Geräuschlos bewegte ich mich zwischen den Säulen nach vorn, blieb im Seitenschiff stehen, im Hintergrund, unter einem großen religiösen Gemälde mit verschwommenen Farben, das sich aus dem Halbdunkel abhob. Und dann entdeckte ich den Sarg vor dem Altar. Marie stand allein vor dem Sarg, aufrecht, weißes Hemd und beigefarbene, eng geschnürte Hose, ihr Blick war hart, kalt und verschlossen, in ihrer Haltung lag etwas Trotziges. Als sie mich sah, mich wiedererkannte, schaute sie mich starr an wie aus größter Not, ein Anflug von Schmerz strich über ihr Gesicht, aber sofort fand sie ihre Fassung wieder, war wieder kühl, würdevoll und abweisend, bedeutete mir mit einem schlichten Handzeichen, ich solle mich etwas abseits auf eine der Bänke setzen, aber nicht an ihre Seite, sie bat mich nicht, zu ihr zu kommen. Der Sarg war auf einem einfachen Katafalk vor dem Altar aufgebahrt. Ein einziger Strauß wilder Blumen bedeckte das Messingkreuz, das in den

lackierten Holzdeckel eingelassen war. Etwas weiter entfernt war in einer Schale aus Natursandstein ein Grabkranz aus Eremurus und weißem Löwenmaul aufgestellt, auf einem silbernen Tablett ruhte er da im fast übernatürlichen Licht eines rot-blauen Kirchenfensters. Der Priester, der den Gottesdienst leitete, war überraschend jung, er trug eine Brille, stand in seinem cremefarbenen Messgewand vor Marie und las die Messe auf Italienisch, ein metallisches und schleppendes Stimmengewinde (*per il cristiano, la morte è consunzione, il compimento del suo battesimo, in verità si tratta della rinascita già annunciata nel primo sacramento*). Seine Gesten waren salbungsvoll, seine Handgelenke mäandrisch, er trug eine grüne Seidenstola um den Hals, mit seiner gezierten und preziösen, ausgesprochen weiblich klingenden Stimme wandte er sich an ein Publikum, das sich hauptsächlich aus schwarz gekleideten, älteren Damen zusammensetzte, manchmal gab es hier und da einen mutigen Tupfer Dunkelblau, Mauve oder Türkis, ich begriff, dass es sich um die üblichen Kirchgänger von Portoferraio handelte, die hier nur zufällig bei der Totenfeier des Vaters von Marie zugegen waren – sonst wären wir in der Kirche nur zu zweit gewesen, Marie und ich, um ihrem Vater die letzte Ehre zu erweisen. Nein, drei, mit Maurizio, ich erkannte auch Maurizio unter den Anwesenden, würdevoll, in einem verblichenen blau-weiß karierten Hemd und einer schwarzen Hose mit Trägern, einen eleganten Hut in seinen vor sich gekreuzten Händen haltend, stand er genau hinter Marie, aber in gebührendem Abstand, zwei oder drei Reihen hinter ihr, weißes Haar und eine lederne, von Falten durchzogene

Haut, markante Züge, aber noch gut in Schuss für seine achtzig Jahre.

Ich beobachtete Marie, wie sie allein in dieser fremden Kirche vor dem Sarg ihres Vaters stand – die völlig reglose Marie, die den ganzen Raum erfüllte, ihn mit ihrer überscharfen Gegenwart bis zur Neige ausfüllte – Marie, die sich da über den Sarg ihres Vaters beugte, in einem Aufzug, der mir bei genauerem Hinsehen immer mehr wie Reitbekleidung erschien – weißes Hemd, eng anliegende Reithose, schwarze kniehohe Lederstiefel –, Marie in Reitbekleidung vor dem Sarg ihres Vaters, der Blick hart, kalt und verschlossen, und dieser unterdrückte, verstockte Schmerz, dieser zornige und zutiefst erbitterte Schmerz, mit dem sie den Priester betrachtete, die Lippen zusammengekniffen, als hätte sie eine Reitgerte, eine Peitsche in der Hand und wäre bereit, ihn damit zu peitschen, ihm damit ins Gesicht zu schlagen, in die nicht atembare Luft dieser Kirche zu dreschen, und auf einmal war ich frappiert, wie sehr sie ihrem Vater glich, wie viel sie von seiner Kompromisslosigkeit, seiner Härte und seinen eigensinnigen Launen hatte, und da konnte ich mir plötzlich vorstellen, wie in ihrem Kopf die verrückte Idee entstanden war, zu der Beerdigung ihres Vaters in Reitbekleidung zu erscheinen. Sie musste im Morgengrauen aufgestanden sein, sie war im Morgengrauen aufgestanden, weil sie wusste, dass die Angestellten des Beerdigungsinstituts den Leichnam in aller Frühe abholen würden, bereits um acht Uhr auf Rivercina erscheinen würden, und sie hatte sich mit aller Sorgfalt angezogen, sich für ihren Vater schön gemacht, sich gekämmt und geschminkt, und als

Maurizio die vier grau gekleideten Gestalten des Beerdigungsinstituts am Gartentor eingelassen hatte, war sie ohne ein Wort im Haus verschwunden, sie hatte nicht dabei sein wollen, wenn der Leichnam abtransportiert wurde, nicht sehen wollen, wenn der Sarg mühsam die Treppe hinuntergeschleppt, in den Garten getragen, in den Leichenwagen gehoben wurde, aber als dann der Leichenwagen zur Abfahrt bereitstand und die Türen zuschlugen, da war Marie da, am Eingang des Grundstücks, auf einem Pferd sitzend, wartete sie. Sie hatte eine Stute ihres Vaters gesattelt, und in einer dieser verrückten, forschen, tollkühnen und mutigen Aktionen, zu denen sie fähig war, hatte sie, die sonst nie auf einem Pferd saß, keine geübte Reiterin war, zu Pferd den Leichenwagen von Rivercina bis nach Portoferraio begleitet, um ihrem Vater so die letzte Ehre zu erweisen, war die ganzen zwölf Kilometer auf den menschenleeren Straßen Elbas, die das Gut Rivercina von Portoferraio trennten, vor dem Leichenwagen hergeritten, aber da sie nie auf einem Pferd gesessen hatte, keine geübte Reiterin war, war sie die ganzen zwölf Kilometer des Wegs im Schritt geritten, hatte am Zügel gezogen, um das Pferd zurückzuhalten, den Leichenwagen daran gehindert, sie zu überholen, den Fahrer genötigt, sich dicht hinter ihr zu halten und den Motor auf niedrige Drehzahlen zu drosseln, damit er das Pferd nicht aufschreckte, so war sie am frühen Morgen über die Straßen der Insel geritten, hinter ihr der Leichenwagen, unter ihr, ruhig und bewegungslos, das in der Sonne funkelnde Meer. Der Leichenzug bewegte sich nur langsam vorwärts, es roch nach Pferd, nach Morgentau und Tod.

Marie saß in ihrem makellosen Hemd steif im Sattel, blickte mit glänzenden Augen, hochmütig und stolz geradeaus, ritt im Schein der Sonne in dem Hochgefühl, dass alles möglich sei und Zeit für sie nicht existiere. Der Trauerzug durchquerte in aller Stille Weinberge und die wilde Macchia, kam an der Ruine einer alten römischen Villa aus der Kaiserzeit vorbei, auf den von der Sonne ausgedörrten Feldern standen Reste von Mauern, zwischen den hohen Gräsern und Brombeersträuchern, den Sandbeer- und Mastixsträuchern lagen verstreut schwärzliche, von der Zeit angenagte Mosaikstücke herum. Bald näherte sich der Trauerzug der Stadt, die Straßen wurden breiter und belebter, aber Marie wählte nicht den kürzeren Weg zum Hafen, der quer über die Felder führte, sondern blieb im Gegenteil mitten auf der jetzt vierspurigen Fahrbahn, den langen schwarzen Leichenwagen mit den getönten Scheiben immer noch dicht hinter sich, der jetzt nicht mehr versuchte, sie zu überholen, sondern ebenfalls fügsam geworden war, sie hatte auch ihn im Zaum gehalten, im Schritttempo, ihn für sich gewonnen, der Wagen folgte ihr in gedrosseltem Tempo und mit leise schnurrendem Motor, so war sie in die Stadt eingeritten und hatte ihren toten Vater durch die leeren Straßen von Portoferraio eskortiert, entlang der Viale Alcide Gasperi, durch die Via Carioli, die Viale Alessandro Manzoni gekreuzt, wo die spärlichen Gäste eines Cafés auf das Trottoir hinausgetreten und mit Blicken dem Trauerzug gefolgt waren, wie er sich in Richtung Hafen entfernte. Marie hatte die Piazza Citti überquert und war auf die Via Vittorio Emanuele II eingebogen, wahrscheinlich genau in dem Augenblick, in dem mein Schiff in Sichtweite Portoferraios gekommen war, und da hatte sie mich wahrnehmen müssen, mich, der ich an Deck stand, wie sie auf dem Weg nach Portoferraio zur Beisetzung ihres Vaters, und unser beider Gedanken hatten sich in Ehrerbietung und Schmerz getroffen, sich vereint und umschlungen im Blau des Himmels.

Ich weiß nicht, wann Marie bemerkte, dass ich die Kirche verlassen hatte – ich war ja nicht mehr in der Kirche –, ob sie sich noch während des Gottesdienstes einen Augenblick umwandte und mich mit den Augen suchte, um zwischen den Marmorsäulen nichts als Leere zu finden, dort, wo ich kurz zuvor noch gestanden hatte – eine so unmittelbar ergreifende, unnormale Leere, so kalt, so still, so beunruhigend –, oder ob ihr meine Abwesenheit erst später bewusst geworden war, als am Ende der Totenmesse die Pforte der Kirche sich geöffnet hatte, das Licht ins Innere gedrungen war, eine große Welle Sonnenlicht in das Halbdunkel geflutet war und sich über den geäderten Marmorboden der Kirche ergossen hatte. Möglich, dass sie sich erst in diesem Moment Sorgen gemacht hatte, warum ich nicht mehr da war, nicht zu ihr an den Sarg gekommen war, während die ersten Kirchgänger sich bereits auf dem Kirchplatz verloren. Oder war es noch später gewesen, als sie oben auf den Stufen der Sakristei Beileidsbekundungen entgegennahm und sie kaum noch auf die Worte des Trostes hörte, von denen, die gekommen waren, sie zu umarmen, sie stattdessen angsterfüllt über deren Schultern blickte, um nach mir Ausschau zu halten, mich aber in der Kirche nicht mehr finden konnte und dann innig und ausdauernd Maurizio in ihren Armen hielt, der Einzige, der sie liebte und der sie verstand.

Marie war zu Fuß zum Friedhof gegangen, die Stute hielt sie am Zügel an ihrer Seite, der Priester und ein Chorknabe in weißer Albe begleiteten sie. Das Pferd ließ sich willig durch die Straßen von Portoferraio führen, die Nüstern waren feucht, die Ohren beweglich, neugierig aufgestellt. Der Friedhof befand sich etwa zwei Kilometer außerhalb der Stadt auf einer leichten Anhöhe, ein kleiner Dorffriedhof mit nicht mehr als zwanzig Gräbern. Er lag neben einer Straße an der Steilküste, am Ende einer scharfen Kurve, der Eingang war mit einem verrosteten Eisentor versperrt, dessen schwergängige Flügel von den Angestellten des Beerdigungsinstituts geöffnet worden waren, die den Trauerzug jetzt vor der Friedhofsmauer erwarteten. Zu dritt warteten sie, schweigend, in unscheinbaren grauen Anzügen, blauen Hemden und mit schwarzen Krawatten, ein älterer Angestellter mit vorschriftsmäßiger Mütze, auf der goldglitzernde Buchstaben als verschlungene Initialen prankten, die zwei Jüngeren, mit dunklen Brillen, ernst und stumm, den oberen Knopf des Kragens

geöffnet, die Krawatte gelockert, schauten zu, wie der Leichenwagen ein kompliziertes Wendemanöver unternahm, um im Rückwärtsgang in den Friedhof hineinzufahren, und wie auf den letzten Metern im steilen, steinigen Anstieg seine Reifen im Kies durchdrehten. Der Fahrer hielt den Kopf aus dem Fenster, und die Angestellten wiesen ihn mit sparsamen Handbewegungen ein. Im Rückwärtsgang fuhr der Leichenwagen die einzige Allee des Friedhofs hinauf und verringerte vor der geöffneten Grabkammer die Geschwindigkeit, schien einen Moment lang über seine gesamte Länge zu erzittern, die Karosserie glühte in der Hitze, und kam schließlich zum Stehen, erhaben und überdimensioniert, eine lange, schwarze Limousine, die unter den Zypressen und vor dem Schauspiel des weit sich erstreckenden Meeres glänzte. Marie, die den Friedhof noch nicht betreten hatte, erschien nun oben an der Steigung, die zur Straße führte, in der Hand einen roten Eimer. Bevor sie den Friedhof betrat, hatte Marie ihre Stute an einen Baum am Straßenrand gebunden. Sie war die kleine Böschung hochgeritten und hatte sich dann mit ihrem Pferd in die Macchia vorgewagt, sich dabei Schenkel und Arme verkratzt, hatte, so gut sie es konnte, Zügel und Zaumzeug um einen wilden Olivenbaum gebunden, war zurück zum Friedhof gelaufen, um nach einem Eimer zu suchen und ihn mit Wasser zu füllen, aus einem kleinen Wasserhahn an der Friedhofsmauer. Mit dem Eimer war sie zu ihrem Pferd zurückgegangen und hatte es aus dem Eimer trinken lassen – es schlappte gierig –, um seinen Durst zu löschen.
Knapp ein Dutzend Menschen hatte sich auf dem Fried-

hof eingefunden, als die Angestellten des Beerdigungsinstituts den Sarg aus dem Leichenwagen hoben. Vorsichtig schulterten sie ihn und stellten ihn etwas erhöht in der zuvor geöffneten Grabkammer ab. Hinter der Friedhofsmauer, hinter der stummen Reihe der Zypressen, war das unendlich weite blaue Meer zu sehen, übersät mit reglosen, weißen Segeln und den feinen Spuren der Gischt, die die Segelboote in ihrem Kielwasser hinterließen, vergängliche Narben im Meer. Der Priester stand vor der Grabkammer, um den Hals seine grüne Stola, und sagte einige letzte Worte des Abschieds, bevor die Grabstätte verschlossen wurde. Marie ging langsam vor, berührte mit der flachen Hand ein letztes Mal den Sarg, unter ihren Fingern spürte sie die Glätte des lackierten Holzes. Dann traten die Angestellten des Beerdigungsinstitutes vor, und der Sarg verschwand für immer aus ihrem Blick.

Marie ging weg, allein. Möglich, dass sie Maurizio beauftragt hatte, das Pferd nach Rivercina zurückzubringen, oder sie hatte es jemand anderem anvertraut, jedenfalls kam sie allein und zu Fuß vom Friedhof zurück. Mit schlafwandlerischen Schritten lief sie in der Sonne den kleinen Weg hinab, der am Meer entlang zur Stadt führte, ihre Augen, in unbestimmte Ferne gerichtet, wirkten jetzt noch trauriger, jetzt, wo es für die Beerdigung nichts mehr zu organisieren, nichts mehr zu entscheiden gab, sie dafür nichts mehr tun und nirgendwo mehr hinmusste. Dieser Gedanke wurde ihr sicher nicht sofort bewusst, aber der übermächtige, der nicht enden wollende Schmerz, der sie in diesem Augenblick ins Leere fallen ließ, in die Passivität und Niedergeschlagenheit, begann sich in eine diffuse

Unruhe zu verwandeln, die um meine Abwesenheit kreiste. Ihr Denken konzentrierte sich jetzt auf mein Verschwinden während der Totenmesse, sie versuchte, dafür eine Erklärung zu finden, Gründe, um es zu verstehen, wollte sich damit ablenken von der eigentlichen Ursache ihres Schmerzes. Der Verursacher ihrer Leiden, das wurde nun ich, ich war derjenige, der sie peinigte, weil ich nichts unternahm – meine bloße Gegenwart bereitete ihr Schmerzen, und meine Abwesenheit noch mehr –, ich, der ich nicht bei ihr gewesen war, als sie mich gebraucht hätte, der ich nicht in Paris war, als sie die Nachricht vom Tod ihres Vaters erhielt, der ich nicht auf Elba war, als sie dort ankam und ganz allein alle praktischen Dinge der Beerdigung regeln musste, und als ich schließlich an diesem Morgen in der Kirche aufgetaucht war, war ich auch gleich wieder verschwunden, ohne mit ihr gesprochen zu haben, ohne ein Wort zu sagen, ohne sie zu küssen und sie in die Arme zu nehmen, ohne ihr in ihrem Schmerz beizustehen, ich, der sie meiner Anwesenheit im selben Moment beraubte, in dem ich sie ihr vorgespiegelt hatte, in einem brutalen Wechselbad der Gefühle, wie es meine Angewohnheit war.

Marie hatte Portoferraio erreicht und lief durch die menschenleere Stadt zum Hafen. Sie lief ohne Ziel, wusste nicht, wohin sie ging, sie stieg die Gassen hinab, stolperte über das unebene Steinpflaster, nahm die Blumen wahr auf der anderen Seite der Zäune der winzigen an die Häuser geklebten Gärtchen, wo mit Blick aufs Meer Bougainvilleen, Oleander und Rosenstöcke wuchsen. Die Straßen waren leer, hier und da ein Schild mit dem weißen T auf

schwarzem Grund, unverständlich und quälend, über geschlossenen Tabakläden. Marie hatte gehofft, mich gleich wiederzufinden, dass ich irgendwo auf den Stufen eines Brunnens oder einer Kirche saß oder an einer Straßenecke plötzlich vor ihr auftauchte, doch dann hatte sie es aufgegeben, nach mir zu suchen, blieb allein mit ihrer Unruhe im Herzen, einer diffusen Unruhe, schwer und lastend, die wuchs, je mehr Zeit verstrich, bis sie an dem Punkt angelangt war, wo sie sich fragte, ob sie mich tatsächlich in der Kirche gesehen hatte, ob das wirklich ich gewesen war, den sie an diesem Vormittag zwischen den Marmorsäulen wahrgenommen hatte, oder ob sie nur gesehen hatte, was sie hatte sehen wollen, sie einer Halluzination anheimgefallen und ich in Wirklichkeit noch in China war oder erst auf dem Weg zurück und nur in Gedanken bei ihr auf Elba.
Erneut suchte Marie mich fieberhaft, sie hielt vor den Schaufenstern der Bars, suchte zwischen ihren vorgehaltenen Händen im Halbdunkel zu erkennen, ob ich drin war. Lief weiter, überquerte Schulhöfe und Marktplätze voller alter Holzkisten und Überreste verfaulten Gemüses, die man den Tauben und Katzen überlassen hatte. Meine Abwesenheit war ihr wie eine zusätzliche Wunde, ein unsichtbarer Schmerz, eine haltlose Unruhe, eine um sich kreisende Angst. Sie schritt vorwärts und kehrte wieder um, sie irrte über sonnenbeschienene Plätze, sinnlose Gedanken geisterten ihr durch den Kopf, von Verschwinden, Sorge und Tod, dann wieder von überschwenglicher Erregung, sie schwor sich, sollte sie mich in der nächsten Stunde finden, würde sie eine Kirche aufsuchen und den

Pfarrer überreden, ein feierliches Geläute anstimmen zu lassen zur Feier unseres Wiedersehens.
Marie war es heiß, sie hatte Durst, sie betrat Bars und trank Espressi am Tresen, die Augen in unbestimmte Ferne gerichtet, leerte manchmal das kleine lauwarme Glas Wasser, das zum Kaffee serviert wurde. Sie hatte seit zwei Tagen nichts mehr gegessen, war außerstande, etwas anderes hinunterzubekommen als Eis, sie bestellte sich ein Eis nach dem anderen, Eis, das ihren Durst stillte und gleichzeitig weiter anfachte. Sie ließ den Kellner zu der großen Eistheke am Eingang kommen, brauchte lange, um zu entscheiden, welche Eissorten sie wählen sollte, zeigte mit dem Finger darauf, zögerte, korrigierte sich, auch wenn der Kellner bereits das Eis in die Waffel getan hatte, ließ es ihn herunternehmen und wählte eine andere Sorte, ersetzte Erdbeere durch Pistazie, um sich doch wieder eines anderen zu besinnen, wusste nicht mehr weiter, fing eine Konversation mit dem Kellner an (*e la stracciatella, è buona la stracciatella?*), der dastand und wartete, die Eiskelle in der Hand (er hatte eine engelsgleiche Geduld), fragte ihn schließlich nach seiner Empfehlung, um nicht darauf zu hören, einen Augenblick wieder sie selbst geworden, unmöglich, einzigartig, unwiderstehlich.
Marie hatte das Café verlassen, aß ihr Eis draußen auf der Straße, es schmolz in der Sonne und tropfte auf ihr Handgelenk, sie musste die Tüte schräg halten und den Rand ablecken, um die Blutung zu stillen. Vor einigen Jahren hatte Marie eine Kollektion aus Sorbets entworfen, Kleider, die auf dem Körper der Mannequins schmolzen und auf der Haut flüssige feine Fäden hinterließen, in tabak-

blond und altrosa. Diese Kollektion des Ephemeren war zu einem ihrer emblematischsten Kunstwerke geworden, ein Frühlingssommer nach Arcimboldo, mehrere Eissorten, Sorbets, Granita, Frulatto, Frappé schmolzen auf der nackten Haut der Mannequins, liefen die Schultern hinab, über die Hüften, die Kälte überzog ihren Körper mit Gänsehaut und ließ ihre Brustwarzen spitz vorstehen. Marie hatte nackte Haut und unsichtbaren Stoff vereint, Zutaten und Materialien abgewandelt verwendet, Zucker, Milch, Mehl und Sirup, dazu etwas Musselin, ein wenig durchsichtige Seide, Goldfäden und Gaze, um den Sorbets einen Halt am Körper zu geben, das Ganze in einem Rausch von Farben und Tönen, zuerst die fleischfarbenen Mango, Mandarine, Pfirsich, Melone, dann übergehend zu den blutroten und gewittrigen Farbtönen, die von der Trauer über das Ende des Sommers kündeten, tragische Sorbets, düster und dämmerig, mauvefarben und schwarz, Johannisbeere, Brombeere und Heidelbeere.
Marie hatte endlich den alten Hafen erreicht, trat übergangslos aus dem Schatten einer kleinen geschützten Passage in das brutale weiße Licht, das von den Steinplatten des Hafens zurückprallte (als sie sich ihre Sonnenbrille aufsetzen wollte, wurde ihr bewusst, dass sie sie bereits trug). Geblendet von der Helligkeit und mit blinzelnden Augenlidern, begann sie, die Kais entlangzulaufen. Yachten lagen in der Sonne, festgemacht zwischen weißen und roten Bojen, die die Wasserfläche abgrenzten, durch Laufstege mit Bootsanlegern verbunden. Sie blieb stehen und schaute einem dicklichen, stark behaarten Typen in schwarzem Minislip zu, wie er sich auf seinem Boot mit

einem Wasserschlauch abspritzte, sich dabei genussvoll die Haare und das Innere des Slips einseifte. Ihm gegenüber auf dem Deck nahm seine Frau ein Sonnenbad, starr wie Marmor lag sie da, ein Knie angehoben, ein Arm vor den Augen, eine abgezehrte alte, junge Frau, die in der gespannten Plastizität ihres Körpers und ihrer wächsernen Unbeweglichkeit etwas von einem hyperrealistischen Kunstwerk hatte. Marie schaute den beiden eine Weile zu und ging dann weiter. Inzwischen war der alte Hafen etwas belebter geworden, Cafés hatten geöffnet, über den Terrassen waren Vordächer aus Segeltuch aufgespannt, hier und da saßen Touristen und löffelten Eis aus Eisbechern, die mit winzigen Sonnenschirmen aus verblichenem, plissiertem Papier dekoriert waren. Die Souvenirläden hatten geöffnet, man verkaufte Tauchermasken und Schwimmflossen, stapelweise bunte Strandtücher. Marie hatte das Ende des Kais erreicht, der sich vor dem Archäologischen Museum von Linguellas in einer Sackgasse verlor. Sie nahm langsam ihre Sonnenbrille ab und drehte sich um sich selbst, hielt nach mir Ausschau. Aber wo war ich?
Da erinnerte sich Marie, dass ich ihr von einem Hotel erzählt hatte (sie hatte sich den Namen nicht gemerkt, oder ich hatte ihn nicht erwähnt, oder sie hatte nicht hingehört, war sich aber sicher, dass ich von einem Hotel gesprochen hatte), und sie begann, in den Hotels, an denen sie vorbeikam, nachzufragen, ob hier nicht jemand diesen Morgen ein Zimmer genommen hatte. Sie war sehr unterschiedlich empfangen worden, manchmal schlicht und herzlich (man sagte ihr ein einfaches Nein, niemand sei an diesem Morgen angekommen), manchmal begegnete

man ihr mit Misstrauen, wenn sie meinen Namen nannte und versuchte, mich zu beschreiben, und traf auf argwöhnische Mienen und ausweichende Blicke, so als ob man etwas vor ihr verbergen wollte, was ihre Unruhe im Herzen nur noch weiter entfachte. So lief sie von Hotel zu Hotel, stieg enge, dunkle Stiegen empor zu menschenleeren Zwischengeschossen, wagte sich in kleine, in der Sonne glühende Innenhöfe, nur weil draußen auf einem einfachen, handbeschriebenen Pappkarton stand, dass man hier Zimmer mieten könne, ließ sich im Gebell der Hunde von Damen wegkomplimentieren, die sich nicht einmal die Mühe machten, ihr Fenster richtig zu öffnen. Nein, niemand hatte mich in Portoferraio gesehen, niemand hatte diesen Mann ohne Gesicht gesehen, den sie mit so viel Verstörtheit in der Stimme zu beschreiben versuchte.
Als Marie die Salita Cosimo de Medici hinunterging und die *Albergo l'Ape Elbana* bemerkte, wusste sie sofort, dass sie mich dort, hinter dieser plumpen Fassade mit ihren geschlossenen Fensterläden, finden würde. An der Rezeption hörte ihr die Dame aufmerksam zu, nickte bedächtig mit dem Kopf, wie um das Gesagte zu bestätigen. Ja, sie hatte mich sehr wohl gesehen an diesem Morgen. Ja, ich wäre gegen elf Uhr hier gewesen und hätte mir ein Zimmer genommen (sie öffnete einen Karteikasten, holte die Karte mit meiner Anmeldung heraus und zeigte sie Marie). Ich sei wenig später wiedergekommen, um zu duschen, hätte an der Rezeption um ein Handtuch gebeten und gefragt, wie das Warmwasser funktioniere. Danach habe sie mich nicht mehr gesehen, vielleicht wäre ich nochmals außer Haus gegangen, aber genauso gut könne

ich jetzt auch noch auf meinem Zimmer sein, mein Schlüssel sei jedenfalls nicht an der Rezeption hinterlegt worden. Die Dame begleitete Marie bis zur Tür, die in den kleinen Garten führte, und deutete auf den Pavillon auf der anderen Seite. Marie trat in den verlassenen Garten. Der schlicht weiß gekalkte Pavillon besaß zum Garten hin kein Fenster, und doch fühlte Marie sich beobachtet und bemerkte, dass eines der Fenster der plumpen Fassade des Hotels halb geöffnet war und jemand am Fenster stand und in den Garten hinuntersah, sicher ein Gast, der seine Mittagsruhe in seinem Zimmer verbrachte und jetzt seine nackte Schulter im Schatten verbarg, eine reglose Gestalt, die sie hinter dem halb geöffneten Fensterladen beobachtete, und die diffuse Unruhe, die sie seit einigen Stunden verspürte, verwandelte sich plötzlich in ein Gefühl der Panik und des Entsetzens. Sie klopfte an die Tür des Pavillons. Niemand antwortete. Ich bin es, sagte sie. Ich bin es, mach auf. Nichts, niemand antwortete. Sie klopfte erneut, stärker. Warum antwortete ich nicht, warum wollte ich ihr nicht öffnen? War ich da? Maries Panik wuchs, und sie rüttelte am Türgriff. War mir etwas zugestoßen? Lag ich da, hinter der Tür, tot auf dem Bett?
Marie rannte zurück zu Rezeption, sagte der Dame, dass sie befürchte, mir sei etwas zugestoßen, und fragte, ob es nicht einen Hauptschlüssel, einen Zweitschlüssel für das Zimmer gebe. Die Dame ging mit ihr, beide eilten sie durch den Garten. Die Dame drehte den Schlüssel im Schloss und machte die Tür einen Spaltbreit auf. Im Zimmer herrschte Unordnung, mein weißes Hemd lag zusammengeknäult und zerknittert auf den Fliesen. Das Bett

war unberührt, dort hatte ich das kleine weiße Hotelhandtuch mit dem Bienenwabenmuster zurückgelassen. Weder Marie noch die Dame hatten das Zimmer bereits betreten. *C'è qualcuno?* sagte die Dame. Vorsichtig betrat sie das Zimmer und sah sich prüfend darin um. Es war niemand da.

Marie hatte die Dame gefragt, ob sie im Zimmer bleiben und auf mich warten dürfe, und dann war sie allein in dem kleinen Pavillon zurückgeblieben. Sie hatte sorgfältig meine Sachen untersucht, Hemd und Unterwäsche vom Boden aufgesammelt, dort, wo ich sie einfach hatte liegen lassen, als ich mich zum Duschen auszog. Sie hatte einige Papiere und etwas Restgeld auf dem Nachttisch bemerkt, meinen Pass, daneben einen länglichen, weichen Umschlag, in dem verschiedene Dokumente waren, alte Flugscheine, Abschnitte von Bordkarten, Taxiquittungen, etwas chinesisches Geld und Zugfahrkarten, eine Schiffsüberfahrt. Sie betrachtete die Schiffsüberfahrt genauer, ausgestellt von der *Toremar, Toscana Regionale Marittima S.p.a.* für eine Überfahrt von Piombino zur Insel Elba mit dem heutigen Datum.

Marie hatte das Handtuch vom Bett genommen und sich hingelegt. Es gab keinerlei Geräusch im Zimmer, kein Lüftchen regte sich. Sie lag mit offenen Augen auf dem Rücken auf dem großen Eisenbett reglos im Halbdunkel. Ihr war heiß. Schließlich zog sie ihre Reitstiefel aus, schwerfällig, um sie auszuziehen, musste sie sich wieder aufrichten und auf die Bettkante setzen, heftig zog sie an jedem der Stiefel, hätte sich dabei fast die Schulter gezerrt, warf sie dann in eine Ecke des Zimmers. Sie legte sich wieder aufs Bett, bewegte sich nicht mehr. Sie streckte nun eine Hand zwischen ihre Beine. Die Hitze umhüllte vollständig ihren Körper, sie knöpfte ihre Bluse auf, einen Knopf nach dem anderen, sie spürte, dass sie leicht schwitzte, sie wartete auf mich, sie wartete auf mich in meinem Zimmer.

Sie rührte sich nicht, als ich die Zimmertür öffnete, blieb ausgestreckt auf dem Bett liegen, die Bluse offen über dem nackten Bauch. Die Fensterläden der Terrassentür waren halb geschlossen, ließen etwas Licht ins Dunkel des Raums eindringen. Ich legte mich zu Marie aufs Bett und küsste sie, ich spürte, wie starr sie in ihrer Trauer war, spürte die Stille, zuerst waren es verhaltene, vorsichtige und unvollendete Umarmungen, die mit einem Mal dringlich und ungestüm wurden, irgendetwas Wildes war in ihre Augen getreten, ein Verlangen, das immer stärker wurde, es war diese Art, wie sie mein Glied streichelte, es mit ihrer Hand steif machte, dann meine Hose öffnete und sie rücksichtslos und mit einer gewissen Rohheit herunterriss, mir egal wie einen runterholte, verbissen, zäh, mit aufeinandergepressten Lippen, als wollte sie mir wehtun, um sich dann über mich zu knien und mein Glied mit der Zunge zu umfahren, nicht mit der gewohnten Zärtlichkeit und Sanftheit, sondern ungestüm und wirr, als wenn sie einen Ekel überwinden müsste oder ein Verbot, aber sie insistierte nicht, ließ mich ziemlich schnell liegen, legte sich jetzt auf den Rücken, damit ich sie streicheln konnte, streifte sich einfach die Hose über die Schenkel, mit derselben wirren Ungeduld, mit derselben mangelnden Zärtlichkeit, und da sah ich, dass sie darunter nichts anhatte, keine Unterhose, ihr Geschlecht lag nackt vor mir, und sie nahm meine Hand und zog mich über sich. Ich liebte sie und wusste doch, dass ich nichts für sie tun konnte, dass es unmöglich war, sich jetzt zu lieben, sich in diesem Augenblick Lust zu verschaffen, sie zu suchen, sie wusste es genauso gut wie ich, dass wir uns jetzt nicht lieben konnten, ich hatte mich auf sie gelegt und umarmte sie, küsste ihren nackten Körper im Halbdunkel, zärtlich, sanft, strich ihr mit der Hand über die Wangen, um sie zu beruhigen, leckte ihren Bauch und ihre Brüste, ich weiß nicht, ob sie heute geschwommen war, aber ihre Haut hatte diesen Geschmack nach Meer, nach leichtem Schweiß, nach dem Duft der Macchia, nach Hitze und Salz, die Haut ihres Bauchs war weich, die Haut ihrer Schenkel heiß und glatt, sie stöhnte, meine Zunge drang in ihr Geschlecht, in das Innere ihres feuchten und erstaunlich kühlen Geschlechts, das nach Jod, irgendwie meerähnlich schmeckte, ich strich mit der Hand sanft über ihre Hüften, ich hatte die Augen geschlossen und leckte sie weiter mit meiner Zunge, als sie, ich weiß nicht warum, aus Ungeduld oder aus Gereiztheit, aus Verzweiflung oder aus Niedergeschlagenheit – oder aus dem plötzlichen und definitiven Bewusstsein heraus, dass es unmöglich war, dass wir uns jetzt weiter liebten –, brutal ihr Becken hochriss, um sich zu befreien, sich drehte und wand und mich von sich stieß und mir dabei, mit aller Kraft und um mich von sich zu werfen, mit ihrer Möse einen Schlag mitten ins Gesicht gab.

Kein Wort fiel, es gab keine Erklärung, sie drehte sich zur Seite und vergrub ihr Gesicht ins Kopfkissen. Ich hatte sie allein gelassen, war aus dem Zimmer gegangen, zwischen die Fensterläden hindurchgeschlüpft, hatte Luft geschöpft draußen auf der Terrasse, barfuß, mit offener Hose und offenem Hemd, mich auf einen kaputten, wackligen Plastikstuhl neben dem Gartentisch am Gemüsebeet gesetzt. Wir sprachen nicht, ich hörte sie nicht mehr. Sie war allein mit ihrem Schmerz und ich mit meinem. Meine Liebe für sie war während dieser Reise immer stärker geworden, und hatte ich geglaubt, dass die Trauer uns näherbringen, uns vereinen würde im Schmerz, jetzt musste ich mir eingestehen, dass die Trauer dabei war, uns auseinanderzureißen, uns beide zu trennen, dass unser beider Leiden, statt sich gegenseitig aufzuheben, sich noch steigerte. Gut zwanzig Minuten waren so vergangen, Minuten, in denen wir, ohne uns zu rühren, ohne miteinander zu sprechen, ohne etwas zu tun, auf Distanz blieben, sie drinnen im Zimmer, ich draußen auf der Terrasse, ich hatte meine Beine in die Sonne gestellt und schaute sie an (eine Sonnenuhr gleichsam), bis ich hörte, wie die Fensterläden aufgingen und Marie hinter mir erschien, wieder beruhigt, wie verwandelt, barfuß, mit offenem Hemd, die Reithose halb offen wieder auf die Taille hochgeholt, um im Garten eine Zigarette zu rauchen. Ich hob den Kopf, und sie lächelte mir zu, als sei nichts gewesen. Sie setzte sich barfuß und im Schneidersitz auf eine Steinplatte und rauchte schweigend. Drehte sich dann um, warf einen neugierigen Blick auf das Gemüsebeet im Freien, die Tomaten, die Auberginen, das Basilikum, und sagte mir mit leiser Stimme, während sie vorsichtig ein Blatt Basilikum zwischen zwei Fingern rieb, dass die Hoteldame sehr nett zu ihr gewesen sei (nicht so wie du, sagte sie, und sie stieß einen Finger gegen mein Knie, als wolle sie mich nach hinten umstoßen). Wo warst du? sagte sie mir, was hast du heute nachmittag gemacht? Nichts, sagte ich. Nichts, ich hatte sicher nichts anderes gemacht als sie, ich war ziellos durch die Straßen Portoferraios geirrt.

Gegen sechs Uhr wollte Marie schwimmen gehen. In der Gegend von Portoferraio gab es keine schönen Strände, und so schlug Marie vor, den alten Lieferwagen ihres Vaters zu holen, der seit einiger Zeit auf dem Parkplatz einer Autowerkstatt hinter dem neuen Hafen herumstand (ihr Vater hatte sich ein paar Monate vor seinem Tod einen neuen Geländewagen gekauft und seinen alten Lieferwagen an diesem mehr oder weniger überwachten Ort neben der Autowerkstatt abgestellt). Die Sonne schien noch, als wir das Hotel verließen, nicht so stark, es war angenehmer als zu Beginn des Nachmittags, wir gingen die Salita Cosimo di Medici hinunter, das kleine weiße Handtuch mit dem Bienenwabenmuster des Gasthofs über der Schulter. Wir durchquerten Portoferraio, das sich

zusehends belebte, einige Lebensmittelläden beim Hafen waren geöffnet. Wir schlüpften unter einem wackligen Zaun hindurch, ein harmloser Einbruch, um auf den Parkplatz zu gelangen, überquerten das graue und mit Kieselsteinen bedeckte leere Grundstück, an dessen anderem Ende, vor den Schaufenstern einer Werkstatt, in denen Gebrauchtwagen zum Verkauf standen, ich den alten Lieferwagen ihres Vaters mit seiner mit einer Plane ausgelegten offenen Ladefläche entdeckte. Willst du fahren? fragte ich Marie. Nein, nicht unbedingt, sagte sie mir und hielt mir die Wagenschlüssel hin. Ich nahm hinter dem Steuer Platz, ließ mich auf den alten Sitz mit den ausgeleierten Stahlfedern fallen, das Lenkrad war glühend heiß, das Armaturenbrett übersät mit Strohhalmen, Parktickets, eine halb leere Flasche Mineralwasser eingeklemmt zwischen Sitz und Handbremse, auf dem Handschuhfach lag ein Bund getrockneter Kräuter, Fenchel, Ginster, ein paar Rosmarinzweige (ein wahres Herbarium), die Marie oder ihr Vater vor Jahren gesammelt haben mussten. Im Wagen roch es nach Macchia, nach heißem Plastik und Pferdestall. Ich drehte den Schlüssel im Schloss und startete den Wagen (er sprang sofort an), und wir kurvten über den holprigen Parkplatz, fuhren eine kleine Steigung hoch, um die rot-weiße Schranke zu umfahren, die rein theoretisch die Ausfahrt versperrte, und ließen schnell Portoferraio hinter uns. Wir hatten über kein bestimmtes Ziel gesprochen, aber wie selbstverständlich hatte ich die Richtung nach Rivercina eingeschlagen.
Wir hatten die Stadt hinter uns gelassen und folgten den

sonnenbeschienenen gewundenen Straßen – kein Lüftchen, keine Welle regte sich. Die Natur zeigte sich in Grün und Blau, dem Blau des Himmels und dem Grün der Vegetation, dem intensiven Grün der Macchia und dem Blau des unbeweglich unter uns daliegenden Meeres, einige Agaven in Blüte, die aussahen wie zu groß geratene Sonnenschirme, säumten den Wegesrand. Marie schwieg, sie hatte sich das kleine weiße Hotelhandtuch mit dem Bienenwabenmuster über die Knie gelegt und schaute auf die Straße vor sich. Soll ich dir eine Barzelletta erzählen? fragte ich sie. Sie drehte sich zu mir und lächelte mich an, überrascht, legte eine Hand auf meine Schulter und fuhr mir zärtlich über den Arm, friedlich, beruhigt, als hätte sie mich endlich wiedergefunden, nach langer Abwesenheit, nach einem zeitweiligen Verschwinden, einer vorübergehenden Verdunklung meiner Person. Aber dieser Zustand hielt nur einen kurzen Augenblick. Als wir um eine Kurve bogen, schien mir die Sonne so stark ins Gesicht, dass mich die orangefarbene Helligkeit in der Windschutzscheibe brutal blendete. Ich kniff die Augen zu und bat Marie, mir ihre Sonnenbrille zu leihen. Sie nahm sie ab und setzte sie auf meine Nase, eine Geste, die zärtlich hätte sein können, die anfangs auch zärtlich war, die aber, wie all die anderen Zärtlichkeiten auch, die wir an diesem Tag ausgetauscht hatten, in einem Debakel endete und in völliger Wirrnis (weil sie mit der Brille nicht gleich die richtige Stelle traf, wütend wurde, dass ich ihr dabei nicht half, und gereizt, dass es ihr nicht gelang, hatte sie mir schließlich die Brille verkehrt herum auf die Nase gestülpt und mir dabei fast einen Bügel ins Auge gestochen) – als

könnten wir nie mehr zueinanderfinden und uns lieben, wenn nicht in Gereiztheit und Schroffheit.
La Rivercina lag in dem Teil der Insel, in der sich die Minen von Rio nell'Elba befanden. In der Vergangenheit schon waren mir die verlassenen Gruben neben der Straße nicht entgangen, in denen früher Erz abgebaut worden war, aber so wie heute war mir noch nie der düstere, an den Tod gemahnende Charakter dieser unsäglich trostlosen Landschaften aufgefallen, die die stillgelegten Eisenerzgruben in der Natur hinterlassen hatten, diese blutroten Narben, die sich mitten durch die Macchia zogen, offene, lang gezogene, rosafarbene, staubige, in der Sonne schwärende Wunden, von denen so etwas wie eine traurige Schönheit ausging. Langsam fuhr ich diese kurvenreiche Straße entlang und betrachtete dabei den aufgeschürften Hügel, der bis ans Meer hinabreichte, auf dem keine Vegetation mehr wuchs und das Eisenerz auf den Hängen nackt zutage trat. Ein gespenstischer Sandweg führte bis an den Strand hinunter, da standen verlassene Gebäude der Grube mit zerstörten Dächern und zerbrochenen Fensterscheiben, zwischen Hütten aus Wellblech türmten sich ausrangierte, umgekippte Loren, über die gesamte Breite der Küste ein Strand aus Eisenoxyd, an den ein Meer aus Öl grenzte, aber schwarz, ein schwarzes Ölmeer. Ich war etwas weiter weg in einen Schotterweg abgebogen, mehr ein Trampelpfad als eine Straße, ich fuhr so langsam wie möglich, und doch wurden wir im Wagen aufs Heftigste durchgeschüttelt, Marie hielt den Arm vor sich, musste sich mit den Fingerspitzen auf dem Handschuhfach abstützen. Ich überquerte eine alte Brücke, die

über das Kiesbett eines ausgetrockneten Flüsschens führte, folgte etwa hundert Meter dem Anstieg des staubigen Pfades und parkte auf einem Felsvorsprung, der ins Meer hinausragte. Von hier aus führte ein steiler Fußweg zu einer Bucht, die wir kannten. Kein anderes Auto stand an diesem Abend hier (manchmal, im Sommer, gab es bis zu vier oder fünf, niemals mehr, der Platz war nicht sehr bekannt).

Marie ging mir voran, das kleine, weiße Hotelhandtuch mit dem Bienenwabenmuster über der Schulter, sie war schnell unterwegs auf dem schmalen Weg zwischen Ginsterbüschen und den Affodill. Am Ende des Wegs, verloren zwischen Brombeersträuchern und wilden Olivenbäumen, war die Ruine einer verlassenen Kapelle mit ihrem zerstörten, von der Vegetation überwucherten Dachstuhl auszumachen. Wir umrundeten die verfallenen Mauern, gingen ein paar Meter weiter entlang der felsigen Küste, erreichten dann einen winzigen Strand aus Kieselsteinen, wo es nichts gab außer ein paar Gruppen von Binsen und Sonnenröschen mit Obionenblättern, die um einen kleinen, an der Felswand liegenden Tümpel voller Mücken herumwuchsen. Marie setzte sich nun auf die Steine und versuchte, ihre Reitstiefel auszuziehen, ich musste ihr helfen, weil sie an ihren Beinen festklebten. Kaum war sie von den Stiefeln befreit, ging sie sofort ans Wasser und steckte ihre Füße hinein, während ich mich auf den Strand setzte und mein Hemd auszog. Marie schlenderte am Meeresufer entlang, lief auf und ab, wollte dann die Hosenbeine hochrollen, damit sie nicht nass würden, verlor aber schnell die Geduld und kam wieder zurück, zog einfach

die Hose aus, ging dann zurück zum Meer und spazierte mit nackten Beinen und nacktem Hintern, bekleidet nur noch mit ihrer weit offen stehenden, an den Seiten hin- und herwehenden Bluse, über den Strand.
Das Wasser war kristallklar, und die Sonne am Himmel war schon spürbar schwächer geworden, sie zeichnete am Horizont nur noch eine glutrote und orangefarbene Linie, war kurz davor, im durchsichtigen Nass des Meeres zu verlöschen. Marie kam wieder zu mir, nahm meine Hand und zog mich vom Strand hoch, und ich umschlang sie wortlos, zog ihren Körper an meinen und drückte sie an mich, besänftigte sie in der Umarmung. Ich spürte ihren heißen Körper in meinen Armen, stand regungslos ihr gegenüber, blickte sie durchdringend an – auch ich war traurig, auch ich litt, konnte sie das denn nicht verstehen? Wir schauten uns in die Augen und begannen, uns sachte hin und her zu bewegen, ich wiegte sie langsam in meinen Armen, zog sie mit mir fort auf dem steinernen Strand, wortlos, wir formten beide einen einzigen Körper, halb nackt, halb angezogen, in der Verlängerung meines nackten Oberkörpers bewegten sich die nackten Beine von Marie, während die Seitenteile ihrer Bluse sachte an meine beiden Hosenbeine schlugen. Wir tanzten auf der Stelle, sehr langsam und eng umschlungen, näherten uns dem Ufer, meine Füße stolperten über die Kieselsteine, und ihre folgten meinen, glitten auch, manchmal, fast unmerklich über die kleinen runden und scharfen Steine, wir tanzten und näherten uns dem Meer und dem grauen gebrochenen Sand, dort, wo die Wellen sanft ausliefen, tanzten schweigend in dieser verlassenen Bucht am Fuße des Berges.

Marie hatte ihre Bluse ausgezogen und war ins Wasser gegangen. Ich hatte mich wieder auf die Kieselsteine gesetzt, sie planschte vor mir am Ufer herum, schaute zu mir herüber, lächelte mir zu, stützte sich mit den Händen auf dem Ufersand ab, unbeweglich fast, mit nassen Haaren, atmete einige Tropfen aus der Welle ein, spuckte sie wieder aus, dabei mit geblähten Backen kleine Luftbläschen formend. Komm, sagte sie. Ich lächelte ihr zu, rührte mich aber nicht. Komm, wiederholte sie, ließ es dann aber sein und schwamm allein los, machte zuerst einige Züge Brust, begann dann zu kraulen, mit schönen, sehr langsamen und regelmäßigen, abgezirkelten Bewegungen, die Arme stiegen in einem leichten Gegentakt gen Himmel, tauchten dann wieder ins Meer. Sie entfernte sich vom Ufer, begann, an der steilen Felsküste entlangzuschwimmen, hielt inne, spielte toter Mann, schwamm einige Meter auf dem Rücken, schlug dabei sehr langsam mit den Beinen, den Kopf nach hinten im Wasser. Sie war etwa zehn Meter vom Ufer entfernt, rief mir zu, sie würde zur nächsten Bucht hinüberschwimmen, um den Felsvorsprung herum. Wir treffen uns auf der anderen Seite, rief sie mir aus der Entfernung zu, nimm den Weg, den wir gekommen sind, komm rüber mit meinen Sachen und dem Handtuch – und ohne eine Antwort abzuwarten, entfernte sie sich in die offene See.
Ich hatte zugeschaut, wie Marie ins offene Meer hinausschwamm, langsam den steil abfallenden Felsvorsprung umschwamm und bald aus meinem Blickfeld verschwand. Ich war noch einen Augenblick im Anblick des Meeres sitzen geblieben, hatte dann ihre Sachen zusammengesucht,

ihre Bluse, ihre weichen, ohne den Halt ihrer Beine erschlafften Reitstiefel, hatte oben drauf das kleine Handtuch gelegt und mich dann auf den kleinen Pfad begeben, um sie auf der anderen Seite zu treffen. Der Anstieg auf dem Pfad war mühevoll, mit nacktem Oberkörper, Maries Sachen auf den Armen, ich beeilte mich, den Hang hoch fing ich an zu schwitzen, Staubteilchen und Gestrüpp der Macchia klebten an meiner schweißtriefenden Brust, auf halbem Weg nach oben war ich schon klatschnass, obwohl die Sonne bereits fast ganz hinter dem Berg verschwunden war. Mit großen Schritten kam ich in der Macchia voran, kam auf den Steinen ins Rutschen, meine Schuhe bogen sich im Staub, ich zerkratzte mir den Arm an Dornen eines Brombeerstrauchs, an Stacheln von Ginster, auf dem ein wunderschönes, goldenes Licht ruhte, kaum durchbrochen von winzigen Flugbewegungen von Insekten. Oben angekommen, ging ich ohne anzuhalten an dem alten Lieferwagen vorbei zur anderen Seite des Felsvorsprungs und hielt am Rand der steilen Felsküste an. Ich beugte mich vor ins Leere und suchte nach Marie unten im Meer, aber da war keine Spur von einem Menschen, das Meer lag still, schwarz und unbeweglich im massigen Schatten der steilen Wand.
Ich hatte den Pfad genommen, der auf der anderen Seite durch dichtes Gestrüpp zum Meer hinunterführte, zur Bucht, in der ich Marie treffen sollte. Ich war noch immer in Eile, wollte vor ihr dort sein, wollte meine wachsende Unruhe in den Griff bekommen, den Ansatz einer leichten Panik, die mich plötzlich ergriffen hatte und mir das Herz höher schlagen ließ, ich beeilte mich auf dem Pfad,

um wieder bei ihr zu sein und mich zu beruhigen, mich endgültig zu beruhigen und an nichts mehr zu denken, ich wollte nichts mehr denken, weigerte mich zu denken, wollte den Gedanken aus meinem Kopf verjagen, der erst über mich gekommen war, nachdem sie fortgeschwommen war, der mir vorher keine Sekunde in den Sinn gekommen war, weder, als sie ins Wasser ging, noch davor, als sie mir in Portoferraio vorgeschlagen hatte, gemeinsam schwimmen zu gehen, ich hatte einfach nicht die Verbindung hergestellt zwischen der Tatsache, dass ihr Vater ertrunken war, dass sein Herz im Meer aufhörte zu schlagen, vielleicht sogar hier an dieser Stelle, in ebendieser Bucht, keine drei Tage war es her. In einer der Buchten in der Nähe von Rivercina musste es gewesen sein, und Marie schwamm jetzt vielleicht gerade in ebendieser Bucht, weil es *unsere* Buchten waren, weil es diese Buchten waren, die wir aufsuchten, wenn wir nach Rivercina kamen, ich hatte bis jetzt nicht die so naheliegende und erschreckende Verbindung gezogen, aber jetzt zog ich sie, hier auf dem Pfad, auf dem Pfad im Rennen, jetzt, wo das Licht nachgelassen hatte und die Sonne untergegangen war, es Nacht zu werden begann, der Weg war dunkel, die Macchia lag im Schatten, war sehr dicht, voller Stacheln, die Zweige des Heidekrauts erzitterten in einer leichten Brise, die ich in der bläulichen Finsternis um das Gestrüpp erahnte. Ich rannte mit nacktem Oberkörper den Weg hinunter, Maries Sachen in den Armen, ihre Reithose, ihren Büstenhalter, ihre weiße Bluse, drückte das alles gegen meine Brust, obendrauf irgendwie die Stiefel, rutschte auf steileren und steinigeren Abschnitten des Abstiegs aus,

kleine Geröllsplitter waren unter meine Sohlen geraten, die nicht mehr auf dem Boden haften blieben, mich nicht mehr bremsen konnten, keinen Halt mehr fanden, keine feste Stelle, ich verrenkte mir die Knöchel, fiel sogar hin, einmal, auf die Knie, schlug mit dem Ellenbogen auf den Boden auf und ließ dabei Maries Sachen fallen, die sich über den Weg verstreuten, musste anhalten, sammelte gebückt ihre Sachen wieder ein, mit meinem lädierten Ellenbogen hob ich ihre mit Erde und Staub bedeckte Hose auf, ihre Bluse war in den schmierigen und klebrigen Blättern einer Zistrose hängen geblieben, ich fand ihre Stiefel, lief weiter auf dem Pfad, ließ das von den Dornen eines Buschs zerrissene Handtuch zurück, setzte meinen Weg humpelnd fort, ich hatte mich bei meinem Sturz verletzt, kam mit hinterherschleppendem Bein unten in der winzigen Bucht an, in der niemand war.
Ich rannte vor ans Meer und lief am zerklüfteten Ufer auf und ab, lief so weit ich konnte, kletterte von Fels zu Fels, suchte das Meer ab. Ich stand da, am Meer, mit aufgeweichten Schuhen, die sich auf den rutschigen Felsen mit Wasser vollgesogen hatten, und hielt Ausschau, aber Marie war nirgends zu sehen am Horizont, und plötzlich verstand ich, was es hieß, verlassen zu sein, verstand den tiefen Groll Maries mir gegenüber, als ich diesen Nachmittag verschwunden war und sie über Stunden ohne eine Nachricht gelassen hatte, ich verstand ihre Verzweiflung und ihre Ohnmacht, ihre unermessliche, haltlose und hilflose Unruhe. Ich schaute auf das Meer vor mir in der Dunkelheit und die Wellen, die gegen die Felsen schlugen, und gespannt hielt ich Ausschau nach Marie, vielleicht

kam sie ja gleich, tauchte jeden Augenblick hinter dem steil aufragenden, felsigen Kap auf, das sich dort im Schatten abzeichnete. Es war Nacht geworden. Ich konnte nicht länger warten, ich musste etwas unternehmen, also zog ich meine Schuhe aus und ging ihr entgegen ins Meer. Ich watete bis zur Hüfte ins Wasser, ging weiter, solange ich noch Boden unter den Füßen hatte, als mir das Wasser bis zum Bauch gestiegen war, stieß ich mich ab und tauchte hinein. Ich schwamm hinaus in das schwarze, schwere, weite, finstere Wasser, hatte die kleine Bucht bereits hinter mir gelassen, schwamm die Küste entlang, schwamm in dem massiven Schatten der steilen Felswand, entfernte mich immer weiter von der Bucht in der Stille und der Nacht, und meine Unruhe wuchs, je mehr ich die Küste aus den Augen verlor und je tiefer ich in das unermessliche Meer eindrang. Unter mir ahnte ich seichte Stellen und abgründige Tiefen, die Farbe des Wassers verlief von blau zu dunklem Lila, mit schwarzen, dichten, undurchdringbaren öligen Zonen. Ich öffnete die Augen unter Wasser und sah eine verschwommene Welt voller Finsternis, Klüfte und Abgründe, die konkave Spiegelung gleichsam des zerklüfteten Bergreliefs.

Das Meer wurde breiter und schwerer, je weiter ich hinausschwamm, ich fühlte mich getragen, fortgetragen von der riesigen, welligen Dünung, da waren kleine Wirbel an der Oberfläche, Wellen, die erzitterten, sich bildende Wogen, die aufrissen und ein paar Spritzer Gischt entkommen ließen. Ich dürfte nicht mehr als fünfzig Meter, höchstens hundert Meter hinausgeschwommen sein, als ich einen kleinen Felsen erkannte, der in der Ferne auftauchte, um den herum die Gischt zu brodeln schien, ein kleiner Felsen, der sich bewegte, oder besser: der Kopf eines Schwimmers, der Kopf von Marie, der da in der Dunkelheit erschien, keine hundertfünfzig Meter vor mir. Ich hob den Arm und machte ihr weit ausholende Zeichen in der Nacht, ich rief, schwamm schneller, ihr entgegen, jetzt überzeugt, dass es sich um den Kopf eines Schwimmers handelte und nicht um ein Wrackteil, ein Stück altes Holz oder eine Boje. Aber Marie hatte keine Ahnung, dass ich ihr entgegenkam, sie sah mich nicht, schwamm weiter in ihrem Rhythmus, den Kopf ins Wasser getaucht, den sie nur manchmal hob, um zu atmen. Ich schwamm ihr immer noch entgegen, hatte sie wiedererkannt, sah zwar noch nicht ihre Züge, erkannte aber ihre Silhouette und ihre Art zu schwimmen. Ich hatte aufgehört zu schwimmen, um ihr erneut Zeichen zu machen, ich rief nach ihr in der Nacht, als sie mich endlich bemerkte. Wir schwammen die letzten Meter aufeinander zu, sie am Ende der Kräfte wie ich, ich erkannte jetzt ihr Gesicht in der Dunkelheit, das auftauchte und verschwand im welligen Wasser, ihr unverwechselbares Gesicht, kalt, hart, erschöpft, ihre Wangen leichenblass, mit einem verbissenen Ausdruck, voll Zähigkeit, Not und Erschöpfung, wie der Blick einer Schiffbrüchigen. Und sie, die bis zu diesem Moment nicht geweint hatte, die niemals ihre frostige Haltung aufgegeben hatte, Stärke und Distanz gezeigt und ihren Schmerz unterdrückt hatte, eisig, trotzig und wie im Tiefsten aufgebracht seit der Nachricht vom Tod ihres Vaters, sie, die nicht geweint hatte während der Beerdigung und nicht, als wir uns wiedergetroffen hatten, sie konnte den letzten Meter kaum erwarten, kaum erwarten, endlich auf meiner Höhe zu sein und ihre Hand auf meine Schulter zu legen und in Tränen auszubrechen, mich zu umarmen und gleichzeitig auf mich einzuschlagen, sich in meine Arme zu schmiegen und mich zu beschimpfen in der Nacht, von heftigen Tränen geschüttelt, die das Meer sofort verschluckte, sie mit seinem eigenen salzigen Wasser vermischte im Gebrodel der Gischt, die um uns herum plätscherte, Marie ohne Kraft jetzt, reglos in meinen Armen, bewegte sich nicht mehr, trieb nur so dahin, in meinen Armen, und ich fuhr ihr zärtlich über das Gesicht, ihren ausgekühlten, nassen Körper gegen meinen gedrückt, ihre Beine um meine Taille geklammert, Marie, die sanft in meinen Armen weinte, ich küsste sie und wischte ihre Tränen mit der Hand weg, strich mit meiner Hand über ihr Haar und die Wangen, wischte ihre Tränen mit der Zunge auf und küsste sie, und sie ließ es geschehen, ich küsste sie, sammelte ihre Tränen auf mit meinen Lippen, schmeckte das salzige Wasser auf meiner Zunge, hatte Meerwasser in den Augen, und Marie weinte in meinen Armen, in meine Küsse, sie weinte ins Meer.

Die Wahrheit über Marie

Roman

Aus dem Französischen von Joachim Unseld

Frühling-Sommer

I

Später, als ich an die dunklen Stunden dieser glutheißen Nacht zurückdachte, wurde mir bewusst, dass wir beide, Marie und ich, damals im gleichen Augenblick Liebe gemacht hatten, nur nicht miteinander. Zu einer bestimmten Zeit derselben Nacht – die erste Hitzewelle des Jahres war brutal über die Stadt hereingebrochen, drei Tage hintereinander herrschten in Paris Temperaturen von bis zu 38 Grad Celsius und nie unter 30 Grad – machten Marie und ich Liebe, in Appartements, die kaum einen Kilometer Luftlinie voneinander entfernt lagen. Zu Beginn des Abends konnte sich natürlich keiner von uns beiden vorstellen, auch nicht später, zu keinem Moment, es war schlicht unvorstellbar, dass wir in dieser Nacht aufeinandertreffen würden, dass wir noch vor dem Morgengrauen zusammen sein, wir uns in dem dunklen, förmlich auf den Kopf gestellten Flur unserer Wohnung sogar kurz umarmen würden. Aller Wahrscheinlichkeit nach, angesichts der Uhrzeit, zu der Marie in die Wohnung zurückgekehrt ist (in unsere Wohnung oder vielmehr *in ihre Wohnung*, man müsste jetzt sagen *in ihre Wohnung*, weil wir seit fast vier Monaten nicht mehr zusammenwohnten), und

angesichts der fast identischen Uhrzeit, zu der ich in meine kleine Zweizimmerwohnung zurückkehrte, in die ich nach unserer Trennung gezogen war, nicht allein, ich war nicht allein – mit wem ich zusammen war, spielt keine Rolle, darum geht es hier nicht –, dürfte es zwanzig nach eins, höchstens halb zwei morgens gewesen sein, als Marie und ich in dieser Nacht in Paris Liebe machten, beide leicht betrunken, mit heißen Körpern im Halbdunkel bei weit geöffneten Fenstern, durch die doch kein Lufthauch ins Zimmer drang. Die Luft war stickig und drückend schwül, es herrschte eine fast fiebrige Temperatur, die die Atmosphäre nicht abkühlte, dafür aber die Körper stärkte, auf denen die Hitze selbstherrlich und schwer lag. Es war etwa zwei Uhr morgens – ich weiß es, denn ich habe auf die Uhr gesehen, als das Telefon klingelte. Aber ich will, was die genaue Abfolge der Ereignisse jener Nacht betrifft, lieber vorsichtig sein, denn immerhin geht es um das Schicksal eines Mannes, um seinen Tod, lange hatte man nicht gewusst, ob er überleben würde oder nicht.
Ich habe sogar seinen richtigen Namen nie wirklich gekannt, ein Name mit Bindestrich: Jean-Christophe de G. Marie war nach einem gemeinsamen Abendessen mit ihm ins Appartement in der Rue de La Vrillière gegangen, es war die erste Nacht, die die beiden zusammen in Paris verbrachten, sie hatten sich im Januar in Tokio auf der Vernissage von Maries Ausstellung im *Contemporary Art Space* von Shinagawa kennengelernt.
Es war kurz nach Mitternacht, als sie das Appartement in der Rue de La Vrillière erreichten. Marie hatte eine Flasche Grappa aus der Küche geholt, und sie setzten sich mit

lässig ausgestreckten Beinen ins Schlafzimmer aufs Parkett am Fußende des Bettes, mitten in ein Durcheinander aus Polstern und Kissen. Es herrschte eine schwere, stockende Hitze in der Wohnung der Rue de La Vrillière, wo die Fensterläden seit dem Vorabend geschlossen waren, als Schutz vor der Hitze. Marie hatte das Fenster weit geöffnet und im Halbdunkel sitzend den Grappa eingeschenkt, sie beobachtete, wie die Flüssigkeit durch die versilberte Dosierungsvorrichtung der Flasche langsam in die Gläser floss, und spürte sofort, wie das Aroma des Grappas ihr zu Kopfe stieg, sie nahm in Gedanken den Geschmack vorweg, bevor die Zunge ihn erkundet hatte, diesen parfümierten, fast likörartigen Grappageschmack, eine Erinnerung, die sie seit mehreren Sommern in sich trug und unweigerlich mit Elba assoziierte, eine Erinnerung, die unvermittelt und unerwartet in ihr Bewusstsein stieg. Sie schloss die Augen und nahm einen Schluck, beugte sich hinüber zu Jean-Christophe de G. und küsste ihn mit feuchtwarmen Lippen, mit einer plötzlichen Empfindung von Frische und Grappa auf der Zunge.

Einige Monate zuvor hatte sich Marie auf ihrem Laptop eine Software installieren lassen, mit der sie völlig illegal Musikstücke aus dem Internet herunterladen konnte. Ausgerechnet Marie, die als Erste mit Erstaunen reagiert hätte, wäre sie auf den kriminellen Charakter dieser Praktiken aufmerksam gemacht worden, Marie, meine Piratin, die ansonsten ein Vermögen für einen Stab von Wirtschaftsanwälten und weltweit agierenden Juristen ausgab, um gegen die Fälschungen ihrer Marken in Asien vorzugehen, Marie erhob sich, schritt durch den Halbdämmer des Zimmers und lud auf ihren Laptop eine sanfte, langsame Tanzmusik herunter. Sie suchte sich einen alten Slow aus, der ihr für den Moment passend erschien, so einen kitschigen Schmachtfetzen (ich fürchte, wir hatten denselben Geschmack), und begann, im Schlafzimmer für sich allein zu tanzen, sie knöpfte sich die Bluse auf, kam zum Bett zurück, wobei sie mit den Armen schlangenartig arabisch anmutende Arabesken improvisierte. Sie setzte sich wieder neben Jean-Christophe de G., der mit seiner Hand zärtlich unter ihre Bluse fuhr, doch Marie bäumte sich plötzlich auf und stieß ihn mit einer ebenso verzweifelten wie uneindeutigen Gebärde von sich, was ein einfaches »Hände weg« bedeuten konnte, eine unmittelbare Reaktion, als sie seine lauwarme Hand auf ihrer nackten Haut spürte. Ihr war zu heiß, Marie war es zu heiß, sie starb vor Hitze, sie fühlte sich klebrig, sie schwitzte, ihre Haut war nass, die im Raum stehende stickige Luft zu atmen fiel ihr schwer. Sie sprang auf, stürmte aus dem Zimmer und kam aus dem Salon mit einem Ventilator zurück, den sie am Fußende des Bettes anschloss und sofort auf höchste Stufe stellte. Der Ventilator setzte sich langsam in Bewegung, die Rotoren gerieten schnell in ihren festen Rhythmus, lärmend und pulsierend bliesen sie Luftwirbel in den Raum, die in ihre Gesichter peitschten und ihre Haare vor den Augen tanzen ließen, er musste mit einer Haarsträhne kämpfen, die vor seiner Stirn flatterte, und sie hielt mit gesenktem Kopf ihre offenen Haare in den Luftstrom, was sie wie eine Irre oder eine Meduse aussehen ließ. Marie mit ihrem so strapaziösen Hang zu geöffneten Fenstern, geöffneten Schubladen, offenen

Koffern, ihrem Hang zu Unordnung und Schlamperei, zu heillosem Durcheinander, Chaos, Wirbelwinden und stürmisch bewegter Luft.
Sie hatten sich schließlich ausgezogen und im Halbdunkel umarmt. Marie, am Fußende des Bettes, rührte sich nicht mehr, sie war in den Armen von Jean-Christophe de G. eingeschlafen. Der Ventilator drehte sich wie in Zeitlupe und wälzte schwülwarme Luft durchs Zimmer, die sich mit der gewittrigen Luft der Nacht von draußen vermischte. Im Zimmer war es still, nur das bläuliche Licht der Kontrolllampe des Laptops brannte, der Bildschirm hatte sich ausgeschaltet. Jean-Christophe de G. befreite sich behutsam aus Maries Umarmung und stand, nackt, ruckartig auf; schwer stützte er sich mit den Händen ab und ging, ohne ein Geräusch zu verursachen, über das alte Parkett zum Fenster und schaute auf die Straße. Paris erstickte an der Hitze, es mussten noch mindestens 30 Grad sein, obwohl es schon fast ein Uhr morgens war. Aus einer den Blicken verborgenen Bar, die noch geöffnet war, drangen Stimmfetzen aus der Tiefe der Nacht. Autos fuhren im Lichthof ihrer Scheinwerfer vorüber, ein einsamer Fußgänger überquerte die Straße in Richtung der Place des Victoires. Auf dem gegenüberliegenden Bürgersteig erhob sich stumm die massive Fassade der Banque de France. Das schwere Eingangsportal aus Bronze war verschlossen, nichts ringsherum bewegte sich, und plötzlich fühlte sich Jean-Christophe de G. von einer dunklen Vorahnung gepackt, in ihm wuchs die Überzeugung, dass in der Ruhe dieser gewittrigen Nacht noch etwas Dramatisches geschehen, dass er von einem Augenblick zum nächsten

Zeuge einer plötzlichen Woge der Gewalt, des Entsetzens und des Todes werden würde, dass hinter den Mauerwänden der Banque de France Alarmsirenen aufheulen würden und die Straße unten Schauplatz von Verfolgungsjagden, von Schreien und Schlägen, von zuschlagenden Autotüren und von Schüssen sein würde, die Fahrbahn plötzlich voller Polizeifahrzeuge, deren Blaulichter die Hausfassaden mit ihren rotierenden Lichtern anstrahlen.

Jean-Christophe de G. stand nackt am Fenster des Appartements der Rue de La Vrillière und starrte mit einer unbestimmbaren Unruhe und einer wachsenden Beklemmung in der Brust in die Nacht hinaus, als er in der Ferne am Himmel ein Wetterleuchten wahrnahm. Ein scharfer Windstoß fuhr ihm über Gesicht und Oberkörper, und er bemerkte, dass sich der Himmel über dem Horizont tiefschwarz verfärbt hatte, nicht zu einem durchscheinend bläulichen Schwarz einer schönen Sommernacht, sondern zu einem dichten, bedrohlichen, opaken Schwarz. Gewaltige Gewitterwolken trieben auf das Viertel zu und türmten sich unerbittlich auf, verschluckten die letzten Reste des klaren Himmels, die noch über den Gebäuden der Banque de France zu sehen waren. Erneut sah er ein Wetterleuchten in der Ferne, über der Seine, aus der Richtung des Louvre, stumm, fremdartig, dunkel und hell gestreift, unheilverkündend, ohne Blitz und Donnergrollen, eine langgezogene, horizontale elektrische Entladung, die den Himmel auf einer Länge von Hunderten von Metern aufriss und den Horizont in Stößen von Weiß, lautlos, ergreifend, erhellte.

Unvermittelt drang mit einem heftigen Wirbel kühlere Luft ins Zimmer. Marie spürte mit einem leichten Schauder, wie der erfrischende Wind über ihren Rücken strich, und flüchtete sich unter die Bettdecke, umwickelte fest ihre Schultern. Sie zog ihre Strümpfe aus und warf sie ans Bettende, während Jean-Christophe de G. begann, sich im Zwielicht wieder anzuziehen, er zog sich an, und sie zog sich aus, es waren dieselben Bewegungen und doch so verschiedene Ziele. Er zog sich seine Hose wieder an und streifte sein Jackett über. Bevor er ging, setzte er sich noch einmal für einen Augenblick neben Marie an das Kopfende des Bettes. Er küsste sie im Halbdunkel auf die Stirn und berührte leicht ihre Lippen, aber die Küsse dauerten länger als die eines einfachen Abschieds, sie zogen sich in die Länge, wurden fiebriger, sie umarmten sich erneut, bis er schließlich zu ihr ins Bett unter die Decke kroch, mitsamt seinen Kleidern, seinem schwarzen Leinenjackett, seiner Leinenhose, er presste sich dicht an sie, ließ dann die Aktentasche, die er immer noch in der Hand hielt, los, um Marie zu umarmen. Sie lag nackt an ihn gedrückt, und er berührte sanft ihre Brüste, und als er ihr Seufzen hörte, streifte er ihren kleinen Slip über ihre Schenkel, Marie war ihm dabei behilflich, wand sich in ihrem Bett, Marie, die keuchend und mit geschlossenen Augen den Reißverschluss von Jean-Christophe de G.s Hose öffnete, hastig, aber entschlossen sein Glied herausholte, mit einer gewissen Dringlichkeit, mit einer festen und doch gleichzeitig zärtlichen Bewegung, so, als wüsste sie genau, worauf sie hinauswollte, doch dann, am Ziel angekommen, wusste sie plötzlich nicht weiter. Erstaunt öffnete sie die

Augen, schlaftrunken, betäubt von Alkohol und Müdigkeit spürte sie, dass sie vor allen Dingen eines wollte, Schlaf, das Einzige, worauf sie im Moment wirklich Lust hatte, war zu schlafen, und sei es in den Armen von Jean-Christophe de G., aber nicht notwendigerweise mit seinem Schwanz in der Hand. Sie hielt inne, aber da sie irgendetwas mit dem Schwanz von Jean-Christophe de G., den sie immer noch in der Hand hielt, anfangen musste, schüttelte sie ihn, entgegenkommend, ein- oder zweimal, wie aus Neugierde, recht sanft, hielt ihn umschlossen und bewegte ihn und musterte neugierig und interessiert das Resultat. Was erwartete sie, dass er steif wurde? Marie hielt den Schwanz von Jean-Christophe de G. in der Hand und wusste nicht, was sie damit anfangen sollte.
Marie war schließlich eingeschlafen. Sie war für eine Weile eingenickt, oder war er es, der zuerst eingeschlafen war, sie bewegten sich kaum in der Dunkelheit, küssten sich weiter, mit Unterbrechungen, in einem von beiden geteilten Halbschlaf dämmerten sie in den Armen des anderen vor sich hin, tauschten flüchtig schlafwandlerische Liebkosungen aus (und das nennt man, sich die ganze Nacht lieben). Marie hatte die oberen Knöpfe von Jean-Christophe de G.s Hemd geöffnet und streichelte geistesabwesend seine Brust, er ließ sie gewähren, ihm war heiß, er schwitzte so völlig angezogen unter der Bettdecke, sein Glied, unmerklich steif, im Stich gelassen, ragte einsam aus der Hose, noch erregt von Maries spärlichen Zärtlichkeiten, während Marie ihre Hand unter sein verschwitztes und verknittertes Hemd schob, dessen offene Enden kraftlos an ihm herunterfielen. Sie küsste ihn sanft, auch sie

schwitzte leicht, ihre Schläfen glühten, ohne sich vorzusehen, begann sie, seine Taschen zu durchsuchen, ließ ihre Hand in die Taschen seines Jacketts gleiten, voller Neugier, was dieser starre Gegenstand mit den harten Konturen sein konnte, der ihr bei seinen Umarmungen auf die Hüfte drückte. Eine Waffe? Konnte es wahr sein, dass in der Tasche seines Jacketts eine Waffe war?
In diesem Moment schloss sich langsam das Fenster, schlug dann mit einem heftigen Schwung wieder auf, dass Glas und Rahmen erzitterten, mit einem Mal fielen schwere Regentropfen auf die Straße. Marie sah im Geviert des Fensters, wie der Regen in der Nacht in Strömen herunterprasselte, ein schwarzer Regenvorhang, der vom Wind stoßweise seitlich und in Wirbeln durch die Strahlenbündel der Straßenlaternen gepeitscht wurde. Gleichzeitig ertönte mehrere Male hintereinander ein Donnergrollen, und der Himmel wurde schlagartig erleuchtet durch ein baumartiges Netz mit vielfachen Verästelungen. Die Heftigkeit des Regens nahm zu, einzelne Tropfen begannen ins Zimmer zu fallen, prallten von den Fensterscheiben und vom Parkett. Marie fühlte sich sicher unter ihrer Decke, geschützt vor dem Unwetter, nackt, wie sie war, ihre Sinne waren durch die Dunkelheit geschärft, ihre Augen schimmerten im Licht der Blitze, sie gab sich mit Lust der erotischen Dimension des Vergnügens hin, ein solches Unwetter im Schutz eines Bettes genießen zu können, mit weit in die Nacht geöffnetem Fenster, wenn der Himmel aufreißt und die Elemente außer Rand und Band geraten. Manchmal ließen die Blitze sie hochfahren, steigerten durch ihr Erschrecken nur noch mehr ihr sinn-

liches Vergnügen, sich drinnen im warmen Bett zu wissen, während draußen der Sturm tobte. Doch anders als die heftigen Unwetter der Spätsommer auf Elba, die die Luft reinigen und sofortige Erfrischung bringen, hatte das Gewitter dieser Nacht etwas Tropisches und Ungesundes, so als hätte der Regen die Temperatur nicht senken können, und die Luft, noch immer feuchtigkeitsschwanger und mit einem Übermaß an atmosphärischer Elektrizität aufgeladen, bliebe drückend, schwül, nicht zu atmen, zum Ersticken. Jean-Christophe de G. hatte nicht einmal die Augen geöffnet, reglos lag er in seinen Kleidern neben ihr im Bett, Schweiß auf der Stirn. Bleiern schlief er auf dem Rücken liegend, unberührt vom Grollen des Donners, dessen Nachhall sich in vielfachen Echos brach, bevor er im anhaltenden Plätschern des auf die Erde klatschenden Wolkenbruchs erstickte. Marie achtete kaum auf ihn, als er plötzlich die Decke zurückschlug und im Anzug aus dem Bett auftauchte, fertig angekleidet wie zum Ausgehen. Sie sah zu, wie er stocksteif wie ein Schlafwandler das Zimmer verließ, in Socken, seinen Aktenkoffer in der Hand, vielleicht wollte er nach Hause gehen, Marie hatte keine Ahnung, wohin er ging, sie hörte, wie er sich im Flur entfernte, dann schlug eine Tür zu, vielleicht die Wohnungstür, und Marie suchte mit den Augen nach den Schuhen von Jean-Christophe de G., die noch am Fußende des Bettes standen, es war vielleicht doch die Toilettentür, die zugeschlagen war. Einige Minuten blieb Jean-Christophe de G. fort, dann kam er zurück, so wie er gegangen war, derselbe unsichere, stocksteife, mechanische Gang, doch jetzt war sein Gesicht kreideweiß, blass,

aschfahl, in Socken und schwitzend tat er einen Schritt ins Zimmer und brach zusammen.
Marie begriff nicht sofort, was geschehen war, dachte zuerst, er sei wegen des Alkohols gestolpert, und zögerte zunächst einen Augenblick, bevor sie aus dem Bett sprang, um ihm zu Hilfe zu kommen. Was ihr aber auf einmal große Angst einjagte, war, dass er nicht das Bewusstsein verloren hatte, sie sah, wie er sich in der Dunkelheit auf dem Rücken hin und her wälzte, sich jämmerlich auf dem Parkett wand, sich mit beiden Händen an die Brust griff, als sei dort ein Schraubstock, aus dem er nicht freikam, und sie sah, wie sich sein Gesicht im Dunkeln vor Schmerz verzerrte, seine Kiefer verhärteten, seine Lippen schwer wurden, steif und wie betäubt, seine Atmung war nicht normal, er versuchte angestrengt, etwas zu sagen, doch seine Artikulation war teigig, kaum verständlich, er versuchte, ihr zu erklären, dass er seine linke Hand nicht mehr spüre, dass sie gelähmt sei. Marie, neben ihm auf dem Boden kniend und über ihn gebeugt, hatte seine Hand ergriffen. Er sagte, dass er sich schlecht fühle, man sofort einen Arzt rufen müsse.
Marie hatte die Nummer eines Notdienstes gewählt, die 15 oder die 18, und lief ungeduldig im Zimmer auf und ab, darauf wartend, dass jemand den Anruf entgegennahm, sie ging zum Fenster, warf einen abwesenden Blick auf die dunkle Straße, auf die immer noch der Regen fiel, kehrte zu Jean-Christophe de G.s auf dem Boden liegenden Körper zurück und kniete sich schließlich neben ihn. Nackt und auf Knien verharrte Marie reglos im Halbdunkel, hielt das Telefon in ihren zitternden Fingern, hörte das

Freizeichen, ihr nackter Körper wurde immer wieder von brutalen Blitzen angestrahlt, die das ganze Zimmer in grellem Weiß erhellten, und als sich am anderen Ende der Leitung endlich jemand meldete, ließ sie ihrer ganzen angestauten Panik freien Lauf und gab einen Schwall konfuser und unpräziser Erklärungen von sich, Marie, aufgewühlt, verloren und ratlos, wie sie war, hörte nicht auf den Mann am Telefon, der sie zu beruhigen versuchte, ihr immer dieselben knappen zwei oder drei Fragen stellte, die einfache und klare Antworten erfordert hätten – Name, Adresse, Art der Krankheit –, Marie ertrug es nicht, dass man ihr Fragen stellte, Marie hatte es schon immer gehasst, dass man ihr Fragen stellte, Marie hörte nicht zu, gab keine Antworten, sagte nicht ihren Namen und nicht ihre Adresse, sie redete mit verstörter Stimme ins Leere hinein, erklärte umständlich, dass er sich schon im Restaurant unwohl gefühlt habe, ein Schmerz in der Schulter, aber das habe nur einen kurzen Moment gedauert und sei gleich vorbeigegangen, daran gebe es keinen Zweifel – der Telefonist musste sie unterbrechen, um sie erneut, diesmal schroffer, nach ihrer Adresse zu fragen, »Ihre Adresse, Madame, geben Sie mir Ihre Adresse, ohne Ihre Adresse können wir nichts unternehmen« –, und dann war er es, Jean-Christophe de G., der, mit erloschenen Augen und kraftlosen, weichen Lippen, kreideweiß und schweißbedeckt auf dem Rücken liegend, Marie voller Unruhe anblickte und zu erraten versuchte, was hier vor sich ging, und dann, als er ihr die Antwort auf seine Frage von den Augen abgelesen und die Situation verstanden hatte, ihr den Telefonhörer aus der Hand nahm und dem Telefonisten die Adresse durchgab: »2, Rue de La Vrillière«, er sagte es in einem Zug, als ginge es darum, ein Taxi für den Heimweg zu bestellen, reichte dann erschöpft von der Anstrengung Marie wieder das Telefon zurück und fiel benommen zur Seite. Der Mann am Telefon erklärte nun Marie, dass er sofort eine Ambulanz schicken werde, wies sie mit teilnahmsloser, monotoner Stimme an, im Falle eines Herzstillstands eine Herzmassage und eine Mund-zu-Mund-Beatmung vorzunehmen. Das Gewitter hatte nicht nachgelassen, helle Blitze ließen in regelmäßigen Abständen – blendend, grell erleuchtend – für kurze Momente die Umrisse des Zimmers in einem geisterhaften weißen Licht erstarren. Marie hatte sich rittlings auf den bekleideten Körper Jean-Christophe de G.s gesetzt und damit begonnen, mit übereinandergelegten Händen, ausgestreckten Armen und völlig zerzausten Haaren, unbeholfen und außer sich, mit aller Kraft auf sein Brustbein zu drücken, auf seinen Brustkorb zu schlagen, dann, als ihre Bemühungen keinen Erfolg zeigten, beugte sie sich über ihn, um ihn zu schütteln und zu umklammern, um ihn festzuhalten und zu umarmen, sie strich mit ihren Händen über sein Gesicht, versuchte, ihm etwas von ihrer Wärme zu geben, drückte ihre Lippen auf seine, bohrte ihre Zunge in seinen Mund, um ihm Luft einzuhauchen, als wollte sie das Versagen ihrer unbeholfenen Rettungsversuche durch diese ungestüme und wütende Behandlung wettmachen, die dem Unglücklichen mit Sicherheit weniger Sauerstoff zuführte, als dass sie ihm ein heftiges Gefühl von Energie und Leben vermittelte. Denn es war wie ein lebensspendender Atem, den Marie dem bewusst-

losen Körper Jean-Christophe de G.s zu geben versuchte, während sie ihm irgendwie Luft in den Mund blies und ihn fest in ihre Arme schloss, dort auf dem Boden ihres Schlafzimmers in einer langen Umarmung, in der sie spürte, wie der Tod an ihrer nackten Haut Schritt für Schritt an Terrain gewann – die ergreifende Nacktheit des Körpers von Marie im Kampf mit dem Tod.
Aus weiter Ferne vernahm Marie die Sirene eines Krankenwagens und stand auf, um ans Fenster zu eilen, patschte barfuß durch Wasserlachen, die sich durch den Regen auf dem Parkett vor dem offenen Fenster gebildet hatten. Marie stand nackt am Fenster, gleichgültig gegenüber Wind und Wetter, und wartete auf die Ankunft des Krankenwagens, der die Rue Croix-des-Petits-Champs hochfuhr, sie erkannte erste Schimmer des Blaulichts, das sich mit dem anschwellenden Geräusch der sich nähernden Sirene vermischte, und es war nicht eines, es waren zwei Rettungsfahrzeuge, die plötzlich mit kreisenden Blaulichtern an der Ecke der Rue de La Vrillière auftauchten und im prasselnden Regen blinkten, ein großer weißer Krankenwagen der SAMU und ein Notarztwagen, ein Kombi, der direkt vor dem Haus auf das Trottoir fuhr und dort hielt. Zwei Gestalten stiegen aus einem der Fahrzeuge, während die Rettungsleute der SAMU die Wagentüren zuschlugen und mit eingezogenen Köpfen im strömenden Regen hastig Arzttaschen packten und Rucksäcke schulterten. Die Gruppe eilte über den Gehweg zum Haus, sie fanden die Haustür jedoch verschlossen, wurden in ihrem Schwung gebremst, sie versuchten wiederholt, die Tür aufzudrücken, sie mit Gewalt zu öffnen. Bis schließlich einer von ihnen

auf die Straße zurücklief und suchend den Kopf zum Gebäude hob. Mit vom Regen triefendem Gesicht entdeckte er endlich Marie und schrie ihr zu, dass die Haustür verschlossen sei. Marie rief ihm sofort den Türcode zu, irrte sich aber und nannte ihm den alten, sie war zu verwirrt, dann nannte sie ihm den neuen, schrie ihn mehrmals durch ihre wie einen Trichter vor den Mund gelegten Hände und rannte in den Flur zurück, um die Wohnungstür zu öffnen. Sie machte einen Schritt auf den Treppenabsatz hinaus und hörte, wie unten der Schließmechanismus der Haustür entriegelt wurde und auch schon Schritte im Treppenhaus widerhallten, sie hörte das laute Getrampel der Helfer, die die Treppe emporhasteten und fast im selben Moment auch schon vor ihr in der Dunkelheit auftauchten. Ohne ein Wort zu verlieren, betraten sie die Wohnung, in der kein einziges Licht brannte, nur die Kontrollleuchte des Computers schimmerte schwach im Schlafzimmer. Es waren fünf Sanitäter, vier Männer und eine Frau. Entschlossen durchquerten sie den Flur und betraten mit weit ausholenden Schritten und ohne nach dem Weg zu fragen sofort das Schlafzimmer, als hätten sie gewusst, wo es sich befand, als hätten sie immer gewusst, wo sich in dieser Wohnung das Schlafzimmer befand, und schalteten dort als Erstes, ohne auch nur einen Blick auf den am Boden Liegenden zu werfen, ohne ihn zuerst zu untersuchen oder ihm schnell Hilfe zu leisten, das Licht im Zimmer an, es gab kein Deckenlicht im Schlafzimmer, nur eine Vielzahl kleiner Tischlampen, die Marie über die Jahre gesammelt hatte, die Tizio von Richard Sapper, die Tolomeo mit Chromkopf von Artemide, die Titania von Alberto Meda & Paolo Rizzato, die Itty Bitty von Outlook Zelco, die Sanitäter verteilten sich in alle Ecken und schalteten alle Lampen an – und erst in diesem Moment, da sie umringt von den Helfern und im Lichte all ihrer Lampen mitten im Zimmer stand, wurde Marie bewusst, dass sie nackt war.

Mit derselben Entschlossenheit, die sich nicht als übertriebene Eile äußerte, sondern durch präzise und methodische, genau aufeinander abgestimmte Handgriffe, entkleideten die Sanitäter den auf dem Boden liegenden Jean-Christophe de G., sie hoben ihn hoch, um ihm sein Jackett abzustreifen und sein Hemd aufzuknöpfen, rissen an den Hemdschößen, zerrten am Stoff, rissen die Knöpfe heraus, die sich nicht sofort öffnen ließen, und legten seinen Brustkorb frei, während der Notarzt ihn bereits mit seinem Stethoskop abhorchte. Ein Sanitäter, der am Kopf des Kranken kniete, nahm den Blutdruck, er hatte ihm die Manschette um den Arm gelegt und presste auf den Blasebalg des Blutdruckmessgeräts, stellte fest, dass der Blutdruck sehr schwach, sogar kaum mehr messbar, quasi nicht mehr existent war, wie der Puls an der Halsschlagader. Er musste dringend beatmet werden, man legte ihm eine durchsichtige Maske über den Kopf, die an eine Sauerstoffflasche angeschlossen war, und drehte den Durchfluss auf. Ein dritter Helfer, der auf dem Boden neben der Stelle kniete, wo immer noch die kleinen Grappagläser standen, hatte am Bettende einen Koffer mit medizinischem Gerät geöffnet und bereitete eine Infusion vor. Er hob den leblosen Arm Jean-Christophe de G.s an und desinfizierte gründlich die Ellenbeuge mit Alkohol, machte mit Fingerdruck sehr schnell eine Vene ausfindig, in die er stechen konnte, zog den Stauschlauch fest um den Arm, entfernte die Kappe der Kanüle und stach von unten nach oben in flachem Winkel hinein. Dann riss er mit einem Geräusch, das klang, als würde man einen Klettverschluss aufreißen, ein großes Heftpflaster von der Schutzfolie ab und befestigte damit provisorisch die Kanüle auf der Haut. Überall im Zimmer standen geöffnete Koffer mit medizinischem Material herum, aus denen Spritzen, Gummischläuche und vakuumverpackte Hilfsmittel in Plastikbeuteln ragten. Der Notarzt, der auf Knien auf dem Parkett kauerte, hatte damit begonnen, den Brustkorb Jean-Christophe de G.s mit einem übelriechenden, durchsichtigen, wässrigen Kontaktgel einzureiben, das er wie auf einem Butterbrot mit beiden Händen auf der Brust verschmierte, damit es in die Haut einziehen konnte und die Epidermis geschmeidig und die Brusthaare weich machte, holte dann einen kleinen, blauen, schlichten Wegwerfrasierer aus seiner Plastikverpackung, einen dieser fiesen, kleinen, dünnen Wegwerfrasierer, deren Schaft man nie richtig festhalten kann, und fing an, den Brustkorb in groben Zügen zu rasieren, in zwei, drei eiligen Bewegungen, von oben nach unten, ohne Rücksicht auf die Haut, die sich aufschürfte, eher war es ein Abräumen als ein Rasieren, am Schluss hielt er in der Höhle des Brustbeins inne, als wollte er dort noch so eine Art spaßiges Komma setzen, bevor er die Melasse der verklebten Brusthaare von der Klinge wischte und hastig ein Netz von Elektroden auf der geröteten und gereizten Haut befestigte. Jean-Christophe de G. lag mitten im Zimmer, um ihn herum ein Schwarm umherhuschender, undeutlicher weißer Gestalten, die sich an ihm zu schaffen machten, sein weißer Oberkörper hob sich im Licht einer 400-Watt-Halogenlampe grell von den anderen ab, einer der Sanitäter hatte sie in aller Eile aus dem Nebenraum herbeigeschafft, da das Licht im Schlafzimmer bei weitem nicht ausreichte, Maries gesammelte Designerlampen, auch wenn sie alle eingeschaltet waren, gaben nur gedämpftes Boudoirlicht ab. In seinem weißen kurzärmeligen Kasack stand ein Sanitäter am Kopf des leblosen Körpers und hielt die Lampe fest an ihrem Gestell, den gewaltsam nach vorne gebogenen Halogenkopf auf den mit Elektroden übersäten bleichen Oberkörper gerichtet, das Schlafzimmer sah aus wie ein Operationssaal.

Marie war ins Badezimmer gegangen, um sich rasch ein T-Shirt überzuziehen, lief dann beunruhigt im Schlafzimmer auf und ab, in jenem winzigen Bereich, der ihr noch geblieben, noch nicht von den Helfern in Beschlag genommen war. Ihr war unklar, wo sie sich hinsetzen, wo sich aufhalten sollte, sie war zum Fenster gegangen und hatte die Fensterflügel geschlossen, damit der Regen nicht weiter ins Schlafzimmer fallen konnte. Sie hatte es aufgegeben, den Arzt um Auskunft zu bitten, es hatte keinen Sinn, es war unübersehbar, wie ernst es um Jean-Christophe de G. stand. Die Sanitäter, die einen Kreis um seinen Körper gebildet hatten, schenkten ihr sowieso keine Aufmerksamkeit, schweigend blickten sie auf die Linien des Elektrokardiogramms auf dem winzigen, hell leuchtenden Monitor in einem der offen stehenden Koffer am Kopf des Kranken, wechselten untereinander nur einige wenige Worte im Flüsterton, gelegentlich erhob sich einer, um eine präzise Aufgabe zu erfüllen, um ein fehlendes Instrument zu holen oder etwas zusätzlich in die Infusion zu spritzen. Plötzlich nahm Marie eine ungewöhnlich heftige Bewegung wahr, die wie eine Welle der Erregung und Nervosität über die Rücken der Helfer lief, und sofort beschleunigten alle ihre Handgriffe, die wogenden Bewegungen der Schultern, das Ineinander der Hände, die sich über dem leblosen Oberkörper zu schaffen machten, waren sichere Zeichen, dass sein Zustand sich abrupt verschlechtert hatte. Mit einer Geste höchster Dringlichkeit richtete sich der Notarzt auf und schlug mit der Faust fest auf das Brustbein, packte dann eilig zwei große, runde Leiterplatten, die durch Kabel mit einem schwarzen, zwischen seinen Beinen klemmenden Batterieblock verbunden waren, auf die nackte, mit Elektroden bedeckte Haut, presste die eine Leiterplatte auf die obere Partie des Brustbeins, die andere seitlich gegen die Rippen. Ohne eine Sekunde zu verlieren, wies er die anderen an, ab jetzt jeden Kontakt mit dem Körper zu vermeiden, vergewisserte sich nochmals, dass niemand ihn berührte, und nahm eine ventrikuläre Defibrillation vor. Der heftige Stromschlag ließ den Brustkorb vom Fußboden hochschnellen, der Schlag fuhr von oben nach unten durch den Herzmuskel, dann fiel der Körper wieder auf den Boden zurück und blieb dort leblos liegen, und Marie begriff, dass das Herz nicht mehr schlug. Marie näherte sich den Sanitätern und betrachtete den entblößten Körper und das unter der Sauerstoffmaske verschwundene Gesicht, das weiße, mit Elektroden übersäte leblose Fleisch, wie von einem Fisch, Fleisch eines Kabeljaus oder einer Rotbarbe, und Marie musste unwillkürlich daran denken, dass sie diesen leblosen Körper noch vor weniger als einer Stunde umarmt hatte, in diesem Zimmer, an fast derselben Stelle, diesen entblößten, enteigneten, zum Objekt erniedrigten und medikamentierten Körper, diesen rasierten, an den Tropf gehängten und beatmeten Körper – diesen auf seinen Rohzustand reduzierten Körper, der nichts mehr mit dem zu tun hatte, was die wirkliche Person Jean-Christophe de G.s ausmachte. Und da wurde ihr bewusst, dass sie seit Beginn des Abends erst jetzt zum ersten Mal wirklich seinen Körper betrachtete, dass sie kein einziges Mal zuvor in dieser Nacht, auch nicht, als sie sich umarmten, sich für seinen Körper interessiert hatte, ihn kaum berührt, ihn nicht einmal angeschaut, sich immer nur um ihren eigenen Körper gekümmert hatte, um ihre eigene Lust.

Angesichts der gescheiterten Defibrillation unternahm der Arzt sofort einen weiteren Versuch, setzte einen zweiten, noch stärkeren Stromstoß. Nach einem Moment der angespannten Stille, in dem alle Blicke gebannt auf den leuchtenden Monitor gerichtet waren, begann das Elektrokardiogramm von Jean-Christophe de G. wieder schwache Ausschläge zu zeigen, das Herz schlug wieder. Ein Sanitäter spritzte eine Dosis eines Antiarrhythmikums in den Tropf, verabreichte eine zusätzliche Dosis Morphium. Da der Zustand des Kranken stabilisiert zu sein schien, entschied der Notarzt, ihn auf der Stelle in ein Krankenhaus bringen zu lassen. Weitere Anweisungen waren nicht nötig, jeder wusste, was zu tun war, die Sanitäter sprangen auf und trafen Vorbereitungen für den Abtransport, sie begannen, ihre überall auf dem Boden herumliegenden Utensilien aufzusammeln und in die Taschen zu verstauen, die ersten trugen bereits ihre Koffer hinunter zum Rettungswagen. Marie beobachtete dieses lautlose und präzise Ballett, das sich in zentrifugalen Bewegungen vom leblosen Körper Jean-Christophe de G.s entfernte, den man zum ersten Mal allein ließ, mitten im Zimmer, angeschlossen an den Tropf und an die kleine Sauerstoffflasche, die neben ihm auf dem Parkett lag. Die Sanitäter kamen mit einer Tragbahre zurück, die sie im Zimmer auseinanderfalteten, Stangen wurden hineingeschoben, bevor sie sie aufklappten, die Stabilität der Konstruktion und die Festigkeit des Stoffes wurden geprüft, bevor sie dann mit äußerster Vorsicht Jean-Christophe de G. darauf hoben. Man breitete eine Decke über seine Knie, befestigte die Beine mit Gurten, die man fest um die Oberschenkel zurrte, und dann trugen sie ihn aus dem Zimmer in den Flur, ein Sanitäter lief mit dem Infusionsschlauch und der Sauerstoffflasche neben der Trage her. Der Tross verließ eilig die Wohnung, Marie folgte ihnen barfuß bis auf den Treppenabsatz, sie versuchte, die Treppenbeleuchtung einzuschalten, aber sie funktionierte nicht, und sie sah zu, wie sie in der Dunkelheit hinunterstiegen. Sie kamen auf der Treppe nur langsam, Stufe um Stufe, voran, mussten auf die Neigung der Trage und auf die Winkel des Treppenhauses aufpassen, sie durften nicht gegen die Wände oder das Geländer stoßen. Auf den letzten Metern löste sich einer der Sanitäter von der Gruppe, hastete voraus und öffnete die Haustür, um den

Durchgang für die Trage zu ermöglichen. Sie passierten die Haustür und verschwanden in genau dem Moment aus Maries Blickfeld, in dem ich vor dem Gebäude auftauchte, ich, der einzige verirrte Gaffer auf dieser menschenleeren Straße um drei Uhr morgens.

Als Marie mich mitten in der Nacht anrief, hatte ich zunächst gar nichts verstanden. Der Regen fiel in Strömen durch das offene Fenster, und der Donner grollte, ich hörte das Klingeln des Telefons durch die Dunkelheit der kleinen Zweizimmerwohnung hallen, in die ich ein paar Monate zuvor gezogen war. Schon beim Abheben des Telefons erkannte ich Maries Stimme, Marie, die mich anrief, gleich nachdem sie den Notarzt gerufen hatte – kurz danach oder kurz davor, ich weiß nicht, die beiden Anrufe müssen jedenfalls unmittelbar im Anschluss aneinander stattgefunden haben –, Marie, die völlig außer sich und verwirrt mich flehentlich zu Hilfe rief, mich inständig bat, zu ihr zu kommen, auf der Stelle, mir aber nicht sagte, warum, komm, sagte sie mir mit überschlagender Stimme, komm sofort, beeil dich, es ist dringend, sie drang in mich, flehte mich an, zu ihr in die Rue de La Vrillière zu kommen.

Der Anruf Maries – es war kurz nach zwei Uhr morgens, das weiß ich genau, ich habe auf die Uhr geschaut, als das Telefon klingelte – war extrem kurz, keiner von uns beiden hatte Lust oder war in der Lage zu reden, Marie hatte mich schlicht zu Hilfe gerufen, und mir hatte es die Stimme verschlagen, ich war noch gelähmt von der Angst, die mich beim Klingeln des Telefons mitten in der Nacht erfasst hatte, ein Gefühl, das noch wuchs und sogar angestachelt wurde durch eine irrationale und heftige Empfindung, die über mich kam, als ich die Stimme von Marie erkannte – sofort waren diese Befangenheit, diese Beschämung, dieses Schuldgefühl da. Denn in dem Moment, in dem ich die Stimme Maries wiedererkannte, war mein Blick auf den Körper einer jungen Frau gerichtet, die bei mir in meinem Zimmer schlief, ich sah ihren im Halbdunkel liegenden reglosen Körper, das einzige Kleidungsstück, das sie trug, war ein winziger Slip aus blassblauer Seide. Ich betrachtete ihre nackte Flanke, die Linie ihrer Hüfte. Ich betrachtete Marie, ohne zu verstehen (Marie, auch sie hieß Marie), und in einer Anwandlung von Schwindel und Taumel ahnte ich plötzlich etwas vom Ausmaß der Verwirrung, in der ich die letzten Stunden dieser Nacht erleben sollte. Sicher konnte ich klar zwischen Marie und Marie unterscheiden – Marie war nicht Marie –, aber ich hatte plötzlich die Eingebung, dass es mir nicht gelingen würde, mich in zwei Hälften aufzuteilen, um gleichzeitig derjenige zu sein, der ich für jene Marie war, die in meinem Bett lag, und derjenige, der ich

für Marie war – ihre Liebe (auch wenn wir, seitdem ich nach unserer Rückkehr aus Japan in die kleine Zweizimmerwohnung in der Rue des Filles-Saint-Thomas gezogen war, nicht mehr zusammenwohnten).
Um halb drei Uhr morgens verließ ich die kleine Zweizimmerwohnung in der Rue des Filles-Saint-Thomas, um zu Marie zu gehen. Draußen war der Himmel dunkel, schwarz, riesig, unsichtbar, und vom Horizont nichts war zu sehen als der ununterbrochen vor dem gelblichen Licht der Straßenlaternen fadendick herunterfallende Regen. Ich hatte mich in den Wolkenbruch gestürzt, den Kragen meines Jacketts hochgeschlagen und mich, weil der Regen mir in die Augen spritzte, in geduckter Haltung in Richtung der Place des Victoires aufgemacht. Aus der Ferne kam in regelmäßigen Abständen Donnergrollen, Regenwasser staute sich sprudelnd über den Gitterrosten der verstopften Kanalisation, kleine reißende städtische Sturzbäche rasten wild die Abflussrinnen entlang. Ich erreichte die Place de la Bourse, die in völliger Dunkelheit still und verlassen dalag, nur das angestrahlte hohe Säulenportal des Palais Brongniart ragte aus der Finsternis. Der Platz war menschenleer, dichter Regen platschte in eine riesige Wasserlache, die schwarz war und aufgewühlt vom Regenschwall und zerfurcht vom Wind, der über ihre Oberfläche stürmte. Ich konnte keine zehn Meter weit sehen, wusste nicht, wohin ich ging, zog in einer lächerlichen Geste des Schutzes mein Jackett enger um mich. Ich hatte die falsche Richtung genommen, musste wieder zurückrennen, hätte auf dem rutschigen Trottoir beinahe das Gleichgewicht verloren. Auf dem nassen Asphalt spiegelte

sich hier und da das Licht der Laternen, und von Zeit zu Zeit sah ich durch den wässrigen Nebel, den der Regen vor meinen Augen bildete, die Irrlichter eines in einiger Entfernung vorbeifahrenden Autos, das sich langsam, wie in Zeitlupe durch die Wassermassen kämpfte, alle Scheinwerfer aufgeblendet in dieser Sintflut.
Ich rannte immer noch, als ich in Sichtweite der Place des Victoires kam und plötzlich die Reihe alter Hausfassaden und die dreiköpfigen Straßenlaternen auftauchten, die im strömenden Regen funkelten, in der Mitte des Platzes ragte die mächtige Reiterstatue von Louis XIV empor, die vor dem Unwetter zu fliehen schien. Meine Unruhe wuchs sich zur Panik aus, als ich in die Rue de La Vrillière einbog und im Dunkel der Nacht die Blaulichter sah – genau vor dem Haus von Marie. Die letzten Meter legte ich mit schlotternden Knien zurück, durchnässt von Kopf bis Fuß, innerlich aufgewühlt, immer noch in Bewegung, außer Atem, mit heftig schlagendem Herzen, aber ich rannte nicht mehr, lief jetzt langsamer, widerstrebend, widerwillig, als würden meine Schritte stocken, als wollte ich nicht mehr weitergehen, ich befürchtete das Schlimmste, einen Unfall, einen nächtlichen Überfall, und als ich in dieser fürchterlichen Aufwallung von zugleich Angst und Liebe an Marie dachte, kam mir jene Nacht wieder ins Gedächtnis, in der uns eine Alarmsirene aus dem Schlaf hatte aufschrecken lassen, die laut durch die Rue de La Vrillière hallte. Wir waren nicht gleich aufgestanden, hatten zunächst geglaubt, es handele sich um eine dieser Autoalarmanlagen, die sich immer wieder grundlos mitten in der Nacht auslösen und die Ohren der Nachbarn

einige Minuten lang quälen, bevor sie dann auf ebenso geheimnisvolle Weise wieder schweigen, aber der Alarm in dieser Nacht klang schriller als sonst, noch beängstigender – nie zuvor hatte ich Vergleichbares gehört, es war, als kündigte diese Sirene eine unbekannte Katastrophe an, warnte die Bevölkerung vor irgendeinem nuklearen Störfall –, und verstummte erst vierzig Minuten später, Zeit genug, damit Marie und ich Gelegenheit fanden, aufzustehen und zum Fenster zu gehen, Marie nur bekleidet mit einem ihrer weiten grauen Baumwoll-T-Shirts, die sie anstelle von Pyjamas trug, schlaftrunken, die Augen halb geschlossen, mit leicht erhitzten Wangen an mich gelehnt, ich konnte ihren noch schlafwarmen Körper riechen. Seite an Seite hatten wir dort am Fenster wunderbare Momente der Komplizenschaft und der stillen Zärtlichkeit erlebt, ich hielt sie an der Taille umfasst, wir schauten auf die düstere Hausfassade der Banque de France uns gegenüber und tauschten von Zeit zu Zeit einen amüsierten Blick aus, beobachteten, was dort drüben vor sich ging, ohne es verstehen zu wollen, es war, als sei die Zeit angehalten, ein außergewöhnlich dynamischer Zustand, ein Nichts, eine Leere, die angefüllt war mit einer unsichtbaren Energie, die offenbar jeden Moment explodieren konnte, ein Nichts, das sich fortwährend von neuen Elementen nährte, die, zusammenhanglos, winzig, unverfänglich, immer wieder in regelmäßigen Abständen auftauchten, um erneut Spannung zu erzeugen und uns davon abzuhalten, wieder ins Bett zu gehen, so war zum Beispiel in der Nacht ein Wagen der Polizei vorgefahren, zwei oder drei Beamte waren herausgestürzt und hatten eine sche-

menhafte Kette zur Absicherung der Bank gebildet, oder noch weitere zehn Minuten später, als sich wie in Zeitlupe das schwere bronzene Portal der Bank einen kleinen Spaltbreit geöffnet hatte, ohne dass sich in der Folge mehr ereignete, als dass ein Wächter seinen Kopf in die Nacht hinausgestreckt hatte, das war auch schon alles gewesen, das schwere bronzene Portal hatte sich wieder hinter ihm geschlossen und aufs Neue unten auf der sonst menschenleeren Straße jene diffuse Bedrohung hinterlassen, die umso wirksamer war, als sie unsichtbar blieb. Ich habe übrigens nie erfahren, was wirklich passiert war, in den darauf folgenden Tagen habe ich die Zeitungen durchgeblättert, aber nichts gefunden, was mit dem Vorfall in Verbindung stand, und so ist mir von dieser Nacht nur eine Erinnerung geblieben, jene der so köstlich-sinnlichen, wortlosen Eintracht mit Marie.
Dreißig Meter trennten mich noch von dem Gebäude, jetzt rannte ich nicht mehr, lief rasch, beschleunigte meine Schritte und verlangsamte sie gleichzeitig, in ein und derselben widersprüchlichen Bewegung, in ein und demselben Impuls, demselben widerwilligen Gang. Mein anfänglicher Schwung war dahin, gebrochen durch die Angst, die über mich kam, als ich die Blaulichter vor dem Haus von Marie sah, sofort wurde ich langsamer, düstere Vorahnungen lähmten mich auf den letzten Metern, hielten mich zurück, die Beine wurden schwer. Ich ging weiter und nahm undeutlich Licht hinter den regennassen Seitenfenstern des Krankenwagens wahr, ein gelbes Licht in diesem geheimen, privatesten Bereich, in dem die Verletzten liegen, als sich plötzlich vor mir die Toreinfahrt

des Gebäudes öffnete. Zunächst sah ich nur einen weißen Arm, den Arm eines Sanitäters, der die Tür aufhielt, dann sah ich die anderen Sanitäter das Haus verlassen, es waren vier oder fünf, in weißen Arztkitteln, sie transportierten so etwas wie eine menschliche Gestalt auf ihrer Tragbahre, und meine Brust schnürte sich zusammen, als ich sah, dass tatsächlich jemand darauf lag – jemand, der Marie hätte sein können, denn ich wusste ja nicht, was passiert war, Marie hatte mir am Telefon nichts gesagt, aber das war nicht Marie, das war ein Mann, ich sah seine Strümpfe unter einer ärmlichen Decke herausragen, die den Körper bedeckte. Ich sah nur Details, isoliert, vergrößert, vom Ganzen getrennt und flüchtig aufgefangen, die dunklen Strümpfe als Erstes, als würde sich dieser Mann von nun an auf seine Strümpfe reduzieren, der Arm, furchterregend, eine Infusion steckte darin, ein aschfahler, gelblicher, totenbleicher Arm, auch das weiße Gesicht zog meine besondere Aufmerksamkeit auf sich, ich erforschte die Gesichtszüge, versuchte, jemanden zu erkennen, aber vergeblich, es war schlicht ein unsichtbares Gesicht, verschwunden unter einer Sauerstoffmaske. Der Körper war leblos, der Oberkörper entblößt, ein schwarzes Jackett war quer über die Trage geworfen worden, ein Aktenkoffer hing an einer der Haltestangen. Ich verharrte reglos auf dem Trottoir, als ich plötzlich eine nicht greifbare, immaterielle Präsenz spürte. Ich hob den Kopf und sah sie, Marie, oben am Fenster des zweiten Stocks auf die Ellenbogen gestützt, den Blick starr auf die Tragbahre gerichtet, und da begriff ich die Situation sofort. Schlagartig wusste ich, und das mit aller Sicherheit, dass der auf der Trage liegende Mann die Nacht mit Marie verbracht hatte und dass ihm und nicht Marie etwas passiert war (Marie war nichts geschehen, Marie war wohlbehalten). Und in diesem Moment entdeckte mich Marie, für einen Augenblick kreuzten sich unsere Blicke in der Nacht, es war über zwei Monate her, dass wir uns gesehen hatten.

Ich betrat das Gebäude durch die Toreinfahrt und stieg das Treppenhaus hinauf zu Marie. Die Tür zu ihrem Appartement stand noch offen, ich ging in die Wohnung, lief geräuschlos durch den Flur. Als ich in das Schlafzimmer kam, fiel mir sofort das Paar Schuhe auf, das neben dem Bett stand. Die einzige Spur, die von der Anwesenheit dieses Mannes in diesem Raum geblieben war. Alles andere war verschwunden, nichts anderes mehr zeugte von seinem Besuch, nichts von der medizinischen Behandlung, die ihm hier vor fünf Minuten zuteilgeworden war, kein weggeworfener Verschluss, keine vergessene Ampulle, kein auf dem Boden liegen gelassener Verband. Ich betrachtete die unordentlich am Fußende des Betts zurückgelassenen Schuhe (einer stand gerade auf dem Parkett, der andere war umgekippt), langgestreckte, elegante italienische Schuhe, massiv und doch nach vorne spitz zulaufend, ein wertvolles Leder, Kalb oder Rind, ein Paar klassische Richelieus, fest und doch geschmeidig, ohne Zweifel waren sie äußerst bequem, wie es der Tradition der großen italienischen Schuhmacherkunst entspricht, deren beste Exemplare wie Handschuhe am Fuß anliegen, die Farbe war undefinierbar, etwas zwischen karamell und chamois, mit jenen haarfeinen, aber fischleinenharten Schnürsenkeln, ein flaumweiches, leicht pelziges, aufgerautes Oberleder, versteift durch eine Vielzahl kleiner dekorativer Lochungen, mit betont unauffälligen, leicht gesteppten Nähten, und im Futter – es musste ein völlig neuer Schuh sein, er duftete noch nach frischem Leder – war eine höchst diskrete und gleichsam subliminale goldene Signatur eingraviert. Ich betrachtete die leeren am Fußende des Betts zurückgelassenen Schuhe. Das war alles, was von diesem Mann in diesem Schlafzimmer übrig geblieben war. Von ihm, wie von dem Mann aus der Sage, den der Blitz traf, waren nur die Schuhe geblieben.

Marie hatte mich gehört, wie ich ins Schlafzimmer getreten war, hatte sich aber nicht zu mir umgedreht. Sie hatte gewartet, dass ich zu ihr kam, wir hatten nichts gesagt, nur Seite an Seite am Fenster gestanden und zugesehen, wie der Rettungswagen in der Nacht losfuhr. Er entfernte sich in Richtung der Seine, der Hall der Sirene wurde leiser, immer schwächer, war schließlich verschwunden. Marie wandte sich dann sehr langsam mir zu, kraftlos und schlafwandlerisch, sie berührte meine Schulter, wortlos, wie um mir stillschweigend zu danken, dass ich zu ihr gekommen war.

Ich war von oben bis unten durchnässt, triefte geradezu, von den Ärmeln meines Jacketts tropfte das Wasser, um meine Füße herum hatte sich auf dem Parkett eine kleine Pfütze gebildet. Solange ich draußen war, hatte ich davon nichts bemerkt, es war mir nicht einmal bewusst geworden, dass ich nass wurde. Mein Jackett war aus der Form, wie ein Lumpen hing es an mir herunter, mein Hemd klebte an meinem Oberkörper, meine Kleider hatten sich

mit sirupartigem Regen vollgesogen, der Stoff war schwer, selbst meine Socken schwammen in meinen Schuhen und hinterließen in mir dieses so äußerst unangenehme körperliche Gefühl, das man bekommt, wenn Socken in Schuhen nass werden. Ich zog Schuhe und Socken aus, ließ sie unter dem Fenster liegen und lief barfuß und mit ausgebreiteten Armen durch das Schlafzimmer, um mich abtropfen zu lassen, hinterließ dabei auf meinem Weg überall kleine Wasserlachen. Ich hatte mein nasses Hemd, das fest auf meiner Haut klebte, aufgeknöpft und schaute mich im Schlafzimmer um. Die Einrichtung des Zimmers hatte sich seit meinem Auszug etwas verändert, es gab einen neuen Schreibtisch, aber alles in allem war hier alles noch so wie früher, als ich die Wohnung verlassen hatte. Ich erkannte meine Kommode, die immer noch an ihrem Platz stand, zweifellos waren meine Kleider noch darin, ich hatte noch nicht die Zeit gehabt, alle meine Sachen in meine neue Wohnung zu bringen. Ich hockte mich vor das Möbel, öffnete die Schubladen und warf einen Blick auf die Kleidungsstücke, ein Durcheinander von Pullovern, Hemden, Pyjamas, eine armselige alte Badehose mit ausgeleiertem Gummi. Ich suchte mir ein Hemd heraus und Unterwäsche zum Wechseln, legte beides auf einen Stuhl und begann mich umzuziehen.
Marie hatte notdürftig das Bett gemacht, sich dann an eine Wand gesetzt und dort im Halbdunkel eine Zigarette geraucht, ihre Beine formten ein Z unter ihrem XL-T-Shirt. Sie hatte nur noch eine einzige Lampe in der Nähe des Bettes brennen lassen, die so gut wie nichts beleuchtete. Sie blieb lange schweigend und niedergeschlagen sitzen,

ließ die Augen ins Leere schweifen, bevor sie stockend begann, mir von Jean-Christophe de G. zu erzählen, mit verhaltener Stimme, ohne mich dabei anzusehen, immer wieder einen Zug von ihrer Zigarette nehmend, sie erzählte mir, wie sie ihn Anfang des Jahres bei der Vernissage ihrer Ausstellung im *Contemporary Art Space* von Shinagawa kennengelernt hatte, sie erzählte mir von seinen beruflichen Aktivitäten, es waren nicht wenige, er war sowohl in der Welt der Geschäfte wie in der der Kunst unterwegs, sie sagte dann, sie habe ihn nach ihrer Rückkehr aus Japan ein paarmal in Paris getroffen, drei- oder viermal in den ersten Monaten, danach in größeren Abständen, sie hätten ein Wochenende in Rom verbracht, sich aber nicht näher kennengelernt, nicht wirklich. Marie erklärte mir all das, ohne sich einen Gedanken darüber zu machen, wie schmerzlich diese Mitteilungen für mich sein mochten, aber ich sagte nichts, ich stellte keine Fragen. Während ich ihr zuhörte, zog ich mir Jackett und Hemd aus und rieb mir den Rücken mit einem großen weißen Badehandtuch trocken. Ich streifte meine Hose hinunter, der Stoff klebte an der Haut meiner Schenkel, ich hatte einige Mühe damit, dann zog ich meine Boxershorts aus, ließ sie vor mir auf den Boden fallen. Marie redete weiter, man spürte, wie sehr sie das Bedürfnis hatte zu reden, sich jemandem anzuvertrauen, die Ereignisse dieser Nacht noch einmal auf bestimmte Vorzeichen hin durchzugehen, die sie hätten warnen müssen, eine allgemeine Müdigkeit, Atemnot, Schwindel, ein erstes Unwohlsein, das er im Restaurant gezeigt hatte. Ich stand nackt da im Halbdunkel und hörte nicht mehr richtig zu, trocknete mir

Nacken und Hüften, fuhr mit dem Badetuch über die Schenkel, rieb mich zwischen den Beinen (und ich leugne es nicht, es war sehr angenehm).
Als ich so mit nackten Beinen auf dem Parkett stand und mein Hemd zuknöpfte, fiel mein Blick auf mein Bild in dem Spiegel über dem Kamin, einem dieser typischen vergoldeten Pariser Spiegel, mit dekorativer Flamme auf dem Kopfteil und jener Zierleiste aus Gips, die ein Geflecht ineinander verschlungener Blätter darstellt. Ich machte einen Schritt vorwärts und beobachtete, wie mein Körper sich im Einklang mit mir in den patinösen Tiefen des an manchen Stellen geschwärzten, gefleckten und gesprenkelten Spiegels bewegte, mein Gesicht blieb unsichtbar, verschluckt von der Dunkelheit. Das Zimmer um mich herum verschmolz mit der Finsternis, man erriet allenfalls die verschwommenen Umrisse von Möbeln, den Schreibtisch von Marie, auf dem der noch eingeschaltete Computer stand. Ich sah mich dort, ohne Gesicht, in dem Zimmer, in dem ich fast sechs Jahre gelebt hatte. Marie saß noch immer am anderen Ende des Betts. Von dort, wo ich war, hörte ich nur ihre Stimme, eine monotone, abwesende Stimme, die mir erklärte, dass Jean-Christophe de G. verheiratet und dies der Grund gewesen sei, warum sie nicht mit der Ambulanz habe mitfahren wollen, aus Diskretion gewissermaßen, damit man seine Frau benachrichtigen konnte, sobald er im Krankenhaus eingetroffen war. Jetzt aber fragte sie sich, wie sie etwas über seinen Zustand in Erfahrung bringen sollte, sie wusste ja nicht einmal, in welches Krankenhaus man ihn gebracht hatte.

Ich durchquerte das Schlafzimmer und holte mir die Flasche Grappa, die auf dem Kaminsims stand. Marie schaute zu mir auf, und ich sah, wie ihr Gesicht augenblicklich einen anderen Ausdruck annahm. Ihr Verhalten hatte sich vollständig verändert, ihre Niedergeschlagenheit wich abrupt einem Ausdruck von Kälte, etwas Distanziertes, Hartes, Verschlossenes, ja Trotziges ging von ihr aus, die Gesichtsmuskeln waren angespannt, die Wangen verkrampft, es war dieser Ausdruck von kalter Wut und Furor, den ich an ihr kannte, wenn sie ihre Gefühle verbergen oder ihre Erregung verstecken musste, selbst wenn sie dabei das Risiko einging, in Tränen auszubrechen. Plötzlich musterte sie mich verächtlich, und um ihre Mundwinkel erschienen kleine, hässliche Falten, ein Ausdruck, den ich an ihr nicht kannte, und dann blitzte ein Schimmer des Hasses aus ihren Augen. Warum kam jedes Mal, wenn wir zusammen waren, der Augenblick, an dem sie mich plötzlich, völlig übergangslos, von einem Moment zum anderen, so leidenschaftlich hasste?

Als sie mich nach der Grappaflasche hatte greifen sehen, musste Marie sich durchschaut gefühlt haben. Sie hatte zweifellos sofort begriffen, dass diese Flasche Grappa sie verraten würde, dass das Vorhandensein dieser Flasche hier in diesem Zimmer in dieser Nacht etwas Anstößiges hatte, schamlos, zutiefst unanständig war, dass ich, da ich die Flasche Grappa gesehen hatte, auch wissen musste, dass sie in dieser Nacht in Gesellschaft von Jean-Christophe de G. Grappa getrunken hatte, und nun, da ich wusste, dass sie in dieser Nacht mit Jean-Christophe de G. Grappa getrunken hatte, ich mir auch ausmalen konnte, was zwischen den beiden hier im Schlafzimmer passiert war. Sie hatte sofort begriffen, dass diese Flasche Grappa der greifbare Beweis war, von dem aus ich mir vorstellen konnte, was sie erlebt hatte, ausgehend von diesem einen Detail, ausgehend von nur einer einzigen Flasche Grappa, konnte ich alles, was sich zwischen den beiden in diesem Zimmer zugetragen hatte, rekonstruieren – bis hin zu ihren Küssen und dem Grappageschmack ihrer Küsse –, wie in einem Traum, in dem ein einziges Element aus dem intimsten wirklichen Leben eine Flut von imaginären Momenten hervorbringen kann, deren Wahrhaftigkeit nicht weniger anfechtbar ist, und ich nun, da ich über einen solchen handgreiflichen ersten Anhaltspunkt (die Flasche Grappa) und über einen nachträglichen visuellen Anhaltspunkt verfügte (ich war Zeuge gewesen, wie die Trage in die Nacht hinausgeschafft worden war), in der Lage war, die Lücke zu schließen, um das, was diese Nacht in der Zwischenzeit geschehen war und was Marie in meiner Abwesenheit erlebt hatte, zu rekonstruieren oder mir auszudenken.

Marie blieb noch einen langen Moment schweigend sitzen, nachdenklich, mit gekreuzten Armen, und starrte mit einem gereizten Ausdruck auf meine nassen Kleider auf der Kommode, sprang dann plötzlich auf und verlangte von mir, das Möbel, meine Kommode, sofort wegzuschaffen, auf der Stelle, mitsamt all meinen Sachen. Es habe schon lange genug gedauert, fünf Monate habe sie diese Scheußlichkeit in ihrem Schlafzimmer ertragen müssen, wir müssten es sofort in den Keller schaffen, keine Sekunde länger wolle sie mehr warten, nicht den geringsten Aufschub erdulden. Das war kein Vorschlag, das war ein Befehl. Sie könne den Kasten nicht mehr sehen, sie sagte »Kasten«, sie nannte meine Kommode einen »Kasten«, mit einer derart unverhohlenen Abscheu, als würde die Verachtung, die sie für das Möbel empfand, sich in diesem Wort selbst fortsetzen: Kasten. Kasten. Mit nackten Schenkeln unter ihrem zu weiten weißen T-Shirt stapfte sie zu dem Kasten hinüber und versuchte außer sich vor Wut, ihn mit den Händen anzuheben, egal wie, aber das Möbel verfügte über keinerlei Griffe, weder seitlich noch vorne, es gab schlichte, dekorative Ausbuchtungen des Holzes, an denen man sich aber unmöglich festhalten konnte. Ich ging zu ihr hinüber, um ihr zu helfen, stellte mich auf die andere Seite der Kommode, gemeinsam und mit größter Mühe bekamen wir das Möbel vom Boden hoch, vielleicht gerade mal zehn Zentimeter, es war wirklich sehr schwer, doch bevor wir es gleich wieder abstellen konnten, ließ Marie einfach los, ließ es einfach fallen, unternahm nichts, es zu halten, ließ es so heftig auf den Boden knallen, dass sich mit der Kante der Füße tiefe Kerben ins Parkett gruben. Marie zuckte zusammen, machte einen kleinen Satz zur Seite, sie war barfuß, dann verlor sie die Geduld, wurde fuchsteufelswild, sagte, dass ich es jetzt ja wohl sähe, dass es sich nicht so einfach wegschaffen lasse, dass es zu schwer sei, man es leerräumen müsse, und sie begann, die Schubladen herauszuziehen und in meine Kleider zu greifen, sie bündelweise mit beiden Händen auf den Boden zu schmeißen, und sagte mir, ich solle mein Zeug endlich fortschaffen, meinen elenden Ramsch aus dem alten Kasten auf den Müll schmeißen.

Dann sagte sie nichts mehr, sie hat nichts mehr gesagt, mit leerem Blick und gesenktem Kopf stand sie da, mit gebremster Ungeduld, unschlüssig sah sie mir zu, wie ich meine Sachen zusammensuchte. Ihre Wut war einer Mattigkeit gewichen, fühlloser Traurigkeit, widerstandsloser Niedergeschlagenheit, sie hatte ihre Kraft verschleudert, sie gab auf, überließ alles mir. Ich hatte versucht, sie zu beruhigen, hatte die Kommode inzwischen vollständig ausgeräumt, eine Schublade nach der anderen, hatte mehr oder minder geordnete Kleiderstapel aufgehäuft, T-Shirts, Pullover, Hemden, einen zerknüllten Haufen Unterwäsche, Handschuhe, Schals, Mützen, daneben andere kleinere Stapel, verstreut, disparat, ein Gürtel, zerknäulte Krawatten, die alte, im Schritt ausgebeulte Badehose mit dem ausgeleierten Gummi, die so lächerlich und rührend vor mir auf dem Boden des Schlafzimmers lag, dass sie mich mit ihrem Anblick demütigte. Man hätte meinen können, die armseligen gebrauchten Klamotten, so wie sie da lagen, seien die pathetische Auslage eines Flohmarktes, die hier im Halbdunkel des Schlafzimmers feilgeboten wurde, und für mich bekam diese Zurschaustellung etwas von einem Totentanz, als würden Kleider, wenn sie nicht getragen werden, die Abwesenheit oder das Verschwinden desjenigen anzeigen, dem sie gehörten. Aber war es nicht genau das, ging es hier nicht gerade um mein Verschwinden, um die Auslöschung der letzten Spuren meiner Anwesenheit in diesem Zimmer, in dem ich mehrere Jahre gelebt hatte?

Wir hatten uns auf den Weg gemacht, mit langen Armen schleppten wir mühsam den schweren Kasten, aber es gelang uns nicht auf Anhieb, ihn durch die Tür zu bekommen. Wir mussten das Möbel wieder auf den Boden stellen, es kippen und dann in Schräglage wieder anheben, damit es durch den Rahmen passte und wir in den Flur kamen. Unter der Last gekrümmt, die eine wie der andere kaum bekleidet, Marie im T-Shirt und ich im Hemd und barfuß, kamen wir im Flur nur mühsam, mit kleinen, rutschenden Schritten voran. Marie sagte nichts, aber sie hatte sich wieder beruhigt, war schweigend auf ihre Aufgabe konzentriert. Sie pustete durch einen Spalt ihrer Lippen Luft auf ihre Stirn, ein Versuch, eine lästige Haarsträhne wegzublasen, die ihr über die Augen gefallen war. Schließlich hob sie den Kopf und sah mich auffordernd an (aber wie hätte ich ihr helfen können, ich hatte auch schon beide Hände voll), und dann lächelte sie mir zu, schickte mir über die Kommode hinweg als heimliches Einverständnis ein schüchternes Lächeln, das ihre Lippen und Pupillen erstrahlen ließ, vielleicht ihr erstes Lächeln seit fünf Monaten, das mir galt. Unsere Blicke trafen sich, und wir wurden uns mit einem Mal der Lächerlichkeit der Situation bewusst, des Irrsinns, diesen Kasten mitten in der Nacht in den Keller hinuntertragen zu wollen. Im Dämmerlicht des Flurs lächelten wir uns zu, bewegten uns weiter durch den Flur, jeder auf seiner Seite schleppten wir im Gleichschritt die Kommode, waren wie zusammengewachsen, solidarisch, so nah beieinander, als würden wir miteinander tanzen, fortgerissen vom Schwung des Möbels, das gleich einem Lied oder einer Melodie uns seinen Rhythmus vorgab und sein Tempo diktierte, kein Meter trennte uns voneinander, wir waren gleichsam eingebunden in die intime Promiskuität des Transports. Es war nicht mehr nur Komplizenschaft, die zwischen uns herrschte, sondern schon Zärtlichkeit, mehr noch: der Beginn einer Wiederannäherung, eine Anziehung, die mit den Augen begann und, wie wir spürten, in unsere Hände stieg, ein unsichtbarer, starker, magnetisierender Reiz, schwer, mächtig, unentrinnbar, als hätte in den fünf Monaten unserer Trennung dieses unwiderstehliche Feuer nicht aufgehört, in uns zu arbeiten, eine unterirdische Energie, die nichts weniger von uns verlangte, als dass wir uns noch diese Nacht in die Arme fielen. Der heftige Schock, den Marie erlitten hatte, konnte nur durch eine Umarmung gelindert werden, sie verspürte ein ununterdrückbares körperliches Bedürfnis nach Tröstung, danach, berührt zu werden, fest umschlungen zu werden, sich geliebt zu fühlen, um die Spannungen zu beseitigen, die sie bedrängten, und ich, ich hatte zweifellos dasselbe Bedürfnis nach Tröstung, wegen dieser furchtbaren Aufregung wegen Marie, schon seit ich neben sie ans Fenster getreten war, hatte ich dasselbe Verlangen, sie zu berühren und zu umarmen, war aber unfähig gewesen, sie so einfach in meine Arme zu nehmen und sie zu trösten, ihren Körper eng an den meinen gedrückt. Wir waren im Flur stehen geblieben, das Möbel hatten wir zu unseren Füßen abgestellt und schauten uns im Dämmerlicht an, wir sagten nichts, aber wir verstanden uns, wir hatten uns verstanden. Ich liebte sie, ja. Es ist vielleicht sehr unpräzise zu sagen, dass ich sie liebte, aber nichts anderes könnte präziser sein.

Ich weiß nicht, war ich es, der behutsam um das Möbel

herum den letzten Meter, der mich von ihr trennte, zurückzulegen begann, oder sie, die, indem sie einen Schritt zur Seite machte, mich stillschweigend einlud, zu ihr herüberzukommen, wir standen uns jetzt reglos im halbdunklen Flur gegenüber und blickten uns schweigend an, mit einer unendlichen Bedeutungsschwere im Blick. Ich glaubte, dass wir uns küssen würden, aber wir haben uns nicht geküsst, weder haben sich unsere Zungen getroffen noch unsere Lippen sich berührt, wir haben uns nur leicht gestreift in der Dunkelheit, haben sachte unsere Wangen aneinandergerieben, haben uns am Hals gestreichelt, scheu und ergriffen wie aufgeschreckte Pferde. Wir wagten es nicht, uns zu berühren, bis in die Fingerspitzen waren wir voller Rücksichtnahme und Zurückhaltung, voller Sanftmut und Feingefühl, als wären wir zu zerbrechlich oder die Oberfläche unserer Körper glühend heiß oder der Kontakt mit dem anderen verboten, gefährlich, deplatziert, undenkbar, ein Tabu, wir strichen nur sachte mit den Fingern über unsere Schultern, unsere Augen irrten umher, unsere Sinne waren zum Zerreißen gespannt, ich stand ganz nah bei ihr und atmete den Geruch ihres Nackens. Dann, wie zu lange gestautes Wasser sich endlich seine Bahn bricht, haben wir uns plötzlich heftig umarmt und uns dem Wiedersehen unserer Körper hingegeben, uns hemmungslos umschlungen in einer völligen Hingabe von Herz und Seele, wir pressten unsere brüchigen Körper aneinander, um aus dem anderen Wärme zu schöpfen, um Halt und Trost zu finden, unsere übereifrigen Arme waren plötzlich überall, ungenaue, sanfte Hände, die fiebrig den anderen ertasteten, ich streichelte ihre Schultern, berührte die Wangen, die Stirn, die Schläfen. Ich führte meine Hand über ihr Gesicht und sah sie an. Die Hand und der Blick, nur darum geht es im Leben, in der Liebe, in der Kunst.

Wir hatten die Augen geschlossen und hielten uns umschlungen, pressten uns verzweifelt aneinander, aber wir küssten uns nicht, wir konnten uns nicht küssen, ein Verbot hinderte uns daran, eine unausgesprochene, herrische, unsichtbare Vorschrift, zu viele Dinge ereigneten sich zur gleichen Zeit, es gab zu viel Gefühle, zu viel Schmerz, Unruhe und Liebe, zu viel, was sich in unseren Herzen bewegte, wir brauchten eine Pause, eine Unterbrechung, um wieder zu Atem zu kommen, sie strich sich eine Haarsträhne zurecht, und dann sah ich in ihren Augen Wildheit und Geilheit aufscheinen. Marie stand vor mir mit nackten Schenkeln unter ihrem weißen T-Shirt, leicht nach vorne gebeugt mit dem Rücken zur Wand, und schaute mich herausfordernd an – es lag etwas Herausforderndes in ihrem Blick, etwas Rebellisches und Hilfloses, etwas Sexuelles und Wildes. Sie ließ sich erneut gegen die Wand fallen, erwartete meinen Körper, und ich fasste sie an, meine Finger ertasteten, gedämpft, abgeschwächt durch den dünnen Stoff ihres T-Shirts, ihre Schamhaare. Sie war nackt unter ihrem T-Shirt, ich hatte meine Hand unter das Kleidungsstück geschoben, und meine Finger spürten, wie die Haut ihrer Bauchdecke unter der Berührung zu zittern begann, wir verschmolzen miteinander, waren uns selbst nicht mehr bewusst, ich hörte ihren Atem stöhnend vor Verlangen an meinem Hals, ihre Schenkel waren heiß, ich streichelte ihren

Bauch, ließ vorsichtig einen Finger in ihr Geschlecht gleiten, und ein heißer, feuchter, süßer Schauder durchfuhr meinen Körper.

Alles hatte nur einen kurzen Augenblick gedauert, Marie hatte sich mir mit Anmut entwunden, sich aus der Umarmung befreit und schaute mich im Halbdunkel zärtlich an. Tränen waren geflossen, während ich sie umarmt hatte, sie hatte sie nicht zurückgehalten, sie nicht weggewischt, stille Tränen, unsichtbar gewissermaßen, die mit der Natürlichkeit eines Herzschlags oder eines Atemzugs über ihre Wangen geronnen waren. Marie, mir gegenüber im Halbdunkel, herzergreifend, mit feuchten Augen, Marie, hin- und hergerissen zwischen widerstreitenden Gefühlen, zwischen Leidenschaft und Zurückhaltung, Marie, die gleichzeitig und im gleichen Maße das Bedürfnis verspürte, sich meiner Umarmung hinzugeben und sich mir zu entziehen, Marie, die das Bedürfnis verspürte, sich mit all ihrer Kraft an meinen Körper zu pressen, um daraus Trost zu schöpfen, und die nicht versucht hatte, ihr körperliches Verlangen zu unterdrücken, das sie in sich hatte aufsteigen spüren in dem Augenblick, als ich sie in meine Arme genommen hatte, Marie, die mich mit ihrem herausfordernden Blick wie magnetisch angezogen hatte, damit ich zärtlich zu ihr war, um sich gleichzeitig aus meiner Umarmung zu befreien, sich schamhaft aus ihr zu lösen, als wäre ihr klar geworden, dass es ganz einfach unmöglich war, sich jetzt zu lieben.

Es war mir nicht gleich zu Bewusstsein gekommen, nicht sofort, auch nicht in den Minuten, die folgen sollten, sondern erst viel später, es kam unversehens wie ein Blitz, verbunden mit einem Gefühl von Panik und Schwindel – trotz der Schwierigkeit, um nicht zu sagen der Unmöglichkeit, das, was das Leben selbst gewesen war, in Worte zu fassen, zu formulieren, was mir im Verlauf des Lebens in einer natürlichen Aneinanderreihung unvermeidbarer und stiller Ereignisse widerfahren war, das aber, sobald es in Sprache gefasst werden sollte, plötzlich unverständlich wurde oder beschämend, wie zum Beispiel bestimmte Mordfälle, die vor Gericht zur Sprache kommen, im Augenblick des Tatgeschehens offenbar eine tatsächliche Plausibilität haben, dann aber, mit dem zeitlichen Abstand und ins unerbittliche Licht der Worte gerückt, buchstäblich absurd, unsagbar und abstrakt werden –, als mir blitzartig bewusst wurde, dass ich zum zweiten Mal in dieser Nacht meinen Finger in den Körper einer Frau gesteckt hatte.

Als ich wieder in mein kleines Zweizimmerappartement in der Rue des Filles-Saint-Thomas zurückkam, fand ich die Wohnung verlassen vor, Marie war nicht mehr da. Das Bett war leer, die Laken zerwühlt, gräuliches Licht drang durch das halb geöffnete Fenster, die Bettdecke lag zerknittert und zu einer Kugel zusammengeknüllt auf dem Boden. Als ich hinging, um sie aufzuheben, entdeckte ich in einer Mulde des Bettes auf dem Laken, mit dem die Matratze überzogen war, zwei oder drei Tropfen getrocknetes Blut. Keine runden roten regelmäßigen Flecken, eher zwei parallele Schlieren, eine größere und eine kleinere (die kleinere ein geschrumpftes Zwillingsecho der größeren), die sich durch einen Kontakt oder eine Reibung über eine Länge von zwei oder drei Zentimetern hinzogen, die Spuren kaum mehr zu sehen, die Konturen verblichen und undeutlich, versteinerte Schlieren, zwei bräunlichbleiche Abgüsse kleiner, langgezogener Cephalopoden oder gepanzerter Krebstiere.

Marie, die andere Marie, hatte mir in dieser Nacht gesagt, ich hatte verstanden, sie hatte es mir zu verstehen gegeben, als wir vom Restaurant in das kleine Zweizimmerappartement in der Rue des Filles-Saint-Thomas zurückkamen, sie hatte es nicht ausdrücklich gesagt, dann aber die ganze Nacht ihren Slip anbehalten, und ich hatte auch keinen Versuch unternommen, ihn ihr auszuziehen, ich hatte verstanden, ohne dass sie mir etwas hätte sagen müssen, nach unserer Rückkehr hatten wir uns umarmt und auf dem Bett geküsst, uns war zu heiß, wir schwitzten auf dem zu schmalen Bett, waren beide schweißbedeckt, der feuchte Rücken klebte am Laken, ich hatte sie in der schwülen Dunkelheit der Nacht gestreichelt, in dem Zimmer, in das kein Lüftchen drang, ich knetete vorsichtig den dünnen blassblauen Seidenstoff ihres Slips, der sich unter meinen zärtlichen Bewegungen dehnte und verformte, der Regen fiel mit Wucht durch das offene Fenster,

wir umarmten uns halbnackt auf dem zu schmalen Bett, ich hörte mit geschlossenen Augen das Donnergrollen des Gewitters, als wäre es auf Elba, ich wusste nicht mehr, wo ich war, ich wusste nicht mehr, mit wem ich war, deutete mit der einen die Handgriffe an, die ich mit der anderen vollendet hätte, verloren, wie ich war im beschränkten Register der Gesten der Liebe – Austausch von Zärtlichkeiten, Nacktheit, Dunkelheit, Feuchtigkeit, Sanftheit –, und erst später bemerkte ich, dass auf meiner Fingerspitze etwas Menstruationsblut war.
Und von diesen paar Tropfen Blut auf meinem Finger ausgehend, ließ ich in Gedanken den roten Faden abspulen und machte mir klar, welchen unsinnigen Kreislauf dieses Blut in dieser Nacht zurückgelegt hatte, einen Kreislauf, der bei Marie begann und mich zu Marie führte. Dieses Blut, das sehr schnell keine Farbe, keine Konsistenz, keinerlei Viskosität mehr gehabt haben dürfte, nicht einmal mehr stoffliche Realität, weil in der Zwischenzeit die verschiedensten Berührungen stattgefunden hatten, mit Stoffen und meiner Haut, mit der umgebenden Luft, mit dem Laken und meinen Kleidern, jede zusätzliche Berührung musste sie etwas mehr abschwächen, verblassen, verschwimmen lassen, und der Regen hatte ein Übriges getan, um diese wenigen Blutpartikel vollständig aufzulösen, die auch dann, wenn sie materiell nicht mehr existierten, eine unauslöschliche symbolische Existenz behielten, in Gedanken konnte ich ihren Weg nachvollziehen, ausgehend vom Körper Maries, dem sie entstammten, folgte ich in Gedanken der Spur zu all den Orten, an denen ich mich nacheinander in dieser Nacht aufgehalten

hatte, denn ich hatte sie überall dorthin getragen, wo ich gewesen war, vom Schlafzimmer des kleinen Zweizimmerappartements in der Rue des Filles-Saint-Thomas ins Treppenhaus des Gebäudes, die Treppen hinunter auf die Straße hinaus, quer durch Paris in die Rue Vivienne, in die Rue Croix-des-Petits-Champs, durch Sturm und Regen, als hätten die Elemente Feuer und Wasser diesen verrückten Wettlauf der unsichtbaren Blutpartikel begleitet, die ich an meiner Fingerspitze mit mir trug, in der Nacht, als ich zu Marie gegangen bin.

Ich betrachtete die paar getrockneten Blutflecken auf meinem Bett, und obwohl ich sehr wohl wusste, worum es sich handelte, brachte ich sie in einer Art Schwindel und grenzenloser Verwirrung meiner Gedanken mit Jean-Christophe de G. in Verbindung, als wäre dieses Blut sein Blut, als wären in meinem Bett ein paar Blutstropfen von Jean-Christophe de G., Blut, das Jean-Christophe de G. in dieser Nacht in der Wohnung Maries vergossen hatte, Blut, das ihm gehörte, Blut eines Mannes – Blut, das von einem gewaltvollen, tödlichen Drama stammte –, und nicht das, was es war, Blut einer Frau, zartes, weibliches, lebensspendendes Blut, sondern Blut eines Unglücks, und in einem plötzlichen irrationalen Anfall von Schrecken – oder von Hellsichtigkeit – begriff ich, dass ich, falls Jean-Christophe de G. in dieser Nacht sterben sollte, über dieses Blut auf meinem Laken Rechenschaft ablegen und erklären müsste, auf welche Weise dieses menschliche Blut in mein Bett gekommen war, dieses schwindelerregende, tote und gleichzeitig lebendige Blut – dieses beschämende Blut – in der Nacht des Todes von Jean-Christophe

de G. eine Verbindung von Marie zu Marie hatte stiften lassen.
Marie rief mich um die Mittagszeit an, um mir seinen Tod mitzuteilen. Jean-Baptiste ist gestorben, sagte sie mir (und ich wusste nicht, was ich antworten sollte, ich hatte immer geglaubt, sein Name sei Jean-Christophe).

II

In Wahrheit hieß Jean-Christophe de G. Jean-Baptiste de Ganay – ich erfuhr es einige Tage später, als ich zufällig auf die Todesnachricht stieß, die seine Familie in *Le Monde* veröffentlicht hatte. Der Nachruf war kurz und schmucklos. Einige wenige Zeilen in kleinem Schriftgrad, keine Einzelheiten zu den Umständen seines Todes. Die Namen der engsten Angehörigen. Seine Frau Delphine. Sein Sohn Olivier. Seine Mutter Gisèle. Nichts weiter, eine Bekanntmachung anstelle einer Todesanzeige. Ich sann einige Augenblicke über sein Geburtsdatum nach, 1960, ein Datum, das mir plötzlich wie in weite Ferne gerückt erschien, versunken in tiefster Vergangenheit, in einem weit zurückliegenden, nebelhaften und zu Ende gegangenen 20. Jahrhundert, eine so ganz andere Zeit für die künftigen Generationen, mehr noch als für uns das 19. Jahrhundert, wegen dieser beiden albernen Zahlen am Beginn des Datums, diese merkwürdig angestaubten 1 und 9, die an jene ebenso unwirklichen *Turbigo* und *Alma* erinnerten, mit denen einst die Pariser Telefonnummern begannen. Und doch war ein Mann unserer Zeit gestorben, ein Zeitgenosse in der Blüte seiner Jahre, sein Geburtsjahr schien

mir aber schon seltsam aus der Mode gekommen, als sei es zu Lebzeiten abgelaufen, ein schlecht gealtertes Datum, das bald nicht mehr gültig gewesen wäre und das das Leben schnell mit seiner Patina überziehen würde, denn wie ein schleichendes Gift barg es schon den Keim des eigenen Verschwindens und der endgültigen Auslöschung in diesem umfassenden Lauf der Zeit in sich.
Lange Zeit bin ich der Meinung gewesen, dass ich Jean-Christophe de G. außer in der Nacht seines Todes nie gesehen hatte. In dieser Nacht war er mir gerade einmal für ein paar Sekunden erschienen. Beim Abtransport vor der Toreinfahrt des Gebäudes in der Rue de La Vrillière war er mir, auf der Trage liegend, wie eine Gestalt aus einem Traum oder Alptraum erschienen, ein Schreckgespenst, spontan aus dem Nichts entstanden, als hätte er dieses Nichts nur für einen kurzen Moment verlassen, um gleich darauf für immer wieder darin zu verschwinden, ein auf Anhieb komplettes Bild, das sich lückenlos, in sich stimmig und in allen Einzelheiten plötzlich vor mir materialisiert hatte, nichts war ihm vorausgegangen, nichts folgte ihm, gleichsam *ex nihilo* erschaffen aus der Substanz der Nacht – die jähe Erscheinung vor meinen Augen, dieser leblos auf einer Trage liegende Mann, dessen erschreckend weißes Gesicht unter einer Sauerstoffmaske verborgen war, der schon fast nichts Menschliches mehr hatte, vollständig auf seine Socken reduziert zu sein schien, die sein Wappen geworden waren und seine Farben, schwarze, feingesponnene Socken aus bester Seide, noch heute sehe ich vor meinen Augen ihre Textur und ihren Glanz, das blass schimmernde Schwarz! In diesem Moment glaubte

ich, es sei das erste Mal gewesen, dass ich ihn sah, aber ich hatte ihn schon einige Monate zuvor in Tokio gesehen. Es war ganz ohne Zweifel an jenem Tag in Tokio, an dem ich Jean-Christophe de G. das erste Mal gesehen hatte, völlig unerwartet war er dort an der Seite von Marie aufgetaucht, zwar nicht Hand in Hand, aber es war nicht zu übersehen, dass sie ein Paar waren, das war mir sofort ins Auge gesprungen, ein Mann, älter als sie, die Vierzig schon verweht, eher an die Fünfzig, gutes Aussehen, viel Klasse, elegant, gekleidet mit einem langen schwarzen Kaschmirmantel und einem dunklen Schal, er hatte etwas schütteres, nach hinten gekämmtes Haar. Das ist das einzige Bild, das mir von ihm geblieben ist, sein Gesicht aber fehlt und wird wohl jetzt für immer fehlen, denn danach habe ich nie mehr ein Foto von ihm gesehen.
In den auf den Tod von Jean-Christophe de G. folgenden Tagen suchte ich im Internet nach seinem Namen und war überrascht, auf viele ihn betreffende Verweise zu stoßen, auf ihn persönlich, auf seine Vorfahren und seine Familie. Ich konnte diese Hinweise mit den wenigen Informationen abgleichen, die Marie mir über ihn gegeben hatte, spärliche Mitteilungen, die sie mir über ihre Beziehung anvertraute. Noch in der Nacht seines Todes vertraute sie mir an, dass sie ihn in Tokio bei der Vernissage ihrer Ausstellung im *Contemporary Art Space* von Shinagawa kennengelernt hatte. Aus verschiedenen Gründen, die man unschwer nachvollziehen kann, vermied Marie es, mir mehr über Jean-Christophe de G. zu erzählen, zu sehr stand sie noch unter dem Schock, nur widerstrebend beantwortete sie mir Fragen zu seiner Person, aber ein paar

vertrauliche Details waren ihr dann doch unbeabsichtigt herausgerutscht, als wir am Anfang des Sommers vor ihrer Abreise nach Elba einmal gemeinsam zu Abend aßen, intimere Bekenntnisse, die sie später bereute, mir gegenüber gemacht zu haben, Indiskretionen über diese Beziehung, Details, deren ich mich sofort bemächtigte, um sie in meiner Phantasie fortzuspinnen. Marie berichtete mir auch einiges über jene Affäre, die die letzten Monate im Leben von Jean-Christophe de G. überschattet hatte. In meiner Phantasie fügte ich hinzu, was fehlte, und versuchte, die im Schattenbereich liegenden unklaren Einzelheiten über seine Geschäfte ans Licht zu bringen, wobei ich durchaus nicht auf den Klatsch und die Gerüchte aus den zwielichtigsten Quellen verzichtete, die, ohne Beweis und zusätzliche Überprüfung, in sichtlich böswilliger Absicht in der Presse gegen ihn lanciert worden waren – denn bis zu jenem Tag gab es keinen einzigen Beweis, dass sich Jean-Christophe de G. jemals gegen das Gesetz vergangen hätte.

So konnte es geschehen, dass ich ausgehend von einem einfachen Detail, das mir Marie anvertraut hatte, das ihr wie nebenher herausgerutscht war oder das ich ihr entlockt hatte, meinen Gedanken freien Lauf ließ und ein Gerüst um das Ganze baute, wobei ich gelegentlich die Tatsachen manipulierte und übertrieb, um nicht zu sagen dramatisierte. Ich konnte falsch liegen, was die Absichten Jean-Christophe de G.s betraf, ich konnte seine Aufrichtigkeit anzweifeln, wenn er beteuerte, von jemandem in seinem Umkreis hereingelegt worden zu sein. Ich war sicher fähig, den böswilligen Gerüchten Glauben zu schenken und derart die ihn betreffenden Verdachtsmomente zu stärken. Ich weiß nicht, bis zu welchem Grad er persönlich in die Affäre verwickelt war, die ihm zur Last gelegt wurde, habe keine Ahnung, inwieweit das Gerede, wonach er erpresst worden sei, zutraf (schließlich hatte mir Marie eines Abends gesagt, sie habe den Eindruck, dass er in den letzten Tagen vor seinem Tod eine Waffe bei sich trug). Ich täuschte mich vielleicht manchmal in Jean-Christophe de G., niemals aber in Marie, ich wusste in allen Situationen, wie Marie sich verhielt, ich wusste, wie Marie reagierte, ich kannte Marie auf eine bestimmte instinktive Weise, ich besaß von ihr ein naturgegebenes inneres Wissen, ich besaß das absolute Verstehen: Ich wusste die Wahrheit über Marie.

Was wirklich zwischen Marie und Jean-Christophe de G. in den wenigen Monaten ihrer Bekanntschaft geschehen war, während dieser Beziehung, die sich, rechnet man einmal nach, wie häufig sie sich gesehen haben, auf ein paar gemeinsam verbrachte Nächte beschränkte, vier oder fünf Nächte, mehr nicht, verteilt über einen Zeitraum von Ende Januar bis Ende Juni (zu denen man vielleicht noch ein Wochenende in Rom, ein oder zwei Mittagessen und den gemeinsamen Besuch einiger Ausstellungen hinzuzählen musste), was wirklich geschehen war, konnte niemand wirklich wissen. Ich vermochte mir nur die Gesten Maries auszumalen, wenn sie mit ihm zusammen war, ich konnte mir ihre geistige Verfassung und ihre Gedanken vorstellen, ausgehend von bestimmten Details, die sich als richtig herausgestellt haben oder von mir richtig kombiniert worden sind, die gesichert waren oder vielleicht auch nur in meiner Phantasie existierten, Einzelheiten, die ich mit bestimmten gravierenden oder schmerzlichen Ereignissen, von denen ich wusste, dass sie Jean-Christophe de G. widerfahren waren, ergänzen konnte, um so wenigstens ein paar unbestrittene Elemente der Wahrheit in das unvollständige, rissige, lückenhafte, so unzusammenhängende und widersprüchliche Mosaik einzufügen, das die letzten Lebensmonate Jean-Christophe de G.s für mich darstellten.

In Wahrheit aber hatte ich mich von Anfang an in Jean-Christophe de G. getäuscht. Zunächst, weil ich ihn immer nur Jean-Christophe genannt habe, obwohl er doch Jean-Baptiste hieß. Ich habe mich sogar in Verdacht, mich in voller Absicht in diesem Punkt geirrt zu haben, um mich nicht um das Vergnügen zu bringen, seinen Namen zu entstellen, nicht, weil Jean-Baptiste schöner oder auch eleganter als Jean-Christophe gewesen wäre, es war einfach nicht sein richtiger Vorname, und diese kleine posthume Demütigung reichte zu meinem Glück aus (wäre sein Vorname Simon gewesen, hätte ich ihn Pierre genannt, ich kenne mich). Dann war ich immer davon ausgegangen, dass Jean-Christophe de G. Geschäftsmann sei (was nicht wirklich stimmte) und dass er in der Welt der Kunst tätig gewesen sei, ein Galerist oder Kunsthändler, der internationale Kunst verkaufte, oder ein Sammler, und dass er in Tokio auf diesem Weg Marie kennengelernt hatte. Nun stimmt es zwar, dass er gelegentlich Kunstwerke gekauft hat (dann aber eher Gemälde alter Meister, Stilmöbel oder antiken Schmuck), doch war das in keiner Weise seine Haupttätigkeit. Jean-Christophe de G. war wie schon sein Großvater, vor allem aber sein Urgroßvater Jean de Ganay, eine prominente Persönlichkeit des klassischen französischen Pferderennsports, Pferdezüchter, Pferdebesitzer und Mitglied des Pferdezüchterverbands. In dieser Eigenschaft, als Besitzer eines Rennpferdes, war er Ende Januar nach Japan gekommen, wo eines seiner Pferde am *Tokyo Shimbun Hai* teilnahm, und es war purer Zufall, dass er sich zu jener Zeit in Tokio aufgehalten und die Vernissage von Maries Ausstellung im *Contemporary Art Space* von Shinagawa besucht hatte. Und dort, am Abend der Vernissage ihrer Ausstellung, hatte er Marie zum ersten Mal gesehen und ihre Bekanntschaft gemacht und sie erobert (und man kann sich fragen, in welcher Reihenfolge das geschah, das Ganze musste wie der Blitz passiert sein).

Die Farben des Rennstalls der Ganays – jockeyjackengelb, mützengrüngrün – hatte der Urgroßvater Jean-Christophe de G.s zu Beginn des 20. Jahrhunderts ausgewählt, der von 1933 bis zu seinem Tod Präsident des Pferdezüchterverbands gewesen war. Dieser glanzvolle zur Förderung der Zucht reinrassiger Rennpferde in Frankreich ins Leben gerufene Verband war ein Jahrhundert zuvor von Lord Henry Seymour, auch genannt *Lord Brüller*, gegründet worden (man weiß nicht so recht, wie er zu diesem amüsanten Spitznamen gekommen war, der an Unterwelt, Vorstädte und Lumpengesindel denken lässt, vielleicht hatte es mit seinem Vorleben zu tun, seinen Gewohnheiten, seinen Sitten?), und diesem Verband verdankte man die Modernisierung des Hippodroms von Longchamp, die Einsetzung von Wettkampfrichtern und die ersten, noch rudimentären medizinischen Dopingkontrollen am Pferdespeichel. Es ist also nicht ohne eine gewisse Pikanterie, dass ausgerechnet ein Vorfahre von Jean-Christophe de G. die ersten Dopingkontrollen im Pferderennsport eingeführt hatte, bedenkt man, in welchem Maße die letzten sechs Monate seines Lebens durch die Zahir-Affäre überschattet waren, benannt nach dem Vollblüter, der für das *Tokyo Shimbun Hai* gemeldet war.

Nicht so sehr das Scheitern des Pferdes in Tokio selbst als vielmehr die Umstände dieses Scheiterns waren es gewesen, was Jean-Christophe de G. so nahegegangen ist und seine letzten Lebensmonate so in Mitleidenschaft gezogen haben dürfte. Nach der Rückkehr des Pferdes nach Frankreich ließen die Gerüchte nicht lange auf sich warten, und dem sich anbahnenden Skandal war umso mehr Neugierde beschieden, als er nie wirklich ausgebrochen war. Offiziell gab es keine Zahir-Affäre, dem Pferd wurde nichts Konkretes zur Last gelegt, aber die Gerüchte hielten sich hartnäckig, von zweifelhaften Testergebnissen war die Rede, von verbotenen Substanzen, die man im Urin des Pferdes entdeckt hätte (man hatte nicht offen von Anabolika gesprochen, aber von Sekundärsubstanzen zu ihrer Verschleierung), und es wurden Verbindungen publik zwischen dem Trainer des Pferdes und einem berüchtigten spanischen Tierarzt, der auch im Dunstkreis von Radrennfahrern und Gewichthebern aufgetaucht war (bei Letzteren dürften seine Fachkenntnisse als Tierarzt natürlich Wunder gewirkt haben). Um das Scheitern Zahirs beim *Tokyo Shimbun Hai* und die lange Liste der darauf folgenden unerklärlichen Komplikationen und

Malaisen zu erklären, hieß es offiziell, es handele sich um die Folgen eines nicht abgeheilten Zahnabszesses, der sich am Tag des Rennens an einer unsterilen Kandare entzündet hatte und mit Injektionen von Antibiotika und anderen nichtsteroidalen entzündungshemmenden Mitteln behandelt werden musste, um das Fieber zu bekämpfen, aber niemand wollte so richtig daran glauben, dass die Asientournee eines rund um die Uhr von einer ganzen Mannschaft hochspezialisierter Tierärzte gepflegten und überwachten Pferdes von einem Tag auf den anderen wegen der simplen Entzündung eines Zahnes beendet sein konnte. Jeder weitere Einsatz Zahirs, seine Teilnahme am *Singapur Cup* oder am *Audemars Piquet Queen Elizabeth II* in Hongkong wurde auf der Stelle und ohne jede Erklärung abgesagt und annulliert. Jean-Christophe de G. hatte noch am selben Tag den Trainer entlassen, sich auch schweren Herzens von allen anderen Personen, die das Pferd nach Tokio begleitet hatten, getrennt, der Vollblüter war nach seiner Rückkehr nach Frankreich sofort allen Blicken entzogen und aufs Land, in das Gestüt von Rabey in Quettehou am Ärmelkanal, gebracht worden, in die Stallungen der Familie de Ganay, wo man ihn den Rest des Jahres nicht mehr zu Gesicht bekommen sollte.
Die Entscheidung, das Pferd so unauffällig wie möglich aus Japan herauszuschmuggeln, war in aller Eile an dem Montagmorgen nach dem Rennen getroffen worden, Jean-Christophe de G. hatte alle weiteren Verpflichtungen für die kommenden Monate abgesagt und selbst in Dutzenden von Telefonaten alle Details des Rücktransports des Pferdes nach Europa geregelt, sich danach mit dem Kom-

missar der JRA, des japanischen Pferderennsportverbands, in Verbindung gesetzt, mit dem er enge Verbindungen unterhielt, da er zusätzliche Probleme am Zoll befürchtete. Am Ende dieses Telefonats traf er die Entscheidung, noch am selben Tag zurückzureisen und persönlich das Pferd nach Europa zu begleiten. Daraufhin rief er Marie an und schlug ihr vor, mit ihm zurückzufahren, und zu seiner großen Überraschung nahm Marie sein Angebot an, ohne sonderlich überrascht zu sein. Doch als das Telefonat beendet war, wurde Marie von einer Welle von Sehnsucht und Trauer überwältigt, als ihr klar wurde, dass sie ohne mich nach Paris zurückfahren würde, wo es doch gerade mal eine Woche her war, dass wir gemeinsam nach Japan gekommen waren.

Das Fenster ihres Hotelzimmers in Tokio war nass, mit Regentropfen gesprenkelt, die in gestrichelten, unterbrochenen Schlieren träge die Fensterscheibe herunterrannen und abrupt, ohne ersichtlichen Grund in ihrem Schwung gebremst, anhielten. Marie hatte den Hörer aufgelegt und war reglos vor der großen Fensterscheibe, die auf das Verwaltungsviertel von Shinjuku zeigte, stehen geblieben, nachdenklich, mit bedrücktem Gesicht schaute sie auf die Stadt hinunter, die fast gänzlich unter dem Regendunst verschwunden war, hielt den Blick auf einen unbestimmten Punkt in der Ferne fixiert, mit jener träumerischen Schwermut, die uns erfasst, wenn uns bewusst wird, dass die Zeit vergeht und wieder etwas vorbei ist, für immer abgeschlossen, und jedes Mal ein Stück mehr, je mehr wir uns dem Ende nähern, dem Ende unserer Liebe und dem Ende unseres Lebens. Jetzt, wo es für sie an der Zeit war,

Tokio zu verlassen, dachte Marie an mich – an mich, von dem sie sich genau hier an diesem Ort getrennt hatte, in diesem Hotelzimmer, das wir am Abend unserer Ankunft in Japan miteinander geteilt hatten, dieses Zimmer, in dem wir uns zum letzten Mal geliebt hatten, dieses Bett, in dem wir Liebe gemacht hatten, dieses ungemachte Bett hinter ihr, in dem wir uns entzweit und umarmt hatten. Marie hätte lieber nicht mehr an mich denken wollen, nicht jetzt und nicht später, aber sie wusste sehr genau, dass dies nicht möglich war, dass ich jeden Augenblick wieder gegen ihren Willen auf unterschwellige Weise in ihren Gedanken aufzutauchen drohte, wie eine plötzliche immaterielle Reminiszenz meiner Person, meiner Vorlieben und meiner Art, die Welt zu sehen, die eine oder andere intime Erinnerung eben, die untrennbar mit mir verbunden war, denn ihr wurde bewusst, dass ich selbst als Abwesender in ihr weiterleben und sie in Gedanken heimsuchen würde. Wo ich mich gerade befand, davon hatte sie keine Ahnung. War ich noch in Japan oder war ich bereits nach Europa zurückgekehrt, hatte auch ich meine Rückreise vorverlegt? Und warum hatte sie nichts mehr von mir gehört? Warum hatte ich mich seit meiner Rückreise von Kioto nicht mehr bei ihr gemeldet? Sie wusste es nicht, sie wollte es nicht wissen. Sie wollte nichts mehr von mir hören, kapiert, niemals – Schluss und aus jetzt mit mir.

Als Jean-Christophe de G. Marie am Nachmittag vom Hotel abholen wollte, war sie noch nicht fertig, das Zimmer war noch unaufgeräumt, das Bett nicht gemacht, die Koffer standen weit offen. Marie war mit hundertvierzig Kilo Gepäck nach Japan gereist, verteilt auf mehrere Überseekoffer, Metallkisten, Fotorollen und Hutschachteln, und auch wenn die meisten der Koffer und anderen Gepäckstücke nicht nach Europa zurückgebracht werden mussten (denn die Ausstellung im *Contemporary Art Space* von Shinagawa lief noch mehrere Monate), war Marie das scheinbar Unmögliche gelungen, fast genau so viel Gepäck für ihre Rückreise wie bei ihrer Hinreise zu haben, wenn auch nicht vom Gewicht, so doch zumindest vom Volumen und der Anzahl der Gepäckstücke her, um die Koffer herum hatte sich ein Haufen von Taschen und Tüten aller Größen angesammelt, aus Leder, Leinen oder aus Papier, hart, weiß, kartoniert, mit fleischfarbenen verstärkten Plastikgriffen, gefüllt mit Krimskrams, Einkaufstüten des Kaufhauses Takashiyama, die mit Bildern blühender roter Rosen bedruckt waren, gefüllt mit Geschenken, die man ihr gemacht hatte, und Geschenken, die sie anderen machen wollte, sie hatte Naturseide und kostbare Stoffe eingekauft, seidene Kimonogürtel und andere nette Kleinigkeiten, Einkäufe aller Art, Papier-

lampions neben Päckchen mit Algen, Tee in Dosen oder Beuteln, auch frische Lebensmittel, zwei vakuumverpackte Schälchen mit Fugu-Sashimi, die sie in ihrer Minibar zwischen Bierdosen und Minifläschchen mit Alkoholika aufbewahrt hatte. Jean-Christophe de G. musste sie von der Rezeption aus zweimal in ihrem Zimmer anrufen und sie taktvoll bitten, sich zu beeilen, und sie darauf hinweisen, schneller zu machen, da es höchste Zeit sei und das Pferd und die Autos warteten. Für einen kurzen Moment wurde Marie daraufhin beim Packen durch einen kurzen spontanen Schwung belebt und vervielfachte ihre chaotischen Handgriffe in einem Anfall von Panik und gutem Willen (ihr dauerndes Zuspätkommen machte Marie in der Regel durch hektische Beschleunigung auf den letzten Metern wett, im Laufschritt, mit ostentativer Eile und gespielter Hast traf sie bei ihren Rendezvous ein, zu denen sie nicht selten mit mehr als einstündiger Verspätung erschien), fiel dann doch wieder in ihren normalen Trott zurück und packte träge und verträumt ihre Koffer auf dem ungemachten Doppelbett, stellte Tüten und Taschen nachlässig an die Zimmertür, ohne allerdings auch nur eine davon zuzumachen (Marie machte nie etwas zu, nicht die Fenster, nicht die Schubladen – es war zum Heulen, auch die Bücher machte sie niemals zu, sie drehte sie einfach um, wenn sie ihre Lektüre unterbrach, legte sie offen neben sich auf den Nachttisch).
Während Jean-Christophe de G. in der Hotelhalle auf Marie wartete, regelte er noch letzte Details des Rücktransports des Pferdes. Auf einem Sofa neben der Rezeption saß er in Gesellschaft von vier mit Laptops und elektro-

nischen Terminkalendern ausgestatteten Japanern, die ihm als Ersatz für den entlassenen Trainer und dessen Team zur Verfügung gestellt worden waren, um den Transport des Vollblüters zum Flughafen zu begleiten und die Abwicklung der Zollformalitäten zu überwachen. Die vier Japaner, die alle exakt gleich gekleidet waren, marineblaue Blazer mit dem Emblem eines Sportvereins oder Privatclubs, saßen verschwörerisch um Jean-Christophe de G. herum und reichten sich gegenseitig Formulare und Bescheinigungen, die sie flüsternd miteinander studierten. Der Pferdetransporter parkte vor dem Hotel, man konnte seine langgestreckte, reglose Silhouette durch die großen Glasfenster an der Rezeption sehen, ein mit Aluminiumblech verkleideter Van, der aussah wie der Tourbus eines Rockstars, an der Seite zwei kleine, geheimnisvoll vergitterte Fensterluken, die geriffelte und glänzende Karosserie strahlte hellgolden im Scheinwerferlicht der Hotelauffahrt. Die Heckklappe des Transporters war geöffnet und eine Rampe heruntergelassen worden, damit das Vollblut frische Luft bekam, drei Männer in Lederjacken, Hilfskräfte oder Begleiter, hielten davor Wache, daneben der Fahrer des Wagens, ein alter Japaner im frischgestärkten grauen Arbeitsoverall, oben geöffnet, man sah den Krawattenknoten, der gleichfalls die unmittelbare Umgebung des Hotels überwachte und dabei eine Zigarette rauchte. Da der Aufenthalt länger zu dauern schien als geplant, nutzte man die Gelegenheit, um dem Pferd zu trinken zu geben, einer der eleganten Japaner im marineblauen Blazer war mit einem glänzenden Metalleimer diskret zur Hoteltoilette gegangen, einem nagelneuen Eimer mit eingraviertem Wappen und Initialen, man hätte meinen können, in denselben Farben wie der Transporter, eines seiner Accessoires, Teil seines Arsenals, kam dann mit dem Eimer in seiner mit durchsichtigen antiseptischen Chirurgenhandschuhen geschützten Hand zurück, durchquerte in aller Würde die Hotelhalle und ging mit steifem, zeremonienhaftem Schritt zum Transporter zurück (ohne dass man genau gewusst hätte, ob er nun diesen Eimer in den Hoteltoiletten gefüllt hatte oder ob er nicht vielmehr einen alten Eimer voller Pferdeäpfel und verpisstem Stroh dort geleert hatte, um den Pferdetransporter zu säubern).

Sobald Jean-Christophe de G. Marie die Hotelhalle betreten sah – sie kam gemessenen Schritts, geradeaus nach vorne blickend, mit abwesender Miene und fahlen Augen, im Licht der Hotellüster folgten ihr Hoteldiener auf dem Fuße, die zwei vergoldete Gepäcktrolleys schoben, auf denen sich der bunt zusammengewürfelte Haufen ihres Gepäcks türmte –, beendete er seine kleine improvisierte Gesprächsrunde, sprang übereifrig auf, um ihr entgegenzueilen, und nahm ihr fürsorglich die kleine Plastiktüte mit den Fugu-Sashimi ab. Wir müssen sofort aufbrechen, wir sind sehr in Eile, sagte er zu ihr und hatte keine Ahnung, was er mit der kleinen Plastiktüte mit den Fugu-Sashimi anfangen sollte, die er in der Hand hielt, aber Marie sagte nichts, antwortete nichts, sie ließ sich führen, folgte ihm wortlos zum Ausgang – Marie, die Augen im Vagen, in Rock und schwarzen Stiefeln, ihren langen Ledermantel über dem Arm, dessen Gürtel lose herunterhing und hinter ihr auf dem Boden schleifte. Eine große

Mietlimousine japanischer Bauart wartete vor dem Hotel auf sie (mit üppigen cremefarbenen Ledersitzen, kleinen bestickten Deckchen auf den Kopfstützen und automatisch verstellbaren Armlehnen, mit Schaltern bestückt und mit der Aufschrift MAJESTA), mehrere Hoteldiener machten sich eilig am Gepäck zu schaffen und verstauten den chaotischen, bunt gemischten Haufen von Maries Tüten und Taschen im Kofferraum und auf dem Beifahrersitz, die vier Japaner in den marineblauen Blazern mit Emblem hatten in der Zwischenzeit ihre Sachen zusammengepackt und in einem engen Minibus Platz genommen, der nicht weit davon entfernt geparkt war und auf dessen Türen ein goldenes Monogramm prangte. Es gab derart viele Gepäckstücke auf den Trolleys von Marie, dass die Hotelangestellten noch Gepäck zum Minibus bringen mussten. Die vier in ihre winzigen Sitze gezwängten Japaner sahen zu, wie die Hoteldiener immer mehr Taschen neben sie in dem Minibus aufstapelten, man konnte ihre leidenschaftslosen Silhouetten durch die Fenster sehen, inmitten des anwachsenden Durcheinanders von bebänderten Geschenkkartons, geblümten Papiertüten und rüschenbesetzten Beuteln. Es mussten Anwälte gewesen sein, Juristen jedenfalls, vielleicht Mitglieder eines japanischen Rennsportverbands, einer von ihnen hatte gefärbte Haare und ein elegantes mauvefarbenes Einstecktuch, das aus der Brusttasche seines Blazers herausragte (was ihm einen mehr künstlerischen, unkonventionellen Status verlieh, ein Tierarzt, wer weiß?).
Der Konvoi hatte sich in Bewegung gesetzt und fuhr in Zeitlupe die Auffahrt des Hotels hinunter, der kleine

Minibus vorneweg, gefolgt von der Limousine und dem imposanten Pferdetransporter aus Aluminium, der nur mühsam und mit größter Vorsicht um die Kurven kam. Ohne Zwischenfall kamen sie einige hundert Meter voran, verließen das Verwaltungsviertel von Shinjuku und bogen auf eine breite Straße ab, die zur Autobahn in Richtung Narita Airport führte. Doch schon bald hingen sie mitten in einem Stau fest. Nur noch meterweise ging es weiter, sie waren gefangen im Verkehr, schließlich blieb der Konvoi in der Eintönigkeit eines verregneten Spätnachmittags stecken. Durch das beschlagene Heckfenster der Limousine blickte Marie auf die monumentalen Umrisse des Pferdetransporters aus Aluminium, dessen mächtige Scheinwerfer hell im Regen des sich zum Ende neigenden Tages erstrahlten – der Transporter, der nur noch zentimeterweise vorankam, schaukelte majestätisch-leicht auf der nassen Chaussee, mit knirschenden Reifen, knarrenden Achsen. Marie beobachtete den riesigen, undurchschaubaren und mysteriösen Pferdetransporter hinter ihr im Regen, wie gestrandet mitten im Verkehr Tokios, mit seinen beiden geheimnisvoll vergitterten Luken an den Seiten, hinter denen sich die lebendige, vibrierende und warme Gegenwart eines unsichtbaren Vollbluts erahnen ließ.

Jean-Christophe de G. hatte seinen Mantel nicht ausgezogen, nicht einmal seinen Schal abgelegt. Tief in seinen Sitz gedrückt, von Marie durch die enorme, automatisch verstellbare Armlehne getrennt, telefonierte er unablässig auf Englisch mit verschiedenen Gesprächspartnern, sein Oberschenkel hüpfte dabei in einem andauernden, kaum wahrnehmbaren Auf und Ab, er schlug hektisch den Takt mit der Schuhspitze, dann beendete er sein Gespräch – ohne indessen das Telefon einzustecken, schon wieder bereit, die nächste Nummer zu wählen –, richtete ein verkrampftes Lächeln an Marie und strich zärtlich, aber ohne Überzeugung mit der Hand über ihren nackten Arm, eher mechanisch, sein Bein wurde immer noch von einer Welle der Nervosität bewegt, die er nicht unterdrücken konnte. Jean-Christophe de G. wusste natürlich, dass die Zollabfertigung im Frachtterminal von Narita Airport um Punkt 19.00 Uhr schließen würde und es keine Mittel und Wege gab, diesen Zeitplan zu beeinflussen (es war ein starrer japanischer Zeitplan), es bestand keine Hoffnung, eine zusätzliche Frist zu bekommen, nicht die geringste Chance auf eine Ausnahme. Anders ausgedrückt, entweder kam das Pferd vor 19.00 Uhr am Flughafen an, und sie konnten das Flugzeug nehmen, oder aber sie hatten Verspätung, und das Pferd würde beim Zoll im Frachtterminal von Narita Airport festsitzen, mit allen nicht vorhersehbaren Folgen, die das haben konnte.

Obwohl Jean-Christophe de G. davon ausgehen konnte, dass alle Papiere des Pferdes in Ordnung, die Impfzertifikate auf dem neuesten Stand waren und auch die Ausfuhrgenehmigung erteilt worden war, befürchtete er letzte Komplikationen bei der Zollabfertigung, ein nicht erwartetes, in allerletzter Sekunde gefordertes Dokument etwa, und während er Marie seine Befürchtungen mitteilte, tippte er weiter Nummer um Nummer in das Display seines Telefons. In Wirklichkeit – und Marie wurde es erst in diesem Augenblick klar – waren die Personen, mit denen er seit der Wegfahrt vom Hotel so unablässig am Telefon sprach, keine anderen als die vier Japaner, die nur ein paar Meter vor ihnen in dem Minibus saßen. Auf diese Weise hielt er ohne Unterbrechung die Unterhaltung mit ihnen aufrecht, nicht mit einem Bestimmten von ihnen, der der Sprecher der Japaner hätte sein können, sondern abwechselnd mit allen vieren, je nachdem, um welche Frage es ging und welcher Spezialist gefragt war, ihre Telefone mussten im engen Minibus dauernd klingeln oder vibrieren und sie zwingen, der Reihe nach seine Anrufe entgegenzunehmen und sich zu bemühen, Jean-Christophe de G. zu beruhigen, mit immer denselben Argumenten seine Befürchtungen zu zerstreuen, ihm dabei immer zuzustimmen, niemals Nein zu sagen, ihm systematisch in seinem Sinne beizupflichten mit ihrem mehrdeutigen und in sich widersprüchlichen *»Yes« (»Yes, I don't know«)*, was ihn nur noch mehr in Unruhe versetzte.

Der Verkehr floss wieder normal, aber der Regen fiel jetzt stärker als zuvor, begleitet von heftigen Windböen, die gegen die metallene Umwandung des Vans stießen, der mit hoher Geschwindigkeit die Autobahn entlangfuhr. Schon kam Narita Airport in Sicht, erste Hinweise kündeten ihre unmittelbar bevorstehende Ankunft an: das Narita Hilton am Straßenrand, ein großes, in dieser regentriefenden Nacht hell strahlendes Schild, das für die Fluggesellschaft ANA warb. Das Flughafengelände war durch einen doppelten Metallzaun mit Stacheldraht gesichert, dahinter erstreckte sich im Dunkel ein weitläufiges, mysteriöses Gebiet. Vor der Zufahrt zum Flughafen verlangsamte der Konvoi sein Tempo und reihte sich in eine der Warteschlangen vor einer Polizeikontrolle ein. An einem Portal, das wie eine Autobahnmautstation aussah, standen mehrere Polizisten in durchsichtigen Regencapes und regelten mit fluoreszierenden Stöcken die Durchfahrt der Autos. Ein Polizist stieg zu den Japanern in den Minibus, prüfte mit schnellem Blick deren Pässe, die sie ihm zuvorkommend entgegenhielten, deutete mit einem Finger auf jeden Pass und verließ den Wagen dann gleich wieder, während ein anderer Polizist aus dem Wächterhäuschen kam und sich der Limousine näherte. Jean-Christophe de G. betätigte mit dem Drücken eines Schalters in seiner Armlehne den elektrischen Fensterheber und streckte ihm ins Dunkel seinen Pass entgegen, seinen Pass und den des Pferdes, weil das Pferd ebenfalls einen offiziellen, in Plastik eingeschweißten, fälschungssicheren, persönlichen Identitätsnachweis besaß (mit Foto, Geburtsdatum und Stammbaum). Der Polizist öffnete den Pass von Jean-Christophe de G., betrachtete das Foto und reichte ihn ihm zurück, dann öffnete er den Pass des Pferdes, beugte sich ins Wageninnere und musterte einen Moment etwas aufmerksamer Maries Gesicht (aber bitte, selbst in diesem Halbdunkel hätte niemand Marie für ein Pferd halten können). Jean-Christophe de G., der begriff, dass hier eine Verwechslung drohte, bat Marie – die sich geistesabwesend von all dem nicht angesprochen fühlte –, dem Polizisten ihren Pass zu zeigen. Doch Marie hatte, wenn es darauf ankam, schon immer größte Mühe gehabt, ihren Pass zu finden, sie schreckte aus ihrem Dämmerzustand auf, ihr Gesicht nahm bereits schuldbewusst die jetzt auf sie zukommende schmerzvoll-vergebliche Suche vorweg und ließ sich von einer Aufwallung chaotischer Frenesie erfassen, jener eigenartigen Mischung aus gutem Willen und Panik, die so typisch für sie ist, wenn sie etwas sucht, und verzweifelt begann sie, ihre Handtasche zu durchwühlen und auf den Kopf zu stellen, holte Kreditkarten, Briefe, Rechnungen, ihr Mobiltelefon heraus, ließ ihre Sonnenbrille auf den Boden fallen, erhob sich von ihrem Sitz, wand sich hin und her, um die Taschen ihres Rocks zu durchsuchen, ihres Jacketts, auch ihres Mantels, immer versichernd, dass sie ihren Pass mit sich führe, nur nicht mehr wisse, wohin sie ihn gesteckt habe, in welcher der Taschen oder welchem Koffer er sein könne, genau dreiundzwanzig Gepäckstücke hatte sie dabei (nicht mitgezählt die Tüte mit den Fugu-Sashimi, in die sie, um ihr Gewissen zu beruhigen, ebenfalls einen Blick warf). Aber es war vergeblich, der Pass blieb unauffindbar. Sie mussten aus der Limousine aussteigen – Jean-Christophe de G. gab sich beherrscht, sagte zu ihr mit tonloser Stimme, es sei nicht so schlimm, während er mit finsterer Miene auf seine Uhr blickte – und im Regen den Kofferraum öffnen, das Gepäck herausholen und es unter den eiskalten und gleichgültigen Augen des Polizeibeamten vor Ort auf der Straße öffnen. Ich muss ihn im Hotel vergessen haben, sagte Marie, sie sagte es in aller Unbekümmertheit, fast beschwingt, als würde die Aussicht auf das Schlimmste – in der Polizeikontrolle von Narita Airport keinen Pass zu haben – sie begeistern, sie gar berauschen, als stellte sie sich schon vor, wie komisch die ganze Geschichte sein würde, wenn man sie später einmal im Rückblick erzählen würde. Diese Phantasie, diese Leichtigkeit, diese entzückende, strahlende, bezaubernde Unbekümmertheit war Teil ihres Charmes, eine ihrer sichersten Eigenschaften, und wäre natürlich umso herzerfrischender gewesen, wenn man nicht direkt davon betroffen gewesen wäre. In allererster Linie betroffen aber war in diesem Fall Jean-Christophe de G., der sie fest an beiden Armen packte (sein zuvor so galantes Verhalten begann, Risse zu bekommen) und sie aufforderte, genau nachzudenken, wo sie ihren Pass hingetan hatte. Aber ich weiß es doch nicht, antwortete ihm Marie – er fing an, ihr mit seiner Fragerei auf die Nerven zu gehen –, vielleicht suchen wir einmal in dem Handköfferchen, in dem das Flugticket ist, schlug sie ihm vor. Und sie fischte das lederne Köfferchen aus dem Kofferraum, fand darin sofort ihren Pass und hielt ihn dem Beamten entgegen, der seinerseits kaum einen Blick darauf warf (es war nur eine einfache Routinekontrolle an der Einfahrt zum Flughafen).

Wieder in die Limousine eingestiegen, setzte sich der Konvoi in Richtung des Frachtterminals von Narita Airport in Bewegung, sie folgten den Wegweisern, großen grünen Schildern, die in der Nacht hell angestrahlt wurden, Cargo Building No 2, Cargo Building No 3, ANA Export, Common Import Warehouse, IACT. Die drei Fahrzeuge fuhren hintereinander auf einer verlassenen Straße, die mit Versorgungsgebäuden gesäumt war. Auf beiden Seiten erstreckte sich eine schier unendliche Weite, begrenzt in der Ferne durch die rot und weiß leuchtenden Anflugbefeuerungen. Da die Straße jetzt nicht mehr beleuchtet war, fuhren sie durch tiefste Finsternis, sahen hier und dort die Umrisse von Flugzeugen aufragen, die reglos auf ihren

Parkpositionen standen. Die drei Fahrzeuge bogen auf einen vom Regen aufgeweichten Mittelstreifen, fuhren mit leuchtenden Scheinwerfern wie in Zeitlupe hintereinander her, passierten eine Reihe großer Hangars mit gewaltigen geöffneten Schiebeportalen, aus denen grünlich-künstliches Licht leuchtete. Jeder Hangar war mit riesigen Buchstaben beschriftet, die die verschiedenen Frachtzonen anzeigten, E, F, G, der Konvoi hielt vor dem Eingang von Block F.

Die Zollabfertigung von Narita Airport schloss in weniger als zehn Minuten, und so stürzten die vier Japaner Hals über Kopf, die Hände voller Dokumente und offizieller Papiere, aus dem engen Minibus und verschwanden in dem Hangar. Mit einigem Abstand folgten ihnen hastig Jean-Christophe de G. und Marie, Marie im Rock und schwarzen Stiefeln, mit ihrem Ledermantel über dem Arm, den sie sich im Laufen überwarf, um sich vor der Kälte zu schützen, die an diesem düsteren und feuchten, nach allen Seiten hin offenen Ort herrschte. Es war ein weitläufiger, mehr als zweitausend Quadratmeter großer Hangar, eine Stahlkonstruktion, die aussah wie ein nach Geschäftsschluss verlassener Fischmarkt mit leergeräumten Verkaufsständen, auf dem Angestellte den Boden mit einem dicken Wasserstrahl abspritzen. In den meisten Lagerbereichen war das Licht ausgeschaltet, Planen waren über Kisten gedeckt, die Regale leer, Lastenaufzüge außer Betrieb, Lattenroste verwahrlost. Hier und da surrte ein Gabelstapler durch die menschenleeren Gänge, chauffiert von einem Arbeiter mit Helm und weißen Handschuhen, der seine Ware zu einem der wenigen noch geöffneten Abschnitte brachte, kleine Inseln von lärmender Geschäftigkeit, brutal angestrahlt mit weißen Neonröhren, wo ein paar Lagerarbeiter Kisten in Aufzüge schoben, Transportgüter aller Art, vakuumverschweißt oder in einfachen gelben, mit Etiketten gespickten Kartons oder billige, schlecht verschnürte Kisten mit Frischprodukten. Am hinteren Ende des Hangars, inmitten von auf den Wänden platzierten Firmenschildern, KLM Cargo, SAS Cargo, Lufthansa Cargo, neben einer Reihe von verwaisten Schaltern verschiedener Fluglinien, ließ sich das verglaste Büro der Zollabfertigung erahnen.

Im Zollbüro diskutierten die vier Japaner bereits mit einem Zöllner mit leichenblassem, kränklichem Teint und eingefallenen Wangen, der eine Uniformmütze mit Wappen auf dem Kopf und einen *masuku* über dem Mund trug, jenen Mundschutz aus weißem Mull, der den unteren Teil des Gesichts bedeckt und vor Viren schützt. Er war gerade dabei, ein Ausfuhrdokument des Vollbluts zu studieren, als er Jean-Christophe de G. eintreten sah und auf der Stelle seine Lektüre unterbrach, er verbeugte sich vor ihm wie entschuldigend und erklärte durch den feinen Stoff seines Mundschutzes auf Englisch, dass er bedaure, ihn am Zoll warten lassen zu müssen, er aber jetzt alles Mögliche tun werde, damit das Verladen des Pferdes ohne Verzögerung vonstattengehen könne. Ungläubig starrte Jean-Christophe de G. den Zöllner an, denn es wurde ihm aus dem, was er von dem doppelt gefilterten Gezischel verstand (durch das Hindernis der Sprache wie durch das des Mulls), klar, dass die Zollabfertigung des Pferdes, die er so sehr gefürchtet hatte und die er nur wenige Sekunden zuvor noch als gescheitert angesehen hatte, in diesem Augenblick und ohne jede Komplikation erledigt war. Jean-Christophe de G. war wieder aus dem Hangar getreten und wartete auf die Ankunft des Containers, in dem das Pferd an Bord des Flugzeugs kommen sollte. Der Fahrer des Pferdetransporters hatte bereits die Heckklappe des Lastwagens geöffnet und im Regen die Metallrampe heruntergelassen, während die Helfer sich um den Transporter herum postierten. Zwei von ihnen erinnerten in ihren eng taillierten Lederblousons mit dem orangefarbenen Innenfutter vage an Yakuza oder kleine japanische Gauner, der Dritte, sehr dick, mit rasiertem Schädel und einem gewaltigen Körper, dem Nacken eines Stiers und der Haut eines Büffels, war vielleicht auch ein Japaner, doch mit seinem Türsteherlook und seinen winzigen, internationalen Schlitzaugen, die überall in die Welt passten, hätte er auch in Moskau oder New York reüssiert. Wie es schien, hatten die drei nicht die Erlaubnis, das Pferd zu berühren, sie waren nur dazu abgestellt, auf dessen Sicherheit zu achten und zu verhindern, dass jemand sich ihm näherte. Jedenfalls machten sie nicht den Anschein, den anderen helfen zu wollen, sondern beschränkten sich darauf, durch ihre schiere Präsenz vor dem Transporter eine abschreckende Wirkung zu erzeugen und ihre Umgebung auffällig zu beobachten. Man wartete noch immer auf das Eintreffen der Reisebox des Pferdes, zwei der vier Japaner waren im Inneren des Vans damit beschäftigt, das Vollblut zu besänftigen und zur Ruhe zu bringen, ihm sanft den Hals zu streicheln, damit es sich an sie gewöhnen konnte. Denn seit der Entlassung des Trainers an

eben diesem Vormittag, und nicht allein des Trainers, sondern der gesamten Mannschaft, seinen Burschen inbegriffen (was rückblickend betrachtet ein Fehler war, selbst Jean-Christophe de G. musste sich das eingestehen), hatte das Vollblut keinen Stallburschen mehr, es hatte seinen angestammten ersten Stallburschen verloren, den Menschen seines Vertrauens, der ihn seit seiner Geburt überallhin ins Ausland begleitet hatte, der immer mit ihm gereist war, der ihm auf seinen Reisen Futter gab, ihn an den Renntagen im Führring präsentierte, ihn, den Einzigen, an den das Pferd gewöhnt war.
Endlich war der Container, in dem das Pferd die Reise antreten sollte, auf dem Parkplatz eingetroffen, wie eine Prozessionsfigur thronte er auf einem flachen Anhänger, den ein kleiner Elektrokarren hinter sich schleppte. Die Zugmaschine umkurvte die an den Lagerhäusern geparkten Fahrzeuge und hielt neben dem Minibus vor dem Eingang des Hangars. Das Manöver wurde von einem Frachtmanager der Lufthansa überwacht, der ein Funkgerät in der Hand hielt und dessen riesiger schwarzer Regenumhang über seiner Uniform im Regen flatterte. Zwei Techniker sprangen aus der Fahrerkabine der Zugmaschine und kletterten auf den Anhänger, um die Schlösser der Pferdebox zu öffnen und eine Rampe zu installieren, auf der das Pferd in die Box gelangen konnte, eine Art hermetisch abgedichteter Kasten aus geriffeltem Metall, auf dem etliche Überbleibsel gelborangefarbener Aufkleber der Firma Lufthansa klebten. Marie hatte sich im Hangar vor dem Regen in Sicherheit gebracht und beobachtete die Operation aus der Ferne. Alle Türen waren jetzt geöffnet,

aber vom Pferd war in den Tiefen des Vans immer noch nichts zu sehen, alle Blicke waren jetzt auf das Fahrzeug gerichtet. Von der Anwesenheit des Pferdes zeugten allein gedämpftes Wiehern aus dem Inneren des Transporters und der Geruch, ein durchdringender Geruch nach Pferd, Heu und Mist, der sich mit dem Geruch des Regens und dem Gestank des Kerosins vermischte.
Dann, langsam, tauchte die Kruppe des Vollbluts auf – seine schwarze, glänzende, zurückgebogene Kruppe –, seine Hinterhufe suchten Halt auf der Rampe und schlugen hart auf das Metall, trampelten voller Nervosität auf der Stelle, sprangen zur Seite und wieder nach vorne. Als Geschirr trug es nur ein Halfter und eine Leine, auf seinem Rücken lag eine kurze Decke aus wertvollem Purpursamt, die Gliedmaßen waren sorgfältig mit schützenden Bandagen und Transportgamaschen umwickelt, die mit Klettverschlüssen befestigt waren, Bänder und Sehnen mit Stoffbändern mumifiziert, um Stöße und Verletzungen zu vermeiden. Fünfhundert Kilo nervöse, reizbare und wütende Masse tauchten dort in der Nacht auf. Mit glänzendem schwarzen Fell und einer sich überdeutlich abzeichnenden Muskulatur stieg es rückwärts hinunter, die zwei Japaner im marineblauen Blazer drückten sich gegen seinen Körper in Höhe der Schulter, versuchten, es zurückzuhalten, sie klammerten sich an die Leine, zogen und zerrten daran. Das Pferd ließ sich das nicht gefallen, störrisch schüttelte es den Kopf, um sich loszureißen, es wehrte sich schnaubend, seine Anspannung und Nervosität liefen in heftigen Schaudern wie Wellen durch seine Mähne. Seine kraftvolle physische Erscheinung war beeindruckend,

es ging eine animalische elektrische Energie von ihm aus. Die zwei Japaner schienen mit ihrer Aufgabe überfordert zu sein, sie verloren den Halt, ihre Blazer waren verrutscht, die Krawatten hingen schief, vergeblich schrien sie Befehle ins Leere, dass man ihnen zu Hilfe komme, man spürte ihre Erregtheit, man sah ihre vor Aufregung zitternden Gesichter und Hände. Reglos stand das Vollblut nun auf der Rampe, es bewegte sich nicht mehr, schritt nicht vorwärts und nicht mehr zurück, trotz aller Bemühungen der beiden Japaner, die an ihm zerrten, ohne es von der Stelle bewegen zu können. Der Frachtmanager der Lufthansa war mit seinem Funkgerät zum Pferdetransporter herübergekommen, und jetzt bewegte sich niemand mehr, nicht das Pferd, das mitten auf der Rampe stehen geblieben war – starr, wütend, majestätisch –, nicht die von dem Schauspiel des reglos dastehenden kräftigen Zuchthengstes in Bann geschlagenen Zuschauer, die fasziniert waren von seinen in der Anspannung hervorstechenden Muskeln, die im Kontrast standen mit dem feingliedrigen Lauf der Beine, der Zierlichkeit der schlanken und schmalen Fesseln, so zerbrechlich wie die Handgelenke einer Frau.

Das Pferd, nachdem es dröhnend auf der Stelle getreten war, machte erneut zwei oder drei heftige Schritte zurück, drehte sich dann plötzlich und ungestüm um sich selbst und riss die zwei Japaner mit sich, die sofort das Gleichgewicht verloren und, um der brutalen Bewegung auszuweichen, von der Rampe herunter auf den Asphalt sprangen. Geistesgegenwärtig hatten sich die anderen aus der Reichweite des Pferdes entfernt und waren zum Hangar zurückgewichen. Die zwei Japaner drückten sich jetzt wieder gegen den Pferdekörper, pressten sich gegen seine Schulter, versuchten, das Pferd aufzuhalten, es zum Stehen zu bringen, wurden aber von seiner übermächtigen Stärke einfach beiseitegeschoben, konnten gerade noch seinen Bewegungen folgen, neben ihm hertrippeln und versuchen, es irgendwie in Richtung der Pferdebox zu lenken. Der Container wartete oben auf dem Anhänger, neben der geöffneten Tür standen zwei Hilfskräfte bereit, um die Türen sofort hinter dem Pferd zu verschließen, aber am Fuß der Rampe angelangt, bäumte sich das Pferd auf, setzte zurück, drehte sich um, lief feurig schnaubend an Marie und Jean-Christophe de G. vorbei. Die zwei Japaner waren nun überhaupt nicht mehr Herr der Lage, sie beschränkten sich darauf, mittels der Leine den Aktionsradius des Pferdes einzugrenzen, doch das Vollblut riss sich von ihnen los, drehte sich hufeklappernd und mit schwingender Kruppe weg. Wie irre rannte es durch den strömenden Regen zwischen den verschiedenen vor dem Hangar geparkten Fahrzeugen herum, geriet plötzlich ins Scheinwerferlicht eines der auf dem Parkplatz stehenden Autos, galoppierte unversehens in Richtung Hangar, was die Zuschauer nötigte, sofort im Inneren des Gebäudes Zuflucht zu suchen.

Weiße Neonröhren umrandeten das schmale Vordach des Hangars, draußen im Dunkeln goss es weiter in Strömen, bei Windböen fegte die dichte Regenwand fast horizontal heran. Den zwei Japanern war es zwischenzeitlich gelungen, wieder die Kontrolle über das Pferd zu erlangen, sie hatten es gedreht, hielten es fest an der Schnalle des Halfters, sie mussten wieder von vorn beginnen, um das Pferd in den Container zu verfrachten, umrundeten sie in weitem Sicherheitsabstand die geparkten Fahrzeuge. In der Ferne grollte der Donner, hin und wieder zeriss ein Blitz den Himmel über den unsichtbaren Start- und Landebahnen. Das Pferd bewegte sich jetzt im Schritt in sicherer Entfernung von den Lichtern der Lagerhäuser auf dem dunklen, regennassen Parkplatz, eskortiert von den beiden Japanern, die an seiner Seite in ihren regentriefenden blauen Blazern durch das Dunkel liefen. Scheinbar gefügig ließ sich das Pferd von ihnen führen, wurde gelegentlich von einem plötzlichen und unvorhersehbaren Aufbäumen des Kopfes geschüttelt. Sie hatten den Anhänger schon fast erreicht, als das Vollblut sich angesichts der Pferdebox versteifte und mit angelegten Ohren und laut wiehernd abdrehte, mit aufgerissenem Maul biss es um sich, die Zähne plötzlich gebleckt, dann setzte es zurück und jagte davon, die beiden Japaner in seinem Gefolge wirbelten hinter ihm her.

Das Vollblut war entwischt, in die Dunkelheit entkommen, zunächst noch gehindert von einem der beiden Japaner, der die Leine nicht gleich losgelassen hatte, nicht den Eindruck machte, sie jemals loslassen zu wollen, als hätte er sie um seinen Arm oder sein Handgelenk gebunden. Er konnte sie nicht mehr loslassen, er durfte es sich nicht einmal vorstellen, er fand es schlicht unvorstellbar, jetzt loszulassen und dieses Pferd entkommen zu lassen, für das er die Verantwortung trug, verzweifelt klammerte er sich an die Leine, fiel vornüber, schon am Boden, kam wieder auf die Knie, richtete sich auf, zog an der Leine, versuchte, sie um seine Taille zu wickeln, hielt mit aller Kraft dagegen, wurde aber sofort wieder umgerissen und auf den Asphalt geschleudert, ließ immer noch nicht die Leine los, wurde bäuchlings in die Wasserlachen geschleudert, bis sein Blut spritzte, es war ein schrecklicher Anblick, wie ein aus dem Gleichgewicht geratener Wasserskifahrer, er konnte sich nicht mehr aufrichten, wurde nur noch hin und her geschleudert, hochgewirbelt und wieder auf den Boden geschmettert, und erst nachdem der Japaner so noch Dutzende Meter weiter mitgeschleift worden war, ließ er endlich das Pferd laufen. Zahir entwich im Galopp in die Dunkelheit, frei und unbändig, war schon so weit entfernt, dass er kaum noch zu erkennen war. Instinktiv war er in die dunkelsten Regionen des Flughafens geflüchtet, hatte den weitläufigen Parkplatz hinter sich gelassen, die schwach beleuchtete Zufahrt überquert und war in Richtung der Start- und Landebahnen auf und davon galoppiert. Mehrere der Anwesenden hatten den Ernst der Lage sofort erkannt, und während die einen den zwei verletzten Japanern zur Hilfe eilten – einer der beiden hatte sich schon wieder aufgerichtet und humpelte im Scheinwerferlicht den zu Hilfe Kommenden entgegen, der andere lag noch immer reglos auf dem Asphalt, er hatte wohl das Bewusstsein verloren, mit blutüberströmtem Gesicht lag er in einer schwarz glänzenden Wasserlache –, hatten die anderen mit ihren Telefonen und Funkgeräten sofort die zuständigen Flughafenbehörden alarmiert, man rannte, stieg in die Wagen, Türen schlugen, man nahm die Verfolgung auf, die Wagen rangierten zuerst im Rückwärtsgang, fuhren dann mit quietschenden Reifen los, der Fahrer des Pferdetransporters – der Van war eindeutig zu schwer für die Verfolgung – hatte sich zu den anderen in den Minibus gesetzt, mit seiner Ausrüstung und einem Seil, ein zusammengerolltes dickes Hanfseil, das er wie ein Lasso in den Händen hielt, drei Fahrzeuge machten sich in der Nacht an die Verfolgung des Pferdes und rasten über den riesigen Parkplatz vor dem Hangar, fuhren im Zickzack mit leuchtenden Scheinwerfern durch strömenden Regen und Wasserlachen, gerieten fast aneinander, der Frachtmanager der Lufthansa am Steuer seines kleinen Karrens, Marie allein in der von dem weiß behandschuhten Chauffeur gesteuerten Limousine und die anderen, alle anderen – Jean-Christophe de G. eingeschlossen, der die Verfolgung selbst in die Hand genommen hatte und die Befehle gab –, die Gehilfen wie die Leibwächter, der Fahrer des Pferdetransporters ebenso wie die Zöllner, alle, die nicht bei dem Verletzten zurückgeblieben waren, um Erste Hilfe zu leisten, saßen zwischen den Koffern und Taschen von Marie eingepfercht in den drei Sitzreihen des winzigen Minibusses der Marke Subaru.

Zahir heißt auf Arabisch so viel wie der Sichtbare, der Name stammt aus einer Erzählung von Borges und davor noch aus einer orientalischen Sage, der zufolge Allah die Vollblüter aus einer Handvoll Wind erschaffen hat. In der gleichnamigen Erzählung von Borges ist der Zahir ein Wesen, das die furchtbare Macht besitzt, niemals von dem vergessen werden zu können, der es ein einziges Mal gesehen hat. Doch von Zahir war hier nicht mehr das Geringste zu sehen, er war wie vom Dunkel verschluckt, hatte sich in Luft aufgelöst, sein Schwarz war mit dem Schwarz der umgebenden Finsternis verschmolzen. Die Nacht zeigte ihre gewohnte Dunkelheit, und es schien, als ob es dem Vollblut gelungen sei, tief in ihre Materie einzudringen, die ihn auf der Stelle verschlungen und verdaut hatte. Die Autos rasten mit hoher Geschwindigkeit dem Horizont entgegen, der Regen peitschte gegen die Scheiben, die Karosserien der Autos wurden von den Unebenheiten des Straßenbelags durchgerüttelt. Am Ende des riesigen Parkplatzes angekommen, stießen sie auf einen befestigten Seitenstreifen, hinter dem nichts mehr zu sein schien – nur dunkler, vom Regen aufgeweichter Rasen, unbebautes Gelände, so weit das Auge reichte –, und sie mussten einsehen, dass Zahir ihnen entkommen war. Aus der Ferne in der Nacht erklangen die Sirenen von Rettungswagen, eine Ambulanz vor dem Hangar, man versorgte den verletzten Japaner, Feuerwehrwagen hatten an Start- und Landebahnen Position bezogen und Absperrungen errichtet, jeglicher Flugverkehr, alle Starts und Landungen waren eingestellt worden, die Verantwortlichen des Flughafens konnten nicht das Risiko eingehen, Flugzeuge landen zu lassen, während irgendwo auf dem Flughafengelände ein Vollblut frei herumlief. Die Verfolger mussten langsamer fahren, ihren ersten überstürzten Vorstoß abbrechen, um mit mehr Geduld das Vollblut in dieser Dunkelheit aufzuspüren. Mit gedrosselter Geschwindigkeit fuhren sie eine schmale, schwach beleuchtete Straße entlang, saßen mucksmäuschenstill in ihren Fahrzeugen und suchten die Umgebung ab. Mit an die Fensterscheiben gepressten Augen warteten sie auf irgendeine Bewegung am Horizont,

auf einen Schatten in der Finsternis, einen Lufthauch, einen Atemzug, mit gespitzten Ohren lagen die Fahrer in ihren Autos auf der Lauer, lauschten gespannt auf ein Geräusch von draußen von den Pisten, auf etwas, das den Aufenthaltsort des Pferdes hätte verraten können, ein Wiehern, ein Schnauben oder Hufgeklapper auf dem Asphalt. Es gab hier keine Stelle, an der das Pferd sich hätte verstecken können, das Flughafengelände war völlig plan, kein Hindernis, keine Bäume, kein Unterholz, am Horizont war nichts zu sehen. Am Ende der Straße angekommen, umfuhren sie eine Straßensperre und bogen, immer noch in Zeitlupe, immer noch schweigend, auf eine der Rollbahnen, erforschten die umgebende Nacht, spähten in die Dunkelheit, als plötzlich, wie aus dem Nichts, mit derselben Plötzlichkeit, mit der er verschwunden war, der mächtige schwarze Körper Zahirs im Licht der Scheinwerfer Gestalt gewann, gleichzeitig im Galopp und doch erstarrt, kopflos, mit vor Schrecken aufgerissenen Augen, das Fell schwarz und nass, so als tauchte er in diesem Moment aus der Nacht hervor, in die er sich zuvor aufgelöst hatte.
Augenblicklich beschleunigten die drei Fahrzeuge und nahmen die Verfolgung auf, die Entfernung betrug etwa hundert Meter, das Pferd galoppierte vor ihnen in die Nacht hinein, die Mähne flatterte im Wind, die Beine bewegten sich in einem wilden, verzweifelten Sprint, die Hufe stampften wütend über den Asphalt. Sie ließen es jetzt im Licht der Scheinwerfer nicht mehr aus den Augen, sie hielten es fest im Visier, klebten an seiner wildgewordenen, gekrümmten und geschwungenen Silhouette, folg-

ten nach links, wenn es nach links lief, bogen mit ihm ab, Seite an Seite rasten die drei Fahrzeuge über das riesige menschenleere Rollfeld hinter dem Pferd her, um es daran zu hindern, kehrtzumachen und ihnen zu entkommen, versuchten mit jedem Mal, das Netz enger zu ziehen, die Fahrzeuge kommunizierten ständig miteinander, Jean-Christophe de G. leitete vom Minibus aus die Verfolgung, gab dem Fahrer Anweisungen, telefonierte mit dem Chauffeur der Limousine über Maries Mobiltelefon – er hatte Marie in der Limousine angerufen, ihr Telefon hatte in der Handtasche geklingelt, im Dunkeln hatte sie die Stimme Jean-Christophe de G.s gehört, seine präzise, ruhige, befehlsgewohnte Stimme, die sie aufforderte, dem Chauffeur seine Anweisungen weiterzugeben, und Marie erfüllte peinlich genau den Auftrag, das Telefon am Ohr, lauschte sie aufmerksam den Instruktionen und wiederholte sie dann auf Englisch für ihren Chauffeur –, sodass die drei Fahrzeuge auf gleicher Höhe frontal auf das Pferd zufuhren, um ihm jede Fluchtmöglichkeit zu versperren. Jean-Christophe de G. organisierte die Verfolgung vom Beifahrersitz des Minibusses aus, er bestimmte die genauen Abstände zwischen den Fahrzeugen, berechnete den Fluchtweg und gab geringfügige Richtungswechsel vor, er befahl, die Scheinwerfer immer direkt auf das Pferd gerichtet zu halten, damit es spürte, dass es von einer beweglichen, blendenden, furchteinflößenden und unüberwindlichen Linie von Lichtern verfolgt wurde, wie von einer Linie aus Feuer. Sie waren gerade in Begriff, zu ihm aufzuschließen, als das Pferd vor ihren Augen eine abrupte Drehung um 180 Grad vollführte und sich sein

Körper wie ein Kreisel auf dem dunklen Asphalt des Rollfelds in einem Wirbel aus Muskeln und spritzenden Regentropfen drehte und dann, übergangslos, auf die Fahrzeuge zugaloppierte, direkt in die Scheinwerfer hinein, mit irren, wilden Augen, voller Wahn, mit fliegender Mähne, voller Schweiß und Schlammspritzer. Es galoppierte auf die Autos zu, steigerte auf dem Rollfeld des Narita Airports noch sein Tempo, als wollte es Anlauf nehmen und das Hindernis der in einer Reihe auf es zurasenden Wagen überspringen, als wollte es von der Erde abheben, um in den Himmel hinaufzufliegen, wie ein geflügelter Pegasus in der Finsternis zu verschwinden und sich mit Blitz und Donner zu vereinen. Kaum hatte er die plötzliche Kehrtwendung gesehen, hatte Jean-Christophe de G. auch schon die Gefahr erkannt und sofort den anderen Wagen den Befehl gegeben, laut zu hupen, alle zusammen, er hatte die Anweisung gegeben, weiter auf es zuzufahren und dabei zu hupen. So rasten sie aufeinander los, das Pferd galoppierte auf die Autos zu, im Versuch, die bewegliche Linie vor ihm zu durchbrechen, und die Autos fuhren mit hohem Tempo dem Pferd entgegen, um es zu erschrecken und es zu zwingen, den Rückzug anzutreten. Diese Kraftprobe wurde in letzter Sekunde durch die Autos und ihr schauerliches Hupkonzert gewonnen, durch ihr dreifach vereintes alarmierendes Geheule, das sich wie eine Frontlinie in der Nacht nach vorne schob, denn das Pferd hielt inne, blieb mit einem Schlag stehen, rutschte auf der nassen Piste weiter, geriet vor den Autos ins Straucheln, fing sich wieder, riss voller Panik und verzweifelt zur Seite aus, galoppierte pfeilgerade bis zum

äußersten Ende des Geländes, wo es durch den doppelten Sicherheitszaun des Narita Airports aufgehalten wurde. Es lief einige Meter am Zaun entlang, verfolgt von den Lichtern der Scheinwerfer, die immer näher kamen, wurde dann langsamer, fiel in Trott, blieb unentschlossen vor dem hohen Zaun stehen, hinter dem sich ein Busparkplatz der JAL erstreckte, wie man im Halbdunkel erahnen konnte. Immer wieder zerrissen Blitze den Himmel und warfen flüchtiges weißes Licht auf die Dächer der orangeweißen Autobusse, die jenseits der Absperrung Seite an Seite aufgereiht waren. Die Verfolger hatten sich mit ihren Wagen etwa dreißig Meter von ihm entfernt in einem Halbkreis um das Pferd aufgestellt, es von allen Seiten eingekreist, die Scheinwerfer immer auf seine reglose Gestalt gerichtet. Die Türen öffneten sich, und die Männer stiegen aus. Ungeachtet des strömenden Regens setzten sie ihre Verfolgung zu Fuß fort, gingen direkt auf das Pferd zu, einer der Hilfskräfte hatte sich gebückt und warf alles, was er am Boden finden konnte, in seine Richtung, Steine, Split, Dreckstückchen, um es gegen die Barriere zurückzudrängen, es auf Distanz zu halten oder auch nur, um die eigene Angst zu bannen, bis Jean-Christophe de G. den Befehl gab, damit aufzuhören. Er gab jedem den Befehl, innezuhalten, still zu sein, sich nicht mehr zu bewegen. Keine Bewegung mehr, nicht mal eine Handbewegung. Das Pferd stand reglos an den Zaun gedrängt, ohne Möglichkeit zu fliehen, sich abzusetzen, und beobachtete sie, schnaufend, außer Atem, seine Flanken hoben und senkten sich bei jedem Atemzug.
Da ging Jean-Christophe de G. auf es zu, allein und mit

bloßen Händen. Das Pferd rührte sich nicht, blickte auf. Jean-Christophe de G. näherte sich ihm im Regen in seinem eleganten dunklen Mantel, mit leeren Händen, nichts, mit dem er es hätte bändigen können, kein Seil, keine Leine, kein Riemen, nichts, um es einzufangen, festzuhalten oder festzubinden. Ruhig, sagte er, ruhig, Zahir, ruhig, wiederholte er mit leiser Stimme. Er war nur noch wenige Meter von ihm entfernt, von dem Pferd gingen noch immer unheimliche Wellen aus, eine unberechenbare Energie des verängstigten Tieres. Das Pferd beobachtete weiter, wie er sich näherte, bewegungslos, gab heisere und beunruhigende Geräusche von sich. Sein Fell war nass und verklebt von Regen und schmutzigem Schweiß, überkrustet mit winzigen Schlammspritzern, Dreck, Splitt und Asphaltabrieb. Es musste einige Male ausgerutscht sein auf dem Rollfeld, denn es war verletzt, sein Vorderlauf war offen, aufgeschürft und schwärzlich. Jean-Christophe de G. war nun fast bei ihm, langsam ging er weiter auf es zu, ließ es nicht aus den Augen und zeigte ihm seine Hände, die weiß, leer und geöffnet waren, wie um ihm zu beweisen, dass er keine Waffe, nicht einmal eine Fessel oder einen Strick mit sich führte, mit leeren Händen, mit intensivem Blick und leerer Hand – Hand und Blick –, und nicht zu vergessen die Stimme, die warme menschliche Stimme, einschmeichelnd, sinnlich, verführerisch, die er modulierte, deren Betonung er variierte, um es zu besänftigen. Ruhig, sagte er, ruhig, Zahir, ruhig, wiederholte er. Nur noch wenige Zentimeter trennten ihn von seinem Fell, aber er berührte es nicht sofort, ließ das Pferd zuerst seine Hände betrachten, seine zwei langgewachsenen, weißen, ruhigen Hände, die er vor die Augen des Pferdes hielt, um dem Vollblut alle Zeit zu lassen, sie zu beobachten, zu beriechen und daran zu schnuppern, und das Pferd beobachtete seine Hände, schnupperte daran, stieß mit feuchten Nüstern gegen die Finger, nahm fügsam und vorsichtig Witterung auf, vielleicht erkannte es einen bestimmten Geruch wieder, vielleicht war ihm der Geruch Jean-Christophe de G.s vertraut. Es zuckte nicht einmal, als Jean-Christophe de G. die Hand auf sein Fell legte und es berührte, es langsam und vorsichtig streichelte, so, als würde er eine Frau streicheln, als führe seine Hand langsam über den Körper einer Frau. Das Pferd ließ es geschehen, es schien es zu mögen, von seinen gleichzeitig festen und zärtlichen Händen berührt zu werden, die ihm ein Gefühl von Wärme vermittelten, ein Empfinden von Frieden und Ruhe nach den bestürzenden und erschreckenden Augenblicken, die es gerade durchlebt hatte. Jean-Christophe de G. hatte seinen Kopf an die Wange des Pferdes gelegt und flüsterte ihm ins Ohr, er beschwichtigte es mit leiser und verführerischerer Stimme, tätschelte ihm den Kopf und strich über die Außenlinie seiner Augen. So, sagte er, so, sehr gut, Zahir, sehr gut. Er sprach Französisch mit ihm, er hatte immer Französisch mit seinen Pferden gesprochen, Französisch, die Sprache der Liebe – und auch zuweilen der Hinterlist, ihr vergifteter Schatten. Denn die Zärtlichkeiten von Jean-Christophe de G. waren nicht ehrlich gemeint, zumindest nicht ohne Hintergedanken, seine Kunst, durch Worte zu überzeugen, und die gespielte Sanftheit seiner Hände waren wohlkalkuliert, schon dachte er an den nächsten Schritt, bereitete bereits, während er es noch streichelte, den üblen Trick vor, mit dem er es jetzt gleich hereinlegen würde, aber anders hätte er nicht vorgehen können, wäre ihm die Aktion nicht mit solcher Geschicklichkeit, Schnelligkeit und Grazie gelungen, hätte er sie nicht von Anfang an in Gedanken durchgespielt, wie ein Zauberkunststück oder einen Taschenspielertrick, wie ein Stierkämpfer seine Veronika: Mit einer einzigen Bewegung riss er sich seinen Schal vom Hals, schwang ihn in die Höhe – für einen kurzen Moment schwebte der schwarzmoirierte, rötlich schimmernde Stoff senkrecht in der Nacht –, dann schlang er ihn schnell um den Kopf des Pferdes und band ihn über die Augen Zahirs, er verband ihm die Augen, um ihn blind zu machen. Er zog den Schal gründlich fest, damit wie beim Blindekuh-Spiel kein Licht eindringen konnte, und knotete beide Enden an die Backenriemen des Halfters. Das Pferd machte einen Schritt rückwärts gegen den Zaun, blieb dort mit verbundenen Augen stehen, blind und besiegt. Sofort kam aus dem Kreis der sprachlosen Zuschauer, die atemlos das Geschehen verfolgt hatten, der Fahrer des Pferdetransporters mit dem langen, wie ein Lasso zusammengerollten Hanfseil gelaufen, kniete sich vor das Pferd und schlang das Seil um einen der Vorderläufe, verknotete es und zog dann fest an dem Seil, zwang das Pferd, seinen Lauf in Kniehöhe abgewinkelt zu halten. Dergestalt durch das Seil gefesselt, auf der Stelle schwankend und völlig blind, leistete Zahir keinen Widerstand mehr. Erst jetzt hob Jean-Christophe de G. die auf dem Boden liegende Leine auf und kam in aller Ruhe zu den Fahrzeugen zurück, Zahir an der Leine hinter ihm, wie ein großer, disproportionierter schwarzer Hund (brav auf drei Beinen hinkend, mit verbundenen Augen).

Als Jean-Christophe de G. und Marie einige Minuten später mit der Limousine zum Hangar der Frachtabfertigung des Narita Airports kamen, herrschte dort größtes Durcheinander. Blaulichter drehten sich vor dem Block F in der Nacht, Dutzende von Feuerwehrmännern drängten sich vor dem Eingang des Hangars. Polizisten mit reflektierenden Schutzwesten hatten mit leuchtend roten Kegeln eine Absperrung auf dem Parkplatz errichtet. Sie sahen gerade noch, wie sich der Krankenwagen entfernte, der den verletzten Japaner abtransportierte. Marie saß schweigend in der Limousine und beobachtete das Gesicht Jean-Christophe de G.s neben sich im Halbdunkel des Wagens. Sie hatte soeben eine unbekannte Eigenschaft an ihm entdeckt. Sie war verblüfft über die Art und Weise, wie er sich bei der Verfolgung des Pferdes durchgesetzt hatte, wie er die Dinge in die Hand genommen und jedem Befehle gegeben hatte, auch ihr, was sie außerordentlich beeindruckt hatte (weil man Marie keine Befehle gab – bestenfalls gab man ihr Anregungen, schlimmstenfalls legte man ihr etwas nahe).

Als sie aus der Limousine ausstiegen, fanden sie niemanden, der ihnen hätte weiterhelfen können, kein Flughafenpersonal war zur Stelle, das sie zu ihrem Flugzeug hätte begleiten können. Der Frachtmanager der Lufthansa war bei dem Pferd geblieben, hatte per Funk den Reisecontainer zu dem Platz beordert, an dem Zahir eingefangen worden war, um dort die Verladung vorzunehmen. Es verging einige Zeit, bis ein geisterhaft lichtloser Shuttlebus des Flughafens vor dem Hangar auftauchte, der sie zum Flugzeug bringen sollte. Sie verstauten das Gepäck, luden Maries Sachen ins Innere des kleinen Busses. Sie liefen im Regen hin und her, beladen mit Taschen und Koffern, die sie wild durcheinander auf dem genoppten schwarzen Gummiboden des Busses stapelten. Der Bus setzte sich in Bewegung, reglos und ohne ein Wort zu wechseln saßen sie im Halbdunkel inmitten des chaotischen Gepäckhaufens von Marie. Draußen goss es in Strömen, man sah durch die triefend nassen Seitenfenster auf die dunklen Start- und Landebahnen, einige verschwanden gänzlich in der totalen Finsternis, andere wurden von einer rot-weiß blinkenden Lichterkette befeuert. Sie folgten einer schlecht beleuchteten Trasse immer weiter geradeaus ins Dunkel hinein. Einige Minuten noch fuhr der Zubringer durch die Dunkelheit, bevor er anhielt und die automatischen Türen vor ihnen sich sprunghaft in die windige Nacht öffneten, sie beeilten sich, ihr Gepäck auszuladen. Kaum war die letzte Tasche auf das Rollfeld gestellt, ließ der Fahrer, der sie im Rückspiegel mit gehobenen Augenbrauen be-

lauert hatte, vor ihrer Nase die automatischen Türen des Busses zufallen, und der Shuttle startete in die Nacht, ließ sie allein auf dem Asphalt des Rollfelds stehen.
Vor ihnen ragte der gewaltige, gewölbte, überdimensionierte Rumpf einer Boeing 747 der Lufthansa Cargo auf. Es gab keine Treppe, mit der man an Bord hätte gelangen können, keine Leiter, um nach oben zu steigen, alle Zugänge waren hermetisch verschlossen und verriegelt, sowohl die Tür im Bug als auch die hinteren Frachtluken. Der weiß lackierte Rumpf troff im strömenden Regen. Seitdem der Bus sie auf dem Rollfeld zurückgelassen hatte, hatten sie sich keinen Schritt weit bewegt, derart waren sie beeindruckt von den übergroßen Ausmaßen der Maschine, die sich vor ihnen erhob, gut zehn Meter hoch und sechzig Meter lang, eine königliche Statur mit zwei riesigen Tragflächen, die schwarze Schatten auf den Boden warfen. Anhaltendes Brummen elektrischer Aggregate mischte sich mit dem durchdringenden Lärm einer Turbine an der Heckflosse. Das Flugzeug schien bereit, seine Parkposition zu verlassen. Die verschiedenen Rollen und Schläuche zum Beladen und Auftanken waren entfernt worden, ein paar Servicefahrzeuge für die technische Versorgung standen noch auf dem Vorfeld, Hebeplattformen, Elektroaggregate, Zubringer, Lieferwagen, winzige Versorgungssatelliten des reglosen Riesen. Hinter der konvexen Windschutzscheibe des Cockpits, ein schmaler Schlitz, der sich hoch oben am gebogenen Kopf der Boeing öffnete, war gedämpftes Licht zu erkennen. Die Piloten waren vermutlich damit beschäftigt, die Flugstrecke zu programmieren und studierten im Schein ihrer Not-

beleuchtung die Flugkarten, während sie im Halbdunkel ihrer Kabine auf Anweisungen des Towers warteten. Marie machte einen Schritt nach vorn, fing an zu rufen und mit beiden Armen zu winken. Sie stand unten am Fuß der Boeing und winkte mit den Armen, so wie ein Einweiser, wenn er die Flugzeuge in ihre Parkposition dirigiert, eine fragile Gestalt, die im Regen wilde Armbewegungen vollführte, um die Aufmerksamkeit der Piloten auf sich zu lenken, Marie, die immer mehr in Schwung geriet, Begeisterung und eine ununterdrückbare Heiterkeit überkamen sie, sie saß in der Patsche und war doch glücklich, sie fühlte sich mit einem Mal herrlich wohl hier unten im strömenden Regen mitsamt ihrem Gepäck vor dem Flugzeug, mit ihren dreiundzwanzig Taschen und Koffern, ihrem großen graugeperlten Koffer, dem kleinen weiß-beige gestreiften Rollkoffer von Muji, ihrer Basttasche mit doppeltem Reißverschluss, dem großen Dufflebag, ihrer Laptoptasche, ihrem Schminkkoffer, und nicht zu vergessen ihre Mitbringsel, die eleganten Einkaufstüten aus cremefarbenem Glanzkarton, die unter dem Regen litten, und drei große, zum Bersten volle Reisetaschen (natürlich keine davon geschlossen, Marie machte nie etwas zu, die Kleider schauten noch heraus, in letzter Sekunde hineingeworfene Sachen quollen über, der Kulturbeutel thronte wie ein schiefes Dach mitten auf den Kleidern, und auch der Kulturbeutel stand offen und daraus hervor ragten der Rougepinsel und eine unverschlossene Zahnpastatube), und in einem Anfall von Leichtigkeit, Unbekümmertheit und überschäumender Phantasie begann Marie, um ihre auf dem Asphalt des Vorfelds aufgereihten Koffer

herumzulaufen, ihren unordentlichen Haufen dabei zu begutachten, um für sich festzustellen, dass ihr Gepäck trotz allem doch ein verdammt gutes Bild abgab und eine subtile Abstimmung der Farben aufwies: Ton in Ton beige, beige-weiß gestreift, sandfarben, naturfarben, Lederfarben (Marie bewies einfach Klasse, bis hinein in den Untergang).
Jean-Christophe de G. trat etwas abseits und telefonierte, langsam marschierte er in seinem eleganten Mantel im Regen auf und ab, eine Hand in der Tasche, das Telefon ans Ohr gepresst, auch er warf Blicke auf die Pilotenkanzel, um die Aufmerksamkeit der Piloten auf sich zu ziehen, nicht so offensichtlich wie Marie, nicht mit großen Gebärden, sondern auf indirekte Weise, indem er sich so zu stellen suchte, dass sie ihn ins Blickfeld bekamen. Aber auch er hatte keinen Erfolg und kam zurück, um neben Marie zu warten. Einige Minuten später tauchte der Frachtmanager der Lufthansa auf, stieg aus seinem Gefährt und rannte in seiner weiten Regenhaut zu ihnen herüber und entschuldigte sich vielfach, verwirrt, dass niemand da war, um sie am Flugzeug in Empfang zu nehmen, ein Kommunikationsproblem mit der Besatzung. Da stieg auch schon japanisches Bodenpersonal in grauen Overalls aus verschiedenen Fahrzeugen, und die Klappe des Frachtraums wurde geöffnet. Die Reisebox des Pferdes war inzwischen auf einen Hubwagen mit zwei Scheren geschoben worden, mehrere Mechaniker machten sich im Schein von Stablampen und elektrischen Leuchten an dem Container zu schaffen. Während er sich mit einem der Japaner im Blazer, der sich zu ihm gestellt hatte, unterhielt, über-

wachte der Frachtmanager die Arbeiten. Marie beobachtete das Geschehen aus der Entfernung, als sich langsam auch die vordere Tür der Boeing öffnete. Über dem Abgrund erschien einer der Piloten, seine uniformierte Gestalt zeichnete sich scharf in der Türöffnung ab. Eine Treppe wurde angestellt, und Christophe de G. und Marie konnten mit dem Einladen des Gepäcks beginnen. Als sie die letzten Taschen vom Teerboden aufgesammelt hatten und die Treppe emporstiegen, im Begriff, endgültig das Flugzeug zu besteigen, sahen sie neben sich die Box des Pferdes schwerelos in der Luft schweben – mit dem lebendigen Vollblut darin – und sich langsam in der Nacht am Rumpf der Boeing 747 Cargo emporheben. Auf der Höhe des Frachtraums angekommen, wurde die Box mit einem brutalen Ruck gebremst, der sie erzittern ließ, dann wurde die Plattform des Hubwagens wie ein Storchenschnabel horizontal in die klaffende schwarze Öffnung hineingeschoben, und die Box verschwand in den Eingeweiden des Flugzeugs.

Beim Betreten des Flugzeugs machte Marie die unangenehme wie überraschende Entdeckung, dass es dort keine Passagiersitze gab. Die Arme voller Pakete, trat sie in einen riesigen, kaum beleuchteten Frachtraum voller Container. Auf dem bloßen Metallboden waren vom Beladen noch Regenlachen zu sehen, überall gab es Walzen und Kugellager für den automatischen Weitertransport der Paletten im Innern des Frachtraums. Jean-Christophe de G. suchte nach dem Container des Pferdes, der am hinteren Ende des Frachtraums eingeladen worden war, und Marie folgte ihm, darauf achtend, wohin sie ihre Füße setzte, sie vermied, auf die Schienen am Boden zu treten, ängstlich besorgt und orientierungslos in diesem kahlen und abweisenden Raum. Als nach einer Vierteldrehung die Pferdebox in die Längsachse des Flugzeugs manövriert war, setzte sie sich automatisch auf Rollen in Bewegung, deren Motoren der Frachtmanager der Lufthansa von einem an der Bordwand angebrachten Kasten aus bediente. Der nasse, vor Regen triefende Container glitt wie von Geisterhand bewegt durch den dunklen Frachtraum, wurde auf den Metallwalzen geräuschvoll hin- und hergeschüttelt auf seinem Weg durch den langen konvexen Schlauch des Flugzeugbauchs. Zwei Belader liefen als Eskorte nebenher, um darauf zu achten, dass die Box nicht aus den Schienen sprang. Der Container durchquerte den Frachtraum und kam vorne im Rumpf des Flugzeugs zum Stehen, wo er in der Nase der Boeing 747 mit Sperrklötzen am Boden festgekeilt wurde. Der Japaner im Blazer machte eine letzte Inspektionsrunde um den Container, um sicherzustellen, dass die Verriegelung ordnungsgemäß war. Er erklärte Jean-Christophe de G., dass er leider keine Zeit mehr gehabt habe, das Pferd nach seiner Flucht zu untersuchen, und händigte ihm daraufhin einen Erste-Hilfe-Koffer mit medizinischem Material aus, mit dem er die Verletzungen behandeln konnte. Der Frachtmanager der Lufthansa wechselte noch einige Worte mit dem Piloten, verließ dann über die Treppe vorne das Flugzeug, und die Türen der Boeing wurden eine nach der anderen geschlossen.

Jean-Christophe de G. und Marie wurden aufs Oberdeck geführt, der Pilot ging ihnen durch den Frachtraum durch einen schmalen, von Leuchtstreifen auf dem Boden markierten Gang voller Container voraus, vorbei an einer Ladung von fünfhundert vakuumverpackten Bürokopierern, die im Halbdunkel lagerten. Der Pilot zog eine einfache Metallleiter herunter, öffnete eine Klappe in der Decke und bat sie, hinaufzusteigen. Auch das Oberdeck der Boeing war nicht für Passagiere eingerichtet. An diesem ungemütlichen Ort gab es nur ein paar spartanisch ausgestattete Sitze, die für die Cargonauten reserviert waren, die ihre Ware begleiteten. Der Boden war bedeckt mit billiger, abgenutzter Auslegeware, die einzige Sitzreihe befand sich gegenüber der Tür zum Cockpit. Ein Japaner saß bereits da und schlief, im Trainingsanzug und in Socken döste er auf seinem Sitz mit einer Schlafbrille vor den Augen. Sonst waren sie die Einzigen, mit den Piloten. Kaum hatten sie sich gesetzt, als sich die Tür zum Cockpit öffnete und der Kapitän Jean-Christophe de G. aufforderte, vor dem Start, der unmittelbar bevorstehe, zu seinem Vollblut in den Frachtraum zu gehen, es sei beim Transport von Rennpferden üblich, dass sich die Begleiter des Pferdes während des Starts in den Pferdeboxen aufhalten, um die Tiere zu beruhigen.

Jean-Christophe de G. und Marie waren wieder in den Frachtraum hinuntergestiegen. Wegen des bevorstehenden Starts waren die Lichter noch eine Stufe dunkler gestellt worden, außer der grünen Notbeleuchtung an den Türen sah man nichts mehr in den Tiefen des Flugzeugs, nur noch ein paar geisterhafte Orientierungslichter glommen an der Decke. Die Boeing 747 Cargo hatte sich in Bewegung gesetzt und die Parkposition verlassen, sie rollte langsam durch die Nacht zur Startbahn. Der starke Wind ließ den Flugzeugrumpf vibrieren, manchmal schüttelten heftige Böen die Ladung am hinteren Ende des Frachtraums. Das Flugzeug hatte an der Zufahrt zur Startbahn angehalten und wartete auf die Freigabe des Towers. Marie schaute nach vorne gebeugt durch eine kleine Fensterluke, die ein feiner, immer wieder nachfließender Film aus Regen überströmte. Stark irisierende Lichter, weiß und gelb, manchmal auch rot, dauerhaft oder aufblitzend, waren in der Nacht zu erkennen. Die Positionsleuchten auf den Spitzen der Flughafengebäude und die Markierungen der Start- und Landebahnen auf dem Boden mischten sich mit den hell aufleuchtenden Scheinwerfern, die das Flugzeug zum Start angeschaltet hatte und durch die der Regen in Sturzbächen fiel.

Jean-Christophe de G. hatte die Tür der Pferdebox entriegelt und war zum Pferd hineingegangen. Zahir bewegte sich nicht, hielt seinen Kopf gesenkt und schien ruhig in seiner Box zu sein, seine Augen waren nicht mehr verbunden, und man hatte ihm auch das dicke Hanfseil abgenommen, mit dem sein Vorderlauf gefesselt worden war. Auf seinem Rücken lag eine kurze Veloursdecke, und seine Fesseln waren immer noch so dezent durch diese lächerlichen, mit Schmutz und Schlamm bespritzten Neoprenbändchen geschützt, voller Spuren bräunlichen Spritzwassers in Folge seiner Flucht. Jean-Christophe de G. blieb keine Zeit, die Verletzung zu untersuchen, durch einen Lautsprecher kam eine Ansage, kurz und schroff, kaum zu verstehen durch das Knacken und Knistern, und das Flugzeug setzte sich in Bewegung, begann auf der Startbahn Geschwindigkeit aufzunehmen, es zitterte an allen Ecken und Enden, die Tür der Pferdebox schlug hin und her, Marie versuchte sie festzuhalten, die gesamte Ladung im Frachtraum wurde durchgeschüttelt, ein allgemeines metallenes Geklirr und Geklapper von Gurten und Ketten, von Halterungen und Bandeisen, Spannseilen und Verschlüssen brach los.

Jean-Christophe de G. hielt Zahir fest am Zaumzeug, sein Gesicht war an die Halsmulde des Pferdes gepresst, mit leiser Stimme sprach er auf es ein, um es zu beruhigen. Das Pferd, durch das Aufheulen der Triebwerke und den weiter anschwellenden Lärm, der im Frachtraum herrschte, verängstigt, schlug aus, machte einen Sprung zur Seite, schüttelte den Kopf. Das Flugzeug gewann immer mehr an Tempo, im Dunkel draußen vor den Fensterluken des Frachtraums flogen die Lichterketten in immer höherer Geschwindigkeit vorbei, und als die Boeing 747 Cargo sich in einem letzten unwiderstehlichen Schub vom Boden losriss und zu fliegen begann, wäre Marie fast aus dem Gleichgewicht gekommen, für einen Moment verlor sie die Orientierung, sie verspürte kurz den Drang, wieder ans Oberdeck zu gehen und sich anzuschnallen. Sie machte einige unsichere, schwankende Schritte mit ausgebreiteten Armen durch die Finsternis des Frachtraums in Richtung der Klappe, die nach oben führte, kehrte jedoch wieder um, sich bewusst, dass sie es allein nie würde schaffen können. Die Boeing wurde im Steigflug hart durchgeschüttelt. Die Maschine mühte sich, im Kampf gegen die mit voller Wucht entgegenströmenden Massen feindlicher Luftwirbel ihre Lage zu halten, gewann durch den Schub ihrer Triebwerke immer weiter an Höhe. Vom Wind durchgerüttelt, durchstieß sie die dicken Regenwolken, stürmisch peitschte der Regen gegen den Flugzeugrumpf. Draußen grollte der Donner, Blitze leuchteten grell vor den Fensterluken und zeichneten in beunruhigendem Zickzack weiße Streifen an die Decke des Frachtraums.

Etwa zehn Minuten nach dem Start erlaubten es Marie die ruhiger gewordenen atmosphärischen Bedingungen, wieder zu Jean-Christophe de G. in die Pferdebox zu gehen. Das Pferd verhielt sich ruhig, es war festgebunden und wirkte niedergeschlagen, wie durch ein starkes Beruhigungsmittel betäubt. Marie schlängelte sich ins Halbdunkel der Box an dem Vollblut vorbei. Es war ein dunkler und enger Metallcontainer, dessen elegante, blau gesteppte Polsterung Feuchtigkeit ausschwitzte und dessen harter Gummiboden zum Teil mit einer dicken Schicht Stroh bedeckt war, in dem die Schuhe versanken. Das Flugzeug setzte seinen Anstieg fort, um seine Reiseflughöhe zu erreichen. Die Turbulenzen hatten noch nicht aufgehört, Jean-Christophe de G. musste sich, während er die Verletzung des Pferdes mit Hilfe einer Taschenlampe untersuchte, immer wieder mit einer Hand an der Wand der Box abstützen. Er besaß nicht wirklich die Kenntnisse eines Veterinärs, hatte aber früher schon das eine oder andere Mal selbst seine Pferde verarztet, einen Verband angelegt oder ihnen eine Spritze verabreicht. Der Vorderlauf von Zahir war aufgeschlagen, das Fleisch lag offen, die Haut war aufgeplatzt und hing in kleinen, gezackten Fetzen an der Wunde. Jean-Christophe de G. hatte ein Ta-

schentuch aus seiner Tasche geholt und säuberte vorsichtig die Wunde, entfernte einige Haare, die um die Verletzung herum klebten, öffnete dann den Erste-Hilfe-Koffer, den der Japaner ihm anvertraut hatte, begutachtete den Inhalt, diverse Fläschchen, Dosen, Cremetuben, Kompressen, Mullbinden, Scheren. Er zog ein Brillenetui aus seiner Tasche und setzte seine Brille auf, Marie sah hier im Pferdecontainer zum ersten Mal, dass Jean-Christophe de G. eine Brille trug (vermutlich hatte er es bisher aus Eitelkeit vermieden, in ihrer Gegenwart eine Brille aufzusetzen, aber Marie fand es amüsant, diese so anrührende Entdeckung im Frachtraum eines fliegenden Flugzeugs zu machen), er studierte den langen kleingedruckten englischen Text auf dem Etikett eines der Fläschchen des Herstellers Schein Inc., hielt es nah vor die Augen und überflog es schnell: Povidon Topical Solution (ja, das ist Jodtinktur, sehr gut, sagte er, man kann ein paar Tropfen davon dazutun, um die Wunde zu desinfizieren).
Die Reisebox des Pferdes war einfach, aber mit allem ausgestattet, mit Vorräten an Futter und Stroh, mehreren Fünf-Liter-Kanistern mit Wasser. Jean-Christophe de G. hatte sich an der Seite des Containers niedergekauert und etwas Wasser aus einem der Kanister in eine Schüssel gefüllt, dann träufelte er vorsichtig ein paar Tropfen der Salzlösung in die Schüssel, fügte ein antiseptisches Präparat hinzu, bis die Mischung, die er vorsichtig mit seinem Zeigefinger anrührte, eine Farbe von leichtem Oolong-Tee angenommen hatte, mit einigen dunkleren Schlieren darin, die wie wellenförmig gewundene lakritzfarbene Blutgefäße aussahen. Wegen des turbulenten Flugs richtete er

sich vorsichtig wieder auf, näherte sich schwankend dem Pferd, mit der Schüssel in der Hand, in der das Wasser laut plätschernd tanzte und in kleinen Wellen auf das Stroh schwappte. Die Schüssel an die Brust gepresst, um sie vor den Stößen des Flugzeugs zu bewahren, begann er, die Wunde zu reinigen, er rieb das abgestorbene Fleisch mit einer feuchten Kompresse ab, entfernte die Unreinheiten um die Verletzung herum, kleine Steinchen, Staub und andere Fremdkörper, die noch am lädierten Körperteil klebten. Das Pferd ließ es mit abwesenden Augen geschehen, es schien unempfindlich. Wich nur einmal heftig zurück, als Beweis, dass es jederzeit wieder gefährlich werden konnte.

Das Flugzeug war in eine neue Zone mit Turbulenzen geraten. Es wurde jetzt immer stärker durchgerüttelt, die Wasserkanister aus Plastik schlugen am Boden aneinander und die Halteriemen tanzten an den Wänden, schließlich rutschte der Erste-Hilfe-Koffer zu Boden und sein ganzer Inhalt verteilte sich auf der Streu, umgekippte Phiolen und kleine Scheren landeten im Stroh. Die Situation in der Pferdebox begann kritisch zu werden, Marie musste sich am Futtertrog festhalten, um nicht gegen das Pferd geschleudert zu werden, und aus den Lautsprechern des Flugzeugs waren ferne und verschwommene Echos dringender Cockpitansagen zu hören, die sie nicht verstanden, nur erraten konnten, man forderte sie auf, wieder ihre Sitzplätze einzunehmen und sich anzuschnallen. Die Lichter waren plötzlich überall angeschaltet, die Deckenleuchten des Frachtraums warfen grelles, rohes Licht auf die Stapel von Paletten, die man durch die geöff-

nete Tür der Pferdebox undeutlich sehen konnte, dann flackerten die Neonröhren an der Decke ein letztes Mal und erloschen, kein einziges Licht brannte mehr im Frachtraum, selbst die Notleuchten waren ausgegangen. Das Pferd lauerte, spürte die es umgebende Nervosität, wurde immer unruhiger in seiner Box, begann auf der Stelle zu stampfen, trat zurück, zerrte in allen Richtungen an seiner Leine, die Ösen des Futtertrogs, an denen es angebunden war, klirrten. Es versuchte eine Drehung, bäumte sich auf in der Box, stellte sich wieder gerade und fing an zu wiehern, mit offenem Maul und gebleckten Zähnen, ließ plötzlich im Dunkel das Zahnfleisch sehen. Marie, die glaubte, dass das Pferd sich losgerissen hatte, bekam Angst und verließ überstürzt den Container.
Sie hatten beide überstürzt den Container verlassen, in der gleichen Aufwallung von Panik, in dem Durcheinander war die Taschenlampe zu Boden gefallen, sie hatten sie nicht einmal mehr aufgehoben, waren an den Wänden entlang hinausgekrochen, ohne innezuhalten oder zurückzugehen, hatten die brennende Taschenlampe einfach im Stroh liegen gelassen, ein winziges Lichtbündel zwischen den Pferdehufen. Sie hatten sich nach draußen gerettet und fanden sich plötzlich in der absoluten Finsternis des Frachtraums wieder, wo das Brummen der Triebwerke in vervielfachter Stärke dröhnte. Das Pferd schlug weiter wild im Container, bewegte sich auf der Stelle vor und zurück, trat auf die Taschenlampe und zerstampfte sie wie eine Nussschale mit seinem Huf, pulverisierte sie mit einem Geräusch von zerbrechendem Glas, löschte mit einem Tritt das letzte noch verbliebene win-

zige Licht im Frachtraum. Die Box war jetzt in vollkommene Dunkelheit gehüllt, ausgefüllt mit der schwarzen Silhouette des Pferdes, nervös, unsichtbar, angsteinflößend bewegte es sich schnaubend in seinem engen Verschlag.

Eilig entfernten sie sich, wussten aber nicht, wohin sie sich wenden sollten, fanden die Leiter nicht mehr, die zu der Luke nach oben führte, irrten Seite an Seite durch die Dunkelheit auf der Suche nach einer Zuflucht oder irgendeinem Griff, an den sie sich hätten klammern können. Sie stolperten über Schienen, glitten auf Kugellagern und Laufrollen aus, konnten die Abstände der auf dem Boden montierten Walzen nicht mehr unterscheiden, sie verpassten die markierten Wege, wagten sich in die Mitte der Rollen, die nicht blockiert waren, sondern begannen, sich unter ihren Schritten zu drehen, und mit einem wahnsinnigen Getöse setzte sich der Mechanismus der Walzen in Bewegung. Sie tanzten auf der Stelle, auf dem unsicheren Boden, der unter ihnen auf Rollen fortbewegt wurde, machten weit ausholende Armbewegungen, um das Gleichgewicht zu halten, sie klammerten sich schwankend aneinander, stützen sich mit den Händen am Boden ab, Jean-Christophe de G. ließ schließlich seine Schüssel fallen, sie sahen, wie sie auf dem Boden wegrollte, vom Metall des Bodens wieder hochsprang, scheppernd hochgeschleudert bei jedem Stoß des Flugzeugs. Mühevoll suchten sie in der Dunkelheit den Weg zurück, nach vorn gebeugt, als würden sie gegen starken Wind ankämpfen müssen, sie orientierten sich an der Außenwand, an der eine Art natürlicher, enger Weg durch das Flugzeug führte.

An der Frachtraumtür, die mit lautem Gerassel vibrierte, hielten sie inne. Bis in ihre Körper hinein spürten sie die Erschütterungen des Flugzeugs, all seine Schwingungen und seine Vibrationen unter dem Druck der Luftmassen und entfesselten Winde, gegen die die Maschine ankämpfte, und sie wussten, dass auf der anderen Seite der Bordwand, zehn, höchstens zwanzig Zentimeter von ihnen entfernt endgültige Nacht herrschte.
Sie hatten sich hingekauert und bewegten sich nicht mehr. Vor ihnen schaukelten die auf Paletten gelagerten Container mit beängstigendem Knarren und Kreischen der Metallbänder. Durch die Fensterluken erblickte man die regelmäßigen vom Flugzeug in die Nacht geschleuderten Blitze der Stroboskopleuchten, kurz, weiß, geräuschlos. Sie hatten vergessen, wo sie sich befanden. Durch die Dunkelheit hörten sie Zahir nur ein paar Meter von ihnen entfernt stöhnen, das Pferd hatte sich beruhigt, es gab nur noch wenige gedämpfte, heiser-klagende Geräusche von sich. Nur mit Mühe hielt es sich auf den Beinen, vor seinem Maul stand Schaum, der Speichel lief ihm hinunter, es versuchte nicht einmal, ihn zurückzuhalten, weißlich tröpfelte er seinen Kiefer herunter. Es schien unter Drogen gesetzt, derart wechselten sich die Zustände der Erregung und der Mattigkeit ab. Möglicherweise hatte man ihm direkt nach seinem Ausbruchsversuch ein Beruhigungsmittel gespritzt, das konnte sehr schnell geschehen sein, auch ohne Wissen von Jean-Christophe de G., intravenös, versteckt vor den Blicken anderer, ein Wattebausch getränkt mit Alkohol um die Einstichstelle am Hals, ein diskreter, kurzer Stich mit der Nadel in die Vene. Sein

Puls, der beim Start auf über zweihundert Schläge angestiegen sein musste, schlug weiterhin unregelmäßig, obwohl er im Ruhezustand war, keine Anstrengung unternahm, nur in seiner Box das Gleichgewicht halten musste, sich nach jedem neuen Stoß des Flugzeugs wieder in Position bringen, wieder aufstellen, sich auf den Hinterbeinen abstützen musste, um die Stöße abzufedern. Zahir fühlte sich schlecht, es war ihm übel, er war vom Speichel besudelt. Unbeweglich und niedergeschlagen stand er da, mit geöffneten Augen und geblähten Nüstern. Armselig scharrte er mit der Spitze des Hufs im Stroh, grub sich ein Loch in den Boden, monoton, sinnlos. Er machte nichts, er litt, ein ungewisses Leiden, leicht, widerwärtig, und nicht einmal ein Leiden, nur eine einfache Übelkeit, eben, unbeweglich, unendlich. Nichts ereignete sich. Nichts, nur die Wirklichkeit dauerte an.

Zahir kannte keinen anderen Zustand des Bewusstseins als die Gewissheit, da zu sein, er besaß diese stille, wortlose und unfehlbare Gewissheit eines Tiers. Alles, was außerhalb seines Containers stattfand, war ihm unbekannt, der Himmel, die Nacht und das Universum. Seine Vorstellungskraft erschöpfte sich an den Wänden vor ihm, dort endete sein Denken und schnellte wieder zurück in die Nebelhaftigkeit seines eigenen Bewusstseins. Als würde Zahir geistige Scheuklappen tragen, die ihn daran hinderten, die Welt jenseits seines Blickfeldes zu begreifen, die ihn nach allen Seiten hin begrenzten, schwarz, blind, metallisch. Er war außerstande, die stofflichen Grenzen seiner Box zu überwinden, sich mittels seiner Vorstellungskraft in die Nacht hineinzudenken, durch die die

Boeing flog, er kannte nicht das uralte Verlangen, immer wieder die Grenzen zu überschreiten, um darüber hinausschauen zu können, und selbst einmal angenommen, es wäre ihm gelungen, es wäre ihm tatsächlich gelungen, sich kraft seiner Vorstellung durch die Bordwand des Flugzeugs hinauszudenken – die vernietete Haut des Flugzeugs zu durchbrechen –, er wäre sofort, alle vier Hufeisen in die Luft gestreckt, vom Himmel gestürzt, ein Ikarus, der sich die Flügel verbrannte, als er aus dem Traum, den er träumte, aufwachen wollte.

Denn Zahir lebte ebenso in der Wirklichkeit wie in der Phantasie, in diesem Flugzeug hier im Flug ebenso wie in den Nebeln eines Bewusstseins oder eines unbekannten, dunklen, bewegten Traums, in dem die Turbulenzen des Himmels die Leuchtfeuer der Sprache sind, und auch wenn in der Wirklichkeit Pferde nicht kotzen, nicht kotzen können (es ist ihnen rein physisch unmöglich, zu kotzen, ihr Organismus erlaubt es ihnen nicht, selbst wenn ihnen speiübel ist, selbst wenn ihr Magen mit toxischen Substanzen vollgepumpt ist), war Zahir in dieser Nacht am Ende seiner Kräfte, er taumelte in seiner Box, fiel auf die Knie ins Stroh, die Mähne klebte am Kopf, das Fell war zerzaust, aufgerieben und mit einer übelriechenden Schicht getrockneten Schweißes bedeckt, sein Kiefer war taub, seine teigige Zunge kaute ins Leere, er sonderte sauren, schwitzigen Speichel ab und verlor erneut das Gleichgewicht, er fühlte sich schlecht, versuchte, sich wieder in seiner Box aufzurichten, machte auf seinen schlotternden Beinen einen Schritt zur Seite, konnte sich kaum halten, war kurz davor, in der Box bewusstlos zusammenzubrechen, fiel wieder in Zeitlupe auf die Knie, sackte mit gebogenen Vorderläufen in sich zusammen. Mit drückendem Magen, gebläht durch die Gärung, fühlte er, wie sein Futter ihm den Magen hochstieg, kalter Schweiß ertränkte ihm seine Schläfen, und plötzlich verspürte er diese so konkrete physische Nähe zum Sterben, die man dann verspürt, wenn man kurz davor ist, sich zu übergeben, wenn dieser schauderhafte saure Speichel, der in den Mund steigt und das unmittelbare Bevorstehen des Erbrechens ankündigt, wenn sich die Eingeweide verkrampfen und der Mageninhalt plötzlich den Hals überschwemmt und in den Mund schießt, so fing Zahir in dieser Nacht, während dieses Nachtflugs im Frachtraum der Boeing 747, ungeachtet seiner Natur, ein Verräter seiner Spezies, zu kotzen an.

Schon am Tag des Rennens hatte sich Zahir unwohl gefühlt. Angesichts seiner ungewohnten Nervosität hatte sich der Trainer entschieden, ihm Blinkers aufzusetzen, jene schwarze Lederkapuze, die wie eine Eisenmaske über den Kopf des Pferdes gestülpt wird und die Ohren freilässt, wegen der Plastikschalen an den Seiten kann es nur nach vorne blicken. Bei der Präsentation der Pferde im Führring war der in seinem Sehen behinderte Zahir nicht zu bändigen, er hatte Kopf und Hals hin- und hergeworfen, im Versuch, sein Sichtfeld zu erweitern. Eine dichte Zuschauermenge drückte sich vor der Absperrung des Paddocks, in dem die Pferde im Schritt durch den gräulichen Sprühregen defilierten, mit auf den Rücken geworfenen Decken, an der Kandare geführt durch ihre kostümierten Pferdeburschen: Zahir, schwarz, kraftvoll, nervös, machte eine Dummheit nach der anderen, er unternahm brüske Ausfallschritte, tanzte auf der Stelle, stampfte in der Allee mit seinen Hufen ungestüm auf den Boden, wurde wieder von seinem Burschen eingefangen, der ihn niemals in solch einem Zustand gesehen hatte und ihm fest die Hand auf die Nüstern drücken musste, um ihn zu beruhigen. Auf einer riesigen elektronischen Tafel, wie jene automatischen Anzeigen in Flughäfen, die im ständigen Wechsel die Ankunftszeiten mitteilen, informierten hier Tausende von Zahlen über die ständig wechselnden Wettquoten der Pferde, die am Start waren, deren zum Teil geheimnisvolle Namen wie sibyllinische Katakanas in elektrischen Dioden rötlich schimmernd im Nebel auftauchten, der das Hippodrom von Tokio umhüllte. Marie war zum ersten Mal bei einem Pferderennen, und sie war fasziniert von der Atmosphäre, die um sie herum im Paddock herrschte, so kurz vor dem Start des *Tokyo Shimbun Hai*. In der Begleitung von Jean-Christophe de G. hielt sie sich in jenem Geviert auf, das den Eigentümern der Pferde vorbehalten war, inmitten der bunt gemischten Fauna

von Trainern und Pferdewettern, eine bunte Mischung aus westlichen und japanischen Gestalten, die Jockeys verstreut darunter in kleinen Gruppen, ernst, gekrümmt, große Rennbrillen auf ihren gepolsterten Mützen, weiße Reithosen und mit Reitpeitschen in den Händen, die vor dem Start, inmitten eines Buketts aus farbigen Hüten und durchsichtigen Regenschirmen, die in den feuchten Nebelschwaden über dem Paddock verblassten, ein paar Worte mit den Eigentümern wechselten.
Marie stand reglos und mit überkreuzten Armen da und musterte träumerisch die Kostüme der Jockeys, ihre Buntheit und ihre Farbenpracht, und malte sich aus, wie eine Haute-Couture-Kollektion mit dem Thema Pferdesport aussehen könnte, die die geometrischen Motive der Rennjacken aufnehmen würde, ein Arrangement von Kreisen und Rhomben, Kreuzen und Sternen, Epauletten und Borten, eine Fülle von Tupfern, Streifen, Fischgrät, von Trägern, Litzen und Aufnähern, wo sie Magentarot oder Solferinorot wagen würde, dazu kirschrote Ärmel einnähen, mit mohnblumenroten oder mandarinenfarbenen Mützen, kombiniert mit einem rehbraunen Aalstrich obendrauf. Sie würde mit Himbeerrot und Osterglockengelb spielen, mit Kapuzinerkresse, Kupferbraun, Flieder, Immergrün, Vergissmeinnichtblau, Maisgelb, sie würde knitterfreie Stoffe und indisches Tuch wählen, reine oder gemischte Seide, Taftseide, Tussahseide, Tussorseide, und beim abschließenden Defilee würde sie zum feierlichen Höhepunkt alle Mannequins gleichzeitig als Rudel junger Stuten auf den Laufsteg schicken, die mit im Wind wehender Mähne und in Roben aller Farben aufgaloppieren

würden: rotfüchsig, rappenschwarz, rotbraun, baibraun, palominogelb, agoutibraun, isabellgold und champagnerfarben.

Marie fragte Jean-Christophe de G., ob das Wort *la robe* für alle Sprachen Gültigkeit besitze. Ob man dasselbe Wort in Englisch gebrauche, um das Haarkleid des Pferdes zu bezeichnen. *A dress?* Jean-Christophe de G. erklärte ihr, dass dem nicht so sei, dass man im Englischen *coat* sagen würde, Mantel – wegen des Klimas, erklärte er ihr mit einem Lächeln, in Frankreich mochten den Pferden Roben genügen, in England brauchten sie dann schon einen Mantel (und natürlich einen Regenschirm, fügte er gelassen hinzu). Jean-Christophe de G. und Marie waren am frühen Nachmittag am *Tokyo Racecourse* angekommen. Sie hatten sich die ersten Rennen aus den für die Pferdeeigner reservierten Logen in der obersten Etage des Hippodroms angeschaut. Von den luxuriösen Privatsalons aus hatte man durch die riesigen Panoramafenster oberhalb der Rennbahn eine ungehinderte Sicht auf die Rennstrecke. Dichter Nebel behinderte an diesem Tag die Sicht auf die Rennstrecke und ließ die Grenzen des Hippodroms im Dunst verschwinden. Müde und verstört sah Marie den Rennen zu, hinter der Glaswand stehend, verfolgte sie geistesabwesend ein unwirkliches Peloton von Vollblütern, das auf der Gegengeraden wie erstarrt an den Barrieren entlang durch den Nebel glitt, Jean-Christophe de G. kam gelegentlich zu ihr herüber, um nach ihr zu schauen, und sie traten dann durch die Glastür hinaus auf die Tribüne, um im Freien den Einlauf der Pferde zu erleben, dort, wo plötzlich in der feuchten und zittrigen Nachmittagsluft

sich das Geschrei der zwanzigtausend im Hippodrom anwesenden Zuschauer erhob, die die Pferde am Eingang der Zielgeraden in einer Woge von Gejohle und frenetischen Rufen anfeuerten und leidenschaftlich die Arme ausstreckten und hochrissen, in einem Crescendo anschwellend, das bis zum Zieleinlauf, bis zum endgültigen Überreiten der Ziellinie nicht wieder abfiel. Danach begaben sich die Pferdebesitzer wieder in ihre Privatsalons zurück, verweilten in ihren Logen. Eine Schar von Hostessen verbeugte sich vor ihnen, neigte, wenn sie vorübergingen, vor ihnen feierlich den Kopf, während die Pferdebesitzer sich am Buffet ein Glas holten oder sich auf einem der vielen Monitore in den Salons nochmals in Endlosschleife die Wiederholung des Rennens anschauten.
Im Führring war die Vorstellung der Pferde beendet, und die Jockeys verabschiedeten sich von den Besitzern der Pferde. In der Allee warteten die Jockeys auf ihre Pferde, liefen dann erst einen Augenblick neben ihnen her, bevor sie sich mit einem Schwung geschmeidig, gelenkig und federleicht in den Sattel warfen, aus der Runde formte sich eine Linie, die Jockeys waren jetzt alle im Sattel, wurden aber noch immer von der Hand ihrer Burschen geführt, Marie betrachtete den Jockey, der Zahir ritt, ein irischer Jockey in den Farben des Gestüts von Ganay, mit gelber Rennjacke und grüner Rennkappe. Er schloss gerade den Kinnriemen an seinem Helm, seine Beine hingen frei an der Seite des Pferdes, die Stiefel waren noch nicht in den Steigbügeln. Am Ausgang des Paddocks liefen die Pferde in Richtung der Startboxen, machten einen leichten Aufgalopp auf der Rennstrecke, die in den Steigbügeln

stehenden Jockeys schienen über ihren Sätteln in der Luft zu schweben.
Die Pferdebesitzer verließen bereits den Paddock, auch Jean-Christophe de G. und Marie beeilten sich, um sich durch die Menschenmenge einen Weg zurück zu den Tribünen zu bahnen und wieder in ihre Loge zu gelangen. Sie betraten die ausgedehnte Eingangshalle des Erdgeschosses und durchquerten mit weiten Schritten den verrauchten Saal mit den Wettschaltern, vorbei an verschlossenen Gesichtern, kurzen Lederblousons, geschäftigen Gestalten, im Schmutz aus Feuchtigkeit und Regen und auf dem Boden herumliegenden Wettscheinen abgelaufener Rennen, über Pappteller und zerfetzte Rennzeitungen, die in verblichenen Farben ganzseitige Fotos von Jockeys zeigten, darüber fette Schlagzeilen aus japanischen Schriftzeichen. Hunderte standen noch an den unzähligen Wettschaltern und warteten, dass sie drankamen, warfen immer wieder nervöse Blicke auf die Monitore, die über die aktuellen Quoten der Rennteilnehmer informierten, blätterten dabei in ihrem Programmheft und kreuzten einen Pferdenamen an. Andere saßen mit ausgezogenen Schuhen und aufgeknoteter Krawatte auf dem Boden und aßen, ohne die Bildschirme aus den Augen zu lassen, die Schuhe fein säuberlich vor ihnen aufgestellt, klebrigen Reis mit Stäbchen und schlürften bräunlichen Tee aus kleinen Plastikfläschchen. In der Eingangshalle herrschte ein nicht enden wollendes Stimmengewirr und ein Geruch nach Regen und feuchtem Tabak, der sich mit dem Küchengestank von karamellisierten Saucen und Soja vermischte. Jean-Christophe de G. und

Marie hatten die Rolltreppe erreicht, die in die zweite Etage führte, dort nahmen sie eine weitere Rolltreppe zur dritten Etage. Aus den Lautsprechern des Hippodroms ertönten ununterbrochen Ansagen auf Japanisch. In den oberen Stockwerken waren die Räumlichkeiten heller und weniger verraucht, die Menschenmenge, die ihnen auf den Gängen hier begegnete, war übersichtlicher. Wie in einer Shopping Mall erstreckte sich hier ein labyrinthisches System von Gängen und Laufstegen aus Glas, überlagerten sich Brücken, reihten sich Cafés, Restaurants und Souvenirläden aneinander. Eine letzte, private Rolltreppe führte zu den Salons der Offiziellen und der Eigentümer. Der privilegierte Zugang war durch ein dreiarmiges Drehkreuz aus Metall geschützt, über das in kleine rosafarbene Kostüme gekleidete Hostessen wachten. Jean-Christophe de G. steckte eine Magnetstreifenkarte in das Drehkreuz und durchschritt mit Marie das Hindernis. Langsam ließen sie sich, Seite an Seite auf den Stufen der schmalen, privaten Rolltreppe stehend, zu den VIP-Räumen des Hippodroms emportragen, warfen noch einen letzten, kurzen Blick auf das rege Leben und Treiben unter ihnen, als Marie mich in der Menge entdeckte.
Sie entdeckte mich, da, in einem der Gänge stehend. Sie ließ sich nichts anmerken, machte nicht einmal eine Geste, ihr Herz hatte aufgehört zu schlagen. Es waren jetzt mehrere Tage vergangen, seit ich aus ihrem Leben verschwunden war und sie keinerlei Nachricht von mir erhalten, sie nicht einmal gewusst hatte, ob ich überhaupt noch in Tokio war. Doch es bestand kein Zweifel, das war ich, sie hatte mich an meiner Figur erkannt, im Profil, im Gang,

mit einem Pappschälchen mit Tako-Yaki in der Hand, die ich etwas abseits der großen Menge im Begriff war, mit Stäbchen zu essen. Die Tako-Yaki dampften leicht in ihrem Schälchen, sie waren mit einer Schicht von feingeriebenen Katsuobushi-Flocken überzogen, winzige, von der Hitze aufgerollte, bräunliche Späne.

Was tat ich da? Ich hätte mich niemals an diesem Ort befinden dürfen, die Wahrscheinlichkeit, dass ich an diesem Tag zu einem Pferderennen in Tokio gehen würde, war winzig (ich war an diesem Morgen zufällig auf einen Artikel der *Japan Times* gestoßen, der die Veranstaltung ankündigte), und die Wahrscheinlichkeit, dass Marie zur selben Zeit wie ich dort sein würde, war gleich null. Und doch war ich, völlig unvorbereitet, plötzlich mit Maries Anwesenheit konfrontiert, auch ich hatte sie erkannt, hatte sie nur etwa zwanzig Meter von mir entfernt stehen sehen, bewegungslos auf den Stufen der Rolltreppe in Begleitung eines Herrn, den ich nicht kannte, eines Herrn, der älter war als sie, bekleidet mit einem eleganten dunklen Mantel und einem Kaschmirschal. Sie hatte sich nicht bei ihm untergehakt, aber sie war mit ihm zusammen, das stach mir ins Auge, sie war in aller Heimlichkeit mit ihm zusammen, und sie war in aller Offenheit mit ihm zusammen, die geringe Entfernung, die sie voneinander trennte, war verräterischer, als jede Berührung es hätte sein können, aber sie berührten sich nicht, sie streiften sich an ihren Schultern, ein winziger Abstand blieb zwischen ihren Mänteln. Ich betrachtete Marie, und ich begriff, dass ich nicht mehr da war, dass es jetzt nicht mehr ich war, der mit ihr zusammen war, ich sah vor mir das

Abbild meiner Abwesenheit, aufgedeckt durch die Anwesenheit dieses Mannes. Ich hatte ein unabweisbares Abbild meiner eigenen Abwesenheit vor Augen. Als würde mir schlagartig ein visuelles Bewusstsein darüber zuteil, dass ich seit einigen Tagen aus dem Leben von Marie verschwunden war, und dass ich mir erst jetzt vor Augen führen ließ, dass sie ihr Leben weiterlebte, auch wenn ich nicht mehr bei ihr war, dass sie ihr Leben in meiner Abwesenheit lebte – und aller Wahrscheinlichkeit nach ihr Leben jetzt noch intensiver lebte, weil ich ununterbrochen an sie dachte.

Unsere Blicke trafen sich, und ich machte einen Schritt zu ihr hin, wurde aber von dem Drehkreuz aufgehalten, und ich verstand sofort, dass es da für mich zu Ende sein würde, es wäre nicht einmal die Mühe wert gewesen, die Hostessen um Erlaubnis zu bitten. Ich suchte weiter die Augen von Marie, von Marie, die sich von mir entfernte, die reglos dastand und sich doch auf den Stufen der Rolltreppe von mir entfernte, wie die Gefangene einer anästhesierten Wirklichkeit, Marie, die gelähmt war und unfähig, die Treppe in entgegengesetzter Richtung herunterzulaufen, um wieder zu mir zu kommen, gegen alle Konventionen zu verstoßen, sich am Handlauf festhaltend, die nach oben rollende Treppe hinabzulaufen, um mir hier unten vor den Augen der fassungslosen Zuschauer in die Arme zu fallen. Ich sah, wie Marie im bedächtigen Tempo der emporfahrenden Rolltreppe sich von mir entfernte – Marie unbeweglich, Verzweiflung in den Augen –, ich konnte sie nicht aufhalten, ich konnte nicht zu ihr hin, ich saß am Fuß der Rolltreppe fest, und sie konnte nicht zu mir, machte mir kein Zeichen, nur ein verlorenes, trauriges Gesicht, das sich auf der vor mir emporsteigenden Rolltreppe entfernte. Ich sah zu, wie sie sich von mir entfernte, und hatte das Gefühl, als ich sie so in die Höhe steigen sah, dass sie im Begriff war, an ein anderes Ufer überzusetzen, dass sie einem Jenseits zutrieb, einem unsagbaren Jenseits, einem Jenseits der Liebe und des Lebens, dessen rötliche Tiefen am oberen Ende der Rolltreppe hinter den gepolsterten Pforten der Privatsalons des Hippodroms ich nur erahnen konnte. Die Rolltreppe brachte sie in diese geheimnisvollen Gefilde, zu denen ich keinen Zutritt hatte, die Rolltreppe war das Vehikel ihrer Überfahrt, ein vertikaler Styx – geriffelte Metallstufen, ein Handlauf aus schwarzem Gummi –, mit dem sie fortgetragen wurde ins Reich der Toten.

Marie bewegte sich nicht, mit verschleierten, starren, abwesenden Augen ließ sie sich von der Treppe forttragen, ohnmächtig, traurig, passiv, ich ließ sie nicht aus den Augen, umrundete die Rolltreppe, lief seitlich daneben her, um wenigstens die Entfernung, die uns trennte, nicht größer werden zu lassen, aber ich spürte, wie sie sich unwiederbringlich weiter von mir entfernte, ich verfolgte sie weiter mit meinen Blicken, um sie nicht aus den Augen zu verlieren, ich spürte, dass sie dabei war, sich mir für immer zu entziehen, aber auch ich tat nichts, um zu ihr zu gelangen, ich machte keinerlei Anstalten, das Hindernis des Drehkreuzes mit Gewalt zu überwinden, zu versuchen, sie vor ihrem Schicksal zu bewahren. In diesem Moment war ich der festen Überzeugung, es sei das letzte Mal gewesen, dass ich sie gesehen hatte, ich sah zu, wie sie langsam auf der Rolltreppe entschwand, und mich überkam das Verlangen, sie noch einmal in die Arme zu schließen für ein allerletztes Adieu. Ich hatte in diesem Augenblick die untrügliche Gewissheit, dass, wenn Marie jetzt aus meinem Leben verschwinden würde, wenn sie die Schwelle dieser schweren, gepolsterten Türen der Privatsalons des Hippodroms überschreiten würde, dies das letzte Mal gewesen wäre, dass ich sie gesehen hätte – und dass sie sterben würde (nur wusste ich damals noch nicht, dass, auch wenn meine furchtbare Vorahnung sich in den kommenden Monaten bestätigen würde, es nicht Marie sein sollte, die sterben würde, sondern der Mann, der sie begleitete).

III

Zu Beginn des folgenden Sommers war Marie nach Elba gefahren. Ihr Vater war ein Jahr zuvor gestorben, und seit dem letzten Sommer hatte sich nichts im Haus auf Elba getan, ein Jahr lang war sie nicht mehr dort gewesen, und die Fensterläden waren seit ihrer Abreise ständig geschlossen geblieben. Marie hatte ein im Stich gelassenes Haus vorgefunden, dunkel und still, in dem die Luft stickig war und nach Staub und feuchtem Holz roch. Sie hatte schmerzhafte Entscheidungen treffen müssen, musste Schlafzimmer und Arbeitszimmer des Vaters ausräumen. Beim Ordnen der Papiere war sie auf Fotografien gestoßen, hatte gerührt alte Briefe, Dokumente und Arbeitsnotizen angeschaut, hatte die Schränke geleert, ihr Gesicht in die Wolle eines Pullovers vergraben, um für einen winzigen Augenblick den Geruch ihres Vaters wiederzufinden. Sie hatte es mit Entschlossenheit angepackt, ohne einmal weinen zu müssen, und wenn doch, dann waren es fast trockene Tränen gewesen, die sich mit Schimmel und Staub mischten. Ihre Augen waren gerötet und juckten, als hätte sie Asthma, und sie zog sachte die Nase hoch, ließ das leichte, salzig-transparente Wasser über ihre Wangen rinnen.

Marie hatte den Entschluss gefasst, in den ersten Stock, in das Schlafzimmer ihres Vaters zu ziehen. Sie öffnete die Fenster weit und ließ frische Luft herein, sie wischte mit viel Wasser den Holzboden, im schönen Licht eines Julimorgens, das sich auf dem nassen Boden des Schlafzimmers spiegelte. Sie machte das Bett, wählte ein Set alter Batistlaken aus, die sie liebte, rustikal und rau scheuerten sie auf der Haut, sie packte die Sachen ihres Vaters in Kisten und Koffer, die sie auf den Flur der Etage stellte. Aus Paris hatte sie Stoffe mitgebracht, um sie gegen die alten Vorhänge und den Bettüberwurf des Vaters auszutauschen, ein ganzes Sortiment in Blau und Grün, den Farben von Rivercina, Türkis und Pastell, Azur und Hellgrün, Ultramarin, Olivgrün, als mögliche Kombinationen des apokryphen Wappens des Hauses Montalte auf Elba (mit der Eidechse als Wappentier, ihr Vater kam eines Tages auf diese Idee, als er sich auf der Terrasse faulenzend zusammen mit Eidechsen von der Sonne bescheinen ließ). Marie stieg auf einen Stuhl und hängte die Vorhänge an große Holzringe der Vorhangstange, und von der ersten Nacht an schlief sie im Schlafzimmer ihres Vaters.
Am nächsten Morgen war Marie früh aufgewacht, in einem blassblauen Licht, das durch die Vorhänge drang. Es war gerade erst hell geworden, als sie barfuß ins Erdgeschoss hinunterging. Sie spazierte durch das schlafende Haus und trat in das schwache Licht des Morgengrauens auf die Terrasse, barfuß, unter ihrem weiten weißen T-Shirt nackt. Die Morgenluft war kühl, sie spürte, wie die Luft ihr Gesicht und ihre Schenkel belebte. Sie ging um das Haus herum zu dem kleinen Garten, den sie aus Zeitgrün-

den noch nicht hatte besichtigen können. Es war der kleine Garten ihres Vaters, den Eingang schützte eine verrostete blaue Gittertür, die quietschte, als sie sie aufstieß. Der Garten war noch in ein sanftes graues Licht getaucht, Brombeergestrüpp und verschlungene Lianen überwucherten wie wildwachsende Tarnung die Vegetation. Zwei alte Holzliegestühle lehnten zusammengeklappt an der Hauswand, immergrünes Geißblatt kletterte an der Fassade hoch und klammerte sich in die Risse des unebenen Gesteins. In den Tontöpfen, in denen ihr Vater Kräuter angepflanzt hatte, Thymian, Salbei, Rosmarin, war nur noch verkrustete, gräuliche, völlig ausgetrocknete und aufgesprungene Erde, ein Basilikumpflänzchen war den Töpfen entkommen, hatte in der Erde des Gartens überlebt, zwischen Brombeeren und kräftigen, jungen Palmentrieben, die hier und da in den Ecken des Gartens ihre grünen und dicht gewachsenen Blätter aufschießen ließen. Von den Tomaten ihres Vaters war nichts mehr zu sehen – die letzten Tomaten ihres Vaters, die sie im vergangenen Jahr, voller Tränen allein in der Küche sitzend, gegessen hatte –, nur ein paar einsame, verbogene Stangen standen in unregelmäßiger Linie Spalier. Marie näherte sich dem Mauerwerk, kniete sich mit einem Bein auf den Boden und entdeckte um ein Schilfrohr gewickelt ein kleines Stück durchgescheuerte, ausgebleichte Schnur, die ihr Vater benutzt hatte, um die Tomatenpflanzen hochzubinden. Sie löste vorsichtig den Knoten, der die Schnur an der Stange hielt, betrachtete es längere Zeit und band das Stück dann um ihr Handgelenk.
Nachdem sie sich gewaschen hatte, bereitete Marie sich

einen Tee, den sie auf der Terrasse im Stehen aus einer großen Schale trank, danach ging sie auf der Suche nach Werkzeugen in den Schuppen. In dem Durcheinander, das in den Regalen des Abstellraums herrschte, fand sie, was sie brauchte, nahm eine Schubkarre und kehrte mit Hacke und Rechen und einer Gartenschere, die wie ein Kamm in der hinteren Hosentasche steckte, in den Garten zurück. Im Garten machte sie sich an die Arbeit, durchtrennte die Lianen, stutzte mit der Schere die Brombeerhecken. Sie trug einen alten Strohhut ihres Vaters, Jeans, ein weißes Hemd und ziemlich kitschige, mit einer Plastikmargerite verzierte Sandalen, die an der Kommissur der großen Zehe erblühte. Dort, wo ihr Vater die Tomaten angepflanzt hatte, säuberte sie die Erde, riss mit der Hand das Unkraut heraus und entfernte die wilden Disteln. Auf Zehenspitzen stehend, schnitt sie Lianen aus dem Geißblatt, darauf achtend, dass dessen Ranken, die sie vorsichtig von der Fassade gelöst hatte, um sie auf dem Spalier weiterwachsen zu lassen, nicht zerstört wurden. Dann, langsam an der Umzäunung entlangschreitend, goss sie den Garten, wobei sie den gelben, aufgerollten Schlauch nachdenklich hinter sich herzog, der ihr nachkroch wie eine artige, gezähmte Schlange.
Die Pferdekoppel unterhalb des Anwesens stand seit dem vergangenen Sommer leer. Marie durchquerte das alte Gatter und stieg hinunter auf das terrassierte Gelände, das früher einmal bewirtschaftet worden war, nun aber verwahrlost dalag, welliger, unebener und steiniger Boden, ein paar Grasbüschel wucherten hier und dort zwischen zusammengefallenen Mauerresten. Nach etwa hundert

Metern blieb sie stehen, unter ihr lag das Meer, blau, glatt, unbeweglich, eine kaum wahrnehmbare Dünung kräuselte manchmal die Oberfläche und ließ sie erzittern. Am Horizont verband sich der Himmel mit dem Meer, die beiden Blaus schmolzen ineinander, das tiefe Blau des Meers mit dem blasseren des leicht dunstigen Himmels. Kein Geräusch war um sie herum zu hören, nur die Stille der Natur, ein fernes Zwitschern von Vögeln, der Flug eines Schmetterlings, eine schwache Brise bog träge das hohe Gras auf dem Anwesen.

Marie verbrachte den Sommer allein auf Rivercina. Wenn sie am späten Nachmittag vom Strand zurückkam, wusch sie sich im kleinen Garten die Haare, stand im Badeanzug an den Zaun gelehnt mit bloßen Füßen auf der Erde oder auf einem blauen Gitterrost, die Haare eingehüllt in weißen, nach Vanille riechenden Schaum, den sie mit den Fingerspitzen unter dem lauwarmen Wasser des Gartenschlauchs auswusch. Sie beugte sich hinunter, um den Wasserhahn abzudrehen, und wickelte die Haare, nachdem sie sie ein letztes Mal mit zu Boden gesenktem Nacken gründlich hatte abtropfen lassen, in ein großes weißes Handtuch. Sie ging zum Haus zurück, ließ ihre Sandalen, in die sie nur nachlässig geschlüpft war, über die unregelmäßigen Bodenplatten der Terrasse schleifen. Sie streifte nacheinander die Träger ihres Badeanzugs von den Schultern, ließ den Anzug über die Hüften hinabgleiten und ihn da, auf dem Boden der Küche, achtlos liegen, stieg nackt die Treppen hoch, mit ihrem weißen Turban und ihren Sandalen an den Füßen, ihren Margeriten zwischen den Zehen, auf dem Körper kleine glän-

zende Wasserperlen, die in der Sonne glänzten und nach und nach von ihr abtropften.
Bevor Marie im letzten Jahr Rivercina verließ, hatte sie die Pferde ihres Vaters in die Obhut des Reitclubs von La Guardia gegeben. Schon zu Lebzeiten ihres Vaters hatte sich Peppino, der Verantwortliche des Clubs, um deren medizinische Betreuung gekümmert und war ein- oder zweimal im Monat nach Rivercina gekommen, um sich die Pferde anzusehen, ihr Fell zu prüfen und ihr Gebiss zu untersuchen. Der alte Maurizio hatte immer nur dafür gesorgt, dass die Pferde genug zu trinken hatten, und Maries Vater hatte zuweilen die Normalkost aufgebessert, indem er den Pferden Heu oder einen Eimer Hafer zusätzlich brachte. Mit seinem Eimer kam er dann zu den Pferden in die Koppel und begrüßte sie schon von weitem freudig (*ciao ragazzi*, rief er ihnen zu und klatschte ihnen mit der flachen Hand auf den Hals, was die Pferde mit Schnauben und Schütteln der Köpfe quittierten und ganze Mückenschwärme aus ihrer Mähne aufscheuchte).
Zu Nocciola, einer Stute mit sanften Augen, hatte Marie eine besondere Zuneigung gefasst. Sie war sie im letzten Jahr am Tag der Beerdigung ihres Vaters zum ersten Mal geritten, als sie zu Pferd den Leichenwagen über die Straßen Elbas bis zum Friedhof begleitet hatte. Anfang Juli dieses Jahres hatte sie Nocciola im Reitclub wiedergesehen und Lust bekommen, sie zu reiten. Sie ritt sie im Schritt, drehte unter der nachlässigen Aufsicht der Tochter Peppinos auf der Reitbahn langsam ihre Runden, während die mürrische Heranwachsende rittlings auf dem

Gatter saß, sich ein *telefonino* ans Ohr hielt und mit schleppender Stimme telefonierte, dabei das Gesagte immer wieder mit einer kurzen Salve beredter Gesten ihrer umgedrehten Hand unterstrich. Der Reitclub bestand aus einer Reihe kleiner Steinhäuser, die an einer Lichtung gelegen war, zu der ein staubiger Feldweg führte, mit einem Gebäude für das Büro, einem Schuppen, in dem Sättel und Zaumzeug untergebracht waren, und Pferdeställen, einfachen Hütten aus Holzgebälk mit Dächern aus Blech, verstärkt mit genagelten Brettern, in denen die Pferde die Nacht verbrachten. In den einzelnen Boxen konnte man dunkle Mähnen erkennen, die sich im Innern bewegten, während die Beine unbeweglich unter den Lattenzauntüren zu sehen waren, als wenn oben und unten nicht zum selben Tier gehörten. Die Reitbahn war nach vorne hin mit einem kleinen weißen Holzzaun geschlossen, auf der anderen Seite, zur Macchia hin, dagegen völlig offen. Saß man auf dem Pferd, konnte man den Blick über wilde Olivenbäume hinweg weit in die Natur schweifen lassen, bis zum kahlen Gipfel des Hügels, auf dem Wind und häufige Waldbrände die Vegetation weggefressen hatten. Schon bald brauchte Marie niemanden mehr, der ihr half, Nocciola zu reiten, sie sattelte die Stute selbst, wenn sie im Club ankam, und führte sie am Zaumzeug zur Reitbahn, stieg dort allein in den Sattel und drehte im Schritt ihre Runden, schlug dann entschlossen auf die Flanke der Stute und ließ sie in Trab fallen, dann, nach Ablauf einer Woche, in den Galopp.

Eines Tages, der August neigte sich seinem Ende zu, ließ Marie die alten Kleider liegen, die sie sonst immer beim

Reiten oder bei der Gartenarbeit trug, und zog sich mit aller Sorgfalt an, schminkte sich vor dem Spiegel. Bevor sie das Schlafzimmer verließ, trug sie noch einen letzten Strich Lippenstift auf, dann tupfte sie die Lippen mit einem weichen Stück Papier von einer Klorolle vorsichtig ab und ließ es mit einem Abdruck ihrer Lippen auf dem Marmor der Kommode zurück – das stumme Relikt eines roten Kusses. Sie nahm den alten Lieferwagen ihres Vaters und fuhr gemächlich aus dem Anwesen hinaus auf die gewundenen Straßen Elbas. Das Meer lag blau und still unter ihr, heiße Luft wehte durch die offenen Fenster ins Wageninnere. Neben ihr auf dem Beifahrersitz lag ein Strauß wilder Blumen, den sie am Vorabend in der Küche zusammengesteckt hatte, mit der ihr angeborenen Raffinesse, die sie immer unter Beweis stellte, wenn es darum ging, Farben und Stoffe zu kombinieren, ohne das Ungewöhnliche zu erzwingen oder die Kreation zu suchen, eine einzige schlichte, sichere, natürliche Geste genügte, um in einer Vase das Selbstverständliche mit dem Unmöglichen zu vereinen, drei Fenchelstängel, die sie am Straßenrand gepflückt hatte, mit zwei frisch von einem Baum im Garten geschnittenen Eukalyptuszweigen, kombiniert mit einer purpurroten Bougainvillearebe, die sie von der Terrasse einer Villa am Strand mitgenommen hatte.
Kurz bevor sie Portoferraio erreichte, bog Marie in eine kleine Straße ab, die sich kurvenreich bis zu dem Friedhof emporschlängelte, auf dem ihr Vater begraben lag. Dort angekommen, blieb sie eine Weile unbeweglich und in stiller Andacht vor seinem Grab stehen. Sie legte den

Strauß wilder Blumen auf das Grab ihres Vaters und verließ den Friedhof, ohne sich noch einmal umzudrehen, stieg wieder in den Wagen und fuhr weiter Richtung Portoferraio. In der Stadt angekommen, lenkte sie den Wagen zum Hafen, die Augen im Vagen, schaute sie angestrengt durch die verklebte Windschutzscheibe, durch eine dicke Schicht von Staub und Harz, das von den Pinien stammte, unter denen der alte Laster den Winter verbracht hatte. Langsam fuhr Marie längs der Hafenanlagen und stellte den Wagen vor den Büros der Hafenmeisterei ab. Sie stieg aus und verließ zu Fuß wieder das Hafengelände, um am Tresen eines der vielen geöffneten Cafés am Platz, von denen aus man die Anlegestellen überblicken konnte, einen Espresso zu trinken. Sie trank ruhig ihren Kaffee, es war fast Mittag, sie sah wunderschön aus, sie trug eine weiße Hose und eine ausgewaschene blassviolette Bluse und beobachtete das Kommen und Gehen der Schiffe im Hafen. Nach etwa zwanzig Minuten fuhr die Fähre aus Piombino im Hafen ein, und da war ich, an Deck des Schiffes.
Es war das erste Mal seit letztem Sommer, dass ich wieder nach Elba kam, ziemlich genau ein Jahr nach dem Tod von Maries Vater. Ich hatte dieselbe Fähre der Reederei Toremar genommen wie im vergangenen Jahr, als ich aus China gekommen war, um der Beerdigung ihres Vaters beizuwohnen. Kaum hatte das Schiff abgelegt, verkroch ich mich in einen der festen Sitze mit Armlehnen aus Metall in einem der geschützten Salons auf dem Zwischendeck und ließ dort im schwülheißen Schatten meine Gedanken schweifen. Ich war schließlich eingenickt und

dämmerte, gewiegt durch das ständige Brummen des Schiffsmotors, vor mich hin, als die Ereignisse der Nacht des Todes von Jean-Christophe de G. in meinem Bewusstsein auftauchten, ohne dass ich sie mittels vorsätzlicher Anstrengung meines Gedächtnisses wieder heraufbeschworen hätte. Nein, nur bruchstückhaft erlebte ich sie in meinem Dämmerschlaf, in meinem Geist tauchten einige Mutmaßungen auf – Hypothesen und Bilder –, wobei gleich verschiedene Bereiche meines Gehirns in Anspruch genommen wurden, je nachdem, ob ich mittels Überlegung Hypothesen entwickelte oder träumerisch Bilder heraufbeschwor. Zu den wenigen unbestreitbaren und überprüfbaren Tatsachen dieser Nacht fügte ich rein Erfundenes hinzu, das ich freizügig in meine Träume einbaute, ich kombinierte so in meinem Halbschlaf erfundene Fakten mit realen Orten, versetzte mich in Gedanken in das Appartement der Rue de La Vrillière, in dem ich mehr als fünf Jahre mit Marie gelebt hatte, ging dort von Zimmer zu Zimmer, öffnete das Schlafzimmerfenster und entdeckte die Hausfassade der Banque de France gegenüber, die im gelben Licht der Pariser Straßenlaternen erstrahlte, wo ich mich doch jetzt, in diesem Moment, im Sessel eines Schiffes befand, das zwischen dem italienischen Festland und der Küste Elbas geräuschlos über ölglattes Meer fuhr.

Natürlich wusste ich, dass es zweifellos eine objektive Realität der Fakten gab – also das, was wirklich in dieser einen Nacht im Appartement der Rue de La Vrillière geschehen war –, dass aber genau diese Realität mir immer fremd bleiben würde, ich diese Realität immer nur umkreisen, sie von verschiedenen Seiten her betrachten, sie einkreisen könnte, um sie dann nochmals zu attackieren, sie mir aber verschlossen bliebe, als ob das, was in jener Nacht wirklich passiert war, mir wesentlich unerreichbar wäre, außerhalb der Reichweite meiner Vorstellungskraft und auch durch Sprache nicht erschließbar. Natürlich könnte ich, und das mit der Präzision eines Traums, diese Nacht in Bildern meiner Vorstellung wieder erschaffen, natürlich könnte ich diese Nacht mit der teuflischen Kraft von Worten heraufbeschwören, doch war mir bewusst, dass ich niemals in Besitz dessen kommen könnte, was für einige Augenblicke das Leben selbst gewesen war, bis mir plötzlich der Gedanke kam, dass ich vielleicht eine völlig neue Wahrheit gewinnen könnte, eine, die sich von dem, was das Leben wirklich war, nur inspirieren ließe, sie aber, ohne sich um Wahrscheinlichkeit oder Wahrheitsgehalt zu kümmern, transzendieren würde, und die nur auf die Quintessenz der Wirklichkeit zielte, auf ihr empfindliches, lebendiges, sinnliches Mark, eine Wahrheit nahe der Erfindung, einen Zwilling der Lüge, die ideale Wahrheit.

Gegen Ende der Überfahrt, als die Fähre sich bereits der Küste von Elba näherte, begannen meine Gedanken abzuschweifen, und ich dachte an eine andere Nacht, von der mir Marie erzählt hatte, die Nacht ihrer Rückreise aus Japan. Ich war physisch nicht bei ihr gewesen in dieser Nacht, sah aber hinter meinen geschlossenen Augen die Ereignisse sich auf dieselbe Art abspielen, mit allen Hauptakteuren, die sich namen- und gesichtslos in meinem Bewusstsein materialisierten und Gestalt gewannen und doch weder Erfindungen noch Chimären waren, sondern wirkliche Personen, die in Wirklichkeit das erlebt haben mussten, was ich sie in meiner Vorstellung erleben sah. Eingelullt von dem hypnotisierenden Geräusch der Schiffsmotoren, sah ich sie in meiner Vorstellung, wie sich diese Figuren in aller Stille vor mir bildeten, und auch wenn ich bei diesen Szenen, die sich hinter meinen geschlossenen Augen abspielten, selbst nicht dabei war, auch nicht deren Adressat gewesen war, auch wenn ich zwischen den andern Figuren nicht leibhaft auftauchte, wusste ich mich doch auf das Intimste anwesend, und nicht nur, weil ich die einzige Quelle der Anrufung darstellte, die gerade im Gange war, sondern weil ich im Innersten jeder dieser Personen lebte, mit jeder mich intimste Bande verknüpften, verborgene Verbindungen, privat, geheim, uneingestehbar – weil ich genau so sehr ich selbst war, wie ich jeder von ihnen war.

Die nur lückenhafte Kenntnis, die ich über die Todesnacht von Jean-Christophe de G. hatte, die zahlreichen dunklen Stellen, was die tatsächlichen Ereignisse dieser Nacht betrifft, waren mir in keiner Weise von Nachteil. Im Gegenteil, sie verpflichteten mich zu einer umso größeren erfinderischen Anstrengung, um die Ereignisse geistig wiederzuerschaffen, während ich im anderen Fall, also, hätte ich sie wirklich erlebt, mich nur einfach an sie erinnert hätte. Ich war in dieser Nacht nicht dabei gewesen, aber meine Gedanken waren bei Marie, und zwar mit derselben emotionellen Intensität, als wenn ich zugegen gewesen wäre, wie bei einer Aufführung, die ohne mich stattfindet, bei der ich selbst abwesend, alle meine Sinne aber anwesend sind, wie in den Träumen, in denen jede der auftauchenden Personen immer nur eine Emanation von einem selbst ist, neu erschaffen durch das Prisma unserer Subjektivität, geprägt von unserer Sensibilität, unserer Intelligenz und unseren Phantasien. Auch wenn ich nicht schlief, war es das unauflösbare Mysterium des Traums, das in mir wirkte und spielte, ein Mysterium, das dem Bewusstsein ermöglicht, so unglaublich deutliche Bilder zu erschaffen, die sich zu einer Abfolge augenscheinlich zufälliger Sequenzen fügen, mit schwindelerregenden Ellipsen, Orten, die sich in nichts auflösen, und Personen aus unserem Leben, die miteinander verschmelzen, sich überlagern und verwandeln, und die trotz dieser radikalen Inkohärenz in uns mit einer brennenden Intensität, Erinnerungen, Wünsche und Ängste aufleben lassen, um deutlicher noch als im Leben selbst Schrecken und Liebe zu erzeugen. Weil es in den Träumen nie eine dritte Person gibt, es dort immer nur um einen selbst geht, ähnlich wie in der apokryphen Kurzgeschichte von Borges, *Die Insel der Anamorphosen*, in der ein Schriftsteller die dritte Person in der Literatur erfindet, schließlich aber, nach langem, einzelgängerischem Siechtum, deprimiert und geschlagen auf diese Erfindung verzichtet und wieder in der ersten Person zu schreiben beginnt.

Nachdem die Fähre in Elba angelegt hatte, war ich unter den Ersten, die das Schiff verließen. Marie erwartete mich am Kai, sie sah zu mir herüber, als ich die Landungsbrücke hinunterstieg, sie hatte etwas Schönes, Aufmerksames in ihrem verschleierten Blick. Sofort, von der Sekunde an, in der wir uns wiedersahen, war die Liebe wieder da, vom ersten Blick an, auch wenn ich meine Arme und Hände, die sich wie magnetisch zu ihr hingezogen fühlten, unter Kontrolle hielt und mir nichts anmerken ließ, außer einem kurzen verräterischen Blick, der meinen Augen entwischte. Bei der Begrüßung beschränkte ich mich darauf, sie an der Schulter zu berühren, schweigend, ich wusste nicht, was ich sagen sollte, strich nur sanft mit der Hand über ihren nackten Arm, die erste vorsichtige Berührung seit zwei Monaten. Es war Maries Idee gewesen, sie auf Elba zu besuchen, aber das hieß noch lange nicht, dass sich auch nur das Geringste in unserer Beziehung verändert hätte – wir waren immer noch getrennt, auch wenn unsere Beziehung durch den Lauf der Dinge eine ganz neue, vielschichtige Bedeutung bekommen hatte.
So seltsam es auch klingen mag, ich gefiel Marie, ich hatte ihr immer gefallen. Ich hatte natürlich schon früher bemerkt, dass ich gefiel, vielleicht nicht den Frauen im Allgemeinen, aber jeder Frau im Einzelnen, denn jede glaubte, die Einzige zu sein, die durch den nur ihr gegebenen einzigartigen Scharfsinn, durch den alles durchdringenden

Blick und ihre weibliche Intuition in mir verborgene Qualitäten ausmachen konnte, und sie hielten es sich dann zugute, die Einzige zu sein, die von dieser Entdeckung wusste. War doch eine jede von ihnen davon überzeugt, dass meine verborgenen, nur von ihnen aufgedeckten Qualitäten jeder anderen, außer ihr selbst, entgangen sein mussten, wo es doch in Wirklichkeit viele waren, die meine geheimen Qualitäten schätzten und meinem Charme erlagen. Aber es stimmt schon, meine verborgenen Qualitäten sprangen nicht jedem gleich ins Auge, denn aufgrund der feinen Nuancen und Subtilitäten konnte mein Charme auch glanzlos wirken und mein Humor schal, grenzt übermäßige Finesse am Ende doch an Fadheit.

Auf der Fahrt nach Rivercina wurde mir im Wagen sofort schlecht, und als die Kurven anfingen, wurde mir speiübel. Marie musste an einer Landspitze anhalten, und ich stürzte aus dem Wagen, um mich zu übergeben (ah, was war ich doch für ein Verführer, ich musste ihr gefehlt haben). Die Hände auf die Knie gestützt und die Stirn schweißbedeckt, schüttelten mich Krämpfe, doch vergeblich, es kam nichts raus außer langen elastischen Speichelfäden, die zwischen meinen Füßen auf den Schotter tropften. Marie hatte sich ein paar Schritte entfernt und pflückte Blumen am Straßenrand, war dann in die Macchia hinuntergestiegen und sammelte unbekümmert auf dem steilen Hang einen Blumenstrauß, knabberte nebenher an einem Fenchelstängel, den sie zwischen den Lippen hatte. Ich beobachtete sie und stellte mir neidvoll den frischen Geschmack vor, den der Fenchel auf ihrer Zunge haben dürfte. Als sie zu mir zurückkam, deutete ich mit der gewinnenden Schüchternheit, die mein Wesen auszeichnet, ein flüchtiges Lächeln an, um meinen Zustand zu entschuldigen.

Als ihr Vater noch lebte, hatten Marie und ich in Rivercina gemeinsam im Erdgeschoss des Hauses geschlafen, und ich stellte mir die Frage, welches Zimmer Marie jetzt für mich vorgesehen hatte. Sie schritt mir voran in die dunklen Räume des Erdgeschosses, und ich folgte ihr schweigend, wir kamen am Arbeitszimmer ihres Vaters vorbei, das vollständig leergeräumt war, die Fensterläden waren geschlossen, im Vorbeigehen registrierte ich im Halbdunkel flüchtig den Haufen aufeinandergestapelter Kisten. Wie selbstverständlich geleitete sie mich dann zu ihrem Schlafzimmer, und ich war erleichtert, feststellen zu können, dass sie mir immer noch vorschlug, bei ihr im Erdgeschoss zu schlafen. Als ich das Zimmer dann aber betrat, beschlich mich eine ungute Ahnung. Denn es herrschte so gar keine Unordnung in diesem Raum, es lagen keine Handtücher oder nassen Badeanzüge zusammengeknüllt auf dem Boden, es gab keine offenen Schubladen, kein noch in der Steckdose steckender Föhn lag herum. Nein, dieses Zimmer war in perfekter Ordnung, die Vorhänge waren geöffnet und sorgfältig zu beiden Seiten des Fensters zurückgebunden, ein Stapel mit Handtüchern war wie in einem Gästezimmer auf einem Stuhl bereitgelegt. Ich stellte meine Reisetasche auf einen Stuhl und begriff langsam, dass Marie nicht in diesem Zimmer schlafen würde, dass sie sich oben, im Schlafzimmer ihres Vaters, eingerichtet hatte.

Am späten Nachmittag machte Marie mir den Vorschlag,

schwimmen zu gehen. Wir gingen zu einer kleinen verlassenen Bucht, die sich in der Stille des Nachmittags weit erstreckte, eine reglose Stille aus sanft plätschernden Wellen und Insektengesumm. Marie spazierte in ihrem Badeanzug am Ufer entlang, sie hob einen Stein auf und kniete sich nieder, klopfte Arapeden von den Felsen und steckte sie sich in den Mund, während sie weiter am Wasser spazierte, saugte sie sie aus und warf sie dann mit einer lässigen, runden Armbewegung fort ins Meer. Sie sammelte Strandschnecken in den Klippenspalten und stapelte sie in kleinen Haufen in der Hand. Sie setzte nachdenklich ihren Weg fort, kauerte sich vor einem halb mit Schaum überfluteten, mit grünlichen Flechten und kompakten Verbünden gezackter Seepocken überzogenen Felsen nieder und versuchte, mit gekrümmten Fingern und ihrem Stein, winzig kleine, mit Fädchen besetzte Miesmuscheln abzulösen. Sie kam zu mir zurück und legte mir ihre Beute zu Füßen, sie öffnete ihre Hände, und wie ein kleiner Wasserfall glitten die nassen, gegeneinanderschlagenden Schalentiere langsam auf meine Füße (ich versuchte vergeblich, ihnen auszuweichen, klimperte schnell mit den Zehen im Leeren). Sie beugte sich kurz über meinen Körper, um sich ein T-Shirt und ihre Sandalen zu greifen, und begann dann, ein provisorisches Becken zu bauen, damit sich die Schalentiere nicht davonmachen konnten, ein Naturschutzgebiet, ein Teich voller heteroklyter *Vongole*, die Zutaten für unsere Spaghetti.
Marie war zum Meer zurückgegangen. Sie stand aufrecht, die Füße im Wasser und die Hände auf den Hüften, und beobachtete träumerisch eine Seeanemone, die mollusken-

artig zwischen ihren Füßen dicht an der Oberfläche im Wasser schwebte, ihre gespreizten Tentakel schaukelten in der Brandung wie langes, schwimmendes, durchsichtiges Haar. Dann ging sie entschlossen weiter ins Meer hinein, mit ausgebreiteten Armen, sich größer machend, damit die Welle nicht an die Achsel reichte, und stieß kurze, stoßartige, immer lauter werdende Protestschreie aus, um mir mitzuteilen, welcher Unterschied zwischen der Temperatur ihres Körpers und der des Meeres herrschte, bevor sie sich voller Vergnügen rückwärts ins Wasser fallen ließ und sich die Haare nass machte. Sie planschte so noch einige Augenblicke herum und bat mich dann, ihr ihre Taucherbrille zu bringen. Ich brachte ihr die Brille, und sie begann, sie vor mir auszuspülen, hineinzuspucken und die Scheibe zu säubern. Sie setzte die Brille auf und hielt dann probeweise den Kopf ins Wasser, warf einen Blick ins Meer hinein. Wie viele Seeigel es hier gibt, rief sie mir mit einer sonnigen, ein wenig nasalen, durch die Brille gepressten Stimme zu und schwamm fort von mir, hinaus ins offene Meer, ließ sich plötzlich senkrecht nach vorn ins Wasser kippen, noch einen kurzen Moment paddelten ihre Beine anarchisch in der Luft, dann war sie ganz im Wasser verschwunden. Sie war weg, abgetaucht auf den Meeresgrund, nur ein paar geräuschlose, an die Wasseroberfläche sprudelnde Luftblasen verrieten noch ihre umtriebige submarine Präsenz an diesem Ort. Da sie über keine Hilfsmittel verfügte, kein kleines Messer, keine Gabel, dauerte es eine ganze Weile, bis sie wieder zum Vorschein kam, mit einem Ruck, mit schief hängender Taucherbrille und außer Atem tauchte sie auf und suchte nach mir, blies kraftvoll einen Schwall Wasser aus ihrem Schnorchel, ein senkrechter Strahl, wie von einem Wal, in den Händen hielt sie drei tropfende, schöne blasslila Seeigel, deren Stachel sich noch bewegten und die mit winzigen mineralischen oder pflanzlichen Partikeln bedeckt waren, Reste von Algen oder kleinen Steinchen, Splitter von farbigen Kieseln, Absplitterungen von Muschelgehäusen. Sie hatte wieder Boden unter den Füßen und kämpfte sich mit schwingenden Hüften durchs Wasser ans Ufer. Sie suchte sich zwischen den Felsen einen großen Stein und klopfte die Seeigel auf, öffnete mit groben Schlägen ihre Schalen, einen nach dem anderen, streckte den Arm ins Meer und schwang energisch die Stachelhäuter unter Wasser hin und her, um Überflüssiges auszuwaschen. Mit dem Fingernagel pulte sie dann ein orangerotes Stückchen aus dem Seeigel und führte es mit einer eleganten, spiralenförmigen Bewegung des Zeigefingers an ihren Mund, sie kostete daran, erst nur sie, aber als ich aus dem Wasser noch nass zu ihr herüberkam, bot sie mir an, zu probieren, steckte mir zärtlich zwei oder drei Häppchen ins Schnäbelchen (und ich genoss ebenso sehr ihren nassen Finger wie die frischen und köstlichen Seeigelstückchen, die wie Butter in meinem Mund zergingen).

Wir waren schwimmen gegangen, silberne Sonnensplitter tanzten jedes Mal vor uns auf der Oberfläche des Wassers, wenn wir die Arme beiseiteschoben: Marie kraulte immer wieder von mir weg in die offene See hinaus, mit schönen, langsamen, regelmäßigen, abgezirkelten Schwimmbewegungen, einen Arm nach oben in den Himmel gestreckt,

ein kurzes Innehalten, dann den Arm ins Meer getaucht, und kam dann zu mir zurückgeschwommen, blieb eine Weile an meiner Seite, wie schwerelos auf dem Rücken im Wasser treibend. Marie war nicht zu fassen, sie näherte sich mir und entfernte sich wieder von mir, sie lachte mich an und sie verschwand unter Wasser. Manchmal streiften sich unsere Beine, berührten sich sachte im Meer, ich habe ihre Schulter gestreichelt, als ich ihr zärtlich ein paar Algen entfernte, die in ihrem Haar klebten. Nichts war erklärt, nichts wurde ausgesprochen, aber mehr als einmal haben sich unsere Finger berührt, sich im Wasser unsere Blicke gekreuzt und umschlungen. Ich spürte deutlich, wie eine uralte Komplizenschaft zwischen uns beiden zu neuem Leben zu erwachen begann, und mich ergriff eine Mischung aus Rührung und Zaghaftigkeit. Ich spürte das Verlangen, sie in meine Arme zu nehmen und mich ihr hier im Meer hinzugeben, meinen Körper im warmen Wasser an den ihren zu drücken. Sie kam wieder zu mir hergeschwommen, die Taucherbrille auf der Stirn, die Wangen nass, sie schien glücklich, strahlte vor Freude, lächelte mir verschmitzt zu, so, als würde sie mir gleich irgendeinen dummen Streich spielen, und da erst sah ich, dass sie ihren Badeanzug zusammengeknüllt in ihrer rechten Hand hielt.
Marie hatte ihren Badeanzug ausgezogen und schwamm nackt neben mir im Meer, mit weit geöffneten Augen folgte ich der fluktuierenden Linie ihrer Nacktheit, die je nach Wasserstand changierte, eben noch sehr streng und züchtig hochgeschlossen bis zum Hals, dann bis unter den Bauchnabel sichtbar, wenn sie so aufreizend und freizügig

wie schwerelos auf dem Rücken schwamm und ihr nasser Bauch und die nassen Schamhaare und ihre Brustspitzen aus der sachten Brandung des auf ihrem Körper stehenden Wassers auftauchten. Ich ließ die Augen nicht von ihr, begleitete mit Blicken ihren Badeanzug, der zu ihrer Standarte geworden war, zur Piratenflagge ihrer Nacktheit im Meer. Wir hatten angehalten und unsere Gesichter einander zugewandt, wir lächelten uns an, ich betrachtete Marie vor mir, nackt und mit Taucherbrille. Ich näherte mich ihr langsam und fasste sie leicht an der Schulter, sie ließ es geschehen, in ihren Blick trat jetzt etwas Bedeutungsschweres, und gerade als ich spürte, dass sie bereit war, sich meiner Umarmung hinzugeben, bemerkte sie plötzlich ein perlmutternes Schimmern am Meeresgrund – eine Abalone! –, und schon schlängelte sie sich wie ein Aal an meiner nassen Haut entlang, entwich meinen Armen und tauchte unter, stieß senkrecht hinab zu der flüchtig gesehenen Spiegelung, nicht ohne mir bei ihrem Verschwinden das ausdrucksstärkste *Noli me tangere*, das man sich vorstellen kann, zu präsentieren: die Kurve ihres Hinterteils, wie es sich ins Meer bohrte.
Marie ließ sich neben mir auf den Felsen nieder. Tröpfchen übersäten ihren nackten Körper, den die Sonne nach und nach trocknete, auf ihrer Haut blieben mit bloßem Auge kaum wahrnehmbare Spuren von Salz zurück, und ich stellte mir den köstlichen Geschmack vor, den das auf der Spitze meiner Zunge hinterlassen würde. Nach einem Moment des Nachdenkens streckte sie mir mit geschlossenen Augen zärtlich ihre Hand ins Leere entgegen und sagte mit leiser Stimme diesen rätselhaften Satz: Du

musst wissen, ich war nicht seine Geliebte ..., der Satz hallte einen Augenblick durch die Stille der Bucht. Sie sagte nicht, wessen Geliebte sie nicht war, aber ich hatte sehr wohl verstanden und war ihr dankbar, dass sie den Namen nicht genannt hatte (ich selbst tat übrigens so, als würde ich mich nicht so genau an seinen Namen erinnern). Marie hatte sich nicht bewegt, lag immer noch auf dem Rücken, mit geschlossenen Augen und angezogenem Knie, die Hand flach auf dem Felsen. In der Bucht war wieder Stille eingekehrt, kaum gestört durch das fast unhörbare Murmeln des Wassers, das weiter unten plätscherte. Was hatte sie mir sagen wollen, als sie mir sagte, dass sie nicht seine Geliebte gewesen sei? Dass sie keine sexuelle Beziehung mit ihm gehabt hatte? Was wenig wahrscheinlich war, wenn nicht unmöglich, selbst wenn man sich natürlich vorstellen könnte, dass ihre Beziehung nicht *stricto sensu* sexuell gewesen war, also im spitzfindigsten Sinne des Wortes, will sagen, wo keine sexuelle Penetration, da auch keine sexuelle Beziehung – diese Art der Rechtsprechung schließt ja Fellatio und Cunnilingus nicht ein (was heißt, Spaß haben, ohne gleich Geliebte zu werden) –, aber ich bezweifele, dass es das war, was sie mir sagen wollte. Nein. Marie schien es ernst zu sein, sie wirkte bewegt, und der Klang ihrer Stimme hatte etwas von der schmerzhaften Feierlichkeit eines Geständnisses oder eines Bekenntnisses. Ich blickte sie weiter an und fragte mich, warum sie das Bedürfnis verspürt hatte, mir heute zu sagen, dass sie nicht seine Geliebte war (was übrigens nicht hieß, dass sie *es nicht einmal gewesen war*, durch seine Vieldeutigkeit machte das Imperfekt, das sie verwandt hatte – statt des Plusquamperfekts –, diese kleine Lüge aus Unterlassung durchaus möglich). Vielleicht wollte sie mich bloß wissen lassen, dass sie keine richtige Beziehung zu ihm gehabt hatte, dass sie immer das Gefühl gehabt hatte, frei geblieben zu sein, und dass sie in keinem Fall als Geliebte eines verheirateten Mannes angesehen werden konnte, dass es in gewisser Weise das Wort »Geliebte« in seiner gesellschaftlichen Bedeutung als »Mätresse« war und weniger dessen private Realitäten, das sie zurückwies, indem sie leugnete, dass das Wort auf sie angewandt werden könne, da es die Wirklichkeit, mit der es sich deckte, nicht gegeben hatte. Ich weiß es nicht. Oder hatte sie mir nur sagen wollen, dass sie ihn in ihrem tiefsten Inneren nicht liebte, ihn nie geliebt hatte, dass er ihr sicherlich gefallen hatte, dass er ohne Zweifel im richtigen Moment gekommen war, dass sie seine Höflichkeit, seine Zuvorkommenheit, seine Galanterie und sein Durchsetzungsvermögen geschätzt hatte, dass das Leben mit ihm einfach gewesen war, Komfort und Sicherheit geboten hatte – aber dass es immer einen anderen gegeben habe, den sie liebte.

Marie und ich verbrachten eine Woche gemeinsam auf Rivercina, unsere Spiele der unsichtbaren Annäherungen vervielfältigten sich im Versuch, uns wiederzufinden, unsere Wege kreuzten sich im Vorübergehen im Erdgeschoss des Hauses, mit Badehandtüchern über den Schultern warfen wir uns verführerisch schimmernde Blicke zu, wir trafen uns in den Gärten des Besitzes, keinen Moment wichen wir weiter als notwendig von dem anderen, um schnell wieder zu ihm zurückfinden zu können. Im Laufe der Tage verringerte sich unerbittlich die Distanz zwischen unseren Körpern, wurde immer kleiner, nahm von Stunde zu Stunde ab, so als ob die Kluft eines Tages sich notwendig würde schließen müssen. Wir streiften uns sachte im Kerzenschein auf der Terrasse beim Abräumen des Tisches, und unsere Schatten wichen einander in der Nacht nicht aus, beharrten im Gegenteil, suchten die sanften und verborgenen Berührungen. Manchmal, am Abend in der Küche, während wir unser Abendessen zubereiteten und ich mit einem hölzernen Kochlöffel in der Hand die Tomatensauce überwachte, die auf dem alten Gasherd köchelte, tauchte Marie hinter meinem Rücken auf, und ich konnte die stille Woge ihres Körpers an meinem spüren, ihren nackten Arm, wie er mich sanft streifte, als sie die Sauce mit ein paar Salbeiblättern würzte, die sie in dem kleinen Garten gesammelt hatte, manchmal fuhren sogar ihre Finger über meine Wange und spielten mit meinem Dreitagebart, mich leise tadelnd, mich nicht rasiert zu haben. Ich nahm ihre Hand und zog sie von meiner Wange weg und überlegte, dass eben diese Geste des Die-Hand-Nehmens eine sehr unterschiedliche Bedeutung haben kann, je nachdem, ob man sie ohne viel Aufhebens und Geziere im normalen Alltag praktiziert oder ob man eine bestimmte Absicht, einen plötzlichen, tiefer gehenden Blick damit verbindet und die Geste dann ganz langsam ausführt, sie betont, um ihr eine besondere Wichtigkeit zu verleihen, so wie ich es getan habe an jenem Abend in der Küche, als ich von einem jähen Impuls ergriffen wurde und ihr, ohne mir vorher etwas dabei gedacht oder es geplant zu haben, ohne die geringste

Ahnung, wohin es führen würde, die Hand entgegenstreckte und ihr dabei fest in die Augen blickte, die Hand und der Blick, beides für einen langen Augenblick in der Schwebe der Zeit. Sie trug ein weites weißes, noch nasses Hemd und hatte ihre alten, rührenden Sandalen an den Füßen, an denen eine der beiden Margeriten wie gerupft aussah, als hätte sie sich im Staub eines Feldweges aufgelöst oder wäre mit träumerisch-unsteter Hand zwischen Maries Zehen entblättert worden (er liebt mich, er liebt mich von Herzen, mit Schmerzen). Ein schwerer Schatten durchquerte den Blick Maries, sie wurde nachdenklich, kam zu mir und schlüpfte an meinen Körper, wir blieben einen Augenblick umschlungen in der Küche stehen, an den Herd gelehnt, gewiegt durch das delikate Geräusch, das die Tomatensauce von sich gab, die mit wallenden Blasen weiter auf dem Feuer köchelte. Es war nur ein einfacher Augenblick spontaner Zärtlichkeit, aber ich begriff, dass wir seit unserer Trennung vielleicht nie so sehr vereint waren.
Nach dem Abendessen ging ich wieder in mein Schlafzimmer, ich öffnete das Fenster, um etwas von der kühlen Luft hereinzulassen, die selten genug die heißen Nächte Elbas durchzieht. Ich legte mich auf mein Bett und blieb im Dunkeln liegen, ich hatte kein Licht angemacht, um keine Mücken anzulocken. Seit meiner ersten Nacht, die ich in diesem Zimmer verbracht hatte, war mir die Anwesenheit Maries eine Etage über mir quälend bewusst, ich wusste, dass sie da war, genau über mir, und ich hörte, wie sie im Zimmer hin und her ging, und ich wusste, was sie tat, alles in Echtzeit, ich hörte das Knarren des Parketts unter ihren Schritten und wusste, dass sie gerade

von ihrem Bett zu ihrem großen Eichenschrank ging, ich hörte das kaum wahrnehmbare Geräusch des Türflügels des Schranks, wenn sie ihn öffnete, und erriet, dass sie ein T-Shirt für die Nacht auswählte, und ich hätte auch dessen Farbe sagen können, den Geruch, die Textur. Manchmal entfernten sich die Schritte über mir auf dem Fußboden, dann hörte man laufendes Wasser aus dem Badezimmer, Wasserhähne, die beim Auf- und Zudrehen dem Leitungssystem des Hauses kreischend quälende Geräusche entlockten, dann kehrten die Schritte wieder zum Schlafzimmer zurück. Ich hörte, wie sich Marie ins Bett legte, und nach einem kurzen Moment, ich musste die Augen schließen, um mich besser konzentrieren zu können, hörte ich endlich, wie sie einschlief. Das hatte nichts Physikalisches oder Materielles, ich hörte nicht den winzigsten Seufzer, den sie manchmal im Schlaf von sich gab, ebenso wenig wie ich die heftigen Stürme der Laken hörte, die sie etwa um drei Uhr morgens entfachte, wenn sie mit aller Kraft an einem Ende des festhängenden Lakens zog, sich mit der Schulter darin einrollte und sich dann zur Seite drehte, aber ich nahm das Geplätscher ihrer Träume wahr, das durch ihren Geist strömte. Oder war es nicht doch mein eigener Geist, in dem jetzt die Träume Maries dahinflossen, so als wenn dadurch, dass ich an sie dachte, dass ich ihre Anwesenheit heraufbeschwor, dadurch, dass ich ihr Leben stellvertretend lebte, ich dazu gekommen war, mir nächtens vorzustellen, dass ich ihre Träume träumte.

Ich kannte die Stille in jedem Winkel des Hauses, sein nächtliches Knacksen, die abrupten Einsetzer des Kühlschranks in der Nacht, denen ein abgestufter, ermatteter

Schluckauf folgte und die besänftigte Rückkehr zu einem regelmäßigen Schnurren in der dunklen Stille des schlafenden Hauses. Am Morgen erwachte ich mit dem ersten Licht, blieb aber noch im Bett liegen, um dem frühen Gezwitscher der Vögel zu lauschen, das so federleicht klang, dass ihre fließenden Modulationen mit der Stille ringsherum verschmolzen. Das Haus lag noch in tiefem Schlaf, ich war allein mit Marie in diesem großen, leeren Haus, wir schliefen auf verschiedenen Etagen, die anderen Zimmer waren unbenutzt oder standen leer, das Arbeitszimmer ihres Vaters war ausgeräumt, die Umzugskisten bereit, aus dem Haus geschafft zu werden. Nicht ein Geräusch war im schläfrigen Haus zu hören, ich spitzte meine Ohren, aber da war nichts, kein Knarren, nicht einmal ein Rascheln, Marie hatte sich noch nicht in ihrem Bett gerührt, ich wusste, sie schlief über mir, und diese Entfernung, die uns trennte, diese eine Etage, die zwischen uns lag, dieses winzige Hindernis war der subtile Stachel, der sie mir umso begehrenswerter erscheinen ließ. Statt einfach die Hand auszustrecken, um sie beim Aufwachen sanft am Arm zu streicheln, musste ich mir ihre Anwesenheit oben eine Etage höher vorstellen, sie in meinem Geist erschaffen. So, hinter meinen geschlossenen Augen, nahm sie schrittweise Gestalt an, löste sich langsam aus ihrer Verpuppung und erschien in meinem Geist, wie sie mit geschlossenen Augen in ihrem Bett lag, den Mund geöffnet, ihre Brust hob und füllte sich in steter Regelmäßigkeit, im friedlichen Rhythmus ihrer Atmung, ein Bein steckte unter der Decke, das andere ragte nackt nach draußen, das Laken klemmte eingerollt zwischen ihren Schenkeln.

Eines Nachmittags, wir waren schwimmen gegangen, nahm ich plötzlich eine fremdartige Luft in unserer kleinen Bucht wahr, ohne dass es mir gleich möglich gewesen wäre, genau bestimmen zu können, worin der Unterschied im Vergleich zu den anderen Tagen zuvor bestand. Ich hockte auf den Felsen und beobachtete Marie, die am Meer entlangspazierte. Das Meer war grau, erstreckte sich weit unter dem verschleierten Himmel. Das Wasser bewegte sich kaum, war undurchsichtig, etwas beängstigend, wie dunkles Blei- oder Lavagrau in einem künstlichen Wasserbecken in der Nachbarschaft eines Atomkraftwerks. Wir schwammen in diesem dickflüssigen, warmen und öligen Meer, das unseren Körpern kaum Erfrischung brachte, ich hielt mich hinter Marie, weil sie Quallen entdeckt hatte und mit ihrer Taucherbrille vor mir herschwamm, mir einen Weg durchs Wasser vorzeichnete, damit ich den Quallen ausweichen konnte, wobei sie sich immer wieder zu mir umdrehte und mir mit dem Finger ihren jeweiligen Standort zeigte, dies mit einer unverhohlenen Freude (je näher wir der Gefahr kamen, desto fiebriger bewegte sich ihr Finger zu ihrem höchstem Vergnügen). Aus dem Wasser gestiegen, ließen wir uns auf den Felsen trocknen und schauten auf das graue Meer hinaus, das vor uns in dieser Endzeitstimmung hinplätscherte. Es war drückend schwül, die ganze Atmosphäre stickig, man spürte die Nervosität der Insekten, die auf unserer Haut festklebten. Es gibt solche Tage gegen Ende des Sommers, an denen die Hitze von morgens bis abends wie statisch auf dem Körper lastet und ihn wie ein Mantel umschließt und den Geist in eine trübe Starre versetzt, und ich kam schließlich zu der

Erkenntnis, dass das, was die Bucht heute für mich so fremd erscheinen ließ, nur dadurch zu erklären war, dass es weit und breit in der Landschaft kein Blau mehr zu sehen gab. Als hätte einer mit einem Bildbearbeitungsprogramm, mit dem eine Farbe komplett entfernt werden kann, das Blau vollständig aus der Landschaft getilgt, ohne die übrige Farbpalette in irgendeiner Weise zu beeinflussen. Das Blau war verschwunden, das gewohnte Blau, das strahlende Blau, das blendend helle Blau des Himmels und des Meeres, das endemische Blau des Mittelmeers hatte sich aus der Natur verabschiedet. Überall nur weiße, wolkige, mit Licht gesättigte Hitzeschleier. Nicht der geringste Wind regte sich, kein Lufthauch, nichts, nicht die leichteste Brise, die eine Binse in der Bucht sich sanft hätte wiegen lassen – als wollte der Wind seine Kräfte für den Sturm sammeln, der in dieser Nacht losbrechen würde.

In dieser Nacht erschien Marie etwa gegen vier Uhr morgens in meinem Schlafzimmer, sie riss brutal die Tür auf und trat barfuß und im T-Shirt ein, verwirrt und aufgeregt kam sie zu mir ans Bett und erklärte mir, dass es im Garten Rauch gebe, dass es vor dem Anwesen brenne. Ich streifte mir eilig eine Hose über und folgte ihr auf die Terrasse, wo wir in einem Gestöber aus Staub durch die Nacht irrten. Heftige Windböen hatten bereits die schwarzen eisernen Esstischstühle umgeworfen, sie zum Teil bis auf die Auffahrt hinausgeblasen. Die Leinenbezüge der Liegestühle flatterten mit lautem, scharfem Knallen im Wind. Ich rannte ums Haus herum und versuchte herauszufinden, woher das Feuer kam, sah aber nichts, die Nacht war schwarz und windig und undurchdringlich, die Bäume gruben sich in die Finsternis und bogen sich im Gleichklang mit den sich windenden Ästen und wirbelnden Blättern. Auf der Terrasse war jetzt Rauch zu erkennen, ein paar leichte und ganz feine, vom Wind herbeigetragene Schwaden, die schwebend durch die Luft irrten. Ich beeilte mich, die Gasflaschen hinten im Garten abzudrehen, und half dann Marie, den Gartenschlauch auszurollen, ihn ganz in die Länge zu ziehen, hinüber zu den Fenstern, um das Haus zu verteidigen. Marie rannte auf der Terrasse von einem Fensterladen zum nächsten, um ihn zu schließen. Sie hatte den Schlauch genommen und ging um das Haus herum, spritzte Wasser auf die Hausmauer in der Nacht, spritzte lange auf die Fensterläden, damit sie gut mit Wasser getränkt wurden, zog heftig an ihrem Schlauch, wenn der sich irgendwo auf dem Boden hinter ihr verhakt oder Knicke bekommen hatte. Schließlich richtete sie den Wasserstrahl noch auf das erste Stockwerk, und das Haus troff unter dem Guss. Wasserschlieren liefen überall an der Hausfassade herunter, und das

abgeblätterte Holz der Fensterläden schimmerte nass in der Nacht.
Wir wussten nicht, aus welcher Richtung das Feuer kam, ob es sich dem Anwesen näherte oder sich davon entfernte. Wir hatten nicht die geringste Ahnung, das Feuer war noch eine abstrakte und ferne Vorstellung, sodass uns plötzlich wirklicher, unvorstellbarer und unbeschreiblicher Schrecken erfasste, als mit einer heftigen, von Nachhall begleiteten Explosion das Feuer oben auf dem Bergkamm erschien, der Druck der Explosion setzte eine enorme Energie frei, das war keineswegs das Flämmchen, das ich erwartet hatte, ein einzelner brennender Busch irgendwo hinten in unserem Garten, vielmehr eine regelrechte Feuersbrunst, die da oben vom Bergrücken auf uns zurollte, lebhaft, kraftvoll, gezackt, in der Nacht grell aufleuchtend in einem lauten, aufbrandenden Flackern roter, gelber, orangener und kupferner Farben, aus dem schwarz wallende Wolken quollen und in den Himmel hochwirbelten. Selbst wenn uns noch gut dreihundert Meter von der Feuersglut trennten, spürten wir augenblicklich die Hitze des Feuers, sein Licht und seine Kraft, seinen Geruch, sein Grollen und seine Geschwindigkeit, die Flammen hatten schon begonnen, sich mit knisterndem Lärm den Hang hinunter einen Weg zu fressen, direkt auf uns zu, die wir mit dem Atem zu kämpfen hatten. Auf der Stelle ließen Marie und ich den Gartenschlauch los, ließen ihn einfach auf die Erde fallen, eingerollt, zusammengesackt, das Wasser rann weiter auf den Terrassenboden, und rannten zum alten Lieferwagen, der in der Auffahrt geparkt war, Marie nur mit T-Shirt und ihren lädierten Sandalen, die

sie irgendwie noch überstreifen konnte, die sie aber beim Rennen eher behinderten, als dass sie ihr hilfreich waren, und ich in meinen alten Leinenschuhen, mit nacktem Oberkörper und Leinenhose. Marie hatte sich ans Steuer gesetzt und raste geradewegs in eine Wolke aus Asche und Staub. Vor uns im Scheinwerferlicht erschienen die geisterhaften Umrisse der Straße, massive Sträucher bogen und wanden sich wellenförmig in der Dunkelheit, als wir an ihnen vorbeifuhren.

In Höhe der kleinen weißen Brücke bremste Marie plötzlich ab und hielt an, sie drehte sich auf ihrem Sitz um, legte den Rückwärtsgang ein und bog entschlossen auf den Feldweg ab, der zum Reitclub führte. Wir waren noch keine zehn Meter durchs Unterholz gefahren, als wir von einem dichten Vorhang aus Rauch gestoppt wurden, der den Weg versperrte, aber Marie wurde nicht langsamer, sie fuhr weiter, mitten hinein in den Vorhang aus Rauch, der zuerst weiß, leicht und flüchtig war, dann immer schwärzer und dichter wurde, ein undurchdringlicher, bald nicht mehr einzuatmender Rauch, Feuergestank drang bis ins Innere des Autos. Im grellen Scheinwerferlicht war nun nichts mehr außer Rauch zu erkennen. Am Wegrand stand ein gelber Einsatzwagen des Brandschutzes. Marie antwortete nicht mehr auf meine Fragen, mit beiden Händen an das Lenkrad geklammert, fuhr sie noch einige Dutzend Meter weiter, und als es unmöglich wurde, weiterzufahren, hielt sie an, riss die Tür auf und setzte den Weg zu Fuß im Rauch fort. Ich versuchte, sie zurückzuhalten, ich lief hinter ihr her, sie folgte dem Weg in langen Schritten, rannte fast durch den dicken Rauch, der den Weg fest eingehüllt hatte. Es gab keinen Horizont mehr, keine Vegetation, auch der Weg war verschwunden, wir waren von allen Seiten von Rauch eingeschlossen. Als Marie den Reitclub erreichte, packte mich die Angst, ich schrie hinter ihr her, bat sie, zurückzukommen, aber sie antwortete nicht, lief einfach weiter, nach vorne gebeugt, das T-Shirt nach oben gestreift und vor ihr Gesicht haltend, mit nacktem Körper, denn sie trug nichts darunter. Mehrere kleinere Hütten des Pferdehofs standen in Brand, ein Schuppen brannte lichterloh. Man hörte Schreie, hektisches, wirres Treiben drang aus den abgeschlossenen und unzugänglichen Pferdeställen, in denen tierische Schatten sich aufgeregt bewegten, raues und verzweifeltes Wiehern, in einem Ton, der fast menschlich klang, aber für Menschenohren nicht zu ertragen war. Wir kämpften uns weiter durch Rauchschwaden und erkannten plötzlich vor uns, nur einen Meter vor einem der brennenden Pferdeställe, Peppino, mit einem Taschentuch vor dem Mund versuchte er ein in seiner Box festgebundenes Pferd zu befreien, das wild um sich ausschlug und niemanden an sich heranließ. Als das Dach des Stalls sich schrittweise zu neigen begann und mitsamt Balken und Wellblech einzustürzen drohte, warf sich Peppino ins Innere des Stalls, verschwand einen Augenblick in dem dichten schwarzen Rauchteppich und kam dann mit dem Pferd heraus, Mann und Pferd in der Nacht umgeben von einem Strahlenkranz aus Feuer, die Flammen züngelten um sie herum, ein Lichthof aus Funken und weißglühenden Teilchen umschloss ihre ängstlich-verstörten Gestalten. Das Pferd hatte schwere Verbrennungen, die Haut hatte sich stellenweise abgelöst, das Muskelfleisch schaute hervor, schwärzliche, sirupartige Melasse lief die Flanken hinunter. Peppino rannte neben ihm her und versuchte, es zu beruhigen, und brachte es hinter den Feuerwehrwagen in Sicherheit. Dort waren bereits acht weitere Pferde an einem Tankwagen festgebunden, mit einer gemeinsamen Leine, aneinandergebunden, aber ständig in Bewegung, in alle Richtungen ausbrechend, gegeneinanderstoßend, sich um sich selbst drehend in einem Gewoge aus Schweifen und bebenden Mähnen, eine kopflose, bewegliche, kompakte Masse, das Fell erglänzend im Widerschein des Feuers, aufgewiegelt durch eine ständig neu entfachte Welle animalischer Nervosität. Sie drängten sich aneinander, wirbelten herum, wichen zurück, stoben wieder auseinander, wurden von der Leine gebremst, zerrten am Tankwagen, bis der aus dem Gleichgewicht geriet und die Räder sich aus dem Staub hoben. Überall im Reitclub waren noch Feuerherde, Hütten standen in Flammen, Scheunen, Stallungen, und selbst der Boden, das Gras brannte an einigen Stellen, und Marie rannte plötzlich zu Peppino hinüber. Sie überquerte im Zickzack ein Grasstück, über dem Schwaden violetten Qualms in der zitternden Luft der Nacht hingen. Marie rannte in direkter Linie, ohne von ihrem Weg abzuweichen, auf Peppino zu, lief durch Feuer, das über den Boden kroch, hob ihre Sandalen an, beschleunigte den Schritt, rannte weiter, hüpfte auf der Stelle, weil sie sich die Füße verbrannt hatte, aber als Peppino sie kommen sah, machte er wütend und außer sich heftige Zeichen mit dem Arm, dass sie zurückbleiben solle, und Marie machte kehrt, wusste nicht mehr, wohin sie wollte, verwirrt, wie sie war, mit verbrannten Fußsohlen lief sie im Kreis. Ein Feuerwehrmann, der sie gesehen hatte, rannte ihr hinterher und fing sie ein, schützend seinen Arm um sie gelegt, während sie sich an seine dicke Lederjacke schmiegte, brachte er sie zu mir zurück.

Der Feuerwehrmann hatte mir befohlen, sofort das Gelände zu verlassen, und ich versuchte mit Marie wieder zum Auto zu kommen, sie lief an meiner Seite, den Arm wie ein Schutzschild vor dem Gesicht. Sie hustete und spuckte, taumelte durch den dichten Rauch und fiel hin. Ich half ihr auf, schob ihren Arm auf meine Schulter und zog sie mit mir mit, sie lief nicht mehr, ihre Beine rutschten neben mir durch den Staub und ihre Sandalen schrappten über Staub und Steine. Ich öffnete die Wagentür und ließ sie auf den Sitz fallen, ihr Körper sackte kraftlos in sich zusammen und rutschte den Sitz hinunter, ich hob sie wieder hoch, stützte sie, holte ihren linken Arm, der auf dem Feldweg hing, in den Wagen und schloss die Tür. Ich nahm hinter dem Lenkrad Platz und startete den Wagen. Da es nicht möglich war zu wenden, fuhr ich geradeaus, zurück zu den Reitställen. Peppino und die wenigen noch anwesenden Feuerwehrleute hatten die Verteidigung des Reitclubs aufgegeben – es war zu spät, es war so gut wie alles niedergebrannt –, sie hatten sich in den Schutz des Tankwagens zurückgezogen und sahen mich sprachlos verblüfft vorbeifahren, während die Pferde zu wiehern begannen und wild um sich schlagend versuchten, mir in einem Wirbel von Schweif und Mähnen zu folgen. Ich drehte eine weite Kurve auf dem Parkplatz und fuhr in entgegengesetzter Richtung aus dem Reitclub hinaus, beschleunigte im Staub.

Ich verlangsamte meine Fahrt nicht, sondern drückte noch stärker aufs Gaspedal, fuhr ohne Rücksicht auf Schlaglöcher und Fahrrinnen und andere Hindernisse über den Feldweg, ließ das Lenkrad nur los, wenn ich den Körper von Marie abstützen musste, der gegen meine Schulter oder brutal nach vorne zur Windschutzscheibe fiel, und ich sie an ihrem T-Shirt packen musste, um sie wieder nach hinten in ihren Sitz zu ziehen und sie dort festzuhalten. Ich wusste nicht, ob sie noch bei Bewusstsein war, fuhr weiter durch den Nebel, sah nichts außer dem grellen Licht der Scheinwerfer, überall war nur blendender Rauch oder totale Dunkelheit. Am Ende des Wegs angekommen, bog ich ab in Richtung Portoferraio und folgte der gewundenen Straße entlang der Küste. Der Wind vom Meer ließ die Türen des alten Lieferwagens erzittern, und einige stärkere Windböen drückten uns von der Straße auf den Seitenstreifen. Ich beschleunigte weiter und sah beim Vorbeifahren, wie die Sträucher am Straßenrand sich krümmten und die Zweige sich im Licht der Scheinwerfer hin und her bogen, das Gestrüpp erzitterte und sich wölbte. Mit nacktem Oberkörper saß ich hinter dem Lenkrad, die Augen gerade nach vorn gerichtet, wirr, vom monotonen Abspulen der Straße wie hypnotisiert. Auch als mir ein Fahrzeug entgegenkam, ging ich nicht vom Gas herunter, blendete auch nicht ab, unsere Kotflügel berührten sich leicht, ich kam von der Straße ab, wurde hin und her geschüttelt auf dem Splitt am Rand des Abgrunds. In der Ferne erkannte ich die dunklen Umrisse der mächtigen Felswand, die an der Küste mit ihren gefalteten Abhängen schroff ins Meer abfiel, wie versteinerte Abbilder von Modellen aus

Maries Haute-Couture-Kollektion, mit ihren bizarr geformten Drapierungen, ihren Fältungen, übereinanderliegenden Schichtungen, ihren vertikalen Kanten und Felsaufbauschungen, so wie hier der Wind sie geformt und der Sturm sie ausgehöhlt hatte. Ich hörte das Meer unter mir donnern, schwarz, riesig, stürmisch brauste es in wütendem Schäumen, ich fuhr weiter entlang der gezackten Küste, im Schlepptau jenes Gefolge geisterhafter Kleider aus vulkanischem Gestein, lava- oder magmafarbene Kleider, in denen sich die Finsternis des Basalts mit dem metamorphen Gestein vereinigt, eine Kombination aus Granit und Porphyr, Ophiolith, Cipollin und Kalkstein, Pailletten aus Mica und Adern aus Obsidian.
Marie saß zusammengesunken neben mir in ihrem Sitz, niedergeschlagen, mit leerem Blick, willenlos wurde ihr Körper durchgeschüttelt, ihre Schultern schaukelten von links nach rechts im Rhythmus der Kurven. Ihr T-Shirt war schwarz von Rauch, befleckt mit Erde, Gras, Staub und Fingerabdrücken, an vielen Stellen hatten sich Asche und Glut wie ausgebrannte Augenringe in den Stoff gebohrt. Sie trug nur noch eine Sandale, Rußschlieren überdeckten das grüne Plastik des Zehenriemchens, die Margerite war kohlschwarz, moribund und restlos entblättert. Das T-Shirt hing ihr quer über den Körper, eine Schulterseite und die Schenkel waren entblößt, aber ihre Nacktheit hatte nichts von ihrer sonstigen Unbekümmertheit, nichts Leichtes, ihr Köper war übel zugerichtet, es musste für sie demütigend sein, ohne Slip hier im Wagen zu sitzen. Marie liebte es, nackt herumzulaufen, aber Nacktheit passte zum Meer und zur Luft und eben nicht zum Feuer,

das sie unangenehm, wenn nicht unerträglich werden lässt. Ich durchwühlte schnell das Handschuhfach, fand aber nichts, was ihre Nacktheit ausreichend hätte bedecken können. Ich fuhr langsamer, hielt an einem Felsvorsprung an, der über das Meer ragte. Ich hatte einige Schwierigkeiten, aus dem Auto zu steigen, da der Wind mit aller Kraft gegen die Tür wehte, sodass das Blech ächzte, ich musste mich schließlich durch einen schmalen Spalt aus dem Auto zwängen. Ich machte einige Schritte im stürmischen Wind, zog erst meine Hose und dann meine Boxershorts aus. Und stand nackt da, vor dem Abgrund, im grellen Licht der Scheinwerfer. Ich nahm Maries Silhouette im Wagen wahr, sah unter mir das Meer, sah die vom Wind wild gepeitschten Schatten der Vegetation. Dann zog ich meine Hose wieder an, zerrte die Autotür gegen den Wind auf, quetschte mich schnell in den Wagen und hielt Marie meine Boxershorts hin (da, zieh das an, sagte ich, du wirst begeistert sein). Marie blickte erst verständnislos auf meine Boxershorts, und dann lächelte sie mich an, schenkte mir ein schüchternes Lächeln der Dankbarkeit. Sie nahm die Boxershorts und streifte sie über, während ich wieder in die Nacht hinein startete. Etwas weiter musste ich anhalten, weil die Straße gesperrt war, aufblitzende Blaulichter drehten sich lautlos in der Nacht. Ich stieg aus dem Wagen und ging zu der kleinen Menschenansammlung hinüber, die sich auf der Straße um die Feuerwehrwagen herum gebildet hatte, Marie, die wieder eingeschlafen war, ließ ich in dem alten Lieferwagen zurück. Das Feuer konnte nicht mehr weit sein, man sah schon den orangefarbenen Lichtschimmer im Unterholz oberhalb der Straße, Funken stoben hier und da empor. Die Feuerwehrmänner hatten eine Feuerspritze in Stellung gebracht, die mitten auf der Straße Wasser verlor, etwa ein Dutzend Camper beobachteten sie schweigend hinter einer Sicherheitsabsperrung, die Helfer des Roten Kreuzes aufgestellt hatten. Sie mussten vom benachbarten Campingplatz evakuiert worden sein, eilig aus ihren Zelten geholt, standen sie jetzt hier untätig herum, sahen aus wie Flüchtlinge, Mädchen in Nachthemden mit ein paar lächerlichen Sachen unter den Arm geklemmt, Kulturbeutel, Wasserflasche, Tischtennisschläger. Ich irrte eine Weile zwischen ihnen auf der Straße herum, näherte mich dann einem der Feuerwehrmänner, der einem auf einer laufenden Vespa sitzenden Mann in Shorts etwas erklärte. Der Feuerwehrmann, mit Helm und silberner Nackenkrause, erklärte ihm, dass das Feuer gerade auf den Monte Capannello übergreife und ein Brandherd auf dem Monte Strega noch aktiv sei, das Feuer habe Voleterraio bereits erreicht, zwei weitere Täler stünden auch noch immer in Flammen. Ich lief weiter ziellos mit nacktem Oberkörper auf dieser verrauchten, das Meer überragenden Straße herum, als ein Helfer des Roten Kreuzes, den ich zuerst nicht wahrgenommen hatte, hinter mich trat und mir eine Rettungsdecke über die Schulter legte. Ich ließ es geschehen, reagierte nicht, bedankte mich nicht einmal (ich hatte mir keine Gedanken darüber gemacht, wie übel zugerichtet ich aussehen musste) und ging zum Wagen zurück. Ich nahm die Decke von meinen Schultern und breitete sie vorsichtig über die Schenkel von Marie, die in ihrem Sitz eingeschlafen war, deckte sie sachte zu.

Ich war umgekehrt und wieder Richtung Reitclub unterwegs, Marie hatte ein Auge geöffnet, sagte aber nichts, schaute nur starr auf die Straße. Ich fuhr langsam, fühlte mich leer, kraft- und willenlos. Der Wind hatte sich beruhigt. Der Tag brach an, noch war es nur ein Dunstschleier aus Morgennebel und Feuerqualm, der das Meer bis zum Horizont bedeckte. Als wir die kleine weiße Brücke wenige Kilometer vor Rivercina erreichten, bog ich im Schritttempo in den Weg ein, der zum Reitclub führte, ich fuhr sehr langsam, vermied Löcher und Fahrrillen. Die Sträucher am Wegesrand waren völlig versengt und schwarz verkohlt, scharfer Feuergeruch drang in den Wagen. Die Macchia hatte gebrannt wie trockenes Stroh, seit Jahren hatte man hier keine Vorsorge getroffen, das durch lange Monate der Trockenheit und nach der tropischen Hitze des August ausgedörrte Gestrüpp war nicht entfernt worden. Nichts war geblieben von der einst üppig blühenden Macchia, von Zistrosen und Schwarzdorn, von Myrte und Erdbeerbaum, alles erstklassiges Brennmaterial, reich an gut brennbaren Stoffen, die sich in Sekundenschnelle entzündet haben mussten. Ganz langsam fuhr ich in den Reitclub, Marie krallte sich an meinen Arm, ich konnte es physisch spüren, wie die Angst sie packte.
Das Gelände war geisterhaft verlassen, die Feuerwehrleute waren nicht mehr da, vor uns erhob sich der Hügel im grauen Morgenlicht wie eine Mondlandschaft, gemarterte schwarze Baumskelette reckten ihre gevierteilten Arme in die Luft, überall qualmte es, hier und da flackerte eine sterbende Flamme ein letztes Mal an einem verkohlten Ast auf, zog sich noch einmal hoch und erlosch, weil es

nichts mehr zu verbrennen gab. Der Boden war über und über bedeckt mit einer dicken Schicht aus noch heißglühender Asche, eher weiß als grau, noch warm, an manchen Stellen schwelte und qualmte die Glut. Das Feuer war noch nicht ganz erloschen, am Fuße eines in sich zusammengefallenen Stalls kroch es noch am Boden, Reste Stroh glühten auf der Erde. Von den Gebäuden des Reitclubs stand nichts mehr, die Scheunen, die Hütten, alles war niedergebrannt, auf der Stelle Opfer der Flammen geworden, dem Boden gleichgemacht, es blieben nur noch verkohlte Trümmer, überall Schutthaufen und Berge aus verbogenem Blech, verbrannte Bretter, die am Boden zu Staub zerfielen. Wir waren aus dem Wagen gestiegen und schritten beklommen durch die rauchenden Trümmer hinüber zu dem kleinen Steinhaus, dem Empfang, dem einzigen Gebäude, das dem Feuer widerstanden hatte, als Marie einen Schrei ausstieß und sich die Hand vor die Augen hielt, mich am Arm packte, sie hatte im stillen grauen Licht des Morgens die drei großen weißen Leintücher auf dem Boden vor der Tür entdeckt, drei notdürftige Leichentücher, die Körper bedeckten, sicherlich keine menschlichen Körper, aber ohne Zweifel Kadaver, die Leichen verkohlter Tiere.

Wir traten in das kleine Steinhaus des Empfangs, innen war kein Licht, und wir bemerkten nicht gleich, dass da jemand war. Peppino lag im Dunkeln auf dem Rücken auf einer Sitzbank aus Stein, ein Knie angezogen, feuchte Kompressen auf den Augen, einfache Waschlappen, auf jedem Auge einen. Ich war mir nicht sicher, ob er uns bemerkt hatte, eine Zeit lang reagierte er nicht, aber dann zog er, ohne sich aufzurichten, immer noch auf dem Rücken liegend, die Kompressen von den Augen, erst die eine, dann die andere, und schaute auf uns, betrachtete uns schweigend. Sein Gesicht war schwarz vom Ruß, seine Kleider, sein Hemd, alles war schwarz – was das Hemd betrifft, war es ursprünglich nicht schwarz gewesen, hatte sich aber derart mit Ruß und Rauch vollgesogen, dass es jetzt schwarz geworden war. Wortlos drehte er sich und setzte sich auf, sah uns mit leerem Blick an. Seine Augen waren winzig, halb geschlossen, gerötet, entzündet, selbst seine Wimpern waren teilweise versengt und die Brusthaare verschmort. Nachdem er eine längere Weile geschwiegen hatte, fragte er mit kräftiger, ernst klingender, aber auch zittriger Stimme, die nur schlecht sein Gefühl verbarg, ob wir seiner Tochter begegnet wären, sie sei mit den geretteten Pferden weggegangen, um sie auf ein Feld zu bringen, das sie in der Gegend von La Guardia besaßen. Marie verneinte, wir waren niemandem begegnet. Er erhob sich nun schwerfällig, machte einen Schritt nach vorne, niedergeschlagen, zusammengefallen, und nachdem er ohne ein Wort Marie umarmt hatte, sagte er, es sei eine Katastrophe, drei Pferde hätten es nicht überlebt, und ein viertes hätte schwerste Verbrennungen, man müsse es wahrscheinlich erschießen, und dann, einer im Arm des anderen, fingen sie beide an zu weinen, Tränen flossen in weißlichen Schlieren über die schwarzen Wangen von Peppino, der sie mit seinen großen rußgeschwärzten Händen ungeschickt wegzuwischen suchte, was nichts half, nur noch neues Schwarz dem Schwarz hinzufügte.

Zurück auf Rivercina, haben wir uns schlafen gelegt. Das

Feuer hatte einen großen Teil des Gartens zerstört, aber das Haus war verschont geblieben. Ich lag mit offenen Augen still im Bett meines Schlafzimmers und hörte über mir Marie, ich hörte ihre Schritte auf dem Fußboden ein Stockwerk höher, ich hörte das charakteristische leise Knarren der Tür des Kleiderschranks, wenn sie geöffnet wurde, und ich wusste, dass sie sich jetzt ein T-Shirt zum Schlafen aussuchte, aber dann hörte ich, wie sie das Zimmer verließ, hörte ihre Schritte auf dem Flur, glaubte zuerst, sie würde ins Badezimmer gehen, aber sie ging weiter, begann die Treppe herunterzusteigen, Marie kam die Treppe herunter, ins Erdgeschoss, und ich hörte, wie sie durch das Wohnzimmer ging, ich hörte die sich nähernden Schritte, und ich sah, wie sich meine Schlafzimmertür öffnete und Marie vor mir in der Dunkelheit erschien, als habe sie sich aus dem Reich meiner Träume verabschiedet, um hier in Fleisch und Blut in meiner Wirklichkeit zu erscheinen, als habe sie den Limbus meiner Phantasie verlassen, wo ich mir gerade vorstellte, was sie tat, denn jetzt stand sie hier vor mir als Wirklichkeit aus Fleisch und Blut. Marie durchquerte barfuß das Zimmer und schlüpfte zu mir ins Bett, schmiegte sich an mich. Ich spürte ihre warme Haut an meinem Körper. Der Tag hatte noch nicht richtig begonnen auf Rivercina, und wir drückten uns aneinander im Bett, umschlangen uns im Halbdunkel, um unserer Anspannung Herr zu werden, die letzte Distanz, die uns noch trennte, schmolz dahin, und wir liebten uns, wir haben uns sanft geliebt im morgendlichen Grau des Schlafzimmers – und deine Haut und dein Haar, Liebling, rochen noch stark nach Feuer.

Nackt

Roman

Aus dem Französischen von Joachim Unseld

Herbst-Winter

Neben den aufsehenerregenden Kreationen einiger Kleider, die Marie früher entworfen hatte – das Kleid aus Sorbet, die Robe aus Dornginster und Rosmarin, das Gewand aus Meeresgorgonen, das mit einer Halskette aus Seeigeln und Venus-Ohrringen verziert war –, wagte sich Marie manchmal über die Grenzen der Mode auf ein weit experimentelleres Gebiet hinaus und näherte sich damit den radikalsten Versuchen der zeitgenössischen Kunst. Ihre theoretischen Überlegungen zur Idee der Haute Couture hatten sie zum Wortsinn *Couture* zurückgebracht, als Zusammenfügen von Stoffen mittels verschiedener Techniken, des Vorwärtsstichs, Heftstichs, Häftelns oder Verschweißens, womit die Stoffe auf den Schneiderpuppen und auf der Haut im Atelier zusammengefügt und miteinander verbunden wurden, um in diesem Jahr in Tokio ein besonderes Kleidungsstück zu präsentieren, eine Haute Couture ohne Couture, eine Nähkunst ohne Naht. Mit ihrem Honigkleid erfand Marie ein Kleidungsstück ohne jede Verbindung oder Befestigung, ein Kleid, das auf dem Körper des Mannequins selbst haftete, das frei und leicht schwebte, flüssig und schmelzend, langsam und sirupartig abtropfend, wie schwerelos im Raum und dem Körper des Mannequins so nahe wie möglich, weil der Körper des Mannequins das Kleid selbst war.

Das Honigkleid wurde zum ersten Mal im *Spiral* in Tokio vorgeführt. Es war der krönende Abschluss von Maries aktueller Herbst-Winter-Kollektion. Am Ende des Defilees trat das letzte Mannequin aus den Kulissen, bekleidet mit diesem Kleid aus Bernstein und Licht, als wäre sein Körper vollständig in einen überdimensionalen Honigtopf getaucht worden, bevor es auf den Laufsteg gekommen war. Nackt und in an ihm herabtropfenden Honig gebadet, schritt es lächelnd und auf hohen Absätzen, die Hüften im Takt der Musik rhythmisch bewegend über den Laufsteg, gefolgt von einem Bienenschwarm, der, vom Honig angezogen, ihm in der Luft ein summendes Geleit gab, eine langgezogene abstrakte Wolke aus dröhnenden Insekten, die dem Schaulauf des Models folgte und, mit ihm am Ende des Laufstegs angekommen, eine plötzliche und wirbelnde Kehrtwende machte, wie die Projektion eines zerzausten, sich schlängelnden lebendigen Schals von durcheinander wimmelnden Hautflüglern, die es hinter sich herzog noch in dem Augenblick, als es den Laufsteg wieder verließ.

So zumindest war es geplant gewesen. Tatsächlich hatten sich die Probleme gehäuft, die Präsentation des Honigkleids im *Spiral* in Tokio hatte Monate der Vorbereitung erfordert und die Bildung eines kleinen Stabs von Spezialisten, die sich eigens der Entwicklung des Projekts »Honigkleid« widmeten. Und von Beginn an musste die Entscheidung getroffen werden, ob man mit echten Bienen arbeiten oder ein System ferngesteuerter, künstlicher Insekten aufbieten sollte, wobei man sich auf die neueste Forschung der Biorobotik stützen konnte, die es erlaubt hätte, winzige Flugroboter mit elektronischen Sensoren im Bauch einzusetzen. Nach eingehender Prüfung der Frage und zahlreichen E-Mails, die zwischen Paris und Tokio hin- und hergingen, mit reizenden kleinen Konstruktionszeichnungen miniaturisierter fliegender Prototypen im Anhang, die auf rätselhafte Weise den Flugmaschinen Leonardo da Vincis ähnelten, stellte sich schließlich heraus, dass es technisch möglich war, einen echten Bienenschwarm über den Laufsteg fliegen zu lassen. Ausschlaggebend für den positiven Befund war der Hinweis der Mitarbeiter Maries, dass Bienenkolonien gehorsam sind und ihrer Königin blindlings überall hin folgen (wenn es einer Bienenkönigin gelingt, aus einem Bienenstock ins Freie zu entkommen, dann folgt ihr die ganze Kolonie, so dass manche Bienenzüchter nicht davor zurückschrecken, ihren Bienenköniginnen die Flügel zu stutzen, um einen solchen Exodus zu verhindern). Bei Maries erster, der Vorbereitung dienenden Reise nach Japan hatte ihr Assistent für sie einen Termin mit einem in Tokio wohnenden korsischen Imker gemacht, den Marie in einem Panoramarestaurant in Shinjuku zum Mittagessen traf, ein gewisser Herr Tristani oder Cristiani (dessen Vorname tatsächlich nicht weniger als Toussaint war), ein kleingewachsener, sympathischer und gutmütiger Mann, gekleidet in Tweed mit beige-weinrotem Fischgrätmuster. Das Handgelenk von Herrn Tristani war eingegipst, sein Arm lag in einer Schlinge, er trug eine dicke gelbe

Brille mit rauchfarbenen Gläsern, die einen durchdringenden, schlauen und misstrauischen Blick verbargen. Herr Tristani hatte sich einen Aperitif bestellt und musste sich hier in diesem großen und menschenleeren Speisesaal innerlich auf irgendein galantes Mittagessen mit einer jungen Frau eingestellt haben, die sich für die Herstellung von Honig interessierte, aber Marie hatte nicht die Angewohnheit, während eines Arbeitsessens herumzuschäkern, und hatte ihm, kaum dass der Ober die Bestellung aufgenommen hatte, mit entschiedener Stimme in groben Zügen ihr Projekt erklärt. Herr Tristani, dessen Feuer schnell erloschen war, hörte ihr mit ernstem Gesicht zu, nickte mit dem Kopf, das Handgelenk in Gips, löste von Zeit zu Zeit unbeholfen mit der gesunden Hand ein Stück von seinem Seezungenfilet, legte dann das Fischmesser auf den Tisch, nahm die Gabel und aß den Bissen mit gequälter, ja besorgter Miene, denn es handelte sich ja, wenn er das Ganze richtig verstanden hatte, darum, ein Topmodel mit Honig zu überziehen. *Piombu!* Herr Tristani trug nicht viel zur Beantwortung der zahlreichen Fragen bei, die Marie ihm stellte, vielmehr versuchte er, ihnen aus dem Weg zu gehen, machte mit einem fatalistischen Gesichtsausdruck eine unbestimmte Bewegung mit der Hand und griff dann wieder zu seinem Fischmesser, zog der Länge nach das Seezungenfilet von den Gräten und warf bei der Gelegenheit einen träumerischen Blick auf das Verwaltungsviertel von Shinjuku, das sich vor der Fensterfront im Dunst erstreckte. Er blieb entschieden ratlos, antwortete ausweichend oder ignorierte die präzisen technischen Fragen, die Marie für das Treffen vorbereitet hatte (das Notizbuch mit der Liste von Fragen, die abgearbeitet werden musste, lag geöffnet auf dem Tischtuch), ohne dass sie jemals die geringste brauchbare Antwort erhielt, als ob Toussaint überhaupt nichts von Bienen verstünde (oder der Beruf des Imkers für ihn nur Tarnung war).

Damit war ihre Zusammenarbeit beendet, nach dem Mittagessen trennten sie sich in der Hotelhalle, zum Abschied hatte er ihr noch ein Glas Honig geschenkt (was Marie auf die Idee brachte, ihrer Modenschau den Untertitel *Macchia im Herbst* zu geben). Schließlich hatte Marie mit einem etwas fantasievolleren Imker zusammengearbeitet, einem Deutschen, der ursprünglich in den Cevennen gelebt hatte, aber jetzt auf der Insel Hokaido wohnte, und der leicht homosexuell und schwer in sie verliebt war, so jedenfalls Marie (in meinen Augen war eher das Gegenteil der Fall: eine nicht mehr zu rettende Tunte, die etwas für sie schwärmte), doch widersprach er niemals niemandem und war bereit, alles mit seinen Bienen zu tun, was man von ihm verlangte, sofern man ihm die jeweiligen Genehmigungen und Haftungsausschlüsse für die japanische Gesundheitsbehörde unterschrieb und ihm genug Knete zahlte. Der Mann hätte perfekt sein können, hätte er nicht die Dienste eines anderen, ebenfalls aus den Cevennen auf die Insel Hokaido gekommenen Deutschen in Anspruch genommen (eine Art aufgeklärter Idealist, wie man sie heutzutage nur noch in der Honigbranche findet), der von sich behauptete, eine Bienenkönigin speziell für ihre Modenschau abrichten zu können, und uns zum Beweis dafür in den Tokioter Geschäftsräumen des Modehauses

Allons-y Allons-o eine verblüffende Demonstration abgeliefert hatte, der versammelte Stab von Maries japanischen Mitarbeitern, Modedesigner und Grafiker, in Schwarz gekleidet, mit dünnen Brillenfassungen aus Titan, den Schulterriemen ihrer Umhängetaschen über der Brust gekreuzt, stand mit ernsten und zweifelnden Mienen kreisförmig um eine auf Böcken stehende, leere Tischplatte herum, auf der der Typ ohne eine einzige Biene vor ihnen eine rührende Flohzirkusnummer abgezogen hatte, wie bei dem alten Scherz, wo der Dompteur des Flohzirkus seine Schützlinge in die Irre führt, sie bei ihren Namen ruft, sie wiederfindet und dann akrobatische Kunststücke und dreifache Salti machen lässt (nach der Veranstaltung hatten alle völlig konsterniert den Raum verlassen – und Marie hatte den Kerl rausgeschmissen).
Die Vorbereitung des Honigkleids hatte auch heikle Rechtsfragen mit sich gebracht, Versicherungen und Verträge mussten abgeschlossen werden. Nach einem langwierigen Casting in den Geschäftsräumen des Modehauses *Allons-y Allons-o* in Tokio wurde das Mannequin für das Honigkleid gefunden, eine junge Russin von kaum siebzehn Jahren, und Maries Anwälte verhandelten über einen Monat mit der Rezo-Agentur von Shibuya einen Vertrag aus, der in mehr als fünfzehn Seiten und zusätzlich einer Vielzahl von Nachträgen und ungewöhnlichen Klauseln der Besonderheit der Dienstleistung Rechnung tragen sollte. Das Mannequin musste mehrere ärztliche Untersuchungen über sich ergehen lassen, einen Dermatologen und einen Allergologen aufsuchen, in einer Privatklinik wurden Tests durchgeführt, um sicherzugehen, dass das

Mannequin am ganzen Körper einen solchen massiven Kontakt mit Honig ertragen konnte, ohne schädliche Folgen wie Ekzeme oder Entzündungen zu riskieren.

Die ersten Probeläufe fanden ohne Bienen statt (der Bienenstock traf erst am Vorabend der Modenschau mit einem Lastwagen aus Hakodate ein). Das *Spiral* war vollständig umgestaltet, das Café und die Boutiquen waren für die Öffentlichkeit geschlossen. Der Laufsteg erstreckte sich in Verlängerung der berühmten spiralförmigen Rampe des Gebäudes, die vom ersten Stock innen an den Wänden aus weißem Marmor hinabführte. Die großen Glasfenster waren mit schwarzen Samtvorhängen verdunkelt. Die letzte Probe fand unter denselben Bedingungen statt wie das spätere Defilee, beleuchtet von gelben Suchscheinwerfern, deren Spotlights Elektroinstallateure hoch oben auf ihren Leitern noch ausrichteten. Der Laufsteg war mit einer dicken silberfarbenen Plane ausgelegt, und das Topmodel begann mit seinen Probeläufen in weißen Turnschuhen mit offenen Schnürsenkeln, bekleidet mit einem blassblauen Bikini mit gelbem Blumenmuster, ein iPod an der Taille, den ein verschlungenes Kabel mit ihren Ohren verband. Mit digitaler Technik behängte Assistenten stoppten ihren Lauf mit der Uhr, einsame Laptops standen überall vor den Kulissen und auf dem Boden vor dem Laufsteg herum. Maries gesamter japanischer Stab hatte jetzt sein Quartier im *Spiral* aufgeschlagen. Sie saßen auf den schwarzlackierten, für die Zuschauer reservierten Stühlen vor dem Laufsteg und schauten zu, wie das Model eine Reihe von Proberunden absolvierte, wie es aus den Kulissen hervortrat, noch ohne Honig und von keinem

Insekt verfolgt, und in seinen offenen Turnschuhen und seinem schlendernden Gang den Laufsteg entlangschritt, grazil stolzierend und mit Schmollmund, während die Tontechniker hinter ihren Mischpulten in einem Durcheinander aus silbernen Alukoffern den Klangpegel aussteuerten, von Zeit zu Zeit die Musik aussetzen ließen, um sie dann mit einem dröhnenden Stoß wieder loskrachen zu lassen.

Am Tag der Modenschau, wenige Minuten vor dem Auftritt des Honigkleids, herrschte backstage noch eine Hektik wie in einem Bienenstock. Das Mannequin stand nackt, mit spiegelglatter Haut und rasierter Scham auf einer kleinen Fußbank, die von einer durchsichtigen Folie bedeckt war. Es trug nur noch einen höchstens zwei Zentimeter breiten hautfarbenen Stringtanga, der kaum das Schambein bedeckte, mehrere Visagistinnen machten sich an jenen Stellen des Körpers der jungen Frau zu schaffen, die bei ihrem Auftritt nicht von Honig bedeckt sein würden, Reispulver wurde mit Quasten auf Gesicht und Hände verteilt, um später den Kontrast mit dem amberfarbenen Honigkleid zu verstärken, das sie noch nicht trug. Neben ihr, vor Gestellen mit Destilliergeräten und Glaskolben, mit Auffanggefäßen und Gusstiegeln aus Grafit, machte sich ein ganzer Schwarm von androgynen japanischen Mitarbeitern wie kleine Laboranten an einem Edelstahltank zu schaffen, in dem der Honig aufbereitet wurde, man tauchte Reagenzgläser in die klebrige Masse, entnahm Proben, untersuchte mit der Lupe Farbe und Viskosität, steckte Thermometer in den Tank, um die Temperatur der Mixtur zu messen und sicherzustellen, dass der Honig im Moment, in dem er auf die Haut des Models aufgetragen würde, genau die richtige Konsistenz hatte. Als das Mannequin so weit vorbereitet war, ein erstaunlicher mondfarbener epilierter Körper, Hände, Gesicht und Dekolleté mit weißem Puder bestäubt, machten sich die Assistenten an die Arbeit, begannen, den Honig mit Pinseln aufzutragen und über seinen Körper zu verteilen, einer knieend mit einem flachen Pinsel aus Marderborsten über seinen ganzen Schenkel, ein zweiter stand auf einem Schemel und bestrich Rücken und Schultern mit einer Malerrolle, andere verstrichen den Honig auf ihrem Körper, klopften ihn behutsam mit der Hand oder Tupfern aus feinem und feuchtem Gazematerial in die Haut, eine Traube junger Praktikanten in weißen Kitteln kreiste unentwegt um den reglosen Körper, um die frisch aufgelegte Schicht mit Föhnen zu glätten und zu schließen und so dem Kleid den finalen Schliff zu geben. Eine Stylistin kam mit hochhackigen Pumps in der Hand herbeigeeilt, präsentierte sie dem Model, das dann auf die Schultern der Assistenten gestützt, ein Fuß nach dem anderen, in die Schuhe schlüpfte und zum Vorhang geführt wurde, wo man ihm noch ein letztes Mal das Haar zurechtmachte.

Mit dem Einsetzen der Musik trat das Mannequin auf den Laufsteg hinaus, in seinem Gefolge der Bienenschwarm, der sich seinem Tempo angepasst hatte und ihm Geleit gab, mit dem elektrischen Gesumm Tausender Insekten, das die Begeisterungsrufe des Publikums übertönte. Es war ein unglaublicher Erfolg, das Mannequin hatte jetzt das Ende des Laufstegs erreicht, legte dort eine kleine Pause ein, die es mit einem Hüftschwung, eine Hand auf die Taille gestützt, unterstrich, machte dann eine schnelle Kehrtwende und stolzierte zurück, und das Wunder geschah, der ganze Bienenschwarm beschrieb exakt dieselbe Kehrtwende, wie gleichgestimmt, in weitem Bogen zogen die Bienen über die am Laufsteg sitzenden Zuschauer hinweg, was erneut für bewundernde Ausrufe sorgte. Das alles hatte keine dreißig Sekunden gedauert, und das Model war schon wieder an seinem Ausgangspunkt angekommen, als es den Bruchteil einer Sekunde zögerte, unsicher, welchen der beiden vor ihm liegenden Ausgänge es nehmen sollte – den nach links oder den nach rechts –, sich an die ausdrückliche Anweisung erinnerte, nach links abzutreten, damit die Bienen zu ihrem Korb zurückfinden konnten, sich im letzten Augenblick besann und die Richtung wechselte, und in diesem Bruchteil einer Sekunde, durch dieses kaum wahrnehmbare Zögern brach alles zusammen, stürzte wie ein Kartenhaus ein, und der Zauber zerbrach, das Mannequin knickte um, fiel zu Boden und spürte sofort das brausende Rauschen der Bienen über sich hereinbrechen, in Sekundenschnelle war die Jagd eröffnet, die Bienen stachen es überall, stachen es in den Hals, auf den Rücken, stachen in die Schultern, in die Brüste, in den Nacken, in die Augen, in die Scham, in das Geschlecht. Das Model krümmte sich auf dem Boden, schützte das Gesicht mit den Händen, schlug vergeblich um sich, um die Angriffe der Bienen abzuwehren, kam wieder auf die Knie, flüchtete auf allen Vieren voran, fiel wieder um, aufs Neue besiegt, wie eine lebende Fackel, wie ein Opfer wand es sich auf dem Laufsteg, mehrere

Personen stürzten hinter dem Vorhang hervor, wollten zu Hilfe kommen, Assistenten wirbelten kopflos herum, schließlich erschien wie im Kasperletheater der deutsche Imker auf dem Laufsteg, ein tolpatschiger Kosmonaut in seinem weißen Imkeranzug, mit übergroßen Handschuhen und vergitterter Gesichtsmaske, japanische Feuerwehrleute brachten sich mit vorgehaltenen Feuerlöschern über dem Mannequin in Position, zögerten aber, sie in Gang zu setzen, aus Angst, alles noch schlimmer zu machen.
Und genau in diesem Augenblick hatte sich der Vorhang gehoben, und Marie war langsam auf der Bühne erschienen, um sich vor dem Publikum zu verbeugen, als ob das alles zu ihrer Inszenierung gehörte, als ob sie die Schöpferin dieses Tableau vivant sei, mit dem Topmodel als Märtyrerin, das umgeben war von den vielen, wie im Leid erstarrten Figuren, europäischen und asiatischen Gesichtern, erschrocken und in Zeitlupe eingefroren, wie in einem Video von Bill Viola, um die Zentralgestalt des Bildes herum, die noch immer unter dem Bienenschwarm zusammengekrümmt auf der Bühne lag, die grotesk behelmte und kostümierte Erscheinung des Imkers und die sich gegenüberstehenden Feuerwehrleute, die mit stummer Geste und gebeugten Knien mit ihren Feuerlöschern in der Hand in unterbrochener Nothilfe auf ewig erstarrt waren. Marie hatte sich geweigert, sich von der Wirklichkeit besiegen zu lassen, und die Gunst der Stunde genutzt, um dieses lebende Bild für sich zu beanspruchen, um in den Köpfen der Zuschauer den Zweifel aufkommen zu lassen, ob die ganze Szene, die sich ihren Augen hier bot, nicht von Marie von vornherein hätte exakt so geplant

sein können. Aber es war nicht entscheidend, ob es so geplant oder nicht geplant gewesen war, das Bild war nun einmal da, es existierte in Wirklichkeit oder in der Einbildung von Marie, und sie hatte es sich angeeignet: Indem sie auf die Bühne getreten war, hatte sie das Bild signiert, sie hatte ihre Signatur unter das Leben selbst gesetzt, unter seine Unberechenbarkeiten, seine Zufälligkeiten und Unvollkommenheiten.
Bis zu diesem Zeitpunkt hatte sich Marie bei der Arbeit an ihren Kollektionen immer nur an das gehalten, was sie bis in die winzigsten Details hinein kontrollieren konnte, Details, die so winzig waren, dass es für sie nicht einmal mehr einen Namen gab, um sie zu bezeichnen, zu winzig, um in Worte gefasst werden zu können, es waren *Details der Details*, die sie mit dem Instinkt und dem Blick der Expertin sofort an den Kleidern, die in ihrem Schneideratelier entstanden, erkannte, die sie sofort korrigierte, und auf Knien eine Linie mit Stecknadeln markierte, mit kaum erkennbaren Stichen verbesserte, den in Falten gelegten Stoff zwischen ihre Finger geklemmt überarbeitete, wobei sie Nadeln aus dem Kissen des Stecknadelkissens zupfte, jede Unvollkommenheit und jedes Problem auf angemessene Weise beseitigend, bis zuletzt Überflüssiges entfernte, und dann auch die neuen Unperfektheiten, bis auch die durch die vorgenommenen Verbesserungen entstandenen Unzulänglichkeiten ausgebessert waren, und so weiter, ad infinitum. Denn was Marie wollte, das war die Perfektion, die Exzellenz und Harmonie, eine bestimmte Entsprechung von Form und Stoff, den Zusammenschluss von Auge und Handfertigkeit, von Geste und Welt.

Aber die Perfektion ist eine illusorische Täuschung, die sich wie der Horizont entfernt, den man vergeblich zu erreichen sucht, der immer unerreichbar ist, weil die Entfernung, die uns von ihm trennt, immer hoffnungslos gleich bleibt, auch wenn die festen Bezugspunkte auf der Erde uns beweisen, dass wir bereits eine gute Strecke Wegs zurückgelegt haben seit dem ersten Entwurf, als unser Vorhaben noch eine ferne Spiegelung der vernebelten Limben unseres Geistes gewesen war. Aber bei ihrer unendlichen Suche nach Perfektion hatte Marie nie den Versuch unternommen, an dem zu arbeiten, was sich ihr entzog. Nein, sie wollte immer alles kontrollieren und übersah dabei, dass das, was sich ihr entzog, vielleicht gerade das Lebendigste in ihren Arbeiten war. Weil die Perfektion langweilt, während das Unvorhersehbare belebt. Das unerwartete Ergebnis der Präsentation im *Spiral* war, dass Marie sich darüber bewusst wurde, dass es in der dem kreativen Prozess innewohnenden Dualität – dem, was man kontrollieren kann, und dem, was sich der Kontrolle entzieht – auch möglich ist, auf das einzuwirken, was sich entzieht, und dass es im künstlerischen Schaffensprozess einen Platz gibt für das Zufällige, das Ungewollte, das Unbewusste, das Schicksalhafte und das Unerwartete.

I

Anfang September, nach dem großen Brand Ende des Sommers auf Elba, kehrten wir wieder nach Paris zurück, jeder von uns in seine eigene Wohnung, Marie in ihr Appartement in der Rue de la Vrillière und ich in mein kleines Zweizimmerappartement in der Rue des Filles-Saint-Thomas, wo ich seit unserer Trennung wohnte. Als ich aus dem Taxi stieg (wir hatten am Flughafen Roissy gemeinsam ein Taxi nach Paris genommen), war ich nicht in der Lage, den Gefühlen Ausdruck zu geben, die ich für Marie empfand – aber war ich jemals dazu in der Lage gewesen? Vielleicht hätte ich meinen Gefühlen, die ich empfand, als ich Marie nach den zwei glücklichen gemeinsamen Wochen auf Elba jetzt verlassen musste, freien Lauf geben können, wenn es in diesem Moment keinen Zeugen gegeben hätte (der Taxifahrer wartete hinter dem Steuer, um seine Fahrt in die Rue de la Vrillière fortzusetzen). Es kam zu einem kurzen Moment der Unentschlossenheit, ich betrachtete Marie, die auf der Rückbank des Taxis saß, und glaubte in ihrem Blick eine stumme Frage zu erkennen, als ob sie auf etwas wartete – eine letzte Geste, ein Bekenntnis –, aber ich sagte nichts mehr, hielt ihr nur die Hand hin. Ich drückte zärtlich ihr Handgelenk und streichelte es dabei, um ihr auf Wiedersehen zu sagen. Sie lächelte mich sanft an und sagte mit einem Anflug von belustigter Komplizenschaft und einer verträumten, verführerischen Stimme: »Du, sobald du mich mit der Hand berührst, mmmmhhh.«

In diesem Augenblick wusste ich es noch nicht, aber das war vielleicht das letzte Liebenswürdige, das sie mir in den kommenden zwei Monaten sagen würde. Als ich dann meine kleine Zweizimmerwohnung betrat, wieder auf dieses trübsinnige Grau in Grau eines Pariser Septembernachmittags stieß, befiel mich sofort eine tiefe Niedergeschlagenheit, als hätte ich schon das Nichtstun, das mich in den kommenden Tagen erwartete, vorweggenommen. Meine Reisetasche hatte ich am Eingang stehen gelassen und war durch das leere Appartement gegangen, hier und da standen im Flur noch Kartons herum, die ich seit meinem Umzug nicht angerührt hatte. In den düsteren Räumen roch es muffig, eine Mischung aus Feuchtigkeit von draußen und abgestandener Sommerhitze, die sich während meiner Abwesenheit aufgestaut hatte. Das Bett im Schlafzimmer war nicht gemacht, die Laken durcheinandergeworfen und verknittert, wie kleine Wellen aus weißer Baumwolle. Eine Schlafanzughose lag auf dem Boden herum, eine Mineralwasserflasche stand noch auf dem Schreibtisch. Ich trat ans Fenster und schaute hinaus. Niemand war auf der Straße. Ich richtete den Blick in die Ferne Richtung Börse, wohin gerade das Taxi mit Marie verschwunden war.

Ich stand am Fenster und betrachtete die nasse Straße unter mir, die Bürgersteige glänzten vor Feuchtigkeit. Ein paar Passanten unter ihren Regenschirmen, und dieses altvertraute Parisgefühl – Paris, das Grau in Grau und der Regen – erschien mir jetzt als besonders bedrückend, gerade angesichts der zurückliegenden sonnigen Tage mit dem strahlend blauen Himmel, die wir ohne Unterbrechung zwei Wochen lang auf Elba erlebt hatten. Dort war ich zu jeder Stunde mit Marie zusammen gewesen, wir haben uns ständig gesehen, haben zu zweit auf der Terrasse gefrühstückt, ich streifte ihre nackten Arme in den Fluren des Hauses, und wenn wir zum Baden die Stufen zum Meer hinuntergegangen sind, berührte ich leicht ihre Taille. Auch wenn es mir durchaus bewusst war, dass wir getrennt waren, hatte ich doch um nichts in der Welt unter dieser Trennung gelitten, eben weil wir die ganze Zeit zusammen waren. Dadurch und nur dadurch verstand ich jetzt die Trennung von Marie, wenn sie da war.

Tatsächlich dachte ich, dass mich Marie sofort nach ihrer Ankunft anrufen würde. Ich stellte mir in diesem Moment sogar vor, Marie würde mir im Laufe der kommenden Tage den Vorschlag machen, wieder mit ihr in der Rue de la Vrillière zusammenzuwohnen. Ich wusste natürlich, dass sie es sicher nicht so in Worte fassen würde, aber insgeheim erhoffte ich mir, die Dinge würden sich auf natürliche Weise entwickeln und wir würden uns nach den überstürzten Ereignissen auf Elba in den kommenden Tagen so häufig sehen, und in derart großem stillschweigenden Einverständnis und wiedergefundener Zärtlichkeit, dass sie mir eines Abends, natürlich an einem Abend nach einem Diner in einem Restaurant, vorschlagen würde, sie in die Rue de la Vrillière zu begleiten, und dass ich dort die Nacht mit ihr verbringen würde, und ich wäre erst im Morgengrauen wieder zu mir gegangen. Eine sachte Annäherung, die wir im Laufe der Tage wiederholt hätten, ich wäre immer ein bisschen später weggegangen, bis ich dann irgendwann überhaupt nicht mehr weggegangen wäre, gewissermaßen übergangslos, und hätte dann nach und nach je nach Bedarf ein paar Sachen von der Rue des Filles-Saint-Thomas in die Rue de la Vrillière gebracht, kurzum, ich träumte von einer Art umgekehrtem Umzug, doch anders als zu Beginn des Jahres nach meiner Rückkehr aus Japan dieses Mal ganz behutsam, in Etappen, nach und nach, ein Kleidungsstück nach dem anderen, Buch für Buch, immer nur eine Sache, nicht alle Umzugskartons auf einmal, wie ich es so schmerzvoll Anfang des Jahres hatte machen müssen, als ich eine Spedition mit dem Umzug beauftragte, um den Platz zu räumen und zu verschwinden.

Ich wagte nicht, es mir offen einzugestehen, aber was ich hier am Fenster stehend von jetzt an in Wahrheit erwartete, das war ein Anruf von Marie. Ich hoffte sogar, dass ihr Anruf kommen würde, noch bevor ich meinen Platz am Fenster verlassen, bevor ich Gelegenheit gefunden hätte, hier in diesem Appartement was auch immer zu machen, Post zu öffnen oder meine Tasche auszupacken, um ihr dann beim Abnehmen des Hörers mit gespielter Zurückhaltung, vielleicht mit einem leichten Unterton von Triumph, sagen zu können: »Schon?!«, und diese unendlich lange halbe Stunde, die ich am Fenster vergeblich auf den Anruf von Marie wartend verbrachte, war wie ein Kondensat der zwei

Monate, die ich von da an mit dem Warten auf ein Zeichen von ihr verbringen sollte. In den ersten Augenblicken dominierten noch das Fiebernde und die Ungeduld, meine Liebe zu Marie war durch die vergangenen, gemeinsam auf Elba verbrachten Tage wieder aufgeflackert, mein Verlangen, ihre Stimme am Telefon zu hören, war wieder da – ihre vielleicht schüchterne, sanfte und heitere Stimme, mit der sie mir vorschlagen würde, dass wir uns noch am selben Abend sehen sollten –, aber dann, in dem Maße, wie die Minuten verstrichen, dann die Stunden und Tage und die Wochen und bald der ganze Monat September, ohne dass sich Marie bei mir in irgendeiner Form gemeldet hatte, machte meine anfängliche Ungeduld doch spürbar dem Fatalismus und der Resignation Platz. Meine Gefühle zu Marie gingen allmählich von der drängenden Zärtlichkeit der ersten Minuten in eine Art Gereiztheit über, die ich zuerst noch im Zaum zu halten versuchte. Doch mit Voranschreiten der Zeit hielt ich nichts mehr zurück und ließ meinem Groll schließlich freien Lauf. Maries letzte Sprunghaftigkeit, mich erst für zwei Wochen mit ihr nach Elba einzuladen, um mich danach derart hängenzulassen und kein Lebenszeichen mehr von sich zu geben, war nichts anderes als der höchste Ausdruck ihrer absoluten Unbekümmertheit.

Aber etwas war vielleicht jetzt, also seit unserer Rückkehr von Elba, anders, denn Marie war die Großtat gelungen, mich jetzt sogar durch ihre Abwesenheit wütend zu machen. Bis jetzt hatte mir Marie immer sofort gefehlt, sobald sie nicht da war, nichts konnte meine Liebe zu ihr mehr steigern, als wenn sie nicht bei mir war – also was konnte man da sagen gegen ihre Abwesenheit? Diese neue Irritation aber, dieser tiefsitzende Groll, der sich in mir anbahnte, als ich dort am Fenster stand und auf ihren Anruf wartete, war vielleicht ein erstes Anzeichen dafür, dass ich im Begriff war, mich auf unsere Trennung einzustellen, und begann, mich unmerklich mit dieser Perspektive abzufinden – allerdings, und diese Nuance ist von großer Bedeutung, könnte es also durchaus sein, dass, wenn es mich so sehr ärgerte, »wenn« Marie nicht da war, es vielleicht ganz simpel nur daran lag, »weil« sie nicht da war. Und dann gab es auch diese andere merkwürdige Konstante in meiner Liebe zu Marie, dass jedes Mal, wenn jemand sie zu kritisieren begann, und selbst wenn ich es gewesen wäre, und auch wenn es zutreffend gewesen und mit den besten Absichten der Welt geschehen wäre, ich nicht anders konnte, als ihr auf der Stelle zur Seite zu stehen, so wie bei gewissen Ehepaaren, wo einer den anderen mit Zähnen und Klauen verteidigt, zugleich aber am besten über dessen Fehler Bescheid weiß. Ich brauchte also wirklich keinen anderen, der über Marie herzog, um all das Schlechte über Marie zu denken, was angebracht war, genügte ich mir schon selbst. Ich wusste nur zu gut, wie Marie einen fertigmachen konnte. Ich wusste bestens, was ihre anderen Kritiker nur zu einem Viertel wussten, wie oberflächlich sie war, wie leichtfertig, wie unverschämt und unbekümmert (und dass sie niemals die Schubladen zumachte), aber kaum hatte ich diese Litanei schlechter Eigenschaften in Gedanken auch nur angetippt, stand mir auch schon wieder das Gegenteil dieser Beschwerden vor Augen, ihre geheime, verborgene Kehrseite, wie das wertvolle, den Blicken entzogene Unterfutter eines allzu auffälligen Schmucks. Denn wenn das Gefunkel ihrer Pailletten manchmal auch beim ersten Blick auf Marie blendete, hieße es sie falsch verstehen, wenn man sie auf diesen Schaum mondäner Lebensweise einschränkte, der in ihrem Kielwasser brodelte. Eine viel konsistentere Woge trug sie durchs Leben, zeitlos und naturgegeben. Das, was das Wesen Maries charakterisierte, und nichts anderes, war ihre Fähigkeit, mit der Welt im Reinen zu sein, es waren Momente, in denen sie von einem Gefühl reiner Freude erfüllt war: Dann flossen Tränen über ihre Wangen, die sich nicht unterdrücken ließen, als wenn sie sich vor Entzücken in Flüssigkeit auflöste. Ich weiß nicht, ob Marie sich darüber im Klaren war, aber diese besondere Art der Exaltiertheit lag tief in ihrem Inneren begründet, und alles an ihrem Verhalten wies darauf hin, dass sie die Fähigkeit besaß, sich auf das Innigste mit der Welt eins fühlen zu können. Denn so, wie es ein ozeanisches Gefühl gibt, konnte man im Falle Maries von einer *ozeanischen Disposition* sprechen. Marie besaß diese Gabe, diese einzigartige Kapazität, diese wunderbare Fähigkeit, sich von einem Moment zum anderen eins zu machen mit der Welt, eine Harmonie zwischen sich und dem Universum herzustellen, in einer völligen Auflösung ihres eigenen Bewusstseins. Der ganze Rest ihrer Persönlichkeit – Marie die Geschäftsfrau, Marie die Chefin eines Unternehmens, die Verträge unterschrieb und in Paris und in China Immobilientransaktionen betrieb, den tagesaktuellen Dollarkurs kannte und die Entwicklung an den Börsen verfolgte, Marie die Modeschöpferin, die weltweit mit Dutzenden von Assistenten und Mitarbeitern zusammenarbeitete, Marie eine Frau ihrer Zeit, aktiv, gestresst, großstädtisch, die in den großen Hotels abstieg und wie der Wind die Flughäfen durcheilte, im beigen Trenchcoat und einem Gürtel, der immer auf dem Boden schleifte, vor sich zwei oder drei Gepäckkulis vollbeladen mit Gepäckstücken, mit Koffern, Reisetaschen, Tüten, Zeichenkartons, Fotorollen, wenn nicht gar – mein Gott, ich kann mich noch gut daran erinnern – mit Papageienkäfigen (leer zum Glück, denn sie transportierte nur selten lebende Tiere, ausgenommen, das nur nebenbei bemerkt, ein Vollblut – auch das eine Kleinigkeit für sie – das letzte Mal, als sie aus Tokio zurückgeflogen war) –, all das war auch Teil ihrer Persönlichkeit, aber eben nur auf eine sehr oberflächliche Weise, etwas, das sie umschloss, ohne sie zu kennzeichnen, sie umriss, ohne sie zu erfassen, und am Ende nur Schall und Rauch im Vergleich mit der alles bestimmenden einen Eigenschaft, die allein ihren Charakter umfassend kennzeichnete, ihrer *ozeanischen Disposition.* Marie fand immer, intuitiv und spontan, eine Übereinstimmung mit den Naturelementen, mit dem Meer, mit dem sie genussvoll verschmolz, nackt im salzigen Wasser, das sie umhüllte, mit der Erde, liebte den ursprünglichen Kontakt mit ihr, wenn sie grobkörnig trocken oder etwas feucht klebend in ihrer Hand lag. Instinktiv erreichte Marie eine kosmische Dimension des Seins, auch wenn sie dabei gelegentlich dessen soziale Dimension völlig außer Acht ließ, sie verhielt sich mit derselben ungekünstelten Natürlichkeit allen Leuten gegenüber, mit denen sie zu tun hatte, unabhängig von Alter oder Stellung, von Prominenz oder Etikette, ließ jedem dieselbe Aufmerksamkeit und Liebenswürdigkeit zukommen, dieselbe ausgesuchte Höflichkeit und dasselbe Entgegenkommen, den Zauber ihres Lächelns ebenso, wie den ihrer Gestalt, ob es sich um einen Botschafter handelte, der sie anlässlich einer Ausstellung zu einem Abendessen in seine Residenz eingeladen hatte, oder um die Putzfrau, mit der sie Freundschaft geschlossen hatte, oder um einen Lehrling, der in ihrem Modehaus *Allons-y Allons-o* angestellt war, sie sah in ihnen immer nur das menschliche Wesen, das sie waren, ohne sich im Geringsten um ihre gesellschaftliche Stellung zu kümmern, als sei sie unter dem Deckmantel der Erwachsenen, die sie geworden war, und ihrer Reputation als weltweit anerkannte Künstlerin das Kind geblieben, das sie einmal gewesen war und das noch immer in ihr weiterlebte, mit seinem unverwüstlichen Fundus an unschuldiger Herzensgüte. Die soziale Wirklichkeit existierte für sie wie in völliger Abstraktion, wie abgeschliffen und abgebeizt, was bewirkte, dass sie immer wie nackt auf der Oberfläche der Welt entlang zu spazieren schien, wobei das »wie« in ihrem Fall eigentlich überflüssig war, weil sie sich tatsächlich häufig nackt durchs Leben bewegte, bei sich zu Hause oder im Garten ihres Hauses auf Elba, vor den Augen all der verblüfften Geschöpfe, die ihr verzückt nachblickten, eines Schmetterlings, der sein natürliches Ebenbild gefunden zu haben glaubte, oder der kleinen aufgeregten Fische, die im Meer hinter ihr her zappelten, wenn ich nicht gerade der privilegierte Zeuge ihrer unschuldigen Marotte war, sich bei der kleinsten sich bietenden Gelegenheit nackt zu zeigen, als sei es ihr Wahrzeichen, ihre geheime Chiffre, der Beweis ihrer wesensgleichen Übereinstimmung mit der

Welt, in dem, was sie als Beständigstes und Wesentlichstes seit Hunderttausenden von Jahren ausmacht.
Da wir gerade von Elba zurückgekommen waren, waren es diese sonnendurchtränkten Bilder von Marie, die mir jetzt, am Fenster stehend, wieder in den Sinn kamen: Marie halbnackt, nur mit einem alten blauen Hemd ihres Vaters bekleidet auf dem Anwesen auf Elba. Ich schaute auf diese graue, verregnete Straße von Paris vor mir, während Marie, ohne dass ich die geringste Bewusstseinsanstrengung unternehmen musste, sich unwiderstehlich in meinem Geist bemerkbar machte. Ich weiß nicht, ob Marie wusste, wie sehr sie in diesem Moment in meinen Gedanken lebendig war, als ob es neben der wirklichen Marie, die inzwischen ihre Wohnung in der Rue de la Vrillière erreicht haben musste, noch eine andere Marie gab, die frei, eigenständig und von ihr selbst unabhängig nur in meiner Vorstellung existierte, wo ich sie bewegen und leben lassen konnte, wo sie in meinen Erinnerungen sich anschickte, nackt schwimmen zu gehen, oder in den Gärten ihres Vaters Gestalt annahm. Ich sah sie wieder vor mir in dem kleinen Garten auf Elba, diese verdoppelte Marie, meine eigene Marie, in ihrem schlichten Badeanzug, den sie, wenn es ihr zu heiß wurde, bis zur Taille herunterrollte (und natürlich auch ganz ohne Badeanzug, klar doch). Ich näherte mich ihr in meiner Vorstellung mit aller Vorsicht, erriet ihre entblößte Gestalt durch das Gezweig des kleinen Gartens, das in einer leichten Brise erschauerte, sah ihre vom Sonnenlicht gesprenkelten Schultern, wie sie dort vor einem großen Tonkrug kniend die Gartenerde mit beiden Händen knetete und um die kleinen Setzlinge herum festpresste, die

sie gerade umgepflanzt hatte, um sie dann zu begießen, wobei sie mit größter Aufmerksamkeit, in einer Art stiller Meditation, die ihre ganze Person zu absorbieren schien, den dünnen Wasserstrahl aus dem Gartenschlauch betrachtete. Ich ging zu ihr in den Garten hinüber und streifte sachte ihre Schulter, sagte ihr wie nebenbei, wenn sie schon keinen Badeanzug anhabe, könnte sie vielleicht einen Sonnenhut aufsetzen – das mache man so, sagte ich ihr, wenn man nackt ist (und sie zuckte nur mit den Schultern, antwortete nicht einmal). Marie gelang es immer, mich zu überraschen und mich aus der Fassung zu bringen. Marie, die Unberechenbare – als sie ein paar Wochen zuvor auf Elba eine Aprikose aß, die sie aus der Auslage eines Obst- und Gemüseladens in der Altstadt von Portoferraio gestohlen hatte, behielt sie noch lange den Kern in ihrem Mund und lutschte ihn träumerisch in der Sonne, bevor sie mich dann plötzlich am Hafen gegen die Wand eines schattigen Durchgangs stieß und brüsk ihre Lippen auf meine presste und sich des Kerns in meinem Mund entledigte.
Und mir wurde dann bewusst, dass ich hier im Begriff war, in meiner Erinnerung immer nur dieselben Glücksmomente wachzurufen, dass es immer dieselben sommerlichen Bilder von Marie waren, die mir ins Gedächtnis kamen, gefiltert und gereinigt von den unangenehmen Bestandteilen und durch den zeitlichen Abstand, den sie seit meiner Rückkehr annahmen, noch anrührender geworden. Aber hat nicht jede wahre Liebe, so sagte ich mir, ja mehr noch, jedes Vorhaben, jedes Werden und sei es das Erblühen einer Blume, das Wachsen eines Baumes oder die

Vollendung eines Werks, nur einen einzigen Inhalt, eine einzige Absicht, nämlich auf dem eigenen Sein zu beharren, ist es nicht immer und notwendigerweise diese alte Leier? Und als ich ein paar Wochen später diesen Gedanken von Liebe als einer alten Leier oder ewigen Wiederholung wieder aufgriff, verschärfte ich meine Formulierung noch, als ich Marie fragte, was denn Liebe, wenn sie andauerte, anderes sein könnte als etwas Nochmalgelutschtes.

Ich weiß nicht, wie viel Zeit seit meiner Rückkehr in die Wohnung verstrichen war, aber draußen in der Rue des Filles-Saint-Thomas dämmerte es bereits, und ich hatte mich noch immer nicht vom Fenster fortbewegt. Die Straße war nun etwas belebter, ein paar Ladenschilder in der Umgebung der Börse waren erleuchtet. In einem der Wohnhäuser mir gegenüber wurden Bauarbeiten durchgeführt, eine Wohnung im dritten Stock war entkernt worden und die Hausfassade verschwunden, was einen Blick in die Eingeweide des Hauses erlaubte, ein Anblick wie nach einem Wirbelsturm oder einem Erdbeben. Im grellen Licht der

Baustellenlampen gingen drei oder vier Arbeiter mit Helmen auf Plastikplanen hin und her, die über dem Boden von dem ausgelegt waren, was einmal das Wohnzimmer gewesen sein musste. Die Szene hatte etwas Halluzinatorisches, wenig Pariserisches (oder ich kenne mich mit Paris nicht aus), schien sich eher in einer großen Metropole Asiens abzuspielen, mit dem Neonlicht und dem Funkenregen der Schweißgeräte. Ich beobachtete die hell angestrahlte Baustelle mir gegenüber und dachte an die Reise, die ich mit Marie Anfang des Jahres nach Japan unternommen hatte. Dort hatte alles begonnen, oder vielmehr, dort hatte alles aufgehört, weil wir uns dort getrennt hatten, weil wir uns dort das letzte Mal geliebt hatten, in einem Zimmer eines Grandhotels von Shinjuku. Wir waren gemeinsam nach Japan gereist und waren zwei Wochen später getrennt, jeder für sich, zurückgekehrt, ohne noch miteinander gesprochen zu haben, ohne jedes weitere Lebenszeichen. Bei meiner Rückkehr nach Paris, gewissermaßen um unsere Trennung amtlich zu machen, zog ich in die Rue des Filles-Saint-Thomas. Und bis zum Ende des Sommers hatten wir uns kaum einmal gesehen, bis sie mir den Vorschlag machte, sie auf Elba zu besuchen. Aber was Marie nicht wusste – und was sie noch immer nicht weiß –, war, dass auch ich am Abend der Vernissage ihrer Ausstellung im *Contemporary Art Space* von Shinagawa gewesen bin.

Da war vieles, was Marie über meine letzten Tage in Japan noch nicht wusste. Bei meiner Rückkehr nach Tokio – denn nach meinem kurzen Abstecher nach Kyoto war ich wieder nach Tokio zurückgefahren – habe ich mir, ohne jemandem etwas davon zu sagen, ein Zimmer in einem kleinen Hotel der Tobu-Kette in der Nähe der JR-Station von Shinagawa genommen. Ich bin drei oder vier Tage in Tokio geblieben, allein und ohne etwas zu tun, die meisten Nachmittage verbrachte ich auf dem Bett des Hotelzimmers liegend. Da es mir nicht gelungen war, Marie am Abend meiner Rückkehr am Telefon zu erreichen, hatten sich die Dinge für mich unlösbar miteinander verstrickt, und ich hatte nicht die Kraft aufgebracht oder die Energie gefunden, sie in der Folge im verlassenen Hotelzimmer ihres Grandhotels in Shinjuku anzurufen, wo sie auf eine Nachricht von mir warten musste. Aber da ich das Datum der Vernissage ihrer Ausstellung im *Contemporary Art Space* von Shinagawa kannte, hatte ich beschlossen, sie dort zu treffen – ohne ihr vorher Bescheid zu geben, um sie in gewisser Weise zu überraschen.

Am Abend der Vernissage habe ich mich in meinem kleinen Hotelzimmer fertig gemacht. Ich habe eine Dusche genommen, mich in dem engen Badezimmer sorgfältig rasiert. Der Wasserdampf hatte den Spiegel beschlagen, so dass ich in dem Dunst kaum mein Gesicht erkennen konnte. Aber in dem Maße, in dem ich mir Rechtecke aus Schaum von Wangen und Hals kratzte, fühlte ich, wie ich nach und nach wieder zu mir zurückfand, langsam wieder an die Oberfläche kam, wie nach einer langen Abwesenheit, einer schmerzhaften Parenthese in meinem Leben, und dieses Gefühl wurde noch verstärkt durch die Tatsache, dass der Dunst sich allmählich auflöste und nach und nach mein Gesicht im Spiegel zum Vorschein kam, sich aus Fragmenten Stück für Stück wieder zusammensetzte,

wie ein Puzzle, das sich vor mir Teil um Teil ergänzte, als Erstes den Blick freigab – die Unruhe des Blaugraus meiner Augen –, dann die Nase, den Mund, die Lippen, das Kinn. Als mein Gesicht wieder komplett war, glattrasiert und völlig wiederhergestellt, begann ich, es genau zu mustern. Nachdenklich betrachtete ich meine Gesichtszüge im Spiegel, neugierig und aufmerksam versuchte ich zu ergründen, was ich in diesem Moment empfand, wenige Stunden bevor ich wieder auf Marie treffen würde, nachdem ich für Tage aus Tokio verschwunden war, ohne ihr vorher Bescheid gegeben zu haben. Warum ich es nicht getan habe, weiß ich nicht – ob aus Unruhe oder wegen dieser unbestimmten Angst, die mich seit unserer Trennung nicht mehr losließ.
Ich zog meinen langen schwarzgrauen Mantel an und verließ am frühen Abend das Hotel. Draußen war es bereits dunkel, die Luft war frisch, der Himmel klar, rein und transparent. Ich hatte die JR-Station von Shinagawa mit ihren Lichtern hinter mir gelassen und lief entlang eines schlecht beleuchteten Boulevards, dessen Einsäumung an eine Stadtautobahn erinnerte. Autos rasten in der Dunkelheit in hoher Geschwindigkeit an mir vorbei, und ich studierte auf dem Papier in meinen Händen den groben Straßenverlauf, den ich mir skizziert hatte, um den Moment nicht zu verpassen, an dem ich links zum Museum abbiegen musste. Da erkannte ich in einiger Entfernung im Zwielicht die dunkle Fassade des Verwaltungssitzes einer bekannten japanischen Firma und machte einen erstaunlichen visuellen Lapsus, ich sah vor mir in der Nacht an der Stirnseite des Gebäudes in bläulichem Neonlicht

den Schriftzug SORRY aufleuchten statt SONY. Ich ging an dieser merkwürdigen stillen Botschaft vorüber, die mir in der Stadt erschienen war wie ein an Marie adressiertes unterschwelliges Schuldbekenntnis und schritt gedankenverloren weiter, bis ich merkte, dass ich zu weit gelaufen war, schon fast bis Gotanda, und umkehren musste. Ich weiß nicht mehr, wie lange ich auf diese Weise in dem Viertel umhergeirrt bin. Ich hatte mich verlaufen, Unruhe hatte von mir Besitz ergriffen, meine Angst, hier nicht mehr herauszufinden, verband sich mit meiner Beklemmung, gleich Marie wiederzusehen.

Als ich endlich den Parkplatz vor dem Luxushotel erreichte, das neben dem *Contemporary Art Space* von Shinagawa lag, herrschte dort bereits reger Betrieb. Eine Vielzahl von Taxis lud Passagiere ab, die zur Ausstellung wollten, verschwand wieder in der Nacht in einem zeitlupenartigen Ballett von Scheinwerferlichtkegeln, die nächsten Taxis fuhren vor, eines nach dem anderen, fließende Lichtreflexe wellten sich auf metallicfarbenen Wagentüren. Offizielle Fahrzeuge und einige Limousinen waren vor einer Baumgruppe geparkt, Chauffeure mit Handschuhen warteten rauchend im Halbdunkel. Ein Polizist in reflektierender Sicherheitsweste regelte den Verkehr auf der Auffahrt, wies mit langsamen Bewegungen seines leuchtenden Schlagstocks die Autos entlang der gestaffelt aufgestellten Absperrungen. Überall auf dem Parkplatz standen Gäste in Abendrobe in kleinen Gruppen herum, hielten wie bei einem Konzert oder vor der Oper ihre Einladungskarten in der Hand, hier und dort sah man exzentrischere Aufzüge, farbige Brillen und auffällige Frisuren, fluoreszierende

Schals und Anklänge an rose flashy. Einige Gäste waren schon auf dem Weg zum Museum, und ich ließ mich von ihrer Bewegung mitziehen, ging den Weg Richtung Haupteingang hinunter mit gesenktem Kopf, aus Angst vor den Blicken anderer Besucher, auch wenn ich keinen hier kannte und sich auch niemand für mich zu interessieren schien. Satzfetzen von Unterhaltungen in allen Sprachen drangen an mein Ohr, ich schnappte zufällige, aus dem Zusammenhang gerissene Bruchstücke auf (*»but it's exactly what I told him!«*) oder amüsierte Äußerungen (*»tu ne trouves pas, franchement, qu'il est un peu trop petit, mon chapeau?«*) oder sich ineinanderschiebend, unverständlich (*»anata, jirojiro, minai de kudasai«*), auf Englisch, auf Französisch, auf Japanisch (die meisten Sprachen ließen mich gleichgültig, aber jedes Mal, wenn ich jemanden Französisch sprechen hörte, verspürte ich eine unruhige Aufwallung, und ich beschleunigte meine Schritte oder verlangsamte sie, um die Gefahr vorbeiziehen zu lassen). Nur spärlich beleuchtet, wand sich der Weg hinab und verlor sich im Dunkel des Unterholzes, man erahnte die schmalen Schatten der Bäume, die auf einem sanften Abhang bis hinunter zu einem kleinen See standen. Je weiter wir ins Dunkel vordrangen, desto leiser wurden die Gespräche, als ob die Dunkelheit dazu einlud, die Stimme zu senken, und die letzten Meter bis zum Museum wurden fast flüsternd zurückgelegt.
Am Museum angekommen, war jenseits der hohen Umfassungsmauer, die den Zugang schützte, ein ununterbrochenes Gemurmel zu hören, ein kraftvolles, anhaltendes Rauschen, hellere Stimmen, Ausrufe und Gelächter, in das sich gedämpfte Musik mischte, die von nirgendwoher zu

kommen schien und sich formlos in der kalten Nachtluft verflüchtigte. Die beiden metallenen Flügel des hohen Eingangsportals standen offen, und dahinter tauchte plötzlich in der Dunkelheit der hellerleuchtete Umriss des *Contemporary Art Space* von Shinagawa auf, das mit seiner radikalen Architektur in die es umgebende dunkle Grünanlage hineinschnitt. Auf beiden Seiten bildeten auf dem Boden aufgestellte traditionelle japanische Laternen einen Korridor aus Licht durch den Park, ein Spalier aus winzigen bernsteinfarbenen Flammen, die spiralförmig flackerten und den Gästen den Weg zum Hauptgebäude wiesen. Im fortgesetzten Stimmengewirr bewegte sich eine Hundertschaft von Menschen auf das Museum zu, ihre Rücken in wellenförmiger Bewegung im fahlen Schein der Windlichter. Vor dem Eingang hatte sich ein kleiner Auflauf gebildet, dort, wo junge Männer in Anzügen und mit Namensschildchen die Einladungen kontrollierten und einige der Gäste an einen Empfangstisch verwiesen, an dem hinter Schildern mit dem Aufdruck PRESS und GUESTS Hostessen saßen, die in einer mehrere Blatt starken Liste Namen abhakten und mit Namen beschriftete Umschläge und Kataloge aushändigten. Vor Erreichen des Eingangs verlangsamte ich mein Tempo und sonderte mich unauffällig von der Menge ab. Mit den Händen in den Taschen und gesenktem Kopf lief ich einen Augenblick unentschlossen auf und ab. Selbstverständlich hatte ich keine Einladung bekommen und ich hatte nicht die Absicht, mich namentlich vorzustellen, um am Ende noch bei Marie meine Anwesenheit ankündigen zu lassen. Ich unternahm nicht einmal den Versuch, mir Eintritt zu verschaffen, warf nur einen kurzen, flüchtigen Blick über diese unsichtbare Barriere der beiden jungen Männer mit den Namensschildchen hinweg ins Innere des Museums. Einen Moment lang versuchte ich, Marie inmitten der Menge in der Halle ausfindig zu machen, und ich fürchtete gleichermaßen, sie zu sehen und sie nicht zu sehen.

Die große Eingangshalle aus schwarzem Marmor war voller Menschen, Museumsbedienstete nahmen die Garderobe entgegen. Befreit von den Mänteln kamen jetzt die Abendkleider der Frauen mit ihren nackten, zerbrechlichen Schultern zur Geltung, die Kälte des Luftzugs ließ sie für einen Augenblick erschauern, sie umfassten ihre Arme mit den Fingerspitzen und hasteten eilig zu den Ausstellungssälen. Ich stand noch immer draußen vor der Tür des Museums und verfolgte weiter zerstreut das Treiben drinnen, als ich in einem Winkel der Eingangshalle den verglasten Kontrollraum entdeckte. Die Tür stand halb offen, man konnte die Silhouette eines Wachmanns erkennen, der dort im Dämmerlicht vor einer Reihe von Videobildschirmen saß. Die verschiedenen Monitore übertrugen ein Mosaik stiller Bilder, die meisten waren feststehend und stark verpixelt, einige instabil und leicht flimmernd. Die obere Reihe der Bildschirme zeigte die unmittelbare Umgebung des Museums, auch die kleine Allee, die durch das Unterholz zum See führte, wo man noch Gäste erkennen konnte, aber auch die große Eingangshalle aus schwarzem Marmor, an deren Schwelle ich gerade stand. Die andere Reihe der Monitore übertrug ausschließlich Bilder aus dem Inneren des Museums, allerdings war kein bestimmtes Detail zu erkennen, nur ein endloses Gewimmel einer ununterscheidbaren Menge, die sich in den Ausstellungssälen drängte. Ich ging näher heran, inspizierte die Bildschirme, erforschte aufmerksam einen nach dem anderen, zerlegte die Oberfläche in Einzelteile, suchte in dem elektronischen Flimmern der Monitore nach Spuren von Marie – aber es war nichts von ihr zu sehen. Wo war sie, Marie? Wie sah sie aus an diesem Abend? Wie war ihr Ausdruck? Wie war sie angezogen? Marie, ohne Gesicht. Marie, ohne Aussehen. Marie, so abwesend an diesem Abend.

Und doch konnte ich die unsichtbare Gegenwart Maries spüren, sehr stark, mächtig, nur wenige Meter von mir entfernt, voller Anziehungskraft, ich spürte ihre Anwesenheit im Museum, sie musste hier sein, physisch in den Ausstellungssälen am anderen Ende der Eingangshalle, zu der ich keinen Zutritt hatte, vielleicht wartete sie insgeheim auf mich, hoffte auf mein Kommen, und ich konnte nichts unternehmen, konnte nicht zu ihr, fand mich hier aufgehalten durch diese symbolische Grenze, die virtuelle Barriere, die zu überwinden kein rationaler Grund mir hätte unmöglich machen können, keiner, wenn nicht diese brennende Beklommenheit gewesen wäre, die nicht von mir weichen wollte.

In diesem Moment drehte sich der Wachmann im Kontrollraum um, der mir bislang den Rücken zugekehrt hatte, und unsere Blicke kreuzten sich durch die Milchglasscheibe, die uns trennte, es war nur ein leerer, uninteressierter Blick, aber ich war auf der Stelle überzeugt, dass er mich wiedererkannt, sofort identifiziert haben musste, weil er mich schon einmal gesehen hatte in meinem langen schwarzgrauen Mantel, den ich auch ein paar Tage zuvor, am Abend meiner Rückkehr aus Kyoto, getragen hatte, als ich noch einmal zum Museum gekommen war und mir nachts an der Tür Einlass erzwungen hatte, dort eingedrungen war mit meiner kleinen, in der Jackentasche versteckten Flasche mit Salzsäure. Ich war überzeugt, dass er mich wiedererkannt hatte, und ich machte auf der Stelle kehrt, floh zurück in die Nacht, eilte mit weiten Schritten Richtung Ausgang, um das Museum zu verlassen, die Flammen der kleinen Windlichter flackerten zu meinen Füßen wie zarte Pflänzchen im Wind. Ich hatte den Mantelkragen hochgeschlagen, ohne mich umzudrehen, beschleunigte ich meinen Schritt auf der kleinen Allee, begegnete noch dem einen oder anderen verspäteten Gast, rempelte die Entgegenkommenden mit der Schulter an, bahnte mir im Zickzack einen Weg, bis ich plötzlich die leuchtend roten Laserpunkte der beiden Überwachungskameras oben auf der Metallpforte wahrnahm und instinktiv wusste, dass ich noch immer auf den Kontrollbildschirmen zu sehen und ein Alarm ausgelöst worden war und dass jetzt mehrere der Wachleute im Kontrollraum zusammengekommen sein mussten, um meinen Standort zu beobachten, meiner Silhouette von Bildschirm zu Bildschirm zu folgen. Ich bog daher unvermittelt vom Weg ab, um aus dem Beobachtungsfeld der Kameras zu kommen und mich aus dem elektronischen Netz, in dem ich mich verfangen hatte, zu befreien. Ich verließ die kleine Allee, stapfte mit großen Schritten über den Rasen, entfernte mich weiter zum Ende des Parks hin, um hinter das Museumsgebäude zu gelangen. Die Rückseite des Museums war in Dunkelheit getaucht, hier gab es keine Überwachungskameras mehr, es konnte keine geben, denn ich nahm nirgends mehr einen dieser roten Laserpunkte wahr, die ihr Vorhandensein anzeigten. Im Halbdunkel des Lieferanteneingangs parkten Lieferwagen von Caterern, ich schlängelte mich zwischen den Wagen hindurch, gelangte zu einer kleinen, durch Absperrungen und Mülltonnen halbwegs geschützten Stelle, wo Plastikkästen mit sauberen, gleichförmigen Weingläsern, gestapelte Kartons mit Flaschen und noch mit Plastikfolie überdeckte Platten mit Party häppchen darauf warteten, abgeholt zu werden. Ich hielt dort einen Moment inne, blieb reglos stehen, hielt meinen Atem an und lauschte ins Dunkel. Nichts, kein Laut, nichts rührte sich hinter mir, nicht ein Knacken im Park.

Ich ließ noch einige Zeit verstreichen, bevor ich mich wieder auf den Weg machte. Ich bewegte mich vorsichtig im Finstern voran, langsam, um nicht an Hindernisse zu stoßen, die eine Hand am Gebäude, damit ich nicht die Orientierung verlor. Da wurde ich auf ein Geräusch aufmerksam, eher ein undeutliches Gemurmel, das ich zunächst nicht lokalisieren konnte. Ich hob den Kopf und bemerkte auf dem Dach einen Lichtschimmer, den Widerschein einer diffusen Helligkeit, die zweifellos aus dem Museum stammen musste. Ich sondierte die Umgebung und fand an der Hauswand eine mit einem ringförmigen durchbrochenen Rückenschutz umschlossene, nach oben führende Feuerleiter. Geräuschlos ging ich darauf zu und begann hochzuklettern, behutsam zog ich mich an den Sprossen hoch, spürte sie eiskalt in meinen Händen, immer auf der Hut, meine Füße richtig zu setzen. Ich merkte, dass meine Kräfte nachließen und meine Beine unter mir zu zittern begannen. Meine Mantelschöße flatterten zwischen Knien und Leiter herum und erschwerten meinen Aufstieg. Je höher ich kam, desto schneidender wurde die Kälte und ein leichter, stechender Wind brannte in meinem Gesicht. Ich stieg weiter die Feuerleiter hoch, bis sich über der Dachlinie der Himmel von Tokio in all seiner Klarheit öffnete, in einem transparenten, mit Sternen übersäten Schwarz.

Still erstreckte sich vor mir in der Dunkelheit das Dach des *Contemporary Art Space* von Shinagawa, verziert mit einer Reihe von Leuchtdioden, die die Architektur des Gebäudes in Form eines Flugzeugflügels betonten. Ich verharrte einen Moment auf der Leiter und betrachtete dieses Band aus blauen Lichtern – ein kosmisches Blau, sahnig, mit Weiß gesättigt –, die schwach in der Nacht mit der Zartheit strahlender Sterne flimmerten. Ich stieg die letzten Sprossen der Leiter hoch, stützte mich mit der Hand auf, setzte ein Knie auf die Dachrinne und zog mich vorsichtig aufs Dach. Noch zusammengekauert, ohne mich ganz aufzurichten, machte ich die ersten Schritte auf der leicht geneigten Oberfläche des Aluminiumdachs, hielt noch mit beiden Händen den Kontakt zum Boden, bewegte mich so gekrümmt zwischen Belüftungsschächten vorwärts, aus denen im Halbdunkel zögerliche Dampffetzen entwichen. Überall um mich herum konnte ich die Lichter von Tokio sehen, während unter mir der Park sich wie eine Insel der Vegetation ausbreitete, in die kein künstliches Licht drang. Etwas weiter vorn bemerkte ich eine Öffnung im Dach, eine kleine runde Kuppel, aus der weißer Schimmer in die Nacht hochleuchtete. Mit aller Vorsicht bewegte ich mich auf diese Lichtquelle zu, und als ich mich über die kleine Kuppel beugte, sah ich unter mir einen der Säle, in denen die Vernissage von Maries Ausstellung stattfand. Auf dem Dach kauernd, schaute ich durch die Lichtkuppel, auf der Suche nach Marie, aber ich entdeckte sie nicht, sah dort unter mir nur eine Masse von ununterscheidbaren und undefinierbaren Gestalten. Ich rührte mich nicht, und beim kleinsten Geräusch, das von unten aus dem Park kam, spitzte ich die Ohren. Jede noch so geringe Veränderung in der Stille der Nacht, jede noch so harmlose Abweichung von dieser so ungeheuren Stille, die kaum durch das gedämpfte Stimmengewirr von unten gestört wurde, das ich nur als ein einziges ersticktes Gemurmel wahrnahm, ließ mein Herz schneller schlagen. Alles konnte eine Bedrohung bedeuten, jedes Geräusch natürlich, das Klappern der Stahlseile im Wind, aber auch die geringfügigsten Veränderungen des Lichts, auf die ich im Dunkeln aufmerksam wurde, die Lichtkegel der Scheinwerfer, die sich in der Nacht bewegten und die, statt sich von mir zum Horizont zu entfernen, auf mich zuzukommen schienen auf eine unerbittliche Weise. Ich hockte hier oben auf dem Dach und suchte weiter durch die kleine Lichtkuppel schauend nach Marie, voller Ungeduld, sie so schnell wie möglich zu entdecken, und im Bewusstsein, dass auch ich möglichst schnell wieder verschwinden müsste, hier nicht ewig bleiben könnte. Mit starrem, angespanntem Blick prüfte ich rasch hintereinander die Gesichter der anwesenden Frauen, riss weit die Augen auf, strengte meine Pupillen an. Immer wieder glaubte ich für einen Augenblick, Marie in der Menge bemerkt zu haben, überzeugt, dass sie

es sei, die da mit dem Rücken zu mir in einer Gruppe von Gästen stand, doch wenn sie sich dann umdrehte und ich ihr Gesicht sah, musste ich erkennen, dass es nicht Marie war, es war eine Unbekannte, ein Köder, von dem ich mich einen Augenblick lang hatte täuschen lassen.
Niemand konnte vermuten, dass ich mich in diesem Moment auf dem Dach befand, doch plötzlich hob einer der Gäste den Kopf und hätte mich fast entdeckt, was mich zwang, mich reflexhaft aus seinem Blickfeld zu ziehen. Ich hielt für einige Augenblicke Abstand von der Lichtquelle, bevor ich mich wieder vorsichtig der Kuppel näherte, wobei ich darauf achtete, so wenig Blickfläche wie möglich zu bieten, als wäre mein Körper eine potenzielle Zielscheibe und jeder Blick von unten eine Waffe, die mich hätte niederstrecken können. Von Zeit zu Zeit konnte man von jenseits der schwarzen Umrisslinien des Unterholzes, das den Museumspark umgab, das Rattern eines Zugs der Yamanote-Linie vernehmen. Ich hatte mich immer noch nicht bewegt. Meinen Körper in Deckung haltend – nur mein immaterieller Blick tauchte hinunter in den Ausstellungssaal –, fuhr ich fort, den hellerleuchteten Saal unter mir eingehend zu mustern. Es war nicht das erste Mal, dass ich diesen Saal sah, bereits einige Tage zuvor hatte ich ihn gesehen, in einem unbeleuchteten, unheimlich geisterhaften Halbdunkel, als ich nach meiner Rückkehr aus Kyoto nachts in das Museum eingedrungen und in aller Eile durch die Ausstellung von Marie gegangen war, mit dem Fläschchen mit Salzsäure in der Hand.
Auf dem Dach kauernd und durch die Lichtkuppel schauend, versuchte ich in dieser fernen Menge, die unter mir

hin- und herlief, Marie zu erkennen. Das Geräusch der Gespräche drang nur gedämpft durch die dicke Verglasung zu mir, und ich fragte mich, was die wahre Natur dieses Schauspiels da unten war, wusste nicht, welche Bedeutung ich dieser erstarrten Wirklichkeit zumessen sollte, die mich wie durch dicke Watteschleier erreichte, so gedämpft war diese Wirklichkeit, dass sie etwas von der dreidimensionalen Projektion einer Szene hatte, die aus einer längst vergangenen Zeit stammte, wie eine dieser erstarrten Szenen, die aus Morels Maschine in dem Roman von Bioy Casares hätten stammen können, eine Welt ebenso nah wie unerreichbar, auf die ich keinerlei Zugriff hatte, mit der ich nicht in Verbindung treten konnte, mit einem Personal, das sich nicht in der Gegenwart, sondern in einer längst vergangenen Zeit zu bewegen schien, gewissermaßen in einem Limbus – vor der Geburt oder nach dem Tod. Ich hatte dieses Gefühl der Zerrissenheit bereits einmal während eines Traums gehabt oder beim Lesen, dass ich mich gleichzeitig physisch in einem Hier befand und in Gedanken in der Erinnerung oder beim Wiederauflebenlassen der Vergangenheit in einem anderen Dort, und manchmal sogar in einem imaginierten, nie erlebten, in einen ursprünglichen Zustand zurückversetzten, schlicht erfundenen Anderswo, einer idealen Welt, die ich von eigener Hand gestaltet hatte, die bewohnt war von sagenhaftem Getier und eingebettet in rein mentale Landschaften, die ich nach meinen Wünschen ausleuchtete. Diese Zersplitterung des eigenen Seins, die uns erlaubt, gleichzeitig und auf einmal im Hier und im Dort zu sein, wenn wir uns die Vergangenheit vergegenwärtigen, bedeutet keinen Widerspruch zum gesunden Menschenverstand – solange man sich hierbei auf die räumliche Sphäre beschränkt. Aber sobald man sich in der Zeit bewegt, also das Gefühl hat, sich gleichzeitig im Jetzt und im Einst zu befinden – weil die unterschiedlichen Momente der Zeit nicht mehr durch die Erinnerung in eine Hierarchie zu bringen sind –, fällt es dem Geist schwer, seine Bezugspunkte zu justieren, weil die Zeit nicht mehr als die Abfolge von Augenblicken wahrgenommen wird, die sie immer war, sondern als Überlagerung simultaner Gegenwarten. Und während ich weiter durch die Lichtkuppel das Treiben unter mir im Ausstellungssaal betrachtete, ergriff mich ein leichter Schwindel, denn mir wurde bewusst, dass die Gegenwart, die ich vor Augen hatte, alle Anzeichen einer der Vergangenheit entstammenden Szene aufwies, und sie mir erst jetzt, also in der Zukunft, ins Bewusstsein kommen würde. Und es dauerte bis jetzt, mehr als sieben Monate später am Fenster meiner kleinen Zweizimmerwohnung in der Rue des Filles-Saint-Thomas, den notwendigen Abstand zu gewinnen, alle Bestandteile dieses Schauspiels zu erfassen, das ich hier erlebte. Aber wo befand ich mich dann jetzt? War ich nicht auch, auch ich, wie die Quantenteilchen, bei denen es unmöglich ist, exakt den Ort zu bestimmen, an dem sie sich gerade befinden, oder auch überhaupt nur festzustellen, dass sie sich an einem bestimmten Moment irgendwo befinden, war ich nicht gleichzeitig in Japan und in Paris, in Tokio auf dem Dach des *Contemporary Art Space* von Shinagawa an dieser Lichtkuppel auf der Suche nach Marie und in Paris Anfang September, wo ich nach meiner Rückkehr aus Elba am Fenster meines

Schlafzimmers in der Rue des Filles-Saint-Thomas stand und auf einen Anruf von Marie wartete? Wo also war ich? Wo – wenn nicht in den Limben meines eigenen Bewusstseins, befreit von allen Kontingenzen von Raum und Zeit, für immer und ewig die Erscheinung Maries erflehend? Und da wurde mir bewusst, dass Jean-Christophe de G. genau an diesem Abend im *Contemporary Art Space* von Shinagawa Marie kennengelernt hatte. Ich musste Jean-Christophe de G. an diesem Abend also zwangsläufig gesehen haben – selbst wenn ich ihn zu jener Zeit noch nicht kannte, selbst wenn ich ihn davor noch nie gesehen hatte, ja damals nicht einmal von seiner Existenz wusste –, meine Augen mussten ihn an diesem Abend in dem einen oder anderen Moment erfasst haben, was bedeutet, dass ich der Augenzeuge ihrer Begegnung war – sein würde oder gewesen war.

Es war ursprünglich nicht Jean-Christophe de G.s Absicht gewesen, auf die Vernissage von Maries Ausstellung zu gehen. Das hatte sich erst im Verlauf des Abends ergeben, überraschend, nach dem Abendessen, beim Verlassen eines

Restaurants im Ginza-Viertel, in das ihn einer seiner Freunde, Pierre Signorelli, eingeladen hatte. Pierre Signorelli war massiv, wuchtig, Körper und Gesicht waren schlecht aufeinander abgestimmt, sein Körper ähnelte dem eines *tight end props* beim Rugby, und mit seinem pausbäckigen Gesicht und dem toskanisch gelockten Haar erinnerte er eher an ein Gemäldeporträt Antonello da Messinas als an das Selbstbildnis seines Namenvetters Luca Signorelli. Pierre Signorelli war ein französischer Geschäftsmann in den Vierzigern, der seit mehr als zehn Jahren in Tokio lebte. Aus seiner Manteltasche hatte er die nachlässig zusammengefaltete Einladungskarte der Ausstellung im *Contemporary Art Space* von Shinagawa gezogen – eleganter, mit Glanzlack bedruckter Karton, weiß auf schwarzem Grund, darauf in Großbuchstaben nur der Titel der Ausstellung: MAQUIS, eine Anspielung auf die Modenschau im *Spiral*, bei der Marie ihr Honigkleid präsentiert hatte: *Maquis im Herbst*, – und sie Jean-Christophe de G. gezeigt, ihm vorgeschlagen hatte, gemeinsam zu dieser Vernissage zu gehen. Und obwohl Jean-Christophe de G. überhaupt nicht mit Dingen der Mode oder der modernen Kunst vertraut war (den Namen Maries, der in seiner vollen Länge auf dem Karton geschrieben stand: Marie Madeleine Marguerite de Montalte, hörte er zum ersten Mal), war er dem Vorschlag gegenüber nicht abgeneigt gewesen, und sie hatten ein Taxi genommen, um nach Shinagawa zu fahren. Pierre Signorelli hatte ihm die Einladung überlassen, geistesabwesend klopfte Jean-Christophe de G. sich damit auf den Schenkel, er war nicht besonders neugierig auf diese Ausstellung, aber die Aussicht, seinen ersten Abend in Tokio noch etwas zu verlängern, beschwingte ihn. Er war am selben Morgen in Tokio angekommen, aber wegen der Zeitverschiebung noch keineswegs müde. Angeregt durch den warmen Sake, den er im Restaurant getrunken hatte, zirkulierte eine angenehme Wärme in seinem Blut, verbreitete sich in seinen Adern, stieg ihm in den Kopf und erfüllte ihn, dort auf der Rückbank des Taxis, mit einer Woge des Wohlbefindens. Durch das Seitenfenster sah er die Straßen des Ginza-Viertels an ihm vorüberfliegen, die Nacht war schwarz und transparent und das Leben erschien ihm voller unerschöpflicher Versprechen. Jetzt in Tokio und auf dem Weg zu einer Soiree empfand er eine ungewohnte Leichtigkeit, er war wie losgelöst, sorgenfrei. Er fühlte sich an diesem Abend als Eroberer und zog sich hinten im Taxi die Schuhe aus, um lustvoll seine Zehen in den Socken aneinander zu reiben.

Das Taxi hatte sie auf dem Parkplatz des an das *Contemporary Art Space* von Shinagawa angrenzenden Grandhotels abgesetzt. Mit einem Blick hatte Jean-Christophe de G., als er in einer eleganten Bewegung in der gedämpften Beleuchtung des Parkplatzes aus dem Wagen stieg, den Rang der Veranstaltung taxiert, die Bedeutung der Eingeladenen eingeschätzt und den Luxus der im Halbschatten geparkten Autos gewürdigt, großer schwarzer Limousinen mit glänzenden Kotflügeln, hier und da verziert mit einer Standarte, die von der Anwesenheit einer offiziellen Person zeugte. Pierre Signorelli lief leicht hinkend und kurzatmig hinter ihm her, stöhnte in seinem schweren, flauschigen beigen Wollmantel (einem Mantel von beachtlichem Volumen, für den sicherlich eine ganze Herde Schafe oder ein Dutzend Kamele sein Fell hatte opfern müssen). Jean-Christophe de G. hörte nur mit halbem Ohr auf das, was ihm Pierre Signorelli mit seiner pfeifenden Asthmatikerstimme erklärte, warf scharfe kurze Blicke auf jene Personen, die neben ihnen zum Museum gingen, und fuhr fort, mit seinen metallisch blauen Augen die Eleganz der Frauen zu prüfen, den Wohlstand der Männer und den Wert ihrer Besitztümer einzuschätzen. Sie passierten die Eingangspforte und traten in den Park des Museums, der im flackernden goldenen Licht der kleinen Laternen vibrierte. Jean-Christophe de G. hatte noch keinen Fuß ins Museum gesetzt, aber schon beschlossen, in einer Art Wette mit sich selbst, dieses Museum nur am Arm dieser Marie zu verlassen, der Künstlerin, die an diesem Abend ausstellte, und wenn nicht an ihrem Arm, dann zumindest in ihrer Begleitung, er würde sie auf ein letztes Glas nach Shinjuku einladen und sie in ihr Hotel begleiten, oder sie würden den Abend sogar zusammen in seinem eigenen Hotel beschließen (den Verlauf des Abends hatte er noch nicht in allen Details vor Augen, es blieb noch eine Grauzone, eine kleine Unbestimmtheit, die er jedoch bereit war, sich zu verzeihen, handelte es sich doch immerhin um eine Frau, die er noch nie gesehen und von der er bis heute noch nichts gehört hatte). Es lag keinerlei Verachtung in Jean-Christophe de G.s übermütigem Plan, nur seine Vorliebe für das Verwegene, für Spiel und das Abenteuer. Jean Christophe de G.s Geschäfte gingen gut, sein Selbstvertrauen war grenzenlos. Er gefiel den Frauen und wusste das. Nicht, weil er besonders gut aussah, das

war nicht der Grund, aber er war gut erzogen, intelligent, reich und kultiviert. Er konnte zärtlich sein, sein Blick war fest, seine Hände waren sanft. Sein Charme war unwiderstehlich, er gehörte nun einmal zu der Sorte von Männern, über die Marie sagte: »Genau die Art von Typen, die ich nicht ausstehen kann.«
Kaum im Museum angekommen, begann Jean-Christophe de G., sich Pierre Signorelli vom Hals zu schaffen, zu schnell war er ihm zu einem überflüssigen Ballast geworden, der ihn in seinem Vorhaben behinderte. Er hatte ihn nicht mit Vorsatz abgeschüttelt, er hatte ihn einfach irgendwo stehen lassen (als er sich einmal nach ihm umdrehte, war er nicht mehr da). Jean-Christophe de G. hatte seinen Mantel an der Garderobe abgegeben, seinen Schal aber umbehalten, und drängte sich in seinem dunklen Jackett und dem makellosen weißen Hemd durch die Menge, sein in krapproten Reflexen schimmernder Schal aus einem schwarzen Seiden- und Wollgemisch hing nachlässig über seine Schultern. Langsam bewegte er sich durch die Menge, streifte Stoffe und nackte Schultern, begegnete den Blicken der Frauen ein wenig allzu zudringlich, hielt sie einen etwas zu langen Moment fest. Der Schleier einer köstlichen Trunkenheit umschleierte seine Schläfen, ganz vertieft in seinen Eroberungswillen durchquerte er die Eingangshalle und betrat den ersten Ausstellungsraum. Aber er beachtete die Kunstwerke nicht, er wäre nicht einmal auf die Idee gekommen. Er hatte nicht einmal einen Blick darauf geworfen, sein Desinteresse an der Sache war total, aufrichtig, untadelig. Für die zeitgenössische Kunst zeigte er jenes aufgeklärte Interesse des

Liebhabers, das sich nur am Marktwert der Kunst orientiert (ihrem Preis, ihrer Wertentwicklung), um sie dann möglicherweise zu kaufen, ohne jegliche Verpflichtung, sie sich ansehen zu müssen.
Der Saal vor ihm rauschte in einem unaufhörlichen, diffusen Stimmengewirr. Er war auf der Schwelle stehen geblieben, zögerte einen Moment, hielt sich im Hintergrund, eine Hand in der Hosentasche, und warf aufmerksam lauernde Blicke in die Runde. Instinktiv hatte er Marie in der Menge ausgemacht, er hatte ihre unsichtbare Anwesenheit hinter einer Art lokalem Beben erahnt, das auf einen Punkt lokalisiert war, eine menschliche Aufwallung, die sich um eine zentrale Gestalt drängte, die noch von einem Dutzend sich bewegender Nacken und Schultern verborgen war und auf die sich ein Bündel von Wünschen und Blicken, von unzusammenhängenden Traumbildern fokussierte, ausgestreckte Arme und Kataloge, mit beiden Händen hochgehaltene Mobiltelefone, um ein Foto zu machen, bis plötzlich dieser Kreis sich halb öffnete, wie etwa ein Tuch, das langsam vom Stein gleitet, um ein Standbild zu enthüllen, das eingeweiht wird, und Marie zum ersten Mal in seinem Blickfeld erschien, in einem elektrikblauen Kleid aus Duchesseseide. Es war keine leichte Aufgabe gewesen, sich ihr zu nähern, aber mit kultivierten, maßvollen Schulterbewegungen und Andeutungen mit dem Arm gelang es ihm, sich in Etappen einen Weg durch die Menge zu bahnen und unter den letzten Zirkel zu mischen, der sich eng um sie drängte. Dank seiner Gewandtheit hatte er ihre Aufmerksamkeit gewonnen und sie auf Französisch angesprochen, in der Sprache, die ihnen gemeinsam

war. Etwas komplizierter gestaltete es sich, sie für einen kurzen Moment von den anderen abzutrennen, um allein unter vier Augen mit ihr reden zu können, aber sobald ihm auch das gelungen war und er sich zwei Gläser Champagner, die in seiner Reichweite vorbeigetragen wurden, hatte schnappen können, stieß er sanft mit ihr an, ließ die Gläser behutsam aneinanderstoßen, als wären es zwei hypersensible Epidermien, die zum ersten Mal miteinander in Berührung kamen, zwei Lippenpaare, die sich einander näherten und streiften, in einem ersten, noch rein symbolischen Kuss. Jean-Christophe de G. war an seinem Ziel angekommen. Das Einzige, was er nicht wusste, war, dass die junge Frau, mit der er gerade angestoßen hatte, nicht Marie war (aber jeder kann sich mal irren).

Was Jean-Christophe de G. meiner Ansicht nach zu diesem Irrtum geführt haben musste, war die Tatsache, dass die junge Frau, der er sich so genähert hatte, ebenfalls Französisch sprach, und das ohne den geringsten Akzent, und dass sie ebenfalls Marie hieß. Aber sie war nicht Marie, es war eine andere Marie (schon verrückt, wie viele Maries es gibt, wirklich). Und da diese Marie in Tokio lebte und auf dieser Vernissage alle Welt kannte, war sie eine der umschwärmtesten Frauen der Soiree. Das Missverständnis hätte sich schnell aufklären lassen können, Jean-Christophe de G. hätte nur auf die eine oder andere Weise die an diesem Abend im *Contemporary Art Space* von Shinagawa ausgestellten Kunstwerke ins Spiel bringen müssen – aber davor hütete er sich, hatte er doch überhaupt keine Vorstellung von der künstlerischen Arbeit Maries – und wenn Marie selbst nicht darüber sprach (und das aus guten

Gründen), dann wohl, dessen war sich Jean-Christophe de G. sicher, einfach aus höflicher Zurückhaltung, was ihm nur recht sein konnte, denn es handelte sich schließlich um ein Thema, das zu vertiefen er in diesem Moment keine große Lust hatte. Er zog es vor, über sich zu reden, über den Anlass seiner Reise nach Japan, und zeigte sich geheimniskrämerisch bescheiden, gab den Mysteriösen, blieb diskret, verschwieg den Inhalt seiner diversen beruflichen Aktivitäten. Er ließ Marie nur wissen, dass er für einige Tage in Tokio sei, um als Besitzer eines Rennstalls, der er wäre, einen seiner Vollblüter beim *Tokio Shimbum Hai* kommenden Sonntag starten zu sehen. Wie beiläufig strich er ihr dabei über den Arm und schlug ihr vor, ihn zur Galopprennbahn zu begleiten, und Marie, die, es lässt sich nicht von der Hand weisen, nicht unempfänglich für seinen Charme und die sehr direkte Art war, in der er sie bestimmt und entschlossen angesprochen hatte, und gleichzeitig weich gestimmt von der Delikatesse seiner Manieren und der Anmut seines Lächelns, nahm, erobert durch diese Kombination aus Eleganz und Entschiedenheit, die er ausstrahlte, seine Einladung an (na gut, dann gehen wir gemeinsam zum Rennen nächsten Sonntag, zum *Tokio Race Course*).
Jean-Christophe de G. hatte es erreicht, diese andere Marie aus dem Rest der Soiree herauszuschneiden, und er schirmte seinen Fang wie eine wertvolle Beute ab, breitete symbolisch seine Schultern um sie aus, um wen auch immer daran zu hindern, sich ihr zu nähern. So standen sie eng aneinandergedrängt inmitten der Menge, sprachen und lachten, scherzten Auge in Auge, berührten sich an

Händen und Armen, um ihre Sätze zu unterstreichen. Immer wieder brach sie wegen seiner kleinen Frechheiten in Lachen aus und versetzte ihm sogar mit zusammengekniffenen Lippen, wie um sich Kraft zu holen, einen kleinen Schlag mit der Faust gegen seine Schulter. An sie geschmiegt, inmitten Gelächters und polyglotter Ausrufe, beugte Jean-Christophe de G. sich zu ihrem Ohr und sagte ihr etwas Galantes. Er brachte sie zum Lachen und erzählte ihr Geschichten, und als sie ihm nicht glauben wollte, dass er an diesem Abend etwa ein Seepferdchen dabei hätte (etwas, was man wirklich vernünftigerweise hätte anzweifeln können), wollte er ihr die Überraschung schon bereiten, sie musste ihm aber zuerst versprechen, die Augen zu schließen, und um sicherzugehen, legte er seine Hand über ihre Augen, damit sie nichts sehen konnte, wühlte dann wie ein Taschenspieler schnell in seinen Hosentaschen und präsentierte ihr auf seinem Handrücken das versprochene Seepferdchen, zusammengekrümmt lag es in einer mit Samt bezogenen Dose auf einem Bett gestoßener Watte und sah arg jämmerlich aus wie eine vertrocknete schmutzigrosa Schachfigur. Angesichts Maries freudigen Erstaunens, deren Augen vor Anerkennung glänzten (als sei es das erste Mal, dass sie ein Seepferdchen zu Gesicht bekam), konnte Jean-Christophe de G. ein bescheidenes Lächeln der Zufriedenheit nicht unterdrücken, und während er das verschrumpelte Ding wieder in seine Watte wickelte, erklärte er ihr, es sei sein Talisman für das Rennen am Sonntag (nun, das verspricht einiges). Und in voller Überzeugung, dass die Sterne ihm an diesem Abend günstig standen, atmete er tief ein und hob den Kopf auf

der Suche nach einer Öffnung, die ihn, gewissermaßen als Zeugen seines Triumphs, den Himmel von Tokio betrachten ließ, und so kam es, dass sein Blick auf die einzige Lichtkuppel fiel, die es an der Decke gab, und er meine Umrisse dort oben im Mantel auf dem dunklen Dach stehend erkannte. Mein Gott, was soll das denn?, dachte er. Der Ehemann! Aber, sich wenig bei diesem Gedanken aufhaltend – zudem war ich längst aus seinem Blickfeld verschwunden, er musste sich geirrt haben –, verlor er sich einen Augenblick in der Betrachtung des Himmels von Tokio, den man in all seiner Klarheit durch das perfekte Rund der Lichtkuppel erahnte.
Währenddessen war Pierre Signorelli, der aus einer gewissen Eitelkeit seinen Mantel nicht an der Garderobe abgegeben hatte, majestätisch, die Hände hinter dem Rücken verschränkt, durch die Ausstellung stolziert, mit Schal und in schwerem zugegürtetem Mantel, als ob er eine Inspektionsrunde durch seinen privaten Besitz machen würde, und warf gelegentlich einen kritisch wertenden Blick auf die an den Wänden des Saals aufgehängten Kunstwerke. Jean-Christophe de G. sah ihn aus der Menge auf sich zusteuern, die Stirn voller Schweißtropfen, als wäre er gerade aus dem Wasser aufgetaucht, dabei tauchte er gerade erst wieder in seinem Bewusstsein auf, aus dem er komplett verschwunden war, er hatte sogar vergessen, dass er überhaupt existierte. Sein Wiederauftauchen verursachte ihm unleugbar Verdruss, Ärger stieg in ihm auf und verfinsterte seinen Blick. Inzwischen war Pierre Signorelli langsamen und selbstzufriedenen Schritts zu ihnen gestoßen. Er begrüßte Marie mit Küsschen auf die Wange,

umfasste behutsam ihre Taille, was Jean-Christophe de G. in höchstem Maße verblüffte. Jedoch bemühte er sich, die Fassung zu wahren, und er fragte Marie nur, mit einem leicht pikierten Unterton, durch welchen Zufall sie denn Pierre Signorelli kenne. Mit geheimnisvollem Lächeln sagte sie, seiner Frage ausweichend, das sei doch nur normal, wenn man schon in derselben Stadt wohnen würde. Jean-Christophe de G. glaubte seinen Ohren nicht zu trauen (wohnte Marie auch in Tokio?). Er ließ es auf sich beruhen. Seit Pierre Signorelli wieder aufgetaucht war, war sein Elan deutlich abgekühlt und er sagte nichts mehr, Pierre Signorelli führte jetzt die Unterhaltung, aber da auch er nichts mehr zu sagen hatte, gab es überhaupt keine Unterhaltung mehr. Das Schweigen wurde sehr schnell bedrückend, Befangenheit stellte sich ein. Verlegen lächelte man einander zu, schaute um sich. Pierre Signorelli in seinem dicken Mantel stand reglos da und schwitzte, die kleinen Schweißtropfen auf seiner Haut schimmerten wie Tau, aber er hatte sich diese Qual aus Eitelkeit selbst aufgebürdet, muss sich sehr schön vorgekommen sein in seinem schweren Mantel, der ihn sicherlich ein Vermögen gekostet hatte. Und was denken Sie so über diese Show hier?, fragte er schließlich. Die Befangenheit schien noch zuzunehmen, verdichtete sich, und in Jean-Christophe de G.s Blick zeigte sich Bestürzung. Nicht gerade berühmt, wie?, sagte er und schwieg, fügte dem nichts mehr hinzu. Er hob den Kopf und schaute sie an, wartete auf eine Bestätigung. Jean-Christophe de G. war außerordentlich peinlich berührt – er wurde sogar rot – und ohne ein Zögern, bereit zu reagieren, glaubte er sich verpflichtet, Marie

Beistand leisten zu müssen. Das wird sicher sehr gut laufen, meinte er mit leiser Stimme, und drückte dabei leicht ihren Unterarm, wie in einer Geste des Beileids.
Marie war überrascht, sie machte eine kurze wegwerfende Handbewegung und drehte sich mit erstauntem, ja missbilligendem Blick Jean-Christophe de G. zu, als hätte der gerade nicht nur etwas Unangebrachtes, sondern etwas Unanständiges gesagt (ob etwas »laufe« oder nicht, das sei nun wirklich hier nicht die Frage). Und da sie sich selbst bis dahin noch nicht zur Ausstellung geäußert hatte, begann sie zu erklären, wobei sie sich mit einer anmutigen Handbewegung eine Haarsträhne zurückstrich, dass die an diesem Abend gezeigten Kunstwerke wenn nicht kommerziell (ich setze das Wort einmal in Anführungsstriche, sagte sie und kratzte dabei schnell mit zwei Fingern in der Luft, um dem Wort die Geste folgen zu lassen), dann doch ein wenig leicht seien, etwas, sagen wir mal: nuttig (und dieses Adjektiv ließ Jean-Christophe de G. zusammenzucken), und am Ende ist es doch nur wieder derselbe alte Soßenfond und dabei auch noch sehr – sehr – oberflächlich. Jetzt schaute Jean-Christophe de G. sie ungläubig an, er wusste nicht mehr so recht, wie er sich verhalten sollte, denn seit dem unerfreulichen Vorfall – dem plötzlichen Auftauchen Pierre Signorellis – schien ihm, dass sich Marie in nur wenigen Augenblicken verwandelt hatte. Bis dahin war sie für ihn ein weitgehend fiktives Wesen geblieben, simple Projektion einer nur in seiner Fantasie existierenden Frau, die sich, während er ihr den Hof gemacht hatte, widerstandslos in seiner Vorstellung geformt hatte. Sie hatte sich niemals wirklich an ihrem Gespräch

beteiligt, hatte von sich aus nichts Persönliches beigetragen, wenn, dann nur ihre Verfügbarkeit, ihre Zustimmung und ihr wunderbares Lächeln. Und jetzt wurde ihm klar, dass sie lebte und eine Persönlichkeit hatte, eine Meinung, einen Geschmack, und er nicht mehr der sorglosen und verführerischen jungen Frau gegenüberstand, mit der er es zu tun zu haben glaubte, sondern vor einer zerbrechlichen und von Selbstzweifeln zerrissenen Künstlerin stand, die vielleicht sogar unter ihrem scheinbar unbekümmerten Äußeren depressiv, auf jeden Fall aber zur Selbstherabwürdigung fähig war. Nein, das ist wirklich nicht berühmt, was?, legte Pierre Signorelli noch einen drauf. Und nachdem sie einen Moment überlegt hatte, sagte Marie nachdenklich: Nein, das ist es wirklich nicht. Jean-Cristophe de G. betrachtete beide abwechselnd.
Es wäre vielleicht doch das eine oder andere Schöne dabei, räumte Marie ein, um die Schärfe ihres ersten Urteils etwas zu differenzieren (zwei oder drei Sachen gebe es, die man ihrer Meinung nach durchgehen lassen könnte), und Jean-Christophe de G. schloss sich dieser letzten Äußerung sofort an, wie ein Ertrinkender sich an seine Boje klammert (ohne natürlich zu präzisieren, welche Sachen er meinte). Sie hatten sich in dem Ausstellungssaal in Bewegung gesetzt und waren einige Meter durch den Saal geschlendert, kamen dem Zufall folgend an den Exponaten vorbei, hielten einen Moment inne. Mit sichtbarer Abneigung betrachtete Pierre Signorelli eine Fotografie, spielte dabei mit dem Gürtel seines Mantels, den er träge vor sich kreisen ließ. Er hob den Arm, zeigte auf die Fotografie und verdrehte ostentativ die Augen nach oben, nahm sie

als Zeugen, sagte aber nichts weiter, sondern begnügte sich mit einem Seufzer. Dann schüttelte er langsam den Kopf, voller Ablehnung. Jean-Christophe de G. stand an Maries Seite, blieb auf der Hut, nahm beunruhigt jede ihrer Reaktionen wahr – sie war so unvorhersehbar – und fragte sie schließlich leise und mit großer Hochachtung in der Stimme, in einem Ton, der nur seine weltmännisch wohlmeinende Neugier zeigen sollte, wo denn diese Fotografie aufgenommen worden sei. Ich weiß nicht, sagte Marie ausweichend und mit einem kaum wahrnehmbaren Achselzucken angesichts der banalen Frage. Keine Ahnung. Ohne ihn eines Blickes zu würdigen, betrachtete sie weiter die Fotografie. Er beobachtete sie (sie war total neurotisch, ja, das bestätigte sich). Aber Jean-Christophe de G. ließ sich nicht entmutigen. Versuchen Sie doch, sich zu erinnern, es ist doch nicht so schwer, Marie, beharrte er mit viel Fingerspitzengefühl und ergriff ihren Arm. Aber ich weiß nichts darüber, wo dieses Foto gemacht worden ist, sagte sie und löste sich unwirsch aus seinem Griff (fragen Sie sie doch selbst, wenn Sie das so interessiert, und sie drehte sich um und zeigte auf Marie, die in einiger Entfernung von ihnen im Saal stand). Und jetzt, erst jetzt, wurde Jean-Christophe de G. alles klar, er begriff auf einen Schlag die Situation, das Quiproquo, in das er sich seit Beginn der Soiree verstrickt hatte. Ein starkes Gefühl von Scham erfüllte ihn, er fühlte sich gedemütigt. Das Einzige, was ihn im Moment in seiner Verlassenheit beruhigen konnte, war die Tatsache, dass außer ihm niemand seinen Irrtum bemerkt hatte. Doch wie die Erkenntnis, einer großen Gefahr entronnen zu sein, uns unsere Kraft verlieren

lässt in genau dem Moment, wo wir die wahre Natur der Gefahr entdeckt haben, der wir gerade entkommen sind, fühlte sich Jean-Christophe de G., der bis dahin in aller Unschuld und mit großem Geschick auf einer Welle von Missverständnissen geritten war, von einem Moment zum anderen aus dem Gleichgewicht gebracht und verletzlich, am Rande eines Zusammenbruchs und an einem Punkt angekommen, wo er alles nur noch verschlimmern konnte, falls er hier nochmals das Wort ergreifen würde. Und so sagte er nichts mehr, empfand sofort eine große Leere und hatte Lust, diesen Ort auf der Stelle zu verlassen. Wie verloren blieb er schweigend neben Marie stehen, gepeinigt und nachdenklich warf er verzweifelte Blicke in Richtung Ausgang, als suche er einen Vorwand, alle stehen zu lassen und aus dem Museum zu verschwinden, oder sogar, wenn das möglich gewesen wäre, vollends aus dieser Geschichte zu verschwinden, ins Nichts zurückzukehren, aus dem man ihn nur für einen Augenblick hervorgeholt zu haben schien, um auf seine Kosten ein ephemeres diesseitiges Lebensband aufblühen zu lassen, duftig und verdreht, vergeblich und vergänglich.
Über lange Zeit konnte ich an diesem Abend, nachdem ich auf das Dach gestiegen war, Marie nicht durch die Lichtkuppel entdecken. Während der ein oder zwei Minuten – eine Ewigkeit – war es mir nicht gelungen, sie da unten im Gedränge ausfindig zu machen. Angestrengt hatte ich nach ihr Ausschau gehalten, war in Panik angesichts dessen, was ich getan hatte, dass ich diesem unwiderstehlichen Bedürfnis nachgegeben hatte, über die Feuerleiter auf das Dach zu steigen. Wo ich mich noch immer befand,

versteckt im Schutz der Dunkelheit, und durch die Lichtkuppel in den Ausstellungssaal hinunterblickte. Eine Hand auf den Rahmen aus Aluminium gestützt, um im Gleichgewicht zu bleiben, ließ ich meinen Blick auf der Suche nach Marie in den Ausstellungssaal hinabtauchen. Anfangs dachte ich, dort nur ein paar Augenblicke, zehn Sekunden, vielleicht zwanzig Sekunden zu bleiben, gerade die Zeit, die es brauchte, um sie zu entdecken, und dann sofort wieder hinunterzusteigen, aber es wollte mir nicht gelingen, Marie in der Menge ausfindig zu machen, die sich dort unten drängte, und voller Ungeduld fürchtete ich, auf dem Dach von den Wachleuten entdeckt zu werden, die vielleicht immer noch auf der Suche nach mir waren. In diesem Moment hörte ich hinter mir, in der Nacht, ein Geräusch auf dem Dach, als wenn sich dort etwas bewegt hätte, und ich drehte mich brüsk um, aber es war nur der Wind, der die Stahlseile klappern ließ.

Ich hatte meinen Kopf nur einen Augenblick hochgehoben, aber als ich mich wieder über die Lichtkuppel beugte, erschien mir der Ausstellungssaal, den ich zuvor als einen abstrakten, von einer unwirklichen Menge heimgesuchten Ort wahrgenommen hatte, plötzlich vertrauter, und ich erkannte unter mir das übliche Vernissagepublikum, viele Dutzend lebender Personen, die sich in einem endlosen Gewirr von Stimmen und Gelächter um die Ausstellungsstücke drängten. Und wenn mir dieses Spektakel plötzlich in solcher Deutlichkeit vor Augen stand, warum alles sich mir mit einem derart durchdringenden Effekt der Klarheit aufzwang, dann deshalb, weil Marie da war. Marie war da, ich konnte sie jetzt sehen, ich hatte sie in der Menge gefunden, und es ging etwas Leuchtendes von ihr aus, eine Grazie, eine Eleganz und eine Selbstverständlichkeit. Sie trug eine weiße Bluse mit einer am Kragen gebundenen Schleife, sie war nicht in ein Gespräch verwickelt, aber selbst ohne etwas zu sagen, ohne etwas zu tun, ohne sich zu bewegen, ohne ein Wort und ohne mit der Wimper zu zucken, erfüllte ihre reglose Präsenz den Raum, nicht eigentlich kühl, aber doch distanziert, wie abwesend und teilnahmslos, als habe sie sich in diese Ausstellung hinein verirrt, die nicht die ihre zu sein schien, die sie nur mit einer etwas resignierten, zutiefst melancholischen Haltung ertrug, angesichts der Eitelkeiten solcher Vernissageabende, der Oberflächlichkeit der Unterhaltungen, all dieses prickelnden Schaums, von dem sie sich nicht bespritzen ließ, der sie nicht erreichte, als sei ihre Haut davor gewappnet, ihr Äußeres gefeit und ihre Seele, der jede Mittelmäßigkeit fremd war, abgeschottet gegen jede Form von Vulgarität. Voller Rührung beobachtete ich Marie dort unten im Ausstellungssaal, sah ihre ergreifende Gestalt durch die Lichtkuppel, ich öffnete ein wenig die Lippen und wisperte sachte ihren Namen in die Nacht, aber kein Laut drang aus meinem Mund, nur ein schwacher Hauch, ein zögerlicher Dunst, den ich für einen Augenblick vor mir sah, eine kleine dampfende Wolke, die gerade »Marie« gesagt hatte und sich vor meinen Augen langsam in der eisigen Nacht verflüchtigte. Und dann bewegte ich noch ein weiteres Mal die Lippen, während ich Marie dort unten betrachtete, und ich sagte ihr, dass ich sie lieben würde – ich sagte es auf Knien. Ich liebe dich, Marie, sagte ich zu ihr, aber kein Laut drang aus meinem Mund, ich hörte es mich

selbst nicht sagen, vielleicht hatte ich den Mund nicht geöffnet, vielleicht hatte ich es nur gedacht – aber gedacht hatte ich es.
Seitdem ich Marie erblickt hatte, war die ganze Unruhe, die mich seit mehreren Tagen gequält hatte, sofort verschwunden. Marie sprach mit niemandem, sie schien allein im Ausstellungssaal zu sein, gleichgültig, die Augen ins Unbestimmte gerichtet, nahm sie von dem buntgefiederten Hof der Bewunderer und Offiziellen um sie herum das Geraune der Komplimente entgegen, und ich erkannte etwas Zerbrechliches, einen Schmerz an ihr, eine geheime, verborgene Schwachstelle, möglicherweise im Zusammenhang mit der Trennung, in der wir beide uns auf derart irreparable Weise seit einigen Tagen befanden. Über die Lichtkuppel gebeugt, ließ ich Marie nicht aus den Augen, und nach einem Moment, weil ich sie so aufmerksam beobachtet hatte, wurde mir bewusst, dass ich von ihren Lippen ablesen konnte, anfangs nur den ungefähren Wortlaut und die natürlichen Betonungen, die nur dazu da waren, eine offensichtliche Situation zu bekräftigen und einfach zu interpretieren waren, so, wenn ich sie irgendjemanden begrüßen sah und sich ein »*Bonjour*« auf ihren Lippen formte, oder es mir gelang, aus einer wie verlangsamten Bewegung ihres Mundes ein stummes »*Nice to meet you*« zu erraten, das sie müde von sich gab, wobei sie den Kopf mit verhaltenem Entgegenkommen beugte, oder wenn sie widerstrebend ihre Hand einer Persönlichkeit entgegenstreckte, die ihr vorgestellt wurde. In der Nacht über die Lichtkuppel gebeugt, beobachtete ich sie weiter, kauerte mit angehaltenem Atem im Schatten und konnte

meinen Blick nicht mehr von ihrem Mund lösen. Mit wachsender Sorge und mit beklommenem Herzen starrte ich auf die Bewegungen ihres Mundes und befürchtete, wie ich sie von oben ganz ohne ihr Wissen beobachtete, sie plötzlich bei irgendeiner erschütternden Enthüllung zu ertappen, einem Geheimnis, einer intimen Äußerung, die sich auf unsere Liebe bezogen hätte oder auf die schmerzhaften Umstände unserer Trennung, aber der einzige Satz, den ich an diesem Abend von ihren Lippen ablesen konnte, der einzige vollständige und verständliche Satz, den ich in den wenigen Minuten, die ich auf dem Dach verbracht hatte, um sie so durch die Lichtkuppel zu beobachten, aufschnappen konnte (bevor ich den Ort verließ, vom Dach hinunterstieg und in mein Hotel zurückging), der einzige Satz, alles in allem, den Marie während meiner Anwesenheit in ihrer leichtfertigen und souveränen Offenheit gesagt hatte, in diesem für sie so charakteristischen spontanen Schwung, der mich auf einmal wie durch Zauberhand das eigentliche Wesen ihrer Persönlichkeit wiederfinden ließ, dieser Satz war: »Also wenn ich einmal deprimiert bin, dann mache ich mir ein weichgekochtes Ei.«

II

Nach unserer Rückkehr von Elba nach dem großen Brand Ende des Sommers blieb ich über zwei Monate hinweg so gut wie ohne ein Lebenszeichen von Marie – und ich verließ schließlich das Fenster, an dem ich vergeblich auf ihren Anruf gewartet hatte. Erst zwei Monate später rief mich Marie endlich an. Es war Ende Oktober, an einem frühen Abend, ich hatte gerade allein in der Küche meines kleinen Zweizimmerappartements in der Rue des Filles-Saint-Thomas zu Abend gegessen. Als ich abhob, hörte ich die Stimme Maries, die nur »Hallo« sagte und dann eine Pause einlegte, nicht sofort weitersprach – ich hörte sie atmen, ihr Schweigen – die unentschlossene, zaghafte Marie, die nichts sagte und mich schließlich fragte, ob wir uns sehen könnten. Ich möchte dich gern sehen, sagte sie mit sanfter Stimme, ich muss dir etwas sagen, und sie verabredete sich mit mir eine Stunde später in einem Café an der Place Saint-Sulpice.

Nachdem ich aufgelegt hatte, blieb ich noch einen langen Moment aufgewühlt am Fenster stehen, war verunsichert und beunruhigt durch die knappen Worte Maries. Ich dachte nach über das Wenige, was sie mir gesagt hatte, das

Wenige, das dennoch das rätselhafte »Ich muss dir etwas sagen« enthielt, das umso verwirrender war, als sie nicht sagte, was es war. Diese Leerstelle, die sie in unserem Gespräch gelassen hatte – das Fehlen, diese Lücke – ließ Platz für alle Vermutungen, von der banalsten bis hin zur tragischsten (ein Todesfall, natürlich, denn immer, wenn Marie mich in letzter Zeit so unerwartet angerufen hatte, ging es darum, mir den Tod von jemandem mitzuteilen, den ihres Vaters vor zwei Jahren, den von Jean-Christophe de G. im vergangenen Juni), und ließ alle Vermutungen zu, ohne eine dieser Vermutungen zu stützen.
Es war bereits dunkel, als ich die Treppe der Metrostation Saint-Sulpice hochstieg und in die Richtung des Cafés abbog, in dem sich Marie mit mir verabredet hatte. Paris war an diesem Abend sehr ruhig. Die meisten Geschäfte waren geschlossen, im Dämmerlicht waren ein paar Schaufenster zu sehen. Ein einzelnes Taxi fuhr von Zeit zu Zeit im Regen durch die Rue du Vieux-Colombier. Es war nicht sehr spät, kurz nach halb neun, aber es war kaum noch jemand auf der Straße. Die Place Saint-Sulpice war menschenleer, es war still, die Kirchenfassade verhüllt mit majestätisch aussehenden grauen Planen über uralten Gerüsten. Es herrschte an diesem Abend eine herbstliche Atmosphäre in der Stadt, die kahlen Äste der Platanen bogen sich unter den Windböen, abgestorbene Blätter wehten weich über die Fahrbahn, andere, aufgerollt oder plattgedrückt, lagen auf dem Boden zwischen den leeren Bänken. Das Café, in dem wir uns verabredet hatten, war im Grunde das einzige beleuchtete Gebäude am Platz. Goldfarbenes Licht schimmerte durch die Scheiben der

überdachten Terrasse, die aussah wie die Brücke eines Schiffs, das mitten in der Nacht gestrandet war.

Marie war noch nicht da, als ich das Café betrat, ich war zu früh. Außer mir saßen nur vier oder fünf andere Gäste verstreut im Café. Die Scheiben waren beschlagen, auf dem Boden überall Spuren nasser Schritte. Durch die großen Glasfenster schaute ich auf den leeren Platz vor mir, und jedes Mal, wenn ein beleuchteter Bus vor dem Café hielt, konnte ich nicht anders, als nach Marie zu suchen, ich beobachtete die Leute, wie sie ausstiegen und in die umliegenden Straßen verschwanden, und sah den Bus dann wieder losfahren und sich im Regen Richtung Seine oder Invalidendom entfernen.

Als ein Taxi, es war ein weißer Mercedes, langsam vor dem Café anhielt, wusste ich sofort, dass Marie darin saß. Vergeblich suchte ich hinter den abgetönten Scheiben ihr Gesicht zu erkennen, als sie den Taxifahrer bezahlte, und erkannte sie auch nicht gleich wieder, als sich die Wagentür öffnete, ich hatte sogar zunächst Zweifel, als ich sie aus dem Taxi steigen sah. Natürlich hatte ich ihre Gestalt wiedererkannt, ich wusste, dass sie es war, aber sie hatte nichts von dem so Flamboyanten, Wilden und Extravaganten, das sie für gewöhnlich auszeichnete, dies war eine niedergeschlagene Marie, die das Café betrat, eine gemäßigte Version ihrer selbst. Sie hatte die verglaste Eingangstür des Cafés aufgedrückt, suchte mich mit ihrem Blick und lächelte mir aus der Entfernung zu, als sie mich entdeckt hatte. Sie kam auf mich zu, gab mir zur Begrüßung Küsschen auf die Wangen, ohne eines der unzähligen Kleidungsstücke abzulegen, in die sie von Kopf bis

Fuß eingewickelt war. Erst nach einer Weile streifte sie ihren Schal ab, zog die Handschuhe aus und nahm die Bommelmütze ab, von der sie die zwei, drei Regentropfen schüttelte, die sie abbekommen haben musste, als sie aus dem Taxi gestiegen war. Ihren langen dunklen Mantel behielt sie an und ließ den Gürtel auf den Boden schleifen, als sie neben mir Platz auf einem der Korbstühle mit Blick auf die Place Saint-Sulpice nahm. Erneut lächelte sie mir zu, fröstelte und griff sich mit den Armen um die Schultern, um sich zu wärmen. Unter ihrem Mantel, den sie nur halb geöffnet hatte, erahnte man mehrere Schichten aus Wolle, und sie trug eine weitgeschnittene, schwarze Hose und geschnürte Stiefeletten. Nur zwei Monate hatte ich sie nicht mehr gesehen, aber ich fand, sie hatte sich verändert. Vielleicht mochte es daran liegen, dass sich meine Gefühle ihr gegenüber seit dem Sommer verändert hatten, ich schaute sie jetzt auf eine sachlichere Weise an, genauer und mit einem Blick, der forschend und nicht von vornherein von ihr eingenommen war. Sie schien müde. Sie war nicht geschminkt, und es fehlte diese Sonnenbräune, die ihrer Haut eine wunderbare Aprikosenfarbe gab. Ihre Bräune war verschwunden, war einem blassen Teint gewichen und einer wie erloschenen Miene. Ihre Augen waren klein und glanzlos, sie schienen sie zu schmerzen, waren zu empfindlich für das grelle Licht, das im Café herrschte. Es schien mir sogar – würde ich das zu sagen wagen – nein, ich sagte es natürlich nicht, ich wollte hier nicht mit solch einer tödlichen Unterstellung kommen, dass sie ein wenig an Gewicht zugelegt hatte, oder eher, um den Affront, diese Unterstellung, die Majestätsbeleidigung etwas abzumildern, dass ihr Gesicht an diesem Abend etwas von dem Ausdruck angenommen hatte, den ich von ihr beim Aufwachen kannte, ihr weiches, verschlafenes, noch lauwarmes Gesicht, wenn sie langsam aus einer langen Nacht auftauchte und die Wangen noch leicht klebrig und die Backenknochen verschwitzt und aufgedunsen waren, was sie zwar weniger schön, aber dafür weit anrührender machte.

Die Vorstellung fiel mir schwer, dass sie es war, die mich in diesem so müden, so mitgenommenen und verblühten Zustand, in dem sie neben mir auf dem Korbstuhl saß, an diesem Abend hatte sehen wollen. Eher hätte man denken können, es sei meine Idee gewesen, ich wäre derjenige gewesen, der sie durch irgendein überraschendes Telefonat dazu gebracht hätte, ihre Wohnung überstürzt zu verlassen, weshalb sie nur wegen mir aus dem Bett hätte steigen oder von dem großen Kanapee in der Rue de la Vrillière aufstehen müssen, auf dem sie es sich bequem gemacht hatte, um ein paar Modezeitschriften durchzublättern, zusammengerollt in Socken, einem alten, übergroßen T-Shirt und mit einer Stola über den Knien, und dass sie dann, von meinem Anruf aufgeschreckt, ihren Abend widerwillig unterbrechen musste, schnell ein Paar Schuhe anzog und den erstbesten Mantel über die weite, bequeme Kleidung streifte, die sie trug, als ich sie gestört hatte. Ganz offensichtlich hatte sie sich keine Mühe gemacht, sich für das Treffen, zu dem sie sich mit mir verabredet hatte, herzurichten. Nicht einmal richtig gekämmt hatte sie sich vor ihrem Aufbruch, und wahrscheinlich hatte sie am Nachmittag noch nicht den leisesten Gedanken daran

gehabt, dass wir uns am Abend sehen würden. Einer der Kellner kam an unseren Tisch. Ich bestellte ein weiteres Bier, Marie zögerte, sie zögerte lange, schaute den Kellner an, immer kurz davor, ihre Bestellung aufzugeben, verwarf es dann wieder. Haben Sie Kräutertee, fragte sie schließlich. Der Kellner bejahte, zählte die verschiedenen Sorten auf – Kamille, Lindenblüte, Pfefferminze, Eisenkraut – und Marie fragte, ob es sich um frische Kräuter handele. Nein, antwortete der Kellner, es sind Teebeutel. Dann nehme ich ein Wasser, sagte Marie, ein kleines Vittel. Evian, sagte der Kellner. Evian, sagte Marie, und bitte noch ein paar Chips, wenn das möglich ist, fügte sie hinzu, als der Kellner sich bereits entfernte.
Die Diskussion mit dem Kellner hatte Marie etwas wacher gemacht, wie ein erstes Schnauben, ein schnelles Aufwärmen, es kam wieder sichtlich Leben in sie und sie richtete sich auf ihrem Stuhl etwas auf. Nachdem der Kellner mit den Getränken gekommen war und sie auf dem kleinen, runden Tisch zusammen mit einem Schälchen Chips abgestellt hatte, fiel der Blick Maries nachdenklich auf die Chips, und ich sah zum ersten Mal an diesem Abend, genauer, seit ihrem Eintreffen im Café in ihren Augen so etwas wie Zärtlichkeit aufblitzen. Sie griff gedankenverloren in das Schälchen mit den Chips und hatte es schnell geleert. Bestellte beim Kellner eine neue Portion, und der Kellner war noch nicht gegangen, als Marie ihn fragte, ob es möglich sei, auch noch ein paar Oliven zu bekommen. Und als der Kellner die zwei Schälchen auf unserem kleinen runden Tisch abstellte, hatte Marie, die mir bis dahin noch ein wenig kraftlos, stumpf und weit unter ihrer Nor-

malform vorgekommen war, wieder zu ihren alten Kräften zurückgefunden. Marie wurde wieder zu Marie und zog sämtliche Register. Sie hielt den Kellner am Arm zurück, bedankte sich bei ihm für das Schälchen mit den Oliven und fragte ihn in all ihrer Anmut, mit all ihrem naiven Charme und ihrem entwaffnendsten, komplizenhaftesten und unwiderstehlichsten Lächeln, mit dem sie auszudrücken schien, dass ihr bewusst sei, dass das, was jetzt käme, vielleicht ein wenig viel verlangt wäre und sie ihn auch nicht noch einmal darum bitten werde, ob es denn möglich wäre, schwarze zu bekommen, schwarze Oliven.
Marie nahm ihr Glas von dem kleinen runden Tisch und trank einen Schluck Wasser, einen sehr kleinen Schluck, nachdenklich, zögerlich, mit gespitzten Lippen. Sie hob die Augen in meine Richtung, schien etwas sagen zu wollen, schwieg aber, fing wieder an zu überlegen, war völlig in ihre Gedanken versunken. Sie trank einen zweiten Schluck Wasser, genauso bedächtig, starrte dabei hinaus auf die im Regen liegende Place Saint-Sulpice und sagte mir, dass Maurizio tot sei, der Hüter des Anwesens ihres Vaters auf Elba, sein Sohn habe sie heute Abend angerufen, um ihr das mitzuteilen.
Sie drehte sich mir zu und schaute mich lange und ernst an, fügte dann hinzu, es wäre gut, wenn wir zur Beerdigung gingen. Sie hatte »wir« gesagt, dass »wir« zur Beerdigung gehen sollten. Ich schaute sie an, aber sie sagte nichts mehr, betrachtete wieder den Regen, der draußen auf der Place Saint-Sulpice fiel. Also hatte sie mich wieder einmal angerufen, um mir den Tod von jemandem mitzuteilen (summa summarum rief Marie mich immer nur an, wenn je-

mand gestorben war). Trotzdem war ich betroffen, trotz allem, und auch gerührt festzustellen, dass in jedem wichtigen Lebensmoment, immer dann, wenn sich in ihrem Leben etwas Schwerwiegendes ereignete, sie sich an mich wandte. Und mit Sicherheit wäre mein Ärger noch größer gewesen, wenn ich später erfahren hätte, dass sie ohne mich zu benachrichtigen, allein nach Elba zur Beerdigung von Maurizio gefahren wäre.
Marie sah weiter schweigend hinaus auf die Place Saint-Sulpice. Ich ließ sie einen Moment allein, um auf die Toilette zu gehen. Als ich zurückkam und mich wieder an unseren Tisch setzen wollte, war Marie verschwunden. Ich blieb einen Moment am Tresen stehen. Marie war nicht mehr da, unser Tisch war leer, nur unsere Getränke standen noch da, mein Bier, das ich bestellt hatte, und ihr Glas Evian. Ihre Abwesenheit war da, offenkundig, sichtbar. Ich schaute mich im Café um, suchte sie mit Blicken. Vielleicht hatte sie sich an einen anderen Tisch gesetzt oder war aufgestanden, um sich eine Zeitschrift zu holen. Ich schaute zu den anderen Tischen, dort war sie nicht, ich fand sie nirgends. Ich warf einen schnellen Blick zum Patron und den zwei Kellnern hinter der Bar, die nichts Besonderes bemerkt zu haben schienen, stellte ihnen aber keine Fragen, mein Blick kehrte wieder zu unserem verlassenen Tisch zurück, wo die Gläser und leeren Schälchen von der Abwesenheit Maries zeugten.
Erst dann habe ich sie entdeckt, ich sah sie durch die Fenster des Cafés, sie saß draußen auf einer Bank aus Korbgeflecht, mit dem Rücken zu mir an die Scheibe gelehnt, und rauchte dort in Wind und Regen im Dunkeln eine Zi-

garette. Sie war da, draußen vor der in der Nacht beleuchteten Place Saint-Sulpice, auf die sie unverwandt blickte, die Zigarette in der Hand haltend, mit leicht erhobenem Arm und abgewinkeltem Handgelenk, Rauch stieg in zögerlichen Wirbeln langsam auf, und ich sah die glühende rote Spitze ihrer Zigarette jedes Mal, wenn sie einen Zug nahm, aufleuchten. Ich sah ihr Haar von hinten, es war vom Wind und Regen zerzaust, der ohne Unterbrechung vor ihr niederging. Immer wieder sprühten ihr Tröpfchen ins Gesicht, ihr langer Mantel war nass geworden, ebenso ihr Schal, den sie sich vor dem Hinausgehen wieder umgelegt hatte. Niemand in diesem Viertel schien an diesem Abend auf der Straße zu sein, der Regen hatte die Menschen in ihren Wohnungen zurückgehalten, nur wir waren auf der Place Saint-Sulpice, ich, der ich auf dieser seltsamen verglasten Schiffsbrücke mit Blick auf einen düsteren Horizont stand, und sie draußen, als Galionsfigur vor dem unsichtbaren Ozean.
Die Place Saint-Sulpice kräuselte sich im Licht der Straßenlaternen, ein paar scharf abgegrenzte Lichtpunkte glänzten hier und da vor uns in der Nacht. In der Mitte des Platzes stürzte das Wasser der Visconti-Fontäne über die Überlaufbecken, angestrahlt von den Strahlenbündeln der weißen Scheinwerfer lief durchsichtiges, bewegliches und wirbelndes Wasser die Brunnenschalen hinunter bis ins unterste Becken, in das der Regen ebenfalls ohne Unterlass fiel, Wasser, das sich mit Wasser mischte und brodelnd aufwallte, während die beiden Türme der Kirche Saint-Sulpice sich in goldbraunem, mächtigem, imposantem Profil hoch über dem Platz aufrichteten. Ich sah Marie vor

mir, sah flüchtig ihr Gesicht, wenn sie eine kurze Bewegung vollführte, sie starrte weiter vor sich hin, eine Zigarette in der Hand, ihre Gestalt von hinten im Mantel im Regen, Marie die Ozeanische, die Dunstwolken von Schwermut auszuhauchen schien, die im Spiel ihres Zigarettenrauchs in der Nacht verflogen. Ich beobachtete Maries Silhouette von hinten durch das Fenster – diese Nacht im Regen war herzzerreißend –, und verstand nunmehr, in eben diesem Moment, sekundenschnell war mir die Gewissheit gekommen, dass das nicht die einzige Sache war, die sie mir sagen wollte – der Tod Maurizios und ihr Vorschlag, sie nach Elba zum Begräbnis zu begleiten –, sondern dass sie mir das, was sie sonst noch zu sagen hatte und mir noch nicht gesagt hatte, an diesem Abend noch nicht sagen würde, sondern erst in ein paar Tagen, auf Elba. Und wenn ich später an diesen Augenblick zurückdenken sollte, würde es sich bewahrheiten, dass ich mich nicht geirrt hatte.

Marie kümmerte sich um alle Formalitäten unserer Reise nach Elba. Am übernächsten Tag holte sie mich mit dem

Taxi ab. Um halb sechs Uhr morgens hielt das Taxi unten vor dem Haus in der Rue des Filles-Saint-Thomas (Marie hatte den ersten Flug nach Pisa gebucht, den um 6.55 Uhr). In Paris war es kalt und regnerisch, und wir saßen schweigend im Taxi. Marie trug einen Übergangsmantel aus heller creme- oder elfenbeinfarbener Wolle, den ich an ihr noch nie gesehen hatte. Im Halbdunkel des Taxis döste sie mit verschränkten Armen und in ihren Mantel gewickelt. Von Zeit zu Zeit gähnte sie und kniff die Augen zu, öffnete dann eines zur Hälfte und lächelte mich an, mit schweren Lidern, bereit, sie gleich wieder zu schließen. Im Flughafen Roissy, der trotz der frühen Morgenstunde schon recht belebt war, tranken wir am Tresen eines Expressrestaurants auf die Schnelle einen Kaffee aus Pappbechern, nachdem wir zuvor den Koffer von Marie eingecheckt hatten (nur ein einziger Koffer – welche Heldentat –, aber extrem voluminös und auf das Raffinierteste ausgestattet mit Fächern und Seitentaschen, Unterteilungen und zusätzlichen Täschchen, wie diese immer zum Bersten gefüllten Backpacker-Rucksäcke, an denen dann noch ein Eispickel oder eine Pfanne hängt.) Dann, nachdem wir die Sicherheitskontrolle passiert hatten, folgten wir einem verglasten Korridor, von dem aus wir auf die düsteren Pisten von Roissy blickten, bis wir das Flugzeug erreicht hatten.
Bei unserer Landung in Pisa war es noch dunkel, durch die Bordfenster sahen wir die Lichter des Flughafens. Wie in Zeitlupe rollte das Flugzeug über die Pisten des Galileo-Galilei-Airports zu seinem Platz auf dem Vorfeld. Es war 8.35 Uhr Ortszeit, und die Außentemperatur betrug 8 Grad Celsius. Wir hielten uns nicht lange am Flughafen

auf, warteten nur auf Maries Koffer und fuhren dann weiter zum Bahnhof. Nachdem wir die große Anzeigetafel mit den Abfahrtszeiten der Züge studiert hatten, kauften wir zwei Tickets nach Piombino und stiegen in einen abfahrbereiten Zug, der sich fast unverzüglich in Bewegung setzte. Über der Toskana brach ein regnerischer Tag an. In einiger Entfernung war das Meer zu sehen, es war ein unheildrohendes Meer, grau und übersät mit kleinen weißen Gischtkronen, die draußen vor der Küste wie lebendige, zittrige Narben aufschäumten. Eine nasskalte und traurige Landschaft zog an unserem Fenster vorbei, Bahnhöfe in verblasstem Ocker, zwischen verregneten Feldern hier und da ein Haus auf dem Gipfel eines Hügels, Pinien in Reihen, die sich aus dem Nebel herausstanzten. Der Herbst schien das Blätterwerk der Bäume noch verschont zu haben, sie standen immer noch in vollem Grün, ohne irgendeinen Schimmer von Gelb oder Rot, diesen Goldtönungen, die man im Norden Europas findet. Im Zug dösten wir nebeneinander vor uns hin, fühlten uns, als hätten wir es mit einer leichten Zeitverschiebung zu tun, nur weil wir so früh hatten aufstehen müssen. Kurz bevor wir Piombino erreichten und der Zug vor der Einfahrt in den Bahnhof sein Tempo verlangsamte, durchfuhren wir ein durch Absperrgitter gesichertes Gelände der stahlverarbeitenden Industrie, wo hohe Industrieschornsteine Rauch in den Himmel stießen vor dem Hintergrund eines düsteren und grauen Mittelmeers.

Der kleine Bahnhof von Piombino Marittima befand sich am Ende der Strecke, eine Art Eisenbahnsackgasse, die am Hafen selbst endete. Wir stiegen aus und erreichten die

Esplanade des Fährhafens über die innenliegende Treppe. Im Fährhafen war wenig los, ein paar Lastwagen standen dort hintereinander, die Fahrer warteten vor den Wagentüren, Privatautos mit italienischen Familien, die Allerheiligen auf Elba verbringen wollten. Wir gingen auf ein verglastes Gebäude mit der Aufschrift *Agencia Marittima* zu, wo wir uns die Tickets für die Überfahrt kauften, warteten dann auf dem Kai auf die Abfahrt der Fähre. Der Himmel war sehr dunkel und das Meer sah weit draußen bedrohlich und aufgewühlt aus. Immer wieder schwappte eine kleine Welle vom Bassin über die Kaimauer und bespritzte unsere Schuhe. Hier standen wir nun, Seite an Seite, Maries Koffer zu unseren Füßen, am Ende der Esplanade und schauten auf die beiden großen vor Anker liegenden Schiffe, die reglos vor uns aufragten, jenes azurblaue Schiff der Mobyline mit dem riesigen Schriftzug MOBY auf dem Rumpf, und jenes weit ältere von der Toremar-Linie, das wir nehmen würden und dessen Schornsteine vor dem Auslaufen schon rauchten. Wir betrachteten die letzten Vorbereitungen zur Einschiffung, Arbeiter ließen die Metallbrücken herab, über die die Fahrzeuge an Bord kommen sollten, als Marie mich im Regen sachte an der Hand nahm. Sie hatte mich dabei nicht angesehen, einfach nur die Hand an ihrer Seite angehoben und ganz natürlich die meine genommen, und diese so zärtliche Geste, die mich mit tiefer innerer Ruhe erfüllte, diese so unerwartete Geste erschien mir genauso überraschend, wie wenn diese beiden Schiffe dort vor unseren Augen für einen Augenblick ihre ganze leidenschaftslose Kälte, in der sie hier im Hafen zusammenlebten, aufgegeben hätten, um sich plötzlich mit einer Geste der Zärtlichkeit einander anzunähern. Ich spürte die feuchte Hand Maries in meiner Handfläche und genoss im selben Moment körperlich, wie in exklusiver Privatheit, die Richtigkeit des Universalgesetzes, demzufolge zwei Körper, die sich berühren, dazu neigen, ihre Temperatur einander anzugleichen.

An diesem Morgen war das Meer stürmisch, gleich nach dem Auslaufen aus dem Hafen begann das Schiff zu schlingern. Das Oberdeck war menschenleer gefegt von Regen und Gischt, die Passagierbänke standen verlassen im Wind. Ich stützte mich mit den Ellbogen auf die Reling und betrachtete das schwere, wellenbewegte Meer, durch das sich die Fähre im Regen ihren Weg bahnte. Die Überfahrt dauerte weniger als eine Stunde. Schon bald konnte man in der Ferne die Küste Elbas erkennen. Die Atmosphäre verschwamm im Regen, die Umrisse des bewaldeten Ufers, die sich in feuchtem Nebel auflösten, waren nur schwer auszumachen. Für mich war es eigentlich ein wohlbekanntes Bild, aber bislang war ich nur im Sommer mit dem Schiff auf Elba angekommen, bei ruhigem Meer, in dem wundervollen rosaroten und glasigen Licht der Morgenstunden. Heute konnte man Himmel und Meer kaum unterscheiden, die Küste erschien voller Wildheit, Nebelschwaden hatten sich an die Felshänge gehängt. Ich betrachtete die gleichmäßige Linie der Hügel, die den Horizont säumten, und erst da bemerkte ich – ich hatte es nicht gleich erkannt, weil der Rauch sich mit dem Nebel vermischte –, dass sich über Elba eine Rauchsäule erhob.

Je näher wir der Küste kamen, desto weniger Zweifel bestand, in der Ferne stieg tatsächlich Rauch auf, als stünde

die Insel Elba in Flammen. Es war wirklich atemberaubend, obwohl natürlich unmöglich, doch es erschien mir, als ob es sich um dasselbe Feuer wie im Sommer handelte, denselben Waldbrand, der sich immer noch weiter verzehrte, weiter am Brennen war und uns verfolgte, jetzt auf unsere Rückkehr wartete. Ende des Sommers hatten wir ein brennendes Elba verlassen und fanden es jetzt, zwei Monate später, wieder brennend vor. Es dauerte nicht lange, da kam uns von weitem, kaum wahrnehmbar, ein merkwürdiger, mit der Luft des Meeres verdünnter Geruch entgegen, nicht wirklich ein Brandgeruch, nicht einer von brennenden Bäumen, sondern es roch einfach nach Verbranntem, ein beißender, kautschukartiger Geruch hing in der Luft und breitete sich in Wind und Gischt aus.
Die Rauchsäule war nun am Horizont deutlich erkennbar, wir konnten sie vom Boot aus gut sehen. Ziemlich schmal an der Basis, verbreiterte sie sich beim Aufsteigen in den Himmel, wo sie sich mit schwarzen und blauen Wolkenformationen vermengte, aufgeblähte Haufen watteartiger Cumulonimbuswolken, die der Wind träge vor sich her trieb. Ich versuchte herauszufinden, wo die Säule ihren Ursprung nahm, von welchem Ort genau der Rauch kam, und mir wurde klar, dass es mit Sicherheit nicht aus der Stadt selbst, sondern von irgendwo etwas weiter im Osten der Bucht kommen musste. Als wir uns dem Felsenvorsprung näherten, hinter dem die Hafeneinfahrt von Portoferraio lag, drosselten die Maschinen ihre Fahrt und das Schiff legte mit dem Rest seines Schwungs langsam an der Kaimauer an.
Marie hatte Mauricios Familie informiert, dass wir an die-

sem Morgen ankommen würden, einer seiner Söhne sollte uns vom Schiff abholen und nach Rivercina bringen. Maurizio hatte zwei Söhne, der ältere, Francesco arbeitete beim Finanzamt, und Giuseppe, den jüngeren, den ich kaum kannte, ich muss ihn nur ein- oder zweimal gesehen haben und hatte nie mit ihm gesprochen. Wir verließen das Schiff durch den Frachtraum, und da wir nicht wussten, wer uns abholen kam, schauten wir uns unten auf dem Kai um. Instinktiv war Marie in Richtung des kleinen Gebäudes der Hafenverwaltung gegangen, wo ihr Vater immer auf uns gewartet hatte, wenn er uns holen kam, und wir sahen, dass dort im grauen Dunst ein Pick-up wartete, ein enormer schwarzer Pick-up mit glänzenden, prallen Kotflügeln, der dort mit laufendem Motor und hellerleuchteten Scheinwerfern im Regen stand.
Giuseppe, der jüngere der beiden Söhne Maurizios, stieg aus dem Pick-up, von oben bis unten in Schwarz gekleidet, vielleicht wegen des Trauerfalls, aber es konnte sich auch um die Kleidung handeln, die er normalerweise trug, schwarzes Seidenhemd, schwarzes dünnes Kunstlederblouson, schwarzgetönte Ray-Ban-Brille, die er bei unserem Näherkommen abnahm, das Gesicht verschlossen, mit starrem Blick, ohne ein Wort, ohne ein Lächeln. Zwei goldfarbene Tupfer akzentuierten noch das Schwarze seines Aufzugs, ein dicker goldener Ehering gut sichtbar am Ringfinger und ein schweres goldenes oder vergoldetes Armkettchen, auf dem sein Name, *Giuseppe*, in kursiver Künstlerschreibschrift eingraviert war. Es ging von ihm etwas Abstoßendes und Unsympathisches aus, er hatte etwas von seinem Auto, so wie manche Hundebesitzer sich

nach ihrem Bild immer dasselbe Viech kaufen. Marie ging auf ihn zu, nahm ihn bei der Schulter, drückte ihm ihr Beileid aus, fuhr dann sofort mit der Hand in einer liebevollen und wirren Geste durch sein Haar. *È la vita*, sagte er ohne Überzeugung mit einem etwas müden und gelangweilten Ausdruck, ging dann ein paar Schritte auf mich zu, zögerte kurz, wartete vielleicht darauf, dass ich ihn ebenfalls in die Arme schließen würde, was keinesfalls in meiner Absicht lag, ich beschränkte mich darauf, ihm aus einiger Entfernung die Hand zu reichen. Entschlossen und mit festem Griff schüttelte er mir die Hand, angestrengt und ohne ein Lächeln. Ich sagte ihm ein paar freundliche Worte auf Italienisch über seinen Vater, ich sagte ihm, dass ich ihn sehr geschätzt hätte, dass jeder auf Rivercina ihn geliebt hätte, und er hörte mir mit dem Kopf nickend und seinen Autoschlüssel in der Hand knetend zu und wiederholte denselben Satz *È la vita* in demselben gelangweilten Ton, so als ob er ihn schon Hunderte von Malen an diesem Tag gesagt hätte und es auch noch Hunderte Male tun würde.

Giuseppe bemerkte den großen Koffer Maries, hob ihn mit einer Leichtigkeit hoch, als würde er nur drei oder vier Kilo wiegen, dabei mussten es gut und gerne dreißig Kilo gewesen sein, und ging hinten an den Pick-up, dessen Ladefläche mit einer dünnen Abdeckung aus Aluminium hermetisch verschlossen war. Er öffnete das Rollo mit seinem Schlüssel, schob ein paar neue Farbeimer, Plastikcontainer und Farbrollen zur Seite, um etwas Platz für den Koffer zu schaffen, hob eine alte Decke mit Schottenmuster an, unter der zwei Benzinkanister zum Vorschein

kamen, die er sofort wieder zudeckte, wobei er die Decke sorgfältig wieder an ihren Platz zurücklegte, und stellte dann den Koffer an seinen Platz auf der Ladefläche. Wir setzten uns in den Pick-up, und er fuhr langsam los in Richtung Hafenausgang, Marie saß eng an mich gedrängt zwischen uns auf dem einzigen Mitfahrersitz. Giuseppe hatte seine schwarzgetönte Brille wieder aufgesetzt, er fuhr, ohne ein Wort zu sagen. Marie führte das Gespräch, erkundigte sich nach den Neuigkeiten der Familie Maurizios, und er beantwortete ihre Fragen ebenso einsilbig wie präzise, ohne irgendwelche Umschweife, mit seinem müden und gelangweilten Ausdruck. Ich nutzte dann eine Gesprächspause, um ihn nach dem Grund des Feuers zu fragen, das wir vom Schiff aus gesehen hatten, und ohne den Kopf zu drehen, weiter gerade vor sich hinschauend, sagte er, dass die Fabrik Monte Capanne diese Nacht gebrannt hätte. *La cioccolateria?*, fragte Marie. *Si, la cioccolateria*, antwortete er.
Die Schokoladenfabrik Monte Capanne lag vier oder fünf Kilometer außerhalb von Portoferraio, nicht weit entfernt von dem Dörfchen Schiopparello, auf dem Gelände der ehemaligen Biskuitbäckerei Prati. Manchmal im Sommer, auf dem Weg nach Rivercina, hatte Marie dort Halt gemacht, um ein paar Tafeln von Hand hergestellte Schokolade zu kaufen. In der Touristensaison hatte neben der Fabrik ein kleines Verkaufshäuschen für Privatkunden geöffnet. Ich hatte Marie einmal in den Laden begleitet, und während sie ihre Wahl aus der Palette der neuesten modischen Geschmacksrichtungen traf, roter Pfeffer, Basilikum oder Ingwer, wobei jede der Tafeln auf das Sorg-

fältigste in klassisches Schokoladenpapier aus Stanniol gewickelt und in einen transparenten Umschlag mit dem Monogramm MC geschoben wurde, wartete ich auf sie und warf währenddessen durch das Sichtfenster im Verkaufsraum einen Blick in die Produktionsräume. Der Verkaufsraum war mit Schautafeln ausgestattet, auf denen die verschiedenen Phasen der Schokoladenherstellung dargestellt waren.

Die Schokolade wurde in diesem Familienunternehmen auf Elba noch wie früher hergestellt, mit alten Schlagwalzen, die die Bohnen aufbrechen, und antiken Drehtrommeln, in denen die Kakaostücke geröstet werden. Die Körner werden daraufhin zwischen Kalibrierungsgittern und von Drehzylindern angetriebenen Presshämmern zerstampft. Das knappe Dutzend Leute, das hier arbeitete, trug weiße Arbeitskittel und auf dem Kopf durchsichtige Hygienehauben. In Bottichen sickerte unter dem Einfluss von Hitze das Fett heraus, wurde ausgeschwitzt und schmolz zu einer zähflüssigen Masse, und es entstand ein Kakaolikör, nahezu flüssig und duftend, der in den Produktionsstätten mit den anderen Rohzutaten vermischt wurde, die bei der Schokoladenherstellung hinzukamen, mit Kakaobutter, Zucker, Vanille und Milchprodukten, je nach gewünschter Schokoladensorte.

Das Feuer war gegen vier Uhr morgens in der Schokoladenfabrik ausgebrochen. Zuerst hatte es in den als Lager dienenden Nebengebäuden gebrannt, dort, wo die Vorräte lagerten, die Säcke mit Zucker und den Kakaobohnen, von dort aus hatte sich der Brand auf das Hauptgebäude der Fabrik ausgebreitet, in dem die Produktionsstätten und das Büro untergebracht waren. Mindestens vierzig Feuerwehrleute und nicht weniger als sechs Feuerwehrwagen aus Portoferraio, aber auch von anderen Feuerwachen der Insel, waren im Einsatz, der Brand konnte erst gegen acht Uhr morgens unter Kontrolle gebracht werden. Noch jetzt war das Feuer nicht restlos besiegt. Als Giuseppe auf dem Weg zum Hafen vor einer halben Stunde dort vorbeigekommen war, wären noch zwanzig Männer damit beschäftigt gewesen, das Gelände zu sichern. Sobald wir den Kreisel bei der Zementfabrik am Ortseingang von Portoferraio hinter uns gelassen hatten, schlug uns erneut jener Feuergeruch entgegen, den wir schon auf dem Schiff weit draußen auf dem Meer wahrgenommen hatten, dieser Geruch nach Verbranntem, der jetzt in aller Penetranz trotz der geschlossenen Fenster in den Pick-up drang und den wir nun nicht mehr ignorieren konnten, weil er sich überall im Innern des Wagens ausbreitete. Aber dieser Geruch nach Verbranntem, den ich zunächst einfach nur wahrgenommen hatte, ohne ihn einordnen zu können, begann sich nun in meinem Geist klarer zu strukturieren, seitdem ich wusste, dass eine Schokoladenfabrik gebrannt hatte. Von diesem Indiz geleitet, konnte mein Hirn Ausmaß und Ursache erkennen, den Geruch verfeinern, ihn vollständig einkreisen, ich begann sogar, feinere und süßere Nuancen in ihm zu entdecken, eine fast zuckrige Note, und in meiner Vorstellung entstand, subjektiv und samtweich, ein wirklicher Schokoladengeruch.

Je näher wir kamen, desto mehr verfinsterte sich die Luft, und die Straße vor uns wurde immer schwärzer, als würden wir in die Nacht, in die untergehende Sonne hinein-

fahren und nicht einfach nur nach Osten. Rauchschwaden hingen noch über der Straße, sie vermischten sich mit dem Regen und dem Nebel vor der riesigen regennassen Windschutzscheibe unseres Pick-ups, über die die Scheibenwischer hin- und herschwangen. Einige Kilometer weiter stockte der Verkehr vor einer Straßensperre, die dort errichtet worden war, Polizisten leiteten den Verkehr um, Motorradpolizisten in schwarzen Lederkombinationen und großen weißen Helmen unterstützten sie dabei, ihre mächtigen Motorräder parkten am Straßenrand. Giuseppe hatte sich in die Schlange der Autos eingereiht und verfolgte, die Hände um das Lenkrad geklammert, die zeitlupenhafte Bewegung der Wagen, um dann, von einem plötzlichen Impuls gepackt, das Lenkrad scharf links einzuschlagen, entschlossen auf die Straßenmitte zu fahren und dann weiter vor bis zur Einfahrt der Schokoladenfabrik. Sofort kamen mehrere Polizisten zu uns herübergerannt, und er ließ sein Fenster herunter. Er wechselte ein paar Worte mit ihnen, schnell und schroff, ich verstand nicht recht, was er sagte, einer der Polizisten gab ihm ein Zeichen, dass er weiterfahren könne, und machte ihm die Durchfahrt frei, und er passierte das Gittertor der Fabrik, fuhr heftig hinein auf die kiesbestreute Auffahrt und beschleunigte, damit die Reifen nicht in den schlammigen Fahrrinnen steckenblieben.
Er parkte den Wagen vor dem ausgebrannten Fabrikgebäude neben einem Polizeifahrzeug und einigen Feuerwehrwagen. Ohne ein Wort und ohne weitere Erklärung stieg er aus, und wir folgten ihm zögernd, stapften durch die aufgeweichte Erde hinter ihm her. Überall lagen Dutzende

Meter von Feuerwehrschläuchen durcheinander und sich selbst überlassen auf dem Boden herum. Hinter der nicht mehr existenten Tür des Verkaufsraums, den wir kannten, und den zerstörten Fenstern sahen wir auf rußschwarze Wände und herausgebrochene Steine. Ein gutes Dutzend Personen in Uniform, Feuerwehr, Polizei, in kleinen Gruppen verteilt auf dem Gelände, Leute von der Spurensicherung in ihrer merkwürdigen Schutzbekleidung, in diesen weißen Overalls und mit ihren antiseptischen Gesichtsmasken, die unter anderen Umständen mit den Mitarbeitern der Schokoladenfabrik hätten verwechselt werden können. Überall auf dem Areal, das durch die Hektoliter Wasser, die durch die Feuerwehrschläuche geströmt waren, völlig überschwemmt war, schwammen oder trieben, umgestürzt oder aufeinandergestapelt, Plastikstühle, Metallskelette und verbrannte Trümmer herum. Der Geruch, der hier herrschte, bot keine subtile Nuance mehr, er war nur noch bedrückend und erschwerte das Atmen. Aus dem eingestürzten Dach des Hauptgebäudes entwich noch ein ununterbrochener Strahl von weißdampfendem Rauch, hier und dort kokelte es aus Haufen von Metalltrümmern. Zwei oder drei Carabinieri bildeten eine Art Postenkette und sperrten den Zugang zu dem noch nicht gesicherten Gebäude. Nach ein paar Schritten hielten wir vor dem Eingang zu den Produktionsstätten. Das Mauerwerk war verschwunden, geblieben waren nur noch die Metallstrukturen und die verkohlten Trägerbalken des Gebäudes, und dort, im düsteren Innern der trostlosen Halle, vor der wir standen, ragten in der Mitte drei Bottiche aus Edelstahl gespenstig in die Höhe, jeder fast vier Meter hoch, deren

gerundete Außenwände das Feuer gut überstanden, die sogar ihre ursprüngliche Färbung behalten hatten und in silbernen Farbreflexen glänzten, nur an manchen Stellen zeigten sich, dort wo das Feuer an ihnen geleckt hatte, wie Versteinerungen langgezogene bräunliche Verlaufsspuren. Alles andere war den Flammen zum Opfer gefallen, Asche und verkohlter Schutt schichtete sich in einem völligen Chaos auf dem Boden, inmitten der Trümmer ein umgestürztes Fließband und die Überbleibsel einer alten Schokoladenmischmaschine der Marke Carle & Montanari.
Wir hielten uns nur einen kurzen Moment auf dem Fabrikgelände auf, aber in der kurzen Zeit, die wir auf der Brandstelle verbrachten, war ich doch verwundert über die Art, wie sich Giuseppe dort verhalten hatte, der nicht wie wir unschlüssig und ohne Orientierung durch die Ruinen der Fabrik irrte, sondern der sich hier bestens auszukennen schien und sich zielstrebig fortbewegte, ich sah sogar, wie er in einen vom Feuer verschont gebliebenen Schuppen gegangen war, einen Moment darin verschwand und beim Herauskommen eilig etwas unter seinem Blouson zu verstecken schien. Ich lief mit Marie zwischen kleinen rauchenden Haufen herum, drehte mich von Zeit zu Zeit unauffällig nach Giuseppe um, beobachtete, was er gerade trieb, fand ihn immer noch in einem angeregten Gespräch mit einem Polizisten, demselben Polizisten in Zivil (er trug eine orangefarbene Binde um den Ärmel seiner Jacke), dem er dann hinter die Absperrungskette der Carabinieri ins Innere der verbotenen Zone folgte, sich dort zu Boden beugte und mit den Leuten der Spurensicherung über deren Erkenntnisse diskutierte. Als er wie-

der zu uns kam, gab es kein Wort, kein Lächeln, keinerlei Erklärung oder Kommentar. Er lief zum Pick-up, wir stiegen wieder ein und setzten unsere Fahrt fort. Beim Losfahren machte er mit der Hand dem einen Polizisten ein schnelles Zeichen und fuhr den mit Fahrrinnen und tief in den Schlamm gegrabenen Reifenspuren aufgepflügten Weg wieder hinunter.

Wir hatten uns wieder auf den Weg nach Rivercina gemacht. Giuseppe hatte seine schwarze Sonnenbrille abgenommen und auf das Handschuhfach gelegt, er fuhr schweigend, ganz in seine Gedanken vertieft. Er drehte seinen Kopf zu Marie und warf uns beiden verstohlen einen Blick zu, für ihn mussten wir beide ohne Zweifel so etwas wie eine Einheit, ein einziges doppelköpfiges Wesen sein, merkwürdig eingekeilt neben ihm auf dem Beifahrersitz. Er musterte uns mit diesem gelangweilten und misslaunigen Ausdruck, der möglicherweise von seiner Trauer rührte oder den er immer hatte und den die Trauer noch verstärkte und legitimierte, und nachdem er uns so gemustert hatte, sagte er, es sei kein Unfall gewesen. Und als wir auf diese Mitteilung nicht reagierten, warf er erneut lauernd einen kurzen, flüchtigen Blick auf uns - herausfordernd und mit sichtbarer Genugtuung - und fügte dann hinzu, es sei Brandstiftung gewesen, die Polizei habe Spuren entdeckt, die auf einen Einbruch schließen ließen, die Schlösser an der Tür des Lagers seien aufgebrochen worden. Er sagte das in seiner gelangweilten Art, fast widerwillig, ohne uns anzuschauen, ohne allerdings auch eine gewisse düstere Befriedigung kaschieren zu können, die Art Schadenfreude, die man dabei empfindet, wenn man anderen eine schlechte Nachricht überbringen kann, sofern es die Umstände erlauben – und ganz offensichtlich erlaubten es ihm die Umstände nicht allzu häufig –, oder unangenehme Sachen aufrührt oder sich im Unglück anderer gefällt. Marie neben mir auf dem Beifahrersitz, quasi im Amazonensitz halb auf meinen Knien, betrachtete ihn aufmerksam. Er fuhr fort zu erzählen, und sie betrachtete ihn weiter mit einer Reglosigkeit, die sich unmerklich verstärkt hatte, einer Reglosigkeit, die immer angespannter wurde, intensiver, ich spürte an meinem Schenkel, wie sich ihr Körper mehr und mehr verspannte, instinktiv war sie von ihm weggerückt, näher an mich heran, und sie hörte ihm kühl zu – mit starrem Blick, vorwurfsvoll –, ohne sich sicher zu sein, ob sie verstehen wollte, was er sagte oder was er damit beabsichtigte. Vielleicht war aber auch die Sprache das Hindernis, und wir verstanden nicht alle Feinheiten dessen, was er sagte, vielleicht machten wir aus einem harmlosen Geplauder ein Drama, vielleicht überinterpretierten wir, was er uns nicht gesagt, sondern nur angedeutet hatte in seinem vielsagenden, giftigen Italienisch. Was er jedenfalls durchblicken ließ, war, dass die Scalione, die Eigentümerfamilie der Schokoladenfabrik Monte Capanne, geglaubt hatte, ohne Schutzgeldzahlungen auszukommen.

Als Rivercina in Sicht kam, fiel Giuseppe wieder in sein Schweigen zurück, er fuhr langsamer und bog in die kleine, private Stichstraße ein, die zum Grundstück führte. Als wir am Haus von Maurizio vorbeikamen, dessen Fensterläden geschlossen waren, beugte sich Marie zum Fenster hinüber und betrachtete das Gebäude mit einem Ausdruck von verborgener Zärtlichkeit und mitfühlendem Schmerz und bat darum, einen Moment anzuhalten, damit sie Antonina, die Frau von Maurizio, umarmen könnte, aber Giuseppe nahm keine Rücksicht auf ihren Wunsch, verlangsamte nicht einmal seine Fahrt, beschleunigte eher, ließ die vier Räder seines Vehikels im Schlamm durchdrehen und sagte, seine Mutter sei müde und könne jetzt keinen Besuch empfangen, Marie würde sie am Nachmittag bei der Beerdigung sehen. Er sagte dies in einem scharfen Ton – und blieb ohne Widerrede. Marie schaute ihn an, mit immer noch starrem, vorwurfsvollem Blick, widersetzte sich aber nicht, sie begriff, dass sie bei ihm nichts erreichen würde, wenn er es nicht selbst so beschlossen hätte. Und was er beschlossen hatte, war, uns so schnell wie möglich in Rivercina abzusetzen und sofort wieder wegzufahren. Er hatte allem Anschein nach vor der Beerdigung noch Dinge zu erledigen. Am Ende des Weges kamen wir auf eine Art terrassiertes Gelände, auf dem ein Schuppen stand, in dem der alte Lieferwagen von Maries Vater zwischen ausrangiertem Gartengerät den Winter über stand. Die Straße endete dort, und Giuseppe ließ uns oben an der Treppe aussteigen, er kam nicht weiter mit, händigte Marie den Bund mit den Schlüsseln von Rivercina aus, auch den großen vergoldeten Haustürschlüssel. Wir stiegen aus dem Pick-up, auch Giuseppe stieg aus, half uns, den großen Koffer Maries abzuladen. Als er die Ladefläche öffnete, fiel mir erneut die alte Decke mit dem Schottenmuster ins Auge, und ich wusste genau, weil ich sie ja gesehen hatte, als wir den Koffer Maries aufluden, dass sich dort unter der Decke zwei Benzinkanister befanden. Mir war sogar aufgefallen, dass Giuseppe sie sofort wieder zugedeckt hatte, kaum dass sie ans Tageslicht gekommen waren (als hätte er sie vor uns verbergen wollen, dieser Gedanke war mir durch den Kopf geschossen). Und obwohl ich die Kanister nur für Sekundenbruchteile gesehen hatte, erinnerte ich mich noch sehr genau an ihr Aussehen, es waren zwei rote Fünfliterkanister aus verstärktem Polyethylen mit schwarzem Schraubverschluss, von denen ich zuerst nur gedacht hatte, sie dienten Giuseppe für Arbeiten am Haus oder als Reserve für seinen Wagen oder sein Boot – aber bei genauerem Nachdenken hätten sie genauso gut dazu dienen können, eine Fabrik in Brand zu setzen.

Giuseppe war sofort wieder losgefahren. Er war wieder in seinen Pick-up gestiegen und hatte uns ohne ein weiteres Wort stehengelassen. Wir machten uns auf den Weg zum Haus. Als ich die Umrisse des Hauses am anderen Ende der mit Bäumen gesäumten Allee im Regen sah, war ich überrascht, wie sehr sich dieses Bild von dem unterschied, das wir vom letzten Sommer in Erinnerung hatten, als ob sich der Wechsel der Jahreszeiten hier an diesem Ort viel radikaler vollziehen würde, ohne die winzigen, unsichtbaren Zwischenschritte, die normalerweise die eine Jahreszeit in die andere übergehen lassen. Marie öffnete die Tür mit dem großen vergoldeten Schlüssel des Schlüsselbunds und drückte gegen das Türblatt, das knarrend über den Boden schleifte. Im Flur gab es kein Geräusch, auch nicht das geringste Licht. Wir bewegten uns in dieser Finsternis voran, kamen in den Salon, entdeckten dort einen Haufen Gartenmöbel, die über den Winter hier hereingeräumt worden waren. Der große schmiedeeiserne Gartentisch von der Terrasse thronte in der Mitte des Raums mit den schweren Gartenstühlen, die aufeinandergestapelt waren. Zusammengefaltete Sonnenschirme lehnten an der Wand, Liegestühle waren senkrecht vor die Regale gestellt worden. Alle Fensterläden im Raum waren geschlossen. Es roch muffig und nach feuchtem Staub. Marie beugte sich vor, um eine kleine grüne Lampe anzuschalten, die auf dem Boden stand, und im Schein dieser schlecht installierten Lampe, die erst zwei- oder dreimal aufflackerte, bevor sie leuchtete, sahen wir auch die anderen Möbel aus dem Haus im grünlichen Halbschatten zum Vorschein kommen, die Lehnsessel, das Kanapee, der Eichenholzschreibtisch des Vaters, alle bedeckt mit weißen Laken oder großen grauen Plüschdecken. Ich bahnte mir einen Weg durch das Möbellabyrinth und betrat das Schlafzimmer im Erdgeschoss, das ich im Sommer bewohnt hatte. Die Tür klemmte, ließ sich nicht ganz öffnen, war blockiert durch noch mehr Gartenmöbel und einen alten Grill, die man dort eingelagert hatte. Das Bett war nicht gemacht, das Bettgestell nackt, die Kopfpolster lehnten verdreht und außer Form gebracht an der Wand. Ich schlängelte mich bis zum Fenster vor und versuchte, die Fensterläden zu öffnen, sie aufzustoßen, um Licht hereinzulassen und das Zimmer zu lüften, aber der Laden wollte nicht aufgehen, und erst als ich wieder aus dem Haus ging und das Gebäude umrundete, wurde mir klar, dass wegen des bevorstehenden Winters alle Läden zugenagelt waren, ein Brett versperrte das Fenster, und es war unmöglich, es zu öffnen.

Marie hatte sich nicht von der Stelle gerührt, war an der Tür zum Wohnzimmer stehen geblieben, die Hände in ihre Manteltaschen gebohrt, und starrte verständnislos auf die Anhäufung von Möbeln, stumm, niedergedrückt, als hätte sie gerade eine Überschwemmung entdeckt oder eine eingestürzte Decke. Ich schlug ihr vor, wenigstens die Bezüge von den Möbeln zu nehmen, damit man sich im Zimmer besser zurechtfindet. Sie ließ sich wie ein Schlafwandler führen und half mir, die großen weißen Tücher von den Möbeln zu ziehen. Dann schafften wir ein paar Liegestühle auf die Terrasse und brachten die Sonnenschirme nach draußen. Es war ein Kommen und Gehen im Zimmer, um dem Haus wieder einen etwas wohnlicheren Anstrich zu geben. Es war mir gelungen, einen der wenigen Fensterläden des Wohnzimmers zu öffnen, die nicht zugenagelt waren, ich legte eine alte CD auf, die wir im letzten Sommer gehört hatten (*Ancora tu* von Lucio Battisti). *E come stai? Domanda inutile. Stai con me e ci scappa da ridere. Amore mio ha già mangiato o no. Ho fame anch'io e non soltanto di te.* Da lächelte Marie mich an – es war ihr erstes Lächeln an diesem Tag, vielleicht überhaupt das einzige für heute (es gab allen Anlass, pessimistisch zu sein).
Nachdem der Regen aufgehört hatte, machte ich einen Rundgang auf dem Grundstück. Ich ging um das Haus herum zu dem kleinen Garten hinter dem blauen Gitter. Er war verwildert, Unkraut hatte alles überwuchert. Ich unternahm nicht den Versuch hineinzugehen, setzte meinen Rundgang fort, entfernte mich in Richtung Fluss. Der Erdboden war durchnässt, überall tropfte es aus dem Blattwerk. Ich kam an der Pferdekoppel vorbei, die leer

und trostlos dalag, einige Pfähle der Umzäunung waren umgefallen, ich ging an den verlassenen Geländeterrassen vorbei zum Meer hinunter. Am Ende des Anwesens angekommen, betrat ich einen kleinen, fast zugewachsenen Pfad, der mitten durch die Macchia führte. Das Haus war nun nicht mehr in Sichtweite, ich lief weiter, an Brombeersträuchern und anderem Gestrüpp vorbei, hörte plötzlich aus einiger Entfernung Schüsse, zwei, dann drei Schüsse, wie Türen, die in der unermesslichen Stille der Natur zuschlugen. Ich verlangsamte meinen Schritt, versteifte mich, beobachtete aufmerksam die reglosen Wipfel der nassen Büsche um mich herum. Das mussten Jäger sein, möglicherweise Wilderer, was wusste ich. Vorsichtig ging ich weiter, spannte jetzt die Muskeln an, war auf der Hut, immer darauf gefasst, eine unangenehme Begegnung zu machen, wurde noch langsamer, als ich auf eine ungeschützte Fläche kam, fürchtete, hier zur Zielscheibe zu werden, ich machte absichtlich Geräusche, hustete ostentativ, um auf mich aufmerksam zu machen, um nicht für irgendein Wild gehalten zu werden. Dann hörte ich wieder Schüsse, zwei, dann drei, vielleicht vier dieses Mal – Schüsse, die noch immer unsichtbar blieben –, die mir aber jetzt näher, bedrohlicher schienen, und ich beeilte mich, wieder zurück zum Haus zu kommen.

Dort stand die Eingangstür immer noch offen, und Maries Koffer war immer noch exakt an dem Ort, wo wir ihn abgestellt hatten. Marie hatte sich nicht aus dem Wohnzimmer bewegt, sie hatte die Musik ausgeschaltet und sich in einen der breiten Lehnsessel gesetzt. Ich ging zu ihr in das Wohnzimmer und setzte mich in den zweiten Sessel

ihr gegenüber. Wir sprachen nicht. Wir waren da, saßen zu zweit in unseren Mänteln in dem unbewohnten Zimmer dieses herrenlosen Hauses. Der Raum hatte fast wieder sein ursprüngliches Aussehen angenommen, auch wenn es weiterhin hier sehr düster war und es stark muffig roch. Ich schaute auf die Uhr, es war kurz nach Mittag, die Beerdigung von Maurizio würde nicht vor drei Uhr beginnen. Die Eingangstür war offen geblieben, draußen hörte man den Regen fallen – einen ununterbrochenen Regen, der in den Dachrinnen gurgelte.
Marie erhob sich, um ein Buch aus der Bibliothek ihres Vater herauszusuchen, und begann, mir gegenübersitzend zu lesen. Ich beobachtete sie schweigend. Ich spürte, wie sie sich schrittweise den Ort wieder aneignete, an dem ihr Vater gelebt, wo er gewohnt und gearbeitet hatte, im Winter gelesen, wenn er lange Tage hier eingesperrt war, während draußen der Regen ohne Unterbrechung fiel. Maries Vater hatte die letzten Jahre seines Lebens in diesem Haus verbracht, umgeben von Büchern, und er hatte es so gut wie nie verlassen, er hatte Gesellschaft gemieden. Als kultivierter Mensch, der er war, sprach er mehrere Sprachen (aber mit niemandem mehr), er hatte sich nach und nach völlig von der Welt gelöst. Ich spürte, wie der Tod von Maurizio die schmerzhafte Wunde, die der Tod ihres Vaters in ihr hinterlassen hatte, wieder aufriss. Hier in Rivercina war Maurizios Tod keine Abstraktion mehr, keine Nachricht von weither, wie es in Paris gewesen sein mochte, als sie die Mitteilung erhalten hatte. Nein, hier hatte Maurizio gelebt, hier waren Marie und er sich jeden Sommer immer wieder begegnet, seit über zwanzig Jahren. Gerade

erst im letzten Sommer hatte sie Maurizio in seinem schwerfälligen und robusten Gang hier durch dieses Zimmer gehen sehen, auf dem Weg in ein Schlafzimmer oder hinauf in den ersten Stock. In allen ihren Lebensaltern musste sie ihn vor Augen haben, im Wohnzimmer, auf dem Weg zurück zum Flur, mit seiner sonnengegerbten Haut, seinen breiten Schultern, seinen großen Händen, meist bekleidet mit einem festen, weiß-blau karierten Hemd. Marie musste auch Erinnerungen an Maurizio haben, von denen ich mir nicht einmal eine Vorstellung machen konnte und die sich hier an diesem Ort notwendigerweise und unvermeidbar mit den Erinnerungen an ihren Vater überlagerten. Denn hier, in diesem verlassenen Zimmer, in diesem herrenlosen Haus, ließ sich die Abwesenheit ihres Vaters bis in den letzten Winkel spüren, materialisierte sich in jedem Luftpartikel. Jedes Möbel, jeder Gegenstand trug unauslöschliche Spuren seiner vergangenen Anwesenheit, und mehr als alles andere die Bibliothek, diese beeindruckende Sammlung kunstgeschichtlicher und philosophischer Werke, die er liebevoll über die Jahre zusammengetragen hatte. Marie unterbrach ihre Lektüre und hob, das Buch in der Hand haltend, den Kopf in meine Richtung. Ich sah, dass sie völlig kraft- und willenlos war, leer und entmutigt, nicht in der Lage zu lesen, nicht in der Lage, auch nur irgendetwas zu tun. Sanft lächelte sie mich an, und von ihren Augen konnte ich ihre Bitte ablesen, ihr zu Hilfe zu kommen, ihr Beistand zu geben, es hatte etwas Flehentliches, wie eine innere Mattigkeit, Mutlosigkeit, Entsagung. Ich möchte weinen, sagte sie zu mir. Ich ging zu ihr hinüber, und

sie nahm meinen Arm, drückte ihn einen Moment mit schmerzender Intensität. Dann zog sie sich an meinem Arm hoch und umarmte mich einen Moment wortlos, in einer stummen Geste der Dankbarkeit, dass ich sie nach Elba begleitet hatte, und gemeinsam empfundener Sympathie, als wenn wir uns gegenseitig unser Beileid zum Tod Maurizios ausdrücken wollten und vielleicht auch, darüber hinaus, zum Tod ihres Vaters. Es war eine keusche Umarmung, verhalten und unerwartet. Wir standen in unseren Mänteln im Wohnzimmer, umarmten uns und berührten uns dabei kaum. Alles dauerte nur einen Moment. Dann löste sie sich sachte von mir, kam wieder zu sich, fing sich wieder, und wir gingen zum Eingang, um ihren Koffer in ihr Schlafzimmer hochzubringen.
Mit dem schweren Koffer folgte ich Marie, schleppte ihn die Treppe hinauf. Oben knipsten wir das Licht an und liefen den Flur entlang zu Maries Schlafzimmer. Sie betrat das Zimmer zuerst, ich folgte ihr mit dem Koffer, sah, wie sie plötzlich erstarrte, versteinerte, wie gelähmt war sie – es gab keinen Aufschrei, keine Handbewegung, vielleicht ein leichtes Zittern, aber sie tat keinen weiteren Schritt mehr, blieb auf der Stelle stehen, reglos, in ihrem Schwung gebremst. Jemand musste in ihrer Abwesenheit in ihrem Bett geschlafen haben. Das Bett war ungemacht, die Laken verknittert. Auch ich war hinter ihr stehen geblieben, ebenso erstaunt und sprachlos wie sie starrte ich auf die unordentlich bis auf den Boden hinunterhängenden Bettdecken. Ich warf einen schnellen Blick durch das Zimmer, eine Hose lag zusammengeknüllt vor dem Stuhl, daneben ein Paar alter Schuhe. Ich sah noch eine angebrochene

Mineralwasserflasche, auf dem Boden liegende Hefte, einen Aschenbecher voller Zigarettenkippen. Marie begann jetzt stärker zu zittern, ein Beben ging durch ihren Körper, bis sie schließlich ihre Fassung wiedergewann und sagte: »Hier bleiben wir nicht.« Das war unwiderruflich und definitiv, sofort hatte sie sich wieder in der Gewalt, war entschlossen und bestimmt, stürmte die Treppe hinunter, um das Haus zu verlassen. Ich hatte gerade noch Zeit, einen kurzen Gang durch das Schlafzimmer zu machen und schnell die Schubladen der Kommode aufzuziehen und sie zu inspizieren, sie dann gleich wieder zuzuschieben, als ich in der untersten Schublade zwischen Bettlaken und Sachen von Marie auf Munition stieß, auf Schachteln mit Patronen. Ich beeilte mich mit dem Koffer die Treppe hinunter, Marie hatte bereits die Wagenschlüssel ihres Vaters aus der Küche geholt und wartete vor der Haustür auf mich. Ich trat hinaus, und sie schloss die Tür hinter mir ab, den Gartentisch ließen wir draußen stehen und eilten mit weiten Schritten die Allee entlang – von meiner Entdeckung erzählte ich ihr nichts.

Wir beschleunigten unsere Schritte, dieser überstürzte Aufbruch erinnerte mich an die Nacht des großen Feuers Ende des vergangenen Sommers, als wir ohne uns umzudrehen das Grundstück verlassen und alles zurücklassen mussten, es war dieselbe kopflose Eile, dieselbe Dringlichkeit, so schnell wie möglich zum Auto zu kommen. Auf dem Parkplatz hievte ich den Koffer auf die offene Ladefläche des kleinen Lastwagens, versuchte noch, ihn dort irgendwie mit Spannseilen zu befestigen, doch Marie hatte bereits den Rückwärtsgang eingelegt und war losgefahren. Ich rannte einige Meter neben dem Wagen her, ließ dann die Spannseile fallen, der Koffer war nur mit einem Haken am Griff befestigt, und sprang, während sie schon den Weg hinunterfuhr, zu Marie in den alten Lieferwagen.

Als wir am Ende der Zufahrt am Haus von Maurizio vorbeikamen, beugte ich mich zum Fenster, um nachzusehen, ob Giuseppe bei seiner Mutter Halt gemacht hatte, nachdem er bei uns weggefahren war. Das Haus sah genauso aus wie vorher, die Fensterläden waren noch immer verschlossen, die Terrasse lag verlassen da und weit und breit gab es keine Spur von Giuseppes Wagen. Marie würdigte das Haus mit keinem Blick, sie bog auf die Straße nach Portoferraio. Sie fuhr mit verschlossenem Gesicht, mit kalter Wut, sie konnte ihren Ärger gerade noch zügeln, war aufs Äußerste gereizt. Niemals wäre so etwas zu Lebzeiten von Maurizio passiert, sagte sie, niemals hätte er jemanden im Haus schlafen lassen, wenn wir nicht da sind – nicht einmal ins Haus gelassen hätte er jemanden, niemals hätte jemand den Fuß in unser Haus setzen dürfen, nur er allein habe das gedurft, oder ein Handwerker, den er reingelassen und beaufsichtigt, dann wieder hinausbegleitet hätte, Maurer oder Klempner, die ein paar notwendige Instandhaltungs- oder Reparaturarbeiten erledigen mussten. Und jetzt war Maurizio noch keine Woche tot und schon werde das Haus als Unterschlupf für *latitanti* benutzt (sie sagte das Wort auf Italienisch, *latitanti*, mit unüberhörbarer Abscheu), und der Verantwortliche hatte für sie schon einen Namen, daran bestand kein Zweifel: Es war Giuseppe.

Als wir Portoferraio erreichten und durch die Stadt fuhren, schien Marie nicht über ihr Ziel nachzudenken. Entschieden fuhr sie geradewegs zum alten Hafen, wurde vor den Arkaden der *Porta a Mare* langsamer und stellte den Wagen auf dem Parkplatz ab. Wir stiegen aus. Marie hatte keinen Augenblick gezögert, als ob sie, seitdem wir Rivercina verlassen hatten, die ganze Zeit gewusst hätte, wohin wir fahren würden (aber wahrscheinlich hatte sie sich überhaupt keinen Gedanken darüber gemacht, sie wollte bloß diesen Ort so schnell wie möglich verlassen). Seit einigen Minuten regnete es nicht mehr, der Boden des Parkplatzes war noch nass. Marie, den Koffer zu unseren Füßen, sah unschlüssig auf die ocker- und rosafarbenen Gebäude des Platzes mit den grünen Fensterläden und mit Ziegeln gedeckten Dächern. Nicht weit vom Dom entfernt erkannte ich auf dem Platz die Fassade des kleinen Hotels Ape Elbana, in dem ich im vergangenen Jahr gewohnt hatte, als ich zur Beerdigung von Maries Vater nach Elba gekommen war. Angesichts von Maries Unentschlossenheit war ich es schließlich, der die Sache in die Hand nahm. Ich schnappte mir den Koffer und ging direkt auf das Hotel zu. Ich stieg die kleine Vortreppe hoch, betrat das Hotel und fragte die Dame, die nach einem kurzen Moment an der Rezeption erschien (vielleicht dieselbe Dame, die mich vor einem Jahr empfangen hatte), ob sie ein freies Zimmer hätte. Ja, fast alle Zimmer des Hotels waren frei.

Die Dame begleitete uns auf die erste Etage, öffnete dort die Tür eines Zimmers, eines sehr geräumigen Zimmers mit hohen Decken und einem *letto matrimoniale*. Das Mobiliar war nicht mehr ganz frisch, Nachttische aus Resopal, eine Bettdecke aus grünlichem Musselin, wenig Teppich auf dem alten melierten Linoleumboden. Ein zusätzliches Bett stand an eine Wand gerückt neben einem runden Tisch mit Stühlen, darauf ein winziges Fernsehgerät. Das Ganze wirkte planlos zusammengestellt und ohne Zusammenhang, aber der Raum an sich war prachtvoll, er hatte drei große Fenster, die alle auf den Platz gingen, die Jalousien waren heruntergelassen. Kaum im Zimmer, ging die Dame sofort zu den Heizungen hinüber und drehte die Regler voll auf, nacheinander ging sie von Heizkörper zu Heizkörper und stellte alle drei Thermostate auf Maximum. *Aspettate un attimo*, sagte sie und erklärte, dass man einige Minuten warten müsste, bis es warm werden würde. Tatsächlich war es in dem Zimmer sehr kalt, allem Anschein nach sogar kälter als draußen. Sie ließ den Zimmerschlüssel auf dem Tisch liegen und ging hinaus. Wir behielten die Mäntel an, machten eine Runde im Zimmer. Marie öffnete die Tür zur Toilette, warf einen Blick hinein, schloss sie wieder. Ich schaltete den Fernseher an – schwierig zu sehen, ob er funktionierte oder nicht –, drückte dann wieder den Knopf, um ihn auszuschalten. Wir gingen zum Fenster, zogen eine Jalousie hoch und schauten auf den Platz hinaus. Es gab nichts Bestimmtes, das wir hätten tun können, und wir blieben deshalb nicht länger im Zimmer.

Wir verließen das Hotel. Über den Straßen von Portoferraio lag noch immer dieser durchdringende Schokoladengeruch. Die Stadtluft war völlig von ihm durchtränkt. An diesem Morgen, bei Tagesanbruch, muss auch hier der Geruch nach Verbranntem gewesen sein, der im

Grau der Morgendämmerung spürbar war. Rauchschwaden mussten vom Wind bis hierher getragen worden sein und lange in den Sträßchen des Orts gehangen haben, bevor sie sich nach und nach verflüchtigten. Aber jetzt hatte der Geruch sich von Grund auf geändert, als ich auf die Straße trat, kam es mir vor, als wenn ich eine richtige Wolke heißer Schokolade einatmen würde. Als hätte sich der zunächst erstickende Brandgeruch mit der Zeit seiner ekeligen Bestandteile entledigt – der schädlichen und giftigen Emanationen, des Gestanks nach verbranntem Gummi –, um sich gewissermaßen zu öffnen, wie Wein oder ein Parfum sich öffnet, um subtilere Verführungen preiszugeben – eine Pfeffernote, den Duft von Zitrusfrüchten oder Pomeranzen –, die, weil sie davor nie die Gelegenheit dazu hatten und hinter dem kräftigen, alles beherrschenden Brandgestank versteckt waren, jetzt zum Vorschein kamen. Hast du's bemerkt, es riecht nach Schokolade, sagte Marie lächelnd zu mir, als wir wieder unseren Wagen erreicht hatten, und begann, in die Luft hineinzuschnüffeln, ostentativ die Nase in die Luft zu strecken und tief einzuatmen, die Hände in ihren Manteltaschen. Der exquisite Schokoladengeruch begleitete uns während unserer Fahrt durch die Stadt, er schien überall in der Atmosphäre zu hängen, über dem alten Hafen bis zu den Festungsmauern der Zitadelle, er schwebte in dem gräulichen Himmel über Portoferraio, immateriell, sämig, milchig, ein betörender Duft nach Vanille und Schokolade. Es regnete zwar nicht mehr, aber der Himmel hatte noch immer etwas Bedrohliches, schwarze Wolken ballten sich in der Ferne zusammen, große dunkle Pfützen breiteten sich auf der Straße aus. Am Kreisverkehr beim Zementwerk bog Marie nicht wie gewöhnlich nach Rivercina ab, sondern nach rechts in Richtung des Friedhofs, wir durchquerten kleine, menschenleere Gassen eines etwas abgelegenen Viertels, das wir nicht kannten. Bald kamen wir in Sichtweite des städtischen Stadions mit dem unbelebten Fußballfeld hinter dem Drahtzaun, den zwei leeren Toren und einer kleinen überdachten Tribüne. Der Friedhof befand sich direkt gegenüber. Marie parkte den Wagen, und wir gingen den Rest des Wegs zu Fuß. Da glaubte ich Giuseppes Auto am Straßenrand zu erkennen, und beim Anblick des großen Pick-ups setzte sofort wieder dieses unbehagliche Gefühl bei mir ein, das mir zu verstehen gab, wie unangenehm es für uns werden würde, Giuseppe bei der Beerdigung zu begegnen.

Vor dem Friedhof herrschte reger Betrieb, Autos wurden geparkt, Leute passierten in kleinen Grüppchen das Gitter. An zwei oder drei provisorischen Verkaufsbuden auf dem Gehweg wurden, einen Tag vor Allerheiligen, Blumen verkauft, einfache, improvisierte Stände, Holzplatten auf Böcken mit einem nassen Schirm gegen den Regen. Ein weißer Lieferwagen stand auf dem Trottoir, durch die geöffnete Schiebetür war in seinem dunklen Inneren der Reservevorrat Blumen zu erahnen. Auf den Auslagen reihten sich Topfpflanzen neben verschiedenen Sorten Schnittblumen. Marie blieb stehen, um einen Blumenstrauß für Maurizio zu kaufen. Sie wollte keine Chrysanthemen, lief unentschlossen an den Auslagen entlang, nahm ein Blumengebinde in die Hand, um daran zu riechen, legte es wieder zurück, entschied sich schließlich für einen Strauß

Lilien, sechs weiße Lilien, die meisten noch geschlossen, nur eine einzige war schon aufgeblüht.
Wir betraten den Friedhof durch das Gitterportal, folgten still den anderen Leuten, die wie wir zur Beerdigung von Maurizio wollten oder einfach nur hier waren, um ihren Verstorbenen die Ehre zu erweisen. In Grüppchen von zwei oder drei Personen schritten sie mit ihren Blumensträußen in der Hand plaudernd nebeneinander, hielten manchmal einen Moment an, schweigend liefen Marie und ich durch eine mit Zypressen gesäumte Allee. Wir kamen zu einem weitläufigen, nach außen durch Mauerwerk abgegrenzten Bereich, der aussah wie der Innenhof eines Klosters, die Wände ringsum bestanden aus Grabkammern. Mehrere Leute auf Leitern oder Schemeln waren damit beschäftigt, Blumen in Fayencevasen zu arrangieren, die in die Marmorplatten der Grabkammern eingelassen waren. Einem Privatfahrzeug war es sogar gelungen, bis hierher in diesen Hof vorzudringen, es parkte auf einer Allee mitten im Kies, eine Familie machte sich hinten an der Heckklappe zu schaffen, die beiden Töchter halfen ihrem Vater, Säcke mit Blumenerde aus dem Kofferraum des Wagens zu heben. Den neunzigjährigen Onkel hatten sie in einen faltbaren Regiestuhl neben eine Säule gesetzt, der Alte trug eine Kappe mit der Aufschrift *odio la Juve* und saß reglos, den Blick auf eine der Grabwände gerichtet, und starrte auf die Reihen mit den Grabkammern. Als wir den Hof hinter uns gelassen hatten, bemerkten wir etwas weiter entfernt vor einer Grabstätte einen kleinen Menschenauflauf, Marie beeilte sich, zu der Gruppe zu kommen – aber es war nicht das Begräbnis von Maurizio.

Unmerklich bemächtigte sich Maries eine Unruhe, sie schaute sich orientierungslos um, fürchtete, sich in der Uhrzeit geirrt zu haben, bewegte sich in verschiedene Richtungen, kehrte wieder um. Unschlüssig bog sie in eine Nebenallee ein, der wir bis an ihr Ende folgten. Es war eine Sackgasse, die an einer Gruppe von Weidenbäumen im Schatten der Umfassungsmauer endete. Düstern erhob sich dort ein Mausoleum mit leeren Grabkammern, eine einfache gräuliche Wand aus Sichtbeton mit sechzig leeren Abteilen, die auf Urnen warteten. Marie zog ihr Telefon aus der Manteltasche, sagte zu mir, sie werde jetzt Francesco anrufen, den älteren Sohn von Maurizio, um zu erfahren, wo sie wären. Sie versuchte, ihn zu erreichen, bekam aber keinen Empfang, ich sah sie mit dem Telefon am Ohr zwischen den Gräbern hin und her gehen, von einer Allee in die andere wechseln, im selben winzigen Umkreis, bis sie begriff, dass es möglicherweise an der Umfassungsmauer des Friedhofs lag, wenn sie hier keine Verbindung bekam, als ob die Toten besser in der Lage wären, ihre Ruhe zu schützen, als die Lebenden und die Funksignale der Mobiltelefone absorbierten und sie sofort in der Erde verschlangen. Um Abhilfe zu schaffen, ging Marie auf der Suche nach einem Durchbruch, durch den sie ein Signal empfangen konnte, die Friedhofsmauer entlang. Schließlich fand sie einen Nebeneingang, ein kleines vergittertes Tor, das auf eine menschenleere Straße ging, und drückte sich gleich dicht an das Portal, wählte Francescos Nummer, erreichte aber nur seine Mailbox. Sie hinterließ eine Nachricht und beendete den Anruf. Sie zögerte einen Moment, schaute mich an. Giuseppe? Ich nickte, und sie wählte die Nummer von Giuseppe. Ich sah ihr besorgtes Gesicht, während sie auf eine Antwort wartete, ihr Blick war angespannt, die Augen starr in die Ferne gerichtet. Auch Giuseppe antwortete nicht, und Marie schien fast erleichtert. Sie hinterließ keine Nachricht, steckte das Telefon wieder ein, und wir gingen weiter, irrten wieder durch die Alleen, wussten nicht, wohin wir uns wenden sollten. Wir hatten nicht die geringste Vorstellung, wo Maurizios Begräbnis stattfinden könnte, und Marie, die mir auf dem Friedhof vorangegangen war, eilte unentschlossen um sich blickend blindlings mit ihrem Strauß Blumen in der Hand durch die monotonen Alleen. Links und rechts von uns erstreckten sich auf der Rasenfläche Gräber, so weit das Auge reichte. Was auf Anhieb auffiel, war, dass alle Gräber anlässlich des bevorstehenden Totenfests mit Blumen geschmückt waren, keines war vergessen worden, nicht einmal die abgelegensten Gräber mit den schmucklosen Erd- oder Grabhügeln und einem schlichten Kreuz darauf. Überall steckten Blumen, in Töpfen, in Vasen, in Blumenkästen, es gab Schalen mit Margeriten, Gänseblümchen, Pfaffenkäppchen und Veronica, und frische Schnittblumen, lebendig, strahlend und leuchtend, noch am selben Tag oder Vortag im Garten gepflückt, es waren Tausende buntfarbiger Blumen, deren Farbkleckse aus der grauen Eintönigkeit herausstachen – das Gelb der Gladiolen, das Orange der Kapuzinerkresse, die blauroten, fast malvenfarbigen Veilchen –, Blumengebinde und Sträuße, rosa Alpenveilchen in Töpfen und Schwertlilien, Dahlien und immer wieder und überall Chrysanthemen, alle Sorten von Chrysanthemen, die hier im feuchten Nebel blühten, der in den Alleen des Friedhofs hing. Manchmal auch, was trauriger aussah, künstliche Blumen, Blumen aus Keramik, die in ihren ausgewaschenen, blassen, verblichenen Farben, in dunklem Violett oder in Altrosa, vor sich hinsiechten, blutleere, fast farblose Blumen aus Porzellan, vergessene Blumen, Blumen der Trauer, die sich mit dem moosbesprenkelten Grau der Gräber vermählten, um dort in Wehmut zu verharren.

Marie deutete mit dem Arm nach vorn und sagte, dort müsse es sein, und trat in eine schmale Allee, die leicht abfallend war, wo sich die einfacheren, kargeren Gräber dicht aneinanderdrängten. Die Sicht war inzwischen gleich null, der Horizont hatte sich verdunkelt und war auf allen Seiten von den schwarzen Umrissen der Grabstätten verstellt. Beidseits erhoben sich die wuchtigen Massen der meist durch Gitterzäune geschützten Familiengräber, die das Aussehen von Kapellen hatten mit einem Kreuz oben darauf. Marie wurde jetzt langsamer, sie führte mich behutsam durch das Labyrinth der Grabmonumente, als kenne sie den Weg und als ob wir im nächsten Moment auf den Ort stoßen würden, an dem das Begräbnis von Maurizio stattfand. Alles an diesem engen und eingezwängten Wegstück des Friedhofs erinnerte mich an eine Stadt, Alleen, Kreuzungen, wir befanden uns in einer wahrhaftigen Nekropole, einem Dorf der Toten, öde, verlassen, still, mit kleinen Gassen, die immer dunkler wurden und in der Ferne im Zwielicht versanken. Die meisten Mausoleen waren von einem Zaun oder einem Gärtchen umgeben, schienen geisterhaft leer, doch manchmal erahnte man hinter einem Fenster ein beleuchtetes Zimmer,

mit Blumen in Vasen auf dem Boden, manchmal einem Kredenzteller mit Früchten oder Kuchen. Ich weiß nicht, ob es altüberlieferten mediterranen Gebräuchen entspricht, zum Totenfest solche Opfergaben darzubringen und Familien dazu zu veranlassen, für die Verstorbenen Milch hinzustellen oder Kastanien, aber nicht selten sah man hier durch die Fenster der Gräber auf dem Boden jener Totenwohnzimmer, zwischen den Blumenopfern, umgeben von im Düsteren flackernden Grablichtern, eine Mineralwasserflasche und ein paar triste Kekse.
Ich betrachtete den aufgewühlten Himmel über uns. Große schwarze Regenwolken kamen näher und zogen über den Friedhof. Das Licht war dämmrig, an manchen Stellen fast blau. Nicht das erste Mal an diesem Tag in Portoferraio hatte ich den Eindruck, dass es mitten am Tag Nacht war, schon heute Morgen, bei unserer Ankunft, hatte ich dieses Gefühl, als die dichten Rauchwolken vom Brand den Kai verdüsterten und den Eindruck vermittelten, der Tag in Portoferraio sei an diesem Morgen noch nicht angebrochen. Da begann es zu regnen – und genau in dem Augenblick, in dem es zu regnen begann, in derselben Sekunde, wurden wir wieder an den Geruch erinnert, der für einen Moment in Vergessenheit geraten war und den der Regen nun wieder aufleben ließ, seinen Duft und seine Aromen erneut freisetzend, diesen Schokoladengeruch, der plötzlich überall um uns herum zwischen den Marmorgräbern zu riechen war. Unmöglich war es, diesem intensiven Schokoladengeruch zu entgehen, wir bewegten uns mit schnellen Schritten zwischen den Friedhofsdenkmälern, aber eigentlich bewegten wir uns in diesem

Geruch, der überhaupt nichts Gefälliges oder Malerisches mehr hatte, er hatte nun radikal seine Beschaffenheit verändert, war jetzt widerlich geworden, vermischte sich mit dem abstrakten Totengeruch, der hier auf dem Friedhof herrschte, einem Geruch nach Zersetzung und Verwesung, einem organischen Leichengeruch, dieser liebliche Schokoladengeruch, süßlich und übelriechend, der uns schon den ganzen Nachmittag über verfolgt hatte, vor dem wir nicht fliehen konnten und der jetzt, mit dem Regen vermischt, mit dem Regen verschmolzen, auf uns herabfiel und auf unserer Haut und in unserem Haar kleben blieb, der unsere Kleidung durchnässte, uns in die Augen drang und tropfenweise von unseren Wangen herunterlief. Wir liefen weiter zwischen Reihen aus Gräbern hindurch, die sich um uns herum zusammenzuziehen drohten, und wischten uns mit den Fingern über unser Gesicht, um diesen Schokoladengeruch loszuwerden, der vom Himmel zu fließen schien wie klebriges Pinienharz und auf Maries Mantel troff, ihn langsam übergoss, ihn mit einer feinen Schicht aus Schokolade überzog.

Der Geruch schien jetzt fast körperlich vor unseren Augen zu stehen, wir sahen zu, wie er sich mit dem Regen materialisierte, der aus dem Himmel herausschwitzte, langsam, braunschmutzig und schmierig aus ihm heraussickerte in einem klebrigen kastanienfarbenen Niesel, der gleichzeitig von der verbrannten Schokoladenfabrik Monte Capanne und von den Oxiden der stillgelegten Eisenmine aus der Region Rio Marina zu stammen schien. Aber vor allem war es diese schokoladenverpestete Luft, die wir atmen mussten, die einzige und alleinige Luft, die wir auf diesem

Friedhof atmen konnten, diese beißende, mit Schokoladendämpfen geschwängerte Luft, in die sich der Geruch von Eisenmineralien mischte, der Geruch von Eisenerz und Pyriten, noch gewürzt mit dem üblen Beigeschmack von Zinnober, Merkur und Schwefel. Alles um uns herum – die Luft, der Boden, selbst die Düsternis – schien sich verflüssigt und verschmolzen zu haben, um uns mit seiner Zähflüssigkeit in dem ununterbrochenen, hartnäckigen und schokoladigen Rieseln des feinen Regens zu überziehen. Von den Mausoleen troff der Regen, Schokoladendampf stieg von dem nassen Stein der Gräber auf, wohingegen aus dem Marmor der Grabstätten der organische Totensaft hervorzuquellen schien. Marie, die sich etwas weiter von mir entfernt hatte, spürte sich einer Ohnmacht nahe, hielt eine Hand vor den Mund, die Augen wirr, ihr Geruchssinn überreizt, sie konnte diesen Schokoladengeruch nicht mehr ertragen, der ihr Brechreiz verursachte. Sie hatte sich umgedreht, hatte kehrtgemacht, sie floh, hatte keine Absicht mehr, noch zum Begräbnis von Maurizio zu kommen, es überhaupt noch zu versuchen, es war ihr nicht einmal mehr wichtig, an der Beisetzung von Maurizio teilzunehmen, sie wollte nur noch raus hier, den Friedhof verlassen, wieder an die frische Luft kommen, diesen obsessiven Geruch loswerden, der ihr solche Übelkeit verursachte. Und so, derart verloren, fand sie den Ausgang nicht mehr, machte wieder kehrt, ihr war schlecht, ihr war übel. Sie schwankte, schaute um sich, suchte nach einer Mauer, an die sie sich hätte anlehnen können, einer Bank, einem Stuhl, irgendetwas, worauf sie sich hätte setzen können, aber sie fand nur Gräber, so weit das Auge reicht, sie stolperte noch einige Meter weiter und ließ sich auf eines der Marmorgräber fallen. Sie war sehr bleich, und während ich auf sie zulief, um ihr zu Hilfe zu kommen, wurde sie von neuem, wie schon an diesem Morgen, von einem kurzen wiederkehrenden Zittern ergriffen, das sie kraftlos zurückließ, erschöpft, unfähig zu reagieren, unfähig aufzustehen, überhaupt noch einen Schritt zu machen. Sie zitterte, langsamer jetzt, hatte den Kopf fallen gelassen. Ich beugte mich zu ihr und ganz leise, um sie zu beruhigen, fragte ich sie, was mit ihr sei. Aber was ist mit dir, Marie?, fragte ich sie mit leiser Stimme, was hast du denn? Was ich habe!, sagte sie und hob den Kopf zu mir hoch, aber siehst du denn nicht, was mit mir ist? Ich bin schwanger, sagte sie.

Als wir den Friedhof verlassen hatten und im Begriff waren, wieder einzusteigen, fragte ich Marie, ob ich nicht besser fahren sollte, aber sie sagte mir nein, sie fühle sich durchaus in der Lage zu fahren (sie sei schließlich schwanger und nicht krank, sagte sie), und nahm hinter dem Steuer Platz, legte den zerfledderten, vom Regen durchweichten

Strauß Lilien auf das Handschuhfach. Wir blieben eine Weile schweigend im Wagen sitzen. Ich war immer noch mit meinen Gedanken beschäftigt, denn so vieles, was mir in der letzten Zeit merkwürdig vorgekommen war, war mir mit einem Male klar geworden, während so viel anderes weiterhin im Dunkeln blieb. Und, mich zu ihr wendend, sagte ich ihr in einer plötzlichen Eingebung: »Das war es also, was du mir sagen wolltest, als du dich mit mir im Café auf der Place Saint-Sulpice getroffen hast?« Ich sagte es, ohne nachzudenken, als sei es eine Selbstverständlichkeit, etwas, das ich schon immer gewusst, aber nur noch nicht in Worte hatte fassen können, und sie machte eine lange und schmerzliche bejahende Bewegung mit dem Kopf.

Marie war losgefahren, und wir ließen den Friedhof hinter uns, fuhren am städtischen Stadion von Portoferraio vorbei. Ich dachte zunächst, wir würden zum Hotel zurückkehren, doch als wir den Kreisverkehr vor der Zementfabrik erreichten, sah ich zu meiner Überraschung, dass Marie in Richtung Rivercina fuhr. Sie erklärte mir, sie wolle Antonina noch umarmen, Maurizios Frau, und da sie nicht wusste, wo die Beerdigung stattfand, schlug sie vor, in Rivercina auf die Familie zu warten, am Haus von Maurizio, wo sich die Angehörigen nach der Trauerfeier sicher versammeln würden.

Ein paar Kilometer vor Rivercina, als wir an einer kleinen Kapelle vorbeikamen, fiel uns die ungewöhnlich große Anzahl von Wagen auf, die dort wenig vorschriftsmäßig am Straßenrand abgestellt waren, manche waren einfach schräg oder sogar senkrecht die Straßenböschung hoch

geparkt, es mochten etwa dreißig Wagen gewesen sein, von denen jeder auch die kleinste Parklücke genutzt hatte. Hier also, in einem Familiengrab, das etwas höher, hinter Büschen verborgen war, musste das Begräbnis von Maurizio stattfinden. Marie war vom Gas gegangen und fuhr jetzt im Schritttempo, spähte ins Unterholz und versuchte, die von der Straße aus nicht einsehbare Grabstätte auszumachen. Die Trauerzeremonie war aber offenbar soeben zu Ende gegangen, denn von allen Seiten tauchten Leute in kleinen Grüppchen von zwei oder drei Personen auf, wie eine Art Spontanerzeugung aus den Büschen rutschten sie längs der Straßenböschung herunter, mit der langsamen Notwendigkeit von herabrinnendem Wasser. Die Mehrheit hatte bereits die Wagen erreicht, während die Ältesten und die weniger Beweglichen, darunter auch die engsten Angehörigen, einen befestigten Weg genommen hatten, Antonina, Maurizios Frau, in ihrer Mitte, an ihrer Seite ihr ältester Sohn, der ihren Arm hielt.
Sobald Marie Antonina erblickte, vergaß sie das Auto, griff nach dem Blumenstrauß auf dem Handschuhfach, riss die Tür auf und stürzte sich in ihre Richtung. Sie rannte über die Straße und warf sich ihr sofort weinend in die Arme und ließ ihren Gefühlen freien Lauf, die sich seit der Mitteilung vom Tode Maurizios über Stunden, über Tage in ihr aufgestaut hatten, all ihre zurückgehaltenen, verdrängten, unterdrückten Gefühle, die sie bis zu diesem Moment mehr oder weniger hatte beherrschen können. Bei Marie hatte es schon immer diese unvergleichliche Gefühlsqualität gegeben, die nicht so sehr mit den wirklichen Umständen zu tun hatte, die eine solche affektive Reaktion provo-

ziert hätten, sondern eher mit ihrer *ozeanischen Disposition*, die ich bei ihr festgestellt hatte, die ihre Sensibilität schärfte und steigerte und ihre Gefühle in außergewöhnlicher Intensität vibrieren ließ. Die alte Dame schien genauso gerührt zu sein wie sie, ich bemerkte das an ihrem Blick, zuerst das kurze Aufblitzen der Überraschung, das Entzücken und dann der Schmerz, das alles spielte sich in ihren Augen ab, als sie Marie auf sich zukommen sah. Denn Marie repräsentierte mit ihrer Umarmung zugleich auch ihren Vater, sie war sein symbolischer Vertreter, in ihrer Person zelebrierte Marie die feierliche Umarmung, die auch ihr Vater bei der Nachricht des Todes von Maurizio der alten Dame hätte zukommen lassen. Aber da war noch mehr, denn Antonina, bekleidet mit einer weißen Bluse mit Spitzenbesatz, einer taillierten schwarzen Weste, diese kleine, zierliche, von ihrem Sohn gestützte Dame war die einzige Person, die Marie noch von Kindesbeinen an kannte. Aus der Entfernung beobachtete ich Marie, und ich hatte den Eindruck, dass das nicht Marie war, die so völlig aufgelöst in den Armen Antoninas weinte, sondern das kleine Mädchen, das sie vor dreißig Jahren einmal gewesen sein musste. Sie überreichte, Antonina immer noch umarmend und auf sie einredend, ihr den Blumenstrauß, drehte sich um, um die anderen Personen zu begrüßen, zeigte mit dem Finger auf den ärmlichen, schlaffen Blumenstrauß, den sie Antonina gerade offeriert hatte, und brach in Lachen aus, denn bei Marie war das Lachen nie weit entfernt von den Tränen, und sie löste sich aus der Umarmung, um nun Francesco, den älteren Sohn von Maurizio, mit tiefem Ernst in die Arme zu nehmen, er im

dunklen Anzug und weißem Hemd, den auch ich, als ich zu ihnen herübergegangen war, umarmte.
Jetzt bemerkte Marie Giuseppe, den anderen Sohn von Maurizio, der in einigem Abstand von unserer Gruppe geblieben war und aus der Distanz zu uns herüberschaute, mit seinem verdrossenen und gelangweilten Gesichtsausdruck. Er wollte gerade aufbrechen, aber Marie ließ ihm keine Zeit, eilte geradewegs auf ihn zu, verlangte von ihm eine Erklärung. Giuseppe wich zuerst vor ihrem Ansturm zurück, schien dem Ganzen aus dem Weg gehen zu wollen, hob seinen Arm als Zeichen seines Unmuts, seiner Machtlosigkeit und seiner Abwehr. Er versuchte, Marie auf Abstand zu halten, stieß sie mit zorniger Geste von sich. Er wollte zu seinem Wagen zurück, aber es gelang ihm nicht, sie abzuschütteln. Marie verfolgte ihn bis zur Straße, stellte ihn dort zur Rede, ihr Flüstern wurde immer lauter, sie fing plötzlich dort am Straßenrand an zu schreien, bis schließlich mehrere Leute sich zu ihnen umdrehten, um zu sehen, was dort passierte. Marie verfolgte ihn wie eine giftige Kröte, ließ ihm keinen Zentimeter Raum, und als er an seinem dicken Pick-up angekommen war, den er waghalsig senkrecht den Hang hoch abgestellt hatte, und ihr entkommen wollte, brüllte sie ihn an: »*Che vergogna!*« Inzwischen hatten sich alle nach den beiden umgedreht. Wütend stieg Giuseppe in seinen Pick-up und fuhr sofort los, raste, ohne nach hinten zu schauen, im Rückwärtsgang den Hang hinunter, hätte um ein Haar Marie umgefahren – die stehen geblieben war, sich nicht von der Stelle gerührt hatte –, wich ihrem dort reglos mitten auf der Straße stehenden Körper erst in allerletzter

Sekunde mit einem schnellen Einschlagen des Lenkrads aus und raste mit quietschenden Reifen, wie es Idioten wie er zu machen pflegen, in vollem Tempo davon. Marie blieb aufrecht mitten auf der Straße stehen, mit unbewegtem Gesicht und leicht zitternden Lippen, sah zu, wie er davonfuhr, und erst jetzt, mit zeitlicher Verzögerung, die Gefahr abwehrend, der sie gerade entronnen war, machte sie diese unerwartete Geste, sie streckte eine Hand langsam vor sich aus, und dann die andere, um sie schützend über ihren Bauch zu legen.

Wir waren wieder in den Wagen gestiegen, Marie blieb einen Moment reglos vor dem Lenkrad sitzen, immer noch etwas unter Schock wegen des Vorfalls. Unser Wagen war in zweiter Reihe mitten auf der Straße geparkt, die anderen Autos, die wegfahren wollten, mussten umständlich an uns vorbeimanövrieren, die Fahrer starrten uns einen Augenblick durch die Fensterscheibe an, unterließen es aber zu hupen, eine Beerdigung verpflichtet. Marie war in ihre Gedanken versunken, und es war ihr völlig gleichgültig, dass sie den Verkehr behinderte, nur langsam kam sie wieder zu sich. Schließlich startete sie den Wagen, machte etwas weiter kehrt, und wir fuhren wieder nach Portoferraio zurück. Ich schaute auf die Straße und dachte gerade darüber nach, dass wir wegen der Beerdigung von Maurizio nach Elba gekommen waren, dass wir allein aus diesem Grund von Paris hierher gekommen waren, um an seinem Begräbnis teilzunehmen, und dass das soeben schon sein Begräbnis gewesen war, genau das, diese zwei oder drei flüchtigen Minuten an einer Landstraße, wo wir in aller Eile aus dem Wagen gesprungen waren, ohne auch nur den Motor ausgemacht zu haben, ein paar Gefühlsergüsse und eine kurze Auseinandersetzung mit Giuseppe am Straßenrand. Und schon war alles vorbei, und wir waren wieder auf dem Weg zurück in unser Hotel. Ich starrte auf die Fahrbahn vor mir, mir war leicht übel auf diesen kurvigen Straßen von Elba, ich dachte an diese verunglückte Aktion, die mich an ein anderes ähnliches Missgeschick erinnerte, eines Tages, als ich meinen Onkel auf dem Friedhof besuchen wollte. Ich bin zu seinem Grab gegangen, hatte mich aber in den Alleen vertan und es nicht gefunden, hatte den Friedhof wieder verlassen, ohne es gesehen zu haben. Später dann, als mir dasselbe wieder einmal passiert war und ich über diese merkwürdige Tatsache nachdachte, jemanden nicht zu finden, den man auf dem Friedhof besuchen will, wurde mir klar, dass so ein Missgeschick im Grunde die wahre Natur eines jeden Friedhofbesuchs enthüllte, dass es, wenn man jemanden auf einem Friedhof besuchen will, nur natürlich ist, ihn nicht zu finden, es ist nur normal, ihn nicht zu finden, weil man ihn nicht finden kann, niemals, denn man ist ja mit seiner Abwesenheit konfrontiert, mit seiner endgültigen Abwesenheit. Und ich dachte, dass, wenn Marie an diesem Tag das Grab von Maurizio nicht gefunden hatte, sich sogar im Friedhof geirrt hatte, obwohl wir doch ausschließlich wegen des Begräbnisses nach Elba gekommen waren, sie den richtigen Friedhof auch nicht wirklich hatte finden wollen, und wenn sie ihn nicht hat finden wollen, so deshalb, weil sie mit mir bei unserem Aufenthalt auf Elba nicht über den Tod sprechen wollte, sondern über das Leben.

Marie war noch einige Kilometer gefahren, ohne ein Wort zu sagen, immer noch in Gedanken vertieft, bevor sie an einer kleinen Einbuchtung anhielt, von der aus man das Meer überblicken konnte. Sie schaltete den Motor aus. Sie blickte nachdenklich vor sich hin, mit ernstem, verschlossenem Gesicht. Dann nahm sie sachte meinen Arm und sagte, dass es ihr leidtäte, mir vorhin die Nachricht von ihrer Schwangerschaft auf solch brutale Weise mitgeteilt zu haben. So habe sie es sich nicht vorgestellt. Sie habe vielmehr vorgehabt, es mir nach Maurizios Begräbnis zu sagen, dann, wenn alles vorbei gewesen wäre, um nicht alles durcheinanderzubringen. Also gewissermaßen jetzt. Sie überlegte. Ja, jetzt (also gut, ich bin schwanger, sagte sie zu mir).

Wieder zurück im Hotel machten wir die unangenehme Entdeckung, dass die Heizkörper unseres Zimmers immer noch nicht funktionierten, sie waren genauso kalt wie bei unserer Ankunft, die weißen gusseisernen Rippen fühlten sich eisig an. Ich stieg wieder zur Rezeption hinunter, die Dame schien wegen der Unannehmlichkeiten ebenso überrascht wie untröstlich und versicherte mir, dass sie sich sofort darum kümmern werde, dass sie alles tun wolle, um in kürzester Frist die Missstände zu beheben. Ich ging wieder zu Marie aufs Zimmer. Sie hatte ihren Mantel noch nicht abgelegt, schaute nachdenklich in den Kleiderschrank, dessen zwei Flügeltüren sie geöffnet hatte und in dem ein paar Kleiderbügel im Leeren hingen. Es war kurz nach 16.00 Uhr, und selbst wenn wir vorgehabt hätten, sehr früh zum Abendessen zu gehen, konnten wir uns vernünftigerweise in keinem der Restaurants am alten Hafen

vor 19.00, 19.30 Uhr zeigen. Fast drei Stunden trennten uns also noch vom Abendessen, drei beschäftigungslose Stunden streckten sich vor uns aus wie eine maßlose schwindelerregende Leere.
Ich hatte mich in meinem Mantel aufs Bett gelegt, die Hände in den Taschen (man ändert sich nie), und betrachtete die Decke, ich fühlte mich ähnlich untätig wie damals in Tokio in der Zeit gleich nach unserer Trennung. Ich betrachtete die Decke, nicht direkt, sondern in einem leicht schrägen Winkel, und durch diese besondere Art, an die Decke zu schauen, durch diesen fast unmerklichen geneigten Blickwinkel (Ideenassoziationen hängen manchmal von so wenig ab), wurde ich zwar nicht an die Decke meines Hotelzimmers in Tokio, in dem ich damals abgestiegen war, aber doch an den Geisteszustand erinnert, in dem ich mich dort über nicht enden wollende Stunden befand, ohne etwas zu unternehmen, sondern einfach nur in diesem Hotelzimmer in Tokio auf dem Bett liegen blieb und über die bittere Wahrheit nachdachte, die sich mir mit jedem neuen Tag deutlicher bestätigte, dass die Tage immer schrecklich lang sind und das Leben dramatisch kurz ist.
Marie hatte das Fenster geöffnet und einen Fensterladen aufgestoßen, sie beobachtete die ocker- und rosafarbenen Hausfassaden des Platzes. Obwohl es draußen noch nicht dunkel war, brannten bereits die Straßenlaternen. Vor uns sahen wir orangefarben schimmernde, an den Häusern befestigte Lampen, deren Lichtschein sich schon im schwindenden Tageslicht bemerkbar machte. Marie hatte sich eine Zigarette angezündet und rauchte schweigend am Fenster. Ich sah ihre Silhouette im Mantel, sie kehrte mir

den Rücken zu, ihr Handgelenk war leicht angewinkelt, die Zigarette hielt sie zwischen den Fingern ihrer schlanken Hand. Es war dasselbe Bild, genau dasselbe – die Haltung, das starre Gesicht, die unbewegte Zigarette, von der langsam Rauch hochkräuselte – wie das von Marie zwei Tage zuvor in dem Café an der Place Saint-Sulpice, als ich sie draußen im Dunkeln vor dem Fenster beobachtet hatte. Und selbst wenn ich in diesem Moment noch nicht hatte ahnen können, dass Marie schwanger war, ich hatte es doch in Wahrheit damals schon gewusst, es war dort, an der Place Saint-Sulpice, dass ich zum ersten Mal wusste, dass Marie schwanger war. Ich habe es auf unterschwellige Weise durch dieses Bild erfahren, als wäre das Nichtsichtbare in meinen Blick und die Unendlichkeit in die Zeit geraten. Und da wurde mir bewusst, dass ich alles, was ich in meinem Leben an Wichtigem erlebt, immer in meiner Vorstellung in Bilder verwandelt habe und ich ursprünglich nebensächliche Szenen, die zunächst prosaisch, neutral oder zufällig hätten erscheinen können, solange sie im wirklichen Leben verortet blieben, in dem sie stattfanden, in meinem Geist wieder aufgriff, sie zersetzte, überarbeitete und so lange wiederkäute, bis nach und nach ein neuer Stoff entstand, den ich in meinen Händen modellierte, um ihn ans Tageslicht zu bringen, um ein völlig neues Bild zu erzeugen, an dem sowohl die Erinnerung wie auch das Gefühl mitwirkten, das Gedächtnis wie auch die Empfindsamkeit. Und diese neue Sichtweise grub sich verändert und bereichert für immer in mein Gedächtnis ein und bildete wiederum die Matrix künftiger Erinnerungen. Auf dem Bett dieses Hotelzimmers in Portoferraio lie-

gend, wusste ich plötzlich mit aller Gewissheit, dass ich, sollte ich später an den Moment zurückdenken, an dem mir Marie eröffnet hatte, dass sie schwanger war – und ich würde mich sicher mein ganzes Leben an diesen Moment erinnern, weil man solche Augenblicke nicht vergisst –, sich in meiner Vorstellung diese zwei Szenen überlagern würden, mit gleichem Gewicht und derselben Berechtigung, die eine wie die andere, jene virtuelle Szene in Paris, in diesem Café an der Place Saint-Sulpice, wo ich bereits gewusst hatte, dass sie schwanger war, ohne für ihren Zustand aber das richtige Wort gefunden zu haben (das Negativ der Szene gewissermaßen, schon eingeprägt in meinem Geist, nur noch nicht entwickelt), und dann die reale Szene auf Elba, vor wenigen Stunden, wo Marie mir tatsächlich verkündet hatte, dass sie schwanger sei.
Und ich dachte weiter darüber nach, dass diese beiden Szenen in Wirklichkeit wie *Verkündigungen* waren, die erste, die von der Place Saint-Sulpice, war eine sehr zeitgenössische *Verkündigung*, ein aus dem 21. Jahrhundert stammendes Bild, eine digitale Fotografie mit der Nacht und der starken Präsenz des Regens, mit Spuren einzelner Tropfen auf Fensterscheiben, eine Fotografie von Nan Goldin, das Gesicht von Marie mit den nassen Wangenknochen und dem wirren Haar nur flüchtig erfasst vom Licht der Scheinwerfer der Buslinie 87, eine Szene, die an das berühmte Gemälde von Edward Hopper erinnerte, eine Nachtszene in einem Café, hieratische Personen, jede für sich eingeschlossen in ihre Einsamkeit, ein Barmann im Profil hinter seiner Theke, das rote Kleid von Marie (vielleicht würde es ja schon genügen, dieses Bild von Hop-

per statt *Nighthawks* besser *Verkündigung* zu nennen, um die Sichtweise darauf total zu verändern?). Die Szene in Portoferraio, die ich heute mit Marie erlebt hatte, die für sich genommen eigentlich die einzig richtige war, schien dagegen weniger dem 21. Jahrhundert zurechenbar, obwohl sie aus ihm hervorgegangen war, als sich vielmehr in eine ältere malerische Tradition einzureihen, jene der *Verkündigungen* der italienischen Renaissance. Da war zunächst der Rahmen, der Schauplatz kam dem Dekor eines florentinischen Gemäldes sehr nahe, die toskanische Friedhofslandschaft – ein paar Zypressen, der Himmel, der geäderte Marmor, auf den Marie sich gesetzt hatte –, dann die Anordnung der Personen, Marie rechts auf dem Gemälde, ich stehend über sie gebeugt (aber ich war nur nebensächlich für die Komposition, Marie spielte alle Rollen: Sie war gleichzeitig der Erzengel Gabriel und, passend so geheißen, die Maria voll der Gnaden). Vor allem aber verblüfften die ikonographischen Details durch ihre erstaunliche Parallelität, Maries Kleidung, der Übergangsmantel aus heller Wolle, von diesem unbefleckten Weiß der Darstellungen der Keuschheit, nicht zu vergessen die Blumen, jener Strauß weißer Lilien, den sie in der Hand trug und den man explizit zitiert auf vielen Gemälden der Renaissance wiederfindet. Dennoch und trotz vielfältiger Ähnlichkeiten schien mir, dass eine Sache nicht funktionierte in diesem Vergleich, und was nicht funktionierte, lag meiner Ansicht nach sicher am Gesichtsausdruck Maries in dem Moment, in dem sie die Nachricht erhält. In allen Darstellungen der *Verkündigungen* der Renaissance zeigt Maria ein besonders sanftes Gesicht, majestätisch und andächtig, das Bescheidenheit, Duldung, ja sogar ihre Unterwerfung bezeugt. Die Art nun aber, mit der mir Marie an diesem Nachmittag angekündigt hatte, dass sie schwanger sei, die Art, wie sie mir das auf dem Friedhof von Portoferraio mit Glut in den Augen ins Gesicht geschleudert hatte, hatte dagegen etwas Gewalttätiges, Einschüchterndes. Das war kein Bekenntnis, das war ein Vorwurf. Und wie ich weiter überlegte, kam ich schließlich auf die *Verkündigung* von Botticelli, die in den Uffizien hängt, wo die dort dargestellte Jungfrau eine erstaunliche psychologische Ähnlichkeit mit Maries Geisteszustand an diesem Nachmittag auf dem Friedhof von Portoferraio offenbart, diese Jungfrau von Botticelli, die, soweit ich weiß, das einzige Beispiel ist unter allen italienischen *Verkündigungen*, bei der die Jungfrau Zurückhaltung, eine grundsätzliche Zurückhaltung einnimmt, als wolle sie mit einer Geste zugleich Akzeptanz und Verweigerung zu erkennen geben, die gebogene Gestalt und die abwehrende Hand – als ob Botticelli nicht eine *Verkündigung*, sondern ein *Noli me tangere* gemalt hätte.

Marie am Fenster, sie hatte die Zigarette zur Hälfte geraucht. Den Blick in der Weite des Platzes verloren, nahm sie noch einen Zug. Erst jetzt, mit einiger Verzögerung, fiel mir zu meinem Erstaunen auf, dass sie trotz ihrer Schwangerschaft rauchte. Du rauchst?, fragte ich sie. Sie drehte sich zu mir um und erklärte mir ganz sanft, sie würde so gut wie nicht mehr rauchen, nein, vielleicht noch die eine oder andere Zigarette am Tag – das hier ist die erste heute, sagte sie mir und betrachtete aufmerksam ihre Zigarette–, und sie fügte hinzu, sie gedenke, damit ganz aufzuhören, sie wolle ganz sicher nächste Woche damit aufhören, spä-

testens nach unserer Rückkehr nach Paris. Sie rauchte übrigens die Zigarette nicht mehr zu Ende, drückte sie langsam und nachdenklich auf dem Fenstersims aus. Als sie von unserer Rückkehr nach Paris gesprochen hatte, fiel mir als Erstes das »unser« in »unserer Rückkehr« auf, und ich hatte plötzlich das Gefühl, dass unsere Beziehung dabei war, eine neue Wendung zu nehmen. Denn so, wie im Liebesleben eines Paares manchmal ein Riss entsteht, der mit der Zeit sich nur vergrößern und verschlimmern kann, bis hin zu einer definitiven Trennung, spürte ich, dass in unserem Falle dieser Riss eher dabei war, im Prinzip unserer Trennung selbst zu entstehen, der mit dem, was wir gerade erlebt hatten, und der Tatsache, dass Marie schwanger war, nur immer größer werden konnte, derart, dass, wenn er noch größer werden würde, es die Idee selbst unserer Trennung sein würde, die bedroht war (und wir früher oder später am Ende wieder zusammenleben würden).
Ich fragte mich, warum Marie mir nicht früher von ihrer Schwangerschaft erzählt hatte. Als ich sie das fragte, erklärte sie mir nur, sie habe erst abwarten wollen, um sicher zu sein. Wir unterhielten uns so im Zimmer noch eine Zeitlang, sie immer noch im Mantel am Fenster stehend, ich auf dem Bett liegend. Sie habe übrigens, sagte sie mir, den ganzen September über nicht im Geringsten mit dieser Möglichkeit gerechnet und Mitte Oktober, als ihre Regel ausgeblieben war, war sie zwar beunruhigt gewesen, habe aber immer noch nicht im Ernst daran geglaubt, weil sie ja den ganzen Sommer über mit niemandem geschlafen habe – mit Ausnahme von mir, gut, ein einziges kleines Mal am Ende des Sommers (aber unter so speziellen Um-

ständen, dass es für sie nicht gezählt habe, erklärte sie mir mit einem Lächeln). Übrigens war auch ich selbst völlig überrascht, als Marie mir eröffnete, schwanger zu sein, dass ich einen Moment daran gezweifelt hatte, der Vater sein zu können, weil wir tatsächlich seit mehreren Monaten nicht mehr miteinander geschlafen hatten, mit der Ausnahme dieser einzigen Umarmung in der Nacht des großen Brandes am Ende des Sommers, als wir in aller Herrgottsfrühe, völlig übermüdet und übel zugerichtet, im dämmrigen Licht des Schlafzimmers flüchtig zusammen waren, mehr in einer harmlosen, trostspendenden Umarmung, als dass wir so richtig, wie es sich gehört, miteinander Sex gehabt hätten (aber ganz offensichtlich zählt so etwas auch, wir waren hier wohl schlecht beraten). Dann, vor etwa zwei Wochen, hatte Marie sich wirklich Sorgen gemacht und war zu einem Frauenarzt gegangen. Den Schwangerschaftstest hatte sie erst zu Beginn dieser Woche gemacht und dann an jenem Montagnachmittag erfahren, dass sie schwanger war, und, durch einen Anruf Francescos etwas später am Abend, dass Maurizio gestorben war. Aber als Marie mich angerufen hatte, um sich mit mir in dem Café an der Place Saint-Sulpice zu verabreden, war dies sehr wohl in der Absicht geschehen, mir die Schwangerschaft mitzuteilen. Ein letztes Detail blieb für mich allerdings noch rätselhaft, warum hatte sie mich seit dem Ende des Sommers so hängengelassen, warum – ob schwanger oder nicht – hatte ich von ihr nach unserer Rückkehr aus Elba zwei Monate lang kein einziges Lebenszeichen erhalten? Als ich ihr die Frage stellte, wich sie aus, und ich glaubte einen Moment, dass sie nicht darauf antworten würde, mir vielleicht etwas verheimlichen wollte. Doch dann drehte sie sich zu mir um und blickte mich nachdenklich an. Und warum hast du nicht angerufen? Eine gute Viertelstunde war vergangen, seitdem wir ins Hotel zurückgekehrt waren, als es an der Tür unseres Zimmers klopfte, und ohne eine Antwort abzuwarten, kam die Dame vom Hotel herein, begleitet von ihrem Ehemann und einem Kerl im Blaumann mit einem Werkzeugkoffer in der Hand, offensichtlich ein Heizungsmonteur, wenn es denn so war. Sie traten alle drei ins Zimmer und gingen ohne zu zögern direkt zu den Heizkörpern. Ich stand sofort auf (als ob es sich nicht gehörte, in einem Hotelzimmer auf seinem Bett zu liegen), und Marie, die Hände in ihren Manteltaschen, hatte sich instinktiv von ihrem Platz am Fenster entfernt. Im Zimmer kam es nun zu einer Art stummer Choreographie, in der der eine sich kleinmachte, um dem anderen Platz zu lassen, und der andere sich im Gegenteil ausbreitete, um sich Platz zu schaffen. Der Monteur ging präzise und methodisch vor, mit sparsamen Handgriffen stellte er zunächst seinen Koffer auf den Tisch, ging dann als Erstes zum Fenster, um es zu schließen, schaute uns dabei vorwurfsvoll an (also wirklich, es wäre schon ein Anfang gewesen, wenn wir das Fenster geschlossen hätten, bevor man sich an der Rezeption beklagt). Nachdem er ein paar Hammerschläge auf die gusseisernen Rippen der einzelnen Heizkörper gegeben und festgestellt hatte, dass es hohl klang (mit einem selbstzufriedenen Unterton von der Sorte: Hab ich's doch gewusst!), sagte er zu der Dame, man müsse die ganze Heizung entlüften, und da Marie und ich sie ganz offensichtlich störten und wir nicht wussten, wohin mit uns, während hier gearbeitet wurde, da wir mehr oder weniger immer im Weg standen, verließen wir schließlich das Hotel.

Auf der Straße war es jetzt völlig dunkel, die Lampen auf dem Platz warfen hier und da orangefarbene Lichtschimmer auf den nassen Asphalt. Wir drehten uns kurz um und blickten auf die Fassade des Hotels hinter uns, an der gerade das Hotelschild hell aufleuchtete. Marie wandte sich in Richtung des Parkplatzes, lief geradewegs zum Wagen ihres Vaters. Sie zögerte keine Sekunde. Statt eine Stunde hier am alten Hafen zu verlieren, bis der Heizungsmonteur seine Arbeit erledigt hatte, hatte sie beschlossen, den Wagen ihres Vaters nach Rivercina zurückzubringen, sie wollte Zeit gewinnen, um morgen früh gleich die erste Fähre nehmen zu können, die uns von Elba wegbringen würde (von Rivercina zurück würden wir uns dann ein Taxi nehmen). Sie fuhr los und wir verließen die Stadt. Nachdem wir den Kreisverkehr beim Zementwerk hinter uns gelassen hatten, war die Straße nicht mehr beleuchtet. Nach ein paar Kilometern durch die offene Landschaft fuhren wir in hohem Tempo an den Lagerhallen der Schokoladenfabrik Monte Capanne vorbei, die völlig im Dunkeln lagen. Es gab keine einzige Straßensperre mehr vor der Fabrik, nichts hielt den Verkehr auf, ich erkannte im Vorbeifahren nur vage Umrisse der finsteren Gebäude in der Nacht, aus denen ein kaum mehr wahrnehmbarer Brandgeruch stieg.

Als wir uns der Abzweigung näherten, die nach Rivercina führt, bemerkte Marie plötzlich in Maurizios Haus Licht und wurde sofort langsamer, sie fuhr einige Meter im Schritttempo, hielt dann an und lenkte den Wagen an den Straßenrand, sie schaltete die Scheinwerfer aus, zuerst das Fernlicht, dann auch das Standlicht. Die Fensterläden an Maurizios Haus waren alle noch immer geschlossen, aber durch die Lamellen drang etwas Licht, und auf der betonierten Terrasse vor dem Haus standen zwei Autos, der dicke Pick-up von Giuseppe und ein Fahrzeug der Polizei. Ohne zu sprechen saßen wir im Wagen und starrten gespannt durch die Windschutzscheibe auf das Haus. Draußen war es still. Gerade hatte Marie am Straßenrand angehalten, und ich weiß nicht, was sie dazu bewegt hatte, aber nach einem Augenblick öffnete sich die Tür und vier oder fünf Personen traten aus dem Haus, Carabinieri in Uniform, und unter ihnen, etwas zurück, Giuseppe, schweigend und mit gesenktem Kopf, umgeben von den Gendarmen. Wir wussten, dass Giuseppe unklare, aber eben Beziehungen zur Polizei unterhielt, vielleicht als Gewährsmann oder war er ein heimlicher Informant, was weiß ich, wir hatten ihn ja an diesem Morgen mit einem Polizisten in Zivil beobachtet, aber hier schien kein heimliches Einverständnis mit den Gendarmen mehr vorzuliegen, alle schwiegen und hatten düstere Mienen, wir waren hier wohl eher Zeugen einer Verhaftung. Ein Zweifel bestand immerhin, etwas war unklar, denn Giuseppe trug keine Handschellen, und die Carabinieri fassten ihn nicht ein einziges Mal an, hielten nicht seinen Arm fest, mussten ihn auch nicht gewaltsam ins Auto zwingen, aber andererseits ließ man ihn hinten in den Wagen einsteigen, je ein Polizist an seiner Seite, während die beiden anderen vorne Platz nahmen. Das Polizeifahrzeug stieß auf dem engen Hof vor dem Haus zurück und fuhr dann durch das Gittertor mit aufgeblendetem Licht direkt auf uns zu, so dass wir uns plötzlich im Fokus der Scheinwerfer befanden und Giuseppe uns vom Rücksitz aus für einen kurzen Moment gesehen haben musste. Der Polizeiwagen war an uns vorbeigefahren und entfernte sich, und erst jetzt bemerkte ich Antonina, die im schwachen Lichtschein einer am Haus angebrachten Lampe erschienen war, klein und steifbeinig, mit erstarrtem, verschlossenem Gesicht, mit einem Ausdruck von Würde und zurückgehaltenem Schmerz. Einen Moment blieb sie in der Haustür stehen und warf einen prüfenden Blick zum Horizont, ging dann wieder hinein und schloss die Tür hinter sich.

Marie fuhr wieder los, schaltete aber die Scheinwerfer nicht ein und bog ohne Licht auf den Weg, der nach Rivercina führte. Sie fuhr langsam und stellte den Wagen unter der Remise ab. Wir stiegen aus, die Nacht war vollkommen still, nur von Ferne war schwach der Ruf eines Uhus zu hören. Wir gingen zum Haus, um dort die Wagenschlüssel zu deponieren und ein Taxi zu rufen. Beim Näherkommen bemerkten wir vor dem Haus einen reglosen massigen Schatten und hatten Mühe herauszufinden, was es war, bevor wir begriffen, dass es der schwere schmiedeeiserne Gartentisch war, den wir gegen die Hauswand gelehnt hatten. Wir gingen zur Eingangstür, Marie steckte den Schlüssel ins Schloss, drückte die Tür auf und blieb abrupt stehen, denn oben im ersten Stock brannte Licht. Ich war direkt hinter ihr, sie bewegte sich nicht mehr, war im Schwung erstarrt, die Hand auf dem Türknauf, stand sie reglos da. Ist da jemand?, rief ich an ihr vorbeigehend und schaute nach oben. Ich sagte Marie, dass ich hochgehen würde, um nachzusehen. Ich ging zur Treppe und begann hinaufzusteigen. Ist da jemand?, rief ich nochmals, als ich auf der Mitte der Treppe war, schrie es fast, und da wurde mir bewusst, dass wenn sich da jemand befände, es sicherlich einer wäre, der sich verstecken und sich nicht freiwillig zeigen würde, einer, der auf meine Rufe nicht antworten würde – umso weniger, wenn sie nicht auf Italienisch waren. Also jemand, der sich nicht von der Stelle rühren würde, den ich also selbst finden müsste und dem ich mich in Maries Schlafzimmer physisch entgegenstellen müsste, und ich wäre weit weniger ängstlich gewesen, wenn sich dieser Jemand jetzt hier über mir auf dem Treppenabsatz gezeigt hätte, als mit diesem trügerisch stillen, reglosen Halbdämmer konfrontiert zu sein, das ich nicht einsehen konnte. Oben angekommen, durchquerte ich vorsichtig den Flur, blieb einen Moment an der Tür stehen und trat dann in Maries Schlafzimmer. Ich trat nicht einmal wirklich ein, ein kurzer Blick genügte, um die Situation einzuschätzen, die verschiedenen Dinge zu orten, das ungemachte Bett, die Kommode, die zusammengeknüllte Hose vor dem Stuhl. Alles war genauso wie an diesem Morgen, das Zimmer war leer, da war niemand. Ich schaltete das Licht aus und machte kehrt, stieg die Treppe wieder hinunter, tastete mich im Dunkeln voran und beschwichtigte Marie, erklärte ihr, dass wir völlig allein im Hause wären, wir hätten nur heute Morgen vergessen, beim Hinausgehen das Licht auszuschalten.

Marie hatte unten an der Treppe auf mich gewartet, sie

hatte das Licht im Erdgeschoss nicht eingeschaltet, auch nicht die Haustür hinter sich geschlossen. Sie hatte sich nicht von der Stelle bewegt. Da nahm sie mich bei der Hand und zog mich hinter sich her in das stille, dunkle Haus hinein, durch das Wohnzimmer, in dem wir die Schatten der Möbelumrisse erahnen konnten, und führte mich in das Schlafzimmer des Erdgeschosses, in dem ich letzten Sommer geschlafen hatte. Sie ließ mich vor ihr eintreten, folgte mir, ohne das Licht einzuschalten, warf sich dann an mich, um mich zu küssen, und jetzt begriff ich, warum sie Wert darauf gelegt hatte, mich in dieses Zimmer zu führen, es war hier, in diesem Zimmer, in dem wir am Ende des Sommers uns geliebt hatten, und in meiner Vorstellung begannen diese beiden Momente, sich zu überlagern, ich befand mich gleichzeitig in der Gegenwart und in der Vergangenheit, in den letzten Tagen des Augusts, als Marie am frühen Morgen zu mir ins Zimmer gekommen war, und im Jetzt, in den Armen Maries schwankend, in der kompletten Finsternis dieses hermetisch abgeschlossenen Raums, dessen Fensterläden zugenagelt waren. Der Ort war derselbe, die Personen waren dieselben, unsere Gefühle waren dieselben, nur die Jahreszeit hatte gewechselt, der Herbst hatte den Sommer ersetzt, in der Gegenwart trugen wir Mäntel, im Sommer, als sie zu mir ins Bett geschlüpft war, war sie nackt unter ihrem T-Shirt. Und dann, immer noch in unserer Umarmung vereint, taumelten wir, aneinandergepresst, über Möbel stolpernd und gegen den Gartengrill stoßend bis zum Bett und ließen uns darauf fallen. Wir küssten uns im Dunkeln, stürmisch, traurig, vertrauens- und liebevoll, ich spürte, wie zerbrechlich

Marie in meinen Armen war, wir umarmten uns beide leidenschaftlich, so wie vor zwei Monaten, im selben Bett, als unsere Körper sich miteinander vereinten und unsere Leben miteinander verbanden, als sich unsere Seelen anglichen, um unsere Anspannung aufzulösen und unsere Ängste zu beschwichtigen, die uns schon so lange bedrückten, sie verschwinden zu lassen, und ich strich ihr mit den Händen übers Gesicht, und Marie hielt meinen Kopf in beiden Händen und küsste mich mit einer Intensität, wie ich sie von ihr nicht kannte, ich spürte ihre Zunge in meinem Mund, ihre sanfte, leidenschaftliche, glühende, hilflose Zunge, zuerst kühl, und dann leicht salzig, denn Marie weinte in meinen Armen, in der Dunkelheit konnte ich zwar ihr Gesicht nicht sehen, ich erfuhr es nicht durch meine Augen, dass sie weinte, sondern durch meine Zunge, ich schmeckte ihre Tränen in meinem Mund. Alles war feucht, wässrig und flüssig, ihre Tränen und unser Speichel mischten sich im Dunkeln. Weine nicht, sagte ich leise zu ihr und strich ihr sachte über die Haare, und sie schüttelte den Kopf, sagte mir, dass sie nicht weine, dass sie doch so glücklich sei, und sie weinte umso stärker, küsste mich immer noch, zog die Nase leicht hoch, nahm ihre Tränen mit ihrer Zunge auf, um sie in unsere Küsse zu mischen, hörte nicht auf, mich zu küssen, und öffnete kaum den Mund, als sie mir sagte, es mir in einem Atemhauch zuflüsterte, in unsere Umarmung, in unsere Küsse hinein, mit einer Spur von Erstaunen: »Aber du liebst mich ja?«

Titel der Originalausgabe
MARIE MADELEINE MARGUERITE DE MONTALTE

MIX
Papier aus verantwortungsvollen Quellen
FSC® C014496

1. Auflage 2017

Sich lieben. Roman.
Erschien zuerst 2003 in der FVA in der Übersetzung von Bernd Schwibs.
Originaltitel *Faire l'amour*. © Les Éditions de Minuit, Paris 2002

Fliehen. Roman.
Erschien zuerst 2007 in der FVA in der Übersetzung von Joachim Unseld.
Originaltitel *Fuir*. © Les Éditions de Minuit, Paris 2005

Die Wahrheit über Marie. Roman.
Erschien zuerst 2010 in der FVA in der Übersetzung von Joachim Unseld.
Originaltitel *La vérité sur Marie*. © Les Éditions de Minuit, Paris 2009

Nackt. Roman.
Erschien zuerst 2014 in der FVA in der Übersetzung von Joachim Unseld.
Originaltitel *Nue*. © Les Éditions de Minuit, Paris 2013

Herstellung und Schutzumschlaggestaltung: Laura J Gerlach
unter Verwendung eines Motivs von © deimagine/iStockphoto.de
Satz: psb, Berlin
Druck und Bindung: GGP Media GmbH, Pößneck
Printed in Germany
ISBN 978-3-627-00240-4